U0485020

Bufu Qingshan
——Linzhangzhi Gaige Xinshidai Baogao

不负青山
——林长制改革新时代报告

时代出版传媒股份有限公司
安徽文艺出版社

安徽省林业局　安徽省林长制办公室

贾鸿彬 ◎ 著

贾鸿彬，笔名白希，曾任滁州市文广新局副局长、滁州市文联副主席，系中国作家协会会员、安徽省作家协会理事、安徽省报告文学家协会副主席、滁州学院客座教授、滁州市作家协会主席。自1986年以来，先后在《青年文学》《清明》《中国作家》等报刊发表中短篇小说等数十部（篇）。已出版长篇小说、纪实文学《陈其美》《上海教父》《天津教父》《东北教父》《宁波商帮》《小岗村40年》《朱元璋与淮西集团》《一支人马强又壮》等10余部，计500余万字。长篇小说《陈其美》入选中国作家协会2010年重点扶持作品；《开国大镇反》荣获安徽省人民政府颁发的2005—2006年度安徽省社会科学文学艺术出版奖二等奖；《小岗村40年》荣获2017—2018年度安徽省社会科学文学艺术出版奖二等奖、华东六省文艺图书奖三等奖。

Bufu Qingshan
——Linzhangzhi Gaige Xinshidai Baogao

谨以此书献给中华人民共和国成立七十五周年！

不负青山

——林长制改革新时代报告

贾鸿彬 ◎ 著

时代出版传媒股份有限公司
安徽文艺出版社
安徽省林业局　安徽省林长制办公室

图书在版编目（CIP）数据

不负青山/贾鸿彬著. —合肥：安徽文艺出版社，2024.9
ISBN 978-7-5396-7964-8

Ⅰ．①不… Ⅱ．①贾… Ⅲ．①报告文学－中国－当代
Ⅳ．①I25

中国国家版本馆 CIP 数据核字(2024)第 026520 号

出 版 人：姚　巍
策　　划：孙　立
责任编辑：汪爱武　　张　磊　　张星航
装帧设计：张诚鑫

....

出版发行：安徽文艺出版社　　www.awpub.com
地　　址：合肥市翡翠路 1118 号　　邮政编码：230071
营 销 部：(0551)63533889
印　　制：安徽联众印刷有限公司　　(0551)65661327

....

开本：710×1010　1/16　印张：27.25　字数：400 千字
版次：2024 年 9 月第 1 版
印次：2024 年 9 月第 1 次印刷
定价：78.00 元

....

（如发现印装质量问题，影响阅读，请与出版社联系调换）

版权所有，侵权必究

目 录

引子　青山做证 / 001

第一章　一湖清
一、清水家园 / 013
　　1. 卷羽鹈鹕 / 013
　　2. 青头潜鸭 / 020
　　3. 观鸟者 / 023
二、清水渊源 / 027
　　1. 红杉林 / 027
　　2. 蓝藻井 / 031
　　3. 渔耕居 / 035
三、清水护航 / 041
　　1. 突破瓶颈 / 041
　　2. 你家我家 / 044
　　3. 以法促教 / 048

第二章　三核桃

一、宁国山核桃 / 057

1. 领跑者 / 057

2. 红手印 / 064

3. 单轨运输机 / 067

4. 吴志辉的探索 / 069

5. 培育新农人 / 072

6. "小山变大山" / 074

二、薄壳山核桃 / 077

1. 碧根果 / 077

2. "三下乡"的感受 / 080

3. 二郎口到石沛 / 085

4. 海归"白富美" / 091

5. 在路上 / 094

三、大别山山核桃 / 096

1. 山核桃属一新种 / 096

2. 科技特派员的创业 / 099

3. 三个新品种 / 103

4. 5秒5.5万罐 / 106

第三章　三棵树

一、树的形象 / 113
　　1. 上乘之材 / 113
　　2. 上山不下山 / 116
　　3. 两个国家行业标准 / 118
　　4. 菊花炭 / 120
　　5. "吃干榨净" / 123

二、南国有嘉树 / 128
　　1. 国民油瓶子 / 128
　　2. 国之大策 / 130
　　3. "钱油茶" / 133
　　4. 龙眠山春秋 / 135
　　5. 大别山 1 号 / 141

三、仙山无凡木 / 147
　　1. 玉山果 / 147
　　2. 绿源余辉 / 151
　　3. "想飞""相飞" / 154
　　4. 硒世珍榧 / 158
　　5. 山场车间 / 160

第四章　三株草

一、小草大艾 / 167
1. 关于艾 / 167
2. 望江艾 / 168
3. 明光艾 / 172

二、男儿膝下 / 179
1. 佛山挖宝藏 / 179
2. 黄精生黄金 / 182
3. 同在一座山 / 185

三、中华一草 / 187
1. 斧劈豆腐 / 187
2. 药王之旅 / 190
3. 金钥匙 / 196

第五章　归去来

一、生存的飞翔 / 203
1. 同步调查 / 203
2. "鸟叔"手账 / 205
3. 人退鸟进 / 209

二、归来的承诺 / 213
1. 爱心小屋 / 213
2. 鸟线和谐 / 216
3. 伴归月亮湖 / 221

三、鳄归之路 / 226
1. 从 2 亿年前走来 / 226
2. 野外放归 / 231
3. 三代人接力 / 237
4. 人鳄和谐共生 / 245

第六章　群芳谱

一、雕山绣水 / 251

　　1. 石质山上的镌刻 / 251

　　2. 愚公情怀 / 254

　　3. 明清石榴园 / 257

　　4. 走过八里是五里 / 260

二、智慧密码 / 265

　　1. 砀梨的"123458" / 265

　　2. 智慧蓝莓 / 271

　　3. "蓝"以忘"怀" / 276

三、同是修复 / 278

　　1. 岭上都是白云 / 278

　　2. 茨淮榴花 / 284

　　3. 洪山异彩 / 288

　　4. 毛竹插天青 / 292

第七章　林英荟

一、大江流日夜 / 303
1. 从薛家洼到凹山 / 303
2. 小格里的坚守 / 312
3. 人类的兄弟 / 317
4. 浪花中的微笑 / 321
5. 江豚爸爸 / 328

二、天光云影 / 331
1. 无絮的天空 / 331
2. 八公山下 / 338
3. 中山杉基地 / 342

三、谁解痴与疯 / 346
1. 树根对绿叶的情义 / 346
2. 无人机飞手 / 351
3. 林疯子 / 355
4. 皆为林痴 / 361

第八章　新安源

一、新安源 / 375

　　1. 六股尖下 / 375

　　2. 谁守一河清水 / 380

　　3. 对面便是光明顶 / 383

二、徽魂 / 390

　　1. 梅惟徽梅香 / 390

　　2. 青山之魂 / 395

　　3. 为什么是黄山 / 398

三、为此青绿 / 405

　　1. 飞崖走壁 / 405

　　2. 无异常 / 407

　　3. 冷线热心 / 411

　　4. 青山的脊梁 / 415

后记　青山余韵 / 423

引子
青山做证

这是一部全景式反映安徽省林长制改革的报告文学,从宏观上简述了安徽省林长制改革的发源、制度设计、实践经过、理论创新过程,让读者明了林长制改革的推动进程和理论意义。作者跋山涉水,足迹遍及安徽 16 个地市,采访了 100 多位基层林长和务林人,置身山水林田湖草沙中,撷取诸多细节,真切地讲述了为安徽生态综合提升做出重要贡献的林长的故事。

引子　青山做证

地球是一个生命集合的有机体,是人类共同生活的家园,人类只有一个地球。森林是"地球之肺",是地球上最大的陆地生态系统,对维系整个地球的生态平衡起着至关重要的作用。她和被称为"地球之肾"的湿地、"地球之心"的海洋共同构建了完整的地球生态系统。保护建设森林、湿地,对维护国家生态安全、推进生态文明建设具有基础性、战略性意义。

自古以来,华夏儿女就注重森林、湿地的保护利用。"数罟不入洿池,鱼鳖不可胜食也;斧斤以时入山林,材木不可胜用也。"两千多年前,孟子就曾这么告知天下。

习近平总书记一向高度重视森林等生态资源保护管理,早在2005年8月15日,就在浙江余村提出"绿水青山就是金山银山"的理念。2016年4月,习近平总书记首次考察安徽时指出,"安徽山水资源丰富、自然风光美好,要把好山好水保护好,实现绿水青山和金山银山有机统一,着力打造生态文明建设的安徽样板,建设绿色江淮美好家园"。为了贯彻落实习近平总书记的要求,安徽各地结合本地实际情况开始了林业生产监管体制和制度的改革探索。

长期以来,山林管护一直是由林业部门来组织执行的,单打独斗,力量薄弱。其管理模式已不能满足林业资源修复、保护和开发的需求。为了深入贯彻落实习近平总书记考察安徽的重要讲话精神,解决林业生态文明建设管理和林业保护发展中长期存在的"理念淡化、职责虚化、权能碎化、举措泛化、功能弱化"等突出问题,探索现代林业高质量发展新路径,安徽人用皖风徽韵书写了皖山皖水的绿色答卷。

2017年3月28日,春风和煦,阳光明媚,安徽省委领导和省直机关干部、高校学生代表,在合肥市翡翠湖公园参加义务植树活动,种植金桂、晚樱300多株。在这次植树活动上,省委主要领导指出,全省各地要抢抓当前有利时机,进一步掀起春季植树造林热潮。要牢固树立绿水青山就是金山银山的理念,不断提高植树造林、绿化家园的责任感、使命感和紧迫感。要健全工作机制,探索实行林长制,努力让江淮大地天更蓝、水更清、地更绿、环境更优美。安徽林长制由此滥觞。

安徽林长制改革是在安徽务林人多年探索和实践的基础上提出来的。2017年6月2日,旌德县就在全省县级层面率先出台《关于全面推行林长制的意见》。

什么是林长制呢?具体地说,林长制就是以保护发展森林、湿地等生态资源为目标,以压实地方党委政府领导干部责任为核心,以制度体系建设为保障,以监督考核为手段,构建由地方党委政府主要领导担任总林长,省、市、县、乡、村分级设立林长,聚焦山水林田湖草沙等生态资源保护发展重点难点工作,确保一山一坡、一园一林都有专员专管,实现党委领导、党政同责、属地负责、部门协同、全域覆盖、源头治理的长效责任体系。

2017年6月4日,合肥市重点生态区域推行林长制启动仪式在合肥滨湖国家森林公园举行,合肥滨湖国家森林公园成为林长制改革首批试点单位,以建立省、市、县、乡、村五级林长制体系为抓手,统筹山水林田湖草沙系统治理,协同推进"护绿、增绿、管绿、用绿、活绿"五大任务,由此拉开了安徽省推行林长制工作的序幕。

之后,安庆、宣城两地也在当年试行林长制。安徽省林业厅(现安徽省林业局)在确定三地试点的基础上,积极向全省推广,林长制改革的安徽方案和安徽经验在试验中逐渐成形。

2017年9月,安徽省委、省政府印发了《关于建立林长制的意见》,进一步明确了各级党政领导干部保护发展森林草原资源的目标责任。2017年底,安徽省 16 个地市相继出台了林长制实施方案。至 2018 年,全省初步完成全面推进构建五级林长制制度体系,设立各级林长 5.2 万余名。自此,安徽在全国省级层面率先建立了以党政领导责任制为核心的省、市、县、乡、村五级林长组织制度,开启了保护好山好水,发挥生态优势,推动林业高质量发展的有益探索。2018 年 4 月,为深化林长制改革,安徽省委、省政府又出台了《关于推深做实林长制改革优化林业发展环境的意见》,制定了优化林业发展的 22 项支持政策,并对具体任务做了分解,预示着安徽林长制改革进入新一轮深化阶段。

2019 年,全国首个林长制改革示范区落户安徽,安徽省林长制改革入选中央深改办(中央全面深化改革委员会办公室)"十大改革案例"。2020 年 12 月,安徽省"两办"发布的《关于建立以国家公园为主体的自然保护地体系实施方案》明确指出:"各级党委和政府要切实提高政治站位,担负起相关自然保护地建设管理的主体责任,加强对自然保护地体系建设的领导,将自然保护地发展和建设管理纳入地方经济社会发展规划和林长制改革重要议程,及时研究解决重大问题。省林业主管部门(省林长办)要发挥牵头作用,加强统筹协调和监督指导。省直有关部门要各司其职,形成齐抓共管、密切协作的工作合力。"并对林长制改革,又赋予了新职责、新要求。

2020 年 8 月,江淮大地,烈日炎炎,18 日至 21 日,习近平总书记在安徽省委、省政府主要领导陪同下,先后来到阜阳、马鞍山、合肥等地,深入防汛救灾一线、农村、企业、革命纪念馆等,看望慰问受灾群众和防汛救灾一线人员,就统筹推进常态化疫情防控和经济社会发展工作、加强防汛救灾和灾后恢复重建、推进长三角一体化发展、谋划"十四五"时期经济社会发展进行调研。安徽省委主要领导就林长制改革,向总书记做了具体汇报,总书记做出落实林长制的重要指示。

这一年,党的十九届五中全会通过的《中共中央关于制定国民经济和社会发展第十四个五年规划和二〇三五年远景目标的建议》明确提出要"推行林长制"。《中共中央关于党的百年奋斗重大成就和历史经验的决议》明确将"林长制"写入其中,新颁布的《森林法》也提出地方人民政府要建立林长制。11月2日,中央深改办第十六次会议审议通过了《关于全面推行林长制的意见》。12月28日,中办、国办印发《关于全面推行林长制的意见》(简称《意见》),指出全面推行林长制要按照山水林田湖草沙系统治理的要求,坚持生态优先、保护为主,坚持绿色发展、生态惠民,坚持问题导向、因地制宜,建立健全党政领导责任体系,明确各级林长的森林草原保护发展责任。按照《意见》要求,到2022年6月,我国要全面建立林长制。林长制由此在全国推行,从地方到中央,再从中央推广到全国各地。

2022年7月13日,国家林业和草原局举行全面建立林长制新闻发布会,宣布除直辖市和新疆生产建设兵团外,其余各省均设省、市、县、乡、村五级林长,各级林长近120万名,其中省级林长421名。

安徽省是中国南方集体林区重点省份,林业在全省国民经济和社会发展大局中占有重要地位。林长制改革6年来,安徽省委、省政府以前所未有的重视程度和工作力度,系统性谋划、全局性推进,全省林长制改革持续走深走实,各级林长和广大群众深度参与林业生态建设,安徽省重视林业、保护林业、发展林业的氛围分外浓厚。

以前林业工作被认为是林业部门一家的事,而如今林长制改革把各方面力量统筹起来,办成了许多过去想办而没有办成的大事、难事。

在省级层面,机构改革后于2018年11月新组建的安徽省林业局,实现了内设机构、编制、处级领导职数"三增加",在全国率先设立副厅级森林防火督查专员。安徽省级林长会议成员单位发挥自身优势,主动服务定点联系的先行区,加强调研指导和检查督促,在方案编制、政策制定、项目谋划、体制机制创新等方面给予指导和支持。何玉珠在林业部门工作了8年,自2019年任合肥市林业和园林局林长制工作处处长后,他在工作中跨部门跨行业接触的人越来越多。他告诉我:"以前工作都只和林业系统内部的人打交道,现在经常会同政府办、人大办、政协办以及林长协助单位沟通联系。特别是'林长+检察长'和'林长+警长'机制建立后,同检察院、公安部门在林业违法案件办理方面沟通更加顺畅,次数也增加很多,有效协同推动了相关问题的解决。"

宣城市林业局二级调研员洪岩告诉我,在市级层面,林长制工作的重要汇报、计划,可以直达市级总林长、各市级林长,重要通知、简报等会直接发给各县市区及开发区党委、政府,推动各县级林长落实工作部署,行文范围更广、效率更高,各级更加重视林业工作,与各单位的协调沟通更加容易。

淮南市林长办刘家付科长身兼数职,常常出面和市林长会议成员单位协调沟通。陪同我们采访的几天,他常常通过电话办公,解决一些问题。"文件发出了,各部门在落实中有业务问题要咨询,我们不能耽误人家的事情。有些事情,是林业局无法完成的。有这些成员单位,一些问题就迎刃而解了。我的理解,大家都是在为林业做事。"

刘家付等人的感受,也是安徽全省各市县林长办工作人员的普遍感受。林长制改革合力攻坚的良好局面,让安徽各地创造和积累了许多好做法、好经验,有效解决了林业部门"单打独斗"的问题,实现了林业保护发展能力的显著提升。

2021年,安徽省发布《关于深化新一轮林长制改革的实施意见》,进一步完善护绿、增绿、管绿、用绿和活绿"五绿"协同推进机制,实施平安森林、健康森林、碳汇森林、金银森林、活力森林"五大森林行动"。这一年是安徽林业生态建设大项目落地最多、各种资金投入最多的一年,首个中央财政国土绿化试点示范项目落户池州市,总投资3.2亿元;合肥市启动实施总投资151亿元的巢湖流域山水林田湖草沙一体化保护修复工程,其中中央财政支持20亿元;安徽首批5个国家储备林建设项目相继落地实施,规划建设大径级木材和珍贵树种用材林基地42.18万亩,总投资50.62亿元,已获得银行贷款授信39.94亿元,进一步提升了山水林田湖草沙系统治理能力。

林长制从根本上解决了安徽就林业抓林业的问题，以前林业只做"林"文章，系统思维不够，林长制改革把山水林田湖草沙等生命共同体统筹起来，推动了生态系统的整体发展。近年来，安徽省森林覆盖率逾三成，超过区域生态状况良好的国际公认标准（30%），实现了历史性突破。湿地保护率达 51.8%，农田林网建成率达 76.8%，森林火灾受害率自 2017 年以来始终保持在 0.5‰以下，远低于 1‰的国家要求。

根据 2023 年 3 月 14 日安徽省林业局发布的消息，2022 年，安徽聚焦"健康森林"行动，持续大力推进长江、淮河、江淮运河、新安江生态廊道和皖南、皖西生态屏障建设工程，开展大规模国土绿化行动。全年全省完成人工造林 34 万亩、封山育林 113.5 万亩、退化林修复 73.8 万亩、森林抚育 208.1 万亩；成功创建国家森林城市 1 个、省级森林城市 3 个、森林城镇 60 个、森林村庄 613 个，皖江国家森林城市群规划任务全面完成。在长三角森林面积中，"安徽绿"约占三分之一。

在林业生态保护方面，安徽启动建设省级林草种质资源设施保存库，首次公布省级林草种质资源库 21 个；建设省级林草种质资源保存圃 10 余处；累计获评国家级重点林木良种基地 9 处，认定省级重点林木良种基地 13 处；设立了黄山大鲵省级自然保护区、芜湖外龙窝湖等 3 个省级湿地自然公园；环巢湖十大湿地全面建成，修复湿地面积 6.5 万亩，合肥市成功创建国际湿地城市。

安徽林业生态价值得到进一步有效实现。2022 年，全省森林总碳储量 3.4 亿吨，比 2021 年增加 1300 万吨。在 2022 中国·合肥苗木花卉交易大会上，线上和现场交易销售对接金额达 2.1 亿元，现场签订意向合同金额 5.6 亿元。全国（合肥）苗木花卉交易信息中心正式揭牌，首次发布新华·中国（合肥）苗木价格指数。

同时，林长制改革进一步深化。安徽省林长制办公室印发了《关于提升林长履职效能的若干举措》，细化了林长会议、林长责任区、林长巡林等制度，建立了市、县两级林长直接联系基层林长、林业产业基地、林业经营主体等机制,建成了安徽省林长制综合管理平台并运行,进一步完善了林长和林长制办公室"怎么干"的方法。各级林长带头贯彻实施《安徽省林长制条例》,积极主动履职,2022年共发布市、县总林长令193个,巡林调研督导52.3万次,推动解决松材线虫病防治、森林防火、林业基础设施建设等问题3.4万余个。

2022年,安徽省森林面积达6263万亩,森林蓄积量超2.7亿立方米,全省林业总产值达5345亿元,稳居全国第一方阵;各类新型林业经营主体3万余个;集体林权确权发证到户率为91.73%,林权流转面积居全国前列,累计完成林权抵押贷款近300亿元。

2022年6月9日,国务院办公厅《关于对2021年落实有关重大政策措施真抓实干成效明显地方予以督查激励的通报》中,宣城市因"全面推行林长制工作成效明显",获2021年国务院督查激励。据此,国家在安排中央财政林业改革发展资金时,给予宣城市2000万元激励。

2023年5月4日,国务院办公厅《关于对2022年落实有关重大政策措施真抓实干成效明显地方予以督查激励的通报》中,滁州市入选"2022年全国林长制激励市",国家安排中央财政林业改革发展资金2000万元给予支持激励。

可以预见,在林长制改革道路上,安徽将有更多的市、县(市、区)会得到这种激励。

6年来的改革实践,安徽上下围绕"林"这个保护发展主题,紧盯"长"这个目标责任主体,紧抓"制"这个政策制度保障,努力实现"治"这个目标,长绿长青,突显山水林田湖草沙生态价值。"林长制、林长治,不砍树、能致富",林长制改革从旌德一路凯歌、持续推进,成为新时代安徽全面深化改革的标志性品牌。

安徽林长制是一列飞速前进的新时代列车,兼具了盾构机和架桥机的功能,遇见壁障,开掘隧道,相逢沟壑,架设桥梁,一路荟萃绵延的绿水青山,驶向金山银山。

青山做证！多少英雄故事，伴着皖风徽韵传扬，正在定格为新时代不负青山的历史传奇。无数腾飞的梦想，和着皖山皖水激荡，正在飞向人与自然的和谐之巅。

第一章
一湖清

夏家振是业余拍鸟爱好者,这几年他拍到了一大批越冬巢湖的珍稀鸟类。这些国家一级、二级保护鸟类,用翅膀为巢湖水质的改变写下了眷恋的答案。合肥市是安徽省林长制改革的首航地。以环巢湖十大生态湿地建设为代表的生态治理行动,彰显了林长制改革中合肥市作为省城的引领和担当。

一、清水家园

1. 卷羽鹈鹕

清晨 5 点半,夏家振准时出门。这一天是 2023 年 1 月 3 日,隆冬了,天还没有亮,但合肥早已醒了。他背上的行囊十几斤重,里面有相机、三脚架、600 长焦镜头的"大炮筒",还有一些干粮和水。车子从银杏苑小区出来,一路畅通,上了高架,很快就出城了。

夏家振今年 71 岁,看上去要比实际年龄小许多。合肥观鸟圈中,都称他夏老师。他观鸟是为了拍鸟,现在已经是第 8 个年头了。一身迷彩服,宽檐遮阳帽,一年 365 天,他大多不是在拍鸟,就是在拍鸟的路上。8 年来,他提着个十来斤重的"大炮筒",走遍合肥有鸟出没的山山水水,拍摄到的鸟儿已有近 600 种。其中很多是珍稀鸟类,如东方白鹳、黑鹳、鸳鸯、黑脸琵鹭、仙八色鸫等。在合肥拍到中华秋沙鸭、秃鹫这些珍稀鸟类的,目前只有他一人。许多专业的鸟类书籍、报刊、网站都有他拍摄的鸟类照片。合肥市湿地保护协会给他颁发了"巢湖湿地鸟类生态摄影师证",他成为名副其实的"生态摄影师"。

获得"巢湖湿地鸟类生态摄影师证"的观鸟爱好者共有 30 位。他们有的是巢湖生物资源调查项目组成员,有的是志愿者。其中不乏发现巢湖珍稀新鸟种的人,也有每天乐此不疲,走到哪拍到哪的人。据巢湖生物资源调查项目组鸟类学专家、安徽大学教师虞磊公布的调查数据显示：2022年，巢湖共发现鸟类19目58科287种，占环巢湖历史有分布鸟类的80.2%，与历史资料相比呈现大幅度增加，并且国家一级和二级重点保护鸟类数量也出现了大幅增长，是环巢湖历史上记录鸟类最多的一年。这一年共记录到鸟类55808只，红嘴鸥以9000多只的绝对优势，成为环巢湖唯一的优势鸟种，也是巢湖的关键性鸟种。

历史最多，创纪录，这样优秀的鸟类多样性调查的成绩离不开合肥这群爱观鸟、拍鸟的人。协会还为他们颁发了"巢湖湿地新纪录鸟种奖"和"巢湖鸟类调查突出贡献奖"，以表彰他们为巢湖生物多样性保护做出的贡献。

今天夏家振要去的观鸟地是桂花台。

合肥环巢湖近190千米湖岸线的水岸湿地，这几年建起了十大生态湿地，修复了巢湖的生态，使巢湖重新成为禽鸟的乐园。桂花台是一处露营基地，位于南淝河大桥北岸1千米处，地势平缓开阔，面向巢湖，背靠肥东县十八联圩湿地，蒹葭苍苍，碧水悠悠。

从桂花台露营地继续往北走几分钟车程，就是巢湖大堤罗家疃段。这里是十八联圩湿地南端，曾经是被巢湖大水淹没的地方。2020年8月，习近平总书记考察安徽，就是在此殷殷寄语："巢湖是安徽人民的宝贝，是合肥最美丽动人的地方，一定要把巢湖治理好，把生态湿地保护好，让巢湖成为合肥最好的名片。"目前这里已修筑观景平台，竖立文字纪念碑，平台前方就是万亩的田野花海，应季开放。清新的晨风中，蜡梅幽香袭人。

选好拍摄点，架稳三脚架，调准焦距，夏家振贴着目镜，在湖面上扫视一通。湖面上烟波浩渺，群鸟云集，一一梳理，都是前些天拍到过的，没有发现新鸟。

"夏老师早！"夏家振回头，是徐蕾。

徐蕾是一个女同志。在30位"巢湖湿地鸟类生态摄影师"中，女性占比是较少的，因为拍鸟这件事需要扛着"长枪短炮"，跋山涉水，对于安全和体力都是一个挑战。多年来，徐蕾一直救助小动物，也爱观鸟。两年前，她也加入了拍鸟的队伍。两年多来,合肥最佳观鸟点,她都去过了,基本将合肥的鸟种拍了个遍。她希望在今后的时间里,能够拍到更多的鸟种,最好能够拍摄到新鸟。

"咦!"徐蕾刚架好相机,夏家振就忍不住压着嗓子惊叫起来。

"好大的个!"夏家振一边调动焦距,一边惊叹。

徐蕾透过相机镜头也看见了。前方防波拦下的浅水处,三只大鸟在水面上游弋,身子比她以前看到的鸟都大,如同三艘小炮艇。

"这么大的鸟!也不是大天鹅啊?"徐蕾一边拍,一边说。

夏家振已经拍摄了不少张单片,现在开始录像了——后来安徽广播电视台播放新闻用的画面就是他录制的。

"肯定不是大天鹅。"

一个多月前,参加巢湖湿地及鸟类群落观测调研项目的合肥工业大学学生余炜盛,在观测巢湖湖面栖息的一群小天鹅时,发现了一只与众不同的天鹅。它的头和脖子明显发黄,观鸟指导老师虞磊当即确认,这是一只罕见的大天鹅。小天鹅冬季在安徽各地的大型湿地都较常见,人们拍到的天鹅多是这种,而大天鹅的越冬地主要在黄河流域,很少来安徽越冬,因此能在巢湖发现它非常不易。据中国观鸟记录中心记载,2022年,合肥乃至安徽省内还没有发现大天鹅的踪迹。2021年,它曾出现在合肥董铺水库和蚌埠三汊河湿地。此次在巢湖岸边发现的大天鹅是环巢湖首次记录到。

得知这一消息,夏家振、徐蕾和田胜尼立刻都赶了过去,拍摄照片。田胜尼是安徽农业大学的一名教师,前两年,他三分之一的时间都在为环巢湖十大湿地的生物多样性做调查。2022年这一年,田胜尼有110天在巢湖调查,完成了较全面的记录工作。除了植物,他这一年也观测到了100多种鸟类。

大天鹅是中国最大的天鹅之一,繁殖于我国西北北部、东北北部,迁徙经西北和华北地区,越冬于黄河流域至长江中下游之间地带,偶至东部沿海地区。在徐蕾、田胜尼等人拍摄的照片中,大天鹅、小天鹅、东方白鹳、白琵鹭、鸿雁等珍稀鸟种同框,实属罕见。画面中,大天鹅的身躯较小天鹅大了许多,两种天鹅还有一个区别特征在嘴上,就是大天鹅的嘴巴黄色面积更大,超过嘴巴的一半。当天拍摄的照片中,他们还发现了另一种环巢湖新记录到的鸟种——小白额雁。小白额雁属于国家二级保护动物,还是IUCN(世界自然保护联盟)易危鸟种。它的体型比大天鹅小得多,是环巢湖生物多样性调查中一直在寻找的珍稀鸟类。

夏家振聚焦大鸟,观察细致。大鸟静泊在水上,曲项向天,体羽为银白色,颊部和眼周裸露的皮肤均为乳黄色,体长头高,充满霸气。它头上的冠羽呈卷曲状,卷曲的羽毛顺着枕部往下延伸,若水上狮子王,立于周边众多的小型鸟中,极具领袖气质。它的嘴为铅灰色,长而粗,上下嘴缘的后半段为黄色,前端有一个黄色爪状弯钩,下颌上有一个橘黄色与嘴等长的大型皮囊,一张嘴,皮囊张开,像个大水瓢。夏家振知道,这是大鸟的"喉囊",像是自带的大抄网。看到这里,他忽然想起曾经看过的一本书,那上面有这种鸟的图片,叫卷羽鹈鹕。

突然,大鸟在镜头里扑腾一下,在水上荡起宽大的波浪,双翅展开,飞向空中。其他两只大鸟也跟着飞了起来。它们迅速爬上天空,盘桓了半圈,向东南方飞去。夏家振用镜头跟踪着,很快,三只大鸟全部消失了。用镜头搜索了一番,夏家振见远处一条小船闯入镜头,又很快划出镜头。原来,是巡湖的环卫工人。三只大鸟远远地看见他们,警惕地飞走了。

夏家振将拍到的鸟照发给了虞磊。

"是卷羽鹈鹕吗?"

虞磊在微信中很快回复:"是的。什么地方拍的?"

"十八联圩,罗家疃。"

"我马上过来。"

随着虞磊的到来,很多人都赶来了。他们有的是巢湖生物资源调查项目组成员,有的是爱鸟志愿者,相同的是都挎着"长枪短炮"。听说三只卷羽鹈鹕警惕人来飞走了,大家都非常遗憾。

虞磊说:"环卫工巡湖,不是针对卷羽鹈鹕而来,应该没有惊吓到它们。再等等吧。这一块地方环境好,它们没有受到大的惊吓,应该还会飞回来的。"

果然,如虞磊所说,过了半个多小时,三只大鸟又飞了回来,用翅膀扇动着水面。虞磊用望远镜看着:"它们这是在合作赶鱼,让鱼往浅水处去,然后抓捕。"通过长焦镜头,夏家振看到,三只大鸟赶完鱼后,都在浅水处站立,一有鱼儿出现,它们就迅疾用嘴钩住,昂首吞入囊袋中,然后悠然挤出水分,再吞入腹中。

"看来,它们找到一处好渔场了。"拿着望远镜的虞磊一直处在兴奋中,"去年我们在巢湖找了一年都没找到。今年我第一次到巢湖,这就发现了,一下子三只卷羽鹈鹕,真是新年开门红。"

有虞磊在,就能对卷羽鹈鹕进行科普了。卷羽鹈鹕是一种大型的白色水鸟,体羽灰白,眼浅黄,喉囊橘黄或黄色,因头上的冠羽呈卷曲状、枕部羽毛延长卷曲而得名。它腿较短,脚为蓝灰色,四趾之间均有蹼,生活在沼泽及浅水湖,为内陆淡水湿地的鸟,但也出现在海岸潟湖及河口,在小岛的大片芦苇或空旷处营巢繁殖。鹈鹕又被称为塘鹅,其家族里的8种鹈鹕全都是《世界自然保护联盟濒危物种红色名录》里的成员。我国分布有3种,分别是卷羽鹈鹕、白鹈鹕、斑嘴鹈鹕。成年的卷羽鹈鹕体长160—180厘米,双翅展开可以超过300厘米,体重最重能够达到15千克。莫说在水鸟家族之中,即便在整个鸟纲家族,卷羽鹈鹕也算得上是不折不扣的庞然大物了。

卷羽鹈鹕与鹭类很像,飞行起来颈部常弯曲成"S"形,缩在肩部,姿态很优美。其鸣声低沉而沙哑,喜欢成群结队地活动,不会潜水,善于在陆地上行走。它以鱼类、甲壳类、软体动物、两栖动物等为食。

"这是重量级的鸟。"介绍了卷羽鹈鹕的基本情况,虞磊接着说,"整个安徽省,这几年来只有去年在芜湖长江边记录到2只。而合肥市还是早在2006年,在董铺水库曾经记录过1只。它珍稀到什么程度呢?整个东亚目前不足150只,在我国属于国家一级保护动物。"

对婚姻十分忠诚也是卷羽鹈鹕的特色。它们奉行一夫一妻制，通常来说，成年后第一次配对成功的鹈鹕就会相伴到老。即便配偶不幸去世，留下来的鹈鹕也很少会重新寻找伴侣。前些年被大量捕杀后，很多落单的卷羽鹈鹕不再重新配对，繁殖量也跟着减少。这也是卷羽鹈鹕种群数量下降的一个重要原因。

每到繁殖季节，鹈鹕们会选择树林、灌木、湿地滩涂的地面筑巢，雌鸟产卵后，由夫妻俩轮流孵化。当雏鸟出生后，父母先是用半消化的食物喂食。等长大一些，幼鸟就会直接把头伸进父母喉囊里吃小鱼，这时大嘴就成为幼鸟的"餐桌"。

观察了一个多小时后，虞磊将三只卷羽鹈鹕图片分享到一个中国卷羽鹈鹕保护网络交流群里，很快得到了回应。经群里的专家确认，这三只珍贵的卷羽鹈鹕里有一只来自于遥远的蒙古国，是飞越千山万水才来到巢湖的。此前，蒙古国专家分享了他们环志的三只卷羽鹈鹕最新的位置，一只在上海崇明岛，一只在福建罗源湾，还有一只在巢湖。虞磊经仔细查看巢湖这只卷羽鹈鹕的照片，果然发现它背上背着发射器，脚上有金色金属环志，编号N264。

虞磊分析，这三只卷羽鹈鹕均是从北方飞到南方来过冬的。由于近年来巢湖禁渔措施让渔业生态恢复较好，才吸引这些以鱼类为食的远方客人在巢湖停留越冬。

接下来的日子，夏家振每天都会来到罗家疃观看卷羽鹈鹕。卷羽鹈鹕好像和他达成了默契，每天也准时来。罗家疃这段大堤上，一时间有些人满为患了。卷羽鹈鹕游弋在水上，悠闲而惬意。它们看着人们，人们看着它们，相看两不厌。

7日早晨，因为堵车，夏家振到达时，虞磊等人已经来了。他发现，拿着手机的虞磊竟然有些愤怒不已。

"夏老师，我要在群里发倡议，在观鸟和拍摄时，请务必不要干扰到它们的正常生活。"

"虞老师,怎么啦?"

原来,虞磊早晨到来时,见卷羽鹈鹕有点异样,时不时就会突然惊飞。虞磊第一感觉是它们受到了人类活动的干扰。他举着望远镜仔细查看,发现了端倪,原来是有人在用无人机追拍卷羽鹈鹕,而且不止一个!他立刻在群里对这种用无人机追拍鸟的行为进行了强烈谴责。

虞磊说:"这种无人机追拍鸟类的行为,会严重影响候鸟休息。它们一般上午捕鱼,白天需要把羽毛晒干,还需要长时间休息补充体力,以备迁徙需要。我倡议,所有拍鸟者都应自觉规范自己行为,了解被拍摄野鸟的自然生态习性,避免对野鸟造成不必要的干扰;不用或少用无人机拍鸟,拍摄者及装备应适当伪装、掩蔽并保持距离;拍摄时应维持自然状态,不使野鸟暴露在掠食者、人类或恶劣天候下;稀有鸟种摄影作品的发表,勿透露详细拍摄地点;应尽量避免拍摄鸟巢,禁止拍摄繁殖中的稀有保育鸟类。"

"我同意!"夏家振第一个举起手中的相机。长长的镜头自阳光下,似乎是对着天空呼应。

"我也同意!"

"我也同意!"

……

众人的自觉呵护,让卷羽鹈鹕在巢湖这个清水家园安顿下来。他们每天游弋、嬉戏,合力捕鱼,优哉游哉,度过了壬寅之冬,走进了癸卯之春。2月26日,春天的阳光使得巢湖水面氤氲多姿,借着上升的水汽,先是两只卷羽鹈鹕飞上天空,借着北向的气流,向北飞去。

而那只脚上有环志的卷羽鹈鹕,对这片清水依然留恋不舍。但春天已经来了,北方的绿意正在呼唤着它。隔天,它也振翅北飞了。

巢湖这个清水家园成了这些卷羽鹈鹕无法忘记的眷念。11月22日清早,在十八联圩采访夏家振老师,他告诉我,有一只卷羽鹈鹕已经回来了,还是在桂花台那个地方游弋。他不能确定是不是1月份那三只中的一只。虞磊则自信地对我说:"应该是的。不出意外,另外两只也很快会来。对于美好的宜居环境,鸟的记忆要比人更强烈。"

2. 青头潜鸭

水鸟是水质鉴定的试金石。大到湖泊,小到池塘,只有水清了,水质好了,才会有水鸟来栖息、打尖。栖息的往往是留鸟,打尖的是候鸟。相对于留鸟,候鸟对水质的要求更高。因为它是流动的,是在不停寻找栖息地的。遇到水质好的湿地,它可以住一阵子,休息觅食,补充体力,养精蓄锐后,再度翱翔蓝天。这几年,巢湖的候鸟越来越多,一些多年不见的珍稀鸟类也时常在这里停留,与这里的人们和谐相伴。

2023年春节刚过,钱茂松就背起相机出发了。正月初七一大早,在巢湖半岛湿地公园,他沿着岸线走了几百米,就发现一群黑头白腹的鸟在天空飞舞盘旋。他忙用镜头聚焦,抓住这些飞鸟。它们有白色的眼眶,飞翔时身体腹部及飞羽呈现的白色十分明显,野外识别度较高。钱茂松敏锐地意识到,这种鸟是以前没有拍到过的。"咔咔咔",他连续按动快门,把鸟在空中的各种姿态都装进了相机。喘了一口气,他数了数,一共10只。通过百度,钱茂松发现,这些黑头鸟是国家一级保护动物青头潜鸭。

青头潜鸭是雁形目鸭科潜鸭属的迁徙性鸟类,别名青头鸭,分布于我国东三省、内蒙古及河北东北部等地区,在长江中下游以及福建、广东等沿海地区越冬。它曾经是一种较为常见的鸟类,但由于生态环境恶化以及人类过度猎杀等,数量急剧下降,野外种群数量极其稀少。1988年,它被列为"近危"(NT),1994年被列为"易危"(VU),2008年上升为"濒危"(EN)。2019年,青头潜鸭被列入《世界自然保护联盟濒危物种红色名录》中,为"极危"(CR)保护等级。2021年,青头潜鸭被列为中国国家一级保护野生动物。

这一天,钱茂松的运气特别好。傍晚时,他在半岛湿地河东圩水域又拍到了黑颈鹬、小天鹅等珍贵鸟类。黑颈鹬在野外也十分罕见,其红色虹膜和微微上扬的喙让其与其他鹬鸟相比,常给人一种高冷美的感觉。黑颈鹬为国家二级保护动物,也是首次现身巢湖半岛湿地公园。

小天鹅算是巢湖的常客了,很多观鸟爱好者都曾拍到。而在半岛国家湿地公园,钱茂松第一次拍到它们则是在 2022 年 10 月 29 日。也是在河东圩水域,一对浑身洁白的小天鹅在水面上自由地玩耍觅食。钱茂松发现了,将它们美丽的身影定格在相机中。在他 10 年的观测记录里,这是第一次看见小天鹅出现在半岛湿地公园。3 个月不到,两次在河东圩水域拍到小天鹅,看来河东圩已经是一处不错的"客栈"了。

小天鹅,又称短嘴天鹅、食鹅,是国家二级重点保护动物,属雁形目鸭科天鹅属鸟类,为鸟类的飞高冠军。其食物以水生植物为主,有时也吃一些小鱼小虾等。对栖息地环境,小天鹅要求极高,喜欢水质良好、水域开阔、水生植物丰富,并有滩涂地的地方。小天鹅"加盟"半岛湿地公园候鸟群,说明湿地公园具备了珍稀候鸟栖息的良好生态环境。由秋至冬都有它们的身影,半岛湿地的色彩更靓丽了。

今年 50 多岁的钱茂松是巢湖电力公司员工,土生土长的巢湖人。2012 年冬季,一次偶然的机会,他在湖边看到一群水鸟在湖面飞舞,被它们临湖展翅的自然生态美深深震撼,一下喜欢上了拍鸟。到现在,已经 10 多个年头,拍了上万张鸟照,不少光临巢湖的珍稀鸟类,都是他第一个拍到的。无论是被称为"鸟类大熊猫"的东方白鹳,还是有"凌波仙子"美誉的水雉,都曾飞进他的镜头。他的摄影作品经常被刊载在报纸、杂志的摄影版块,"我想让更多的人能够看到这些鸟儿的美丽,也想告诉所有人,鸟类和我们是命运共同体,需要人类的保护"。在合肥观鸟界,他也算是"大咖"级的人物。

"如果你仔细观看,会发现鸟的神态非常自然。再有就是鸟非常爱干净,它在梳理羽毛时的动作和水面倒影融为一体时,非常优美。如果拍到群体迁徙,那场面往往是令人震撼的。"11 月 22 日,在半岛生态湿地,他带着我去看鹬鸟群。用相机定格后,他让我通过镜头看那些捕食的鹬鸟,有黑翅长脚鹬、红脚鹬、反嘴鹬、黑腹滨鹬、黑尾塍鹬,其中还夹杂着红骨顶和白骨顶。红骨顶就是黑水鸡,是常见的留鸟,我认识。"白骨顶原来是冬候鸟,现在很多留巢湖过冬,成为留鸟了。"对于鸟的习性,钱茂松也掌握很多。

钱茂松喜欢将鸟照发在朋友圈,他希望用这些瞬间定格的美去唤醒人们对鸟类的关注,保护身边的环境。事实的确如此,朋友圈里不少人看到他的照片,被鸟的美丽感动,成了爱鸟人士。有些父母还常常与孩子一起参与护鸟行动,享受亲子时光,感受大自然的美丽。"像是被称为'凌波仙子'的水雉在合肥也可以经常看到了,它的羽毛特别好看。此外,今年我们还在巢湖湿地发现了棉凫,它的数量很少,之前在全国很久都没有看到了。"说到观鸟,钱茂松很兴奋,"给我印象最深的是东方白鹳。2016 年第一次看到是3 只,2018 年的时候看到了 136 只,2021 年我们观察到了上千只。它们在湿地栖息,迎着太阳齐飞,非常壮观。"说到东方白鹳,钱茂松脸上洋溢着自豪。而说到巢湖环境的改变,作为土生土长的巢湖人,他更是感同身受:"巢湖曾经遭受污染,夏天蓝藻暴发,腥臭味扑鼻,人在岸边都没法儿待,别提有鸟了。这几年,巢湖治理成效十分明显,珍稀候鸟们用翅膀为这里的生态投下了赞成票,我一人拍到的水鸟就有 200 多种。"

候鸟是大自然的"生态检验师",它们大多对生存环境较为挑剔。东方白鹳、卷羽鹈鹕、青头潜鸭等一批批珍稀候鸟的不断出现,足以证明巢湖沿岸湿地生态环境持续向好。每年 10 月下旬至次年 3 月的越冬季是巢湖沿岸湿地最热闹的时节。一批又一批南飞的候鸟翩然而至,在这片水丰草茂的清水家园栖居,或追逐嬉戏,或休憩觅食,与湿地的湖水草木相映成趣。它们灵动曼妙的身姿吸引着许多观鸟爱好者的目光。这个时节,也是钱茂松最忙碌、快乐的季节。这些年,他似乎也变成了一只候鸟,一到这个季节,就融汇在碧水蓝天之间。

巢湖原本是鸟类的天堂,由于环境污染,"天堂"一度渐行渐远。近年来,随着环巢湖生态湿地修复的深入推进,"天堂"逐渐回归,蓝天碧水间的生态乐章令鸟儿缱绻。越来越多的珍稀鸟类成为巢湖"常客",还有一些冬候鸟住着,比如白骨顶,就选择留下来"定居"了。2022—2023 年迁徙季,与往年相比,选择来这里越冬的候鸟数量和种类突破新高,仅巢湖沿岸有记录的鸟类总数已有300多种。卷羽鹈鹕、东方白鹳、青头潜鸭、"世界最小鸭"棉凫、黑颈鸬、"红腿娘子"黑翅长脚鹬……与往年相比,"明星"越来越多。

3. 观鸟者

观鸟最早兴起于18世纪的英国和北欧,早期是一项纯粹的贵族消遣活动,到今天已成为世界上最流行的户外运动项目之一。在美国,每年有4600万人参与户外观鸟活动,超过美国总人口的五分之一,是仅次于园艺的排名第二流行的爱好,由观鸟带来的收益超过美国钢铁产业的总值。英国更是老牌观鸟大国,10个人中就有9人有观鸟的经历,而仅皇家鸟类保护协会注册的会员就超过100万人,每30个成年人中就有一人疯狂地痴迷观鸟活动。据国际生态旅游协会的统计,以观赏野生动物为目的的生态旅游占国际旅游者总数的四分之一。

中国观鸟活动在台湾和香港起步较早,大陆始于20世纪末期。起初,观鸟仅限于大学、科研机构的专项研究,随着环保运动的普及,观鸟作为一种参与性强、互动性高的活动被环保组织引入并推广。2000年,由湖南教育出版社出版的《中国鸟类野外手册》成为观鸟的里程碑。这本工具书催生了数以万计的观鸟爱好者。现在的观鸟爱好者呈几何级数增长,很多普通人了解鸟类、热爱鸟类,并加入了观鸟者的队伍。

安徽的观鸟活动多在全省各湿地和皖南山区及大别山区开展,观鸟者以合肥人居多。安徽省珍稀鸟类保护工作者联合会经常组织观鸟活动。这个联合会成立于2015年,法人代表侯银续,安徽大学生态学硕士,现就职于安徽省疾病预防控制中心,从事鸟类资源保育和病媒生物防治技术研究工作。他撰写出版的《安徽省鸟类分布名录与图鉴》,是全面介绍安徽鸟类种、亚种分布的专著。夏家振当年拍摄的很多鸟的图片,无偿提供给了这本书。合肥观鸟者多,一是因为这本书的宣传,二是因为巢湖作为清水家园,让鸟类越来越多。虞磊是这个联合会的常务副会长。

2023年4月2日,安徽省第四十个爱鸟周启动,侯银续在会上宣布,近年来我省鸟类总体数量正在呈不断上升的趋势,目前有记录的鸟种达到468种。虞磊接着介绍,按照2023年2月5日颁布的新野生动物保护名录,安徽省现有一级、二级保护鸟类共116种。其中一级保护鸟类28种,由原二级升级为一级的12种,新增为一级的4种(青头潜鸭、黑嘴鸥、蓝冠噪鹛、黄胸鹀)。其中二级保护鸟类88种,新增为二级保护的28种,新发现安徽有分布的二级保护鸟类2种(蓑羽鹤、鹮嘴鹬)。

新增一级的4种鸟类,其中的青头潜鸭在巢湖湿地的发现我们已经说过了,下面说一下黄胸鹀。

黄胸鹀这种新增的一级保护鸟类,巢湖湿地在2022年曾经有观鸟人拍到过。这个人是胡文翔。

胡文翔是一名观鸟爱好者,也是一名摄影达人。2022年4月30日,正值五一小长假第一天,他驱车来到巢湖边的一处湿地,碰巧看见油菜地里有几只黄褐相间的小鸟,于是急忙按下快门,记录了下来。

当时胡文翔也没认出来这是黄胸鹀,就是觉得挺好看的,以前没拍过,就抓拍了。胡文翔当晚将照片发在了巢湖鸟类调查群里,没想到大家十分惊喜,告诉他这是极危鸟类黄胸鹀。"大熊猫属于易危物种,东方白鹳属于濒危物种,而黄胸鹀属于极危物种,距离野外灭绝只差一步。换句话说,它比大熊猫和东方白鹳面临灭绝的危险更大。"胡文翔说,黄胸鹀也是他拍鸟生涯中记录到的最有意义的鸟类之一。

黄胸鹀为何会出现在合肥?它的出现又有什么意义呢?针对这些问题,胡文翔曾找到虞磊一探究竟。

虞磊告诉胡文翔,黄胸鹀俗名禾花雀,属小型鸣禽,喜食植物种子,与合肥其他长得和麻雀差不多的鹀不同的是,它的胸部具有标志性的亮黄色羽毛,非常显眼。黄胸鹀尤其喜欢栖息在湿地附近的灌丛、草地中,是典型的河谷草甸灌丛草地鸟类。

"黄胸鹀作为过境鸟,早在去年就有观鸟爱好者在巢湖湿地发现了它的踪迹。鸟类的记忆力是很强的,今年你的拍摄地和去年是同一地点,时间和去年也差不多。同一地点、同一时间再次发现它的身影,说明这位'稀客'已经变成了'常客'。"

作为鸟类专家,虞磊明显地感觉到这几年越来越多的鸟类选择到合肥"落脚歇息",而黄胸鹀连年出现,更是环巢湖湿地生态环境持续向好的一大佐证。

新增一级保护鸟类黑嘴鸥在2023年2月11日被发现。发现者叫林生富,中国科学技术大学地球和空间科学学院大气科学博士,是一位"为鸟痴狂"的观鸟爱好者,也是30位"巢湖湿地鸟类生态摄影师"之一。2022年,林生富一共观测到了252种鸟,其中在安徽省发现的有241种,还有2种首次在安徽省记录到,分别为灰冠鹟莺和褐头鸫。褐头鸫是国家二级保护动物,IUCN易危物种,林生富是在中国科学技术大学校园里发现它的。

2023年2月11日下午2时左右,林生富在巢湖边观鸟时,听一位观鸟友人说有一只鸥和其他的红嘴鸥长得不太一样。他忙用单筒望远镜拍了下来,发现不是常见的西伯利亚银鸥。当时他没太注意,第二天翻看照片,对照图鉴发现应该是黑嘴鸥。之后虞磊经过鉴定,确认是安徽省比较罕见的黑嘴鸥。

黑嘴鸥高度依赖海岸,很少进入内陆地区。它们飞行轻盈,可以突然下降,繁殖于渤海和黄海北部沿岸地区,一般在黄海至南海沿岸,在处于内陆地区的安徽极为罕见。2015年2月,夏家振曾经在长临河附近的巢湖湿地拍到过一只黑嘴鸥,之后就再没有人见过它的踪影,安徽目前也只在巢湖发现过黑嘴鸥。时隔8年能够再次观测到黑嘴鸥的身影,的确令合肥观鸟人非常兴奋。

蓝冠噪鹛最早是法国传教士 A. Riviere 于1919年在江西婺源采集到标本,但此后再无发现,几乎沉寂了70多年,这段时间婺源是否还有蓝冠噪鹛生存无人知晓。直到1992年,国外鸟类保护协会一位会员在香港鸟市意外发现了1只蓝冠噪鹛,它混在来自中国大陆的出口画眉中。根据资料推测,那只蓝冠噪鹛有可能来自江西婺源,于是原国家林业局开始组织专家在婺源寻找这种鸟。直到2000年，江西婺源县林业科学技术推广站退休工程师郑磐基先生在婺源发现了蓝冠噪鹛，这一羽色靓丽、叫声婉转的雀形目鸟类才再次出现在世人面前，逐渐为人所知。

每年4月中下旬，蓝冠噪鹛从婺源及其周边的丘陵山地迁移至低海拔的河岸地带，主要在乐安河及其支流附近村落及周边林地、灌丛和河岸带繁衍生息。大大小小不同的繁殖小群在村口的"水口林"中栖息，也会利用古树、高大乔木、苗圃林、村民庭院的桂花树或果树筑巢。繁殖季节，它们的鸣声悦耳动听，仿佛一连串富有韵律的口哨在林中回荡。繁殖期的蓝冠噪鹛存在合作繁殖的行为，除了雌雄亲鸟抚育后代之外，还有其他个体参与喂养巢中的雏鸟，不同个体分工协作，在照料后代期间还共同抵御天敌。6—7月，随着幼鸟离巢，蓝冠噪鹛成鸟完成了当年的繁殖任务，便带着幼鸟陆陆续续离开繁殖地，迁移到附近海拔更高的丘陵山地密丛中，自此鲜见踪影。迄今为止，它们冬季究竟在哪里生活依旧是一个谜。

如今蓝冠噪鹛野外种群主要分布在江西婺源及其周边，繁殖季节分散为多个繁殖小群，数量几只到几十只不等。据江西农业大学教授、博士生导师张微微和国际鹤类基金会环境教育专员刘涛观察研究，近年来比较稳定的繁殖小群大约有5个，有些繁殖点已经消失或转移，种群总数有300余只，总数较2000年的250多只略有增长。

蓝冠噪鹛是极度濒危物种，有着靓丽的羽毛、鲜黄色的喉部、靛蓝色的顶冠，从而使得它在众多画眉科鸟类中长相出众。2015年7月，侯银续等人在黄山歙县听到了蓝冠噪鹛的叫声，但未能拍到照片。江西婺源地处江西东北部，皖赣浙三省交界，地理上属黄山余脉，文化上是徽州文化发祥地之一，所以，安徽也可能有蓝冠噪鹛。2018年11月，同样是在歙县，又有安徽省珍稀鸟类保护工作者联合会会员看到了蓝冠噪鹛的身影，这些珍贵的记录作为新发现收录在《安徽省鸟类分布名录与图鉴》一书中。这项新发现对于歙县蓝冠噪鹛的保护具有重要意义：蓝冠噪鹛将不再只是江西婺源特有的鸟类，同样也是安徽省古徽州地区一张珍贵的生态名片。

这张珍贵的生态名片,能打成巢湖牌吗？也许青头潜鸭、黑嘴鸥、黄胸鹀能够告诉蓝冠噪鹛。青头潜鸭等众多水鸟的回归,说明巢湖正在成为水鸟们的清水家园,这是环巢湖湿地生态向好最有力的证明之一。

这一切,源自合肥市在重点生态区域推行林长制,发布《合肥市重点生态区域推行林长制工作方案》,重点实施巢湖综合治理,大手笔规划建设环巢湖十大生态湿地,构筑起环巢湖水生态、水安全屏障,并启动了巢湖生物资源调查与生态修复示范工程项目。

二、清水渊源

1. 红杉林

2017年6月4日,合肥市重点生态区域推行林长制启动仪式在合肥滨湖国家森林公园举行。合肥滨湖国家森林公园成为林长制首批试点单位,方彪成为合肥滨湖国家森林公园的责任林长。

合肥滨湖国家森林公园所在地,早期因百姓筑圩防水、围湖造田,生态环境破坏严重。2002年,包河区响应国家号召,在圩区实行退耕还林,万亩人工速生意杨林悄然形成。无心插柳,却造就了一座国家级森林公园的雏形。

2012年6月,合肥印象滨湖旅游投资发展有限公司(初期为合肥印象包河旅游开发管理有限公司)成立,方彪担任董事长,来到这里工作,负责建设公园。原先从商的他,看着眼前的土地上单一杨树品种种植面积超过全园95%,园内沟渠纵横,道路不通,人进不去、出不来。方彪坦言,内心感到忐忑和摇摆,但从未有过畏惧。时间紧、任务重,他决心尽快将它打造成高标准的森林公园。怀着时不我待、只争朝夕的信念,方彪按照"五加二""白加黑"的工作节奏,身体力行,对杨树林进行实地走访观察,根据地形、水系、原有道路的实际情况,邀请专业团队进行整体规划设计,打造荷塘落玉、四水归堂、有巢树屋等景观,增加园区的观赏性和趣味性。同时开展林相改造，改变单一的杨树林状态，实现了月月有花、季季有景，让"野鸡开会，鸭子摆队，松鼠遛弯，兔子乱窜"成为日常画面。2016年10月，园区荣登"厕所革命"红榜。

说起那时的工作，森林公园园长张宋说："他总是第一个来、最后一个走，全年无休，长期在工地、现场，和工人们一起植树造林。他对工作饱含激情，大伙儿都被他的工作激情所感染。"

"人民公园政府建，建了公园为人民"，这是方彪坚持的经营理念，园区承诺永久免费向游客开放。在方彪的带领下，坚持"高定位、高标准"建设而成的滨湖森林公园破茧成蝶，成为全国首个退耕还林并经生态修复建成的国家级森林公园。原先名不见经传的一片杨树林，经过变身，先后获得国家级森林公园、国家AAAA级旅游景区、中国人居环境范例奖等10多个"国字号"荣誉，成为合肥市乃至安徽省最美的旅游形象窗口之一。

合肥市重点生态区域推行林长制工作启动后，2017年12月27日，国家林业局批复同意安徽合肥巢湖湖滨国家湿地公园开展国家湿地公园试点工作。2019年7月，合肥巢湖湖滨湿地被纳入合肥市环巢湖十大湿地建设任务。巢湖湖滨湿地东至南淝河入湖口，西至塘西河与徽州大道交界处，南至派河入湖口，北至塘西河北岸，总面积近15.4平方千米，湿地率85.83%，是包河区环巢湖16.8千米黄金湖岸线上一颗巨大的明珠。

重点生态区域推行林长制工作，让环巢湖湿地建设迎来高光时刻。

乘着林长制的东风，湖滨湿地十五里河河口湿地红杉林项目建设提上议事日程。

2018年11月，包河区委、区政府主要领导带队赴宁国方塘，农林水务局、住建局等各大局领导随行。考察组临行前，区领导点名通知让印象滨湖董事长方彪随行。

宁国方塘，皖南川藏线上的一片红杉林，初秋时节，景色如画，游人如织。考察组成员赞叹着眼前美景，但更渴望打造合肥滨湖的红杉林。

项目决策会现场，有林业专家指出，杉树喜空气湿度较高，怕夏季酷热或干旱,最佳栽植时间为每年的 11 月中下旬到次年的 3 月初,否则发芽后的杉树成活率低。仅仅 3 个月的时间,既要大面积实施微地形整理,又要栽植几万棵树苗,时间紧、任务重、施工难度大,在场的机关领导面露难色。

"印象滨湖愿意承担重任!"当目光与区领导不经意间交汇时,方彪脱口而出,字字铿锵。营造红杉林是光荣的使命责任,更是巨大的现实挑战。在动员大会上,印象滨湖人的团结力再一次爆发。以方彪为组长的领导小组正式成立,并指派时任党委委员、副总经理张勇为现场指挥,抽调了工程部、管养大队等部门的精兵强将。

要栽植红杉必须先进行微地形改造,平整场地、挖沟改渠、畅通水系。自 2018 年 12 月 30 日开始,前后共 33 天时间,印象滨湖人紧锣密鼓地完成了近千亩的微地形整理。最多的时候,工地上推土机、挖掘机达到 20 台。为赶进度,施工队伍有时早上 7 点就开始施工,直到晚上 6 点天黑才结束。

湖岸边是典型的硬埂土,干燥的时候如石头一样坚硬,湿润的时候黏脚、黏工具,对工人栽树施工影响非常大。但印象滨湖人迎难而上,为了赶进度,公司从三个公园运营部调集管养工人,高峰时达到 200 人。年前他们冒雪挖树穴、栽植,直到春节前三天的 1 月 31 日才开始放假,部分一线员工年会都没有参加。最终 7000 株杉树顺利栽植完成,首战告捷。

这个冬天恰逢合肥多雨,2 月 6 日至 3 月 8 日连续阴雨天。雨天带来的影响比雪天要大得多,员工被折腾得苦不堪言。栽植现场路面凹凸不平且坎坷泥泞,泥面厚度 30—40 厘米,工人穿着胶鞋一不小心就很容易陷进去。泥巴粘在胶鞋上至少 3 斤重,人正常行走都十分不便,车辆更无法通行,只得动用人力肩扛人抬。这种带土球的杉树每棵有 30—50 斤重,平均每人每天人力运输 100 棵上下。加之员工平均年龄 60 岁,对体力的挑战可想而知。

管养大队一个部门第一天有 80 多人参战,第二天只有 60 人左右,第三天变成了不到 50 人上班。这种高强度的栽植,一天下来,肩膀头都被树压得生疼、红肿、脱皮。连续的阴雨考验着每个人的体能极限,巢湖的大风也直吹得人站不住。有工人发牢骚说："就是机器人都受不了,何况是人呢?"由于是野外作业,吃饭也是难题。为了赶进度、抓工期,工人们没有遮风挡雨的地方,只能蹲在路上、田埂上,和着泥土、掺着雨水吃饭,拉肚子、发烧的情况时有发生。

尽管困难重重,但方彪董事长和公司其他领导都一同坚持,还说什么呢?牢骚归牢骚,活还是要干。所有植树员工心中只有一个信念:再苦再难,也要咬紧牙关挺过来,不能给印象滨湖丢脸。正是这份荣誉感和责任感,支撑着印象滨湖人创下一个又一个奇迹。王健、程健、盛大云、董家祥、董家新、许家亮、张玮、董自军、朱颜颜等,这些都是坚持在一线的员工,他们往往每天6点30分就赶到现场,顶风斗雨,从早到晚,用他们的话说:一天下来,腿都不是自己的了。但第二天早上,不是自己的腿,把他们又带到了现场。

在林长方彪的带领下,印象滨湖克服50余天雨雪冰冻天气的不利影响,33天内完成微地形改造近千亩,栽植各类杉树5.8万余株。时至今日,红杉林的栽植规模已接近一期栽植数量的两倍,池杉、落羽杉、乌桕、西湖垂柳、枫杨、刺槐阔叶、娜塔栎等树苗及色叶花卉约12万株。每到秋季,这里俨然成了鸟类嬉戏的乐园、摄影爱好者的胜地。耀眼的橘红树影倒映在湖畔清水中,和蓝天白云渲染着合肥的金秋。

"一年成活,两年成林,三年成景,四年成为网红打卡点",刚担负起林长的重任,方彪就下过这样的决心。近年来,他参与并指导滨湖国家森林公园逐步更新栽植适宜树种约290万株,新增林区面积3000余亩,林下实施林相改造5000余亩,园区从单一的杨树林转变为混交林,形成了稳定的生态系统,园区负氧离子常年保持在每立方厘米2500—3000个。

红杉林种植的成功为合肥滨湖国家森林公园增添了色彩。2019年10月19日,中央电视台新闻联播以《安徽:"林长制"让森林"长治"》为标题,专题聚焦合肥滨湖国家森林公园林长制工作的喜人成绩。红杉林也多次登上央视,以此内容拍摄的专题片,央视最长时间直播了33分钟。

2. 蓝藻井

蓝藻是一种最简单、最原始的单细胞原核生物，也是地球上分布最广、适应性最强的光合自养生物。它的细胞大多呈蓝绿色，广泛分布在陆地和水中，在地球上已有30多亿年的生存历史。它喜高温、强光、多静止的淡水水体，尤其是在水体有机质丰富、底质富营养化时容易快速繁衍。

在正常情况下，一定数量的蓝藻对水体产生不了威胁。但若蓝藻在短时间内大量繁殖，数量猛涨，使得水系表面大面积被覆盖，阳光、空气等无机元素无法进入水中，进而导致水体生态系统平衡存在的条件被打破，那将严重影响水中生物的正常栖息和生长。另外蓝藻死亡时需要消耗大量氧气，这将导致水中其他生物缺氧而死亡。且蓝藻同时会散发出腥臭味并呈现蓝白色，使得水体发臭、变浑浊，严重污染水源。此外，蓝藻中含有的藻毒素作为一种强烈的肝脏肿瘤促进剂，是诱发肝癌的三大罪魁祸首之一。人类长期饮用蓝藻暴发地的水体，将会严重损害自身的肝脏系统。

巢湖为中国第五大淡水湖，属人工控制湖泊，平均水深2.89米，水面面积约785.4平方千米。它的水系发源于大别山区东麓和浮槎山区东南麓，共有35条大小河流从四周呈放射状注入巢湖，其中来自西、北、南三面的河流量占比在90%以上，最后经东部唯一出口河流裕溪河并入长江干流。

巢湖存在大量蓝藻种源。以合肥市为主的流域人口稠密、社会经济较发达，各类点源、面源入湖污染及流域北岸广泛分布的含磷岩系，使水体富营养化。在富营养化、适当水文水动力条件、20℃—35℃的适宜温度下，蓝藻快速生长繁殖。狭长湖域且盛行东南风，导致蓝藻集中在西半湖区。20世纪80年代中期，蓝藻开始小规模暴发，1990年起年年暴发。

2020年7月，巢湖流域发生了百年未遇的大洪水。洪水过后持续高温，受其影响，巢湖中的蓝藻开始暴发。湖面漂浮着大量深绿色的浮沫，还散发阵阵腥臭味。巢湖附近的居民反映，只要是高温天气，一起东南风，蓝藻的臭味就飘过来，像粪便一样，味道浓郁得让人头晕，就像化粪池爆炸了。

据业内人士分析,百年未遇洪水导致滨湖围堰失去了拦截蓝藻的作用,雨水过大又导致城区污水直排,加上往年打捞蓝藻的工作人员又全部在抗洪,以及温度骤然升高,因此蓝藻暴发比往年更加突然和甚嚣尘上。

2019年3月,应包河区政府专项会议要求,印象滨湖从区环保局手中接过蓝藻监管的重担。2020年13.43米的百年未遇超高水位导致沿线2座藻水分离站、3座深井及24个打捞平台均瘫痪停用。8月1日是星期六,下午方彪被叫去渡江战役纪念馆开会,会上成立了"包河区蓝藻应急治理指挥部",分配给印象滨湖的任务区为从塘西河西侧到老丙子河以东区域的蓝藻治理。

印象滨湖防范区域非常重要,是难啃的硬骨头,离省委、省政府近,且位于创新馆、渡江馆及名人馆附近,地理位置重要。按照方彪的部署,公司成立了刘伟、张光升、董家新、董家祥、范良德、李召全、许道童、马刚和陈传胜带领的9个小组。前期,副总经理汪玉竹监管董家新、董家祥、范良德带领的3个小组,副总经理谢波监管刘伟、张光升、李召全带领的3个小组,副总经理钱元胜监管许道童、马刚、陈传胜带领的3个小组。

包河区环保局、农林水务局、住建局、重点工程中心、卫健委及烟墩、义城、万年埠、方兴等街道社区一同参战。区里还邀请中科院南京地泊所、东清环保、雷克环保、远资环保等专家团队进行紧急防藻控藻,并邀请巢湖管理局、上海消防、合肥消防、72集团军进行紧急驰援。在一个月时间内,整个沿湖线每天都有1000人以上。

印象滨湖自8月2日开始全线投入工作,本着"一切工作服从于、服务于、让位于蓝藻打捞工作"的原则,不惜代价、特事特办,至9月2日印象滨湖撤出时,已取得蓝藻攻坚战的阶段性胜利,沿岸大面积蓝藻、水草和杂物已明显减少,藻情得到有效控制。

董家祥是印象滨湖旅游投资发展有限公司综合部员工,他负责渡江战役纪念馆区域的蓝藻清理。受风向影响,每天清理完的水面,第二天又有大量的漂浮垃圾,他就这样重复不停地清理。为了更好地全面治理蓝藻,结合蒋口张位置地形,他决定利用机械进行地形整改。在指挥机械进行地形整改的时候,他不慎被挖机碰到,大量出血,被紧急送至医院,检查后发现脸颊处骨裂,多处摔伤出血,好在没有其他大的伤情。在家休养不到一周时间,董家祥又积极投身抗藻工作。同事们问他恢复得怎么样,他却说:"只怪我自己不小心。"

对于2021年的蓝藻打捞工作,市委主要领导的要求是要让老百姓看到变化,闻到变化,比较到变化。所以包河区本着抓早抓小的原则,打捞早,效果好。由于上下同心,高度重视,蓝藻防控的要求和标准与前一年相比又有了变化,只要湖面有蓝藻,就要想办法捞掉,而不仅仅是臭味管控。自7月1日正式开始,方彪要求副总经理钱元胜就在岸上草原蹲点,专门防控蓝藻。

首先,防控蓝藻工作预防是关键,该割芦苇的要割芦苇,该开航道的要开航道,该拉围隔的要拉围隔,该上推流器的要上推流器,该装龙卷风的要装龙卷风。其次是做好应急处置,挖机、长臂挖、水挖、灌装车都要备用,人员要分片区做好应急调度。

7月23日,十五里河平水口围堵,钱元胜带领80多名管理及一线人员参加。8月4日,腊树圩进行垃圾清理,出动69人。8月19日,他又带人奋战派河口等。市委主要领导在7月10日、8月23日调研巢湖蓝藻时都给予包河区和印象滨湖很高的评价。

2022年,蓝藻出现的时间比2021年推迟了54天,达到了一个新纪录。8月初,印象滨湖派出180多人参加方兴湖野菱角、蒲草打捞,数天时间打捞上岸8000多吨。其余时间整个湖面只有点稀藻,也都是可控的,印象滨湖突击队都没有出动。2022年,包河区实现巢湖蓝藻全年无暴发。

打捞蓝藻是老办法,尽管是管用的好办法,但毕竟有些"笨"。2022年,印象滨湖新建了高压控藻深井,进行蓝藻处理。

高压控藻深井位于滨湖国家森林公园次入口围堰蓝藻防控段,每天可以处理10万立方米的藻水。51岁的许业贵是深井控藻平台的运维负责人。他是蓝藻防控的老把式,2015年就加入蓝藻防控队伍,见证了巢湖蓝藻防控许多场恶战。

暴晒了一夏,许业贵肤色黝黑。他的身旁,深井吸入湖水产生的"哗哗"声不绝于耳。2023年8月9日下午,在深井控藻平台上,他告诉我:"现在科技发达,防控效率高,效果好!这个深井有80米深,处理能力较原先的打捞平台提高了30多倍,而耗费的电力和人力减少了。"

陪同的印象滨湖旅游投资发展有限责任公司副总余振泰介绍,深井控藻平台采用0.5—0.7MPa压力,破坏蓝藻细胞内伪空泡,使其失去上浮能力沉入水体,在无光或弱光条件下衰亡,自然消解。同时,深井控藻平台可对水体进行曝气增氧,改善水体环境。

"我们这一段共有20多个人,4月份就上岗了。夏天持续高温,很热,不过大家都没有退缩,见藻就处理。按照计划,我们会值守到10月20日。"许业贵说。由于今年蓝藻相比往年少了许多,所以他们的工作强度算是最近几年最轻松的。

驱车来到派河大桥附近,一艘蓝底白身的蓝藻磁捕船正停泊在水面上。这是包河区新添置的又一治藻"重器"。"这两天湖面没有蓝藻,所以船只处于停工状态。"船只运维单位安徽雷克环境科技有限公司项目经理郝正运说。

相比位置固定的深井控藻平台,这种可移动的蓝藻磁捕船在蓝藻防控工作中的作用更大、更灵活。"它就像一个可以移动的污水处理厂。"包河区磁捕船蓝藻打捞项目负责人刘彪说,"磁捕船采用矿物基质磁性微网材料,将水体中的氮磷和蓝藻等污染物絮凝后,再利用永磁装置外磁场作用,快速吸附磁性絮体,分离后水质稳定达到湖库Ⅲ类水标准。"

"只要发现水面有蓝藻,我们就会开过去及时处理,将蓝藻消灭在萌芽状态。"郝正运说,"一套磁捕船设备,每天可产生藻泥近90吨。藻泥会被运送到后端处理厂制作成肥料供应给苗圃基地,实现废物利用。""我们从8月份开始作业,已产生藻泥400多吨。全湖现有6艘磁捕船,今年已产生藻泥3000多吨。在磁捕船数量增加的情况下,这一处理量比去年少了将近一半,说明巢湖水质在好转。"

据悉,合肥市2023年已基本构建以蓝藻深井处理装置和藻水分离站为重点,蓝藻磁捕船为配套,蓝藻围隔、推流器等为基础的巢湖蓝藻水华应急处置设施体系。仅2022年一年,合肥市就新建高压控藻深井5座,新增磁捕船2艘、曝气船10艘、控藻船1艘,巢湖蓝藻应急防控能力进一步提升。

目前,环巢湖共建成藻水分离站5座,处理能力1.8万吨每天。建成蓝藻深井处理装置8座,处理能力78.6万吨每天。配备磁捕船及浅水区辅助打捞船只160余艘。

2023年9月26日,安徽省生态环境厅发布消息,目前巢湖全湖水质可稳定在Ⅳ类,东半湖水质改善到Ⅲ类。2023年上半年,全湖水质一度达Ⅲ类,创1979年有监测记录以来最好水平。监测显示,2023年1月至8月,巢湖水中总磷、总氮浓度同比分别下降28.4%、33.9%。巢湖流域25个国考断面中,水质优良断面比例为88.0%,同比持平,无劣Ⅴ类断面。自2021年至今,巢湖已连续两年多基本实现沿湖蓝藻无明显异味。

3. 渔耕居

十八联圩生态湿地是省级林长制改革示范先行区重点项目,位于肥东县千年古镇长临河镇境内。它东接十八联圩新河,北依沙河,西靠南淝河,南临巢湖,规划总面积27.6平方千米,系环巢湖十大生态湿地之首。这里原是巢湖近岸的自然湿地,20世纪60年代起,因不断围湖造田,人口不断聚集,到20世纪末圩区内已达1.2万人。曾经的长临河镇渔场,就坐落在圩区的东红村。

长临河镇渔场是联合国粮食计划署援建的2814项目之一,所以这个渔场又称为2814渔场。它于1987年开工建设,1990年全面投产,占地面积5650亩,共有连片精养鱼塘3500亩。该场南濒巢湖,西临南淝河,距合肥市区25千米。场内道路宽广平坦,直达每口鱼塘。

如今的合肥十八联圩生态建设管理有限公司董事长李家政,30多年前从水产中专班毕业后,就来到家乡的2814渔场工作。他从基层的技术推广员干起,10多年以后成为渔场场长。渔场的工作对于他,一切恍如昨天。

当时水质无污染,生态环境优良。为提高鱼塘亩均产量和效益,渔场在新品种引进和推广上投入资金,先后推广了高体鲫、异育银鲫、澎泽鲫、淡水白鲳、建鲤、加州鲈、鳜鱼、青虾、罗氏沼虾、河蟹、甲鱼、牛蛙等名特优新品种养殖,改良"四大家鱼"等常规鱼种,减少了花白鲢的放养比例,淘汰了体小易病的大阪鲫和肉质较差的革胡子鲶,使鱼塘亩均效益大幅提高。在养殖模式上,渔场逐渐摸索出一套适合本地区养殖的独特经验,引进和推广塘头猪舍、种草养鱼、鳜鱼垂钓休闲养殖、反季节养殖、鱼虾鱼鳖鱼蟹混养,以及以沼气为纽带的生态养殖等多种养殖新模式。从1990年到2010年的20年间,渔场累计向市场提供优质鲜活鱼56512.15吨,向社会提供肥猪11981头、家禽275604只、禽蛋56.7吨,形成了一定的生产规模和市场优势。渔农的养殖产量也由原来的亩产300千克逐步提高到现在的1000千克、1200千克。亩均效益也由原来的400元增加到现在的2200元,渔农户均年纯收入2.2万元。

同时,渔场以提供苗种+信息+服务形式带动周边农户3000多户,养殖水面3万多亩,户均收入5000元以上;转化原料及农副产品2万多吨,带动农户5000多户,户均增收500元左右;带动从事饲肥料运输、鲜鱼贩运、零销等第三产业从业人员1000多人,户均收入1万元以上。另外,渔场每年向合肥、店埠等地市场提供优质鲜活鱼3500吨,对丰富城市居民菜篮子,调节市场淡旺季供求矛盾,解决市民吃鱼难问题,平抑鱼价,保护消费者利益起到了举足轻重的作用。

经过20多年奋斗,2814渔场先后被授予农业部水产健康养殖示范场,省级标准化水产养殖示范区,省农业产业化龙头企业,省休闲渔业示范基地,省优质安全农产品标准化生产示范基地以及现代化农业科技示范园称号等。

第一章 一湖清

　　渔场养殖亩均产量的提高，鱼类品种的丰富，亩均利润的提升，都渗透着李家政和同人的汗水与智慧。无论是渔场的员工，还是附近的农民，对他这位从基层一线成长起来的场长都称赞有加。一到春节，通过各种关系来买鱼的人更是络绎不绝。

　　然而，一切都在悄然变化。20多年后，原先优质无污染的水没有了。长期的围湖而渔、饲养家畜家禽、投放大量饲料、尾水直排，对巢湖水环境造成了不可逆转的影响。时代也在变，吃鱼对市民来说已不再是难题。致富途径已不再仅仅是渔业，打工的收入也远远高于养鱼。最关键的是，每逢梅雨季，圩区易淹，群众损失也不小。

　　为了巢湖的生态，也为了守得一湖安澜，合肥市重点生态区域推行林长制的序幕拉开后，长临河镇开始实施"退居退渔"工程，而李家政的身份也从渔场场长变成了渔场关停的推动者。

　　李家政一毕业就到这里工作，创造了一系列的辉煌，对渔场有很深的感情。但现实很严峻，巢湖的水已经变成V类了，再不保护，靠水吃水都吃不成了。这个道理，李家政是明白的。那一年，在政府出资弥补渔民损失，并解决渔民上岸后顾之忧的同时，李家政还挨家挨户地给渔民们讲道理、做工作。

　　"本身'渔二代'的数量就在减少，生态污染和水淹之痛的现实也在眼前，渔民上岸，为生态让'路'是大趋势，也是历史的必然。"李家政记得，当时他前后用了一个星期的时间做工作，九成以上渔民都签约了，渔场关停工作总体上推进较为顺利。

　　渔场关停后，曾有企业想在这里投资做生态湿地项目。当时，在长临河镇挂职的李家政负责接待这个投资项目，也就是在此过程中，他接触并一步步了解了建设生态湿地的意义。

　　在一次次与专家的座谈中，他不断丰富着自己的知识体系，对生态湿地价值的认识不断提高。

　　出于种种原因，企业的投资没有继续，但合肥市委、市政府改善生态环境的决心却很坚定。

2018年,合肥正式出资启动十八联圩生态湿地修复项目的建设。前期对湿地建设有所了解的李家政也主动申请,成为这片湿地的建设者之一。可是,2020年,湿地刚建设过半,巢湖流域就遭遇了一场百年不遇的洪水。为减轻合肥城市防洪压力,湿地进行了蓄洪,前期的一、二期工程基本被洪水淹没了。看着辛苦两年的成果被淹没在一片洪水中,李家政和同事倍感不舍。但为了安澜大局,他们不得不忍痛割爱。庆幸的是,大水过后,大部分湿地建设成果保存完好。

洪水之后,习近平总书记来这里视察,提出了"生态蓄洪区"的概念。安徽上下牢记总书记的嘱托,调整了湿地的规划建设方案,坚持生态湿地蓄洪区的定位和规划,全力推进湿地修复和管护,使湿地建设更加科学、快捷。

一、二期灾后修复工作得以快速推进,长临河镇重点完成了"三退"工作。

退养还湿。对十八联圩范围内鱼塘及附属物进行货币化终止补偿,启动与原2814渔场养殖户签订解除补偿工作,完成5200亩鱼塘经营权回收;与2814渔场外(约170多户,2500多亩)鱼塘、河道经营权签订解除协议,退捕鱼船400余艘。

退耕还湿。恢复巢湖河口湿地,改善巢湖周边地区生态环境,与4个村居群众完成签订土地流转委托协议书,流转土地3万余亩。2022年,在环巢湖1千米水环境保护区及十八联圩湿地推广水稻绿色种植1万亩,实现农药化肥负增长,建设环巢湖绿色粮食生产核心示范区。

退居还湿。实施灾后重建搬迁和安置工作,对十八联圩内施口、团结、罗洪等3个社区、26个自然村实施搬迁,2426户10342人已全部完成搬迁,拆除房屋40余万平方米;建成3个集中安置点4500余套住房,安置面积56万平方米。

这"三退",涉及的是渔民工作、耕地流转、居民搬迁,所以,我称之为"渔耕居"。这是后来十八联圩生态湿地建设得以顺利完成的重要基础。

第一章　一湖清

在完成一、二期灾后修复后，2021年5月，十八联圩生态湿地启动三期工程建设。该工程被列入巢湖流域山水林田湖草沙一体化保护和修复工程，构建了生态渗滤岛等多样化湿地生境。

十八联圩湿地中现有33座生态渗滤岛，可谓星罗棋布。这里芦荻萧萧，飞鸟成群。11月21日，李家政伫立水边，指着那些渗滤岛说，这些地方原先是2814渔场的养殖鱼塘，退渔后，鱼塘底泥氮磷元素严重超标，如何处理这些污染的底泥是湿地修复工程面临的一大难题。工程团队采用淤泥筑岛和生态渗滤技术，将鱼塘底泥就地转化，岛下用工程桩固定底泥，岛上种植水杉、乌桕等植物，吸收底泥中的氮磷元素，同时为各类生物提供栖息地。岛与岛之间的水域，栽种荷花、睡莲等挺水植物、浮叶植物和沉水植物，净化水质。

除了这些生态渗滤岛外，针对鸟类、鱼类、两栖类等不同类型生物的栖息需求，十八联圩湿地还构建了包括季节性草滩、湿草地、滩地、芦竹沼泽、浅水区和深水区在内的多样化湿地生境。为了保护鸟类，湿地保育区内划定了鸟类保护区，设立标识牌注明保护区域及水鸟种类及数量，不定期对鸟类保护区进行巡视。在鸟类保护区投放鱼类、蚌类生物，供鸟类捕食。并在湿地内部栽植了1万余棵鸟类食源性果树供鸟类觅食，为湿地鸟类提供良好的栖息生境。

2022年7月底，十八联圩生态湿地三期工程建设完成。3年来，十八联圩修复湿地接近2万亩。三期工程入选中国山水工程生态修复典型案例。毕业于合肥工业大学的赵明瑞，2022年2月成为十八联圩生态湿地的一名守护者。每天，她都通过设置在湿地中的智能化设备，监测着进出水水量、水质，见证着湿地建设带来的成效。她告诉我："作为南淝河水入巢湖前重要的旁路净化系统，十八联圩湿地水质净化功能稳定发挥。现在正是水稻等农作物生长期，湿地日净化南淝河水达60万立方米，相比平时多了20万立方米。"

2022年9月16日，十八联圩四期工程生态湿地蓄洪区项目开工建设。

这是全国首个生态湿地蓄洪区,被列入国家150项重大水利工程,分为蓄洪区建设工程和生态湿地修复工程两部分,设计蓄洪库容1.09亿立方米,治理生态湿地面积13.6平方千米。包括新建进(退)洪闸1座,改建、新建排涝泵站7座,新建湿地总进水闸1座;建设多田湿地、沼泽湿地、林草湿地等。据介绍,十八联圩生态湿地蓄洪区项目建成后,通过进(退)洪闸、圩内排涝体系完善、圩堤加固和保庄圩工程的建设,可为南淝河超标准洪水提供蓄滞场所,同时相机分蓄巢湖超额洪量,掌握防洪主动权。另外,通过湿地与生态农业相结合,丰富生物多样性、提高生态系统稳定性,并且兼顾水质净化功能。该工程预计将于2024年完工。

随着肥东十八联圩生态湿地三期工程完成,总面积100平方千米、投资近60亿元的环巢湖十大生态湿地全面建成,筑起了保护巢湖的天然生态屏障。

环巢湖十大生态湿地保护修复工程,打造国内领先的环湖泊湿地群,使环巢湖湿地生态功能持续提升。十大湿地蓄洪量达2.3亿立方米,年净化巢湖水体能力达2亿吨,在入湖污染拦截方面发挥了重要作用。其中,十五里河湿地主要指标氨氮、总磷污染物削减率为20%—30%,溶解氧浓度平均提高约20%。十八联圩湿地项目使进水氨氮由每升6—7毫克降至每升2—3毫克,总磷由每升0.5—0.6毫克降至每升0.2—0.3毫克。湿地生物资源更加丰富,调查结果显示,环巢湖十大生态湿地维管束植物由2019年的293种升至562种,沿岸有记录的鸟类由2019年的108种升至303种,越来越多的珍稀鸟类选择在巢湖越冬、栖息。

环巢湖十大湿地以自然恢复为主,立足湿地现有地形地貌,严控建筑景观类项目,最大限度减少土方工程,保留原有生物群落及其栖息地。《环巢湖十大湿地修复植物配置正面清单》突出了"适地适树,适湿适草"理念,乔灌草结构合理的稳定植物群落营造出更加多元的湿地生境,满足了水草生长、水鸟栖息和公众观光的需要。

每一个湿地都有自己美不胜收的特色。

淮北石质山造林

宿州全民植树活动

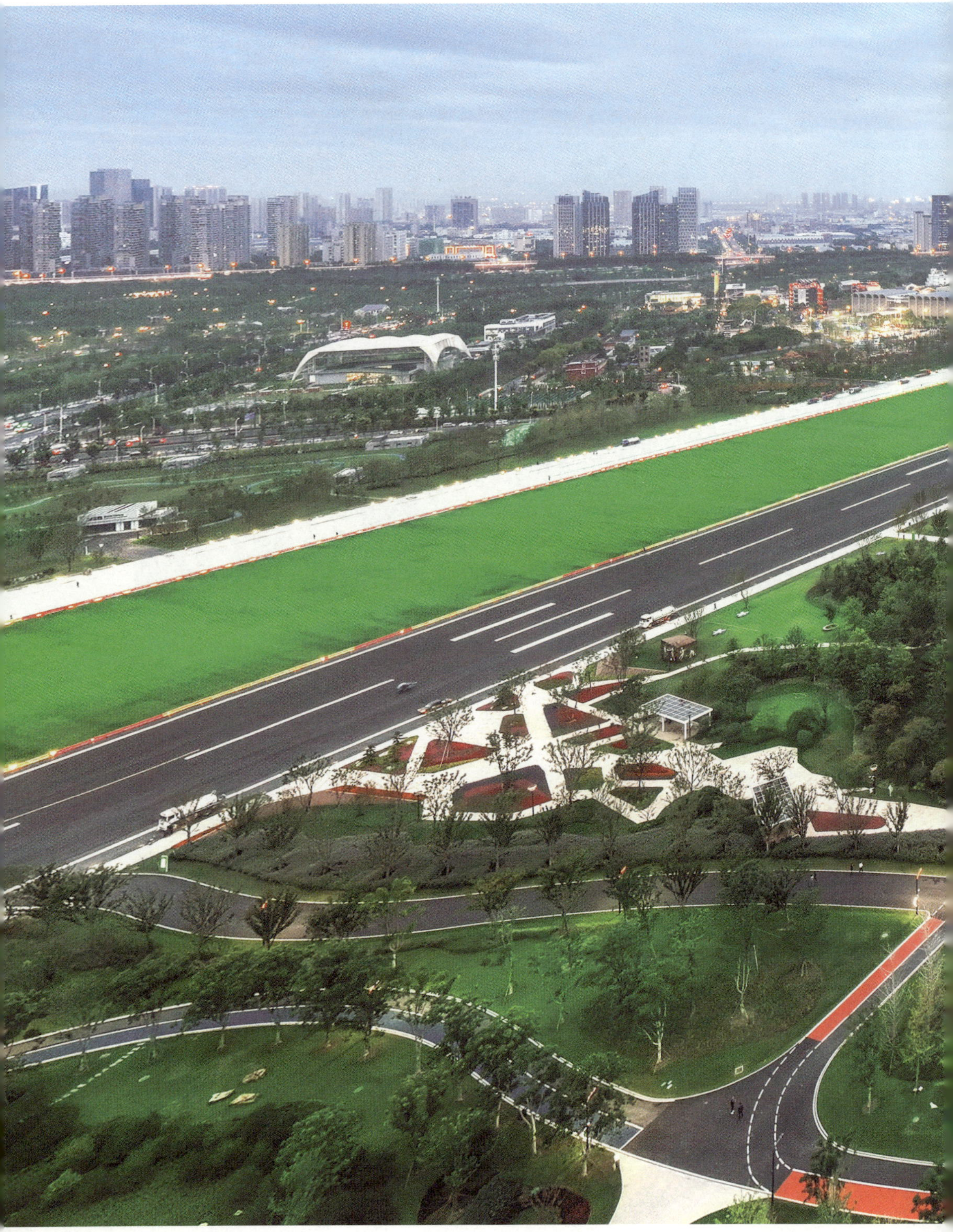

绿美城市——骆岗公园

菜子湖国家湿地公园

十八联圩湿地:2814渔场的新生湿地。

玉带河湿地:环湖最精致的湿地。

派河口湿地:最适合鸟瞰的湿地。

湖滨湿地:拥有蓝藻科普馆的湿地。

三河湿地:最有文化范儿的湿地。

槐林湿地:最富科技范儿的湿地。

半岛湿地:群鸟"天堂"湿地。

柘皋河湿地:横跨三镇一湖的湿地。

栖凤洲湿地:水鸟向芦荡诉情的湿地。

马尾河湿地:吹着湖风与农耕相拥的湿地。

一年之中,季节不同,湖光山色不同,你无论哪一天去,十大湿地都会有唯美的打卡点。

三、清水护航

1. 突破瓶颈

2022年6月,合肥入选国际湿地城市。这是环巢湖十大生态湿地建设带来的重大成果,也是环巢湖地区林长制改革示范区先行区建设力度的彰显。环巢湖十大湿地建设,仅仅是合肥市林长制改革工作的一个侧面。对于经济迅速发展的合肥,林长制的多个侧面都可圈可点。

"多年林长制改革举措,突破了合肥林业生态建设深层次体制机制瓶颈,解决了积年难题,强化了林业供给,筑牢了林业生态安全网。这张安全网,为环巢湖湿地生态修复、清水盈湖提供了高层次、全方位的护航。"2023年8月8日,合肥市林业和园林局林长制工作处处长何玉珠告诉我。

自2017年在全省率先推行林长制改革以来,合肥聚焦制度创新,绿色发展潜能不断被激活。全市森林资源总量、质量及城市园林绿化品质明显提升,城市建成区绿化覆盖率达46%,人均公园绿地面积13平方米,森林覆盖率28.36%,湿地保护率超过75%。

几年来,合肥累计编制林长制专项规划2个,以政府文件形式出台的林长制有关工作方案5个,建立会议、督查、项目调度等相关配套制度机制10项,着力构建党政同责、属地负责、部门协同、源头治理、全域覆盖的长效机制。

目前,合肥共设立各级林长3172名,创新了社区林长、民间林长、古树名木责任林长等基层林长履责形式。建立各级护林组织1527个,落实"一林一员"3625人。建立"林长+检察长"工作机制,推进构建林长办牵头,各单位配合,人大、政协监督的林长制协作推进体系。

聚焦推进林长制示范区和先行区建设,合肥先后制定了重点生态区域推行林长制实施方案、安徽省创建全国林长制改革示范区合肥工作方案、建设省级林长制改革示范区先行区实施方案、深化新一轮林长制改革实施方案等,加快健全增绿、管绿、用绿、护绿、活绿"五绿"并进机制,深入实施平安森林、健康森林、碳汇森林、金银森林、活力森林"五大森林"行动。市委市政府主要领导、市级总林长每年都专题听取林长制改革示范区建设情况汇报,多次实地调度相关工作。各县(市)级林长加大调度力度,协调有关单位推进林长制重点项目建设和建管品质提升。截至2023年7月,合肥市共实施完成209个林长制重点项目,累计完成造林35.6万亩,累计新增城镇绿化面积6401.1万平方米。

合肥已制定林业产业基地、乡村道路绿化、退耕还湿奖补等扶持政策,年均安排2.5亿元支持林业产业发展和生态建设,吸引社会资本投入50余亿元。在环巢湖十大湿地建设中,建立了生态效益补偿机制和公益林生态补偿机制,每年安排8500万元用于湿地生态补偿和管养奖补,着力解决建后管养、森林抚育不到位问题,巢湖流域山水林田湖草沙一体化保护和修复工程被列入国家支持项目。

为保障各级林长履职尽责,合肥建立了总林长令制度,严格实行林长会议、督查督导、项目调度、技术服务、信息公开等工作制度,健全林长巡林提示、问题上报、督查整改等工作机制。合肥市林业和园林局副局长陈勇告诉我,通过建立任务清单、林长巡林记录单、问题交办单和整改反馈单,合肥林长制改革实现清单化、闭环式管理,林长巡林解决问题的针对性、实效性不断提高。

立足自然资源禀赋,合肥在林长制改革成色上下功夫,打造了环巢湖湿地生态修复、江淮分水岭生态屏障建设、林业生态产业化发展和城镇人居绿地环境四大样板区。

在持续增绿的同时,合肥依托林长制大力发展林业产业,江淮分水岭生态屏障建设样板区现有林地面积100万亩,发展经果林53万亩,带动2.8万农民就业。

2022年,合肥市林业总产值达179亿元,同比增长3.5%。其中,苗木花卉种植面积超100万亩,年销售额达70亿元;形成了观赏苗、经果苗等六大系列,培育了"三岗"苗木、"裕丰花市"等品牌;经济果木林种植面积近50万亩,大圩葡萄、三十岗桃子、张祠村油桃、长丰薄壳山核桃、庐江油茶和黄桃等产业发展势头良好,其中薄壳山核桃种植面积约14万亩,占全省总种植面积的五分之一,大圩葡萄种植面积达6600亩,年产量1万多吨;林下经济总面积达30万亩,包括中药材、粮油、蔬菜以及小苗经济作物等各类种植,林禽、林畜、林蜂等特色养殖。另外,合肥市生态旅游业加速发展,形成了环巢湖风光带,大蜀山、滨湖等国家森林公园,三十岗田园生态综合体,紫蓬山风景区等一大批森林旅游目的地。

在合肥市各级政府部门的支持和培育下,一大批林业相关企业迅速成长,助力产业实现科技化、聚集化发展。肥东县杨店乡通过安徽省彩林苗木种植有限责任公司、安徽花开四季农业科技发展有限公司、安徽乡之恋农业科技发展有限公司、安徽同禾农业开发有限公司等一批龙头企业带动,形成杨店林业特色产业发展集群。蜀山区调整产业结构,坚持多元化发展,安徽小猎人生态农业有限公司引进以色列柑橘和日本柑橘精品品种,尝试南果北种,填补了合肥柑橘种植空白。小庙镇合肥枣林生态园根据市场需求急速转型,栽植薄壳山核桃、台湾红心火龙果、黑桑果等经济果木林2580亩,培育桂花、海棠、紫薇等特色苗木525亩,取得良好发展成效。

林长制改革举措,让合肥市林业多元价值正在加速释放。它所形成的一系列制度和运行机制,为合肥城市生态融合提升和森林行动增添了新动力。这些制度和运行机制,无疑是巢湖清水的高位护航。

2. 你家我家

自2020年1月1日零时起,巢湖开始实施全域10年禁渔。禁渔区为巢湖主体水域、滩涂及各通湖河流水域。禁渔期间,"湖中无渔网,岸边无渔船,市场无湖鱼"。同时在巢湖水域开展水生生物资源增殖放流,禁止一切渔具捕捞采集水生动植物生产活动,禁止收购、销售非法捕捞的渔获物。

如此大规模、大跨度的禁渔,在巢湖历史上尚属首次,在长江流域重点湖泊中也是首例。这意味着巢湖进入全面生态修复期,水天一色的画面还将是常态,但"渔舟唱晚"的场景在未来10年内将不再出现。

早上7点半,54岁的张德才和同事开着两艘小船在巢湖中庙景区的姥山岛码头靠岸,开始了工作。

水葫芦有很强的净化污水能力,但繁殖极快,如果大量水葫芦覆盖湖面,就会和蓝藻一样,造成水质的恶化。张德才现在每天的工作就是在湖面上清理蓝藻和水葫芦。

张德才做了20多年的渔民,除水产捕捞之外,还做水产生意。"一年至少有5个月是在船上,苦归苦,但一年能收入七八万块钱。"巢湖10年禁渔"洗脚上岸"后,张德才和其他十几位渔民在政府的推荐下,来到了当地一家环保公司,从靠水吃水的渔民变成了靠水护水的环保人。

和张德才一样,一年前,张芳和丈夫还是巢湖上的渔民,现在,她在巢湖市中庙景区步行街经营着一家特色牛肉面馆。"这里是景区,游客不少,生意还行。"

中庙社区这样"洗脚上岸"的渔民共有94户。上岸后,30多人在渡运公司上班,开游船和快艇。8月11日,我上姥山岛采访,开快艇的刘师傅就是其中之一。他们也是巢湖的守护者。

50多岁的王士成是长临河镇施口村人,一湖清水是他少年时最美好的记忆。他十几岁时就跟着父亲在巢湖打鱼,经常是风吹日晒,早出晚归。说到20多岁在湖上打鱼的日子,他很是留恋:"刚开始的时候,巢湖的鱼种类多,每天几百元是正常收入,到后来,捕到的鱼的种类和数量都明显减少。"

巢湖开始实施全域10年禁渔后,打了几十年鱼的王士成率先上交了渔具、渔船,拿到退捕补偿款,彻底结束"水上漂"的生活。回忆那时的情形,王士成说:"当时心里真是舍不得,毕竟是大半辈子的吃饭工具,一下就没了,可一想到是国家的政策,我必须无条件支持。"

没了吃饭工具,无一技之长的王士成曾到家门口的工地上做零工,"都是力气活,之前没干过,很累,一天100多块收入"。2021年初,王士成从镇上帮扶干部口中得知成立巢湖护鱼队的消息后,当即报名参加,成为一名护鱼员。自此,不论是数九寒天,还是盛夏烈日,王士成都会和队友们风雨无阻地出现在长临河镇十八联圩南淝河段,从南淝河河口到南淝河大桥来回不间断巡视着,对非法垂钓的市民耐心进行劝导。

"你好,现在是巢湖10年禁渔期,禁止在附近垂钓,请你自觉遵守。"看到臂戴"巢湖护鱼员"袖章的王士成和队友们,一般的钓鱼者都会配合。也有些人会自嘲说:"这么好的水面,这么多的鱼,不让钓,多可惜!"

有时候,他们也会遇到不配合的,怒目而对,不愿意走。这时候,王士成就会掏出手机,及时通知渔政执法人员到场处理。

作为护鱼队队员,王士成每天上班8个小时,一个月2000块收入。他告诉我:"相比以前,现在的工作轻松多了。湖边都是硬化路,骑着电瓶车哪个点都能到,不需要出力,护鱼比打鱼好。我真心感谢政府的关心,让我50多岁了,还能够参加护鱼队,拿工资。"

像王士成这样的护鱼员,护鱼队还有20多人。2021年,为推进建立护鱼、护圩队伍,安置就业困难的退捕渔民就业,长临河镇设置25名护鱼员公益岗位，成立了护鱼队，选聘熟悉水域环境的退捕渔民为护鱼员，不断充实和加强禁捕巡查力量，并在镇蓝藻分离站安置8名业务能手从事蓝藻打捞工作。

为积极落实属地责任，加强巢湖禁捕宣传和执法力度，常态化抓好巢湖"十年禁渔"监管，长临河镇还持续开展非法捕捞隐患排查和整治，每天安排护鱼员对沿湖区域进行日常宣传和巡查，与县联合执法协作单位每月进行2次不定期宣传和执法；加大对农贸市场、餐饮等单位的水产品交易监督和管理，坚持水产品来源票证制度，规范水产品交易市场；进行隐患排查整治，及时对无证船只和网具进行清理、收缴，特别是对非渔民家庭的网具进行收缴。今年已销毁非法木质船1艘，收缴各类网具2000多副，并集中进行销毁。下一步他们将持续加大监管和执法力度，坚决杜绝非法捕捞、非法交易等违法行为。

与从巢湖"洗脚上岸"的渔民不同，姜清泉是从长江"上岸"的。每天一大早，家住合肥市包河区义城街道的他都会拿起工具直奔十五里河沿岸，开始打捞岸边水草和水面漂浮物的工作。

年近古稀的姜清泉是一名老船工，2012年从芜湖市船舶公司退休回到塘西村。他一辈子几乎都与水打交道，先是在江船上干了20年的船工，后又干了20年的船长。退休后，他打算回到塘西村含饴弄孙，安度晚年。

2013年，姜清泉无意间看到了街道关于招募清理河道湖面志愿者的启事。招募要求比较严格，要懂水性，最好能够开船。姜清泉十分兴奋："我不是正好合适吗？"他立即来到村委会，第一个报了名。从那时起，姜清泉和他的同伴们已经坚持了10多年。在烟波浩渺的巢湖岸边，这群志愿者以船为伴，经历了风霜雨雪，也见证了巢湖从污秽烂臭到清波荡漾的蝶变。

义城街道辖区内有十五里河、塘西河和南淝河三条河流，它们都流入巢湖，由于地处下游入湖口，水面常有垃圾，影响水环境。"我们这些人小时候就住在水边，如果水面有蓝藻，到处都是腥臭味。所以一听说招人打捞湖

第一章 一湖清

面垃圾,大家都报了名。"8月9日,在塘西河畔,姜清泉指着他的同伴告诉我。这是一群花甲上下的老同志,清一色的迷彩服,但个个精神矍铄。

包河区夕阳红志愿服务队成立于2007年,从那时起队员们就开始义务打捞河湖垃圾。如今,这支夕阳红志愿服务队已经有40名成员,姜清泉是志愿服务队的队长。他们每天至少工作8个小时,驾着船活跃在塘西河、十五里河和巢湖上,和水中的垃圾、水草打交道。

"这活确实很累,气味也很难闻,但既然选择做了,就要坚持下去。"姜清泉说。前些年,每年到了5月份,蓝藻就开始增多,一直持续到9、10月份,这段时间是最忙的。

每天,他们都要把从河道里打捞上来的蓝藻和垃圾送去统一处理,一直忙活到天黑。姜清泉清楚地记得,刚开始打捞清理的时候,河道淤积阻塞,鱼虾不生,每天都能拉上来几吨乃至10多吨垃圾,很多都是沿岸养殖场和居民丢弃的废物。"现在那些养殖场都搬走了,塘西河、十五里河水质一天天变好,游客来了都说干净。"

环巢湖水域的生态环境一天天好转,姜清泉和队友们是见证者,更是行动者。

"特别是林长制实施后,对山水林田湖草沙进行综合治理,各部门统一行动,工作效率明显高多了。"姜清泉说,"河道垃圾是动态的,有时刚清理完,上游又漂来了。"所以,林(河)长在巡河时发现有垃圾等问题,会立即和他联系,他则要立即安排人员处理,力保河道的垃圾不进入巢湖。

10多年间,姜清泉带领的志愿服务队风雨无阻地坚守在环巢湖岸线和三条入湖河道上,几乎没有中断。"刚开始我老伴和家人都不同意,觉得这活又累又没什么钱,但我觉得,人总要有点奉献精神。"2020年,姜清泉获得"美丽中国,我是行动者"全国百名最美生态环保志愿者荣誉称号。

2021年,巢湖首次出现大规模蓝藻水华时间较2020年推迟了56天,2022年较2021年又推迟了44天,蓝藻面积也大幅度缩小。而2023年,到9月底,巢湖也未发生中度水华。自2021年至今,巢湖已连续两年多基本实现沿湖蓝藻无明显异味。

一湖清水，是你家，也是我家，大家都是护航者。

3. 以法促教

坚持立法先行，坚持依法监督，形成执法合力，是合肥市林长制的重要内核之一。在认真贯彻《中华人民共和国湿地保护法》《安徽省湿地保护条例》的基础上，合肥市首开保护湿地立法先河，先后出台《合肥市人大常委会关于加强环巢湖十大湿地保护的决定》《合肥市河道管理条例》，为环巢湖湿地保护划出"红线"，为环巢湖湿地保护注入法治力量，促进环巢湖湿地生态改善。强化湿地资源监管，开展环巢湖违法排放污水和非法改变湿地用途专项执法检查，坚决打击破坏湿地资源的违法行为。

2023年1月14日，在安徽省第十四届人民代表大会第一次会议上，《安徽省人民检察院工作报告》指出，5年来，省检察院与省林长办联合制定全国首个省级层面"林长+检察长"工作机制，立案办理生态环境与自然资源保护领域公益诉讼1.2万件，主张生态环境损害赔偿金7.2亿元，督促清理、修复被占用和破坏的林地、耕地19.5万亩，督促治理被污染水域1.1万公顷，有效地为绿水青山的建设进行了保驾护航。

万事开头难。巢湖主体水域实施10年全面禁渔后，2020年1月至5月，魏某某明知巢湖水域已经禁渔，仍事前通谋让邓某某、汪某某等人在巢湖水域非法捕捞水产品，由魏某某、陈某某、程某某收购、销售。后邓某某、汪某某等人采取"下地笼""刀鱼网"等非法方式，捕捞白米虾、毛草鱼等7.5万余斤，非法获利45万余元，渔业资源生态环境遭到严重破坏。巢湖市人民检察院于2020年10月13日向巢湖市人民法院提起刑事附带民事公益诉讼。

巢湖市人民法院审理认为，被告人魏某某等33人违反我国渔业法的规定，在禁渔期、禁渔区多次进行非法捕捞，情节严重，构成非法捕捞水产品罪，分别判处魏某某等33人18个月有期徒刑至2个月拘役不等，追缴违法所得，并判令赔偿相应的渔业资源损失、登报道歉。

安徽省富某三珍食品集团有限公司是巢湖市一家生产鱼产品的知名企业。当地群众举报称，该公司在生产中产生的废水未经严格处理直接排放，对巢湖水质造成污染。

正在办案的巢湖市检察院了解情况后，及时向巢湖市环境保护局发出检察建议，建议该局依法对该公司的排污行为进行处罚。巢湖市环境保护局立即对该公司进行现场检查，发现该公司排放的生产废水中污染物超标，遂责令其立即整改，达标排放，同时按应缴纳排污费数额5倍予以罚款。

巢湖市槐林镇位于巢湖南岸，是全国最大的渔网具生产基地之一，被誉为"中国渔网第一镇"。该镇目前有渔网具相关企业400余家，年产值超40亿元，从业人员3万余人，产品远销东亚、南亚、非洲等80多个国家。但在渔网具的生产过程中，如不采取严格的环境保护措施，会存在抽丝织网、染色定型等工艺产生废气、废水污染环境的生态风险。

2022年3月以来，位于槐林镇大汪村的某渔具有限公司采取干扰自动监测设施的方式，违法排放化学需氧量超标的废水污染物。2022年6月8日，合肥市生态环境局的执法人员在对该企业进行环境督察中发现上述情况，经检验，该企业污水处理站排放废水的化学需氧量超过国家标准限制20余倍，严重污染环境，已涉嫌污染环境罪。合肥市生态环境局遂将该案移送司法机关，经巢湖市公安局侦查，并经合肥铁路运输检察院审查，该企业及其法定代表人周某、直接责任人何某均被公诉机关以涉嫌污染环境罪起诉至合肥铁路运输法院。

11月22日下午，主审此案的李军法官告诉我：合肥铁路运输法院环资审判团队在办案中发现，槐林镇是巢湖南岸重要的渔网具工业聚集区、特色产业镇，也是巢湖流域生态功能区的重要组成部分。当地类似被告企业的市级重点排污企业有10余家（主要是渔网染色定型企业，需要实时监测污水的处置和排放），如果对存在的环境风险问题不加以重视，容易造成工业废水污染巢湖环境、破坏生态平衡等严重后果，也会导致相关企业停产、个人判刑、地方经济发展受挫的多输局面。合肥铁路运输法院以本案的办理为契机，积极参与生态环境综合治理工作，督促涉案企业对存在的环境违法行为进行了合规整改。案件开庭审理前夕，合肥铁路运输法院联合生态环境主管机关、检察机关、公安机关和属地政府，对企业整改情况进行了联合检查，确定案涉企业全部整改完毕，已达到符合国家要求的排放标准和污水处理流程，并将案件开庭地点选在该镇渔网商会，组织了该镇20余家渔网具企业负责人到场旁听。

合肥铁路运输法院经审理后认为，被告单位巢湖市某渔具有限公司作为合肥市重点排污单位，违反国家规定，干扰自动监测设施，排放化学需氧量超标废水污染物，严重污染环境，其行为已构成污染环境罪。本案系单位犯罪，被告人何某、周某分别作为被告单位污染环境犯罪行为的直接责任人员和直接负责的主管人员，应分别以污染环境罪判处刑罚。被告单位对存在的环境污染问题进行了整改，被告人何某、周某等分别有自首、坦白和认罪认罚的量刑情节，依法从轻处罚、从宽处理。遂当庭宣判，判处被告单位罚金5万元，被告人何某、周某均被判处有期徒刑6个月，缓刑1年，并处罚金5000元。庭审结束后，巡回审判团队还就生态环境保护问题、相关法律风险问题与旁听庭审的企业家进行了座谈，李军法官介绍了刑法和有关环境污染犯罪司法解释的精神，解答了商会相关成员企业的困惑。

合肥铁路运输法院在合肥市环境资源案件集中管辖的工作中，积极贯彻预防为主、保护优先、源头治理的现代环境司法理念。在办理巢湖流域环境污染犯罪案件时，不是简单地将违法企业一判了之，而是通过合规整改等多种形式的能动司法履职方式，教育挽救相关人员，促使企业回归正确的经营道路，并通过巡回审判、以案释法等普法宣传工作，达到"办理一案，教育一片"的目的，让群众以看得见的形式了解司法机关保护巢湖、治理巢湖的行动，让同类企业提高环保意识，真正认识到"绿水青山就是金山银山"，促进了地方特色重点产业绿色合规的高质量发展，护航合肥市生态环境保护与经济建设发展两个大局。

2018年至2020年7月15日期间,谢某某、向某某、魏某某在没有"危险废物经营许可证"的情况下,从张某某、杨某某、马某某、杨某某等人处收购废旧铅酸蓄电池,后又自行或雇佣项某某、孙某某多次将收购的118余吨含有废液的废旧铅酸蓄电池(俗称水电瓶)进行非法拆解,收集了废液17余吨。谢某某、向某某、魏某某3人平分了出售的已拆解倾倒废液的废旧铅酸蓄电池获取的利润,同时雇佣胡某甲、胡某乙、沐某某等人驾驶小货车将该17余吨未经处理的废液予以非法倾倒。

经检测,被查获的废液酸度、镉、铅、汞、砷检测结果均超出限值,倾倒区域池塘内底泥样品呈较强酸性,重金属铅含量超出农用地土壤污染风险管制值,造成环境污染。

巢湖市公安局向巢湖市检察院移送审查起诉该案后,承办检察官向各犯罪嫌疑人详细说明了随意排放废液对水体、土地环境的危害,成功消除各犯罪嫌疑人起初的抵触情绪,均自愿认罪认罚。检察机关认为该12人分别违反国家规定,处置有毒物质,严重污染环境,后果特别严重。明知他人无"危险废物经营许可证",向他人提供危险废物,严重污染环境;明知他人无"危险废物经营许可证",帮助他人处置有毒物质,严重污染环境。各犯罪嫌疑人行为均已触犯《中华人民共和国刑法》第338条之规定,应当以污染环境罪追究刑事责任。合肥铁路运输法院公开开庭审理此案,采纳检察机关认定罪名及量刑建议。

2022年4月27日,合肥铁路运输法院依法对谢某某等12人分别判处有期徒刑、拘役,并处罚金的刑罚,成为跨行政区域倾倒、处置废旧蓄电池废液污染环境的典型案例。

2023年6月5日是第52个世界环境日,合肥铁路运输法院积极发挥集中管辖环境资源审判职能,在世界环境日前夕,精心组织开展巡回审判、普法宣传系列活动。

当日下午3时,合肥铁路运输法院深入巢湖市烔炀镇半岛湿地公园,在满湖清水和绵延绿树的映衬下,对一起非法捕捞水产品案件进行公开审理。

为实现惩处与教育并重,强化法治效果和社会效果,现场邀请了50余名周边村民旁听庭审。虽然天气炎热,但是村民们的热情不减,都期待着旁听一堂法治课。

被告人唐某某系巢湖周边村民。2022年10月,唐某某在明知巢湖水域处在禁渔期的情况下,仍然使用禁用渔具三重刺网进行非法捕捞,被巡湖人员当场抓获,现场查获非法捕捞渔获30余千克,唐某某随后主动到公安机关投案自首。最终,唐某某被以非法捕捞水产品罪判处拘役1个月。一声清脆的法槌声,也敲响了合肥铁路运输法院的打击环资犯罪、贯彻依法治湖的不变初心。庭审结束后,法官趁热打铁,结合普法宣传手册,向旁听群众讲述了刑法中关于非法捕捞的相关规定和巢湖10年禁渔政策的重要意义。村民们纷纷表示:"巡回法庭真好,让我们实实在在感受到了司法温度和人文温度,今后也会自觉遵纪守法,自己不捕,也要监督别人不捕,自觉守护好美丽的巢湖。"

自2020年9月1日集中管辖合肥市范围内环境资源案件以来,合肥铁路运输法院积极践行"绿水青山就是金山银山"理念,选取具有典型性和教育意义的案例以案释法、以案普法,巡回审判的足迹遍布巢湖周边乡村、社区、企业,在周边群众的心中播下了法治的种子,真正做到了全方位为巢湖清水护航。

开展环境资源犯罪审判的过程,就是保护巢湖生态环境的过程,用最严格的制度、最严密的法治保护生态环境,以法促教,对擦亮巢湖这张最美名片有着重要的意义和价值。

合肥铁路运输法院充分利用审判团队实行刑事、民事、行政案件"三合一"审理模式,完善各项配套机制,统一证据审查标准、法律适用标准,进一步统一裁判尺度,最大限度维护当事人权益。创新审判工作方式方法,探索代偿修复、异地修复、公益修复等形式,完善跟踪生态修复执行工作,有效弥补因违法犯罪给生态环境造成的损害。在一起民事公益诉讼案中,法院责令被告在1年时间内对项目林地范围内进行林木养护、除草浇水、森林防火、整治巡查等义务劳动,代替支付民事公益赔偿金。

面对环境资源案件专业化程度高、取证难度大的现状,合肥铁路运输法院探索建立专家研讨会、专家辅助人等制度,聘用安徽省林科院、安徽省水利科学研究院、安徽省巢湖管理局等单位的 12 名专家为智库专家,在调查取证、组织调解、参与制定修复方案、检查验收修复结果等方面发挥了较大作用。

巢湖的美丽是综合治理的结果,需要各方的协同守护,合肥铁路运输法院强化与巢湖管理局、合肥市林园局、合肥市生态环境局等单位的合作,深入推进建立健全环境资源领域保护机制和联动措施,就统一办案标准、理顺案件流转机制以及公益诉讼中生态修复义务的实现路径展开讨论,推动建立完善合肥铁路运输法院与相关部门之间相互衔接、相互监督、相互配合的工作机制。合肥铁路运输法院还成立驻肥东县林长办法官工作室,印发"林长+法院院长"协作机制意见,通过建立涉林案件行政执法和司法衔接平台,联合林长办依法打击涉林违法犯罪行为。

以法促教,清水护航,一湖清水,更清。

第二章
三核桃

"小山变大山"是林长制改革中的经典案例，宁国山核桃这一古老树种是这一案例的写真。薄壳山核桃引自美国，产量大，木质优，是"绿色银行"树种。此核桃种植"中国看安徽，安徽看全椒"，是国家油茶科学中心首席专家姚小华说的。大别山山核桃"养在深闺人未识"，林长制改革使其成为"俏俏果"。从"三核桃"管窥安徽林果经济。

一、宁国山核桃

1. 领跑者

2017年6月2日,旌德县在全省县级层面率先出台《关于全面推行林长制的意见》(简称《意见》)。旌德林长制改革坚持党政同责,由县委、县政府主要负责同志担任总林长,县委、县政府分管负责同志任副总林长。建立县级林长制"1+1+6"格局,设立县级林长8名,4名总林长兼任县级林长。分级设立镇级林长40名、村(社区)级林长200名,建立县、镇、村三级林长组织体系。这为后来全省建立省、市、县(市、区)、乡(镇)、村五级林长制提供了宝贵的参考。

旌德县率先在全省县级层面出台林长制意见,这是时任宣城市委常委、副市长、旌德县委书记周密带领县里几个班子,立足"山区小县、林业大县"基本县情,在充分调研、探索的基础上,逐步确定的。

2015年10月,在习近平总书记发表"绿水青山就是金山银山"重要讲话10周年之际,旌德县成立了由县委、县政府主要负责同志任双主任的县生态文明与环境保护委员会,以"保水、保土、保空气、增绿"为主题开展"两山"行动。2016年6月,旌德县第十五次党代会上,周密在报告中把"生态立县"放在实施的五大战略之首,坚持生态优先,绿色发展,提出打造生态文明建设旌德样板,积极探索在绿水青山和金山银山之间建立"转换器"。

林业改革的各项破冰探索，在旌德大地悄然展开。

管林护林兴林、增绿护绿用绿，一个立意新、框架新、模式新，责任明确、制度健全、问效追责的森林资源保护与发展体系，逐渐走向成熟。2017年6月2日的《意见》出台，标志着旌德县林长制从"无名有实"到"有名有实"，旌德成为森林资源可持续发展的领跑者。

说旌德县林长制"无名有实"，是因为旌德县的林长制有着悠久的历史渊源，这里拥有"全国林长制改革策源地第一村"华川村。

华川村位于旌德县蔡家桥镇东北部、"北纬30度·毓秀山村"乡村振兴示范片区，是"皖南川藏线"南入口和旌阳镇国际慢城的一个重要节点，林地面积1.68万亩，森林覆盖率高达81.95%。林长制改革以来，该村以美丽乡村建设为契机，积极探索"党建+三治"治理模式，通过"村企联建"，促进产业发展，现有白茶、灵芝、烟叶种植基地，有鸦雀山茶叶品牌、北纬30°灵芝品牌，资产总额700多万元。

7月27日下午，在华川村村史馆，村书记王宏明告诉我们：华川村1952年就发行过林权股票，每人一股，明确了股民的权利、义务与利益分配方案，即入股人受政府技术的指导，进行造林、抚育、保护等工作；入股人不得私自打枝减伐，如需打枝减伐，必须有组织、有计划地通过政府批准才可进行；入股人有入山割草的权利；林产物的收益扣除政府的成本外，可由入股人按股均分。

曾任20多年村委会主任的周云长，是当年华川大队大队长周锦山的孙子。王宏明说的那些股权证，至今还保留在周云长的手中。周锦山留下的笔记本，在1964年3月2日这一天清晰地地记着，村党支部会议决定，根据上级有关林业政策和会议精神，制定村林业生产和管护制度，并施行"四固定"，即人口、山场、土地、大牲畜固定分配给村民，每一片山有一个人管理。日记里还清晰地记着：不能随便砍树，"砍一棵，栽三棵。保证成活"。

翻着爷爷留下的日记，周云长说："村里当时初步构建了林长制管理雏形。只不过那时候不叫林长制，而是叫'山山有人护，处处有人管'的管理模式,实质就是现在的林长制,所以我们村是林长制改革的策源地。当然,以后的很多年,我们在林业生产上都是不停探索的。事实可以说明,华川村先前几十年的探索就是林长制的早期实践。我可以自豪地说,华川村是当之无愧的中国林长制改革第一村!"

接下来,王宏明列举了一些案例。

1972 年,华川村大办社队林场,全村 18 个村民组和村民兵营都分配了造林任务,共造林 1800 多亩。

1981 年,华川村林业"三定",即稳定山林权、划定自留山、确定林业生产责任制。

1983 年,旌德县林业局林政股副股长陈菊生停薪留职,与华川村村民方桂生历时 8 年在雅雀山承包荒山造林 6000 余亩,受到县、地、省和国家领导人的明确支持,中共中央原总书记胡耀邦批示:"这是一件大好事。"国务院原副总理万里也热情赞扬这种"远见卓识,敢担风险,改造山河"的精神。陈菊生于 1995 年将该片山场以上交特殊党费的形式交给旌德县林业局蔡家桥林场经营管理。

从 1983 年到 2004 年,华川村先后实施部省联营丰产林、世行项目造林、林业二次创业、退耕还林等林业重点工程项目,通过经营大户承包流转村民组和部分村民的山场完成造林 5500 余亩,为消灭荒山、造林绿化做出了贡献。

奠定林长制改革基础的,则是自 2007 年开始的华川村集体林权制度改革,此次改革完成发放林权证书 336 本。2013 到 2015 年,华川村鼓励提倡林业生产适度规模化经营,经营模式多种多样,有大户承包造林、集体和大户经营国有林地、工商资本投资经营、专业合作社经营等。同时,为加强管理,村里制定村"两委"干部分片包山制度,设立片长、山长,明确护林、防火、造林、管理等责任。根据辖区范围内森林资源分布状况和地形情况,将全村划分成阳子坞、华子山和毛山 3 个片区,村书记王宏明、主任周云长、副主任叶明辉 3 人分别担任片长。当时的片长,履行的就是现在林长的职责。

"也就是说，2013年时，华川村的林长制制度已经成熟，机制已全面运行。"说到这里，王宏明又将展柜里的各项制度文本指给我看。

2017年6月旌德县全面推行林长制后，华川村山还是那些山，人还是那些人，事还是那些事，全村依旧划分成阳子坞、华子山和毛山3个片区，设立村级林长3名，分别由村支部书记和村委会正、副主任担任，王宏明、周云长、叶明辉3人由片长变为林长。王宏明他们感到很骄傲。至此，林长制由华川村走向全县，由县里乃至省里进行顶层设计后，又回到华川。由此可见，林长制的诞生源自基层，来自实践，经过螺旋式的上升，肯定之肯定后，得到升华！

林长制实施后，华川村因地制宜抓提升，在"护绿、增绿、管绿、用绿、活绿"上下功夫，靠山发展、依林写文，努力把林区变景区、田园变风光。

在"护绿"方面，增加聘用建档立卡贫困户生态护林员6名，村级林长与生态护林员协同开展工作，进一步厘清责任，明确到人，形成了林长牵头、村民参与的齐抓共管的良好格局。通过召开村民代表大会，一致同意将推行林长制纳入村规民约，形成华川特色林长制长效管理机制。村规民约明确规定："严禁带火种进山，不准焚烧秸秆，文明祭祀，违者或造成损失的按《中华人民共和国森林法》有关规定处罚；严禁捕杀、药杀野生动物和乱挖野生植物。"通过一系列措施，华川村稳步推进林长制生活化、制度化、常态化、长效化。

在"增绿"方面，以"三绿"工作法推进森林村庄建设。号召全民植绿，通过党员干部带头，广大村民参与，家家户户植树、种草、栽花，积极投身森林村庄建设。倡导见缝插绿，房前屋后、道路两侧、荒坡空地，宜林则林、宜绿则绿，不让黄土见天。实施拆墙透绿，拆除每一家的高实围墙，建通透式或低矮围墙，展示庭院绿化。2018年，华川村获批省级森林村庄。在此基础上，华川村突出特色抓提升，大力发展彩化林建设，2020年新造杉木、黄檫林340亩，种植油茶80亩，并在村庄四周、沿河两岸、道路两旁及庭院内种植红枫、红花檵木、杜鹃、乌桕、海棠等观赏彩化树木1500多棵，努力打造皖南最美乡村。

在"管绿"方面,严格按照年度森林采伐限额进行采伐,并做好采伐后的跟踪管理,各年度均未发生超限额采伐情况。按照小班进行逐一分户,完成了全村3149.79亩天然林落界分户及停止商业性采伐协议的签订,确保了天然林保护资金全部打卡发放到农户个人手中。确定专人负责,对全村范围内的松木进行监控并及时清理枯死树木,做到发现一株清理一株,有效落实了林业有害生物目标管理。华川村有11株古树名木,全部进行挂牌,由镇、村两级林长认领,制定保护方案并采取保护措施。

在"用绿"方面,最重要的是大力发展林下经济。近年来,明辉家庭林场租赁本村村民7600余亩(其中贫困户3户,260亩)林地的林下经营权,用于发展林下经济,种植黄精。林场与村民签订合作协议,所有投资和管理费用由明辉家庭林场支付,每年可为贫困户增加财产性收入1500元,有收入时按纯收入的10%进行分红;并聘请贫困户4人参加抚育管理,人均每年增加劳务收入1.129万元。结合千万亩森林增长工程建设,明辉家庭农场发展油茶1193亩,其中承包贫困户农田面积6.2亩,为贫困户每年带来直接经济收入1860元,带动贫困户3人就业,人均每年增加劳务收入1.2万元。通过招商引资,旌德华川丰润农业发展有限公司承包华川村集体山场520亩60年,用于种植香榧、山核桃以及林下套种白茶,前10年村集体得每年每亩500元的林地使用费,后50年每年按纯利润的10%—30%参与分红,并约定劳务用工优先安排当地村民。村集体经济获得稳定的土地租金和分红,得以壮大,也增加了村民务工收入。

在"活绿"方面,宣传引导鼓励集体林权流转,吸引社会资本投资林业,大力推进组建家庭林场、林业专业合作社等新型经济体。在林权流转的过程中,华川村村委会设立林权管理专岗,专人负责,确保林权流转规范操作。围绕木本油料发展、林下经济和全域旅游,因势利导,做好各类技术培训引导工作,让广大林农做到利用现有资源不砍树也能致富。2020年,华川村被列为林地股份制改革试点村,实行"五绿兴林劝耕贷"全覆盖,全年共发放贷款400余万元,并对其进行贴息,解决林农林业生产的实际需求。王宏明说:"我们积极联系林业大户购买森林保险,对零散的农户进行整体打包,由村统一消化的模式进行购买,确保森林保险的全覆盖。"

华川村是旌德县林长制改革的一个缩影。旌德县林地面积97.7万亩,森林覆盖率69.2%。林长制改革全面实施后,全县重点围绕生态保护修复、建设木本油料林基地、发展森林康养旅游等目标,建立25个县直单位参加的林长制联席会议制度,探索构建管理高效、广泛参与的森林资源保护体系,着力形成上下联动、部门联动的齐抓共管格局,为森林资源可持续发展保驾护航。

"向林地要产出,向空间要效益",旌德县编制了《林下经济发展规划》,出台了《关于加快林业特色产业发展的实施意见》,大力扶持发展灵芝、黄精等林下中药材种植,积极鼓励发展香榧、油茶等木本粮油特色林业产业。目前,全县共发展灵芝、黄精等林下中药材6.5万亩,香榧、油茶特色产业3.2万亩,2023年林业总产值达到39.46亿元。县林长办引导经营主体把分散的林地整合起来,打破传统粗放管理,推进适度规模经营,鼓励和引导林业新型经营主体发挥示范带头作用。几年来,全县各类林业新型经营主体达到415家,注册家庭林场110家,其中国家林业龙头企业1家、国家林业示范社2家、省级龙头企业18家、省级示范社6家、省级示范家庭林场6家。

采访中,我们了解到,最近,版书镇版书村五百担组村民唐少平很开心,她拿到了旌德县生态资源受益权证,凭借此红本子,她家25亩山场今年能获得3875元收益。

据县林长办的同志介绍,五百担组由于农户多,山场地界难以明确划定,办理林权证存在一定困难。2017年,为保障马家溪国家森林公园建设规模,县里决定将该组黄高峰山场统一纳入马家溪国家森林公园管理,办理林权类不动产权证。版书镇给五百担46户村民核发生态收益权证,农户收益总面积2050亩。农户享受的权益明确登记在册,为农户获得权益提供了有力的保障。

旌德县历经1981年林业"三定"和2007—2009年集体林权两轮改革，参与林改的集体林地共75.6万亩，确权到户61.19万亩，留归集体14.41万亩。2015—2022年，旌德县先后承担国家集体林业综合改革试验示范区、国家集体林业综合改革试验区、林长制改革示范区先行区建设任务。2022年5月，《旌德县全国林业改革发展综合试点工作实施方案》出台，全面启动改革发展试点建设，成立全省首家"两山银行"并颁发全国首批"生态资源收益权证"。目前全县"两山银行"推广至6个镇14个村，实施股份制经营林地面积2.27万亩，核发"生态资源收益权证"2804户，入股农户收益622.37万元。

为破解林业发展中的难题，盘活森林资源，不断释放改革活力，2023年9月，中办、国办印发了《深化集体林权制度改革方案》，提出实行集体林地所有权、承包权、经营权"三权"分置，发展林业适度规模经营。到2025年，基本形成权属清晰、责权利统一、保护严格、流转有序、监管有效的集体林权制度。为村民办理林权类不动产权证，核发生态收益权证，旌德县无疑又一次走在了全国前列。

华川的策源，旌德的先行，使林长制改革在宣城千山竞秀，万木齐发。2021年，宣城市完成营造林46万亩，规划建设国家储备林260万亩，林长制工作获得国务院督查激励，并创立了全省首个全域"中国天然氧吧"。2023年，随着新一轮林长制改革进一步深化，宣城市积极推进全国林业改革发展综合试点市建设，林业总产值有望突破800亿元。他们在改革中探索出的"小山变大山"试点等改革经验，也越发耀眼明亮。

11月9日，时任省林业局党组书记、局长牛向阳赴宣城指导市林业局开展第二批学习贯彻习近平新时代中国特色社会主义思想主题教育工作，并调研深化集体林权制度改革工作。

下午，牛向阳先后来到旌德县安徽黄山云乐灵芝有限公司和华川村，同企业、村委会负责人面对面交流。他强调要认真落实全省林下经济发展暨林业"双招双引"现场会精神,在探索发放林下经济空间经营权证的基础上,积极加强与金融部门的对接,拓展林下经济保险渠道,点对点服务好林业经营主体,打通绿色金融"最后一公里"。要加大林长制改革宣传力度,健全林长制改革档案,讲好林业故事,传承好林业生态文化。

第二天上午,牛向阳在绩溪县梧川村和上庄村调研时强调,要认真学习中办、国办《深化集体林权制度改革方案》,宣城市要在总结前期"小山变大山"、林权抵押贷款、林权收储担保、林权管理服务等实践成果的基础上,更好地推进深化集体林权制度改革工作,努力实现"生态美、林权活、产业优、百姓富"。要持续加强古树名木建档挂牌、管护修复等工作,"一树一档"建立信息档案,"一树一策"落实复壮抚育措施,切实做好古树名木资源有效保护和管理。

宣城市林长制亮点纷呈,采访中,我印象最深的是"小山变大山"改革。这项改革践行在宁国市,绚丽之花开在宁国山核桃上。

2. 红手印

宁国山核桃是宁国人的"摇钱树"。

我的第一站是宁国市甲路镇石门村山脚下村民组。这个群山环抱的小村庄,挤满了楼房,大多是三四层的,白墙青瓦,一看就是一个钱多人精的村庄。村子里零星的大树隐在楼间,不乏果实累累者,它们和四周的青山相呼应,如同一部厚重的山核桃传记的序言。

我去的是村民组组长程来平家。听宣城市林业局林长办的同志说,宁国市发展山核桃产业,林长制改革以来,先后探索出了"山核桃全程托管"和"小山变大山"两项改革路径。这些路径,都有程来平的参与。而且,程来平还是带头按红手印的人。我在纪念改革开放40周年前夕,曾经创作并出版《小岗村40年》,对当年按红手印搞大包干的健在者都采访过,他们按下的红手印拉开了中国农村改革开放的大幕。习近平总书记2016年4月25日考察小岗村,来到"当年农家"院落,了解当年18户村民按下红手印,签订大包干契约的情景,感慨道:"当年贴着身家性命干的事,变成中国改革的一声惊雷,成为中国改革的一个标志。"所以,听说程来平是带头按红手印的人,这红手印也与改革有关,我格外敬重!

没想到,在这里遇到了吴志辉。他是宁国市林业事业发展中心副主任,前来和程来平探讨后面如何张网收获山核桃的。程来平对我说:"吴主任是我老师。我能够带领大家按红手印,就是受他的教育和启发。你问他就行了。"

那是2020年1月,快要过春节了,在外做生意、打工的人都回来了。在山脚下村民组的议事厅里,60根饱蘸红色印泥的手指,重重地摁在一张薄薄的A4纸上,摁下了全组村民一份庄严的承诺。随着吴志辉的介绍,程来平拿出了那张A4纸。我接过来,只见上面写着:

关于在山脚下组实施山核桃林彻底禁用除草剂的承诺书

为了大力推进我组山核桃林地生态化经营,促进和实现山核桃产业高质量和可持续发展,为我们的子孙后代留一份宜居的生态环境,甲路镇石门村山脚下村民组全体林农特签订山核桃山场一律禁用除草剂的承诺。

经本组60户林农共同商讨决定,自2020年1月1日起,全组所有山核桃林下彻底禁用任何除草剂。本承诺,全体林农共同遵守,保证这一承诺实现。若违背本承诺,擅自使用除草剂,造成本村民组集体利益受到损失的,由该户承担全部责任。

本承诺一式三份,山脚下组留存一份,甲路镇林业工作站、宁国市自然资源局(林业局)各存档一份。

特此承诺。

接下来,是密密麻麻的签名和鲜红的手印。

这是一份由程来平倡议起草,林农们自发签订的承诺,是天目山核桃主产区首个禁用除草剂的承诺。鲜艳的红手印，如同燃烧的火焰，照亮了山脚下人对美好生活的向往，火焰的辉光让寒冬的山村洋溢着温暖和激情，引领人们去绘制一幅绿色环保走向高品位生活的乡村振兴画卷。

我拍完照，程来平小心地收起了承诺书。

程来平之所以倡议起草这份承诺书，是因为他本人就是禁用除草剂的受益者之一。2015年之前，他家的山核桃林一直是简单放养的状态，为了省事，喷上除草剂撒一遍化肥，他就去城里打工了。山核桃的产量是一年不如一年。为此他找到了林业局的吴志辉。吴志辉经过实地勘察得出结论：因前期大量使用除草剂、化肥导致土壤环境恶化，所以减产。找到病根的他，参加吴志辉的培训班后，做出了在村民们看来大胆而傻帽的决定：禁用除草剂，改用生态肥。

"在我禁用除草剂以后，这么多年来山核桃的产量每一年都在稳步增长。别人的山核桃老树都退化了，我的树每年还在增产。"

生态种植的转变，不仅能增加一笔收入，也从侧面增强了土壤的水源涵养能力，进一步改善林区环境。

当了10多年的村民组组长，勤劳朴实的程来平有着可靠的群众基础。看到他家山核桃越长越好，周边的乡亲们也主动加入不打除草剂的队伍当中。

旁边站着的村民帅华钱此时插话道："我们也认识到禁用除草剂的优点，对山核桃植被、增产增量、山核桃病虫害防治等各方面，都有好处。所以程来平一提出，当时我们就响应，大家一起按红手印，全部禁用除草剂。"

通过禁用除草剂、施用有机肥修复了生态植被。山脚下村民的山核桃林也收获了可喜的变化，山核桃逐年增产，家家逐年增收。绿水青山真的成了林农们的金山银山。

认识到生态种植带来的喜人成效，程来平又在林业局"山核桃标准化示范基地"等项目启发下，带头在林间种起了香榧、黄精等作物。"黄精药用价值很高，又能保证水土不流失，我已经种了6年，现在收益是相当满意的。"

3. 单轨运输机

跟着程来平，我们来到他家楼后山边。小溪旁的一块空地上，一个长方形的铁栅框靠山一头蒙着帆布，躺在一根离地半米多高的铁轨上。铁轨闪着亮光，穿越树林，通向高高的山岭。

吴志辉告诉我，这是单轨运输机道，帆布蒙着的是柴油机。单轨运输机诞生于1966年，是目前世界上公认的最适合山区机械化运输的工具。2019年7月16日，宁国山核桃产区首条单轨运输道在南极乡梅村村十亩组宁国市现代山核桃科技示范基地开工建设。运输道采用的是目前国内最好的单轨运输机技术，这是一家日本独资企业在宁波的产品。运输轨道材料非常厚实，安装时不需要额外使用混凝土加固。单轨运输机能在溪石上穿行，作业效率很高。山脚下村单轨运输道目前的线路总长600米，最陡的地方接近45°，一般25°—30°，从10多户林农山场穿越，结合水平运输林道的建设，将来可以覆盖20户左右，超过1000亩山场。

以前，这些山场运送肥料、送水喷药、送果实下山，多是人挑肩扛，一趟挑百把斤，要一个多小时，劳动强度特别大，现在的年轻人多不愿意吃这个苦。前几年，浙江那边到山顶的路修通了，程来平运送肥料等，常常是用电动三轮车将肥料等绕路从浙江那边运到山顶，再从山顶挑到北面自己家的山场，力气少花了一些，但时间很长。而使用单轨运输机一次运输400斤，只需要15分钟。且单轨运输道建设占用林地极少，从林下悬空穿行，也不需要占用山场毁树，自然无须赔偿。在岩石裸露地，一些不能修路的地方依旧可以建设。到2023年6月底，宁国已在全市山核桃主产区乡镇建成单轨运输道示范线路13条，总里程5.6千米，下半年还将新建10条单轨运输道示范线路。同时，山地履带式运输车等山地运输新机械在现代山核桃科技示范基地生产中也得到应用。

林长制改革以来，宁国市林业部门以"机械强农"为抓手，坚持适用性和专业性相结合，不但积极推广单轨运输机和山地履带式运输车等一批适合山区特点的林业新机械,而且引进植保无人机来进行病虫害防治。2021年,宁国在国内首次开展山核桃林无人机防效测试,并实施"先飞行动计划",组织林农现场观摩体验,开展室内专题技术培训、飞手队伍培育及组建飞手联盟。截至目前,全市山核桃产区共有无人机36台,培育无人机防治专业队伍3支,年飞防超过20万亩次,山核桃林病虫害防治已全面进入无人机时代。为解决一些干旱年份和易干山场山核桃缺水和施肥问题,宁国还将引进滴灌技术发明者、全球最大的滴灌设备生产厂家耐特菲姆滴灌公司的技术,建设水肥药一体化高标准山地滴灌示范园,进一步促进并带动林农增收。

程来平家山场中的杂草都已经割除。这里有很多高大的山核桃树,有的树干离地面有10多米高。这些树是一代又一代人栽培、抚育、采摘后留下来的,是财富,也是山核桃文化传承的活教材。"这棵树,我叔叔说,他七八岁时就这么高大了。那时候每年能收100多斤果子,现在每年还能收100多斤果子。"这棵树上,隔一段钉了一根铁钉,从下面一直到10来米高的树杈下。见我有些纳闷,吴志辉说:"这是为了采摘果子时爬树而特意钉上去,当梯子用的。"

钉子不到小手指粗,露在树外两寸左右。通过这样的"梯子"往上爬,还要带一根长竹竿,以便上到树杈上后往四周的枝丫上敲击果子。"这太危险了,万一要是摔下来……"

程来平接过话说:"你担心得对。天目山南北,不论浙江还是安徽,前些年采山核桃,每年都有摔死人的,摔伤的就更多了。"

"所以我们才要搞'山核桃全程托管'和'小山变大山'改革,推广收获季节在林下铺设采收网。铺设采收网后,采摘方式由人工打落变为自然落果,农户能根据成熟情况更加方便地分期采摘,山核桃更加饱满,整体品质也有所提升。"

"这个网好。省去人工打果的成本,还能提高山核桃的品质,当然要铺。"吴志辉的话,程来平句句都听。

下山时,回到单轨运输机机头边,吴志辉说:"老程,你把机子发动起来,往山上走一趟,让贾老师眼见为实。"

程来平掀开帆布,拿出一根绳子缠在柴油机上,用力一拉,机器发动了起来。他跨上去,机头拉着铁栅框,迅速向山林中驶去,不一会儿就隐藏在了山林之中。

"这个机器质量好,用着省心。大多数农民简单培训一下就能开。值得推广。"

吴志辉跟我正说着,山林中又传来了机器声。抬头向上看,程来平驾驶着机车,顺着单轨道平稳地驶回来了。

4. 吴志辉的探索

宁国山核桃又名天目山核桃,主要分布在浙江的临安、淳安、吉安、桐庐和安徽的宁国、歙县、绩溪、旌德等地。天目山位于皖浙两省交界处,古名浮玉。《元和郡县志》记载:"天目山有两峰,峰顶各一池,左右相称,名曰天目。"天目山地质古老,山体形成于距今 1.5 亿年前的燕山期,是"江南古陆"的一部分。其地貌独特,地形复杂,被称为"华东地区古冰川遗址之典型"。

据化石资料研究,远在 4000 万—2500 万年前的第三纪渐新世,我国华东地区就有山核桃分布。到中新世时,山核桃与桦木科、壳斗科一些树种已成为华东地区的亚热带常绿、落叶阔叶混交林的主要组成树种。此后由于遭受第四纪冰川的毁灭,仅在皖浙交界的天目山区保存下来,是古老的孑遗树种之一。作为天目山脉山核桃的主产地,宁国的山核桃久负盛名。早在明嘉靖二十八年(1549 年)纂修的《宁国县志·舆地类·土产》记载:"核桃,宁国山多,初生未去皮似桃,故名。县治吴氏一树大,覆半亩,岁收数斛,此尤大者。"第一次真正发现山核桃这种植物的是荷兰人植物猎人弗兰克·尼古拉斯·迈耶(1875—1918)。他受美国农业部派遣,先后三次来到中国,1915 年第二次来到中国时,在杭州附近发现山核桃并采集标本,其后由哈佛大学阿诺德树木园首任主任查尔斯·斯普拉格·萨金特定名,1917年发表于《威尔逊植物志》(1913—1917)第三卷。

宁国山核桃生产区域为天目山北麓乡村,分布范围达9个乡镇,以南极乡为最,其次有万家、甲路、胡乐等乡镇,海拔在100—700米范围内。高产林多分布于山的中上部300—700米之间。分布区内山势雄伟峻拔,沟壑交错,地形复杂,具有温暖湿润、直射光照较弱、散射光照较强、夏天酷暑、冬天严寒、昼夜温差大等典型的山区小气候条件。这些条件有利于耐阴性的山核桃生长发育和果实生长及营养物质的积累。同时,宁国处亚热带湿润季风气候区,雨热共济,四季分明,完全符合山核桃生长所需气候条件的要求。宁国山核桃分布区优越的土壤条件和植被条件,为宁国山核桃的优良品质奠定了良好的基础。宁国山核桃能发展到40余万亩,年产干籽1万吨,与这些独特的环境条件是分不开的。

作为地方特产,宁国山核桃粒大壳薄,籽粒均匀,核仁肥厚,经传统工艺加工后,果仁清脆香酥。宁国山核桃平均出仁率为45.3%—55.2%,其中干果千粒重在3500克以上的占总量的73.4%;干仁含油率为69.8%—74.01%。其油酸值低(0.437—0.607),碘值高(94.21—158.10),油酸、亚油酸等不饱和脂肪酸占88.38%—95.78%。果仁含有9%左右的蛋白质和17种氨基酸。氨基酸总量达到29590毫克/100千克,含有20种矿物元素,含量最多的为钾、钙、镁,含量分别达到3991.30毫克/千克、3760.10毫克/千克、1580.70毫克/千克。

早在20世纪90年代,宁国市就被国家首批认定为"中国山核桃之乡"。宁国市山核桃面积和产量均居安徽省首位和全国第二位。20世纪80年代的山场到户承包经营,充分调动了农民种植山核桃的积极性,为宁国山核桃发展注入了生机和活力。吴志辉告诉我,宁国市南极乡梅村山核桃种植大户胡林凯一家的山场面积就有80余亩,年产山核桃7000多斤,一年收益20余万元。在号称"中国山核桃第一村"的梅村,像他这样的种植大户不在少数。当地村民收入90%以上源于山核桃产业,几乎家家户户都有致富的

"金果果"。

20年前,梅村的人均收入就达到了2.5万元,可以说山核桃产业起着至关重要的作用。但随着产业日益壮大,后劲不足的问题也逐渐暴露出来,特别是20世纪80年代,山核桃山场承包,考虑到果树大小搭配、山场远近均摊、地力肥瘦统筹等多方面的原因,全村"一山多户、一户多山"现象十分普遍。当时人们没有别的产业,大家都靠山吃山,虽然有不便,但劳动力都在家中,吃些苦,能克服管理、采收不便等问题。随着城市化进程的加快以及新型业态的不断发展,越来越多的年轻人外出就业,山核桃山场权属碎片化就成为制约山核桃现代化、产业化发展的最大阻力。

实际上,梅村所面临的困境,也是宁国市整个山核桃产业存在的共性难题。2019年,在深化集体林权制度改革和全面实行林长制改革的大背景下,"小山变大山"试点改革悄然实施。在这一试点改革中,吴志辉做了很多的探索。

吴志辉1973年1月出生,民盟盟员,现任宁国市林业事业发展中心副主任,系正高级工程师,先后荣获"全国生态建设突出贡献先进个人奖""全国林业系统先进工作者""安徽省科技进步三等奖""安徽青年科技奖""安徽省第六届青年志愿服务项目大赛金奖",享受"省政府特殊津贴"。20多年来,吴志辉在山核桃相关研究方面取得了令人瞩目的成果,主持项目获"安徽省科技进步三等奖"1项;主持制定国家行业标准1项,主持参加制定安徽省地方标准10项;选育山核桃良种5个;主持省级以上科研推广项目15项;获省级以上科技成果8项;在省级以上科技期刊发表论文29篇。2023年8月,吴志辉获评全国"十佳最美森林医生"。

1996年,23岁的吴志辉从安徽农业大学林学系毕业,分配到宁国市林业局森防站工作。刚参加工作不到1个月,他就来到霞西镇一个偏僻的林场蹲点3个多月。在这里,他第一次看到山核桃树。细心的吴志辉发现,山核桃树的病虫害多且严重。吴志辉虚心向老同志和林农学习,利用下乡工作和节假日机会,跑遍了全市180多个山核桃种植地开展调查,弄清害虫生活习性、不同季节与时段病虫害发生规律,尝试用各种药剂、各种方法防治。"为了掌握病虫害的特性,那时一年中差不多有一半时间在乡下,在林子里经常两三个小时进行观察。"吴志辉说,"和同事一起骑摩托车、自己搭班车都是常事。"

为了研究病虫害,他常常把长有虫子的山核桃树枝条带回家。为了便于日常观察,他在小区院子里种了3棵山核桃树。为了得到更专业的知识,他攻读了安徽农业大学在职研究生。凭着这股韧劲,吴志辉彻底弄清了山核桃溃疡病、花蕾蛆等主要病虫害的原因和害虫的生活习性,找到了便捷有效的防治方法并在产区全面推广。

5. 培育新农人

"吴老师,今年给花蕾蛆打药的时间到了吗?"

"我家山核桃树叶子发黄,该怎么办?"

吴志辉早已经和林农们建起了工作群,在群里,林农有问题就问。吴志辉不但会一一回答,而且如有需要,他一定会到现场。他诙谐地告诉我:"我就是喜欢新情况和新虫子。"在林农心中,他是老师,也是朋友。很多林农觉得,如果能够请到敬爱的吴老师在家里吃顿饭,那将是非常有面子的事情。程来平说:"不服不行!吴志辉确实比我们知道得更多,看得更远。对他,我们信得过。"

"我最大的财富就是结识了一大批林农朋友,"说到科学研究,吴志辉非常接地气,"再好的技术,如果没有推广应用,是没有任何价值的。作为基层科技工作者,我们做些针对性的研究是可以的,但不能总想着去搞惊天动地的创造。仰望星空固然美好,但脚踏实地才能更发挥作用。把科研成果推广到生产中,把技术传授给林农,促进产业发展,这才是最重要的科学研究,也是我追求的最终目标。"为了实现这一目标,他一边开展科研,一边采取办培训班、现场指导、开设微博和微信公众号等多种形式,向林农传授病虫害防治技术和科学经营之道。

"吴老师的课通俗易懂,很实用。"

"这样的课堂,贴近基层,我们很需要。"

这是林农的心声。现在,只要他开办培训班,不仅教室里坐得满满当当的,连室外也有人趴在窗台上听。不仅本地人来听,就连绩溪、旌德等邻县和浙江临安、淳安等主产区的林农也慕名而来。20 余年来,吴志辉开展各类培训 600 期以上,培训林农超 2 万人次。随着互联网技术的发展,吴志辉开始运用新媒体普及山核桃科学种植和管理技术。2011 年,他开设了"宁国山核桃"凤凰博报。2017 年,他开设了"山核桃种植者"微信公众号,现有粉丝 3200 多人。这些年来,他累计发布技术信息 440 余条,总点击量超过 21 万次。

为了让更多的人能够参加到乡村振兴的事业中来,吴志辉发起成立了宁国市"聚沙成塔"乡村振兴志愿者项目。核心成员 21 人,他们是宁国市林业事业发展中心和各产区乡镇的热心林业科技工作者,主体部分是 160 余名具有志愿者精神的新农人。

这个项目针对宁国市山核桃产业特点和农村发展现状,致力于传播先进技术和系统性培育新农人。以林业科技专家为核心,带领体制内志愿者和具有志愿者精神的新农人,围绕人的振兴,致力于促进旧农人的思想觉醒。项目以传统和新媒体相结合的形式,开展公益大讲堂、实地参观、志愿活动等多种活动,构建实时交流平台,开展工作。

吴志辉带领志愿者不仅普及科学技术,还涉足基地建设、村庄整治以及开创性开展山核桃全程托管等工作。让众多走在前方、有志愿者精神的林农们凝聚起来,让林农来帮助林农、让林农来鼓舞林农,让新农人们成为打通农技推广"最后一公里"的助力军,让广大林农实现转变,真正成为实现产业振兴的主力军。一个个散在苍茫山林中的林农,好比是一粒粒沙子,吴志辉要把他们凝聚起来:聚沙成塔! 这座塔从松散到凝固,越聚越坚实,不仅覆盖了宁国市,还影响安徽的绩溪、金寨、歙县、霍山、广德、旌德,浙江的临安、淳安、建德等县区,湖北的罗田、英山等我国山核桃主产区,发现并培育遍及产区的星星之火新农人180余名。他创建的"山核桃种植者"微信公众号,凝聚的3省12个县的粉丝多是优秀林农,通过他们辐射带动林农超过1万人。2020年4月至今,该项目举办以"科技+"为主题的公益大讲堂78期,培训林农超过5000人次。

程来平就是众多受益者之一。他家里有400多棵20世纪八九十年代种植的山核桃树,过去由于管理方法不对,年产量多时也不过千把斤,少的年份仅有200来斤。吴志辉帮助他找到产量低的原因后,向他讲解科学管理的重要性,并建议他参加培训班。此后,他每逢培训班必到,且将学到的技术运用到生产中。5年下来,他家山核桃产量增加了4000多千克,2021年达到5000千克,而且果实饱满,刚收下就被人买走了,每斤价格还比别人家高2元,共收入14多万元。在程来平的带领下,2020年1月,山脚下村民组村民签完承诺书后,于2022年11月又完成第一轮"小山变大山"改革。如今,程来平也成了星星之火新农人,村里有不少人时不时向他请教山核桃种植中发现的问题。

6. "小山变大山"

1981年至今,宁国市历经了"林业三定""经济林小调整""集体林权制度改革"等系列改革,"一山多户、一户多山"的山场权属碎片化经营格局始终未能根本改变,已经成为制约林业现代化、产业化发展的瓶颈。而2019年以来,借着林长制的东风,宁国市在山核桃产区大力扶持新型主体,鼓励以托管经营等方式,推动林地适度规模经营,充分尊重林农首创精神,深入发动群众,开展"小山变大山"探索,从产业最底层实现变革,为产业振兴注入新活力。

"小山变大山"改革,实质是推动山核桃林地集约化整合、规模化经营。实际操作中是以村民组为单位,在林农自愿的前提下,在村民组内部以多种方式进行整合,整合的山场暂不改变林地承包关系,试行三年,到期后根据双方意愿,终止、延期或变更林权证。吴志辉告诉我,在这项改革中,宁国市首先加强政策宣传,通过做耐心细致的群众工作,引导林农自主参与改革。重点向林农说明清楚"五个坚持":坚持承包权微调、经营权灵活调整;坚持调整前后面积、产量基本不变;坚持每户大片山场不变;坚持山核桃林下全面禁用除草剂,就近吸纳小片山场;坚持托管利益分成、赎买价格等,实行全组统一标准,引导林农参与改革。操作中鼓励关键少数带头示范。南极乡杨狮村茶厂组王建国等8名党员率先整合山场,每户山场平均减少4—10片,同时通过建设单轨运输机、推广实施张网采收等综合措施叠加,劳动强度明显下降。打理成片的山场平均每户减少10个工时,降低成本3500元。

到2022年底,宁国市已完成16个村民组整合工作,共有近千户林农将零散"小山"换成连片"大山",单户山场平均减少5.05片,最多减少20余片。在整合过程中,鼓励大户科学经营本人山场或者承包本组山场,鼓励出现"小而美的家庭农场",如甲路镇庄村村西上组凌建军户,开展整合山场后,山场数量从22块下降为9块,2021年产量为8000斤干籽,2023年达2万斤干籽。

对于无力管理山场的林农,鼓励他们将承包的山场托管给林业合作社、家庭林场等新型林业经营主体。新型林业经营主体与林农协商,确定分成比例,托管时间一般不低于8年,到期后双方再协商后续合作模式。宁国市出台政策,全额补贴托管主体安全用工保险,2022年新型经营主体投保495人,共补助17万元。同时加快林权收储。以霞西镇石柱村为试点,成立村股份经济合作社,林农将山场以林权形式入股,村股份经济合作社再通过发包租赁、委托运营等形式取得收益。目前,该村180户林农已将3900亩山核桃林整体打包给宁国市食佳合作社经营,村集体能分得10%的利润。"国储林+"也是改革形式的一种,利用国家储备林项目,南极乡杨狮村茶厂组整组基本完成5300亩山场经营权流转,正在开展基地建设。这些措施,是对"小山变大山"改革的拓展和补充。

2022年以来,在市(县)、乡、村三级共同努力下,宁国市已陆续完成南极乡杨狮村茶厂组、甲路镇庄村村龙塘组等数十个村民组"小山变大山"改革工作。南极乡茶厂组已正式开展第二轮"小山变大山"改革试点。

当然,宁国市集体林权制度改革仍然存在一些问题。在共性问题方面,主要存在产权不够明晰,林权流转规模较小,当前各种"一年期"金融产品还难以真正破解各类主体发展林业缺乏资金等。在个性问题方面,主要表现在改革试点工作覆盖面不广、特色产业生态安全风险大等。

吴志辉说:"下一步,全市还要以'小山变大山'为重要抓手,加大一产扶持力度,系统推进产业振兴。营造积极氛围,深入发动群众,做好细致服务工作,用好政策杠杆,让林农'敢创新'。在已经完成第一轮改革的部分村民组启动第二轮整合工作试点。边实践边摸索,形成'小山变大山'相关的标准文本和规范流程图。同时还要紧密结合现代山核桃科技示范基地建设、国家储备林建设和全程托管经营工作,试点扩面。从'整组推进'的原始创新,到与'全程托管'协同的集成创新,再到与国储林并进的再创新,不断深化'小山变大山'改革。"2023年宁国市十七届人大二次会议期间,组织了一场"听代表说"问计活动。作为市人大代表的吴志辉化身"汇报人",走上讲台,以PPT的形式分析了山核桃产业发展现状。针对"一山多户、一户多山"的林地碎片化问题,他也将上述意见做了陈述和分析,期待引起更多人的关注、重视与参与。

随着林长制改革不断推进,宁国市还加大用"真金白银"支持山核桃产业振兴的力度。吴志辉告知,在积极争取上级扶持资金的基础上,"十四五"期间市财政每年安排不低于1500万元的山核桃产业振兴扶持资金,专项用于基地建设、生态修复、企业帮扶、电商扶持等方面。

"纸上手印红艳艳,心心相连护家园……"这是皖南花鼓戏《红手印》的唱词,清新朴实,旋律缠绵,饱含着宁国人对山核桃的浓浓深情。它是以程来平等人摁红手印承诺禁打除草剂为题材创作的。该剧入选2023年安徽省戏剧创作孵化计划项目,现在已经公演。这部戏是由宁国市清风雅韵艺术团演出的,是一部真正来自乡土的作品。在宁国市文明办的大力支持下,由市文化和旅游局相关负责人带着创编组一行赴基层采风。采风中,宁国市清风雅韵艺术团团长熊艳带着编剧、导演与吴志辉碰面。吴志辉告诉主创人员,以前振兴山核桃面临严峻挑战,如今让林农改变旧思维成为新农人至关重要。为了让编、导等演职人员切身感受到林农生活的变化,吴志辉亲自带领主创人员翻山越岭来到山脚下村民组,到程来平、程有德等林农家里走访,与他们面对面交谈。在甲路镇山脚下村民组的采风活动中,主创人员收获巨大,在与林农们的交谈中,他们了解到林农把山核桃当成自己的生命,个个坚决带头当好"禁打卫士",转变旧思维,做好新农人。同时,他们还了解到林长制改革中,政府实施"小山变大山"项目,又为林农提供管理上的方便,林农们"吃下了定心丸"。"绿水青山要传给后代",这是他们共同的真实心声。

从采风、创作到演出,主创团队秉承着"从生活中来,再到生活中去"的创作理念,把从生活中挖掘到的素材,经过艺术的加工,形象地展现在戏剧舞台上,以皖南花鼓戏这种乡土艺术的形式,把林长制改革中宁国山核桃"这棵树"演绎得更加伟岸俊美。

二、薄壳山核桃

1. 碧根果

此次采访,我看到了不计其数的山核桃树,除了宁国山核桃外,还有薄壳山核桃、大别山山核桃,林林总总。行走间,我总会想起一个成语:玉树临风!

接着说薄壳山核桃。

薄壳山核桃,别名长山核桃,是舶来品。它原产于美国,故又名美国山核桃、美国薄壳山核桃,分布范围为北纬26°—42°,西经87°—102°之间。它的主要产业化栽培区分布于密西西比河流域,该流域与我国长江流域为同纬度,因此主产区和长江流域为相似生态。在安徽省域,它与皖南山核桃、大别山山核桃可称为核桃三兄弟。

据史料记载,安徽省栽下的第一棵薄壳山核桃树,在舒城县城关镇鼓楼街道东侧。清光绪二十七年(1901年),舒城福音堂建成,一名英国传教士栽下这棵薄壳山核桃树。历经百年沧桑,如今树高已超过25米,胸径90多厘米,冠幅覆盖面积达300平方米,树姿优美,目前尚能少量结果。随着林长制改革的推进,人们的生态环保意识进一步增强,舒城县林业局已将这棵著名古树列为重点保护对象,有关单位对其生长和病虫害发生情况常年进行跟踪调查,一旦发现问题,便会及时采取有效处理措施。经过精心护理,古树由枯枝遍布、病虫丛生,变得枝叶苍翠、生机勃勃。

8月29日中午,在黄山市博村林场采访,场领导告诉我,博村林场1948年曾从南京引进20粒薄壳山核桃种子育苗后种植,现在仅存1棵,胸径已达80厘米,树高超过20米,每年都硕果累累。观看了这棵树,他们又带我们来到南面的场部,这里还有5棵薄壳山核桃树,胸径40—70厘米不等,棵棵挺拔参天,枝繁叶茂,都挂着绿灯笼般的果实。其中有一棵虽然遭过雷击,但依然风华灼灼,显示出旺盛的生命力。

薄壳山核桃是世界上著名的干果之一,商品名称为碧根果,也叫长寿果。它壳薄易剥,取两只生核桃,攥在手心,用力紧握,就可以把壳攥裂,取仁比皖南山核桃、大别山山核桃容易,且出仁率高(50%—70%)。仁肉肥厚,质地细嫩,味香可口。它的营养极为丰富,含20种脂肪酸(不饱和脂肪酸占92%以上),核桃中所含成分亚油酸,食用后不但不会使胆固醇升高,还能减少肠道对胆固醇的吸收,可供给大脑基质的需要;氨基酸17种(7种为人体所必需氨基酸);维生素和矿物质19种,包括维生素A、维生素E、钙、钾和锌等。其中所含的微量元素锌和锰是脑垂体的重要成分。

薄壳山核桃与美国黑核桃、黑樱桃并列为世界上三大优质硬阔叶用材树种之一。其树干通直,出材率高,木材坚固强韧,纹理致密,心材暗红,边材黄白,富有弹性,不易翘裂,是建筑、家具、雕刻等优良用材,也是模具、运动器械、军工和高档地板等优良用材,价格是普通木材的数倍。将其作为珍贵树种和大径材来造林和培育,有着很好的市场前景。特别是在我国的北方地区,杨树"一统天下",生态环境十分脆弱,通过推广薄壳山核桃,既可有效改善当地的林种树种结构,又能满足社会对高档木材的需求,还能促进农民的增收致富。

薄壳山核桃为落叶高大乔木,顶端优势强,主干明显,树干通直,叶形长阔,枝叶茂盛,美观大方,是优良的生态和园林绿化树种。在安徽沿江江南,薄壳山核桃4月中旬开始萌动,花期在5月中旬至下旬,果实灌浆期在7月中旬至8月下旬,果实成熟期在9月下旬至10月下旬,11月中下旬开始落叶,从开花到果实成熟大约需要160天,从萌动到全部落叶大约经历220天,春可观叶花,秋可观果实,夏乘荫凉,冬有光暖。薄壳山核桃是深根性树种,主根可深入地下数米,对固定土壤、保持水土、防止地质灾害均有良好作用。特别是在村旁、溪旁、路旁、田旁和撂荒地种植,既能很好地改善景观,绿化美化环境,又可作为庭园经济来发展,增加农民收入,是城镇、乡村绿化以及乡村振兴的优良生态树种。

2019年,我国薄壳山核桃产量约在300吨,消费主要依赖进口,当年进口4万吨左右。全球薄壳山核桃产量22万吨上下,我国的进口量达18%,占据美国出口量的一半以上。自2000年以来,我国一直是世界上第一大薄壳山核桃进口国。尽管如此,我国人均薄壳山核桃的消费量仍处于较低水平,只有30克左右,而美国人均消费650克。我国人均消费若要接近发达国家的消费水平,需要种植560万亩。薄壳山核桃不仅能满足干果食用需求,还要从木本油料需求的角度考虑,因此国内薄壳山核桃种植市场前景广阔。

近年来,国家已把发展薄壳山核桃等木本油料作物种植定位成保障国家粮油安全的重要战略。国务院于2015年1月印发了《关于加快木本油料产业发展的意见》,切实维护国家粮油安全,木本油料树种种植面积从现有的1.2亿亩发展到2亿亩,产出木本食用油150万吨左右。

2015年3月,安徽省政府办公厅印发了《关于加快木本油料产业发展的实施意见》(皖政办〔2015〕17号),明确提出要加快发展油茶、薄壳山核桃等木本油料产业。2017年9月,省政府办公厅印发了《关于支持油茶产业扶贫的意见》,明确了油茶产业扶贫的十条意见,薄壳山核桃产业扶贫比照执行。

林长制改革以来,全省各市、县党委、政府以大力实施林业增绿增效行动为契机,牢固树立和践行"绿水青山就是金山银山"理念,加大财政投入,大力发展薄壳山核桃产业,积极打造生态文明建设的样板,出台了一系列扶持政策。

全椒出台了《全椒县薄壳山核桃产业发展管理暂行办法》,将薄壳山核桃产业发展资金支持纳入县级财政预算,对同一区域内造林面积100亩以上的给予补助,栽植嫁接苗,连续补助6年,当年验收合格后给予每亩1000元补助,第二年至第六年每年秋季进行验收,合格后每年每亩给予400元补助。滁州、亳州、宿州等市,长丰、定远、来安、利辛、无为、阜南等县也相继出台扶持政策,支持薄壳山核桃产业发展。据统计,到2022年,安徽省已种植薄壳山核桃65万亩,部分县、市制定了发展规划,其中长丰县规划到2025年发展20万亩,滁州市规划未来5年发展50万亩。

2. "三下乡"的感受

薄壳山核桃产业"中国看安徽,安徽看全椒"。这是姚小华说的。

姚小华是中国林业科学研究院亚热带林业研究所研究员、博士生导师,木本油料团队首席专家,经济林研究室主任,任国家油茶科学中心首席专家、国家林业局山核桃工程中心学术委员会主任等,是全国林业系统先进工作者。他从事木本油料经济林科技创新与示范推广30多年,获油茶、薄壳山核桃等木本油料方面国家科技进步二等奖2项,省科技进步奖9项,选育木本油料良种21个,获专利5项,发表论文251篇,编写专著15部;解决了薄壳山核桃、山核桃等特色干果发展关键技术难题,取得的木本油料技术成果,成功在我国亚热带、南温带产区及国外东南亚区域大规模应用;培养硕士41名,博士8名,博士后2名,为全面提升我国油茶、薄壳山核桃等木本油料产业技术水平做出了重大贡献。这些年,他和安徽省薄壳山核桃首席专家龚明经常在安徽各地指导薄壳山核桃种植。从立地条件到树苗培育,从水肥管理到品种配置,从丰产栽培措施到整形修剪,每一个环节,他们都耐心讲解。近10年的时间,他们见证了全椒乃至安徽的薄壳山核桃发展。

自2014年以来,尤其是2017年全省启动林长制改革以后,全椒县以实施千万森林增长工程、国家储备林等项目建设为契机,借力薄壳山核桃"这棵树",全力推进国土绿化和村庄美化,带动农民增收致富,促进乡村振兴。到2023年,全椒拥有薄壳山核桃产业企业102家,薄壳山核桃种植面积达9.1万亩,其中建成薄壳山核桃村庄70个,薄壳山核桃道路114.3千米。建立国家和省级林下经济示范基地各1个,市级现代林业示范区11个,市级薄壳山核桃标准化基地5个,获批绿色产品认证企业14家,省级林业产业化龙头企业13家。带动农户近3600户,年支付山场土地流转费用3000万元以上,年带动就业4000多人,农民年劳务收入5000万元以上。2023年,全县薄壳山核桃产量接近400万斤。全椒先后荣获"中国碧根果之都""安徽省薄壳山核桃标准化示范区""国家全椒薄壳山核桃产业示范园区"等荣誉称号。2022年,"全椒碧根果"获得国家地理标志产品认证。

2023年7月24日下午,安徽中医药大学医药经济管理学院前往全椒县,开展为期3天的"三下乡"暑期社会实践活动。团队先后参观走访了全椒县薄壳山核桃产业协会、全椒县绿兴园生态农业发展有限公司、安徽长林生态农业有限公司,深入襄河镇邱塘新村,与碧根果种植户面对面交谈,真正感受薄壳山核桃"这棵树"在全椒是如何做成大产业,产业如何助力乡村振兴的。

在绿兴园生态农业发展有限公司办公室,全椒县薄壳山核桃协会会长王宏军向师生们介绍全椒县薄壳山核桃种植的基本情况。然后,王宏军和大学生们一起走入薄壳山核桃林中,对着树木和果实进行现场讲解。因为面对的是中医药大学的学生,他重点讲解了薄壳山核桃与健康、与医药的关系。据相关专家研究,薄壳山核桃所含的抗氧化剂含量为各种干果之首,无胆固醇,无反式脂肪酸,富含卵磷脂等微量脂类,长期食用碧根果可明显降低血压、胆固醇和减少癌症发病率,有明显的防衰老,健肠胃,预防前列腺癌、肝炎,防治心脏病、心血管疾病以及二型糖尿病等作用,常食用可健脑益智,是理想的保健食品。另外,薄壳山核桃中间的分心木是一味中药材。分心木具有涩精、缩尿、止血、止带、止泻、止痢的作用,对男性的遗精、滑泄、尿频、遗尿,对女性的崩漏、带下、泻泄、痢疾等效果都不错,一般煎汤内服。用它泡水喝可以有效治疗失眠。这些,让学中医的同学们大开眼界。

对于姚小华关于薄壳山核桃产业"中国看安徽,安徽看全椒"的说法,王宏军很骄傲。在全椒,王宏军涉足薄壳山核桃产业相对迟了两年。2016年,他流转了500亩土地,以8米×5米的行株距栽下了第一批薄壳山核桃容器苗。2017年,又是500亩,还是8米×5米的行株距。到了2019年,前面两批栽种的薄壳山核桃苗都已经枝叶茂盛,5米的株距已经显得有些密了。王宏军又流转了1000亩土地,把原先栽植的树苗每行隔一棵地移出,栽到新流转的土地上。因为树苗已经很大了,这一次,他栽种的行株距是8米×10米,可以维持薄壳山核桃20年时间的生长了。因为进行了移栽,前面两次栽下的共1000亩,现在都变成8米×10米的行株距了。

2023年9月11日采访王宏军时,在绿兴园生态公司交流,说到这些,我称赞王宏军是一个有战略眼光的人。

王宏军谦虚地说:"谈不上战略。碧根果种植是长线,栽下了,六七年才能挂果,一定要统筹考虑。"王宏军的战略眼光,还表现在树形的塑造上。薄壳山核桃结果,是从下面的枝杈往上结。很多人为了多挂果,都是在不到1米的树干处就开始拉枝,使其枝条早早地向四周伸展。这样的确容易早挂果,多挂果,且便于人工采摘。但王宏军让自己的薄壳山核桃全部在1.5米高的树干处才开始留第一层挂果的枝条。他告诉我,这是基于两点考虑:一是薄壳山核桃进入盛果期后,每棵树结果都很多,人工采摘,劳动力成本太高,必须要进行机械化采收。机械化采收,机械要开进林中,树干留高,是为机械留出行走空间。同时,机械臂伸展固定到树干上,也需要1.3米以上的高度,摇晃落果才比较容易。太低了,摇晃困难。动作大了,易伤树根。二是薄壳山核桃是果、材两用树,树干留高便于将来长成大径材。

对于全椒薄壳山核桃种植现状,王宏军与安徽中医药大学师生们交流时也提出了自己的思考。首先是产量问题。大多数果树种植时间未达到丰产期,尽管提出了"中国看安徽,安徽看全椒",但这句话说的只是种植面积。全椒县的薄壳山核桃产量现在不足够大,对于全国市场没有绝对的话语权。而薄壳山核桃产业在全椒的发展时间相对来说较短,是新兴的特色林产品产业,民众对产品的知晓度不算特别高,有部分人对薄壳山核桃的发展前景不是很了解。其次,薄壳山核桃林下产业和中医药相结合得还不够。在创造碧根果价值的同时,如何将中草药间种,发挥土地立体效益,弘扬中医药文化等,还需要进一步探索。

王宏军喜欢思考,对全椒县薄壳山核桃产业未来的发展充满愿景:一是县政府要主动对接长三角,谋划建立全国薄壳山核桃交易聚集市场。目前全椒薄壳山核桃成果交易量占全国的23%,随着更多的果树进入盛果期和果期,三年后将占全国的50%。这期间要加大宣传和产品深加工开发力度,要掌握全国薄壳山核桃交易的话语权。要把全国的薄壳山核桃产品全部聚集到全椒,再通过交易发往全国。二是主动与食品加工的重点科研院校合作,研发系列食品,加大、加快二产的投入,对接市场。三是加快推进制定行业标准,规范企业市场行为。四是要把薄壳山核桃产业园建设与国家储备林建设有机结合,推进产业高质量发展,助力乡村振兴。

王宏军的愿景,也是全椒营林人的共同愿景。这种愿景表明了对薄壳山核桃未来发展的一种清醒认识,是全椒人的一种自勉,也是全椒能成为"中国碧根果之都"的内生原因。

7月25日一大早,大学生们来到安徽长林生态农业有限公司基地。基地位于六镇镇大殷村,共流转土地2000余亩,是一家致力于薄壳山核桃良种育苗、造林及后期系列产品开发的企业。公司也是国家林业局薄壳山核桃工程技术研究中心试验示范基地、中国林科院亚林所薄壳山核桃良种苗繁育基地。

公司的法定代表人郑攀接待了大学生们。郑攀毕业于南京林业大学园林专业，是90后，年轻的"林二代"。她的父亲郑长林早年在浙江萧山培育薄壳山核桃苗木。2016年，郑攀跟随父亲来全椒创业。她朝气蓬勃，富有梦想，把奋斗作为青春最亮丽的底色，和大学生们有很多共同语言。

育苗是长林公司的特长。创业全椒的这些年，他们在中国林科院亚林所的技术支持下，先后选育亚林品种YLJ023、YLJ042、YLC21、马罕、YLC28、YLJ64、741，授粉品种YLC35、YLJ5、YLJ1、YLJ6等多个无性系新品种，高标准良种育苗。公司发展标准化育苗700亩，小苗定植100万株，培育大容器苗10万株，可出圃90万株土球苗，年销售收入5000万元。在苗木生产过程中，公司注重吸纳当地农民就业用工73人，年人均劳务工资收入1.8万元，其中安排脱贫户6户，涉及脱贫人口15人。

当然，关于王宏军提出的主动与食品加工的重点科研院校合作，研发系列食品，加大、加快二产的投入，对接市场等问题，长林公司是走在前面的。在做大做强种植规模的同时，公司先是围绕薄壳山核桃果做文章，先后开发了薄壳山核桃干果、果仁以及薄壳山核桃粉等系列产品。2021年，安徽长林生态农业有限公司与六镇镇大殷村建立村企联建模式，镇村投资340万元乡村振兴衔接资金，新建大殷村碧根果加工及储存建设项目。这个项目当年为村集体经济增收25.4万元。其中1.8万元用于救助大病重残等26户收入较低的脱贫户，剩余资金用于大殷村公益性事业。在此基础上，长林公司还结合产能现状，建起了碧根果食用油加工厂。

令大学生们感动的是，郑攀十分热爱社会公益事业。她是县政协委员、巾帼建功标兵。不久前，全椒县六镇镇政协联络组在长林公司举办了"委员工作室"授牌仪式，以政协委员郑攀为骨干，打造特色政协委员工作室。这是六镇镇首个政协委员工作室。"郑攀委员工作室"成立以来，在履职方面发挥了自我优势，更好联系和服务了所在界别的群众。郑攀本人发挥其在农林科技界别优势和薄壳山核桃种植及技术服务方面的专业特长，开展政策咨询、技术服务等工作,让很多农户在自己的家前屋后都栽上了薄壳山核桃。在控制农地非粮化,营林土地越来越紧张的形势下,全椒县注重挖掘规划保留的自然村家前屋后的潜力,栽种薄壳山核桃。村庄的容纳力在30—70棵不等,六镇镇街道村2017年栽植的140多棵薄壳山核桃,现在已经果实累累。而旁边小集村仓房村民组2022年栽下的50多棵薄壳山核桃,经过今年充沛的雨水滋润,也都彰显风姿了。遇到这些树有病虫害等问题,村民请教郑攀,她都是及时"出诊"的。

正是上班时间,大学生们看见,已经54岁的村民殷守珍和工友们在长林公司碧根果加工及储存的生产车间内换上工作服,开始了新一天的工作。"每个月两三千元的工资,工作时间不长,离家不过几里路,既照顾得了家又能拿份工资。"殷守珍笑着对大学生们说,自己是地道的农民,土地流转后因家里有老人需要照顾,无法外出务工,只能闲在家中。长林公司加工企业建成后她就过来工作,一干就是5年多。看着自己亲手种下的薄壳山核桃树从小苗长成大树,前年初挂果就有不错的收成,大家越干对好日子越有信心。

3. 二郎口到石沛

马国斌是一名退伍军人。

1992—1995年,马国斌在安徽省武警总队服役,是中士班长、优秀士兵,1995年底退伍到全椒县公安局巡警大队工作,2000年调至全椒县交警大队,前后4次荣获"优秀治安队员"称号。2004年,马国斌响应政府号召,下海创业。

下海创业之路是艰辛的,马国斌秉持军人特有的本色和韧性,跌倒很多次,但都艰难地爬了起来。他先后从事过货运车辆运营、煤矸石和煤炭营销、经营货运码头、玻璃幕墙设计与施工、建筑工程等工作。多年的辛苦经营,他积累了一定的资金。林长制改革开始后,马国斌发现林业大有作为,2017年他毅然决定回乡创业,成立了安徽华辰农业科技有限公司,种植薄壳山核桃。在林业行当摸爬滚打几年，马国斌成为中国林业产业联合会薄壳山核桃产业分会执行副秘书长，滁州市第七届人大代表，滁州市林学会薄壳山核桃专委会主任。

说起当初的创业经历和经过的那些难关，马国斌至今历历在目。第一个难题就是土地流转。"马总刚到我们这来流转土地的时候，有不少老百姓都想不通，认为小树苗成不了大气候。"二郎口镇太平村纪岗组村民刘玉柱对当时的情景记忆犹新。面对村民们的困惑，马国斌耐心地给他们解释薄壳山核桃的市场和作用，用手机发视频给大家看：薄壳山核桃既是很好的木本油料，也是国家战略储备树种。但是农户依然不能理解马国斌超前的经营思路和市场理念，他们执拗地拒绝签订流转合同。

和村里人打交道，不但要有耐心，还要有诚心。马国斌跟随村"两委"的同志一次一次上门，很多人还是说不通。后来，马国斌口袋里揣上现金，只要同意流转，土地流转金当场兑现。这样一来，有很多村民不好意思了，他们都知道马国斌的为人，主要是担心栽在地里稀稀拉拉的几棵树苗成不了气候。经过村"两委"和马国斌夜以继日苦口婆心的劝说，一个多月后终于成功流转了2780亩土地。

刚开始种植薄壳山核桃时，马国斌"捡到篮子里都是菜"，只要是薄壳山核桃就栽种，没有考虑到授粉和合理的栽植，这样他就遇到了第二个难题——对薄壳山核桃的品种认知不足，第一批栽的苗子出现了很多问题。于是，他一方面上网查看资料，另一方面虚心向龚明等专家学习请教，很快便掌握了薄壳山核桃栽培技术要点，对有关苗木进行更替。虽然交了"学费"，但几年下来，他已成为县里的"土专家"。

2018年，已经积累了栽种经验的马国斌又流转了728亩土地，扩大了种植。这一年，全椒县成立薄壳山核桃协会，马国斌被推选为全椒县薄壳山核桃协会秘书长。作为协会秘书长的他，经常和全椒薄壳山核桃研究所人员一起探讨、研究薄壳山核桃健康发展的路径，根据平时的工作实践，组织编写《全椒县薄壳山核桃栽培技术要点》等规范性技术手册。在产业管理的不同时段，他几乎每周至少 3 次到全县每个会员企业开展技术指导，帮助解决生产中遇到的各种问题。

全椒县薄壳山核桃产业得到健康发展，每年以 1 万亩的速度递增，连片规模位居全国县级单位之首，产业品牌影响力不断扩大。这里面有很多人在付出，而马国斌等人所在的全椒县薄壳山核桃协会做出的贡献，也是很多的。

作为一名退役军人，在马国斌心中有一个不变的信念，那就是不忘部队多年的教育之恩，要以军人的方式报效社会。

"我是党员，能为老百姓多干点实事，我就觉得愉快。"自公司成立以来，马国斌先后帮助二郎口镇 19 个贫困户顺利脱贫，户均年收入 2 万元以上。太平村纪岗村民组村民魏朝枝今年 79 岁了，因为儿子得了大病花去巨额医药费致贫，生活一直靠政府低保等维系，一家人过得相当艰难。他家 20 亩土地流转给华辰公司后，马国斌安排魏朝枝夫妇在公司从事一些力所能及的工作，几年来除了每年土地租金稳定收入近万元外，还能取得务工收入 3 万多元，一家人的生活质量得到明显提高。考虑到魏朝枝的特殊情况，马国斌还将他家已流转给公司的 20 亩土地中的 4 亩水田无偿送给他种植水稻等农作物，解决他一家的口粮问题。魏朝枝现在到哪脸上都洋溢着幸福的笑容。

穿上军装，他是一名战士，守卫着家国的安宁。脱下军装，他依然是一名"战士"，奋斗在薄壳山核桃、乡村振兴一线的"战场"，勇做"排头兵"。为广泛动员社会力量积极参与乡村振兴工作，2019 年全椒县委在全县范围内开展了"党建引领助振兴，村企联建促脱贫"三年行动。作为公司党支部书记的他第一时间积极投身这项工作中去，主动联系了项目区周边的太平村、上陶村，主动承接到村项目，为壮大村集体经济出力，得到二郎口镇党委和村"两委"的充分肯定。

2022 年，华辰公司被全椒县扶持壮大村集体经济工作领导小组授予"村企联建十佳企业"称号。马国斌本人先后获得全椒县十佳科技致富带头人、首届全椒县县级农村产业发展带头人、全椒县科普带头人称号。2023年，马国斌种植的薄壳山核桃大多已经挂果，据测算，总产量可以达到40万斤。他现在思考的是，如何让更多的人参与薄壳山核桃的种植。

薄壳山核桃产业"中国看安徽，安徽看全椒"，全椒看哪里？全椒看石沛。

2019年10月12日，全椒县石沛镇安徽太禾林业开发有限公司薄壳山核桃基地，彩旗飘扬，锣鼓喧天，人们载歌载舞，宁静的石沛小镇一下子热闹起来。由全椒县人民政府主办、太禾林业开发有限公司承办的首届"中国全椒碧根果采摘节"在这里隆重举行。随着各地媒体的轮番报道，前来采摘碧根果的人络绎不绝，"全椒碧根果"的名字一下打响了。此后，全椒又连续两年举办"中国碧根果采摘节"，这为全椒县做大做强薄壳山核桃产业、打造"中国碧根果之都"这一品牌创造了闪光的平台。

安徽太禾林业开发有限公司成立于2014年3月，注册资金3000万元，法人是张宗尧。

张宗尧是全椒人，20世纪80年代末考取蚌埠的一所中专学校，先是在芜湖从事造船业，后来到合肥发展民办教育。2014年3月，他回到家乡，在石沛镇流转土地，建立薄壳山核桃良种育苗基地2000亩，走上了薄壳山核桃的发展之路。

经过9年多的发展，太禾林业目前在全椒县流转土地达1.8万亩，其中石沛镇1.08万亩，大墅镇7200亩，成为全椒种植薄壳山核桃最大的企业。公司主营薄壳山核桃种植、加工、良种繁育、优质嫁接苗、实生苗销售，同时林下还间种中草药、农作物，进行家禽家畜养殖等。仅2023年，太禾公司林下中草药种植就达6800亩。通过不断发展壮大，公司已形成了较强的示范带头作用，不仅对石沛镇的农户产生了积极的影响，而且对周边乡镇薄壳山核桃种植发展也起到了巨大的推动作用。随着园区薄壳山核桃树木的不断成林和优质苗木的销售，公司给全椒、来安、凤阳、南谯、定远等地区18个行政村7200多户2.9万多人以及20多个林业生产造林大户（企业）提供了苗木,使大家一起走上薄壳山核桃产业发展的快车道。

太禾公司2017年获得"安徽省薄壳山核桃抚育示范片""滁州市现代林业示范区"称号,2018年获"国家林业和草原局长江流域薄壳山核桃试验示范基地""国家林业和草原局林下经济示范基地"称号,2019年获绿色产品A级认证,2020年获"中国林草产业5A级诚信企业"称号,2021年获安徽省林业局核准的第八批"安徽省林业产业化龙头企业"、滁州市林业产业标准化基地等荣誉称号,是国家全椒薄壳山核桃产业园区(核心区)。公司也成为中国林业产业联合会薄壳山核桃产业分会理事长单位,是滁州市林业产业协会理事长单位、全椒县薄壳山核桃产业协会会长单位。

张宗尧是属虎的,已经年过花甲,但依然虎虎生威。9月11日下午,在他的办公室,他给我展示了今后5年(2023—2027)的发展规划。

公司规划5年内,结合石沛镇政府发展规划,着力建设碧根果特色小镇,实现产城融合和一、二、三产业同步发展。

一、在流转土地1.8万亩都已经栽种薄壳山核桃的基础上,5年内一产实现1361计划:"1"即通过发展林下经济实现四个"1",小麦亩产1000斤,高粱亩产1000斤,野菊花亩产100千克干花,实现亩均1500元营收,通过林下经济努力实现收支平衡;"3"即10年树龄达到亩产300斤;"6"即通过林下套种、养殖和果子的产值5年内达到亩均产值6000元;最后的"1"有两个含义,一是5年内林业产值达到1亿元,二是林业综合收入亩均达到1万元。

二、建设美奇农产品加工厂。加工厂占地42.21亩,位于石沛村陶庄组,规划建筑面积3.68万平方米,总投资1.66亿元,年设计生产能力5000吨,5年目标实现销售5亿元、收入1亿元。加工厂兼具薄壳山核桃冷藏、系列产品研发、电子商务、产业物流园功能。计划2023年投资5300万元,完成项目加工设备和冷藏设备安装,加工厂正式运营;2024年投资4700万元,完成薄壳山核桃检测中心及其他配套项目建设,加工厂项目全面竣工并投入使用。

三、5年内实现研学营收3000万元,旅游营收2000万元,民宿营收1000万元。三产计划于2025年推进建设,在一产产生盈利、二产稳定的情况下推动三产项目,如果有政策扶持就提前实施。着力推广林药、林苗、林菌、林粮等林下经济,开展森林康养、森林旅游、民宿休闲等服务。

张宗尧的这个规划很具有前瞻性。9月12日早晨,我在滁州华美达宾馆拜访姚小华研究员,他说:"全椒的薄壳山核桃面积很快就会突破10万亩,随着大部分树初挂果和盛果,今年的产量预计能突破300万斤。这就要求全椒要建设自己的碧根果加工产业,用加工后的产品去占领市场。这样既能规避碧根果产量大了外销无路的尴尬,又能提高碧根果的附加值,促进农民和企业增收。一、二、三产融合协调发展,才是薄壳山核桃的高效发展之路。"

项目仅仅规划在纸上肯定是不行的。张宗尧告诉我,太禾公司产品注册商标为"美奇碧根果",此前为代加工,已经通过了绿色食品A级认证,拥有薄壳山核桃壳果、果仁、油等系列产品7个。2022年11月,"美奇碧根果"获第十五届中国义乌国际森林博览会金奖产品称号。太禾公司2023年可以收获碧根果近60万斤,估计会有一部分果子需要自己加工销售。公司和石沛镇石沛、黄栗树、枣林等5个村合作建设的美奇农产品加工厂项目一期厂房3500平方米基建已经完成,正在进行内部装修及设备、园区道路、管网、水电等安装工作。这个项目是一个集加工、仓储、销售、研发于一体的产业平台,符合太禾公司当下产业发展的需要。一期工程是镇上5个村利用乡村振兴资金投资建设的项目,也是为了做好全椒县碧根果深加工建设的,一头连着产业发展,一头连着乡村振兴,在林长制改革中,有着探索和引领的意义。

在这片占地42.3亩的园区中,太禾公司将来还要兴建二期、三期工程,这些工程建设完毕,可以促使全椒县的薄壳山核桃一、二、三产业充分融合,让全椒薄壳山核桃"这棵树"更加茁壮。

4. 海归"白富美"

在桐城的采访,原计划是没有安排采访安徽富美达农业科技发展有限公司的,是接受采访的钱侯春让我一定要去的。因为没有约定,总经理余方琴回北京了,没有见到。我留下了电话和微信号。几天后,她加了我的微信,对她的采访,就是通过微信进行的。

说到余方琴,必须要说一下她的父亲,余氏伟业集团董事长余智。

余智是土生土长的桐城人,20世纪80年代末期,与无数个进城务工者一样,余智离开桐城老家,跟老乡一起上北京,寻找一个可以多挣点钱的饭碗。和众多文化程度不高的务工者一样,余智也换了无数个工作,多次经历了失业,甚至吃了上顿,下顿在哪都不晓得。许多辛苦无法言说。

"打工,永远只能解决温饱,这样下去没有意义。"想到这一点,余智开始想着自己如何创业。20世纪90年代初期,他创立了自己的建筑装饰工程公司。虽然很累,很苦,但跟着当时的房地产开发大潮,他迅速赚取了第一桶金。

随后,绿化工程公司、生态农庄、房地产开发……目前,余智的名下已经有了十余家企业,跨行业、跨地区发展,成了名副其实的企业集团。

虽然早已是亿万富翁,但余智没有忘记家乡。2014年,余智回到家乡桐城市新渡镇,成立富美达农业科技发展有限公司。在此后的几年,他先后在桐城市、怀宁县、潜山市完成改造低产林、荒山荒地造林1.2万余亩,种植薄壳山核桃和花卉苗木,带动村民就业、村集体经济发展。他吸纳周边村庄弱劳动力在基地稳定就业,"公司+基地+农户"的合作经营模式,解决了120多个留守农民的就业问题,年发放农民工工资260多万元,增加区域内农民人均年收入2000元以上,其中带动低收入农户30户,最高每人每年拿到3万多元。

余方琴出生在桐城,很小就去了北京,幼儿园都是在北京读的。大学时,她学的是金融专业。毕业后,她去了英国读硕士,学的还是金融专业。

2015年，余方琴从英国硕士毕业回到北京，先后在投行、会计事务所工作。2018年，本想到法国继续读博士的余方琴，在父亲的劝说下，回到桐城。

"林业投资大、时间长、收益慢，几年来我们先后投下去2亿元，只能以主业反哺林业，父亲兼顾不过来。"余方琴在微信中告诉我，"桐城是父亲长大的地方，他想让乡亲们都过上好日子，这个事情家里必须有个人来做。"经过反复思考，对乡村已经没有什么记忆的余方琴明知会艰难，依然决定咬咬牙，"回来试试看"。

这一试就是5年。"我性格很像我父亲，做什么事，不做则已，做就做到自己满意、做到最好。"余方琴说，父亲刚回来投资时，在村里一家一家地跑，签流转协议，硬是跑出了1万多亩的山头，再一点一点改造，花了大量心血。2018年刚回来时，她对林业、碧根果一窍不通，就各地去跑、去学习，国内这个行业内的企业她几乎都跑遍了，行业的论坛、会议、培训她几乎都去，学习笔记她记了厚厚几大本。越跑，她越发现，做好一个林业产业，并不是种种树这么简单。

余方琴产生了和父亲不同的想法。父亲更多的是扩大规模，但她要做的是"精"，是产业链，是附加值，是打造高标准的现代林业产业，为此她和父亲经常争吵。"要想有效益，必须要有技术含量，育种、养护、施肥、加工、销售等每一个环节都要精细。"为此，她先后找到国内顶尖的科研院所，加入行业技术联盟，邀请博士专家来讲课，引进了18个优良新品种，盖起了深加工厂，引进了冷冻储存设备，设计了产品包装，带着产品参加展览并拿到大奖……几年下来，公司碧根果产品的技术含量在行业排在前列，她也用成绩向父亲证明了自己。

"2021年是富美达碧根果迎来丰产的第一年，去年由于干旱，产量增加不大。今年雨水足，产量会有大幅度提高。加工厂也建好了，会有好效益的。"谈到薄壳山核桃，余方琴更喜欢"碧根果"这个名字。

尽管不急于扩大规模，几年下来，富美达还是变大了。现在，富美达有8000多亩薄壳山核桃、9000多亩花卉苗木，比余方琴刚接手时扩大了5000

多亩。2023年,富美达积极争取安庆市和桐城市财政各20万元、自筹资金10万元,培育7000多株容器嫁接薄壳山核桃苗,免费发放给周边各村农户,种植在房前屋后空闲地及道路两旁。富美达公司提供技术支持,收获的果实由公司按市场价统一收购,收益归村民所有。

下一步,余方琴还计划与村里开启新的"村企共建"模式,由村成立合作社,采购苗木,村民栽种在自家房前屋后和道路两旁,收获的果实由公司统一收购。她还和新渡镇计划打造碧根果小镇,通过科技创新、产品创新、模式创新,以"一颗碧根果"带动产业兴旺、乡村振兴。

2023年6月11日,安徽省薄壳山核桃首席专家龚明受邀到桐城富美达,现场指导薄壳山核桃产业发展,举办丰产栽培技术培训。上午,龚明冒着高温,来到富美达公司全国区域安庆薄壳山核桃试验基地、采穗圃与育苗大棚基地,根据现场生长状况为大家进行讲解,重点就肥水管理、修枝拉枝、控制树势、适时除草、防治病虫害等方面提出了针对性的指导和详细培训。下午,在丰产栽培技术讲座上,龚明分析了发展薄壳山核桃产业的优势,讲解了如何使薄壳山核桃丰产优质的方法,并提出了产业发展面临的主要问题,对富美达公司的下一步发展提出了建设性的意见。

余方琴心地善良,在别人需要帮助的时候,她从不吝啬。新冠肺炎疫情期间,捐款、捐物价值共计40多万元,公司也因此获评爱心捐赠企业。在余方琴的世界中,吃亏是福。企业在栽种薄壳山核桃时,村民管大树见员工用自己承包塘里的水浇树,马上阻止。余方琴见状,忙让员工停止用水,并向管大树道歉。她立刻安排洒水车从远处河里拉水,完成浇树工作。2023年,公司免费给村民分发树苗,管大树不好意思去拿,余方琴主动让员工给他送上了门。管大树感动得直搓手:"我真是对不住余总!"

"我做的是民营企业,最关键的是执行力。如果拖拖拉拉,企业早垮了。"余方琴说,"这也是父亲常常告诫我的。"其实,何止是民企,任何企业在运营过程中都会有很多问题,最需要解决的仍然是执行力不强的问题。执行力不强,好的思路和策略就会变成空谈。"执行力低下是最大的黑洞,再好的策略也只有成功执行后才能够显示出其价值。企业执行力差将会断送企业的事业。"

因此，在富美达的企业内部，可以随时看到小跑的员工，每个人都生龙活虎。

在余方琴的带领下，富美达公司荣获2021中国·合肥苗木花卉交易大会优秀参展企业奖。其产品薄壳山核桃容器苗获得2022年合肥苗木花卉交易大会新优苗木铜奖、薄壳山核桃鲜食果获得2021年第十四届中国义乌国际森林产品博览会金奖。公司先后获得安徽省林业龙头企业、安徽省现代林业示范区、安徽省级科技特派员创新创业示范基地、安徽省乡村振兴青年先锋单位等称号。她本人也担任了安庆市政协常委、全国薄壳山核桃创新技术联盟理事等职。

5. 在路上

薄壳山核桃产业"中国看安徽"。

涡阳县以"美丽涡阳、生态涡阳"为目标，按照安徽省关于加快木本油料产业发展战略部署，大力发展薄壳山核桃产业。2016年通过招商引资，引进安徽义门堂农业科技公司在涡阳义门镇落户，投资近2亿元，发展木本油料薄壳山核桃1万亩，推广林下复合经营8000亩。万亩薄壳山核桃示范园共包括4个基地，形成了"一园四区"的格局。2020年11月9日，经过一系列的审核认定程序，涡阳县义门堂农业科技有限公司被安徽省林业局认定为第六批安徽省现代林业示范区。11月8日，义门堂总经理刘延超告诉我，目前他们正在采收，是初果期，总产有6万多斤果子。他特地告诉我，义门堂今年是用机械采果。接着给我发了一条机器采果的视频。

冯斌是长丰县岗集镇桃山村人，18岁那年，他走入军营，服役于武警北京总队。部队的5年生活锻炼了他的身体，也锤炼了他坚忍的意志。2013年冯斌退役，返回家乡，创办了丰景农业公司，从2014年开始栽种薄壳山核桃，现有果园1200亩。2023年已经进入盛果期，产果12万斤，销售额252

万元,加上林下套种小麦收成50万斤,销售62.5万元,他今年总收入近315万元。

丰景公司是长丰县发展薄壳山核桃产业的一个缩影。

长丰县委托安徽农业大学编制了全县薄壳山核桃产业发展规划,并出台了以奖代补等一系列扶持政策和技术标准,确定以丘陵地和江淮分水岭乡镇为主要栽培区。对种植达到一定规模、造林标准符合薄壳山核桃种植要求的企业大户,县财政给予"5+3"政策补助,即每年每亩补助600元,连续5年;5年后,每年每亩再给予抚育奖补200元,连补3年。此外,对期满的退耕还林地更新种植薄壳山核桃、在绿化苗木林间套种薄壳山核桃的也给予资金奖补;对开展水肥一体化等示范化基地建设的种植户给予一次性30万元财政奖补。

政策引导撬动了社会资本纷纷跟进,先后有200多家企业大户发展薄壳山核桃产业,其中1000亩以上的就有11家。在企业大户的带动下,当地群众又自发联户栽种,全县形成了企业大户、群众联户全面开花发展薄壳山核桃产业的良好局面。目前,全县薄壳山核桃种植面积8万多亩。

2023年10月26日,"皖北地区薄壳山核桃精准高效培育机理及应用技术推广示范"技术培训班在灵璧县宿州长林生态农业发展有限公司开展。这是中央财政林业推广示范项目,由安徽农业大学林学与园林学院、灵璧县林业局及尹集镇政府联合组织,邀请了国家林草局经济林咨询专家、林学与园林学院傅松玲教授及省薄壳山核桃首席专家龚明授课。灵璧县薄壳山核桃种植户、合作社工作人员以及林业技术人员近百人参加培训。

宿州长林生态农业发展有限公司2018年入驻尹集镇,种植薄壳山核桃300亩,2019年、2020年又相继增加了600亩。自2022年开始挂果,平均每棵树挂果8斤,按照现在的市场行情,产值达到150万元左右。除此之外,宿州长林生态农业发展有限公司每年销售大树和小苗5万—6万株,可获得销售收入500万—600万元,推动了宿州市薄壳山核桃产业快速发展。

目前,宿州市薄壳山核桃种植面积已超5万亩,繁育薄壳山核桃苗木

1000万株以上,带动2万农村人口就业增收。为推广种植薄壳山核桃,对连片造林或育苗的,市和县区政府给予资金扶持,其中使用薄壳山核桃壮苗造林且连片面积200亩以上的,市和县区两级财政分别补助500元/亩;新建连片面积50亩以上的良种采穗圃和繁育圃并申报认定为市级林木(薄壳山核桃)良种基地的,市和县区两级财政补助1000元/亩,最高补助10万元。对纳入市级增绿增效重点工程的薄壳山核桃育苗或造林,市财政承担40%地租,所属县区财政承担40%地租;纳入县级扶贫项目的,全部由县级以上财政投资。据统计,2018年以来,市财政奖补到位资金1300万元以上。一系列造林奖补和扶持政策,促进了泗县绿瀛农业科技发展有限公司、宿州长林生态农业发展有限公司等企业的薄壳山核桃的发展。

中国看安徽,安徽的薄壳山核桃一直在路上。

三、大别山山核桃

1. 山核桃属一新种

大别山山核桃和天目山山核桃都属于胡桃科山核桃。

胡桃科山核桃属中,约有17种主产于北美洲东部和亚洲东南部温带地区。原产我国的有天目山山核桃、湖南山核桃、越南山核桃和贵州山核桃等4种。1982年,浙江林学院刘茂春和黎章矩两位教授在大别山的金寨、霍山等地发现一种类似于天目山山核桃的核桃树。经过一年多的研究,他们认为,该山核桃树是大别山区地质、气候长期演变过程中产生的地理变异种,是中国山核桃属的一个新种。与天目山山核桃相比,这种山核桃具有果大、壳薄、光滑、核仁饱满、出仁和出油率高等特点,富含钾、镁、钠等多种矿物质,营养更为丰富。1984年,他们的论文《中国山核桃属一新种》在《浙江林学院学报》刊出。从此,深藏大别山丛林中的这种野生山核桃撩开神秘面纱,展示在世人面前。

当时发现的大别山山核桃,一片在金寨县渔潭乡和斑竹园乡交界处,面积为339亩,另一片在霍山县漫水河镇。漫水河镇这片山核桃林位于坐东朝西的阴坡,海拔300—500米,面积为457.5亩。自1999年6月起,霍山县林业局李其义、漫水河镇林业站杜兆培对漫水河镇平田和陈家畈两村相连的一片野生山核桃进行了为期两年的调查研究,发现当时存活最大的一棵树胸径31.8厘米,高约12米,生于林内,主干笔直,生长旺盛;中幼龄树密度大,分布不匀,呈野生状态;胸径5厘米以上的树平均每公顷570株,胸径5厘米以下的幼树很多;幼树年生长30—50厘米,萌条年生长1—1.5米,有的能达2.5米;冠幅有大有小,林间空隙大,冠幅则大,反之,冠幅则小;整片山核桃生长良好。遗憾的是,他们在霍山县境内没有再发现新的野生大别山山核桃树。

2000年,金寨县林业工作者首先在关庙乡发现,然后全县陆续发现大别山山核桃,主要分布在天堂寨、燕子河、关庙、沙河、吴家店、长岭、张畈、张冲、马宗岭、九峰尖等十几个乡镇海拔500米以上的部分山场,总面积5.25万亩,其中结果面积约2.55万亩。其后,金寨各地又陆续发现近1.95万亩的野生大别山山核桃,总计有7万多亩。大别山的安徽岳西及湖北罗田、河南商城等地也发现有少量分布。

这些野生山核桃主要分布在海拔500米以上的阴坡和半阴坡,以500—800米较集中,面积超过3万亩,全部为天然次生林。从群落的物种组成、结构和群落的物种多样性来看,大别山山核桃群落是一种稳定的森林群落。调查结果表明:大别山山核桃林内共有植物100多种。其中大别山山核桃在该森林群落内占绝对优势,是该群落的建群种。能够进入其林冠层的其他树种种类和数量都较少,仅见有茅栗、栓皮栎、枫香、化香、枫杨、黄檀等少数几种。

由于大别山山核桃林郁闭度较大,林下的灌木层和草本植物种类较少。其中灌木层较为常见的有映山红、大果山胡椒、山胡椒、牛鼻栓、马氏胡枝子等。草本层总盖度85%以上,主要有虎耳草、柳叶岩等植物种,还有少量的蛇莓、南岳凤丫蕨、鳞毛蕨等植物。层外植物主要有菝葜、华中五味子、三叶木通、绿叶爬山虎等。

此时，朱先富已经在燕子河林业站工作。他1994年7月毕业于黄山林校（现黄山学院），分配在金寨县张冲乡林业站工作，1998年11月调至燕子河镇林业站任站长。燕子河镇街位于燕子河边，相传燕子河南侧有一陡岩，高约70米，早先人烟稀少，飞燕极多，垒窝岩上，岩下有河，故名燕子河。燕子河镇地处金寨县东南部，距金寨县城89千米，东连霍山县，是大别山腹地。这里海拔500—1100米，最高点佛顶寨海拔1632米。燕子河大峡谷全长10多千米。在峡谷内，集中分布了3亿年前形成的冰川遗迹天坑，有仙人洞、瀑布、石井、石筋、象鼻岩、丰坪湖等自然风光。

2000年，听说关庙乡再次发现大面积大别山山核桃树，朱先富深入燕子河镇的深山，很快也发现了连片的野生山核桃。梅家岭的一位村民对他说："这个青皮果子，老了也不能吃，山里面多着呢。"

朱先富泡在了山里。他一座山一座山地走，看到底能找到多少野生山核桃。经过一段时间调查研究，他发现，大别山山核桃树树龄大部分为20—30年，树高10米以上，胸径14厘米左右，密度每公顷40—150株，分布不均，与其他阔叶树混生。混交林非常稠密，林内光照较差。山里的林农祖祖辈辈与山核桃打交道，因为果实涩嘴，不但人无法食用，连喂猪也不行，所以没有人采收果实。大别山里的优质用材树种多，山核桃木材纹理直易开裂，也未用作商品材，主要用于烧制木炭和生活用柴，故有部分树在幼龄阶段就被砍伐。靠近村庄和路旁的地方，没有人栽种这种树，大面积的山核桃自生自灭在深山老林中。这也是林业工作者长时间没有发现大面积大别山山核桃的重要原因。

毕业于黄山林校的朱先富对天目山山核桃是了解的，上学那会，他曾经去宁国，参观过天目山山核桃的采收、加工。他知道，那个山核桃也是要先去涩，然后才能变成美味可口的"开心果"。秋天，朱先富到山里打了一袋子山核桃，用自己掌握的方法脱了涩，喷上盐水炒熟，香酥可口，味道一点也不比天目山山核桃差。

通过全县的林业系统,朱先富了解到全县大部分地方发现了野生大别山山核桃,这些山核桃随着秋风渐起,也都籽粒饱满。它们享受了春风夏雨的滋润,在秋意渐浓的时节,从枝头上悄然落下,松鼠、獾子或许会品尝少数几颗,它们大多数默默栖身在草丛中,渐渐被飘落的黄叶盖住,待冬天的雨雪飘零,把它们融合到泥土中,化作春泥,明年滋润新的花开,再结出新一轮果实。它们充实的生命,就这样被虚幻了。这简直是把金弹子当成屎壳郎推出的粪球了。金寨是国家级贫困县,"金弹子"应该被开发出来,像宁国天目山山核桃一样,变成老百姓的摇钱树啊!

2. 科技特派员的创业

朱先富到处呼吁、宣传,让全社会都重视,让林农把山中的"金弹子"收起。但收起来有什么用呢?这东西猪都不吃,还能卖吗?的确,在人们没有认知的情况下,你说得天花乱坠也没有用。说,不如做!朱先富决定,自己在镇上设门面,收购野生山核桃。他要用事实告诉人们,这一颗颗圆圆的山果果,就是闪光的金弹子,射中市场,财源就会滚滚而来。回想当年情形,朱先富感慨万千地对我说:"7万多亩的野生山核桃资源,遍及全县12个乡镇,那么好,年年都烂在山里,我看在眼里真是急啊!我创业的想法这时就萌生了。我要把山区沉睡多年的资源变废为宝,开发成商品,发挥更好的经济效益。我要让大家看到我用这个山果果赚钱了,让大家跟我学赚钱。这样就能带动山区群众脱贫增收。"当然,朱先富也有顾虑,万一自己不成功呢?所以,一开始,他只能是在政策的许可下,一边上班,一边开了一个小门面,小打小敲地试试看。

浙江农林大学(原浙江林学院)"金果子"团队科研人员,自1982年在金寨发现大别山山核桃后,一直在这里做科研。采访中,朱先富告诉我:"1984年,第一代'金果子'团队专家刘茂春、黎章矩两位老教授,将大别山山核桃作为一个新种发表论文后,浙江农林大学一直对我们大别山山核桃进行持续的科研投入和技术支持。"国家扶贫攻坚开始后,他们接力服务金寨大别山区。1998年,浙江农林大学山核桃科研团队在金寨开展产学研合作,朱先富先后结识了前来进行科学考察的黄坚钦教授、夏国华教授。在他们的引荐下,后来和杭州东林食品公司建立联系,他收购的大别山山核桃干果因为是纯野生的,每千克价格30—40元,成了杭州、上海市场的抢手货。收购、销售野生大别山山核桃,让朱先富收获了第一桶金。

为了专心做好大别山山核桃的增产推广工作,通过理顺关系,朱先富于2004年专职担任科技特派员开始创业,并辞去站长职务。2007年12月,他注册成立了金寨县富东生态农业开发有限公司,开始规范开展业务。到了2014年,他正式辞职,专门经营大别山山核桃。

朱先富深知科技是第一生产力,为了提高科技研发与应用能力,他经常向安徽农业大学、安徽省林科院等院校的教授、专家请教,有机会就请他们到现场来,专门解决问题。县里、镇里的领导,也都希望大别山山核桃能成为致富的"金弹子",对他的工作很支持。工作和收购果品之余,一有时间,朱先富就进山,去调查野生大别山山核桃资源。好在他曾是林业站站长,近水楼台先得月,无论哪个乡镇有山核桃,当地林业站的同人都会带他去考察、调研。一段时间跑下来,他心中十分激动。辽阔的金寨山场,多处成片野生山核桃面积超过100亩,关庙乡和毗邻燕子河的天堂寨镇尤其点多片大,并且林相较为整齐,相当多的树龄都在15年以上,很多山场已进入结果盛期。7万多亩的野生大别山山核桃,这是大别山母亲的无私馈赠,作为儿女,要珍惜,要让它发挥闪光的效益。朱先富很兴奋,但也很遗憾。这些树木,往往是只见森林,不见果子。因为林农长期将其作为薪炭林随意砍伐,基本上不砍灌抚育,更谈不上施肥、防治病虫害了。

收购果实的同时,朱先富也利用各种机会前往浙江、皖南,对天目山南北的天目山山核桃种植进行考察,从种子、育苗、移栽到抚育。他重点考察了天目山成片山核桃林的抚育。这是他立刻就要做的。了解了天目山的经验,朱先富开始进行试验。他流转了两片山场,进行砍灌抚育,施农家肥和有机肥,用有机农药进行病虫害防治。同时,他把自己也变成一棵大别山山核桃,一有机会,就在山林里徘徊、观察,听树叶对风发出的诉说,感悟树的习性和好恶。

3 年下来,朱先富对大别山山核桃生长习性有了全面的了解。

大别山山核桃每年 4 月初开始萌芽,4 月中上旬展叶,4 月底至 5 月上旬开花,5 月至 7 月为果实膨大期,8 月至 9 月上旬为果实及油脂生长期,9 月上中旬成熟,11 月上中旬落叶,后进入休眠,整个生长期为 210—220 天。山核桃枝条分营养枝、雌花枝、雄花枝及雌雄混合花枝 4 种。营养枝在幼树上占绝大多数,枝条上仅有叶芽而无花芽;雌花枝着生于生长旺盛的春梢顶端,基部无雄花序,在初结果树上较多;雄花枝则正好与雌花枝相反,顶端无雌花,只有基部有雄花,在老树上较多;雌雄花混合花枝则枝条顶部有雌花,基部有雄花,盛果期树着生这类枝极多。山核桃雄花着生于一年生的老枝上,而雌花则着生于当年的枝梢上,一般 5 月上中旬开花,雄花期 4—5 天,雌花期 5—10 天,当雌花柱顶端为红褐色且有少量黏液时,表明雌花成熟,此时是授粉的最佳时期。但由于雄花期短,很多雌花只是灿烂数天,最后哀怨凋零。无疑,人工授粉是提高野生大别山山核桃挂果率的一个重要途径。

人工授粉这个技能,朱先富在黄山林校学过,此时有了用武之地。第二年春天,他仔细观察雄花序。当雄花序变黄刚散粉时,他采集花序,摊放在白纸上,在日光下晒一天,傍晚轻轻敲打后,清除花序及其他杂质,仅留纯花粉,用纸包好,放在室内阴凉处等待。几天后,当雌花柱顶端为红褐色且渗出少量黏液时,他开始授粉了。天气晴朗,还伴随着缕缕春风,正是授粉的好时候。朱先富用三层纱布做成一个袋子,再将花粉装入袋中,并在袋中放两个硬币,用与树干高度相差不大的竹竿挂花粉袋,在树林中上下走动,边走边轻抖竹竿,很快完成授粉。经过人工授粉,朱先富的山核桃坐果率提高了 40% 左右。

2005 年,金寨县大别山山核桃总产量 100 吨,大部分处于自然野生状态的,平均每亩产量不足 3.4 千克,部分结果树每亩产鲜果不足 1 千克。而朱先富砍灌抚育、人工授粉的部分地块每亩产鲜果可达 50 千克,也有高达

100千克的少量林分。实践证明,野生大别山山核桃是可以通过科学管理,大幅度提高产量的。

榜样的力量是无穷的。这句话很俗,却是不折不扣的真理。见到朱先富管理的山场增产这么多,很多人向他请教,他毫不保留。对于深山里的野生大别山山核桃的种植问题,他接到电话,很多时候骑上摩托车就去了,不能骑摩托车的地方就跋山涉水步行前往。关庙乡仙桃村是该乡最偏远的一个村,与河南黄柏山林场交界,是大别山山核桃的一个集中分布区。在这里,朱先富把垦复施肥的技术教给了林农。

垦复是指在抚育中对野生山核桃地进行深翻。由于山核桃树大多生长在坡度较大的山坡上,因此垦复应分年进行,不然会造成水土流失,影响树木生长。朱先富的办法是每年在树根基周围深挖三分之一的面积,3年挖完。隔两三年后,再分3年挖完。垦复的深度一般在20厘米左右,可结合施肥进行。施肥方法主要有2种,即根际施肥和根外施肥。

野生山核桃林地,肥力较差,果树生长势弱,产量低且不稳,大小年明显。对山核桃林垦复施肥,可以促进树体生长,提高和稳定山核桃产量。朱先富告诉林农,每年3月底4月初和8月底9月初要对核桃树各施肥一次,方法是在树冠投影二分之一处沟施或穴施。施肥沟深15厘米,宽25厘米。在坡地施肥,则只要在树干上方挖半圆形环状沟即可。根据市场发展,山核桃生产必须按无公害标准生产。因此,施肥品种应以有机肥、山核桃专用有机复合肥、生物肥等为主,少用或不用化肥。每次施生物肥、有机专用肥各1—2千克。对于运上山的农家有机肥,则应将其腐熟后,于8月底至9月初株施10—15千克。

另外,还有根外施肥和激素处理。一是花期喷雾:一般采用0.02%硫酸铜溶液在花期喷雾。同时在花期用0.3%硼砂+0.3%尿素,或0.3%硼砂+0.3%磷酸二氢钾混合液喷雾,直至树叶流液为止,可起到提高坐果率的作用。二是涂干:每年4月底至5月初开花期和5月底至6月初的初果期,用0.2%硫酸铜溶液或0.1—1.0毫克/千克的三十烷醇涂干。方法为用刀片将树干粗皮刮去,再用浸过药剂的药棉覆盖,并用塑料膜包扎。

这些具体而琐碎的办法,都是朱先富在几年的学习、实践中得到的宝贵经验。他们融合了天目山山核桃的管理抚育技术,结合了金寨县大别山山区的气候、土壤、山场的情况,很有针对性,能够恰到好处地解决问题。那几年,天堂寨、马鬃岭、九峰尖等很多地方的深山老林里,都活跃着朱先富的身影。

朱先富的辛勤付出,让金寨县的大别山山核桃产业飞速提升。据调查,2011年,金寨全县大别山山核桃产量达250吨,平均价格36元/千克,总产值达900万元,比历史上最好年份增产140吨,增收548万元,产量和产值均创历史新高,其中天堂寨镇产量90吨、关庙乡产量120吨,两个乡镇产量占全县总产量的84%,已成为金寨县名副其实的大别山山核桃重点乡镇。天堂寨镇大别山山核桃主要集中在渔潭村柳冲组和泗河村黄岩组,尤以柳冲组为多。该组24户120人,有山场70多万亩,其中大别山山核桃约4万亩。2013年,该组大别山山核桃产量达创纪录的38吨,收入达140万元,户均收入5.8万元。其中收入3万—10万元的有10户,10万—30万元的有6户,收入最高的是肖维春户,产量7500千克,收入27万元。关庙乡仙桃村山核桃集中分布区主要集中在李湾、高湾、代湾和毛沟4个居民组106户,面积约3万亩,2013年产大别山山核桃100吨,收入180万元,户均收入2.7万元。其中5万—10万元的有15户,10万—20万元的有6户,20万元以上的有3户,其中李茂顺户收入高达35万元,创全县之最。

大别山的这颗"金弹子",终于闪出了耀眼的金光。

3. 三个新品种

大自然馈赠的野生大别山山核桃只有7万多亩,它们只能给一些幸运获得山场的人带来财富。为了带动更多的人投身到大别山山核桃的发展中来,让更多的人通过"这棵树"脱贫,大别山山核桃就必须要有新发展。

2010年,朱先富牵头成立了金寨县大别山山核桃专业合作社。作为科技特派员的朱先富,一直与浙江农林大学的老师们保持密切联系,80后的青年老师夏国华经常和朱先富一起,进行科研攻关。其后,朱先富又引进安徽农业大学、安徽省林科院的专家资源,组建了山核桃科技专家大院、科技特派员创业链工作站,创建了山核桃市级农业科技园区和国家星创天地,组建了科技研发、创新和应用平台,先后选育并审定大别山山核桃良种皖金1号、皖金2号、皖金3号三个新品种,填补了良种的空白,一改过去大别山山核桃无良种栽培的历史。

这三个新品种都具有以下形态特征:高产、高效、抗逆、优质;树干通直,树皮浅纵裂;冬芽细瘦;小枝;叶片密被褐黄色腺鳞;叶片椭圆状披针形至倒卵状披针形;雌雄同株;雄花序为葇荑花序,长5—9.5厘米;雌花为短穗状花序;核果状坚果;外果皮薄;具4条微隆起的纵棱;果核近球形,结实量大;出籽率和出仁率高;生长习性都是喜光,喜温暖湿润气候及土层深厚肥沃、排水较好的沙壤土至壤土;栽植4—5年进入始花期,7—8年形成一定的产量;繁殖方式是通过嫁接的无性繁殖。所不同的是皖金1号适应海拔768.0米上下高程,皖金2号适应海拔715.0上下高程,皖金3号适合海拔543.0米上下高程。

有了好品种,自然就要繁育。朱先富多方筹集资金800余万元,建立大别山山核桃良种繁育基地120亩,形成了年出圃良种苗30余万株的能力。10多年时间,经过滚动发展,他自建大别山山核桃丰产基地3260亩,辐射带动12个乡镇新建良种造林基地8万亩,改造低产林基地7万多亩,总计15万亩。通过科学探索和生产实践,他栽下的大别山山核桃生机勃勃,硕果累累。大别山山核桃林从几无收益发展成为亩均超8000元的高效经济林基地。合作社带动辐射的600余户农户通过发展产业基地增加了产业收入,年户均增收1.2万元。他主持并参与起草了《大别山山核桃育苗技术规程》《大别山山核桃栽培技术规程》《山核桃良种选育技术规程》《山核桃种质资源收集与评价技术规程》省级地方标准并发布,授权发明专利3项,实用新型小发明8项。"金寨山核桃"荣获国家地理证明商标。

大别山山核桃是长效增收产业,受益期 80—120 年,但七八年乃至 10 年才能挂果,前期需要很长时间的投入,不要说贫困户,一般的农民也等不起。为了帮助农户发展短效增收产业,确保农户能以短养长,长短结合,永续发展,朱先富通过咨询专家,和外地同行交流,并到浙江、山东等地实地走访查看,发现小香薯很适合金寨的土地。

小香薯原产于广东、台湾及东南亚等地,是个头比较小的红薯。尽管小香薯个头小,但很美味,且营养价值也较高,具有润肠通便、降血压等功效。它含有丰富的"柔软"膳食纤维,之所以说它"柔软",是因为小香薯中所含的膳食纤维的结合水力和吸附力较高,容易被人体消化和吸收,而且还有润肠作用,可减少脂肪吸收,食用后可增加饱腹感,减少进食欲望,从而达到减肥瘦身的目的。小香薯的钾含量较高,高钾低钠的食物能调节电解质平衡,预防高血压。小香薯还含有胡萝卜素、维生素 A、维生素 B、维生素 C、维生素 E 以及钾、铁、铜、硒、钙等多种微量元素,营养价值较高,是营养均衡的保健食品。这种软糯香甜的食品,却是低脂低糖的,口感好,很符合现代人的饮食观念。

村民们的认知局限,往往会让他们看不清哪里有致富的路。朱先富组织镇村干部和农户代表前往山东等地考察学习红薯产业,大家看了人家的种植,情绪一下子高涨起来。

归来后,朱先富采用"公司+基地+农户"的运营模式,向农户提供种苗和技术指导,定保护价回收产品,靠订单发展小香薯和红薯基地。他统一育苗,为燕子河附近 1200 户农户及贫困户提供小香薯及红薯种苗,发展基地 2460 亩,户均发展 2 亩。这一项带动 1000 余户农户和贫困户脱贫增收,户均增收 8000 元。2023 年,订单带动 6 个乡镇发展小香薯种植近万亩,助推 4000 余户农民增收致富。

说起大别山山核桃的发展,朱先富很谦虚。他说:"群众是真正的英雄,无论做什么事,只要调动起他们的积极性,就能创造奇迹。金寨山核桃有今天的发展态势,还是因为群众有积极性。"为了把农户的积极性调动起来,让他们更有动力来发展生产,朱先富让农户用山场及土地入股,由富东公司全额投资建立山核桃良种繁育、造林、低产林改造及林下中药材基地,除聘用贫困户务工外,种苗及山核桃产品收益还实行保底按股分红。对于贫困户,他还租赁他们的低产林,让其获得土地流转租赁租金及劳务收入,租赁期满,公司将经济林连同林地无偿归还。这些都调动了农户的积极性。

大别山的内涵是丰富的,它的内生动力也是无限的。燕子河镇麒麟河村位于金寨县西南部,淠河的支流麒麟河边。麒麟河村的贫困户老朱原先也想种小香薯,朱先富到他的林地里看后告诉他,这里的地力不适合种小香薯,但可以发展大别山山核桃及林下中药材。这种复合经营生产,让老朱产生了浓厚兴趣,朱先富便亲自到户帮其选址规划,无偿资助其山核桃苗木200株、黄精块茎种苗300斤,现场指导整地、栽植与管理,帮助其发展山核桃及林下中药材基地10亩。天堂寨镇黄河村贫困户老陈承包经营的80余亩山核桃低产林,多年来几无收益,通过朱先富的技术培训和帮扶,低产林逐步被改造成为优质高效林,2018年增收6万余元,成为当地科技脱贫致富的典型。

朱先富创办的金寨县大别山山核桃专业合作社被评为安徽省首批林业示范社、国家农业合作社示范社,创办的金寨县富东生态农业开发有限公司被评为省级农业产业化和林业产业化龙头企业及国家高新技术企业,创办的金寨县俏俏果电子商务有限公司获评省电商示范企业和省商标品牌示范企业,新建的山核桃基地被评为第三批全国山核桃示范基地,组建的六安市农业科技专家大院金寨山核桃分院、金寨山核桃科技特派员创业链工作站、六安市大别山山核桃科技园区、山核桃国家星创天地多次荣获市级表彰。金寨县山核桃协会荣获2017年度全国科技助力精准扶贫工作先进团队荣誉称号。

4.5秒5.5万罐

当今中国,农产品极大丰富。好的产品,一定要有自己的特色,快速走向市场,才能赢得好的效益。

大别山山核桃的产量增加了,如何销售又成了新的难题。最初,山核桃作为原材料被卖到临安,收购价与加工后的产品价格相比是很低的。朱先富决定自己加工生产大别山山核桃产品。2006年以来,朱先富累计投资近2000万元,先后建设了8000余平方米的加工厂,开展山核桃(仁)、薯干产品精深加工。为了将初始原料变为附加值高的产品,他多次前往浙江、山东等地学习请教,在一次次失败和一次次坚守中,终于在引进吸收与自主研发的基础上,成功生产出手剥山核桃、山核桃仁和香薯干系列产品,大大提高了产业附加值,农户原料售价较先期提升了20%以上,良好的经济效益极大增强了他们产业致富的信心。

通过不懈努力,朱先富将山核桃注册了"俏俏果"品牌,2016年底又注册成立了金寨县俏俏果电子商务有限公司,希望推动金寨山核桃进入超市。可是超市收费多、账期长,资金周转吃紧。

"最困难的时候,我们开车去给超市送货,却连加油的钱都没有,车子都没办法开。"说到这些,朱先富颇有些酸涩,"老板有时候也不是人做的。"因为没经验,第一年他就亏损170多万元。

2018年,山核桃干果原料滞销,少有外地客商进山采购。朱先富为了保护市场,不让外地客商压价,仍按高于市场价5—10元每千克的价格收购产区原料300余吨,货款1800余万元。高于市场的价格,直接为林农额外增收近300万元。对于贫困户,则优先并高于市场价10—15元每千克收购,货款300余万元,30余户贫困户增收脱贫。当时恰好有一位记者去采访他,他苦笑着说:"今天上午半天的时间,又花百余万的'银子'收购原料近20吨。真心感觉快崩溃了,压力太大了。"因为朱先富的坚挺,外地客商这一年在金寨收购干果原料没有压下来价,保护了大别山山核桃的品牌利益。

收了那么多高价干果原料,必须把它们加工后增加附加值卖出去,才能让企业挺住。朱先富一面严把质量关,深加工生产山核桃仁,一面持续投入做电商。机遇总是留给那些有准备的人,2019年,阿里巴巴和金寨县达成直播助农合作,朱先富公司因具备强势供货能力,而成为第一批合作商家。

2019年"双十二",金寨山核桃通过淘宝直播间,5秒钟卖出5.5万罐。一次活动成交160万,40余人发货忙碌一天。金寨县县长也直播助力带货,大别山山核桃风生水起。2019年线上销售超2000万元,比起2018年线上销售翻了几倍还多。

"当时我可激动了!这么多年,我们的'俏俏果'终于走俏了!"回想那个高光时刻,朱先富至今很兴奋。

除了和大主播合作,如今朱先富也培养团队年轻人,在自家天猫旗舰店做直播。2022年,朱先富公司的产品总销售1200余吨,产值超6000万元。

搭乘电商快车打开销路,逆向推动金寨山核桃产业的发展:12个乡镇的数千名农户都加入山核桃的种植队伍,其中有600多家农户已实现收益,每年户均增收1.2万元。如今富东公司又建起了1.2万平方米的标准化加工厂房,市场越做越大,让越来越多的消费者享受了金寨山核桃仁的美味。

家乡有了产业,原来离乡打工的年轻人纷纷回来了。在朱先富的加工厂,130多个员工里一半是年轻人,电商部门则几乎都是刚毕业的本地年轻人。"回到家乡,没有外边那种漂泊感,还能做自己喜欢的工作,很满足了。"电商部的一位员工表示。

借助网络的力量,通过电商运营,快速传播了"俏俏果"品牌,使得"俏俏果"成为大别山山核桃的代名词。公司在淘宝、京东、阿里批发、淘乡甜、百诚源、邮乐购、供销e家、建行善融商城、工行融e购、农行、农商行等十余个网上平台开设了店铺,"俏俏果"大别山山核桃产品线上营销取得巨大成功。

"俏俏果"大别山山核桃系列产品被评为全国电商扶贫优秀农特产品及安徽百佳好网货。"俏俏果"大别山山核桃品牌快速传播,品牌效益和产品附加值极大提升,增加了山区农户收益,促进了产业健康发展。

大湾村位于金寨县花石乡西南部,地处环境优美的帽顶山脚下,平均海拔800米，山清水秀，景色迷人。2016年4月24日下午，习近平总书记来到大湾村走访村民，同当地干部群众共商脱贫攻坚大计。2020年8月26日，大湾村入选第二批全国乡村旅游重点村名单，9月9日被农业农村部办公厅公布为2020年中国美丽休闲乡村。现在，这里每天都有不少游客光临，商机无限。

在花石乡大湾村朱湾村民组，朱先富注册成立了金寨县大湾生态农业有限公司。这是一家集红薯与南瓜生态基地建设、产品加工与销售为一体的产业化龙头企业。公司立足产业，联农带农，带领农户发展小香薯与南瓜等产业，助力乡村产业振兴。公司采用"公司+村创福公司+基地+农户"的运营模式，提供种苗和技术指导与服务，定保护价回收产品，年订单带动大湾及周边村300余户农户发展小香薯和南瓜等特色产品，基地面积有600余亩。2022年，户均增收1.1万元，为山区农户创出一条增收之路。通过产品加工厂、农产品展销中心、电商中心及农产品体验中心，为60余人提供稳定就业岗位，人均年收入3.8万元，年增加村集体经济收入30万元。

公司投资400万元，开展香薯干和南瓜干等产品精深加工，在引进吸收与自主研发基础上，将山区资源变为休闲食品，年可加工销售香薯干和南瓜干800万元。通过产品精深加工提高红薯和南瓜附加值，促进农户增收和产业增效。

朱先富在这里也组建了直播与电商团队，开展产品直播与线上销售。建立线下农产品展销中心和体验中心，农旅融合发展，线上与线下联合推介和营销，打造"红村大湾"地方产业品牌，促进产业健康可持续发展和乡村振兴。

在这里，游客们线上线下都可以买到"俏俏果"——大别山山核桃。

第三章
三棵树

麻栎、油茶、香榧，折射出林木经济的发展。麻栎有个文艺范的名字：橡树。女诗人舒婷认为它是"树的形象"。南谯麻栎崛起在群山之巅，创造了多个国家标准。它和南国嘉树油茶、仙山俊木香榧，都是林长制改革中发展起来的林木翘楚，展示了安徽林业发展之本。它们书写"绿水青山"间的故事，就是"金山银山"的答卷。

一、树的形象

1. 上乘之材

2017年8月30日,国家林业局发布了第三批国家重点林木良种基地名单公告,滁州市南谯区红琊山林场榜上有名,被确定为国家麻栎、栓皮栎良种基地。此时,正值安徽林长制改革的大幕初启,这张"国字号"绿色名片,无疑为这项改革增添了新动力。

麻栎原产中国,在中国广为分布。其树形高大,树冠伸展,浓荫葱郁,因其根系发达,耐寒,耐干旱瘠薄,适应性强,可做庭荫树、行道树;若与枫香、苦槠、青冈等混植,可构成城市风景林。其抗火、抗烟能力较强,也是营造防风林、防火林、水源涵养林的优质乡土树种。它对二氧化硫的抗性和吸收能力较强,对氯气、氟化氢的抗性也较强。其木材坚硬,不变形,耐腐蚀,是做建筑材料、枕木、车船、家具的上乘之材。

作为乡土树种,"麻栎"这个名字尽管是学名,但依然散发着泥土的味道,但说起它的别名橡树,又是洋气逼人了。当年舒婷的《致橡树》中写道:"我必须是你近旁的一株木棉,作为树的形象和你站在一起。"把木棉作为"树的形象"致敬橡树,橡树就更加具有"树的形象"了。这首诗将橡树的华美和高峻推到一种极致,涵养了一代又一代青年男女。

外国电影、小说里葡萄庄园的酒窖神秘幽深,精心酿制的葡萄酒一桶桶按年份藏在窖中,那桶就是橡木做的。葡萄酒在橡木桶中,藏之弥久,香气弥高。还有葡萄酒的瓶塞,是橡树皮做的。更有甚者,英国海军军歌就叫《橡树之心》。

1805 年 10 月 21 日的特拉法加海战,法国、西班牙联合舰队有战列舰 33 艘、火炮 2626 门、官兵 21580 人,英国舰队只有 27 艘战列舰、火炮 2148 门、官兵 16820 人。无论是战舰、火炮,还是海军官兵的数量,英国舰队都处于劣势。然而,海战的结果却是,英国海军在舰队司令纳尔逊海军上将的指挥下大获全胜。法西联合舰队的 33 艘战列舰中,有 12 艘被俘,8 艘被击沉,其余 13 艘逃亡。西班牙主将战死,法军舰队司令维尔诺夫上将被俘。

在整个海战中,英国舰队尽管战死 449 人、伤 1214 人,却无一舰损失。

这场海战英国取胜的原因,历代军事家们早已做了详尽的分析,一般都归结为法军指挥的失误和英军纳尔逊上将的英明、坚毅。但橡树的贡献不可否认。

英国舰队司令纳尔逊的旗舰胜利号是用树龄 100 年以上的橡树制造的,这些橡树在采伐以后经过 14 年的处理才被用于建造军舰。选用 100 年以上的橡树是为了使建造军舰的材料具有更大的强度和更高的硬度。经过 14 年的处理是为了保证橡木不开裂、不变形,并具有尺寸的稳定性。

建造胜利号一共用了 5000 棵这样的橡树,整个建造过程耗时 19 年。

胜利号总长 92 米,船体长 60.3 米,排水量 2162 吨,舰上装有 104 门火炮,全舰官兵 850 人,一次可连续航行 6 个月。

纳尔逊舰队的另一艘配备了 74 门火炮的战舰——柏勒罗丰号,在建造过程中至少消耗了 3000 棵 80—120 年树龄的橡树。该舰历时 4 年完成。

当年英国军舰的选材用料一律采用坚硬的橡木,且在建造过程中一丝不苟,最终使英国拥有一支坚不可摧的海上武装力量。而法国人对橡木的认识与英国人明显不同。橡木的密度大,由此造成了舰体自重过大,舰载量减少,而且影响了军舰航行的速度和灵活性。此外,橡木不易加工,若处理不当又容易变形,往往需要长时间的处理。凡此种种,法国人在建造军舰时就不重视橡木的使用,而采用其他轻质木材。这就是英国海军战胜法西联合舰队,却没有损失一艘舰船的一个重要原因。

因为在特拉法加海战结束的当天夜里,海上风暴大作,且一连四天,法军12艘被俘的战舰中又因碰撞沉没了8艘,而英舰全部完好。在当时的条件下,舰只是否坚固,能否经得起风浪、经得起碰撞,对于海战能否取得胜利有着举足轻重的作用。

可见,橡树是拥有树的形象的。也就是说,麻栎是拥有树的形象的。

作为树的形象的麻栎,百年以上的古树最能展示其风采。它们大多超过20米高,树干要两人甚至三人合抱,树冠硕大,遮天蔽日,极为壮观。合肥肥西县紫蓬山顶,六安金寨县的沈家大塝、丁家湾,萧县的皇藏峪,滁州市的琅琊山,明光市的老嘉山等,都有麻栎群落分布。其中丁家湾有一株麻栎树,胸径1.9米,干高16米,冠幅约140平方米,树龄约为800年。据金寨县林业局张再壽主任说,它是安徽树龄最长的麻栎。

种子是万物之根。育良木必先育良种。

滁州市南谯区红琊山林场麻栎、栓皮栎良种基地始建于2006年。那时候,场长是梁庆元。红琊山林场大面积种植麻栎,始于他。良种基地建设,首先能保证林场绿化用苗,所以梁场长非常支持。良种基地主要开展麻栎、栓皮栎等栎类种质资源收集与保存,进行麻栎、栓皮栎良种选育与推广。到2017年时,基地总规模达2400亩,其中母树林1050亩、种子园300亩、种质资源收集区225亩、试验林225亩、良种采穗圃75亩、测定林75亩、繁育圃105亩、示范林345亩,共收集麻栎、栓皮栎优良家系85个。被命名为良种基地的第二年,即2018年,良种基地年产麻栎、栓皮栎优良种子2万千克,麻栎、栓皮栎优质造林苗木50万株。这些良种和优质苗木,为南谯麻栎的发展和林长制改革注入了汩汩清泉。

曾经担任南谯区林业局总工的王新洋,1984年从合肥林校毕业就进入红琊山林场工作。他是南谯区麻栎种植历史的创造者,也是见证者,是一部"活档案"。他至今还清楚地记得,进入林场的第一天下午4点左右,副场长张大华带着他和同为合肥林校毕业的丁伯让一起登上红琊山山顶,"一览众山小"。只见众山荒芜,除了东一块西一片的低矮杉木林,绝大多数是蓬蒿杂草。为打造"万亩杉木林基地",前些年这里组织了万人会战,抽沟调槽,人为地将山体挖得遍体鳞伤。因为气候环境不适合杉木生长,许多地方水土流失,主峰处因为岩石裸露严重,杉木成活得更是少之又少。岩石间,偶尔可以看见小面积并且仅一人高的黄檀林,还有稀稀落落的棠梨、山槐和柘树,没有一点点大森林的影子。这是红琊山留给王新洋的第一印象,这一印象坚定了他在后面的营林绿化中科学选择树种的决心。经过一系列实践,最后和同人一道,他坚定地将麻栎选为南谯区绿化的主打树种。

2. 上山不下山

深秋时节,我和王新洋行走在红琊山挺拔的麻栎林中。红琊山现有麻栎林8000亩,我们行走的这片林子是作为大径材培育的,树龄20年了,树干胸径20厘米左右,高大笔直,脚下厚厚的落叶如地毯一样绵软。王新洋告诉我,南谯区最早规划种植麻栎缘于安徽省"五八造林绿化规划"。当时的小滁州市(后分为琅琊、南谯两区。南谯区为郊区,基本辖原绿化山场)提出三年消灭宜林荒山、五年实现全面绿化达标的规划。小滁州市当时荒山面积有十几万亩,为了加快造林绿化进程、提高造林绿化成活率,林业局将麻栎作为消灭宜林荒山和大面积黑松林改造的主要乡土树种,每年都从本地的皇甫山、老嘉山和琅琊山,以及淮南市的相山林场和南京市的老山林场调集大量麻栎种子,至1989年前后每年都有几万斤。由于种子储藏困难,老一代林业专家就采取湿沙储藏的方法,种子仓库就在王新洋当时的宿舍旁边,因此他对麻栎有了初步了解。这些种子当时都是以免费方式提供给各乡镇用于点播造林的,施集镇还在陈家洼连续两年进行了全乡"大会战",使昔日茅草岭变成了数千亩的麻栎林。

开始麻栎的长势并不理想。由于造林条件差,采取的是穴状整地,种子直接点播,其结果就是技术难以掌握(深浅不一,种子数量多少不一,山鼠损毁不一),导致造林要么不成功,要么种子浪费严重,要么形成"小老头树",预计要二三十年才能够成林采伐,严重影响农民种植麻栎的积极性。此时,王新洋已经调至林业局工作,工作以资源管理为主,但营林作为中心工作他也经常参与。他在审批森林采伐的时候发现,老祖宗留下来的麻栎林都是非常整齐和绵延连片的,老百姓也自然形成了如何经营利用的"老经验老方法",他感觉应当对这一功能强大、用途广泛、群众喜爱的乡土树种进行认真对待和系统研究。

首先是麻栎种子储藏技术。滁州当地,栗实象鼻虫对麻栎种子的损害非常严重,虫孔率在90%以上,常规室内堆放方式或可使种子全军覆没,而湿沙储藏方法使成本成倍增加。经过思考,他将书本上"流水储藏"和湿沙储藏的方法相结合,将刚刚采集的麻栎种子装进塑料编织袋置入深水塘坝中20—40天,达到低温闷杀栗实象鼻虫的目的。这样灭虫率达到百分之百,节省了农药,收到了既经济又环保灭虫的良好效果。当然,这只是麻栎发展初期的一个因陋就简解决问题的办法。

其次是麻栎纯林经营技术。2000年以前,老一代营林专家按照"混交林经营理论"提出了多树种经营理念,在麻栎林中套种了马尾松、黑松,同时还采用每亩保留七八十株大树的复层林经营方式,严重影响炭用材产量。王新洋和李焕周、丁伯让等业务骨干一起探讨,对既有的落后方式进行变革,结合森林采伐对麻栎混交林进行全伐,一步到位,形成单一树种、单一林层的麻栎纯林,逐步提升薪炭林集约节约(指不需要重新造林、短轮伐期两次修枝的把握,不需要施肥等)水平,使传统经营周期由15年缩减到5—7年,炭用材亩产量由2—3吨提升到5—8吨。

自主创新的麻栎短轮伐期经营模式,使常规的50年成林的用材林变成5—7年成林的能源林,有效解决了林业生产周期长、效益低的技术瓶颈。实践中,南谯区形成了麻栎植苗、机械化全垦整地、良种壮苗、高密度造林、林经间作、修枝等一整套成型的配套组合麻栎丰产栽培技术。麻栎一朝成林,可持续经营百年以上,上山就不用下山,二代林及其以后代际充分利用麻栎萌芽更新能力强的特点,每5年就可以采伐利用一次,年产麻栎能源材5—8吨,最高达到10吨。经过10余年试验,这种种植方式在生物固碳和促进农民增收方面取得双赢,王新洋等南谯区的林业科技工作者由此积累了丰富的麻栎种植经验。

2008年,王新洋等人与安徽省林科院专家在红琊山林场进行了调研座谈,专题探讨麻栎科学研究和创新问题。参与座谈的专家有老院长于光明、副院长肖正东、用材林所所长吴中伦和经济林所所长陈素传等。之前,王新洋还接待了中国林科院专家张旭东,向他陈述了南谯麻栎经营模式。张旭东对这种模式倍加推崇,要求南谯区林业局逆向思维,把现有经营模式和创新成果变成可行性研究的数据与报告,上升为可复制可推广的行业标准。近一周的调研座谈和思想碰撞,王新洋等人全面厘清了研究方向、攻关课题和工作方案。与此同时,他们还结合科技部和国家林业局相关课题,与中国林科院亚热带林业研究所、南京林业大学、安徽省林科院合作,积极开展了种源选择、良种选育、母树林、造林模式、造林密度、萌芽更新、采伐时间、经营周期、速生丰产栽培等多方面应用研究。2008年以后,红琊山林场麻栎、栓皮栎良种基地先后建起了麻栎良种苗木繁育区、优良种源收集区、良种种子园等项目,为全力冲击国家级麻栎珍贵树种科研、科普和丰产栽培实验示范基地提供了技术保障。

3. 两个国家行业标准

自2006年开始,南谯区先后与中国林科院亚林所、南京林业大学、安徽省林科院三家科研单位合作开展麻栎良种化方面的研究。2007年,由中国林科院亚林所主要负责,从全国收集来自浙江建德、龙泉、开化、富阳,广东乐昌,广西融水,贵州溶江、三穗,安徽太平、太湖、池州、休宁、滁州、泾县、六安、潜山,江苏句容,四川万源、泸州、广元,湖南常德、长沙、新宁、桑植、岳阳,河南南召,陕西汉中,山东平邑、沂水、蒙阴、费县,湖北远安、浠水、襄樊,山西方山等13个省35个县市的麻栎种源,具有较强的代表性。对收集的

50多个种源,进行育苗、造林、营林试验。

而在滁州市范围内,王新洋等人则对原有麻栎林资源进行了全面普查,包括琅琊山、老嘉山的百年以上树龄的麻栎,并严格按照优树调查和筛选办法,通过3倍平均数的方法筛选了53株优树,同时远赴浙江富阳、开化扩大选优范围,并对优树进行了测定、管理、种实的采收及育苗。这些,为麻栎林木良种基地建设打下了种源基础,积累了技术经验。

至于种子园建设,一直在试验中运行。从2012年起,王新洋亲手制定麻栎国家级种子园规划,收集幼树35棵,并按照嫁接和低密度矮化模式建设无性系种子园20公顷,同时在造林密度、嫁接方式、树形设计、矮密早丰技术上进行创新,率先在全国建成第一家麻栎良种基地。这以后,王新洋亲自执笔撰写和参与制定了《麻栎育苗和造林技术规程》,国家林业局于2014年发布,当年12月1日执行。

经考核验收,红琊山林场麻栎、栓皮栎良种基地2015年被授予省级重点林木良种基地,2017年又被授予国家级重点林木良种基地。

林长制改革让南谯林业发展进入快车道,自2019年开始,红琊山林场良种基地先后选育麻栎良种9个、栓皮栎良种1个、红琊栎国家植物新品种1个,为麻栎良种化做出巨大贡献。这些种子先后推广到滁州,以及江苏、江西、福建、广西、河南和山东等地,丰富了当地的麻栎种植。"麻栎良种多目标培育关键技术"被授予2021年"中国林业梁希科学技术三等奖"。

围绕麻栎能源林高效培育与综合利用,南谯区林业局系统开展了麻栎种质资源调查、优良品系选育、种实贮藏、苗木繁育、苗木处理、整地方式、密度控制、施肥、修枝、萌芽更新、复合经营等高效培育关键技术研究,以及水保水文效益综合评价。同时,充分挖掘麻栎珍贵树种浑身是宝的优势,开展了菊花炭、食用菌、柞蚕养殖、林下经济、麻栎果用经济林、珍贵木材、麻栎森林旅游和康养等八大产业系列产品的深度开发,产生了十分明显的生态、经济和社会效益,有力地推动了我国麻栎生物质能源产业高质量发展、全产业链经营和跨越式发展。2018年12月,王新洋等人参与制定的《麻栎炭用林培育技术规程》由国家林草局发布,2019年5月1日执行。

《麻栎育苗和造林技术规程》《麻栎炭用林培育技术规程》两个国家行业标准,让南谯林业创新成果成为全国麻栎产业发展的引领者。麻栎能源林高效培育关键技术成果被授予安徽省2019年度科学技术三等奖。

实施林长制改革以来,南谯区加大激励措施,新种麻栎验收合格后,每亩奖励500元。结合世界自然基金项目和多目标经营,南谯区探索麻栎炭材两用林、果用经济林和战略储备林3种创新模式,定向培育大径级木材与短轮伐期炭用材结合、橡子食品果用经济林,以及木材战略储备林高密度多轮次采伐利用模式,为麻栎全产业链经营提供产业基础。经过不懈的努力,南谯区人工麻栎林面积已接近40万亩,成为全国最大的麻栎人工林基地。南谯区麻栎产业园2020年被授予"国家南谯麻栎产业示范园"称号。2023年7月,南谯区获批"中国麻栎之乡"特色区域公用品牌培育建设试点单位,成为名副其实的中国麻栎之乡。

为了让更多的人了解麻栎,种植麻栎,南谯区林业局建起了麻栎展示馆。这个馆的展陈内容就是王新洋牵头做的。得知南谯区获批"中国麻栎之乡",在王新洋和南谯区林业局副局长邰玉峰的陪同下,我特意去参观了半天。看完展示,我对于麻栎和南谯的麻栎产业,自然又有新的认识。

南谯区麻栎展示馆位于滁州经章广至合肥的公路边,离李集村不远,坐落在杜昌春的木炭专业合作社院子里。

4. 菊花炭

杜昌春是滁州市南谯区施集镇李集村农民。早年,他进城务工经商,开鲜花店和灯具店,攒得了人生第一桶金。1999年,杜昌春得知地方党委、政府鼓励个人投资开发山场,经过实地考察,他觉得这里面有商机。

起初,杜昌春只是买山场,简单倒卖树木,但这很快就满足不了他的胃口。他觉得,森林是一篇大文章,值得长久地做下去。自2000年起,他先后在南谯区、全椒县投资流转山场,改造开发林地,到2017年林长制改革前,

绿美村庄——宣州区林场村

佛子岭省级风景名胜区

林下经济——石斛

敬亭山国家森林公园

他累计开发林地8000亩。林长制改革开始后,滁州市暨南谯区发展林业的制度更加优越,他又增加流转山场6000多亩。在林业部门指导下,他的山场全部选用高效的人工麻栎树种,同时还发展三角枫、朴树、黄山栾树等风景苗木,并坚持用大苗、容器苗和优良品种,走"速生树、密植林、短轮伐"之路,使荒山变青山、小老树林变成高效林,实现了传统林业向高效林业的转变。2010年,作为安徽省唯一的林业经营者代表,杜昌春受到温家宝总理的亲切接见,为安徽林业和林业产业发展起到示范带头作用。他的林木资产1.8亿多元,常年雇用当地农民工600多人,专门从事造林、育林和护林管理工作。由于大力开发林业,并取得良好的示范带头效应,杜昌春先后被授予"全国绿色小康示范户"和"安徽省科技兴林致富示范户""滁州市劳动模范""安徽省劳动模范"称号,成为滁州市人大代表、滁州市政协委员。

在承包的荒山"绿起来"的同时,如何使山林"活起来"、农民"富起来"成为杜昌春思考的新问题。南谯区一向有烧栎炭的传统,施集一带千年不绝。一些零星的小炭窑,弥漫着红色火焰和滚滚烟尘,给不少人带来温暖和小康。让这一传统产业发扬光大,应是正当其时。杜昌春投资1000多万元兴建昌春木炭专业合作社,进行麻栎黑炭生产。一段时间过后,杜昌春发现黑炭在市场上并无优势。

"要么转型,要么等死!"跟我说起那时的困境,杜昌春仍心有余悸,他必须重新布局。经过调研,杜昌春发现菊花炭(白炭)具有广阔的市场前景,全国上规模的菊花炭生产企业几乎没有,且其价格是黑炭的几倍,恰恰南谯正在大面积栽种的麻栎树是生产菊花炭的最佳原料。这就是机遇。

通过考察取经,杜昌春决定投资5000多万元改造木炭加工厂,将麻栎人工林资源加工成市场稀缺的高品质菊花炭,年产炭1万吨,辐射带动其他炭企业年产菊花炭和金刚炭8万吨,年产值突破5亿元,打造中国最好的民用炭基地。同时制定标准,进行标准化生产,杜绝污染,让小作坊变成现代化工厂。2019年争取中国林产工业协会牵头和参与制定《木炭清洁生产标准(团标)》,采用电捕焦技术进行烟尘处理,使传统的小炭窑变成烟雾全部回收利用的绿色工厂,自主创新的"木炭改善环境技术"荣获国家林草局和中国农林水利气象工会颁发的第四届中国林业产业创新奖。这一年,昌春木炭专业合作社获评为第四批国家林业重点龙头企业。

走进杜昌春的炭窑厂,厂区内20口炭窑正烧得红火,一副热闹景象。在传统印象中,烧炭厂总是狼烟四起的,有时浓浓烟雾呛得人难以睁眼。在杜昌春的木炭厂内却是另一番景象,烧窑工人们连口罩都没有戴。因为在这里烧炭没有污染,烧炭产生的烟雾都被高耸的大烟塔给吸收了。

见我对大烟塔好奇,杜昌春介绍说:"合作社的菊花炭生产全过程均采用环保型清洁公益流程,几乎不产生废水。炭化过程中产生的一氧化碳、二氧化碳等烟雾全部冷却回收,制作成木焦油和木醋液,不会对生态环境和空气造成污染,还使经营效益提高30%以上。仅仅这一套烟雾冷却回收系统就要投资1000多万,一般的小企业是负担不起的。"

为使小木炭变成高端产品,提高出炭率和品质,杜昌春在木炭加工过程中改传统小炭窑为工厂化生产,改自然排放为电捕焦技术回收烟雾。同时开展FM森林认证和木炭产销监管链COC认证,为进入欧美和亚洲市场提供了绿色通行证。电捕焦技术回收的烟雾经过分离提取木醋液和木焦油,让烟污染变成"绿色资源"。通过与中国林科院南京林化所和大连民族大学合作,将木炭生产环节产生的木醋液和木焦油进行精炼提纯,变废为宝,变成"植物生产促进剂"、纯天然机场融雪剂。这种"植物生产促进剂"广泛应用于绿植、果蔬和粮食作物等领域,现在年产5000吨左右,每吨售价4500元,仅此一项,就能创造2200多万元的年产值。

由于杜昌春采取的是合作社生产方式,他领头带动了26家规模稍小的菊花炭生产企业共同经营。"不能光是我家生产车间不冒白烟,我们所有的合作社成员企业都要做到环保无污染。"杜昌春拿出合作社制定的环保标准,"我们合作社的成员企业都已经加装环保设备,杜绝了到处冒白烟的现象。"

成品仓库里菊花炭很多,见我有些犹豫,杜昌春说:"别看仓库里储放这么多成品炭,这些货早就被预订了！我的专业烧炭工都是高薪聘请来的,每天每人有1000多元的工资,为了产品质量花再大代价都值!"他又指着包装箱上"FSC森林认证"说,"就这个小小的蓝色标志让我对产品出口海外充满信心。"停了一下,他又有些表情复杂地说,"就为这个小标志,我们前前后后努力了三年,光外国专家来实地考评就有几十次。"

光有"FSC森林认证"并不代表杜昌春的菊花炭可以直接远销国外。由于受出口政策影响,杜昌春的菊花炭想要直接进入国外市场,还要"翻山越岭"。"再难的事也要扛下来,不能让林农辛苦种植的麻栎树荒废在林场里。"杜昌春告诉我,为了申请出口直通车,企业和南谯区林业局正在配合国家林草局走相关程序,就南谯麻栎人工林资源和昌春木炭专业合作社企业生产资质进行认定。"道路是曲折的,前途一定是光明的。"

2023年6月12—13日,国家林业和草原局发展改革局相关领导到南谯区调研麻栎人工林木炭产业建设情况,通过调研,充分肯定了南谯区在麻栎人工林建设中所取得的成绩,对其自主创新参与制定的《麻栎育苗和造林技术规程》和《麻栎炭用林培育技术规程》2个国家行业标准大加赞赏,对麻栎产业逐步形成的菊花炭、食用菌、柞蚕等八大产业的前景大为看好,对南谯区连续十年如一日探索木炭出口道路的执着精神大为感动。

调研组表示,南谯区有着近40万亩人工麻栎林资源作为基础,有成熟的菊花炭、钢炭制作工艺,木炭有着良好的国内外市场,调研后将与商务部门及海关总署积极沟通,争取在最短时间内推动麻栎人工林木炭出口工作。

5. "吃干榨净"

香菇在自然界的物种中,应该算一个神奇的存在。这种不从事光合作用,靠林间雨露生长的食材,起源于中国,是世界第二大菇,也是中国久负盛名的珍贵食用菌。中国栽培香菇已有800多年历史。香菇也是中国著名的药用菌,中国历代医药学家对香菇的药性及功用均有阐述。香菇肉质肥厚细嫩,味道鲜美,香气独特,营养丰富,是一种药食同源的菌类,具有很高的营养、药用和保健价值。日常生活中,它有着"恬淡的性子",可塑性极强,任你煎炸蒸煮,总能奉献不同的美味。

滁州最为灵秀的山水在南谯区,最好吃的香菇也在南谯区。以前采摘野香菇,首先要找麻栎树,而如今,依靠近40万亩的麻栎树,南谯区发展起了庞大的香菇产业,而且还在扩展。

施集镇花山村香菇产业基地是由当地村民王本明建设的。王本明多年来一直从事苗木生产和木炭加工,有着深厚的林业情怀。他早年从事建筑业,自己购买了挖掘机等设备。20多年前,他流转了200亩山场种植麻栎。整地时,他把挖掘机开到了山场,把200亩山地全部复垦一遍。山坡上多是石质土和黑碎石土,里面杂有石块和杂树根,深翻60厘米后,石块和杂树根被全部移走。他栽下麻栎,下面套种花生,花生长得出奇地好,亩产六七百斤。接连三年套种花生,施肥、除草,也让麻栎疯长。到了第四年,花生无法种了,因为麻栎已经成林,茂密的树冠遮住了阳光,杂草生长都吃力了。他的这种造林整地方法,迅速风靡南谯乃至整个皖东,在山场上种麻栎,上来就是要用挖掘机复垦整片山。

2021年,王本明经过多方考察,发现香菇很畅销。因为人们越来越注重生活品质,香菇作为优质食用菌,富含多种人体需要的微量元素,吃的人自然多了,浙江等地的人都来南谯种香菇了,这肯定是前景光明的产业。王本明注册了滁州市南谯区桂莹木炭加工公司和桂莹家庭农场,发展香菇种植产业。

自2021年起,他陆续投资200多万元,目前整个香菇产业基地占地13亩,共有大棚11个,其中出菇棚7个,养菌室2个,生产棚1个,仓储棚1个。仓储冷库和烘房随后也建起来了,面积共计400余平方米。王本明是一个爱钻研的人,开始建大棚,他是请了专业指导师傅的,2座建完后,他就不需要别人指导了。而且,他还在原来的基础上对大棚结构进行了改造,使大棚更适合香菇生产。

培植香菇的主要原材料为麻栎。早年人们将15—25年树龄、直径12—

20厘米麻栎锯成段,作为栽培材料。这样优质粗壮的菌材,能1年接种,3—5年采收香菇。种植出的香菇品种为花菇,肉质肥厚,口感嫩滑,朵形圆整,品质好,产量高。但15—25年树龄、直径12—20厘米的麻栎树太少,无法大面积可持续发展。现在香菇的栽种,王本明是先制作麻栎菌棒。这种麻栎菌棒是将麻栎枝杈粉碎,加上白糖、麦麸等配料后,装在15厘米粗、50厘米长的塑料袋中,放在大棚里发酵。这以后,就是灭菌—接种—养菌—刺孔—上架—注水—出菇。一整套流程全部由基地的工作人员自主完成,不需要其他外力支持。其中菌棒主要是由麻栎树粉碎后加工而成的,而麻栎树多是烧炭用麻栎的余下细材和山上修整麻栎树后的废弃枝杈,原先属于"三废",处理起来很麻烦,这样一来就变废为宝了。麻栎浑身是宝,也就被人们"吃干榨净"了。

香菇基地每年产出菌棒约20万袋,新鲜香菇产量约20万斤,年产值为100多万元,麻栎原材料每袋成本1元左右,利润率非常高。所生产的香菇十分畅销,多为批发商上门批发,主要流入市场为滁州、南京等地,整个香菇基地带动当地群众就业人数10余人,人均年收入增加2万元。基地还接待自主采摘人员,跟果园一样,开展亲子游活动,使人们体验自主采摘的乐趣;而且香菇也可以直接食用,口感跟小面包有些类似。原先,香菇的采摘期为每年的1月到5月,目前香菇基地已经引进了新的品种,采摘期为当年的10月到次年的4月,可以填补空白采摘期,增加香菇产量,通过时间差,提高香菇价格。

在南谯区,王本明这样的香菇种植还是小规模的。其他那些大规模的合作社和公司更是可圈可点。

4月底,正是香菇丰收时节。26日,在南谯区施集镇宏祥菌业种植专业合作社,菌棚一座连着一座,大棚内整齐划一的架子上层层叠叠地放着一个个长约半米的菌包,上面长满肥硕诱人的香菇。工人们手脚麻利地忙着采摘,一派欣欣向荣的喜人景象。

"我们的香菇品相好、口感佳、效益稳定,新鲜香菇的市场批发价7元到

8元一斤,平均一天能摘5000斤。"拥有20年种菇经验的合作社负责人张文忠告诉我。他们利用的也是南谯区丰富的麻栎人工林资源,用麻栎下脚料粉碎后做的菌棒种植香菇。此外,合作社所在的荣誉村碑亭村民组坐落在琅琊山西麓,气候环境优越,基地周围森林茂密,河流穿行其间,具有冬暖夏凉、昼夜温差大的特点,非常适合食用菌种植。"目前合作社有香菇大棚50座,香菇30万棒,年收入200多万元。"张文忠说。

在南谯区种植香菇的还有来自全国香菇大县浙江省庆元县的毛国庆,他是2019年来到南谯区投资的,注册成立滁州金穗农业发展有限公司。4月25日,在滁州金穗农业发展有限公司香菇冷库前,工人们正熟练地将刚刚采摘下来的香菇分类摆放、装车。"我们的香菇现在名气越来越大,一点都不担心销路,平均每天有1万斤香菇从这里销往沪苏浙地区。特别是春节期间,手机都被下订单的客户打爆了。"公司负责人毛国庆白豪地告诉我。公司先进的种植技术和南谯区丰富的麻栎人工林资源,实现了优势叠加。

"香菇种植看似简单,但想要种好不容易,技术含量很高。"毛国庆表示,香菇的生长对温度、湿度控制要求比较高,以前科技不发达,靠人工感受,出菇率不稳定。现在利用数字化管理,在大棚内安装监控摄像头、感应器等设备,随时随地能通过手机掌握棚内温度、湿度、光照等,进行精细化管理,香菇产量上了新台阶。公司也由传统香菇种植企业逐渐向集种植销售、精深加工为一体的全产业链公司升级。王本明的基地建设,就学习了他们的数字管理技术,一开建就是高标准的。

由于有着近40万亩麻栎人工林资源,南谯区的食用菌生产不停地上台阶。2022年9月3日,河北翔天菌业集团食用菌产业园项目签约仪式在南谯区政府举行,这标志着该项目正式落户南谯区。签约仪式上,翔天集团总经理隋杰与南谯区施集镇镇长张燕燕签署合作协议,双方将共同建设打造南谯区食用菌产业园。

南谯区食用菌产业园位于滁州南谯区施集镇,占地面积约100亩,主要依托翔天菌业集团在食用菌种植、园区运营、产业资源、技术服务等方面的专业优势，合力打造以"食用菌一体化生产、麻栎菌棒销售"为主导的产业链条。项目将通过合理布局、错位发展的方针，将种植与深加工相结合，扩大产业布局，延伸产业链条，打造安徽省高质量农业园区，形成独具特色、集聚食用菌资源的园区标杆。

翔天菌业集团董事长肖俊培表示，此次与南谯区食用菌产业园的合作，将树立政企合作新典范，通过资源整合，实现食用菌产业规模化、特色化、品牌化发展。

翔天科技股份有限公司位于河北省涿州市，成立于2007年，注册资本1亿元，是一家集液体菌种繁育、食用菌菌棒自动化生产装备研发制造以及菌棒生产销售于一体的高新技术企业。多年来，他们依靠科技创新，联合科研院所，投入2亿多元资金，与国家食用菌产业体系首席科学家张金霞团队通力合作，历时10年，利用现代化生物工程技术、信息和机械工程技术，研发成功的国际首套"食用菌菌棒自动化高效生产技术工程装备"拥有完全自主知识产权，目前已申报60多项专利，实现了一套装备可自动化、标准化、产业化生产各种袋栽食用菌菌棒。目前，他们已经在施集镇和黄泥岗镇分别建设生产基地。

滁州市南谯区的麻栎作为树的形象，随着安徽林长制改革的不断深入，愈来愈伟岸阳刚，光彩四射。这几年，省外从南谯引种超过600万株。省内其他地市从南谯引种超过50万亩，滁州市本级麻栎人工林面积已经突破60万亩。自2017年以来，先后有辽宁岫岩、陕西汉中、山东青岛、河南安阳、江苏淮安、广西柳州、福建三明、四川绵阳和云南西双版纳、重庆、内蒙古等10多个省、市、自治区前来南谯考察学习麻栎种植。安徽省的40多个县市区也先后来南谯考察学习麻栎种植。

麻栎这棵树，在林长制改革的春风化雨中，呼风唤雨了！

二、南国有嘉树

1. 国民油瓶子

"南国有嘉树,花若赤玉杯。曾无冬春改,常冒霰雪开。"这是北宋诗人梅尧臣《山茶花树子赠李廷老》诗中的句子。梅尧臣当时在大梁(开封)做官,朋友从天目山来,给他带了山茶花树子,他欣喜万分,欣然提笔。被梅尧臣称为"南国嘉树"的山茶花树,就是油茶树。

油茶被称为"挂在树上的国民油瓶子"。它是山茶科山茶属常绿小乔木或灌木,主要产于我国淮河以南各省(市、区)。其种仁含油量可高达59.2%,是我国产量最高的树种之一,为我国特有经济树种。油茶的种植在世界上除日本和东南亚极少数国家有零星分布外,唯我国有大面积栽培。作为我国特有的传统的食用植物油,茶油生产和发展源远流长。公元前3世纪成书的《山海经》中曾载:"员木,南方油食也。"这里所说的"员木"即油茶,可见我国民间当时就开始取茶果榨油以供食用了。

称油茶为嘉树,实至名归。

四川省隆昌市石燕桥镇四方井村有一棵古茶树,高7.8米,胸径0.62米,冠幅11平方米。湖北省咸丰县唐崖镇邓家坪村有一株树龄350年的"油茶王",每年初冬时节都开满洁白似雪的茶花,花朵团团簇簇、层层叠叠,如雪如玉,美不胜收,吸引众多摄影爱好者和游客前来。这棵树胸径1.98米,冠幅9.5平方米,年产油茶果300多斤。浙江省常山县有棵清末的"油茶大王",株高5.5米,占地64.2平方米,年产茶籽最高250多千克,产茶油约17千克。2022年10月8日,时值寒露,大别山腹地河南新县沙窝镇刘湾村付洼村民组古油茶园开园采摘。其中一棵300多年的古油茶树硕果累累,10个人从上午10点开始,直到12点10分,才将整棵树的油茶果采摘完毕,技术人员当即进行现场称量,单株树采果达235斤。这些古树和果实,用青枝绿叶承接着遥远的历史,也用累累果实书写着今天的欢乐。

油茶果的生长周期很长,从开花、授粉到果子成熟需经历秋、冬、春、夏、秋5个季节13个月的云滋雾养,可谓汇天地灵气,蕴日月精华。深秋时节,油茶果成熟了,油茶花则又开了,花果同枝。今年的花,就是明年的果。"幽香四溢聚满仓,万家晒物作油茶……瓣抱雪,蕊鹅黄,色泽白皙胜梨花,一枝一叶尽风光。"油茶花烂漫之秋,也是人们采摘茶油果的美好时光。这种"花果同堂""抱子怀胎"景象,是自然界的奇葩。也正因奇葩洋溢着奇异,油茶树在民间有着"吉祥树"之称。

油茶油是植物油中的精品。700年多前,郑和七下西洋,每次均携珍贵的油茶油作为国礼赠予四方,油茶油被誉为"东方橄榄油"。根据检测,它和橄榄油都含有一种生理活性成分角鲨烯,有很好的富氧能力,可抗缺氧和抗疲劳,并具有提高人体免疫力及改善胃肠道的功能。调查发现,长期食用油茶油、橄榄油的人群,疾病的发病率明显低于食用其他油脂的人群。

科研机构对油茶油和橄榄油进行了对比研究,经成分分析鉴定,尽管两者有相似之处,但油茶油的食疗双重功能实际上优于橄榄油。油茶油中的不饱和脂肪酸超过橄榄油。橄榄油含不饱和脂肪酸为75%—90%,而油茶油中的不饱和脂肪酸为85%—97%,为各种食用油之冠。油茶油中还含有橄榄油所没有的特殊生理活性物质茶多酚和山茶甙。美国国家医药中心实验证实,油茶油中的茶多酚和山茶甙对降低胆固醇和抗癌有明显的功效,抗氧化,耐贮存。所以,国外用进口油茶油勾兑或代替橄榄油的事件层出不穷。国际粮农组织已将其列为重点推广的健康型食用油,在欧美、东南亚地区,油茶油已经成为高档食用油中的抢手货。很显然,油茶油、橄榄油,为食用植物油的一字并肩王。

油茶油的分子结构比橄榄油还要精细,所以使用时不用担心副作用、油腻。多年前,德国的《妇女》双周刊曾以《茶树油的秘密》为题刊登了澳大利亚人用油茶油防治感冒、支气管炎、嗓子痛、扭伤、割伤、毒虫叮咬引起的疮或疮疹等诸多病症,把油茶油说成"灵丹妙药"。虽然同为食用油市场上的高端油种,但与橄榄油比较,油茶油价格上的优势更明显。所以,中国人没有理由不大力发展油茶产业！

2. 国之大策

近年来,党中央、国务院一直高度重视油茶等木本油料产业发展并做出了重大部署。国家林业和草原局认真贯彻落实,全力抓好油茶等木本油料产业发展。

2009年,国家发改委、财政部、国家林业局联合出台了《全国油茶产业发展规划(2009—2020年)》。2014年,国务院办公厅印发了《关于加快木本油料产业发展的意见》。2015年,国家林业局、财政部、国务院扶贫办、国家开发银行联合出台了《关于整合和统筹资金支持贫困地区油茶核桃等木本油料产业发展的指导意见》。2016年,国家发展改革委、农业部、国家林业局联合印发了《全国大宗油料作物生产发展规划》,首次将油茶作为大宗油料作物,纳入了国家食用植物油安全战略大局中统筹支持。2017年,《林业产业发展"十三五"规划》,将油茶产业发展工程列入11个林业产业重点工程。

2019年9月17日上午,习近平总书记来到河南省光山县槐店乡司马光油茶园,实地察看油茶树种植和挂果情况。他强调,利用荒山推广油茶种植,既促进了群众就近就业、带动群众脱贫致富,又改善生态环境,一举多得。要把农民组织起来,面向市场,推广"公司+农户"模式,建立利益联动机制,让各方共同受益。要坚持走绿色发展的路子,推广新技术,发展深加工,把油茶业做优做大,努力实现经济发展、农民增收、生态良好。

截至2021年底,全国油茶种植面积达到6888万亩,高产油茶林达1400万亩,油茶籽产量从96万吨发展到267万吨,茶油产量从20多万吨发展到90多万吨,年产值由110亿元增加到1920亿元,为助力粮油安全做出了巨大贡献。同时,油茶产业还带动了200多万国人增收致富,在脱贫攻坚、全面建设小康社会和生态文明建设中发挥了重要作用。

为此,2023年中央一号文件提出"支持木本油料发展,实施加快油茶产业发展三年行动,落实油茶扩种和低产低效林改造任务"。国家林业和草原局、国家发展和改革委员会、财政部联合印发了《加快油茶产业发展三年行动方案(2023—2025年)》。方案明确提出,到2025年全国油茶种植面积达9000万亩,完成低产低效林改造2000万亩,茶油产量达200万吨,年产值达4000亿元,解决亿万人口吃油问题。

安徽省政府与国家林草局签订了《安徽省油茶发展目标责任书》,明确安徽省2023—2025年新增油茶种植面积33.3万亩、低产林改造面积15.7万亩,到2025年油茶种植面积273.2万亩以上,茶油产能达到6.1万吨。

为落实好国家安排的各项目标任务,安徽省制定了油茶产业发展三年行动方案。方案在国家《加快油茶产业发展三年行动方案(2023—2025年)》框架内,结合安徽实际,明确了指导思想、基本原则和行动目标。安排2023—2025年油茶林营造任务71.715万亩,其中新造37.92万亩、低改33.795万亩。规划到2025年,安徽全省油茶种植面积达到280万亩,茶油年产能达到6.8万吨。

安徽是全国油茶产业发展规划重点省份,江淮分水岭以南属于油茶适生区。全省适宜种植油茶的有安庆、六安、黄山等10市的44个县(市、区)。方案将它们划分为重点区、拓展区和自主发展区,并按照产业发展现状、当地群众经营习惯、发展潜力等因素,将建设任务量化分解到各县(市、区)。通过推广丰产栽培技术、加大良种壮苗培育推广、严格种苗市场监管、强化人才队伍培养、加强油茶生产关键技术攻关及成果推广等,确保良种使用率达到100%,两年生以上良种嫁接苗年供应量稳定在1000万株左右。做好油茶品牌提升、质量监管、产品宣传等工作,以龙头企业为引领,加大新型经营主体培育力度,积极创新经营模式,以专业合作社、生产加工企业为主体,优化加工生产布局,推进油茶三产融合发展。

在政策支持上,全省一是支持各类适宜的非耕地国土资源扩种油茶;二是强调加大财税、项目支持,支持各地统筹用好省级及以上相关资金,结合林业重点项目发展油茶;三是引导金融机构加快推出贷款、基金、保险等适合油茶产业发展的金融服务产品。

在组织保障上,充分发挥省级木本油料产业发展领导小组作用,明确责任分工,压实工作职责。强调油茶营造林全过程信息化管理,并将油茶生产任务完成情况纳入林长制督查考核,确保能够完成国家下达的任务。

林长制改革,成为安徽油茶发展的助推剂。几年来,安徽相继制定了油茶的嫁接苗繁育、芽苗砧嫁接容器育苗、营造林、中幼林整形修剪、炭疽病防治等多项技术规程和地方标准,建立了省市县分级培训和技术推广体系。2020年,省林业局印发了《关于深入推进油茶等木本油料林丰产示范基地建设的实施意见》《安徽省油茶丰产示范基地建设指南(试行)》,加强了油茶林丰产基地建设的政策扶持和技术指导。全省油茶良种选育工作累计认定优良品种29个,审定优良品种12个,其中黄山1号、黄山2号、黄山6号和大别山1号等4个被国家林业局确定为优良品种。引进"长林系列"油茶品种8个,其中长林4号、长林18号、长林40号、长林53号等4个被国家林业局确定为优良品种。目前,全省在油茶造林中主要推广这8个优良品种。同时,已在皖南和大别山区建设定点油茶采穗圃1540亩,可年产穗条1880万条;建设定点油茶苗圃1210亩,合格苗年生产能力可达3000万株。这些满足了全省油茶造林的实际需要。

截至目前,安徽全省油茶林基地约有250万亩,六安、安庆两市油茶林面积占全省油茶林总面积的近八成。其中金寨、舒城、霍山、太湖等县分别超过20万亩,桐城、潜山、宿松、岳西等县(市)也超过10万亩。结合国家林业产业发展及油茶产业政策,安徽省积极实施丰产示范基地建设及油茶低产低效林改造,全省近150万亩油茶林进入挂果期,有50多万亩油茶林进入盛果期,其中约有一半可亩产干籽160千克以上,亩均年产值2400元,达到了高产高效标准。经测产,潜山市经汇油茶丰产示范基地2021年亩产鲜果达到1260.3千克,全省油茶鲜果产量超过30万吨,干籽约12万吨。年产茶油2.5万吨,年产值98.8亿元。但受栽植时间、立地条件、经营水平、基础设施、自然灾害等因素影响,各地亩产差异较大。

安徽省现有各类茶油加工企业 60 多家，年加工生产能力 5 万多吨，仓储能力 13.5 万吨；其中规模以上加工企业 15 家，年生产能力 4 万吨，属国家级龙头企业的有 4 家。全省现有茶油注册商标 30 多个，其中中国驰名商标 1 个(野岭)、安徽著名商标 8 个(野岭、华银、启航、龙眠山、金天柱、龙成山、黄山、徽山)。茶油市场价格一般在 120 元/斤左右，也有礼盒装茶油售价达到 249 元/斤。部分油茶加工企业已着手系列产品开发，茶粕用于肥料和水产养殖饲料，最高价为 2000 元/吨；还从茶油加工剩余物中提炼有效物质，用于生产化妆品、洗护用品、保健品等，附加值更高。

2022 年 9 月，安徽省政府办公厅印发了《关于推进木本油料产业发展若干措施》，对产业发展中的突出短板和弱项，提出针对性扶持措施。启动省级木本油料产业示范园建设，每个项目总投资不低于 2000 万元。鼓励各地通过专项扶贫资金或整合涉农资金统筹安排油茶产业发展资金，对新造油茶林和油茶抚育经营、油茶低产林改造进行适当补助。省林业局会同有关部门推出"皖林邮贷通"和"五绿兴林劝耕贷"融资担保业务。按照"愿保尽保"的原则，积极引导油茶林经营主体参加森林保险，认真落实保费补贴政策。这些措施，极大地促进了安徽油茶产业的发展。

3. "钱油茶"

钱侯春出生于桐城龙眠山下，1986 年从安徽农学院毕业后就一直在桐城市林业系统工作，现在是林业正高级工程师。作为一名林业基层战线上的工程技术人员，他忠于职守，在平凡的岗位上勤勤恳恳做事，实实在在做人，他把对林业的情、对岗位的爱都落实在工作上，展现了新时期务林人的奉献形象。他先后获得安徽省林业建设突出贡献奖(2011 年种苗先进工作者)、安徽省油茶产业发展先进个人(2013 年)，2023 年被人力资源和社会保障部、国家林草局评为"全国林草系统先进工作者"等。

作为桐城市林业科技业务骨干，钱侯春先后主持完成了"现代农业发展 2013 年油茶产业项目"，2013 年中央财政林业科技推广示范项目"优质景观苗木培育示范推广基地建设",2018年中央财政林业科技推广示范项目"油茶标准化示范区建设",还主持或参与桐城市2015—2019年《长江防护林工程》规划设计与项目实施,《油茶扩根容器苗培育技术规程》的研制,并由省质监局颁布施行(DB34/T2807-2017)。他的科研成果可谓不胜枚举。

钱侯春曾任安庆市人大代表,履职期间提出了大力促进山区林农发展油茶及扶持林业发展举措等提案,加快了桐城乃至安庆的油茶产业发展,带动了山区群众脱贫致富。他经常深入山头地块,为林农和企业提供技术服务。每到一个地方,他总是"油茶""油茶"不离口,给种植户操作示范技艺,快速又准确,林农们都亲切地叫他"钱油茶"。

结合桐城市的实际,钱侯春认真编写了简明易懂的油茶栽培技术要点手册,向林农介绍适合栽植的苗木品种,现场为林农示范种植、修剪、抚育管理等实用技术。2023年7月9日下午,在桐城市孔城镇陷泥村油茶基地,负责人高晓泉对我说:"我这块基地,一有问题,随时可以请教钱高工。电话里说,拍照片发给他,能解决当时就解决,需要到现场的他就过来。这里离市区20多千米,他常常是骑电动车过来。"高晓泉的基地去年有500多亩,去冬今春,他又扩大200亩,现在规模为700多亩了。其中的100多亩树龄超过11年了,已经进入盛产期,去年产鲜果15万千克。今年产量还会提升。

后来,我私下里对钱侯春说:"这么远的路,骑电动车不安全啊!"他坦诚地说:"公交车班次少,打的太贵,骑电动车最快捷。安全问题注意一些就行了。"我觉得他是不是有些矫情,就问:"这些人是老板,让他们派车接不就行了?"钱侯春一下就明白我的意思了,不自然地笑了:"高晓泉这些人说是老板,其实还都是农民,手上有一个钱,想种两个钱的树,帮他们干事,还是要精打细算的。当然,要是一些公司上了规模的大老板,比如袁凯,有问题找我,我不说,他也会派车的。"

从2009年以来,钱侯春累计为林企、林农技术指导1000余次,参与林业科技培训50余次,培训林农1500余人次;参与相关部门送科技下乡技术培训9期;积极参与林业脱贫,参与林业扶贫技术培训11期,为安庆文都科技职业学校等举办扶贫、脱贫稳就业培训班授课7期;同时根据需要,为林业技术人员基础教育专业开展培训。"钱油茶"为桐城市增绿增效工程建设和油茶产业发展工作提供了较强的技术支撑。

据统计,这些年,钱侯春参与油茶产业项目技术指导,规划组织造林6万亩,分布于桐城市14个镇(街)。桐城全市现有油茶总面积10万余亩,其中良种油茶基地近7万亩,油茶挂果面积5万亩,进入盛果期的有2万亩。2022年油茶籽产量达2000吨,年综合产值超4000万元。桐城市油茶种植企业和合作社有50余家,种植1000亩以上的有8家,500亩以上的有10余家。现有油茶加工企业3家,其中规上1家,小微2家,国家级林业产业化龙头企业1家,省级林业产业化龙头企业1家,油茶小作坊10余家。注册了"龙眠山""牯牛背""油炸巷""文都大成"等诸多茶油品牌。油茶年产值超亿元,荣获"安徽省油茶发展先进县"称号,油茶产业已成为桐城市特色和富民产业。

令钱侯春困惑的是,现行的国家油茶行业标准中,土壤肥厚的山脚及平坦地区种植油茶密度为行距3米,株间距2.5—3米,每亩需种植75—90株。土壤肥力较差或坡度大的地区种植油茶密度为行距3米,株间距2—2.5米,每亩需种植90—110株。密度太大了,影响油茶的高产。他的困惑,也是我在采访中遇到的很多种植大户的困惑。令钱侯春他们兴奋的是,到了11月1日,国家《油茶LY/T3355—2023》行业标准开始实施,其中有一项重要调整,即栽植密度调减为每亩53—74株。11月22—23日,国家林草局在广西柳州召开全国油茶产业发展现场会,各地与会者对新标准纷纷称赞。

离开陷泥村,钱侯春带我去找袁凯。

4. 龙眠山春秋

龙眠山位于桐城市与舒城县交界处,蜿蜒峻逸,与华崖山东西相峙而立。明许浩诗云："大小二龙山，连延入桐城。山尽山复起，宛若龙眠形。"龙眠河从两山间斗折蛇行流出，滋养了灿烂的桐城文化。李公麟的山庄别业，张英、张廷玉父子双宰相的园林墓葬，各路文人的石刻崖泉等，沿河人文景观与自然景观交相辉映，宛若串串珍珠嵌缀其间。熠熠珍珠间，闪烁着一颗硕大的珍珠，紫气勃勃，雄姿英发，它就是安徽龙眠山健康产业股份有限公司。这是一家集种植、规模化深加工、产品研发与品牌销售为一体的国家林业重点龙头企业、国家高新技术企业、中国油茶百强企业。公司主营的龙眠山茶油等产品通过"国家绿色食品""有机食品""ISO9001质量管理体系""食安安徽"等多项认证。"龙眠山茶油"荣获地理标志证明商标、中国茶油十大品牌称号。这个公司的法人是袁凯。

袁凯出生于1970年，父母都是农民。高中毕业后，他通过自身努力考入上海宝钢工作，成为一个都市人。一个偶然的机会，曾经在龙眠山下放的上海老知青向袁凯说起茶油。他们列举了茶油的诸多好处，念念不忘。虽然回上海已经很多年，但一些生活品位高的人仍一直食用茶油，影响很多白领，上海成为中国最大的茶油消费市场。

对于茶油，袁凯并不陌生，因为家乡桐城种植油茶树历史悠久，在家时他隔三岔五总是能吃到。因农民大都进城打工，当时种植油茶树的人已经寥寥无几，一些老的茶树林也多荒芜颓败。油茶绿色、有机、健康，既有食用价值，又有保健功效，深受人们青睐，自己为何不回家发展油茶产业？

2003年初，在妻子吴迎春的支持下，袁凯用跑运输、做销售积累下的资金，投资10多万元，选定桐城鲁諸山村萝卜湾林场，正式开启自己的油茶事业。萝卜湾林场与舒城交界，位置偏僻，从桐城前往，必须经过一处悬崖峭壁。据传当年有一个乞丐，走到这里，见悬崖崔嵬，吓得讨饭的瓢都扔掉了。没有电，也没有自来水，在这里创业，注定充满艰辛。但林场已经包下了，开弓还有回头箭吗？他招募工人，和他们一起动手，建起住房，开始清理林地。

屋漏偏逢连夜雨。正在袁凯开垦林地，热火朝天地种植油茶时，林场附近的一片杉木林却被人砍伐了。"这肯定是袁凯砍的。""他就是打着种油茶的名义来砍树的。"……一时间，各种质疑蜂拥而至，袁凯对相关部门说："那一大片杉木，要是我砍下来的，我又不能咽到肚里去。欢迎查！"

　　桐城市林业公安及时介入，很快查清那些树木是当地居民砍伐的。人们对袁凯的误解自然烟消云散。这件事，增加了人们对袁凯的信任，也让袁凯心情畅快了许多。第二年，袁凯注册成立了桐城市华源食用油有限公司。这个公司是安徽龙眠山健康产业股份有限公司的前身。成立它，是为了在鲁谼村及周边村子收购农户采摘的油茶籽榨油。这样，他好通过工厂榨油赚取的利润来补贴油茶种植。油茶生长周期长，移栽后3—5年才能挂果，这期间还要抚育、施肥、防治病虫害。种树容易养树难，养好树更难。养好树，是指科学的养护。没有成本投入，就不可能进行科学的养护。没有科学的养护，油茶不可能高产。

　　初冬时节，袁凯的第一批产品上市，桐城市科协就毫不犹豫地购买了八盒茶油，这是袁凯茶油生涯中销售的第一份产品。感恩之余，他信心大增，也下定决心，一定要好好努力，为客户们提供健康、营养的茶油产品。

　　品质是产品的生命。由于袁凯严把质量关，他生产的茶油品质超过很多厂家，客户们都对他的茶油赞美有加。金杯银杯不如消费者的口碑，用户的口口相传，让袁凯的茶油名声大噪。很多人慕名找他买茶油。公司种植基地的油茶挂果了，但自产的油茶籽自己加工远远不够，他向外拓展市场，从湖北麻城、江西上饶、安徽潜山等地采购油茶籽。袁凯将油茶籽收购和扶贫攻坚结合起来，每年帮潜山完成1000万元的产业扶贫任务。

　　用工业反哺造林，用茶油滋养茶树，是袁凯走过的一条独特的油茶发展之路。萝卜湾林场的茶树挂果了。随着茶油加工盈利，袁凯决定要扩大种植规模，获取优质果实。通过土地经营权流转、承包等方式，袁凯投入资金数千万元，在桐城市投子山种植油茶林6000多亩。许多村民得到了租金，也有人参与分红，在油茶基地上班，同时解决了就业。7月9日下午，我在他的公司采访，袁凯告诉我，当初在找银行贷款时，他熟悉的客户经理好心劝他："植树造林属于公益，是政府行为，哪有个人来做，你何必自找苦吃？"

袁凯却说:"这是一个大产业,和公益造林有区别。我既然认准了,就要干出个名堂出来!"此后,他将贷款全都投资到林地上,而林权又不能用于抵押贷款,导致公司面临很大的资金压力。贤惠的妻子吴迎春毫无怨言,将家里一分钱掰成两半用,用实际行动支持丈夫。

袁凯在油茶基地养殖土鸡,油茶饼粕通过发酵后可以做成鸡饲料,而鸡粪则成为油茶树的有机肥,实现了生态大循环模式发展。

付出终于有回报。袁凯和公司渐渐在行业内脱颖而出。2005年,袁凯以个人名义注册了"龙眠山"多类商标。之后,随着生产规模的逐渐扩大,作为一产的油茶种植基地接二连三带动发展,大多进入盛果期。他扩大投资,在桐城金大地园区又建成新的茶油加工基地,二产规模扩大。接着,袁凯又在合肥建立茶油营销中心,将龙眠山茶油销往全国。至此,他的公司逐渐发展成为三产融合企业综合体,成为国家林业重点龙头企业和安徽省农业产业化龙头企业。

一个成功的男人,背后往往站着一个贤淑的女人。袁凯的油茶事业,一直得到妻子吴迎春的支持。开始,吴迎春一直在家相夫教子,孝敬公婆。但随着事业的扩大,袁凯独自打拼异常辛苦,她这才决定加入公司,从基层做起,为袁凯分担重担。有意思的是,从吴迎春到公司上班的第一天起,夫妻俩就约定,在公司要以同事身份相处,吴迎春叫袁凯"袁总",袁凯叫她"小吴"。这种默契和恩爱,让很多在公司工作了一两年的同事都不知他们是夫妻。

2010年,袁凯决定在黄岗村租赁3000亩山场,继续扩大公司的种植规模,修建到基地的硬化水泥道路。这条道路也会提高村里的基础设施水平,给当地村民出行带来极大方便,但修建过程中却遇到极大阻力。袁凯十分着急。关键时刻,吴迎春来到了那些不理解的农户家,跟他们算投入账,也预测将来的产出账,一笔笔,真挚实在。她的真诚和善意,感动了那些人家,两天下来,所有人都支持修路了。这条通往基地的路终于修通了。同事都称吴迎春"有两把刷子",袁凯也对妻子的工作能力刮目相看。

袁凯和吴迎春都有一颗济世之心,希望所有的人都能共同进步,一起发展。前些年,一位合作企业老总求助,让袁凯和吴迎春为其做担保,帮助他筹得大笔资金。然而世事难料,两年后,受到本地市场金融动荡的影响,该企业无力偿还那笔资金,作为担保人,袁凯夫妻只好代为偿还。这次事件给公司带来很大的冲击,让夫妻俩深陷困境,但他们再难也不欠员工工资、客户货款、国家税款等。这份担当赢得众多朋友的钦佩和称赞。

上天给予袁凯夫妇的磨难还不止于此。有一年腊月二十四,一个上山祭祀的人烧纸引发山火,公司在黄岗村与投子山一带种植基地的3000亩油茶园被全部烧光。大火被扑灭后,袁凯望着焦黑的山头,绝望地坐在地上,泪流满面。吴迎春的心也碎了,她强忍痛苦,劝袁凯振作:"已经烧了,泪水浇不醒茶树。我们从头再来!"袁凯明白妻子的苦心。只是,这场大火烧毁了他10多年的心血,给公司造成的损失高达几千万,一句"从头再来",能来吗?

我们的社会是一个有温情的社会,政府是一个有责任感的政府。在袁凯的事业遭受重创时,桐城市政府各界予以支持,帮助企业申报了一个国家农业发展项目资金,在该基地重新种植了油茶树。痛定思痛,袁凯想,油茶基地此前也多次因人扫墓烧纸引发山火,严重影响了油茶的种植,他索性在公司成立了森林防火队,不仅给自己的油茶林防火灭火,周边只要有着火的地方,一有火警,无论白天黑夜,他都亲自带队奔赴火场救援。他的大义和担当,让龙眠山的油茶更加靓丽,让桐城的这棵嘉树变得更加伟岸。

发展事业的同时,袁凯夫妻一直坚持学习,吴迎春参加过浙大总裁班的培训,并获得"优秀学员"称号。袁凯也先后参加北大总裁班、上海交大总裁班的学习,担任桐城市政协委员、人大代表,2013年被评选为"第八届全国农村青年致富带头人",并在全国林业大会上被点名表扬。2018年起,袁凯连续两届被聘为安徽农业大学专业学位硕士研究生导师,2023年被提名为全省仅有10个名额的全国乡土专家。

你可去过我家乡，
可曾到过龙眠山？
白鹭一行山前过，
飘来一缕茶花香。
你可去过我家乡，
可曾到过龙眠山？
茶花情浓心相伴，
黄梅一曲随风扬。
阿呀介，
这就是我家乡，
我的龙眠山。
彩蝶纷飞迷人眼，
人间奇果来添香。
阿呀介，
这就是我家乡，
我的龙眠山。
彩蝶纷飞迷人眼，
人间奇果来添香。
踏着青春的旋律，
我来到了龙眠山，
连绵的青山，
木香的茶油，
好似姑娘的脸庞轻柔在心房。
抱子又怀胎，
云滋雾又养，
天地之精华，
健康铸辉煌！

健康铸辉煌!

结束采访,离开袁凯投子山油茶基地时,油茶林中飘来了这首歌。钱侯春告诉我,这是袁凯作词的《茶油情》,是桐城籍青年歌唱家、音乐创作人、导演张正扬作曲的。歌声白云一般绕过山梁,一行白鹭越过油茶林,飞向蓝天更蓝处。

5. 大别山 1 号

作为安徽油茶大市,六安也是有着光耀江淮的别样风景的。大别山上的这棵南国嘉树,演绎出了芬芳嘉年华。

"安徽油茶看舒城,舒城油茶看河棚。"

舒城县是全国油茶发展重点县、全国经济林示范县和全省油茶良种苗木繁育基地县,油茶种植面积 32 万亩,茶油年产量 380 万斤,产值达 6.05 亿元。作为全省油茶良种苗木繁育基地县,大别山 1 号油茶良种就是舒城县培育出来的。

说到大别山 1 号油茶良种培育,就不能不说詹昌炳和詹文勇父子。

詹昌炳是舒城德昌良种苗木有限公司董事长、法人代表。他 1948 年出生在舒城县河棚镇詹冲村,小学毕业后,因贫穷而辍学。他种过地,当过篾匠,20 世纪 80 年代承包镇里的水泥预制厂,掘得第一桶金。到了 20 世纪末,市场发生变化,他决定转产。

舒城县位于大别山东麓,全县地理概貌西高东低,山地面积约占全县 52%。中部是丘陵岗区,岗岭绵延,山丘起伏。丘陵面积约占全县 20%。自然格局呈现为"五山一水二分田,二分道路和庄园"。河棚镇所在的西南为大别山余脉,平均海拔 450 米,主要山峰花岩山的主峰大徽尖海拔 1058 米,山高岭大,林木葱茏。这里历史上就有种油茶的习惯。经过调研,詹昌炳觉得油茶是个朝阳产业,符合国家产业扶持方向,而且可以带动群众共同致富,是值得投入的产业。

当时安徽全省有60多万亩油茶林,其中舒城县有13.2万亩,基本上都是品种混杂、树林老化、产量极低的老油茶林。每亩油茶林产油不到3千克,只有周边省份新造油茶林的产油量的十分之一。要发展油茶,必须实施品种改良工程。但是,凭着当时的条件,詹昌炳明白,此项工程艰巨,完全靠自己单枪匹马选育出油茶良种确实困难很大。经过深思熟虑,他决定向安徽农业大学求援,与安农大合作开展油茶选种工作。

安徽农业大学的教授们看到眼前这个并不起眼的农民,竟然要干油茶选种这个大事,有些将信将疑,又不得不打心眼里佩服。选种是安徽农业大学梦寐以求的事,可就是找不到支撑点。这一下,大家目标重合,正好共同发力。

双方经过协商,由詹昌炳具体负责组织选种工作,安农大经济林专家张良富教授负责技术指导。1999年早春,詹昌炳带领技术人员开始了选种工作。他的足迹踏遍全舒城县各油茶产区,每到一处,先是在当地林业部门的配合下走访学习,详细记录,然后亲临现场查看,并做下标记,移入品种园培育,经过数年观察对比测定,才将万中选一的单株定为优良单株。

要培植苗木,就得有土地。山区土地原本就少,而20世纪90年代末,农民又特别珍爱土地,谁也没有多余的土地提供。2023年8月26日上午,在河棚镇安徽德昌苗木有限公司办公室,说到这些,清癯矍铄的詹昌炳告诉我:"现在,你看到的河滩苗圃地很像样。当年,我是用小四轮拉土来垫的,不知拉了多少车,填充,平整,才建成第一块育苗基地。"

陪同的河棚镇中心小学校长潘忠健说:"创业早期,在乱石成堆的河滩地上,只有几间空心砖搭建的简陋瓦房。河滩位置偏僻,一年四季,特别是夜晚,一间办公室,一盏孤灯,一张办公桌,一张床,只有詹总一人坚守。有天晚上我去看他,感到情景凄凉。"

更惨的是,企业发展缺乏资金,银行不给贷款,即便磨破嘴皮,一毛钱都没有。而这边,育苗时间紧迫,耽误一时,就是耽误一年。詹昌炳只能向亲戚朋友求援,可也收效甚微。无奈之下,他只能以高出银行一倍的利息在社会上进行民间借贷。这招很灵,因为大家都相信他的为人,他终于筹集到资金。

滴水穿石,积土成山。詹昌炳用小四轮一车一车地拉土,两年下来,没有堆成山,却硬是将50亩乱石成堆的河滩给改造成了苗圃园。

在翻山越岭选种时,詹昌炳曾从陡崖上摔下来过,也被蛇咬过,被蜂蜇过,累晕过,遭遇过暴雨侵袭发烧几天几夜,但他从来没有退却过。春节是农民最重视的传统节日,可是为了管理好苗木,他每年只是在家吃顿年夜饭,饭后就回到他那坚守的岗位——油茶育苗基地。为了油茶育苗,他可谓悠悠万事,唯此为大,清心寡欲,一切皆念一苗。

育苗是一门科学,有诸多的技术含量。詹昌炳没有技术,在安徽农业大学教授们的指导下,他曾自费到江西、湖南等油茶先进地区考察学习。

对于詹昌炳的选择,当时有很多人不理解。有人说:"凭你办预制厂挣下的钱,生活也能过得很好了,干吗受那份罪?"也有人说:"选种那样的大事,凭你能搞出来吗?"面对善意的劝阻,他表示感谢,而对有些人的怀疑,他则表现得更加潜心,不说只做。

茶花无言,下自成蹊。万水千沟走遍,大别山地区的优质油茶株差不多被詹昌炳选遍了,总计有600多株单株。经过一年又一年反复观察,一次又一次测产比对,一轮又一轮的专家学者讨论,遴选一批,淘汰一批,再遴选,再淘汰,从1999年到2006年,8年时间,连续耕耘2000多个日日夜夜,从预选的600多株中,初选出150株,接着再次复选出50株,第三次复选出12株,第四次决选出6株,最后终于决选出大别山1号、2号、3号、4号这4种最优单株。这些单株经过专家定性定量分析,具有早实、高产、丰产、抗逆性强等优点。2006年12月25日,经过安徽省林木品审定委员会认定,4种最优单株成为安徽省首批油茶良种。8年时间里,詹昌炳先后出资320万元,此时有些债台高筑了。

这一成果结束了安徽省无油茶良种的历史,省林业厅下发文件在全省推广应用。2014年12月,大别山1号通过省级良种审定,入选了国家林业局国有林场和林木种苗工作总站编著的《中国油茶品种志》。林长制改革实施后,安徽全省在油茶造林中主要推广的8个优良品种中,大别山1号在列。大别山1号2009年获六安市科技进步一等奖,2010年获安徽省科技进步三等奖。

光有优良品种不行,还必须把优良品种转换为成批的优质苗木。培育优质苗木,也是要靠科技支撑的。2004年,詹昌炳抓住六安市兴办科技专家大院的机会,与安徽农业大学合作,在束庆龙教授等专家的指导下,他掌握的技术要领越来越多。江西、湖南等油茶种植先进的地方,詹昌炳建立联系后,一直没有中断,有时间,就在县林业局、省林科院有关技术人员的带领下,前去学习考察,参观他们的育苗基地,大大开阔了视野,拓宽了发展思路。他在自己选种的同时,也从江西、湖南等地引进优质新品种,进行育苗。当年,詹昌炳接到客户第一笔订购——2万株油茶苗,毛收入1.6万元。自此,詹昌炳培育的油茶苗开始被越来越多的人接受。他的育苗规模逐渐壮大起来。

2005年7月,首届中国油茶产业发展战略学术研讨会在北京香山饭店召开,油茶产业迎来了发展的春天。詹昌炳成立的安徽德昌苗木有限公司,凭借科技含量高的特点,成功申报六安市农业产业化龙头企业。有了龙头企业做门面,公司在申报项目、企业贷款等方面更加方便。在政策的扶持下,在各级党委、政府的支持下,企业发展逐步进入正轨,并不断扩大,向安徽省最大的油茶育苗基地迈进。

詹昌炳以前种过板栗,在油茶育苗中,他从板栗胚芽嫁接技术中受到启发,研究出油茶胚轴嫁接技术。该技术主要是通过对油茶种子萌发生长过程以及胚根、胚芽、胚轴、子叶之间生长相关性的研究,探索出一套胚根断切技术,此技术促进了侧根的生长发育,使苗木根系发达且容易起苗,造林成活率高,是目前最佳的嫁接方法。2005年7月,"油茶胚轴嫁接与培育技术研究"成果通过了省级成果鉴定,此成果填补了省内空白,全国领先,2006年获六安市科技进步三等奖。

2007年,詹昌炳以"油茶胚轴嫁接与培育技术研究"成果申报了省级科技推广项目,得到100万元财政资金支持。这可是天大的喜讯,他太需要资金支持了。有了这笔资金,詹昌炳发展油茶的底气更足了。这一年,他从附近农户手中租赁土地360亩,正式规模化、标准化发展育苗基地。但是在推进时,有些户主反对改变土地原貌,有的以高价谈租赁条件,有的要求进公司……面对各种阻挠,詹昌炳深入家家户户做工作,白天在基地育苗,晚上入农户家谈心,对合理的要求尽力满足,对不合理的诉求晓之以理,并且以每亩每年700元的高价作为土地租金,终于解决了土地问题。接着他请专家对基地进行科学规划,格田成方,修建四纵四横机耕路,水渠、涵洞配套,建成一个小型提水站,育苗基础设施大大完善,育苗规模增加,育苗效益逐年成倍增长。2010年,詹昌炳培育的油茶苗终于得到省林业厅认可,成为安徽省油茶定点育苗基地、国家油茶定点采穗圃。2013年,公司年育油茶苗达到500万株,销售收入达到800万元。

针对老油茶林品种混杂、效益低的现状,詹昌炳又在老油茶林换种改良上动起了脑筋,研究出以大树为砧木,运用良种穗条实施油茶高接换优技术,从而实现换种改造,大幅度提高油茶产量。为了提高油茶育苗成活率,他又研究出专用基质容器袋育苗技术。一项项发明,震惊了安徽林业界,赢得了安徽同行和省林业厅领导的赞许。2009年夏天,詹昌炳出席省林业厅在庐江县金汤池召开的一次林业会议,林业厅一位主要领导夸赞道:"看到了老詹,就看到了安徽江淮地区油茶发展的希望所在!"称赞他是"安徽油茶领域的袁隆平",寓意他培育的良种让安徽油茶大面积提质增效,保证了安徽粮油安全。

在育苗的过程中,詹昌炳也曾经历过曲折。由于早期容器育苗经验不足,加之天气干旱,造成一年生容器苗栽植林成活率不高。詹昌炳马上针对这一问题寻求解决之道。他向时任安徽农业大学林学与园林学院院长、安徽油茶首席专家束庆龙教授寻求帮助,找到了问题的症结,原来是容器袋过小,制约了育苗根系生长。他根据束教授的建议,换大容器袋育苗,半年后移植移栽，终于培育出两年生壮苗。在此基础上，詹昌炳进行总结完善，和团队一起研发出"北缘油茶壮苗培育关键技术"，该成果获得六安市科技进步一等奖。

科技的力量是无穷的。现代林业离不开科技，搞科技离不开人才。为了解决农村难以留住人才的问题，詹昌炳采用"借鸡下蛋"的模式，先后与安徽农业大学、安徽省林科院、安徽省高科技开发中心等单位合作，共建科研平台。2004年，詹昌炳筹建了六安市经果林科技专家大院。2008年，他又成功申报了安徽省科技专家大院，聘请束庆龙为大院首席专家。随后詹昌炳陆续成立了安徽省油茶良种工程技术研究中心、安徽省科技创新战略联盟、国家级油茶科技特派员创业链工作站、国家级博士后工作站一系列科研平台，聘请了10多位林业专家为企业发展献计献策，企业的科研成果如雨后春笋般涌现。目前，安徽德昌苗木有限公司拥有省级科技成果17项，国家授权专利63件，发明专利26件，制定技术规程2件，参与制定7件，获得林业科技推广、课题研究、富民强县建设项目16项，累计获得财政资金1600多万元。

和詹昌炳第一次见面，我感觉他是那么精神、睿智，似乎是一台永动机，动力无限。而当我得知他是一个换过肝脏的人，不由得对他肃然起敬。那是2014年，詹昌炳感觉到有些疲乏。他以为是长期劳累所致，没有当一回事。在家人和朋友的劝说下，他来到医院一查：肝功能衰竭。医生确诊为肝癌，如要保命，必须进行肝移植手术。

生性乐观的詹昌炳处之泰然。做手术前，还延期住院，陪同县林业局领导外出考察一周。2014年6月13日，詹昌炳在广州中山市中山医院做了肝移植手术，非常成功。手术后刚有好转，詹昌炳就在病床上召开了全公司员工参加的电话会议，通报了自己的病情，同时对工作进行了部署，员工们一个个感动得泪流满面。后面的日子，詹昌炳一方面配合医生治疗，按时吃药，定期随访，另一方面坚守岗位，积极工作，如同什么也没有发生一样。

3年后，不幸再次降临。詹昌炳被医生诊断为前列腺癌，又在北京301

医院做了一个前列腺切除的大手术。幸运的是,他再一次和死神擦肩而过。潘忠健校长告诉我:"记得手术后从医院刚回家,他到办公室屁股未落椅,就打电话约镇上领导到育苗基地谈项目验收工作,在场的人无不为之动容。"

两次劫难依然没有击垮詹昌炳坚强的意志,他的身影像往常一样一年四季出现在育苗基地,他的生命仿佛和那些苍翠的苗木融合在一起了。他培育了大别山1号,他就是大别山1号。

有人说,父亲是一座山。在詹文勇的眼里,父亲则是一条河,永远流淌着智慧和慈爱。几十年来,父亲的言传身教、身体力行,使他获益多多。无论做人还是做事,他都和父亲一样。

从1999年开始,詹文勇就跟随父亲进行油茶良种选育工作。"大别山1—4号"良种里面同样浸透着他年轻的汗水。德昌公司取得的很多成果,都同样凝聚着他的心血。尤其是父亲生病后,他更是冲锋在前,让公司蒸蒸日上,让父亲欣慰。

自从林长制改革的号角吹响以后,詹文勇积极响应,行动迅速。自2017年以来,公司先后承担国家林业科技推广项目、省科技创新项目、科技攻关项目和科技扶贫项目12个,推广了油茶良种12个、薄壳山核桃良种8个、茶叶良种6个、珍稀树种3个,推广新技术11项,推广新工艺2项,营造丰产油茶林25万亩、薄壳山核桃林3万亩、茶叶11万亩、绿化林6万亩,为安徽省千万亩森林增长工程、舒城县林业结构调整、舒城县脱贫攻坚做出了巨大贡献,为林长制奏响了大别山雄浑的乐章。

三、仙山无凡木

1. 玉山果

2023年8月27日,安徽省香榧产业协会二届三次理事会在安庆市岳西县召开。协会会长余辉向大会报告近两年的工作。报告指出,随着安徽省林长制改革的全面推进,全省香榧种植面积15万余亩。其中,进入初采收期香榧面积近3万亩,预估价值50亿元左右。在营林规模上和经济收益上,国家级林业产业龙头企业有3家,省级林业产业龙头企业有16家。在产品销售上,安徽香榧人创新思路,在产品质量、品牌创建、产品营销上统筹发力,赢得了消费者和业界的认可,部分企业已开始获得了比较好的经济收益,对地方经济产生了很好的影响。一个多月前在浙江诸暨召开的中国林业产业联合会香榧分会第二届会员大会上,黄山巧明贡榧有限公司、安徽詹氏食品有限公司被中国林业产业联合会香榧分会授予"全国香榧产业发展突出贡献奖",协会常务副会长汪巧明和安徽詹氏食品股份有限公司林业公司总经理揭建宁、协会监事会委员余佳骏分别被香榧分会授予"全国香榧产业发展突出贡献奖"。另外,协会成员有2人被国家林草局聘请为"乡土专家"。香榧这棵树,在林长制的春风化雨中,逐渐走上安徽青山绿水的制高点。

榧树,亦称"中国榧",又称"玉榧",古代亦称"柀",是红豆杉科榧属乔木植物,高可达25米,常绿,是我国特有的第三纪孑遗植物之一,起源于侏罗纪,距今约1.7亿年,被称为"活化石""活标本",早在公元前2世纪的《尔雅》中即有记载,现为国家二级重点保护野生植物。香榧是榧树经人工嫁接栽培出的优良品种,是我国特有的珍稀干果,历史文化底蕴深厚,生态经济价值极高,至今已有1500余年的栽培历史。经宋、元、明、清四代,香榧在浙江会稽山一带形成了一定规模。但香榧的现代研究仅始于20世纪20年代,标志是植物学家秦仁昌教授发表的《诸暨枫桥香榧品种及其栽培调查》一文。

香榧对生长环境要求高,只有在地球北纬28°—30°之间生长。而且,香榧不同于一般的果树,栽种成活率低、生长慢、结实迟。长期以来,绝大多数香榧一直处于自然生长状态,历史上偶有零星种植。所以,它是大山深处的"闺秀"。

截至2005年,在榧树的自然分布区内,多数地方资源已破坏殆尽,仅有散生分布,保留较多的主要在国家级自然保护区内及少数交通不便的有食用榧籽习惯的山区。前者如黄山国家级自然保护区、天目山国家级自然保护区、清凉峰国家级自然保护区、牯牛降国家级自然保护区、鹞落坪国家级自然保护区、金寨天马国家级自然保护区、武夷山国家级自然保护区,以及江西黎川的岩泉国家级自然保护区,仍保留有数千株到数万株大树。后者如皖南黟县的泗溪乡,休宁儒村乡,黄山区新明、龙门、蔡家桥和郭村,歙县的杨村、富溪和呈坎乡,宁国的甲路镇和水东乡,广德的石古和独术等乡。湖南宁乡县月山乡及新宁县靖位乡、一渡水乡,也有集中的小片榧树林分布。榧树资源最多、保留最好的是浙江省。2000年,浙江林学院与浙江省林业勘察设计院联合对全省榧树资源进行调查,2003—2004年浙江林学院经济林研究所补充调查,发现浙江省有胸径6厘米以上野生榧树57万多株,其中树龄100年以上的大树有46万多株。此外,衢州市、温州市及宁波市的奉化、象山等县(市)也有榧树分布。浙江榧树主要分布于天目山区和会稽山区,天目山区的杭州市各县(市)共有榧树504830株,占全省榧树的87.83%。会稽山古香榧群位于绍兴市域中南部的会稽山脉,面积约400平方千米,有结实香榧大树10.5万株,其中树龄百年以上的古香榧有7.2万余株,千年以上的有数千株。2013年5月29日,在日本石川县举行的全球重要农业文化遗产国际论坛会议上,绍兴会稽山古香榧群被认定为全球重要农业文化遗产。

相关研究证明,2000多年前,绍兴先民从野生榧树中人工选择和嫁接培育成了香榧这一优良品种。因经过人工嫁接培育,现存古香榧树基部多有显著的"牛腿"状嫁接疤痕。古香榧树历经千年仍硕果累累,堪称古代良种选育和嫁接技术的"活标本"。

香榧是食用的"珍品"。至北宋,香榧已被视为珍果出现在公卿士大夫餐桌上,被列为朝廷贡品,如北宋诗人苏轼在《送郑户曹赋席上果得榧子》的诗中写道:"彼美玉山果,粲为金盘实。"香榧果实营养价值很高,含有丰富的蛋白质、脂肪、粗纤维、钙、磷、铁等多种营养成分,还含有多种不饱和脂肪酸,其主要成分是油酸、亚油酸、金松酸等,有一定的调节血脂、软化心脑血管、抗氧化的功效。

香榧是药用的"上品"。公元6世纪前期的《名医别录》和7世纪的《唐本草》都有榧籽的药用价值记载。根据《本草纲目》的资料显示,香榧具有"治五痔,去三虫蛊毒""疗寸白虫,消谷,助筋骨,行营卫,明目轻身,令人能食"等功效。传统中医学认为,香榧籽具有消除痞积、润肺滑肠、化痰止咳之功效。现代药学研究表明,其果仁中所含的四种脂碱对淋巴细胞性白血病有明显的抑制作用,树叶、树皮、种子假种皮中有一定量的紫杉醇,有一定的抗癌作用。

香榧是致富的"金品"。香榧树是世界上稀有的经济树种之一,经济寿命逾千年。浙江省诸暨市赵家镇西坑村马观音山上有一株雌香榧树,高达18米,可与6层楼比高下,胸围9.26米,树冠平均直径2.6米,高2米左右处分为12条粗壮的树枝,需6人才能合抱。它的巨枝像伞骨一样向四面八方伸展,犹如一把巨大的青蔓伞,树冠覆盖面积达576平方米,可同时容纳100多人在它的下面纳凉。据林业专家测算,该树树龄有1300多年,是迄今发现的全国最大的香榧古树,2003年被政府授予"中国香榧王"之美称,至今仍然能够挂果。据调查数据显示,一株30年树龄的香榧每年产值500元以上,50年以上树龄的每年产值则在2000—10000元,有的千年香榧大树每年产值高达6万元。香榧树极具观赏价值,是很好的景观树种,而随着树龄的增长,香榧作为木材的价值也越发提高,是高档原木家具、艺术品制作的优质木材。香榧外种皮中还含有乙酸芳樟脂和玫瑰香油,是提炼多种高级芳香油的原料,具有极高的经济价值。

榧树大多是雌雄异株,每年谷雨前后开花,从开花到结果至种子成熟需要3年。它花果交错,每年5—8月间,同一株榧树上长着三代果子,每一代果子跟上一代和下一代会面,被称为"三代同堂"。第一年开出的花,结的果实很小,长得很慢。第二年又开出一批花,结出一批果实,第一年的果实,也在树上继续成长。第三年开花结果之后,第一年的果实才趋于成熟。而后是年年开花,年年结果,年年成熟。

这是一个回报期非常漫长的树种,而且适合它生长的地方不多。一般香榧苗要先种两三年,嫁接后再种两三年,七八年后才能结果,果实挂满枝头则要十五六年。头十年没有太多的指望,但是十年以后,那就是"摇钱树""致富树",基本上不用打理,每年都会有稳定回报,而且回报率会逐年上涨,如此持续上百年,甚至上千年。所以香榧种植业有句话叫:"给我十年,还你千年。"十年投资,十年等待,一般人家往往是等不起的。香榧的规模化种植和生产,以前基本上是没有的。

香榧规模化种植和生产,历经20世纪70年代的摸索过渡阶段、90年代的成长发展阶段,至2000年,全国香榧面积仍只有15万亩左右,产量500吨上下,除原产区外,引种区仅限浙江、安徽两省的极少县市。

2000年以后,各级政府高度重视,出台政策文件,加大产业扶持力度。同时,一批致力于香榧研究的林学专家经过几十年的科研攻关,突破了香榧栽培成活率低、难以丰产等技术难题,为推进香榧规模化种植提供了必要条件,香榧这一古老的树种才逐渐迎来了产业化发展的春天。

2. 绿源余辉

安徽省香榧协会会长余辉是黄山市徽州区人,1966年6月出生。他的职务很多,现任黄山绿源农林开发有限公司、安徽环能生态农林有限公司总经理,黄山市徽州区潜口苗木专业合作社负责人,中国林业产业联合会香榧分会副会长,中国香榧工程研究中心安徽分中心副主任,安徽省种苗协会副会长,国家林草局聘任第二批乡土专家,还先后担任中共黄山市党代表、黄山市人大代表,并被黄山学院园林专业聘任为兼职教师。

早在1986年,余辉就开始从事经济林苗木、造林苗木、园林绿化苗木的繁殖培育及造林基地建设管理工作。他主持的"香榧良种容器育苗及造林技术研究"成果通过省级鉴定,并荣获首届中国林业产业创新奖(香榧类)二等奖。他还组织与实施了中央财政林业科技推广示范项目——"香榧良种苗木繁育及栽培推广示范项目",参与编写了《桂花栽培实用技术》《安徽省油茶苗木质量分级(DB34)》等著作。

30多年来,余辉一直致力于苗木的繁殖培育、经济果木林基地的建设及园林绿化设计与施工,逐步做强苗木产业,带动农民增收。他创办的黄山绿源农林开发有限公司现已第九次被评定为安徽省林业产业化龙头企业,此外还被评定为安徽省绿化苗木科技示范基地、安徽省首批油茶种苗定点生产单位。2012年以来,他抓住国家推进城镇化建设和木本油料产业发展机遇,大力发展油茶、香榧、薄壳山核桃,采取"统一供苗、统一技术、统一标准、统一销售"的方法,累计培育各类园林与造林苗1亿多株,带动周边200余户农民发展苗木共同致富,人均年增收2000元。近年来,他力推香榧、油茶、薄壳山核桃等重点木本油料树种良种苗木培育新技术的试验和普及,累计培育油茶、薄壳山核桃、香榧等优质木本油料苗木近5000万株,为造林单位提供近百万亩的造林苗。

2021年8月23日,徽州区首条山地单轨运输车在杨村乡余辉的香榧基地安装调试成功。"这个山地单轨运输车真的太方便快捷了,它工作一天相当于12名工人干一天。"2023年8月29日下午,谈到这一点,余辉很开心。我们来到胡川村一处山腰,这是一个占地50余亩的基地,有400余棵香榧树。公司负责人余辉说:"这里每年至少需要8吨有机肥。以往施肥需要大量劳动力,不仅费时费力,而且还存在较大的安全隐患。山地单轨运输车建成后上山可载重250千克,下山可载重500千克,30分钟可完成一个工人一天的搬运量。"

余辉又给我介绍了无人机的使用。2020年,绿源公司就利用无人机对杨村乡香榧林基地全面进行病虫害防治。"高山利用无人机喷药,比平原更省工、省力、省药,效果还好。"无人机一次可以装载20千克药液,飞行到香榧上空2—3米处喷洒药水,一架无人机一天作业面积50多亩,效率是人工的20—30倍。这种无人机具有操作简单、智能精准、高效环保、安全可靠等特点。有了无人机,绿源公司就能及时给香榧林喷洒微生物生态种植型菌剂。这种药物能唤醒土壤中休眠的同类土著有益菌,增强作物抗逆性,减少霜霉病、白粉病、疫病、青枯病、绿藻病等发生。利用无人机进行高山林业病虫害的防治,不仅能加速推进林业病虫害绿色防控和统防统治社会化服务有机融合,努力减少农药使用量,提高林业病虫防治效益和环保菌剂利用率,确保林产品质量安全,还为提升林长制改革的引领性,实施乡村振兴战略提供了有力支撑和坚实保障。

无人机除了喷药,还可以进行人工授粉。香榧与其他树种相比,有效花期短,只有约10天时间,且雄花往往比雌花要早开几天,授粉困难,一旦错过就只能等来年开花时再进行授粉,因此人工干预必不可少。香榧授粉对技术操作要求高,需要在气温较高、阳光晴好的中午时段进行。无人机授粉具有安全高效、全部覆盖、操作简单等特点,在大大减少用工量、降低成本、弥补人工授粉不足的同时,能提高授粉效率,有效减少病虫害传播途径,对树木后期长势十分有利。

春日的香榧林绿意盎然,工作人员将兑水后的花粉倒入绑定在无人机底部的水箱,随后操作无人机,通过机器喷洒与气流、风力等相互配合将花粉自然均匀地洒落在香榧的雌花上。余佳骏说:"正常作业,一台植保无人机一天能有效授粉400—600亩香榧林,且立体化喷雾均匀,授粉效果好。如果按照传统授粉模式,很难在有效花期内进行全部授粉,而现在只要一台无人机就能轻松解决。"

绿源公司营造香榧丰产示范林有2000余亩,机械化运输,无人机喷药的技术已经全面使用,节约了成本,提高了效率。这些范林丰产栽培和苗木培育,具有较高的技术水平,为安徽省木本油料产业发展做出了较大贡献,余辉作为省香榧协会会长,推动香榧种植更是不遗余力。他免费进行技术培训,营建基地示范带动。安徽香榧发展到15万多亩,余辉和安徽省香榧产业协会的同人立下了汗马功劳。

聚精会神发展香榧等苗木的同时,余辉也积极参与扶贫、救灾等公益事业,累计先后数十次捐赠款物,折合人民币近70万元。他经常赊苗垫资为困难农户发展苗木培育、木本油料种植,越来越多农户通过苗木培育和木本油料种植走上了致富路。所以,他还是名副其实的"双带"标兵和安徽省农村百佳致富带头人。

3. "想飞""相飞"

黟县是国家历史文化名城,是古徽商聚集地和徽文化的重要发祥地,拥有"世界文化遗产地、国家生态示范区、中国旅游强县"等名片和"世外桃源、画里乡村"的美誉。这里生态环境绝佳,农产品特色鲜明、品优质好,但受限地形条件、耕地面积、人口数量等因素制约,农产品规模不大、集约不强、"吆喝"不响,生产成本相对过高等问题难以破解,造成了诸多优质特色农产品仍是深藏闺中人未识,一定程度上影响了农民群众增收、资源有效利用、乡村治理提升。为此,黟县县委、县政府全面梳理总结黟县"黑色"种养历史和发展情况,提出发展"五黑"特色农业产业,主要包括黑茶(古黟黑茶、石墨茶等)、黑果(香榧、桑葚等)、黑粮(黑米、黑玉米、黑豆等)、黑鸡(黄山黑鸡)、黑猪(皖南花猪)等五大农产品,积极整合资源,按照"人无我有、人有我优、人优我特"的思路,从"五黑"产业品种、种养模式、经营体制、生产加工、品牌营销等全链条聚合升级,加速农业产业由粗放型向精致型转变。众多的"五黑"产品中,香榧种植无疑是独占鳌头的。

黟县栽植香榧有1300多年历史,南宋时编写的《新安志》载:"柀之小而美者,出于黟。"古代称榧为柀。清嘉庆年间的《黟县志》载:"榧,一名赤果,一名玉山果。""出十二都大星(现洪星乡)者佳,壳薄心实,香美异常,一树可下数十斛。"《黟山志鉴》上记载的千年香榧古树就有3株。从这些文献记载可以看出,香榧在黟县至少有千年的种植历史。

黟县香榧品种资源丰富,冠于全国,常见的品种有小圆榧、圆榧、米榧、小米榧、长榧、木榧、羊角榧、转筋榧等。县林业局的汤天中告诉我:"众多榧子中,和尚榧、花生榧、叶里笑、羊角榧最为著名,被称为'四大名旦'。"特别是和尚榧,它是黟县香榧中的极品,属于小圆榧类,个头小而圆,壳薄,果衣容易脱落，果仁不但香酥可口，而且切片不碎，品质极优。花生榧是近年发现的良种，其果实无须盐腌炒制，从树上采下即可食，而且亦能自行脱衣。关于和尚榧，还有一个美丽的民间传说：明嘉靖年间，在黟县泗溪的甲溪河谷有个万春庵，庵里住着个普济和尚。和尚有一日出门，抬眼见门外古老榧树的榧果跌落满地，不忍看野果霉烂，于是就将榧果一一拾起，挑回庙中，用空桶空缸装满，又用腌菜的方法，撒上盐腌制起来。每逢来客，他便炒些待客，意外地发现这山果居然香醇可口，人见人爱，从此传开了"和尚榧"的名称。

"民间传说，和尚榧后来又成了贡品，进入皇帝的御膳之列。这虽然只是一个传说，但反映出和尚榧的美味可口。"汤天中的话很中肯，"全县新发展香榧面积现已达1.5万亩，进入产果期的有1.3万余亩，盛果期的有8500亩左右。今年是小年，产量也能达到50万斤。"

黟县曾是安徽省香榧的主要产区之一，历史遗留下来的老香榧林有4000亩，较为集中分布的区域有洪星、宏村两个乡镇。近几十年，全县除宏村、洪星乡扩大香榧种植规模以外，碧阳镇、渔亭镇、美溪乡、宏潭乡、西递镇、柯村镇6个乡镇也均有不同规模的种植。2017年林长制改革后，香榧产业得以快速发展，涌现出香榧造林大户14户、公司5家、家庭农场7家、合作社2家，发展千亩香榧基地3处、百亩香榧基地12处，直接带动近2000户农户从事香榧产业。

宏村镇是历史上全国闻名的香榧原产地之一，2017年黟县古树名木调查数据显示，黟县现存香榧古树374株，其中一级古树21株，宏村镇占有其中的19株；二级古树83株，宏村镇占有其中的81株，西递镇和洪星乡各1株；三级古树269株，宏村镇占有其中的249株，洪星乡16株，宏潭乡2株，碧阳镇和美溪乡各1株。黟县香榧种源保存之古老、数量之庞大、种类之丰富，是全省罕见的。宏村镇的泗溪村是被群山夹峙的原生态村落，世代居住在这里的郑连军钻研香榧种植、炒制技艺三十多年，一手创办了黄山市黟县宏村天然食品厂，打造了"宏村香榧"品牌，建立了黟县香榧技能大师工作室,牵头成立了黟县宏村小康香榧专业合作社。他的女儿郑芬,虽然生长在"榧"乡,却并不想接过父亲的事业。大学毕业时,她特别想去北漂,但郑连军执意让女儿回来从事香榧生产工作。争执到最后,父女俩各退一步,郑芬到黟县的一家国企上班,能够时常回山里看看。

小时候,郑芬经常跟着大人们上山采摘香榧,在山林里跑着、闹着,很好玩。读初中以后,她就很少上山了。如今在国企上班,节假日固定休息,就有了时间。白露时节,她来到山上,村里外出务工的老老少少都回来了,大家动作娴熟地爬上爬下、左摇右晃,然后再小心翼翼地从树上滑下来,弯腰捡起洒落在地上的香榧放进筐里。直到落日,这一整天的劳作才算结束。人们对香榧的那份呵护,收获时传递出的快乐,六七十岁老人在香榧林间闪现的笑颜,他们今生今世对香榧寄予的希望,这些情景让郑芬心动。对父亲,她多了一份理解。

香榧是什么?是父亲心中眷念的家园情怀,是父亲两鬓白发中蕴藏的岁月峥嵘,是父亲三十多年炒制技能中的炉火乡愁!香榧是父亲的使命,更是女儿的使命!

郑芬回到了山里,走进了香榧林。

香榧技能大师炒制的香榧虽好,但在网店、直播、自媒体等线上电商的轮番包围下,父辈传统的销售模式显然无力突围,泗溪香榧囿于深山人不知。郑芬接手食品厂后,开始了大刀阔斧的改革,她借助黟县县委、县政府大力发展"五黑"产业的东风,创办电商中心,开设淘宝店铺,打开线上销售渠道;投资2000万元建设黟县香榧文化产业园,与黄山市林业科学研究所开展"产学研"战略合作,实现基地生产、加工储运、连锁经销、休闲观光一条龙产业链发展。

黟县香榧多为老品种,产量不高。为改进品种,郑芬慕名来到有着"中国香榧之都"称号的浙江省诸暨市,找到当地最有名也最正宗的枫桥香榧。经过考察,郑芬发现,诸暨和黟县两地海拔、纬度、气候条件相似,这给枫桥香榧"远嫁"泗溪奠定了可靠的先天条件。

若是移苗栽种,即使是嫁接苗,也要六七年才能挂果,有几个人能等待?进入盛果期,要十年。十年太久,只争朝夕。在县林业局专家的指导下,郑芬以嫁接替代翻种,把"十年树木"的时间缩短到两年挂果。只用了几年时间,泗溪大山里的一棵棵香榧脱胎换骨,解决了长久以来困扰泗溪榧农的产量不高的难题。郑芬主持研制的"黟县优质香榧良种繁殖技术研究与示范项目",也获得了省科技厅"安徽省科技成果登记证书"。

解决了种植难题,还要优化炒制工艺。父亲的工厂一直以来都是以古法手工炒制香榧,受到火候、经验等因素影响,稍有差错,品相、口感和香味都会大打折扣。郑芬与合肥一家器械公司合作,定制一套机器,流水炒制。在炒制过程中结合人工品控,把既有经验和科学技术相结合,极大提高了成品效率。

说到古法手工炒制工艺,郑芬说:"这是祖先留下的,我们不但要保留,还要传承给后代。"

2018年,诸暨经营香榧产业的冠军集团与韩国SK集团合作,从香榧果皮中提炼精油,香榧精油、香榧皂、香榧面膜等产品相继面世。这给了郑芬极大灵感,在积极寻找香榧果皮外销渠道的同时,她还与当地几家企业合作,衍生出香榧食用油、香榧曲奇、香榧卸妆油等跨界产品。

香榧谐音"想飞",表示飞来的金凤凰于此落户的意思,寓意忠贞的爱情。郑芬据此打造出独具特色的香榧婚礼:一是娘家将香榧染红,与花生、爆米花一同散发;二是在嫁妆上放一雄一雌两根青榧枝,象征忠贞爱情,也期盼避邪消灾;三是于婚宴上,新郎新娘分别将剥好的香榧送进对方口中,寓意早生贵子。香榧成了许多新人结婚时必选的吉祥果。

这个创意当然很好。据此,我倒是有了另一个创意:香榧谐音"相飞",意为相伴在天空中自由自在地飞翔。"相飞"出于《己酉生日敬次靖节先生掇挽歌辞三首》,作者是宋代叶茵。而香榧树又是"红豆杉科"植物,"红豆生南国……此物最相思",香榧就是"相飞",就是忠贞不渝的爱情果啊。年轻人恋爱不能少了香榧,情人节不能少了香榧,婚礼就更不能少了香榧。

郑芬还和村民一起，以香榧文化产业园为名片，利用古色古香的徽派民居和香榧古树，打造特色民宿和乡村游。

早在2000年11月30日，宏村镇的宏村就被联合国教科文组织列入了世界文化遗产名录，是国家AAAAA级景区。在郑芬的组合运作下，"宏村牌"泗溪香榧年销售额近4000万元，先后荣获安徽名优农产品暨农业产业化交易会参展产品金奖、第二十届中国绿色食品博览会和第十三届中国国际有机食品博览会金奖，她所率领的团队荣获"黄山市前沿技术创新团队"称号，企业被授予"安徽省民营科技企业""第十届安徽省民企最具创新力十大杰出企业"和"2020年安徽市场品牌信得过企业"称号。

4. 硒世珍榧

2023年8月28日，安徽省香榧产业协会召开第二届第三次理事会，正式授予石台县丁香镇"安徽香榧之乡"荣誉称号。

石台县地处皖南山区，是全国三大天然富硒区之一，含硒土壤面积1398.8平方千米，占全县面积的99%。富硒区862.01平方千米，占全县面积的70%。近年来，石台县委、县政府高度重视硒资源开发，立足富硒资源优势，大力发展富硒产业，出台了《关于加快推进富硒产业高质量发展的实施意见》，制定富硒产业发展扶持办法和年度行动计划，将富硒产业作为特色主导产业全力打造，推动富硒产业从无到有、从小到大，呈现出加快发展态势，初步形成富硒农业、富硒加工业、富硒康养三大产业格局。石台县先后荣获"中国生态硒都""中国有机硒谷"荣誉称号。

丁香镇位于石台县境西部，地处神秘的北纬30°，镇域面积112.8平方千米，其中林地面积15.39万亩，占镇域总面积的90.6%。新一轮林长制改革兴起后，丁香镇党委、政府充分挖掘林地资源优势，深入基层调查研究，将香榧产业作为全镇未来产业发展的主攻方向。

"十四五"期间，丁香镇规划建设"中国富硒香榧小镇"，计划种植富硒香榧1万亩，实现全镇9个行政村全覆盖。

第三章　三棵树

2020年,丁香镇立足"生态+富硒"的自然资源优势,选取库山村为试点村,通过"村企"合作方式种植香榧,昔日荒山摇身一变成"金"山,在发展特色产业助力乡村振兴的同时,探索引导群众参与机制和带动群众致富增收模式。截至目前,库山、红桃、新中、丁香等6村实现香榧种植3000余亩,香榧育苗基地100余亩,带动本地及周边300余名农民就近务工,累计发放工资300余万元。

在丁香镇,有一个年轻人,他的青春与命运和"硒世珍榧"紧紧地连在了一起。他陈述了他的故事。

我叫桂明,今年31岁,芜湖繁昌人,毕业于华中师范大学,现任安徽省硒香园农业科技发展有限公司总经理。

毕业之初,我曾创办过素人商贸有限公司以及先飞包装有限公司,由于自身的经验不足,加上疫情影响,创业屡屡夭折。一次偶然的机会,我接触到了香榧,这是一种在我省比较罕见的坚果,也了解到香榧在保护肠胃、缓解疲劳、保护视力等方面的食用价值及其背后的商业价值。但是,香榧树对生长环境要求极其苛刻,须在北纬30°且海拔600米左右的山林生长。经朋友介绍和多方考察,我来到了石台县丁香镇,这里山清水秀、充满生机,优越的地理环境十分适合香榧生长,正是我梦寐以求的好地方,于是我扎根于这片土地,开始了我的香榧种植创业之路。

2021年4月,我入驻丁香镇创业园,成立了安徽省硒香园农业科技发展有限公司。起初,由于人生地不熟、语言不通,与村民在山林土地流转的问题上沟通不畅,当地村民对我这个初来乍到的外地年轻人也缺乏信任,所以在创业初期困难重重、寸步难行。当地政府了解到我的情况后,很看好这个项目,给予了我很多帮助,西柏村等村的支书亲自带领我挨家挨户上门和村民沟通。当地良好的营商环境和淳朴的民风让我燃起了十二分的热情和信心。

山里清新的空气和静谧的生活,与城市里的喧嚣形成了巨大的反差,我越来越喜欢这里,喜欢这片土地。我下定决心要经营好这块林地,将原来的低产林改造成香榧林,结出"共富果",带领当地的村民共同致富。

经过几年的发展,目前公司在西柏村胡西组、红桃村马石组已种植香榧1000余亩,托管丁香村香榧基地300亩,并在丁香村建成50亩香榧苗圃基地,用于发展培育新品种。2022年,公司销售香榧苗收入达298.6万元,带动周边劳动力110人就业,发放农民工工资40余万元。预计基地建成6年后进入采摘期,可带动农户每户年增收3000元。同时,我们根据香榧丰收周期等特性,还与西柏村建立了"村企合作"模式,与村集体签订合作发展香榧造林协议,待香榧造林10年后每年上缴西柏村600元/亩的收益,往后每10年增加100元/亩。

丁香镇已经被命名为"安徽香榧之乡",这让我这个丁香镇的香榧人倍感荣耀和自豪。展望未来,我将不断推动香榧种植提质增效,延长香榧干果、香榧油、香榧精油等香榧深加工产业链,打造"硒世珍榧"品牌,推进"香榧+旅游+康养"融合发展,助力丁香镇打造香榧产业集聚区,让绿水青山成为幸福靠山。

不仅仅是安徽省硒香园农业科技发展有限公司,自2021年以来,安徽詹氏食品股份有限公司、安徽省硒榧农业科技有限公司、合肥德铭电子有限公司等企业也先后抛来橄榄枝,陆续入驻丁香镇发展香榧产业。最先建成的是库山村千亩香榧基地,它带动了西柏村、丁香村、华侨村、新中村、红桃村等5个邻村纷纷以"村企合作"模式种植香榧。"安徽香榧之乡",是"村企合作"共赢的结果。

5. 山场车间

安徽省香榧产业协会二届三次理事会之所以会在岳西县召开,是因为近年来,岳西县通过加大"双招双引"、金融创新、产研结合,构建香榧产业链,大力改造茅草山建设香榧基地、发展二产、谋划三产,强化延伸产业链,带动林农增收,促进乡村产业兴旺,打造了乡村振兴林长制改革样本,筑牢了乡村振兴的绿色根基。

县林业局王胜青陪同我在五河镇采访香榧产业时说:"截至2022年底,岳西已经引进沈阳商会、浙江龙圣、上海金恪、南通天隆、安庆永发等省外公司12家,省内6家企业,投资4亿余元,完成茅草山改造5.9万余亩,建成香榧苗圃地500余亩、香榧基地4.3万余亩。五河镇已经打造成香榧小镇。全县千亩以上香榧基地5个,今年又新建1.02万亩。昔日的茅草山变成了老百姓的'致富山',山场变成了老百姓就业的'车间'。"

他们在招商引资的同时,加大招才引智力度。县林业局组织县内香榧企业与中国林科院亚林所、国家林草局香榧工程技术研究中心、浙江农林大学、西北农林科技大学、安徽农业大学、安徽科技学院等高校院所开展深度合作,搭建了岳西县林业科技创新服务平台,组建香榧产品研发团队。

发展香榧,资金投入是先决条件。岳西县拓宽融资渠道,获批林长制香榧融资贷款3亿元,专项用于香榧基地建设,还创新了国有公司统借统还、信贷中长周期、林权流转、贷款承包经营、香榧"增绿"、收益分配等六大运作模式,破解了银行不想放贷给涉林经营主体、"短融长投"、国有公司金融风险大专业技术力量不足、林业产业经济效益和生态效益难以兼顾、可持续收入不足等林业融资六大难题。截至目前,该项目通过公开招标方式,确定了10家企业参与相关乡镇的茅草山改造和香榧基地建设与管护,已完成香榧融资12个标段的招投标,中标面积2.6万余亩,中标价1.4亿多元,已完成验收并放贷1.16万亩,共计8909万元。

在毛尖山乡林河村香榧基地,安庆永发农林发展有限责任公司董事长韩廷广高兴地说:"我公司中标1000亩,今年已经验收833亩,获得贷款458.15万元,极大地缓解了我公司资金压力,加快了我公司建设香榧基地的步伐。"

安庆永发是通过招商引资进入岳西县的，主要从事香榧、油茶、高山梯田大米、林药种植、良种苗木培育、农特产品加工、民宿、森林康养等项目。公司现已开发的"妃妃果"牌香榧、"妃榧沐农"牌高山茶籽油，于2019年至2022年连续参加义乌国际林产品博览会，均荣获金奖。2021年7月，"皖西香榧丰产生态栽培技术研究"获得安徽省科学技术厅颁发的科技成果证书，并获得中国科学技术协会颁发的国家科技进步一等奖。"巴山榧3号"被评为良种，首次参加中国苗交会便获得金奖。永发的香榧基地现已注册成立岳西县巴山榧研究院。2022年，公司取得发明专利2项，实用新型专利4项。2023年，公司荣获全国香榧产业协会发展突出贡献奖。

韩廷广介绍："我们公司现已在岳西县毛尖山乡、冶溪镇、头陀镇、魏岭乡分别完成山场流转6800余亩，并将其中3000余亩芭茅山改造成高标准的香榧示范基地，共种植'2+4'以上规格的香榧良种苗12万多株。同时在平精、林河村新建香榧良种苗木基地80亩，采穗圃20亩，储备各种规格良种苗木40多万株，目前共完成投资3800多万元。公司计划5年内投资1.8亿元人民币，将毛尖山乡香榧基地打造成一、二、三产融合项目，集产、学、研、加工、民宿、康养为一体的香榧科技生态观光产业园。"

目前，永发农林公司在毛尖山乡林河村基地的香榧果获得中国有机产品认证。巴山榧基地入选全省第一批21处省级林草种质资源库。

五河镇总面积132平方千米，山场面积15万亩，原来茅草山就有4万亩，过去是全县森林火灾易发、多发地区。近年来，该镇先后引进安徽康馨祥农业科技集团有限公司等3家企业进驻发展香榧，现已经建成香榧基地2万余亩。

今年50岁的村民崔道富是五河镇桃李村人，祖祖辈辈都是靠山吃山，遗憾的是靠穷山吃穷。自从村里引进了香榧产业，他把自家的山场流转给公司，自己还在公司里上班，一年下来，他家的收入是以前的两倍。"我家山场有20亩流转给香榧公司，同时我在香榧公司务工，栽树、抚育、施肥，一年大约有3万元的工资，香榧挂果以后，公司还给我们农户5%的分红。现在是靠富山吃富。"看着苍翠的香榧林,崔道富很兴奋。

8月28日,在安徽省香榧产业协会第二届第三次理事会议上,安徽康馨祥农业科技集团有限公司董事长曾晓明,也介绍了这些年自己在岳西发展香榧的情况。安徽康馨祥科技示范园占地6850亩,与西北农林科技大学、安徽农业大学研发香榧提取生产工艺和智慧数据系统,在香榧油原料提取工艺和数据化管理系统应用技术上获得突破;《山地香榧生态化智能化栽培技术研究》科技成果已获省科技厅批准登记,具备了推广示范价值;去年共申报了6项专利,目前已得到授权3项,其中实用型2项、发明型1项。香榧优良品种苗木繁育与生态高效栽培技术推广示范项目获得中央财政资金支持。五河镇万亩香榧林长科技示范区,入选省级林长科技示范区和省现代林业示范区,成功创建康馨祥等岳西香榧系列品牌。

2023年,安徽康馨祥农业科技集团有限公司投资了1亿元,正在建设新项目。新项目以香榧为主要原料,进行植物提取物与保健功能食品深度开发。在温泉镇,湖南益康达医疗投资有限公司、浙江龙圣林业开发有限公司投资新建了三产融合香榧产业园项目。沈阳商会也投资了香榧深加工项目。县里还引进了北京中恒汇通集团的大别山香榧康养项目,拟投资2.8亿。浙江柏灵公司拟投资1亿元建设的香榧精品园和深加工项目也在实施中。

采访中,安徽斯氏香榧有限公司总经理斯玉盛告诉我:"岳西县推行林长制改革,形成了很多制度创新。我们公司在改造茅草山建设香榧基地过程中,就运用'8+3'带动模式。'8'是指'8金':荒山流转租金、进园务工薪金、承包管理酬金、超产分成奖金、订单种植订金、农副产品售金、贫困子女助学金、企业认领香榧林收入提取扶贫基金;'3'是'3帮扶':创业就业帮扶、贫困户和村属农民企业参股帮扶、公益捐助帮扶,带动群众参与发展香榧产业。2022年发放'8金'500多万元,安排叶河村、桃李村等5个村500多位林农务工;用于'3帮扶'资金100多万元。"

"8+3"龙头企业带动模式,引领群众参与发展香榧产业,形成政府引导、企业主导、群众参与的工作氛围,巩固了脱贫攻坚成果,全面助推乡村振兴。

　　茅草变香榧林,让荒山披上了新装,榧果飘香的岳西,绿水青山真正变成金山银山。

　　香榧这棵古老的"活化石",正在穿越历史,越活越年轻了。

第四章
三株草

林下经济是林业经济的重要特色。山林辽阔,林下土地依然有植物生长的空间。土地资源如何再利用?种植艾草、黄精、霍山石斛等。"三株草"是安徽林下经济的典范。林长制改革以来,林下经济发展呈产业化趋势,这其中既有历史传承,又有创新高地。务林人在林间树下的探索,是林业经济发展的另类风景。

第四章 三株草

一、小草大艾

1. 关于艾

艾是我最早记住名字的野草。儿时,每到端午前夕,父亲就会到野外去割一捆子青艾回来,母亲将一束挂在门前,其余部分,奶奶则将其晒干、收藏。收藏的艾草夏夜可以点燃,熏蚊子。最难忘的是母亲生弟弟满月时,曾用它来煮水洗澡。现在想来,艾对于庄户人家是有重要药用价值的。小时候,我却在这方面没有多琢磨。记得它,是因为把它挂在门边时,意味着端午将至,可以吃粽子了。

自然界中,艾分布广泛,中国各地及俄罗斯、蒙古、朝鲜、日本等地皆有。其大多生于低海拔至中海拔地区的荒地、路旁、河畔及山坡等地。"彼采艾兮,一日不见,如三岁兮",这是《诗经·王风·采葛》中的句子,可见华夏祖先早已熟悉艾了。《采葛》为民歌,由于没有具体内容,旧说随意性很大。《毛诗序》以为是"惧谗",朱熹则斥为"淫奔",吴懋清誉其"蓄养人才",姚际恒、方玉润等皆说"怀友忆远"。闻一多则主恋歌说,其在《风诗类钞》中云:"采集皆女子事,此所怀者女,则怀之者男。"我从闻先生。

艾全草皆可入药,有温经、去湿、散寒、止血等功效,在历代本草著作中均有记载。《本草纲目》记载:艾以叶入药,性温、味苦、无毒,纯阳之性,通十二经,具回阳、理气血、逐湿寒、止血安胎等功效。现代药理研究表明,艾叶还是一种广谱抗菌抗病毒的药物，它对好多病毒和细菌都有抑制和杀伤作用，对呼吸系统疾病有一定的防治作用。艾叶烟熏防疫法是一种简便易行的防疫法。艾灸历史悠久，三国时期曹翕撰写的《曹氏灸方》便有记载。现在各地方兴未艾的艾灸馆，依然是对中国古代医疗保健方法的延续。至于洗浴中的草药浴，所用的药物，大多也是艾秆等制成。几年前，友人曾送我一艾灸宝，插上电，贴在身体相关部位，进行热灸，舒筋活络。淡淡艾香中，能很快入睡。秋冬时节，我有时也会点燃一根艾条，让烟雾在书房里缭绕，净化空气。当然，艾条的烟雾大了，会让眼睛不适，到了一定时候，就要将其灭掉。烟雾很快散去，而艾香味则弥漫在空气中，让人精神倍增。

艾香是一种独特的味道，传统糕点制作，加上艾，其芬芳独特。艾的嫩芽及幼苗也可做菜蔬供人食用。

"印纸则桃花欲笑，钤朱而墨韵增辉"，这是书画界对漳州八宝印泥的赞誉。已有300余年历史的漳州八宝印泥，是中国第二批中华老字号。康熙时，漳州府"丽华斋"业主魏长安精选麝香、珍珠、猴枣、玛瑙、珊瑚、金箔、梅片、琥珀等8种名贵原料，经过研磨成粉，再加陈油、洋红、艾绒，采取精心配料、科学加工等特殊工艺制作成"八宝印泥"。

艾绒之于八宝印泥，是一个"小角色"，虽不在"八宝"之列，但没有它，印泥就没有那独特的气韵。八宝印泥中用的艾绒，是每年端午时节，割取苗壮青艾，取其叶，在烈日下反复晒杵、捶打、粉碎、筛除杂质、粉尘，得到的软细如棉状物。艾绒也是制作艾条的原材料，传统的艾灸治疗就是用艾条燃烧进行的。

这一次在关于林长制改革的采访中我发现，在望江、明光等地，艾草已经成为林草经济中的新兴产业，艾的诸多记忆就涌起了。

2. 望江艾

在望江县凉泉乡乡村振兴产业园里，占地100亩的11幢标准化厂房整齐排列，厂房内加工机器轰鸣声不绝于耳，一派繁荣景象。望江县林业局党组成员、总工程师童望进告诉我,这里是凉泉乡党委依托"党建聚力,建设乡村振兴产业示范区"的"书记项目",整合了2900万元项目资金,完成园区二期及配套工程建设,已有4家企业相继入驻园区,落户生产。望江县云艾堂农业科技有限公司法人王云珍正是看中了园区地理位置好、交通便利、设施完善,才把企业的加工车间搬到了这里。

走进云艾堂艾草制品加工车间,四处弥漫着沁人心脾的艾香,工人们正在机器前将艾草打绒,艾绒经过机器加工后,被制成一根根紧实的艾条。"进驻园区以来,从办理落户手续到装配生产线,全程都有乡里的党员干部帮忙,少操了不知道多少心。"王云珍说到这些时,脸上满是感激之情。

来到位于凉泉乡韩店村王云珍的艾草基地,首先映入眼帘的是已经开始挂果的薄壳山核桃。薄壳山核桃地里点缀着香榧、黄桃,绿满林间的则是青翠的艾草,一派繁荣。我听了云艾堂公司经理王志伟介绍,觉得王云珍种植艾草,颇有些无心插柳柳成荫的机缘。她早年在外销售建材,积累了一些资本。2017年,借着林长制改革的契机,她回到韩店村种植薄壳山核桃、香榧,同时也栽种黄桃等果树。薄壳山核桃等果木的株行距很大,林下空旷,野草疯长。县林业局的专家告诉她,林下可以种艾草。通过考察,王云珍发现艾草一年种植十年受益,每年可以收割三茬,每亩地可收割带秆艾草3000斤,每亩产值3000元,是个朝阳产业。她毅然在望江县云庄家庭农场和望江县韩店村供销合作社有限公司的基础上,在凉泉乡韩店村又创办了安徽省云艾堂艾草制品有限公司。

经过选址、土壤检测,在县林业局的专家指导下,王云珍开始小规模试种艾草,一年后不断扩大规模。2020年,她投入1100万元资金建设望江县首家艾草加工厂。2021年,公司与中国农业科学研究院等生产化学工业研究所签订科技研发协议。2023年,艾草种植面积达到3000亩,年总产量2000余吨,年生产加工规模3000吨,吸纳就业30人。同时,不断推行"订单式"种植和"保姆式"服务,鼓励带动周边50余家农户种植艾草,并为他们免费提供技术指导,通过"公司+基地+农户"的模式,解决他们的艾草销路问题,带动近百名农户实现家门口就业,促进他们增收致富。凉泉艾草产业已形成集种植、研发、加工、展销、康养体验于一体的全产业链,可生产艾条、艾精油、艾绒被等18种艾草制品,产品销往上海、浙江、江苏等地,2022年总销售量超2000万元。经过6年的发展,一株小小的草已经成为当地群众增收致富的"大艾"。

"我年龄大了,外出找工作不好找不说,还没有办法照顾家里。没想到老了还能当上厂长,我现在主要是负责艾草的日常管理工作,有时候也帮忙转运,一年有近5万块的工资,还能照顾家庭,我十分满意。"今年53岁的宋小驰谈起自己的工作时,总是满脸激动。

"我去年种了120亩的艾草,尝到了种植的甜头,今年准备种200亩,反正销路不愁,只要看护好,我的艾草就能变成'金元宝'。"种植户龙荣华笑着说。随着种植艾草的农户增加,越来越多的村民意识到了艾草的价值,也开始尝试种植艾草。

接下来,我前往坤盛家庭农场,采访艾草种植户龙学节。他种了120多亩艾草,其中有8亩土地是自己的承包地,其余的都是流转的。他能吃苦,整天泡在艾草地里,勤除草,频施肥,管理到位,去年艾草收入每亩突破4000元,创造了一流的效益。

作为凉泉乡绿色生态发展的"领头羊",云艾堂艾草制品有限公司充分发掘艾草产业附加值,引进艾草种苗新品种,重视现代化的生产方式,赋能企业全面实现绿色发展。2023年,公司寻求"外源",激发内生动力,又引进4条全自动化生产线和6套全自动环保无尘大型提绒机组,艾草年加工量提高近千吨。

经商起家的王云珍深知市场的拓展,对于企业发展的重要意义。她搭建国内及跨境电商平台,积极开拓国内外市场,注册"益品艾""祈雨山"商标。2022年第十五届中国义乌国际森林产品博览会上,"祈雨山"牌艾枕、艾条分别荣获金奖和优质奖。通过近两年的提档升级,艾草产品涵盖养生保健、家纺、美容护肤、日化用品四大系列,其中以艾条、艾绒、艾精油、艾香、

第四章 三株草

艾灸贴、艾枕、艾垫、艾被及艾草日化用品等为主打产品,走出了一条组织化、品牌化、绿色化、产业融合的发展之路。

由于云艾堂的影响,望江很多乡镇都建起了艾草种植基地。2023年孟夏时节,在漳湖镇幸福村的艾草种植基地内,放眼望去,满眼苍绿,一株株艾草身姿挺拔,微风拂过,艾香拂面,沁人心脾。

这个基地是幸福村党支部引进新型产业,作为增加村集体经济收入的重要抓手。他们利用"党支部+合作社+农户"的模式,因地制宜盘活村里闲置土地资源,种植艾草30余亩,为农业增产、农民增收拓宽渠道,也为推动乡村振兴奠定了产业基础。"我们一年只收割两茬,第一茬亩产900—1000千克,第二茬亩产500—700千克,每亩地除掉成本,净收益在1800元左右,预计增加村集体经济5万元左右。"幸福村党支部书记曹学林是这么算账的。

而幸福村村民吴中苗则是这么算账的:"村里发展艾草产业,我们就把土地流转出去,每亩地每年租金100元。同时我们还可以在艾草地里干活,一天能拿100元左右的额外收入,感谢村里给我们提供了就业务工的机会。"幸福村艾草产业的发展,带动了像吴中苗这样的村民实现"家门口"就业增收。

望江县长岭镇后埠村的艾草基地是村民张明建立的。他以前做工程,常年在外奔波,照顾不了家庭。父母年纪大了,孩子也需要陪伴,他便想着回来创业。通过一番考察,他选择了艾草。赚钱不容易,投资需谨慎。2022年,张明流转村里闲置土地、抛荒地100亩,开始尝试种植艾草。因为2022年年成好,艾草长势喜人,除去流转费和工人工资,纯收入近10万元。这显然是一个值得投资的行业。

通过2022年的摸索和学习,张明已掌握了一定的种植技术和经验。2023年在镇政府的关心和帮助下,张明投入更多资金,成立了公司,共流转1000亩土地种植艾草,购买了新设备,充分利用土地资源优势,让艾草种植逐步走上专业化、规模化和机械化。公司的成立,不仅解决了当地闲散劳动力"就业难"问题,还带动了周边村 20 余户村民加入艾草种植队伍,预计每个种植户年收入可增加 3 万元。

"我从整地、种植到收割都在这里做事,由于家里缺乏劳动力,土地一直抛荒在那,便将土地流转出去种植艾草,每亩地净得流转费 200 元,而且自己在这务工每天也能挣到 80 元,活也不累,生活水平得到明显改善。"村民何小凤说,"艾草种多了,今年夏天,我们这里蚊子都少了。多好!"

艾草基地郁郁葱葱的,翠意连着远方。端午节前,已经收割过一茬了,现在的是第二茬,也差不多有 1 米高了。走在田埂上,张明动情而又自信地说:"通过这两年的努力和坚持,我终于走出了一条自己能赚钱,又适合后埠村发展的产业振兴的新路子。我的投资回报很高,村民的钱袋子也鼓了起来。看到大家舒心地笑了,我是最开心的。"

3. 明光艾

根据《艾草市场需求预测及投资前景深度评估报告 2023—2030 年》显示,近年来,国内艾叶产量持续稳健增长。受市场消费量持续增长影响,国内新鲜艾叶产量从 2015 年的 10.9 万吨增长至 2022 年的 24.4 万吨,干艾叶产量从 2015 年的 6.5 万吨增长至 14.6 万吨。预计 2023 年中国新鲜艾叶产量将达到 26.4 万吨,干艾叶产量将达到 15.8 万吨,基本能满足市场需求。

2022 年,中国艾叶市场产值约为 8.07 亿元,较 2021 年增长 1.09 亿元,预计 2023 年中国艾叶市场规模有望达到 9 亿元,其中,药用领域 1.22 亿元,灸用领域 6.4 亿元,日用品及其他 1.38 亿元。民众对艾制品的消费需求旺盛,预计未来艾叶市场规模仍会进一步扩大。

现在艾叶价格呈普遍上涨趋势。2015 年,中国艾叶平均价格约为 4720 元/吨,2018 年增长至 5550 元/吨,2019 年虽出现小幅下跌,但 2020 年很快出现回升,2022 年中国艾叶平均价格回升至 5725 元/吨,预计 2023 年中国艾叶平均价格有望达到 5844 元/吨。

明光的艾草,就是在这样的市场前提下,开始大规模种植的。

地处江淮分水岭的明光,境内多为丘陵岗地,常年干旱缺水、土壤瘠薄、农作物产量不稳,但这特殊的气候、地形和土壤却与艾草非常投缘。据传,明太祖朱元璋时期明光就曾有用艾草治疗瘟疫的说法,《中药志》《艾叶》《中华道地药材》《嘉山县志》等多本典籍中都有关于明光艾草的记载。

2020年12月8日,明光艾草在北京参加农业农村部国家地理标志农产品通过评审,成为国家农产品地理标志产品。

这一年,明光市艾草种植面积达5.8万亩,总产量7.5万吨,艾草产品形成4个系列100多个品种,后来居上,与湖北蕲春、河南南阳两地形成艾草业三足鼎立新格局。

这一年,明光永缘农业科技有限公司董事长李纯渠,在自己的御艾谷艾草基地,优选优培,精心培育出了明光1号艾草品种。

李纯渠是土生土长的明光人,系明光市石坝镇供销合作社有限公司主任,全国供销合作社系统抗击新冠肺炎疫情先进个人。他对艾草情深无限,大半辈子都在研究艾草。明光境内生长着10多种野生艾草。哪些品种最纯正,艾绒产量高,适合人工大面积种植,这就需要比较培养,选优育优。10来年的时间,李纯渠和农科院专家成员一起,经过无数次田间试验,反复提纯改良,精心培育出生长迅速、抗逆性强、叶片大、叶间距离小、出绒率高的优质种苗,命名明光1号。明光1号大大提升了艾草的产量和品质,这个品种长出来的艾草,一棵棵像是亭亭的小松,高度超过2米。由于品质好,出绒高,客商争相收购。

御艾谷艾草基地是在永缘农业科技有限公司流转的1760亩土地上建设的,基地以艾草文化为主题,打造艾草文化主题公园。这里也是与安徽农业大学、滁州职业学院医学院合作成立的一个研学体验基地,一边种植艾草,一边从事艾草产业的研制与医学应用研究。它坐落在明光市小横山的南麓,周边有3万多亩的国家生态林,既无工业污染,又无生活污染。它的土质都是火山岩成气土,微量元素含量很高,所以生产出来的艾草和其他中药材品质都达到了道地中药材的标准。明光1号在这个基地种植出的产品,自然拔得全省艾草头筹。

同时,李纯渠又研究出了一种只除草不伤苗的艾草专用农药,申请了国家专利。

这两项成果在2020年中国安徽名优农产品暨农业产业化交易会上一经面世,立即引起轰动,成为本次农交会上的两道亮丽风景。在交易会上,明光艾草获评安徽省十大优质农产品金奖。

多年从事艾草种植和加工,李纯渠在艾草种植方面积累了丰富的经验,但是艾草田除草是他心中无法平复的痛。早年他一直是采用人工除草的,但随着种植面积的不断扩大,人工越来越贵,而且效率还很低。

即使是这样,除草工人还是越来越难找。他也曾尝试用机械除草,却只能割除田埂边的。

为什么不用除草剂呢?因为喷了除草剂,草被除了,艾草也死了。艾草属于菊科蒿属植物,是双子叶植物,而水稻、玉米、小麦都属于单子叶植物。目前市场上绝大多数除草剂都是针对水稻、玉米、小麦等大田作物的,无论是防治禾本科和阔叶类杂草,还是防治尖叶草除草剂,以及灭生性除草剂,如果在艾草田盲目喷洒,杀死杂草时,也会杀死艾草,将会对艾草造成不可估量的损失。但艾草田的杂草如若不除,就会越长越旺,严重影响艾草的生长。因此,艾草田除草是广大种植户面临的一个巨大难题。

安徽农业大学在明光建有新农村发展研究院,李纯渠向农大教授请教。在教授的指导下,李纯渠对艾草田杂草进行了详细的调查归类,然后就是反反复复做各种除草实验,开始3年,要么杂草、艾草都不死,要么杂草和艾草一起死,均以失败告终。

不服输的李纯渠和全国各地的除草剂厂家进行了联系,但是反馈的信息一般都是,艾草属于小众产业,厂家也都未曾开发这样的除草剂。李纯渠只好重新补习各种除草剂的化学知识,醇、苯、脂肪酸、有机胺、有机磷等有机化合物,触杀、内吸传导方式等内容,然后就在自家的艾草田中反反复复地实验。功夫不负有心人,经过50多次的实验,经过反复配比,李纯渠终于找到了艾草田除草的新方法,既对艾草没有伤害,又对杂草进行有效灭绝。

艾草田除草的大问题终于得到较好的解决,很多艾草种植户慕名而来。河南南阳、湖北蕲春等艾草种植户知道后,不远千里来到明光,李纯渠也毫无保留地告诉他们除草的方式和注意事项,给他们配比好药剂供他们使用。南阳的一位艾草种植户说,安徽不但艾草出名了,解决艾草地除草的绝招也出名了。喷施配比好的溶液后,就可以达到一次性除草,且对艾草无害。这样,每亩田每季节约六七十块钱,两季就是 100 多元。若是每年三季,差不多节约 200 元。单此一项,一些种植大户每年就能节约几万元。

林长制改革以来,如何发展林草经济,成为明光市各级林长们思考的问题。在相关专家的提议下,明光市瞄准中医药和大健康产业,深入调研、发挥优势、因地制宜大力推广艾草种植,结合林长制,将这一适应性产业作为推动产业扶贫和乡村振兴的特色产业。明光市委、市政府提出了"打造百亿艾草产业"目标要求,出台了《明光市艾草产业发展奖励扶持办法》,整合专项贷项目、高标准农田建设、人居环境改造等项目资金发展艾草产业。各乡镇街道在市奖励扶持的基础上,相应增加了扶持资金。仅 2021 年,明光市就新增艾草种植面积 3 万亩。截至 2023 年,明光市 50 亩以上种植大户 200 家,艾草面积超过 7 万亩,年总产值近 15.2 亿元。根据规划,"十四五"末,明光艾草总面积将在 20 万亩以上,总产值可达 100 亿元。这株百姓眼中曾经的"蒿草",如今已经成为真正的"金钱草",目前正朝着百亿级产业的目标阔步迈进。

2023 年 7 月 18 日,在明光市自然资源局党组成员王献昌的陪同下,我走进安徽臻艾农业科技有限公司艾草种植基地,看见今年第二茬艾草正在疯长。"在明光,艾草一年可收割 3—4 茬,今年割 3 茬应该没有问题。保守算,一亩地产量 1.5 吨左右。按照今年 2600 多元一吨的价格,一亩地有 4000 元左右的收入。"安徽臻艾是明光第一批艾草产业化的企业,总经理孙延标在 2017 年开始种植艾草,经过 6 年的发展,种植规模达到 1500 亩,带动周边农户种植艾草 3000 亩。2022 年,企业销售加工艾草 2000 吨,产值

5000多万元，为当地老百姓带来2000万—3000万元收入。

随着艾草的价值被不断挖掘，当地不少农户主动加入种植艾草的行列中来。目前，明光市涧溪镇、石坝镇、古沛镇等艾草种植基地示范片50多个，从事艾草种植大户、家庭农场、农业合作组织192个。

艾草种植只是第一步，打开销路才是致富关键。明光市通过招商引资打造艾草龙头企业，通过采取"公司+农户+基地"的模式，引导农户与当地龙头企业合作种植艾草，实现产、供、销一条龙服务，农、工、商一体化的艾草产业发展格局。

为进一步打开销路，明光还发展了"电商+艾草"模式，设立以艾草为主导产业的电商物流园区，制定《明光市农村电商发展扶持政策》，帮扶农产品电商企业开展上行工作，打通艾草产品销售渠道。线下打造明光艾草产品电商展示馆，展馆建成以来先后与同程旅游集团、南京凯撒旅行社有限公司、皖美好商城、云闪付等公司合作，进行多场直播带货活动，直接销售额近240多万元，接待本地顾客及游客1.5万人次，实现销售额770余万元。

11月在"嘉山秀水，自在明光"采风活动中，我又一次采访了李纯渠。在安徽永缘艾业有限公司的产品间，艾枕、艾被等包装精美的床上用品整齐地摆放在货架上。"艾草浑身都是宝，艾绒可以做艾柱、艾条、盖被，剩下的艾渣可以做枕头、饲料，甚至连艾灰也大有用处。"谈起艾草的用途，身为董事长李纯渠如数家珍。

总投资1.5亿元的安徽玺艾农业科技有限公司则将目光瞄准日化市场，主打洗衣液、沐浴露、精油等艾草系列日化产品。"1吨艾草可提炼2.6千克精油，市场价值极高。"董事长栗小明给我们介绍，企业还打算将艾草应用到化妆品，打入化妆品市场。

目前，永缘艾业、艾缘公司、安徽中艾公司、明艾堂等9家艾草精深加工销售企业相继建成投产，明光的艾产品深加工、研发力度进一步加强，艾草全产业链不断完善。

栽下梧桐树，才能引来金凤凰。为了让招来的企业能留得住、发展得好，明光整合项目资金6000万元，建设了明光市溪口省级现代农业产业园。产业园以艾草产业作为主导产业，大力发展优质艾草、特色经果林、林产品精深加工和休闲农业建设，按照"循环经济"发展理念，积极推广"林下经济"生态循环发展模式。溪口产业园现有艾之健药业科技有限公司等艾草加工企业5家，艾草产品主要有医用、保健、床上用品、日用化工等四大系列，艾条、艾柱、艾草养生足浴包、艾草牙膏、香皂、洗发露、沐浴露、洗手液、香膏、艾绒被、艾绒床垫、艾茶、艾香等200多种产品销往国内外。生产下脚料艾灰做预防非洲猪瘟的猪饲料添加剂，通过延伸产业链提高农副产品附加值。皖明艾、滁明艾、艾上艾、皖艾、明御艾、亭美滁艾、醉美滁艾等一批"艾"品牌，正在占领市场。

明光艾草种植区已经成为安徽省特色农产品优势区，获得中国品牌创新奖、中国艾草行业最具影响力品牌等称号，在省内外产生了重要影响。李纯渠的永缘艾业有限公司，还成为国家《艾草种植技术规范》团体标准起草工作组"起草成员单位"。

艾草制品展示中心、艾草制品体验馆、艾草制品一条街、艾草小村等众多的艾草元素，还和黄寨草场、嘉山县抗日民主政府纪念馆等形成了独具艾草风情的老嘉山森林休闲旅游路线。在李纯渠的基地，我还看到了鲜红的艾草，它们是今年的第四茬艾草，经过霜染后，叶片红于二月花了。这连绵的红色，让冬天的明光变得异常艳丽。

苗圃产业是周期长、存量大、同质化严重的产业，宣城市宣州区东华山苗圃园老板胡满清，为充分利用林下地，创造出新的效益用于弥补苗圃的投入，尝试过各种林下套种模式，但收效甚微。在一次次耕作中，胡满清发现，林下野生的艾草总是长势旺盛，人工除草后不久，艾草又生长出来了，这让他很是纳闷。

2021年5月12日，习近平总书记来到南阳市考察，重点关注了艾草、月季两大产业，并强调"地方特色产业发展潜力巨大，要善于挖掘和利用本地优势资源，加强地方优质品种保护，推进产学研有机结合，统筹做好产业、科技、文化这篇大文章","我们一方面要发展技术密集型产业,另一方面也要发展就业容量大的劳动密集型产业,把就业岗位和增值收益更多留给农民"。

看了新闻,胡满清忽然感觉到,这林下的艾草竟然是不可多得的宝贝。于是他查阅了大量的资料,才发现原来这小小的艾草已经成为一个庞大的产业。进一步了解之后,胡满清脑海里的思路越来越清晰,在得知安徽明光艾草产业发展势头正旺后,于是马不停蹄地赶到明光进行考察。在明光永缘艾业公司,他遇到了安徽省三农协会秘书长陆学冬,并参观了从事艾草制品销售的皖艾公司,经过和明光艾草产业带头人李纯渠的深入交谈,胡满清敏锐地察觉到,艾草产业如果转移到皖东南地区,不仅可以充分利用林下闲置用地,以草控草,降低人工除草成本,让荒山和撂荒地重新绿起来,而且可以创造可观的经济效益,艾草必将成为农民增收致富的朝阳产业。

胡满清对这个产业充满了信心,回到宣城,立即进行了规划,在林下苗圃创建"艾上红枫"示范基地。同相关镇村对接,他承包了复垦地和撂荒闲置的用地作为规模化种植基地。

山东临沂的种植大户吴小阳很看好艾草的市场,但是对于艾草种植还有很多问题不了解,比如种苗的培育、收割时间等。2020年9月3日,他不远千里从山东来到明光艾草种植基地实地考察。李纯渠热情接待了他,将自己多年积累的经验分享给了他。

2023年4月18日,灵璧县冯庙镇张汪村驻村工作队带领部分党员、群众、致富带头人前往明光市涧溪镇等地,对艾草种植项目进行实地考察学习,计划在张汪村实施艾草种植项目,增加集体和群众收入。

芜湖、黄山等地也都有人前来明光考察艾草种植,小草真的成为大"艾"了。

二、男儿膝下

1. 佛山挖宝藏

采访池州市九蒸晒食品集团有限公司董事长宋大伟,是贵池区林业局的方习海主任陪我去的。那一天,还有国家林草局的专家前往调研,行迹匆匆。

池州市九蒸晒食品集团有限公司(简称"九蒸晒集团")位于池州市贵池区,是一家专注于黄精种植、加工、产品研发及销售的一体化农业集团公司。公司前身是始创于 2017 年的池州市九蒸晒食品有限公司,2021 年整体改制组建为集团公司。目前,集团公司下设池州市九华府金莲智慧农业有限公司等 5 家控股子公司,员工 500 余人。截至 2022 年底,九蒸晒集团发展黄精规范化种植面积 3 万余亩,已经形成国内最具规模的标准化黄精种植、加工、研发、销售全产业链生态布局。

第一站去的是集团的子公司池州市适四时农业有限公司。这里原先是一家乡镇水泥厂,多年前就已经闲置了。2018 年,宋大伟急需要建立黄精深加工工厂。此时,林长制改革工作在全省各地如火如荼,贵池区林业部门提倡大力发展林下经济,得知宋大伟有这个意向,通过贵池区林长办的协调,他来到贵池区里山街道办事处白杨村,对闲置的水泥厂进行考察,发现很合适。宋大伟以最快的速度在白杨村注册成立了池州市适四时农业有限公司,收购了闲置厂房,改造成 2000 平方米的 10 万级无菌生产车间和包装场所。建造了 24 口大型蒸锅,可以一次性蒸 7.2 万斤芝麻或黄精,又铺设了总面积为 1.2 万平方米的三阶晒场,可同时晾晒 6 万斤芝麻或黄精。宋大伟在这里不但建立了工厂、晒场,还流转了部分土地,建立黄精种植基地。自 2019 年以来,公司在白杨村自建和共建的林下黄精基地达 2000 亩。

黄精是药食植物,外表和生姜相似,是很多中药配方的主要材料,与人参、灵芝、茯神同列为中医的四大仙药。黄精有三大营养成分:皂苷、多糖、黄酮。皂苷是野人参的主要成分,多糖是冬虫夏草的主要成分,黄酮是蜂胶的主要成分。黄精是集此三种名贵药材的主要成分于一身的天然本草,珍稀价值自不待言。

宋大伟1985年出生于东至县胜利镇楼阁村,2006年从上海电力大学计算机系毕业后,就职于上海国旅。由于善于经营业务,半年后调往北京国旅总社网络部任职,年收入近30万元。在北京国旅总社工作的那段时间,宋大伟需要经常带队去美国,他发现,很多人都选择香菇、木耳作为礼品带出国。由于父母都是药农,这些干货对宋大伟来说再熟悉不过。能不能找到更有价值的特产呢?他很快想到老家池州的九华黄精。他找来有关黄精的书籍研究起来。黄精属于百合科植物,性味甘平,主归脾、肾两脏,为气、阴双补之品。传说古代很多神仙都是通过服用黄精脱胎换骨,从而走上了成仙之路的,所以黄精被古人誉为"太阳之草""仙人余粮"。食之不仅可以驻颜,而且不易上火,很好消化,就连糖尿病人都可以食用,很适合生活节奏紧张的现代人。随后,宋大伟利用节假日多次返回家乡调研黄精市场,觉得发展黄精产业前景广阔。

2009年,宋大伟毅然放弃了国企白领的舒适生活,决心回乡创业。从国企白领到离职回乡,父母、亲友和村民们顿时觉得天塌一角,异常惶恐,难道他在北京犯错误了?父母斥骂,亲友责备,村民指指点点议论,甚至有好心的人找到他,要是犯错误需要赔钱,大家可以给他凑,填窟窿。说起当时的情景,方习海主任说:"我们都是从农村考上大学出来的,何况他是在北京工作,后来又常去美国,在乡里就是人物啊。辞职回到农村来,自己干,父母当然想不通。"父亲骂他是个犟种。母亲则追着撵着哭诉:"你不学好!把我和你爸的脸都丢光了!"令宋大伟欣慰的是,女朋友郑素兰听说他要辞职回家发展黄精产业,愿意陪着。这个广东妹子,也从北京辞职,跟着他回到池州。

万丈高楼平地起,种植黄精也要一步一步地走。宋大伟在家待了三个月,在别人不解的眼光中不停地往外跑,他们考察了皖南的黄精生产和其他土特产,下定了决心,先做电商,积累客户资源和经营经验,再建设自己的基地。他们把将来的规划全想好了以后,在九华山租下一间30平方米的店面,销售黄精和土特产。

之所以选择九华山,宋大伟告诉我:"九华山游客众多,有相应的消费群体。另外九华山佛教文化积淀深厚,便于发掘黄精的文化含义。《青阳县志》曾载:唐朝时,新罗国王族子弟金乔觉来到九华山修行。携带的粮食吃完了,饥饿难忍的他只能以野果野菜维持生命。有一天,他在一棵细长叶草下挖出几块肥厚根块,洗后食之,觉得既解渴又充饥。从此之后,他多次食用这种草根,渐渐身体强壮,精神振奋,须发黑亮,从此就以此为食,结果活了九十九岁。金乔觉被认为是地藏菩萨的化身,他在《酬惠米》诗中说:'而今飧食黄精饭,腹饱忘思前日饥。'可见黄精不仅解决了他的饱腹问题,而且是延年益寿的。"

宋大伟营销点抓得非常准,有了地藏菩萨的案例,九华黄精就闪烁出神奇的光环,这是佛山宝藏,福地精灵,值得深挖。他的店面除了附带卖当地土特产品外,主售礼品版九华黄精。尤其是线上销售十分红火,几年下来生意便做得风生水起,积累了第一桶金。

销售之余,宋大伟每天都会翻阅古代典籍和当代中医药典,在九华山周边跋山涉水,找老药师询问黄精制作工艺。父亲此时也逐渐理解儿子,把自己积累的黄精蒸晒工艺详细讲述给他。由此他得知传统方法种植及加工黄精产量低,品质参差不齐,要保证黄精品质上乘,加工后成为真"黄金",必须形成种、养、加工一条龙的产业链,做自己产品的"王"。

2012年,宋大伟辞别地藏,关闭九华山店面,来到池州市区做淘宝生意,专卖土特产,礼品版黄精依然是主打产品。选择离开九华山,一是因为他的线上销售做开了,已经培育出自己的市场,不需要再租那么贵的门店了;二是池州市区更容易组织土特产货源,发货更便捷。这样,能够更迅速地赚取资金。这也是他的匠心独运。

2. 黄精生黄金

2016年,经多次考察,宋大伟发现贵池区多丘陵荒山,非常适宜大量种植黄精。他积极寻求政府支持,选中贵池区涓桥镇三友村的大片荒山作为种植基地。他注册成立池州市九华府金莲智慧农业公司,同时将村里一处废旧厂房稍做改装作为办公地。

涓桥镇三友村青山绵延,层峦叠嶂,气候湿润,林间有许多空地,山间还有一些撂荒地,小环境很适合黄精的生长。宋大伟走村串户,一家一家地宣传,动员农户把闲置的荒山流转给他,并诚恳地邀请农户来基地干活挣钱。村民们是实在的,却是讲实惠的,他们都不相信,眼前这个白面书生,戴着小眼镜,说得天花乱坠,能种出来黄精吗?山上的野生黄精,村民们是见过的,但田里栽种黄精,谁见过?当然,你种的黄精,能不能变成"黄金",是你自己的事情,租我们的地,土地租金必须一次性到账,否则一切免谈!

宋大伟拿出了所有的积蓄,办理了住房抵押贷款,借遍了亲朋好友,终于凑齐300万元,一户不落地将租金提前打到意向流转土地的农户的银行账户上。黄精种植下去需要到第四年才能采收,周期相对较长,宋大伟一次性支付了10年租金,所以说是提前。方习海说,土地流转完成之后,宋大伟便天天泡在荒山上,带领农户们一起修道路,平荒地,打苗窝,种幼苗。鞋子磨破了好几双,胳膊晒脱了几层皮,手上打了无数的水泡,而后结满了老茧,一张白净的脸蛋也染成了红铜色,活脱脱一个农家小伙的模样。接下来基地通过签订产销订单、提供技术指导的方式与周边农户建立合作,并陆续又流转了临近紫岩村的土地。公司的基地达到3000亩的规模。

基地建起来了,但生产黄精制品还需要加工厂。临近的紫岩村有一处生产用地,大约50亩,正好可以建设生产加工车间。宋大伟设法筹集资金,开工建设,建起了1万平方米的厂房,3000平方米的仓库,2000平方米办公楼及检测中心,购置生产全自动化设备如自动清洗机器、自动烘干设备等基础设施300余套,形成年加工黄精2000吨的生产力,年销售额达5000

万元。

自建生产加工车间与种植基地,吸纳农户本地就业。三年下来,黄精采收了,每年仅靠黄精种植就能为农户带来每亩过万元的收益,公司得到了农户的认可和支持。

宋大伟一开始只是初加工,把采挖来的黄精根茎进行分拣,挑出有芽的部分还能接着种,剩下的部分进行清洗。简单的清洗后,用水煮十几分钟或是烫一下,捞起来晒到五六成干。接下来用七八十度的温度烘制,这个时间不太长。然后要晒到全干,干品不仅质量好,还易于存放,也便于后期进一步炮制。

回忆当初的探索过程,宋大伟感慨良多。他告诉我:"黄精九蒸九晒的炮制方法和好处,我是通过查阅一些典籍了解的。唐朝孟诜《食疗本草》在继承总结前人炮制加工之法的基础上,首推'九蒸九曝'的方法来炮制黄精。通过九蒸九晒之后,黄精药性大大改变,偏滋补,滋肾阴,补气血,其补益作用要远高于生黄精。我爸以前是守着传统灶台炮制黄精的。他有这方面的经验,反复跟我强调一定要九蒸九晒,不能偷工减料,不能少火候。说第一次蒸透的黄精颜色变深变黄之后,进行晾晒,把黄精晒至外皮微干,再开始第二次蒸制,如此重复这个蒸、晒、闷润的过程至九次,才能完成九制黄精的炮制工作。一蒸至九蒸,说要经历49天的工艺,工夫花得太多了。"

说到这里,他有些自嘲地笑笑:"我开始时固执地认为,《食疗本草》等著作中说的'九蒸九曝',只是一种中药炮制方法,'九'不是确定的次数,只是个约数,多次的意思,只要制熟了就可以了。九蒸九晒,每次2—3小时,如果把每次蒸的时间加一倍,蒸晒的次数不就可以少一半了吗?说试就试,结果,我清楚地记得,那一次试验的黄精全都废掉了,重量少了一大半,变得干巴巴的。反复琢磨后,终于明白了九蒸九晒不是久蒸久晒。可笑的是我这人有时候犟,一根筋!差不多有两年的时间,我都在跟传统的九蒸九晒工艺较劲,经过一次次的试验,才发现这是老祖宗经过数百上千年实践得出来的结果。九蒸九晒,你可以说它是个概数,那为什么要用'九'呢?'三'也是概数啊,古人为什么不用?所以这个'九'是实数,充其量是每次时间上上下波动一点点。我们回归到九蒸九晒古法工艺正途。这也是我急着要在白杨村注册成立适四时公司的重要原因,需要那24口大型蒸锅,也需要那1.2万平方米的三阶晒场。九蒸九晒,黄精就彻底祛除了麻味,没有了刺激性,食之滋而不腻,口感软糯香甜,可以直接作为果脯蜜饯食用,也可以加工成九制黄精茶片。"

宋大伟撕开一袋子蜜饯黄精,让我品尝,口感很好。

"在摊晒方面,我们也做了改进,把竹帘改成了老布,在晒架下面安上了滚轮,进出仓库一推就成,雷阵雨天也不怕来不及收晒了。九蒸九晒的黄精系列产品在淘宝一上架就大受欢迎。原有的场地已远远承担不了这么多的蒸晒量了。我要寻找更大的场地,造更大的蒸锅,建更大的晒场,做进一步的深加工,生产出更多更好的产品来。"

到了2021年,宋大伟又前进一步,成立安徽黄精交易市场管理有限公司。这个公司位于贵池区涓桥镇紫岩村,是由池州产业投资集团有限公司、池州市九蒸晒食品集团有限公司、安徽池州供销资产经营有限公司联合成立的国有控股企业,注册资金1000万元,公司现有员工30人。公司主营黄精种植、黄精鲜干货购销及品牌招商等,设有黄精种植业务部、销售部、招商部等。公司成立以来,努力拓展市场,以池州市乡镇为主线,广泛发展黄精种植业务,目前已合作30多个村集体,培育33家黄精初加工工厂,黄精规范化种植面积达2万亩。到2023年,公司在浙江、江西、江苏、安徽、山东、河南、上海、湖南、湖北、广西等省、自治区、直辖市拥有300多家销售代理,年销售额1.2亿元以上,形成全国最大的黄精交易市场。据统计,公司统一收购的食品用生鲜多花黄精超过全国市场总量的70%,较好地稳定了生鲜黄精、干黄精的市场价格。公司推行黄精林下仿野生种植,积极开展基地共建跨区域合作,促进黄精交易市场全面发展,形成"买全国、卖全国"的局面,使全国大半以上生鲜黄精在池州交易。

池州市感钟山居农业发展有限公司也是成立于2021年,位于贵池区涓桥镇四联村,注册资本1200万。这里地理位置优越,交通便利,紧邻318国道,距离主城区约10千米,但四周群山环抱,宛如世外桃源。村落平均海拔300米,仅一条盘山公路可通外界,有"一夫当关,万夫莫开"的地理优势;山上四季分明,雨水充沛,林地多以竹林、阔叶林为主,富含腐质层的砂质土壤,非常适于黄精的种植,为发展规模化、高品质的黄精提供了良好的自然条件。

时间跨入2022年,宋大伟又成立了贵池区三友村供销合作社。这个公司临近新318国道,距离城区仅15分钟的车程,交通便利,占据得天独厚的区位和资源优势。这个公司的特色是积极引导村民规模化、标准化、产业化发展黄精种植,采取"公司+村集体+合作社+农户"模式,配合周边黄精加工厂和近300户农民创业,全力打造成九华黄精种植示范基地,培育"一村一品",大力推广黄精林下种植,形成黄精种植、加工、销售为一体的全产业链,带动当地农民就地务工增加收入,实现了社会效益和经济效益双丰收。

如同是冒气泡一样,宋大伟年年发展新公司。目前,涓桥镇各村种植黄精约8000亩,当地村民积极参与,每户每年大概收入2万元,相比种植之前增加1.5万元,实现了产业发展与群众增收"双赢",让黄精生出真黄金。

3. 同在一座山

宋大伟是个倔强的人,男儿膝下有"黄精",为了事业,他从不屈膝,百折不挠。但为了村民,他却可以把自己折卷起来。在涓桥镇各村村民的眼里,宋大伟是个实实在在的大好人。方习海跟我说了几个小故事。

三友村的胡二梅早年丧夫,独自一人拉扯着两个女儿,一直靠在工地上扎钢筋赚钱,落下了严重的腰椎疾病,无法再从事重体力劳动。她失业在家后没有一分钱收入,愁得整夜睡不着觉。宋大伟了解了这个情况后,就上门去找胡二梅,让她到公司来包装黄精,做一些手头活,解决了她的燃眉之急。胡二梅很是感激,到处夸赞宋老板是个大好人!

其他一些就业困难的村民和当地贫困户找到宋大伟,表示也想来厂里上班,但又怕自己年纪大了厂里不肯要。宋大伟说:"来吧,我要。"他考虑的是农村就业机会太少了,太多不能出去打工的老年农民在家没有工作,仅依靠土地收入,日子过得十分清苦。他根据老人的不同身体状况和能力大小,在不同的岗位上分别安置了他们。第一年过年的时候,厂里给大家发放了一些米油鱼肉,大家非常高兴。到了第二年过年,工人就自己大量采购年货了,收入稳定了,有钱花了,谁不知道花?

村民李银保的妻子患红斑狼疮住院,小女儿也患有红斑狼疮,他既要服侍妻子,又要照料家中正在上学的两个女儿,一时间不知所措。昂贵的医疗费用、正常的家庭开支、孩子们的花费……压得他喘不过气来。而他的时间又不固定,没办法找到合适的工作。宋大伟知道后,特意为他设置了一个工作岗位:公司生产的黄精芝麻丸,芝麻需要磨粉,以往都是机器磨粉,现在让李银保人工磨粉,磨多少算多少钱,他再也不用为自己时间不固定而苦恼了。

宋大伟把李银保人工磨粉的视频,发到公司微信群里,很多客户纷纷给他捐款,还有客户愿意加价购买人工磨粉的产品。李银保十分感激。他抱着感恩的态度认真工作,任劳任怨,就这样没多久,凭着认真,他获得了岗位升职,现在是公司一个工作小组的负责人,收入也有了提高。

随着企业越做越大,宋大伟的社会担当也越来越大。在政府的带领下,他积极参与脱贫攻坚行动,通过发放荒山流转租金、吸纳贫困户进园区务工、推行黄精订单式种植、全方位提供技术支持、保护价收购黄精产品、代销农副产品等途径,带动周边及全国5000余户家庭,一起创业,一起增收。

在涓桥镇紫岩村和里山白杨村两个厂区,宋大伟安置了200余名农村剩余劳动力。2019年,宋大伟主动找到涓桥镇领导探讨"造血扶贫"的办法,决定从提升贫困户的内生动力入手,按照"折股量化、配股到户、收益共享、分红到人"的模式,利用村里荒山资源种植黄精。黄精只要种植一次,四年后就有稳定收益,可连续收益多年。前三年黄精没有收益,由宋大伟的公司发放收益给贫困户,第四年有收益之后,按照保底8个点分红。第一次合作就带动了45个贫困户,目前这种模式发展到周边12个乡村,有1000余户村民,每年都有稳定的收入。

说到这里,宋大伟说:"'我们一方面要发展技术密集型产业,另一方面也要发展就业容量大的劳动密集型产业,把就业岗位和增值收益更多留给农民。'这是习总书记说的。林长制给我的产业发展提供了很多机会,也解决了很多问题。我也是民间林长,的确要多为农民考虑。农民收益增多了,林长制会发展得更好。林业、林长和农民,同在一座山,是利益共同体。"

三、中华一草

1. 斧劈豆腐

每一次去霍山,都要看石斛。这一次去霍山采访县国有林业总场场长马载勤,我是到海拔1000多米的高山上看的石斛。这片石斛种在佛子岭林场黄巢寺工区打雷尖上,南面就是海拔1777米的白马尖,大别山的主峰。这里属于大别山的湿凉气候区,全年四季分明,平均温度12℃,常年多雾,日照时长短,湿度大,平均降水量1600毫米。岩石组成主要有花岗岩和花岗片麻岩,土壤为山地黄棕壤和山地棕壤,偏酸性,腐殖层较厚,有机含量高。森林覆盖率99%。其中近万亩黄山松人工林为霍山石斛规模化林下种植打下了基础。

2016年6月,根据中央和省市文件精神,霍山县全面启动了国有林场改革工作,设立副科级霍山县国有林业总场(佛子岭、马家河、茅山、青尖四个国有林场隶属总场管理),马载勤任总场场长,2017年以后,他也担任了总场的林长。

马载勤1968年1月出生,1986年7月合肥林校毕业分配至霍山县马家河林场工作,一干就是37年,当年的毛头小伙,现在不但成了总场场长,而且业务精湛,是正高工程师。

早年,马载勤经常巡林,一天要走几十千米的山路,防火、防盗、防病虫害。马家河林场 3 万多亩的国有森林资源一草一木，包括里面的野生动物都时刻装在他的心里。

为了能够更好地守护这片山林，马载勤带着同是林场职工的妻子，在海拔 1165 米的四望山管护区过了 9 个春节。隆冬季节，他们只能凿开五六厘米厚的冰层取水。从山下带回来的豆腐，被冻上了，刀是剁不开的，只有用劈柴的斧头才能把它剁开。巡山期间只能带着几个煮鸡蛋充饥。有时候煮鸡蛋冻成石头一样，剥不掉壳，只好放在胸前焐着，在山坡上跑，让汗气把冰化开。壳剥掉了，但咬不动，只能像啃骨头一样啃。俗话说的鸡蛋里面挑骨头，是没有骨头找骨头，但那个时候鸡蛋就是骨头。

这样的环境并没有消磨掉马载勤的工作热情，反之，青松翠竹、峰峦瀑布让他对林场越发爱恋，每时每刻都能感受到大别山的雄浑和妩媚。2014 年，马载勤抱着试试看的心理，拍了一张大别山主峰白马尖的照片，是白雪皑皑的山野日出的画面，寄到了安徽省摄影家协会，震撼的画面一下子打动了专业的摄影家们。那年，马载勤被吸收为安徽省摄影家协会会员。

"我们林场的管理范围就是大别山主峰景区的核心区域，风景特别美。春天满山的杜鹃花，秋天满山的红叶，冬天冰天雪地，有时还能够碰到比较珍稀的国家二级保护鸟类，比如说白冠长尾雉，工作的辛苦中也有惊喜。我认为，这些都是机缘，你不在山上转的话，你是看不见的。"

2000 年以后的若干年，国有林场的日子是很不好过的，很多工人外出打工，林场留下的人不多，处在维持状态。2016 年国有林场改制后，林场的员工一下子有了保障。守着绵延不绝的林区，有些人选择"躺平"，但马载勤不这么想。农民利用山场种石斛可以脱贫致富，林场有大片的林下资源，不开发利用，创造财富，对不起绿水青山啊。

林长制的建立，给霍山国有林业总场带来了活力。2017 年由霍山县林业局牵头，在霍山石斛核心区太平畈乡境内的青尖林场实施林下种植，培育霍山石斛 5 亩。2019 年利用市级财政资金 30 万元，在青尖林场林下种植霍山石斛 3.2 亩。2021 年利用林长制和市级财政资金 50 万元，在青尖林场林下种植霍山石斛 5 亩。

通过林下种植栽培霍山石斛，使其在仿野生原始生境中生长繁育，对保护霍山石斛的优良性状，防止人工种群遗传基因衰退，保护霍山石斛种植资源，增加自然生态系统物种多样性，提高林场利用森林资源获取经济收益都具有重要意义。青尖林场 13.2 亩林下种植培育的霍山石斛生长良好，初步形成霍山石斛林下种植培育基地，为国有林场大面积发展霍山石斛林下种植积累了经验，培养了人才。

为解决国有林场森林资源合理开发利用明显不够，发展动力不足，活力不强，"守着优质森林资源要饭吃"的内卷问题，霍山县国有林业总场总结青尖林场经验，依据国家和省相关文件精神，经请示省、市林业局批准同意，决定扩大霍山石斛林下种植培育规模。2023 年 2 月，国有林业总场招商引进合肥蓝杉斛生物科技有限公司，在霍山石斛核心区附近的佛子岭林场黄巢寺工区，租赁 500 亩林下土地，建设霍山石斛林下种植基地。这 500 亩林下土地，位于近万亩长势良好的黄山松人工林中，环境湿润凉爽，非常适合霍山石斛的生长。

蓝杉斛生物科技有限公司每亩地支付给林业总场租金 500 元，今年已经栽种了 100 亩。8 月 25 日我们实地观摩时，只见棵棵霍山石斛清蔓绿叶，头顶着稀疏的黄色松针，胖乎乎的，煞是可爱。同行的霍山县林长办专职副主任汪健告诉我，蓝杉斛公司林下种植霍山石斛，一期投资 5000 万元，林场当年直接收益 10 万元左右。明后两年再投资 1.5 亿元，完成二期、三期项目，建设培育霍山石斛基地 400 亩，以及石斛及衍生品的开发生产，主要用于中药饮片、霍山石斛酒、霍山石斛饮料等健康产品的生产开发，林场到时每年林下种植培育霍山石斛收益将在 40 万—50 万元。

按照市场前景预测，蓝杉斛项目预计一期建成后可实现年综合收入 500 万元，二期建成后可实现年综合收入 2000 万元，三期建成后可实现年综合收入 5000 万元。项目年纳税能达 300 万元，直接新增约 150 人就业，间接带动 1000 人从事种植、加工服务。蓝杉斛产品的开发，也能推进霍山县中药材产业标准化、规模化、集约化。

同行的六安市作家协会主席金丛华说:"国有林场的霍山石斛种植,是牛刀小试。说起霍山石斛的种植产业,还是要看霍山石斛之乡太平畈。"

2. 药王之旅

霍山石斛是中国地理标志保护产品,因其形如累米又称"米斛",传承至今已有2000多年,历史上贵为皇室专用的保健佳品,因其强大的药用价值,在唐代开元年间《道藏》一书中,将它与天山雪莲、三两重人参、百二十年首乌、花甲之茯苓、深山灵芝、海底珍珠、冬虫夏草、苁蓉并称为"九大仙草",其中霍山石斛居首,足以见其药效之显著,地位之尊崇。"霍山石斛,中华瑰宝",这8个字是2012年吴邦国委员长给霍山石斛的题词,字数寥寥,却是至高无上的赞誉。所以,我称霍山石斛为"中华一草"。

全世界一共有1500多种石斛,其中我国有76种,而霍山石斛是唯一一个以产地命名的石斛。不可复制的生长环境决定了霍山石斛的稀有性及珍贵性。因唐宋两朝大量使用,并且长期以来只采不种,导致霍山石斛野生种苗被采挖过度,历史上曾出现过三次大的缺失期,几度濒临灭绝。现在野生的霍山石斛仅仅限于霍山及岳西的小范围山区,生长条件苛刻,种群数量极少,处于濒危灭绝状态,在1975年被列入《濒危野生动植物物种国际贸易公约》附录Ⅰ中,国际贸易受到严格禁止和控制。我国将其列入第二批国家重点保护野生植物名录和全国野生动植物保护及自然保护区建设工程15个重点保护物种之一。安徽省林业局将霍山石斛列为安徽省极小种群,批准霍山石斛野外培育列入《安徽省极小种群野生动植物拯救与保护项目》。

霍山石斛的极小种野生群生长在太平畈乡,所以太平畈乡是霍山石斛的种源基地,也是霍山石斛产业的核心产区,有"中国石斛之乡""安徽石斛小镇"的美誉。太平畈乡坐落在霍山县西南方向,距离霍山县城约86千米。以石斛文化为主题的博物馆"霍山石斛文化博物馆"就坐落在太平畈乡,为安徽唯一的石斛文化博物馆。

第四章 三株草

石斛文化博物馆里，陈列着何云峙的事迹。参观时，讲解员说："杂交水稻靠的袁隆平，霍山石斛靠的何云峙。没有何老，很难说能够有今天的霍山石斛。"何云峙有"大别山药王"之称，陪同我参观的六安市林业局高工方琴女士以前见过何云峙。她的父亲方道是原六安地区林科所副研究员，深知霍山石斛的珍贵。为了保护霍山石斛种质资源，20世纪70年代末至80年代初，方道曾数十次从霍山县城步行，深入霍山太平畈山区，宣传保护霍山石斛种源的重要意义。在保护霍山石斛种质资源工作中，和当地药农何云峙结为好朋友，每次去都吃住在他家中，支持他保护霍山石斛种源的行动。

何云峙的故居坐落在离石斛文化博物馆不远的王家店村姚家湾组，现在是"大别山药王故居纪念馆"。当年，何云峙就是在这里接待八方宾客，纵论霍山石斛的。何祥林是霍山县霍山石斛产业协会会长，现在担任霍山县长冲中药材开发有限公司、霍山县太平米斛农民专业合作社联合社、安徽西山药库霍山石斛有限公司等公司法定代表人，也是安徽康顺名贵中草药产业开发有限公司等公司股东，是何云峙的儿子。他跟随父亲种植霍山石斛也已经几十年了，其间的风风雨雨他多有经历。目前他也成了霍山石斛省级非遗代表性传承人。在他这里，还保留着50亩全国唯一国家级霍山石斛原种保护基地，他也常常和朝圣者一起追述药王之旅。

何云峙出生于1933年，是太平畈王家店村人。他父亲何雨门毕业于湖北美专，是地方开明士绅，1950年去世。何家以前开设过中药铺，名厚德堂。初中毕业后，何云峙在厚德堂中做事，学习了一些中药知识，能够认识大量中草药。作为地主子女，家庭成分高，新中国成立后何云峙行动处处被限制，行事小心，而参加集体劳动则任劳任怨，勇于吃苦。在修建佛子岭水库时，他的奉献精神感动了组织，被摘去了"地主分子"的帽子。

霍山地处大别山腹地，自古以来有"西山药库"之称。太平畈一带，处在"西山药库"核心地带。这里中药材遍地，以前很多人专门靠采药、卖药生存。据后来统计，"西山药库"一带共有药用植物238科1700多种，珍贵道地药材总蕴藏量有 2 亿多千克,品种占安徽省中药材资源一半以上。

1969 年春天,在毛泽东主席号召下,全国开始大办农村合作医疗,农村大量培养"赤脚医生"。"赤脚医生"要用"一根银针、一把草"为老百姓治病。一根银针是指针灸疗法,一把草则是用中草药来治病。

这样,栽培中草药的机会就来了。

经过何云峙反复"游说",这年 11 月,他所在的长冲大队终于同意创办长冲老虎岩药材场。大队安排一名老党员当场长,让何云峙担任技术员,全面负责技术生产。他们和霍山县医药公司建立了联系,生产的药材销售给县公司。平时,也代收药农在山里采的中药材,销往县公司。

1973 年,有两位药农来销售药材,顺便带来了一簇不知名的草。药农们在大别山采药几十年了,第一次在石头上发现这种草,直觉这是一种中药,但不认识,所以带来请教何云峙。

随着老虎岩药材场的建立,何云峙不断地专研中草药知识,已经能够认识 700 多种中草药,大别山中的药农都称他为"何老师"。何云峙接过草,不由得眼前一亮。这株草十多根茎秆,青绿中泛着明黄,有的包裹着一层灰色的薄薄的皮,茎秆一小节一小节,下面的几节茎秆两头细中间鼓,越往上越细,似蚱蜢腿般,茎秆下是一缕缕青白色的根须,茎秆周侧点缀着几片油绿的叶子,叶子小小的,椭圆形,而最让人惊奇的是茎秆顶端开出了一朵朵淡黄色的花,花分六瓣,花蕊明黄,闻一闻,有一种淡淡的青草香。看那花,有兰花的姿态,可是叶子与茎秆却一点也不像。握在手里,整株草给人一种温润丰腴的感觉。

何云峙掐下一点茎秆,小心尝了尝,细细品味,有淡淡的甜味,还有点粘牙。他在脑子里飞快地回放着药书上的各种图谱与描述,难道是消失多年的霍山石斛(米斛)?他跑了十几千米,下山到公社打电话,让县医药公司派一名会认药材的老师傅来辨认。当晚,何云峙对照药书,基本确定是霍山石斛。第二天,县医药公司的老师傅来了,确定就是霍山石斛。

在这之前,人们已经几十年没有见过霍山石斛了,有人判定,这种植物

第四章 三株草

已经灭绝了。现在的发现,证明霍山石斛依然还存在。

激动万分的何云峙找到那两位药农。他们带着何云峙来到当时的采药处,遗憾的是,那里的岩石上空空如也。好在他们送来的那棵石斛何云峙一直栽在瓦盆里,很长时间没有死,但蔫苶苶,有些苟延残喘。他自费来到合肥,泡在省图书馆,翻阅了大量的资料,将石斛的历史彻底研究了一番,确认发现的石斛是米斛,就是"九大仙草"中的霍山石斛,是石斛中最顶尖的品种。回到场里后,他跟场长沟通,自己要栽种石斛。

要栽种石斛,就要采集原种,同时还要观察石斛的生长习性,这些全部都是未知数,能行吗?除了何云峙自己,没有人不把这想法当天方夜谭。但拗不过何云峙的软磨硬泡,老场长同意他每个月用十天时间上山,寻找霍山石斛原种。

联系了两位药农,穿上登山鞋,带着软梯、砍刀,何云峙和他们一起上山了。经过一个多星期的寻找,两位药农终于在上次发现霍山石斛不远的地方发现了一株野生石斛。这里是霍山县落儿岭公社水牢沟的一处山崖,何云峙没有让他们采,而是放绳子把自己坠下,挂在空中,细细观察。这株石斛有筛子大,丛生着100多根茎,布满石壁。茎上长满白毫,青绿的茎节肥硕挺拔,有点类似菲白竹。这株石斛,何云峙最终也没有采,他一有空就去观察它。

一年下来,两位药农离开了何云峙。他们对他的执着、认真难以忍受,答应以后采到石斛给他送来。后面就是何云峙自己一个人,带着软梯,独自在山上找了。前后4年时间里,一次又一次进山,大别山的悬崖差不多都被他爬遍了。

1975年春天,何云峙采回5株石斛幼苗,通过自己研究摸索出来的分、切割、分株、原本栽四种方法,对野生石斛进行首次具有开创性的无性繁殖实验。首先自然是栽在泥土中,但半个月下来,石斛的茎须都腐烂了。他又将从悬崖上移出的野生石斛栽在青苔上、牛粪上、瓦砾上、木屑上、骨粉上,但都失败了。

何云峙就是不信邪。每失败一次,他就要到山里去,去看那些留在山崖上的野生石斛。1978年初夏,他又来到落儿岭的水牢沟,去观察那一株最早发现的石斛。石斛正在开花,他轻轻用手抚摸,突然一条银环蛇蹿了出来,他本能地躲避,人从软梯上掉落。好在悬崖上伸出的树枝阻挡了他一下,他的身体得以缓冲。悬崖下面有大量的杜鹃花丛,他掉落在一簇花丛上,断了两根肋骨,捡回一条命。

躺在医院里,何云峙一株一株地回想那些悬崖上的石斛。他忽然想到,这些石斛都是长在石头上的啊,下面没有什么泥土,根的周围散布的多是腐叶、松针,也许,石斛就是从空气中吸收营养的。他激动得立刻出院。

回到场里,何云峙带人在老虎岩上凿了一些小坑,把一株石斛分蘖开,将一根小茎栽到一个坑里,坑底用碎石子覆盖,浇上水。

石头上种药材,破天荒的事情!何云峙每天早上、晚上都要查看石斛生长情况。三个月下来,有不少石斛死去了,但有三棵活下来了,虽然是三棵,但毕竟活了。这是人工种植最早成活的霍山石斛。

这仅仅是开始。何云峙并不满足于现有的成活率低的扦插法,他要不断突破创新找到成活率更高的栽培方法。在他四处奔走呼吁之下,霍山县政府积极支持,1979年12月,霍山县科委拨款300元给长冲大队老虎岩药材场,供霍山石斛栽培技术研究使用。

1980年,省科委将霍山石斛人工栽培工程列入科研项目,并直接委托何云峙试验。从这一年起,何云峙在老虎岩开始建设霍山石斛原种保护基地。同时,何云峙也开始枫斗加工的研究。关于霍山石斛的种植和产品研究步入正轨,速度加快,也得到社会各方面的认可和鼓励。

1983年,安徽省人民政府授予他"农村科普红旗手"称号。

1985年,试管石斛终于家种移栽成功。霍山石斛野生改家种实验技术研究通过省级鉴定,并荣获科技进步二等奖。

1987年,家种石斛被正式列入全国"星火计划"项目。与此同时,何云峙的基地也正式被命名为安农大霍山石斛家种研究基地。他也因成绩突出被中国科协授予"全国科技致富能手"称号。

1997年,中共安徽省委授予何云峙"优秀共产党"称号。

2002年,"霍山石斛物种保护和产业技术开发"项目被评为"安徽省高技术产业化示范项目"。

2012年7月,霍山石斛炮制技术被评为省级非物质文化遗产。

说到石斛的炮制技术,就必须要说枫斗。

"枫斗,是一种利用兰科石斛属植物中的一些植株形体比较小、茎肉质粗壮、质地柔软又富含膏滋(黏液成分——多糖)的茎,经过多道工序加工而成的一种天然中药与保健饮品,可供中药配方煎饮用。历史上,枫斗的发源地是安徽省的霍山县,枫斗的加工原植物就是霍山石斛。后来逐渐流向全国各地。枫斗产品远销国外,特别是东南亚一带,乃至日本、美国等国家及地区。因此,枫斗是一种在国内外均享有盛誉的天然、绿色产品。所以人们提到枫斗时就会联想到霍山石斛,这两者密不可分。"这是我国著名的生物药学教授、曾任上海医科大学副校长的顺庆生先生在他所著的《中华枫斗》中的文字。

何云峙在接触霍山石斛的同时,就知道枫斗的存在。那时候,他还顾不上用专门的时间去研究它。当霍山石斛试管苗培育成功,并能移栽成活后,何云峙就重点研究枫斗了。

枫斗的出现已有200年以上的历史。实践证明,新鲜的石斛不能长久保存,而通过药工将新鲜石斛加工成枫斗以后,石斛就不易霉烂、虫蛀和变质。历史上的霍山石斛枫斗的加工工艺没有流传开来,一是因为当年手艺人的工艺都是保密的,口耳相传,没有资料记载;二是霍山石斛多年不见,自然就没有人做枫斗了。为了研究枫斗工艺,何云峙前后花了13年时间,阅读了大量资料,做了无数次试验,经历了无数次失败,最后终于做成了霍山石斛枫斗。

霍山石斛枫斗状若龙头凤尾,经分拣、清洗、炒制、绕条等18道工序制成,系弹簧状干品。其茎基部保留有部分须根,并与茎稍分别翘出,形成昂起的龙头和翘起的凤尾。2011年6月,何云峙被推为省级石斛炮制技艺代表性传承人。2013年,"何云峙"牌石斛荣获安徽省驰名商标。2014年,六安市首批非物质文化遗产传习基地在王家店村落成并投产,为霍山石斛加工传承提供了良好的学习基地。霍山石斛枫斗加工由2001年前何云峙一人掌握的技艺发展到近年数千人掌握的技艺。夏至以后,只要你走进王家店村,就能见到家家户户几乎都在加工枫斗。

何云峙探索出的霍山石斛人工栽培技术和枫斗炮制技术,解决了霍山石斛发展的两大关键问题,霍山石斛得以迅猛发展。2009年10月,霍山县政府专门出台了关于加快霍山石斛产业发展的意见,极大地调动了全县发展霍山石斛产业的积极性,霍山石斛从零星移植到集中栽培、从常规粗放栽培到大棚科学栽培、从设施栽培到林下野生种植、从封闭式独户发展到招商引资规模开发,实现了单一枫斗加工到多产业链延伸的升级跨越。

霍山当地可以生长出四种石斛,到底该怎样鉴别?霍山石斛的种植生产规范是怎样的?霍山石斛的药用价值如何?这些年,皖西学院陈乃富教授和他的团队与何云峙紧密合作,进行标准化研究。皖西学院牵头研制并发布了国家林业行业标准《霍山石斛栽培技术规程》,以及安徽省地方标准《霍山石斛种子生产技术规程》《霍山石斛原种保护技术规程》《霍山石斛基原植物鉴定技术规程》,确保了霍山石斛的种源纯正性和种植的规范性。

2019年10月,安徽省食品安全地方标准《霍山石斛茎(人工种植)》发布,确立了霍山石斛的"食材"身份。2020年4月,霍山石斛正式被载入《中国药典》,确立了其"药材"身份。这两项标准标志着霍山石斛食药身份的解决,一举破除了产业发展瓶颈,为霍山石斛产品的质量控制、市场规范及深度开发等提供了法律保障,也为拓展霍山石斛产业新业态,实现产业联动发展增加了新动能。

3. 金钥匙

2017年,安徽在合肥、安庆、宣城三个市开展林长制改革试点,六安市并未被列入其中,但他们以试点单位为标杆,着力探索符合本地实际的改革发展模式,充实完善全省林长制改革内容。陪同采访的方琴告诉我:"省里出台的一些制度性做法,如一林一警等,都有六安先行探索的影子。"

围绕4个省级林长制改革示范区先行区建设和12项改革创新任务,六安市在保护森林资源、发展林业产业、优化林业发展环境等方面大胆探索,创新提出林下生态平衡种养理念,支持霍山县太平畈乡石斛林下生态平衡种植示范基地建设。2022年2月,霍山石斛林业产业园(太平畈乡)成功创建国家林业产业示范园区。

太平畈乡林业站站长万召想,1996年林校毕业就分在这里工作。20年的时间,他见证了太平畈乡霍山石斛产业的发展,从野生种源保护到种子种苗繁育,再到规模化栽培与产地加工等三个重要阶段,从原来的大棚种植发展到仿野外种植和野生种植,最大限度地还原了霍山石斛野外生长的环境和药效。他认为,林下石斛种植将是太平畈发展林下经济的主要方向。他积极谋划,为石斛企业、农户提供技术服务,帮他们做好山场规划和面积确定,林区道路的调查规划和申报审批。到目前为止,太平畈乡石斛企业、合作社等共发展林下石斛种植800多亩,解决了生态保护与发展经济之间的矛盾,又带动了当地农户就业,增加了农民的经济收入,改变了山场只有靠砍树才能创造收益的传统。

跟着万召想,我们来到王家店村。万召想介绍说,王家店村山高岭大,交通不便,又山多地少,资源匮乏。过去,除了满山卖不出钱的松树杂木,就只有一年不到2000元钱的茶叶收入。后来,这些树木都变成生态公益林了,树不准砍了,山民就只剩下出门打工这一条路了。林长制改革启动后,省、市、县三级林长都曾经来巡林,乡级林长、村级林长一起反映要生态平衡发展,在公益林下种石斛。三级林长都非常支持,县林业局等部门积极探索林业生态优势持续转化,在六安市率先建立林业生态产品价值实现机制,印发《霍山县关于探索建立林业生态产品价值实现机制的实施意见》,建立了林业生态产品调查监测价值核算机制,开辟了林业生态产品价值实现多元化路径。

初秋的山林，气温还有点高，正适合石斛生长。这片基地是天下泽雨公司的，石斛生长茂盛，茎叶青翠。

王家店村党支部书记、村林长何志说："天下泽雨公司是招商引资来的大企业，它流转村民山场和田地种植霍山石斛，把荒山野岭变成了金山银山。公司大量招收员工种植和加工石斛，也为本地村民提供了充裕的就业机会。石斛产业的欣欣向荣，更是吸引了许多背井离乡的年轻人选择返乡创业，他们看到了家乡的新希望，也找到了发家途径，掌握了致富的金钥匙。"

"我们王家店村是远近闻名的石斛村。大家看，在我身后就是霍山石斛最大的林下仿野生种植基地。"在王家店村天下泽雨霍山石斛种植基地里，31岁的熊启霞正在做着外景直播。见我们走过来，她镜头前的状态更洒脱。

2017年以前，熊启霞与丈夫一直在外打工。春节回乡看到石斛产业发展迅猛，就决定回老家王家店村发展。她和同村3个小伙伴一起组成了天下泽雨霍山石斛股份有限公司的网络主播团队，每天做直播。丈夫万善龙则在天下泽雨做线下销售，婆婆李桂英在石斛企业非遗车间里制作枫斗，一家有三口人从事石斛产业，年收入超30万元。

"10年前，我们村的青壮劳力大部分都出门打工。现在可以说一年四季家家户户无闲人，老百姓80%以上都在从事石斛产业。霍山石斛给了我们创业的契机，政府和企业给了我们干事的舞台，我们也希望通过自己年轻的双手，把家乡的石斛事业办得更红火！"熊启霞普通话纯正，语言流畅，不愧是做直播的。

走进天下泽雨生物科技有限公司的枫斗加工车间，60多名身穿橘黄色工作服的女工正在进行石斛烘干后的分组挑选工作。

"霍山石斛采收后制成成品，要经过工序挑杂、工序剪根到工序分级，再加上枫斗制作18道工序和工艺复烘、产业包装等共24道工序。这些活就近招收本地村民来做。他们把自家的山场流转给我们石斛企业,自己常年在这里务工,一方面方便照顾家庭,另一方面也给家庭带来可观的收入,帮助他们稳定增收致富。"公司的生产负责人戚进宝介绍说。

"10多年前,我刚回家乡当村干部时,王家店还是全县最偏远的穷山沟,村里全都是泥巴路,骑个摩托车都难走。2014年时,全村建档立卡贫困户199户577人,2016年精准核查后,因病、因残、因学致贫的贫困户还有130户334人。现在硬化路面从'村村通'到'组组通',再到'家家通',村庄成了都市。全村人口全部脱贫,99%以上的农户盖起了楼房,年人均收入已超过2万元。"何志已经连任两届党支书,对王家店村这些年的变化最有发言权。

霍山县九仙尊石斛林下经济示范基地是第五批国家林下经济示范基地。在太平畈乡,九仙尊有500亩野生原种保护基地。在九仙尊林下石斛野生原种保护基地采访时,工人正在拔除石斛间的杂草。

"我们在林下实施仿野生霍山石斛种植,让石斛回归到大自然原生态,充分保持石斛的自然属性和药效,对霍山石斛进行保护性的开发和利用。"九仙尊霍山石斛股份有限公司技术人员徐杰说。此外,九仙尊在黑石渡镇有1000亩GAP驯化基地,太阳乡在建1万亩霍山石斛养生文化谷,已经建成了占地近500亩的霍山石斛文化产业园。围绕霍山石斛,该公司目前已形成从野生原种保护、组培育苗、野生栽培、滋补品研发到文化旅游体验的全产业链,辐射带动300户农户从事林下种植。

经过多年潜心招商,太平畈乡现有天下泽雨、中国中药、精工集团等十几家大型企业入驻,从事石斛生产加工的企业、合作社513家。全乡霍山石斛基地规模达1.3万余亩,从业人数8000余人,年产值达15亿元。太平畈乡被农业农村部评为2020、2021年全国乡村特色产业10亿元乡镇。曾经视为远景目标的"十里长廊,万亩石斛"的梦想今天已经实现。石斛产业成为太平畈乡现代农业的支柱产业,人民群众实实在在享受到了产业发展、乡村振兴所带来的实惠。据统计,2012年,太平畈乡总人口13440人,乡农商行年存款余额9594万元。到2022年,该乡户籍人口14633人,农商行存款余额47257万元,人均存款3万多元。

在霍山,石斛的种植也在向太平畈乡以外的乡镇放大。截至2022年,霍山县霍山石斛种植基地面积已经达1.52万亩,从业人员1.2万余人,相关生产经营主体有1954家,其中产业化龙头企业达49家,总产值40.33亿元。

2020年,霍山县被评为国家第四批"绿水青山就是金山银山"实践创新基地。创新的进程中,"中华一草"霍山石斛,是当之无愧的领跑者。

第五章
归去来

东方白鹳、扬子鳄的保护，彰显了人和动物的和谐共生。三只东方白鹳先后受伤，在升金湖湿地被"鸟叔"等人救助。一只疗伤后，飞抵中俄边境。另外两只因为折翅，伤好后无法飞翔。它们先后在池州市野生动物收容救护站、休宁皖南国家野生动物救护中心"疗养"。后来，双双伴归池州月亮湖。沿着长江，还有归来的江豚、扬子鳄……

一、生存的飞翔

1. 同步调查

"飞翔对鸟来说不是人们想象的什么乐趣,而是为了生存而拼搏。迁徙是使命,是责任,是一种承诺,需要一生的不倦经营。就算前方有喜马拉雅山上的暴雪和雪崩,有鬣狗的利齿和猎人的枪管,有工业区的机器怪物和污染后的烂泥,有抓捕者的牢笼,而飞翔不能停止。鸟儿生命的全部意义就在于飞翔,即便是短暂的歇歇脚,也是为了更好地前行。"这是法国导演雅克·贝汉的话。(他执导的纪录片《迁徙的鸟》2003年获奥斯卡奖)

候鸟迁徙是自然界最壮观的景象之一,每年春季,全世界都有数以亿计的候鸟开启波澜壮阔的飞行旅程,在相隔成千上万千米的繁殖地和越冬地之间往返迁徙。有的迁徙几乎跨越全球,生命的历程充满风险与艰辛,但它们千万年来从未放弃。

在全球9条候鸟迁徙通道中,经过中国境内的有4条:西太平洋迁徙通道、东亚—澳大利西亚迁徙通道、中亚迁徙通道和西亚—东非迁徙通道。东亚—澳大利西亚迁徙通道北起俄罗斯远东和美国阿拉斯加地区,南到澳大利亚和新西兰,是9条通道中候鸟种类和数量最多,也是最拥挤的一条迁徙通道。在这条通道上,水鸟占迁徙鸟种的比例比其他通道都要高,多达5000万只,分属250多个种群,包括33种全球濒危物种和13种近危物种。

迁徙期间，这些水鸟需要依赖一系列优质湿地进行休息和觅食，积聚充足的能量，以完成下一阶段旅程。

对于飞翔在东亚—澳大利西亚候鸟迁徙通道的候鸟来说，安徽的众多湿地是它们重要的停歇点，是它们不可替代的"加油站"。安徽湿地包括河流湿地、湖泊湿地、水库湿地、池塘湿地（也常称小微湿地）、沼泽湿地等。长江、淮河、新安江是典型的河流湿地，巢湖、池州升金湖、安庆菜子湖等属湖泊湿地，合肥天鹅湖是人工湖泊湿地，霍山佛子岭水库、金寨梅山水库、合肥董铺水库都是库塘湿地，沼泽湿地如岳西古井园的千年紫柳林、黄山徽州区天湖泥炭藓湿地等。

在安徽省林业局的领导和支持下，2023年1月3日—8日，实施了2022—2023年全省冬季水鸟同步调查。调查由湿地生态保护与修复安徽省重点实验室（安徽大学）牵头，安徽大学资源与环境工程学院教授、湿地生态保护与修复安徽省重点实验室主任周立志主持，安徽省疫源疫病监测总站、安徽大学资源与环境工程学院、安徽省野生动植物保护协会野生动物保护专业委员会、安徽省动物学会共同参与。本次调查共组建12个外业调查队，参加调查的主力队员50余人，参与人员近100人。

安徽省自2004年起连续开展冬季水鸟同步调查。该年度外业调查涉及安徽省淮河、长江、新安江流域湿地单元共77个，调查观测点共611个，历时6天。调查共记录冬季水鸟70种，计681528只。记录水鸟数量较2021年度冬季水鸟调查明显增加，也创下了2004年以来的历史新高。

在调查的各湿地单元中，水鸟数量1万只以上的湿地单元有20个，超过2万只的单元有9个，其中升金湖的水鸟数量最多，达到了69479只。其次为黄湖，水鸟数量66417只。武昌湖53875只，城西湖50515只，陈瑶湖48721只，菜子湖48095只，黄陂湖41058只，城东湖32341只，泊湖30015只。

由于同步调查不可能完整记录下每一只越冬水鸟，周立志介绍，从调查结果来看，乐观估计，这个冬季来安徽越冬水鸟的总数很可能突破100万只。采访中,徐文彬告诉我,2023年冬,升金湖湿地候鸟突破了10万只。

升金湖地处长江下游南岸的皖南池州,因湖中日产鱼货价值达"一升金子"而得名。长江自古航运发达,千帆竞发,百舸争流,号称"黄金水道",而作为通江湖泊的升金湖,历史上虽然"渔舟夜泊,灯火荧然",是商贾穿湖入江的重要通道,但因其背靠皖南山区,受人为干扰较小,故成为候鸟喜爱的栖息之地。

升金湖湖区面积132.8平方千米,跨东至、贵池两县区。围绕湖面,安徽省政府1986年批准建立升金湖水禽自然保护区。1997年国务院批准为安徽升金湖国家级自然保护区。2013年,升金湖国家级自然保护区被批准为国家重要湿地。2015年,升金湖国家级自然保护区被正式列入国际重要湿地名录,系安徽省唯一。现在,保护区面积333.40平方千米,其中核心区101.5平方千米,缓冲区103平方千米,实验区128.90平方千米。

2."鸟叔"手账

徐文彬是升金湖国家级自然保护区管委会副主任,人称"鸟叔",可见他和鸟的关系了。他能够识别升金湖湿地的各种鸟,也救过东方白鹳、小天鹅、白鹤、白头鹤、鸿雁、绿头鸭等。"秋风萧瑟天转凉,草木摇落露为霜。水雉辞归鹄南迁,升金湿地是故乡。新生湿地添惊喜,监测管理守护难。劝君参与大保护,岁岁鹤鸣雁归安。"这是他套用古人诗章创作的东至章氏吟诵调,展示了他的"鸟叔"心态。

2022年5月3日,升金湖高桥湖附近的爱鸟人士发现一只受伤的东方白鹳,为避免它在野外再次受到伤害,志愿者汪湜及时联系保护区管理处并将大鸟带回住处,置于阴凉房间,喂水、喂食。

徐文彬得知消息后随即放弃休假,和同事一道赶往现场,与汪湜等人一起对鸟儿受伤部位进行消炎、包扎处理。经伤情检查,判断鸟儿是因为左翅膀受伤严重,无法飞行,没有能力随种群一起迁徙而滞留在保护区的。考虑到当地救治条件有限,徐文彬决定立即将受伤的东方白鹳送往休宁的皖南国家野生动物救护中心进一步救治。

当时疫情肆虐,跨区域行动很不方便。面对受伤的东方白鹳,伤情就是命令。在采取严密的防护措施并遵从疫情防控各项程序后,带上介绍信,徐文彬和同事毅然赶往皖南国家野生动物救护中心。

东方白鹳是大型鸟类,为了让受伤白鹳情绪稳定,减少体力消耗和应激伤害,徐文彬用黑布罩住它的眼部后,将其放入开孔的透气纸盒和木箱。木箱内还放置了袋装冰块与海绵垫,在降温的同时减缓运输过程中的震动,确保转运安全。

经历3个小时的车程,下午1时许,东方白鹳被安全送达救护中心,立刻得到悉心救治。采访期间,徐文彬告诉我,这只生活在休宁的东方白鹳伤口已经愈合,身体状态良好。

徐文彬在2023年2月7日又救了一只东方白鹳。经过一个月救治,痊愈后,于3月7日放飞。这只放飞的东方白鹳,脚上装了环志,编号:SJH015。它对升金湖很留恋,直到4月16日才离开升金湖,开始春季迁徙。根据环志传达的信息,它于5月6日到达繁殖地——中俄边境的黑龙江流域。9月6日,它离开繁殖区域,开始秋季迁徙。目前,在东营黄河口区域停留。

升金湖保护区位于亚太迁徙路线的中部,每年迁徙期候鸟主要来自俄罗斯远东、我国东北地区的北方鸟类主要繁殖地。在升金湖秋冬季节过境的候鸟种类主要为五类,它们是鹬类、雁鸭类、鹭类、鹤鹳类、鸣禽类。越冬鸟类在每年的9月下旬开始陆续迁来,从11月中旬至第二年3月初是越冬的稳定时期,到3月中旬至4月上旬先后迁离。

"升金湖保护区主要保护对象为越冬水禽及其栖息环境。2023年冬季调查,保护区范围内有鸟类209种,其中水鸟类101种;鱼类6目10科36种;两栖爬行动物12种;兽类4种;底栖动物25种;浮游动物15科25属39种。国家重点保护鸟类42种,其中属国家Ⅰ级保护物种11种,即黑鹳、东方白鹳、白鹤、白头鹤、卷羽鹈鹕、白枕鹤、黄嘴白鹭、青头潜鸭、黑嘴鸥、大鹗、白肩雕;国家Ⅱ级保护物种31种,包括角䴘、白琵鹭、小天鹅、白额雁、鸳鸯、灰鹤、红隼、鸿雁等。"不愧为鸟叔,徐文彬对于每一种鸟的名称、基本数量都记得很清楚。

升金湖享有"中国鹤湖""鸿雁之乡"的美誉。每年11月初,随着寒潮南下,升金湖自然保护区就会迎来越冬候鸟迁徙高峰,数万只候鸟陆续抵达,湖里鸟鸣不绝,蓝天常常被鸟的翅膀遮蔽。每到这时,徐文彬就嘱咐工作人员带好望远镜、长焦相机等设备,沿湖巡护。

1971年出生的徐文彬,1992年黄山林校毕业后分配至此,当年10月他就跟着一位老同事,带着一个本子,在湖边跑,认鸟和其他动植物,对这片湿地进行生态记录,至今已经连续记录31年了。他记录了湿地动态与候鸟变迁,给升金湖留下最原始的记忆符号,形成了历史性"湿地生态手账"。

"升金湖的第一张土壤图、第一张植被图、第一张地形图,包括鸟的分布图,都是我手工画出来的。这些图纸晒至蓝图后,作为1997年申报国家级自然保护区的基础资料,现在想起来都觉得自豪。"徐文彬说。

第二天,在保护区档案室,我翻阅了"鸟叔"徐文彬的手账。1992年10月份开始记录的第一本手账,就有越冬水鸟的调查统计,那个冬天有很多的白头鹤,还有珍稀的黑鹳和东方白鹳。"刚工作时,湖边环境污染少,一到冬天,漫天的飞鸟涌来,遮天蔽日,真是壮观。像东方白鹳这样的大鸟,飞翔的姿态特别美。"

根据徐文彬的手账记录,直到21世纪初,每年来这里的各种候鸟种群数量都稳定在6万到8万只。但随着周边生态环境逐渐失衡,候鸟数量随之减少。

2003年11月23日,徐文彬有这样的记录:"在大洲四周圩埂,有三只捕鱼船,一船一人,采用撒网与'迷魂阵'方式捕鱼。有八人放养了五十头牛。远处亦有人放养了近千只家鸭。这些都对鸟类的觅食、栖息造成或多或少的影响。"

2004年12月8日则这样记录:"有四条船敲锣打鼓赶鱼上网,影响鸟类栖息。"

按照候鸟的习性,每年12月份应该是它们聚集的高峰期,2008年12月16日这天的记录,却是"这一片(监测点)一只鸟都没有",那个冬天记录的鸟的数量非常少。

徐文彬找出那几年的一些照片,只见湖面被一片一片分割开来,湖面上插满了一排一排竹竿,有些地方又用围栏给围了起来。"鸟儿飞到这里,有可能被网拦住。像东方白鹳、鸿雁这样个头大的鸟,降落和起飞,都要有相当开阔的湖面或平地,它们要是碰到遮挡物,就会受伤。很多候鸟飞来,要是没有合适的停留地,它们就会一直飞下去。澳大利亚科学家曾经做过一个实验:给一只准备迁徙的大滨鹬称了体重,并做了个'环志'放飞。两周后,深圳的红树林迎来了这位客人。经过长途飞行,这只大滨鹬在到达深圳时,体重由起飞时的278克变成了140克,减少了一半。类似于大滨鹬这种迁徙路线,东亚—澳大利西亚迁飞通道上的候鸟绝大部分为水鸟,如果不能在迁徙途中找到安全、食物充足的停歇地栖息,可能会造成迁徙或者后续繁殖的失败,甚至死亡。所以,人为地改变湿地环境,让湿地消失,最后跟着的是鸟类和众多其他生物的消失。"

听了徐文彬的介绍,我想起了曾经看过的一则消息:有一年,在美国犹他州,成群候鸟将开阔的地面误以为"海洋"而向其俯冲,造成至少1500只候鸟死亡,其中主要是水鸟。这些水鸟撞击地面伤亡主要集中在一家超市外的停车场以及附近的一个足球场。据犹他州负责野生动物保护的官员格里芬称,停车场和足球场内到处都是伤亡的水鸟。

据分析,恶劣的暴风雪天气也许是该事故的主要原因。这些候鸟之所以会产生这样的"错觉",是因为乌云笼罩着犹他州的上空,皑皑白雪覆盖了整个地面,犹如平滑的水面,让水鸟们产生了误判。来自纽约康奈尔大学鸟类实验室的凯文·迈克葛文称:"水鸟在迁徙的过程中,夜晚主要依靠星光来导航。如果没有灯光,星空一般比地面更亮,水鸟能够正常判断,但当地面忽然之间变得明亮,它们就会迷失方向,不知何去何从。"

这则消息,徐文彬也看过。他说:"人类肆意破坏自然环境,就会破坏自然界的生态平衡,让候鸟们找不到回家的路。"

那两年记手账的时候,徐文彬和同事们都会不停地叹息。不过,他带着几分庆幸说:"当时每天记录着那一串串令人叹惋的数据,真不敢想象升金湖还会有今天。"

透过"鸟叔"手账能感到,从 2014 年开始,变化在悄然发生。账册上多了一些新名词——湿地恢复、渔民上岸、退耕还湿、湿地生态效益补偿试点、升金湖保护区总体规划、国际重要湿地保护工程、成立升金湖生态保护发展有限公司……升金湖的候鸟数量逐渐多了起来,这两年的数量频频超越此前记录,水清岸绿、锦鳞游泳、百鸟翔集、雁叫鹤鸣的升金湖又回来了。

3. 人退鸟进

2023 年元旦,池州市林业局林长科科长、森防站站长张亚萍在朋友圈发了三幅图片,配了小段文字:

> 几天前,有市民送一只受伤的斑头鸺鹠到办公室。
>
> 彼时全民皆阳,人心惶惶,也没力气联系救护中心,直接带回了家,把我的消炎药与它共享了两粒,一日三餐精心照料。
>
> 它从一开始的蔫头巴脑,逐渐变得精神抖擞。昨晚开始,它在笼子里不停地伸展翅膀,跃跃欲试,似乎伤好得差不多了,在笼子里待腻了。
>
> 想着今天是新年,也算黄道吉日,该送它回归自然,让它翻开生活新篇章。结果放出笼子,它叼着临别"干粮",久久不愿离去。
>
> 对峙两个小时后,儿子小心翼翼地把它放回笼子,并给它取名"巴卡巴卡",表示让它别见外,继续住,肉管够……

张亚萍毕业于南京林业大学,日常工作外还兼任池州市林业局自然保护站站长,对于野生动物救助做过很多工作。一周后,这只斑头鸺鹠还是被她放飞了。"我不是舍不得肉。对于鸟儿，自由翱翔比在笼子里吃肉更重要。"在池州采访，很多人都是她事先联系对接的。在她的引领下，我见到了张忠建。

1958年，张福元从江苏洪泽湖一路向南逃荒，到了升金湖停了下来。曾经在洪泽湖打鱼的他，在升金湖边搭了个棚子，开始打鱼。因为技术好，后来成为渔业队的骨干。1963年，他的儿子张永祥出生在船上。长大后，自然在湖上打鱼。1986年，张永祥的儿子张忠建就是出生在船上。

张忠建外婆家在望江的一个农场，他在那里读了8年书，初中毕业，又回到升金湖，开始打鱼。2006年，他在渔船上结婚，妻子丁传丽也是渔民。第二年，他们的儿子张诚磊也在渔船上出生。此时，张忠建已经是东至县张溪镇白笏渔业队队长，每天带领120名渔民，出没在升金湖的风浪里。只是这时候，他感觉湖里的鱼明显地少了，大鱼也很难打到了。

2015年，国家政策要求，湖里的渔民全部上岸，在环湖周边6个乡镇就近安置。

张忠建的爷爷有6个儿子、2个女儿，张忠建叔伯兄弟10人，除1人在外地工作，其余9人都在湖里打鱼。兄弟9人一起被安置在东至县樟溪镇联盟村杨峨组，用上岸补偿费用购买了4.5亩宅基地，一家盖起一栋小楼。上岸的人有的外出到城里打工，还有一部分人在湖区从事巡护、保洁等工作。大家生活稳定，子女就近入学，日子和和美美。

至于张忠建，现在已经是升金湖生态保护发展有限公司管理部部长，带人在升金湖巡湖护鸟。在市林业局的指导下，金湖国家级自然保护区管理处与市升金湖生态保护发展有限公司成立6个值班小组和4个夜巡工作组，实行全天候值班和巡查，及时发现和交办问题，同时联合市公安局、市场监管局、农业农村局等定期组织开展专项行动和联合执法巡查。自2022年8月到2013年底，共查处违法违规捕捞案件65起，罚款18.33万元，收缴非法船只20艘、鱼竿1627根、渔网705条，销毁钓竿、渔网、渔船共计12吨。

在原有的智慧监管平台"EPC+O"项目基础上，保护区新增5套热成像云台摄像设备、4套夜视仪以及80套带对讲功能的巡护执法记录仪,在重点区域实现夜视全覆盖。同时,新增无人机机场1座,实现无人机自动巡检,大大提升了巡护效率。完善湖区卡口监控,建立非法进入升金湖保护区车辆黑名单库,及时筛选追踪可疑车辆。对八百丈、七排角等重点区域通过挖断、设置围栏等物理阻断方式,有效防止了湖区偷捕、偷钓行为。

据张亚萍介绍,为了让升金湖重现"水清岸绿景美"的容貌,2017年池州市制定实施了《安徽升金湖国家级自然保护区环境整治工作方案》,并投入4亿多元开展"清湖"行动,拆除升金湖人工养殖围网75万米、管理用房7000平方米,拆解船只2300多艘,清理水产养殖35处,安置专业渔民1331名,拆除缓冲区专业渔民安居房44户,清退工业企业11个、旅游和农家乐项目9个、畜禽养殖场30处,面积6万平方米,全部复绿到位。最终,升金湖保护区核心区实现无渔网、无渔船、无人为活动的局面。与此同时,池州市还实施了退渔还湖、退耕还湿、退岸还林的"三退三还"行动,恢复湿地面积,开展生态修复;建立水生植物种质资源库,种植水生植物2.085万亩,丰富生物多样性,增强湖泊的自净功能,逐步恢复水质。

为了提高管理水平,升金湖国家级自然保护区管理处还与安徽大学共建国家湿地生态学长期科研基地,为升金湖生态环境治理工作提供有力的创新支撑。目前,升金湖国际重要湿地保护工程项目已被列入长三角一体化重点项目清单。

"人退鸟进"是好事,但要如何让当地居民生产生活与升金湖生态保护协同共生?

沿着湖边现场采访,升金湖国家级自然保护区管理处副主任赵放武告诉我,为切实保护沿湖群众利益,减少和避免因受候鸟侵害给群众带来损失,池州市出台了《升金湖湿地生态效益补偿工作实施意见》,依据"谁保护、谁受益"的原则,明确对升金湖保护区范围内土地流转进行补偿,让渔业从升金湖产业规划中逐渐退出,恢复升金湖湿地生态。该意见中确定了补偿范围、补偿标准和工作流程,每年由属地政府申报保护区内候鸟觅食造成的农户损失，升金湖保护区管理处核实无误后予以补偿。"这里是我们的家，也是它们的家。"家住升金湖边上的东至县胜利镇新军村的陈龙安说。村民的稻田成了鸟儿们的"食堂"，保护区切实按时价对湖畔农户实行补贴。截至目前，池州市已先后投入资金1.08亿元，在完成15万亩主湖面统管后，通过给予农户和村组集体经济补偿的方式，先行流转统管核心区和缓冲区内5.8万亩水面和耕地，累计发放湿地生态效益补偿资金7802.2万元，惠及农户4665户1.8万多人，1331名专业渔民受益，而升金湖正在成为越冬候鸟的"大食堂"。

与此同时，池州市相关部门还积极为渔民开展职业技能培训，落实稳岗就业和社会保险，兑现教育、医疗、住房等各项扶持政策。在突出环境问题整治方面，不搞"一刀切"，给整改对象留足整改时间。对有合同纠纷的圩口承包人，引导通过司法途径保护他们的合法权益。及时发放候鸟损失农作物补偿金和流转圩口、土地生态效益补偿金。另外，创新管理体制，组建升金湖生态保护发展有限公司，在湖区设立管护点，招聘专业渔民从事一线管护工作；探索生态产品价值实现机制，在湖区示范种植莲藕、茭白、荸荠等水生经济作物，引导农户调整农业结构，发展优质高效生态农业，促进农民增收；结合自然教育、生态体验，发展生态旅游，带动湖区群众致富。

按照计划，池州市下一步将积极申报计划总投资约2亿元升金湖国际重要湿地保护工程项目，实施总投资6200万元升金湖湿地生态修复项目和总投资2500万元升金湖湿地保护修复项目，开展湿地生态效益补偿、修复水生植被1.95万亩、建设湖堤芦苇带约11.92千米。同时开展湿地类型自然保护地生态环境问题专项整治行动、自然保护地生态环境问题交叉互查行动等，建立健全长效管理机制。

"鸟叔"徐文彬告诉我："世界上有15种鹤，我国有9种，而升金湖就有4种，分别是白鹤、白头鹤、白枕鹤和灰鹤。升金湖也是我国种群数量最大的白头鹤的天然越冬地，2023年有350到500只，占我国总数的五分之一，占世界总数的二十分之一。在升金湖越冬的东方白鹳总数2023年有250

只左右,占世界总数的十分之一到八分之一。越冬鸿雁种群数量有 3 万只左右,占全球鸿雁总数的三分之一到二分之一。今年初,湿地生态保护与修复安徽省重点实验室进行的冬季水鸟同步调查中,升金湖湿地单元的水鸟数量最多,近 7 万只。加上后来两个月陆续来的,超过了 10 万只。升金湖又恢复成'候鸟天堂'啦。"

2023 年 2 月,第八届中国黑颈鹤保护网络年会在贵州威宁草海国家级自然保护区举行,会议上为从事鹤类保护与研究三十周年以上的 11 位杰出人士颁发了纪念证书,以表彰他们对鹤类保护事业做出的突出贡献。徐文彬参加了会议,并和全国其他地方的 10 人一起上台,领取了纪念证书。

又一个冬天就要来了。我还想去升金湖,和东方白鹳对话,告诉它们,有一对它们的同伴,留居在了月亮湖湿地。

二、归来的承诺

1. 爱心小屋

第一次见到汪湜,是在池州市委党校。2023 年 8 月 18 日下午 3 点,进入党校中型报告厅时,一位叫丁德芬的女性志愿者在谈周氏家风,讲周馥及其后人的故事。接下来,是汪湜做报告。因为只有 5 分钟时间,他就放了一段视频:《鸟线和谐·筑梦家园——护线爱鸟志愿服务项目》。作为领衔人,他简单介绍了国网安徽电力汪湜护线爱鸟创新工作站志愿服务情况。

后面我们分头出发,来到国网安徽电力汪湜护线爱鸟创新工作站。工作站靠近月亮湖,在一栋二层楼中,一楼是关于鸟类介绍和志愿者行动的展厅,二楼是会议室和办公室。这里众多的展墙上,有很多鸟类的图片,每一张图片都有简介,很多是我未曾见过的鸟。有一组图片小标题是《消失的精灵/它们曾经来过》,介绍的是 10 种已经灭绝的鸟类。斐济斑翅秧鸡是 1973 年,也就是我 10 岁那年才灭绝的,我心中一阵难过:"世界这么大,为什么容不下一只鸟呢?"

听了我的话,汪湜说:"过去容不下,将来也未必能够容下。现在世界上每8种鸟中就有1种鸟面临着灭绝的危险,或者说有1211种鸟面临灭绝的危险,占已知的1万种鸟的12%,而且有179种鸟已经处在灭绝边缘。在1211种濒危鸟中,有966种鸟的数量不到1万只,数量在2500只以下的有502种,更有77种鸟的数量不足50只,这77种鸟属于高危物种,稍不注意就会从地球上永远消失。"

"所以,你要护鸟?"

"是的。"

"说说小白吧。"

小白是汪湜去年2月14日救护的东方白鹳。

这只东方白鹳是村民在升金湖畔贵池区牛头山镇的一处湿地上发现的。汪湜他们听说后,立刻前去查看。升金湖湿地管理处副主任徐文彬也到了。徐文彬这位升金湖的鸟类专家,多次和汪湜一起救鸟护鸟。根据东方白鹳的羽毛颜色和瞳孔颜色,他们断定这是一只1岁多的少年雌鸟,是地地道道的"小白",因为左翅初级飞羽折断,无法飞翔而落单。汪湜等人和池州市林业局林业自然保护站的领导商讨后,将小白带回池州市野生动物收容救护站疗伤。

在志愿者以及池州市野生动物收容救护站工作人员的悉心照料下,两个多月以后,小白伤势明显好转,已经恢复到了健康状态。由于它的左侧初级飞羽不慎折断,当时不适宜放飞大自然。

为了让小白在池州顺利安家,汪湜和护线爱鸟创新工作站成员与池州市林业局林业自然保护站及野保专家做了沟通,形成方案:工作站成员与志愿者们共同筹资3.6万元,为小白精心设计并建造了一间约21平方米的爱心小屋,供小白生活起居。4月12日,在志愿者及救护站工作人员的见证下,小白正式住进了属于自己的"爱心小屋",开启了它在池州的新生活。

听了上述故事,我对小白产生了兴趣,立刻想到爱心小屋中去看它。

汪湜说:"实在对不起,我要去休宁参加一个志愿者活动,不能陪你去爱心小屋。"

陪同我采访的张亚萍科长说:"你去休宁吧,我陪贾老师他们去。"

临别时,我忽然想起,去年5月3日"鸟叔"徐文彬曾送过另一只受伤的东方白鹳"大白",到休宁的皖南国家野生动物救护中心。那是一只2岁多的雄鸟,也是左翅飞羽折断,汪湜等人在升金湖保护区发现的,当时池州无法救助,"鸟叔"徐文彬就将它送到具备救助条件的休宁了。

"你要去看徐主任送去的那只东方白鹳吗?"

"要去。我要去看大白。我一直在想,大白和小白,能不能一起放归自然。"

池州市野生动物收容救护站位于池州市齐山野生动物园内,爱心小屋位于齐山脚下,不仅空间宽敞,而且根据东方白鹳的生活习性设计了不同的分区,如可觅食的浅水区、仿湿地的水草区、半封闭的休息区等,同时还铺设了细沙确保其生活舒适。此外,小屋内还布设了监控以实时监测小白的生活和健康状况。已经是傍晚时分,依然有一些游人在观看动物。东方白鹳正在水草区走动,有几分闲庭信步的优雅。

张亚萍告诉我,3天前的下午,她曾陪同英国国际生物多样性保护专家、著名鸟类学家约翰·马敬能博士与汪湜护线爱鸟创新工作站的志愿者们来到池州市野生动物收容救护站看望小白。约翰·马敬能博士对小白进行了细致的检查,确定小白恢复得很好,若不是左侧初级飞羽折断,早已能够放飞了。现在它飞不起来,但野外放生还是可行的。

收容站站长姚宏明告诉我:小白现在已经可以挥翅腾飞2米高。它最喜欢吃泥鳅,还有小鲫鱼等,但必须是活的。它的胃口很好,每天得吃20多块钱的泥鳅、小鱼。收容站养它有些吃力,幸亏汪湜他们这一帮爱心人士,常常捐款接济。

张亚萍说:"动物保护绝不是口头上表表爱心那么简单。像我们池州市,财政本不宽裕,每年仅救获水鸟这一块,就要投入相当数量的真金白银。发动社会力量很重要,汪湜他们做出了很好的行动。"

说到汪湜,我又想到"鸟叔"送到休宁的那只东方白鹳,汪湜见到了吗?

2. 鸟线和谐

池州境内不但有国际重要湿地和国家级自然保护区升金湖,还有平天湖国家湿地公园、秋浦河源国家湿地公园、十八索省级自然保护区等,加上浩浩长江,所以东亚—澳大利亚迁徙通道上,每年南迁北飞的候鸟资源特别丰富,达 18 目 65 科 350 种之多,鸟的种类占比安徽省 88%、占比中国 24%、占比世界 3.2%。而位于池州市的九华特高压密集通道,是西电东送的大动脉之一。星罗棋布的电力铁塔、密集的输电线路在群山中绵延,为经济社会发展提供了坚强的电力保障。变电站和输电线路是鸟类喜欢筑巢、栖息的地方,但是这种习性影响着鸟类自身的生存,也对电力设备的安全稳定运行不利。每年 10 月至次年 3 月,一批批南迁候鸟都会飞越池州境内的这些铁塔银线。

汪湜是国网安徽电力有限公司池州供电公司员工,1986 年入职,在电网一线工作了几十年。他热爱摄影。2014 年一个偶然的机会,他看到一本名为《平天飞羽》的摄影画册,被精美的鸟类摄影作品深深打动,开始拍摄野生鸟类。那一年,池州月亮湖出现了越冬小天鹅,汪湜和朋友们赶去拍摄。镜头里,这些美丽的大鸟姿态优雅,气定神闲,成群飞过天空时,场面壮观。他对我说:"飞鸟的美丽给我最大的震撼,就是那一次。从那时候开始,我拍鸟,也开始研究鸟。一晃,将近 10 年了,时间好快啊。"

作为国网安徽电力汪湜护线爱鸟创新工作站领衔人,他也是池州市野生鸟类保护志愿者协会会长,还兼任中国野生动物保护协会会员、安徽省野生动物协会理事,系中国鸟网资深生态摄影师(顾问、安徽版主、高级评论员、摄影大赛终审裁判)。多年深耕电网一线,因工作结缘鸟类,通过持续自学培训、长期野外观察,汪湜积累了丰富的鸟类保护知识,涵养了深厚的人鸟共生情感。他曾利用假期先后赴我国的浙江、江苏、吉林、河北、福建、内蒙古以及泰国等地拍摄,行程 10 万余千米,累计拍摄 400 余种数十万张

绿美河湖——万佛湖

绿美景区——铜陵永泉旅游度假区

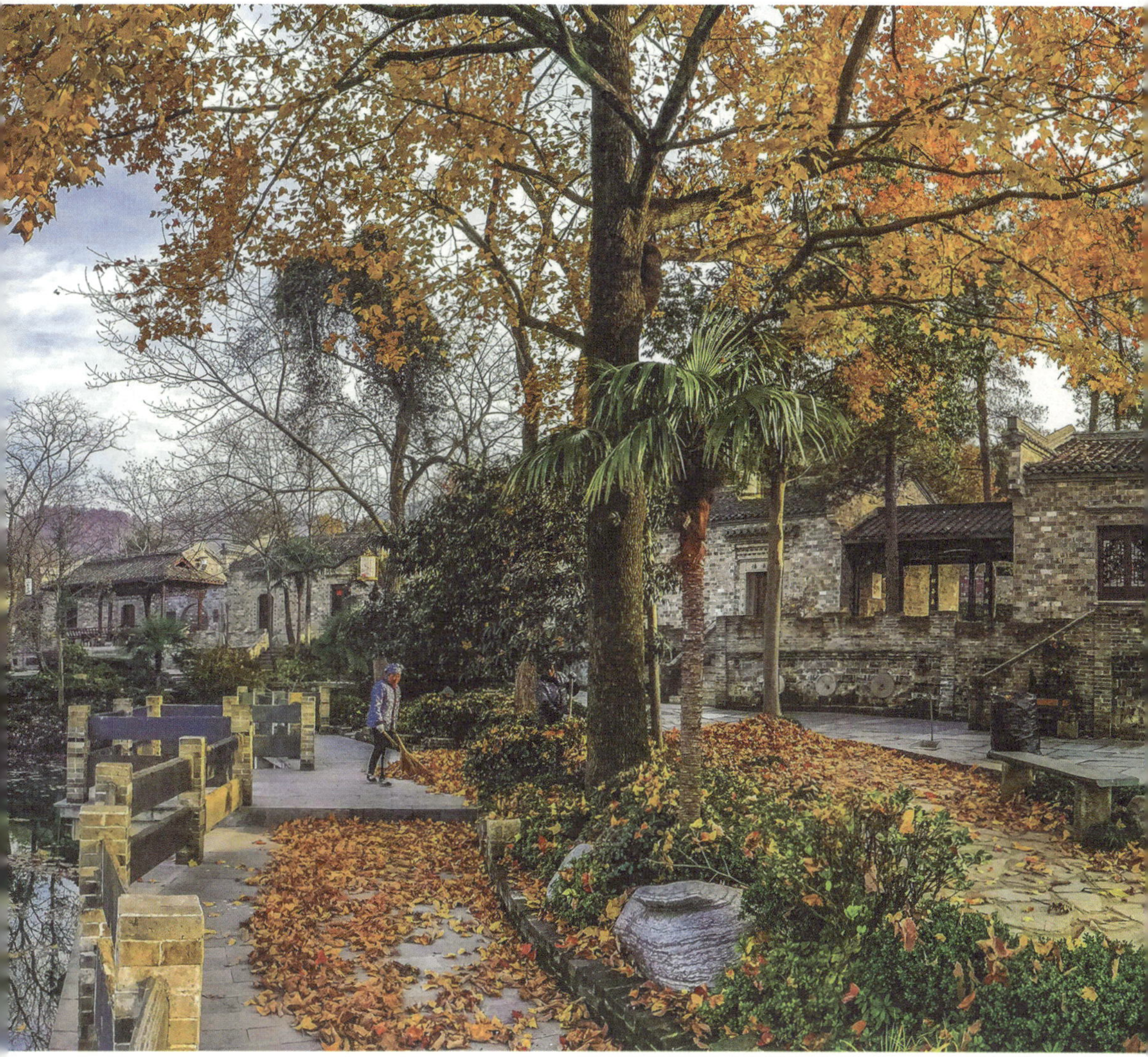

绿美森林——天长市永丰镇上泊湖农田林网

野生鸟类照片。

汪湜拍摄的数十万张野生鸟类照片,记录了它们繁衍生息的美好瞬间。他拍出的"大片"越来越多,对鸟类的了解也越来越深。"水鸟是湿地生态的旗舰物种,保护野生鸟类也就是保护我们共同的家园。我们池州湿地多,便于就近观察,所以我就以拍水鸟、保护水鸟为主了。"2016年以来,他走遍了池州附近的大小湿地,守护候鸟迁飞,开展野生动物保护科普宣传,积极参与野生鸟类救护和资源调查。在汪湜看来,这些年越来越多的珍稀候鸟来安徽越冬,安徽生态环境更好了,老百姓爱鸟、护鸟的意识更强了。

2016年,他和志愿者们成立了安徽省池州市野生鸟类保护志愿者协会,每年在候鸟迁徙季定期开展野外巡护,日常开展进校园科普、社区宣传活动,还经常参与野生鸟类救护。2022年救助的东方白鹳小白,是汪湜直接参与救助的第6只国家一级重点保护野生动物,而"鸟叔"徐文彬送往休宁的则是第7只国家一级保护动物。多年来,汪湜和团队志愿者们先后救助鸟类等野生动物132只。

在电网一线工作多年,汪湜其实一直在跟鸟打交道。"八线合一"的池州特高压重要输电通道是国家电网西电东送的"高速路"。每到春夏季节,很多鸟需要寻找高大的树木筑巢。找不到大树,它们就在输电铁塔上筑巢。"输电线路通过铁塔进行电力的远距离传输,野生鸟类筑巢的材料五花八门,树棍、干草、铁丝、编织袋,掉在高压线上容易导致线路短路和跳闸。"汪湜介绍,鸟的粪便落在绝缘瓷瓶上,也会造成放电,导致线路故障。有些绝缘子是复合材料,还会因为鸟啄造成破坏。"一旦发生短路等故障,造成经济损失是肯定的的,对鸟类的伤害也是致命的。"

过去,电网工作人员在野外巡线中发现铁塔上有鸟类筑巢,为确保电力正常供应,一般会直接捣毁。2015年,电力一线员工徐贵东眼见升金湖畔一处电力杆塔上的鸟巢被捣毁,掉落地上的4只羽翼未丰的雏鸟嗷嗷待哺。天空中盘旋的两只大鸟叽叽喳喳叫个不停,像是在哭诉失去心爱的孩子,这让平时喜欢小动物的徐贵东深感不安,他对汪湜说:"我感觉这有些造孽!"

汪湜连连点头："我们要想办法，不能以护线为唯一目的，既要护线，也要爱鸟。"

能不能在确保线路安全的同时，让野生鸟类也有安家之所？汪湜和徐贵东等团队志愿者们想了很多方法。给铁塔上的鸟巢搭建"导粪板"，防止粪便掉落在设备上；加固鸟巢，确保它们安全繁育下一代……2021年，国家电网启动了"候鸟生命线"项目。当年9月，国网安徽电力汪湜护线爱鸟创新工作站正式成立。护线的同时护鸟，志愿者的队伍进一步壮大，达到60人。汪湜带着工作站成员研学观察鸟类习性、组织线路巡护、研制护鸟装置。"过去我们解决问题的手段单一，是因为不懂鸟。"汪湜告诉我，全国有1000多种鸟，安徽有400多种鸟，真正会在铁塔上筑巢，可能对输电线路造成危害的也就10多种。"把这些鸟的脾气摸透了，对症下药，问题也就容易解决了。"

汪湜护线爱鸟创新工作站一改"驱、捣、移、捕"的老办法，制定了"防、护、引、改"的技术措施。"首先是物理'防'治，通过安装猛禽模型等仿真设备、安装站位器等方式，避免鸟类在变电设备上栖息、筑巢。第二是爱心守'护'，在杆塔绝缘子上安装护套，在杆塔登梯处安装防蛇伞，避免以鸟蛋和幼鸟为食的蛇类上杆。"汪湜和工作站成员还给鸟巢建台账，为电网设备上的鸟巢安装"爱心标牌"。2023年前7个月，创新工作站成员在池州输电铁塔上发现19处喜鹊的巢穴，全部安装了爱心标牌。鸟什么时候筑巢，什么时候繁殖，什么时候离巢……工作人员巡线的同时，也关注鸟巢的情况，及时排除隐患，确保鸟、线双安全。汪湜还针对容易对输电线路造成影响的鸟种，制作了"提示卡"，什么鸟什么习性，怎么处置，一目了然。

"鸟类上铁塔筑巢，也是'无奈之举'。"说到这个话题，汪湜面色显得有些沉重。鸟类在地球上繁衍已经有上亿年的历史，远超人类的历史，它们的繁殖地和迁徙路线很多是根植基因里的。早在人类和电力铁塔出现前，它们的祖先就已经在这里筑巢繁殖了。是人类把它们建立家园的大树等砍掉了，所以，人类要还债，还破坏生态环境的债。汪湜和工作站的志愿者们通过搭建人工鸟巢、定点饲补等方式,引导鸟类主动远离电网设备。同时,对变电站站内环境进行改造,对输配电线路进行绝缘化改造,使线路对鸟不会造成伤害。

在齐山变电站有一只仿真鹰,每当有鸟类飞近,仿真鹰就会扇动"翅膀",发出类似老鹰的鸣叫。"一般的鸟都害怕猛禽。仿真鹰加装了红外感应相机,能识别温度异常和画面变化,并发出猛禽的鸣叫声,从而让鸟类远离变电站。"汪湜告诉我,这个装置是王国强发明的。他也是国网安徽电力汪湜护线爱鸟创新工作站成员。这些年,工作站成员积极探索技术创新,获发明专利4项、实用新型专利4项。2016年至2021年,池州市涉鸟停电故障分别为15起、11起、8起、4起、2起、0起,逐步实现"鸟线双护"的目标。"0起"的这个成绩,一直保持着。

"如果鸟的种类不断灭绝,就意味着我们的后辈只能从图片上知晓它们。我在工作站做展陈时,特地把那些已经灭绝的鸟的图片放上一些,目的就是让大家知道,地球上曾经还有过这么多鸟类朋友。"提升社会公众生态保护意识对于护鸟是至关重要的,汪湜认为,爱鸟要从娃娃抓起。他说:"对孩子们的宣传到位了,小手拉大手,就能影响一个家庭。"在爱鸟、护鸟的路上,汪湜他们力求向更多人科普鸟类知识,吸引更多力量来保护好野生鸟类资源。于是,除了日常的保护工作,汪湜他们还进社区、进学校,进行鸟类科普宣传。

2017年林长制改革以来,汪湜和他的团队志愿者得到了更多的便利。汪湜成为"不在编"的民间林长。他经常深入社区、学校,开展各类科普教育。他向孩子们展示自己多年来拍摄的野生鸟类图片,为他们讲述背后的故事。"亲自去拍才能观察到鸟类的行为,了解他们的习性,给孩子们讲起来才更生动,他们更容易接受。"

前些年,中华秋沙鸭来池州越冬。为了讲好1000万年前就在地球上生存的"国宝鸭"的故事,汪湜专门跑了一趟吉林长白山,探访中华秋沙鸭的繁殖地。"鸟是非常警觉的动物,很多时候,拍一张照片需要蹲点好久。"那一次在长白山,他蹲守时间长达13个小时。

汪湜还尽可能创造条件,让孩子们开阔视野,提高站位。8月14日,英国国际生物多样性保护专家、著名鸟类学家约翰·马敬能博士应邀来到位于池州市的国网安徽省电力有限公司"汪湜护线爱鸟创新工作站",与小学生和"护线爱鸟"志愿者们分享他在野生鸟类保护领域的学术研究成果和观鸟的认识体会。

课堂上,约翰·马敬能博士讲授了鸟类的生理结构、生存环境、迁徙路线以及生物多样性等方面的知识,并倡导大家要爱护自然环境,从日常的点滴做起,守护生物多样性。

8月15日一早,池州市平天湖生态湿地公园绿意盎然,一群群鸟儿如精灵般时而在水面上空翩跹翻飞,时而在湖中游弋,呈现出一幅和谐的生态家园画卷。小学生与志愿者们在约翰·马敬能博士的指导下举起望远镜观察湿地中的野生鸟类。"我今天观察到了28种鸟,今天的天气有利于观察它们觅食、展翅、降落、栖息等行为。"约翰·马敬能博士观鸟后说。

6年来,汪湜与志愿者们通过线上、线下相结合的方式开展各类科普活动200多次,服务总时长达2219小时,实现了池州市中小学生鸟类知识科普宣传全覆盖。

因为在鸟类保护方面的贡献,汪湜先后获中国野生动物保护协会"护飞先进个人""斯巴鲁生态保护先进志愿者""富思图生态保护奖""安徽省慈善奖慈善个人楷模"等荣誉,2023年成为全国"百名最美生态环境志愿者"。

国网安徽电力汪湜护线爱鸟创新工作站的"'鸟线和谐·筑梦家园'护线爱鸟志愿服务项目"荣获共青团中央等9部委联合颁发的"第六届中国青年志愿服务项目大赛金奖";"'鸟线和谐·筑梦家园'护线爱鸟志愿服务项目"短视频荣获第十届全国品牌故事大赛一等奖;"'鸟线和谐·筑梦家园'护线爱鸟志愿服务项目"荣获安徽省"月评十佳"学雷锋志愿服务先进项目典型等集体荣誉。2022年12月7日至19日,工作站"'共护天鹅湖'——擦亮生态宜居城市名片"生态保护典型案例在加拿大蒙特利尔举办的联合国《生物多样性公约》第十五次缔约方大会(COP15)上向全世界展示,国网池州供电公司收到全球能源互联网发展合作组织的感谢信。

3. 伴归月亮湖

我一直牵挂着"鸟叔"徐文彬送到休宁的那只东方白鹳大白。8月底在黄山市采访,我特意去了休宁皖南国家野生动物救护中心。这个中心于1998年3月正式成立,占地300亩,内设科研管理区、笼养管理区、圈养管理区、种群繁殖区和宣教培训基地,主要任务是开展野生动物的救护、疫病监测、科普宣传以及珍稀物种的驯养繁殖等工作。中心成立25年来,共救护、放生、收容国家重点保护野生动物4000余头(只),其中包括云豹、黑麂、白颈长尾雉、扬子鳄、白鹤、东方白鹳、黑熊、短尾猴等国家一、二级重点珍稀动物300多头(只),拯救了一大批皖南地区受伤野生动物,是华东地区野生动物救护工作的标杆。

中心负责人张文兴、工程师李群热情接待了我。前一年送来的大白早已经康复,只是由于左翅膀受伤,无法飞翔。我给汪湜发了微信。他对我表示问候,也对大白表示问候,并表示,想让大白回归自然。我想起曾经看过的雅克·贝汉执导的纪录片《迁徙的鸟》,候鸟的故事是一个关于承诺的故事,让每一只鸟都回归自然,应该就是我们今天的承诺。

离开黄山的第三天,我忽然在网上看到一条消息:9月2日,国网安徽电力汪湜护线爱鸟创新工作站(也是中国绿发会月亮湖小天鹅保护地)志愿者来到池州市野生动物收容救护站,将2022年2月份救助的一只左翅初级飞羽折断的东方白鹳,送往安庆骨科医院拍摄X光片,对其身体健康状况进行现场鉴定,确认伤口恢复良好后,积极做好放归自然前的准备工作。

我心中一震,应该是小白。往下继续看,图片上是汪湜和他的同事彭永进,他们呵护着的果然就是小白。

19个多月的时间过去了,汪湜他们这些志愿者几乎每周都会为小白送去泥鳅、鲫鱼等"口粮",并定期打扫笼舍。在志愿者以及池州市野生动物收容救护站工作人员的悉心照料下,小白的伤势目前已经完全康复。

消息中说,工作站目前已向安徽省林业局野生动植物保护处报备相关情况。接下来,工作站将为小白寻找适合的栖息地,并将2022年5月份救助的另一只寄养在皖南国家野生动物救护中心的东方白鹳接回,与之一同放归自然,在湿地里搭建临时笼舍和招引架,为它们营造良好的栖息环境,同时开通视频直播、佩戴卫星追踪器,继续关注两只国宝珍禽放飞后的状况。

彭永进的女儿彭雨涵从小受父亲和汪伯伯的影响,早早就成了爱鸟志愿者。这个安徽艺术学院大一新生,9月2日也护送小白去拍X光片了。她以细腻的笔触记录了这一天的体检故事。

正是秋高气爽时,有朝一日小白可以展翅翱翔,这一幕是众所期待的。汪湜决定带它去安庆骨科医院给受伤的翅膀拍张X光片,于是乎,小白的历险也将开启……

与往常一样,与汪湜一同照顾小白的志愿者彭永进,将清晨买好的泥鳅送去给小白进餐。它很通人性,知道他们来了就会有一顿美食。它徘徊走近,张开翅膀又闭上,似乎在等待投喂。令它没想到的是,"危险"却正在慢慢靠近……

一网子,一白鹳,挣扎害怕,若不是没有声带,那惊恐的叫声一定远扬千里。被套住的那一刻,似乎还在挣扎,伴随着紧张,随后被套上眼罩蒙住了双眼,小白依旧沉浸在惊慌失措中,难以自拔。这时,一双温暖的手抚摸上小白的后背,安抚那颗受惊吓的心灵。只见汪湜将小白抱起,它像小姑娘一般蹬着双腿,这是害怕的征兆,出了它的小天地,未知的外界,黑漆漆的一片,看不到也摸不着,无疑是一场需要强大心理才能战胜的恐惧,该开启它生平中的第二次坐车旅程了……

8时30分,红色的小桶,小白站在里面,摇摇晃晃下,它用长嘴试

第五章 归去来

探着,又或是不敢,只见它依偎在志愿者的怀中,汪湜开着车快马加鞭地赶往安庆骨科医院。前半程中小白懂事安静,后半程可能是有些晕车,只见它突然张开那双有力量的翅膀,扑棱着、挣扎着,在志愿者的安抚下,最终才安静了下来。

9时40分,目的地终于到了。小白站在医院的大厅里,它舒展双翼,抖了抖身子,很快便用长长的喙开始梳理起羽毛来。说实话,它也挺有包袱的,很注意自己的形象。在志愿者和医护人员的共同帮助下,小白非常配合地完成了左边翅膀X光片的拍摄。院长说,它的受伤部位除有骨质增生外,没有发现其他异常,一般不会影响它在自然状态下的生活。

10时15分,汪湜再次发动车辆,准备带小白回家。回程的路上,小白显得格外乖巧,微微地侧着脑袋,靠在志愿者的身上一动不动,或许是累了,又或许是睡着了,也或许是因为坐在它信任的人的车中,它很踏实。

11时30分,小白又回到了它那温馨的家。汪湜打了盆水为它洗了个澡,随后摘去小白的眼罩,让它重见光明。小白很快跑得远远的,站在一块大石头上一动不动,耷拉着翅膀,好似一位正在生气的小姑娘,不吃也不喝。但此时已临近中午,它的肚子早就饿得空空的。一不留神,只见它张开双翅腾空而起,迅速来到早已准备好的进食区,狼吞虎咽般吃起美味来,不一会儿工夫,盆里的20多条泥鳅就不见了。

真是棒极了!是时候让大白、小白做伴放归自然了。微信中,我问汪湜:放归到平天湖吗?

与小白相处这么久,每天我都会从监控里看看它。放飞虽然有些不舍,但它毕竟属于大自然、重归自然、顺应自然有益于它的生存和繁衍。汪湜似乎是自语,更是承诺。

很快,他给我发来了《东方白鹳放归池州月亮湖湿地实施方案》。

方案中，汪湜陈述了放归的必要性。

2022年救助的2只东方白鹳"大白""小白"，经过国网安徽电力汪湜护线爱鸟创新工作站志愿者、池州市野生动物收容救护站和皖南救助中心工作人员一年多的救护治疗、康复饲养和野化训练，已经具备了野外捕食和生存能力。

鸟类学家普遍认为：若非迫不得已，对所有获救助鸟类，都不宜进行长时间的人工饲养，应该及时放归大自然。如果将它们长时间圈养笼中，首先不仅会造成羽翼退化，很可能使其丧失野外生存的能力，形成对人类喂养行为的依赖；其次，长期圈养对野生鸟类的心理健康，会产生困扰；另外，出于对人禽或人畜共患病传播风险的把控，尽早放归，可以减少人禽或人畜共患病源的传播机会。

如果将休宁的安徽省野生动物救助中心养护的大白接到池州，与小白一起放归自然，更有利于它们结伴生活，增强它们的安全感。

对于放归前准备，汪湜对我做了如下列举。

首先对2只东方白鹳野外生存能力进行综合评估。8月15日，在检查小白伤口情况后，英国鸟类学家约翰·马敬能认为将它放归封闭且无人为干扰的自然环境中要比养护在笼舍里强。8月22日，皖南救助中心工作人员对大白进行体能检查，确认其受伤部位完全康复，具备野外生活能力。9月2日，国网安徽电力汪湜护线爱鸟创新工作站志愿者将小白送往安庆骨科医院拍摄了X光片，对其身体健康状况进行现场鉴定，确认小白伤口恢复良好，符合放归的自然条件。

东方白鹳放归地现场月亮湖湿地，位于池州主城区，面积2000亩左右。生物多样性丰富，食物充足，至今保持着内陆湿地生态系统的完整性、自然性和典型性。自2014年野生小天鹅在月亮湖湿地区域现身后的连续几年内，月亮湖迎来越来越多的小天鹅栖息越冬。在主城区有野生小天鹅栖息，这样的城市在全国都不多见。要想永久留住月亮湖区域的小天鹅，就得为小天鹅们创造一个不受干扰的栖息环境。汪湜和志愿者们对月亮湖周边道路的10千伏架空线路全部进行电缆入地改造。在他们的建议下,湿地公园管理处在月亮湖区域增设6000米安全围栏,并安排20多名专业执法人员24小时进行巡护。2022年,有600余只小天鹅降临月亮湖湿地过冬,月亮湖成为名副其实的"天鹅湖"。

选择月亮湖,是考虑到这里既有适合东方白鹳栖息、觅食的浅水区,也有水面小岛和隐蔽性的挺水植物,月亮湖周边采用围栏防护,人为干扰小。而且每年冬季,都有野生小天鹅、白鹤、白琵鹭在此越冬栖息。去年越冬栖息的除了小天鹅、白琵鹭、白鹤外,还有灰雁、绿翅鸭、白骨顶等候鸟。因此,月亮湖湿地是放归2只东方白鹳最理想的场所,这里是可以为大白、小白提供水源、多样性食物的栖息地。放归前,汪湜等人在湿地为它们搭建了人工繁殖巢,期待它们在适应栖息地生活后能自然繁殖。

为确保东方白鹳放归成功,最大程度减小它们的应激反应。放归前,汪湜带着兽医将为2只东方白鹳再进行一次全面体检(包括称重、测量,观察其头、眼、喙以及口腔、颈胸部等);搭建临时野化棚,对它们进行走动、观察、捕食能力等康复再训练,在放归前24小时禁食禁水,以刺激2只东方白鹳放归后在野外觅食。同时为它们分别佩戴彩色标识环和卫星追踪器,启用月亮湖用于小天鹅慢直播的视频系统,以便更好掌握它们放归自然后的日常活动规律和健康状况。

10月12日,国网安徽电力汪湜护线爱鸟创新工作站志愿者联合平天湖风景区管委会湿地公园管理处、池州市林业局野保站、池州市公安局贵池分局森林警察大队工作人员一行,将2只东方白鹳安置在平天湖国家湿地公园月亮湖核心区域的一处小岛上。这里有人工建起的鸟屋,大白、小白就在这里住下了。

放归当天,相关部门启动了月亮湖视频监控直播平台,实时观察东方白鹳在自然湿地中的生活状态。此外,还为大白与小白分别佩戴上鸟类识别环志和北斗定位"小脚环",以便及时掌握东方白鹳放归后的活动范围和迁徙路线,为实现鸟类救助、科学放归、科研监测提供数据依据。

通过视频监控和卫星追踪器，汪湜每天都能看到大白、小白放归后的生活。它们对月亮湖湿地非常适应，很快就能够自己捕食了。32 天之后，大批冬候鸟纷纷飞抵月亮湖，仅小天鹅就有 400 多只。这让原本也是冬候鸟的大白、小白显得有些兴奋，它们和新来的候鸟结伴在水边捕食，时常快乐地振翅、梳羽。

更让人欣喜的是，11 月 27 日晚，汪湜发现月亮湖多了一只东方白鹳，经确定是被大、小白招引来的南迁东方白鹳。这只东方白鹳在月亮湖住了下来，已经一个多星期了。汪湜他们给它起名"小钰"。微信中，汪湜告诉我：他们准备近期给它们建一个人工鸟巢，为它们有可能配对繁殖做好准备。

是的，随着更多的东方白鹳的到来，大白、小白通过"恋爱"，也许各自都会有自己的生命伴侣。它们的翅膀折断了，无法搏击长空，但它们在人类的关爱下，可以自然产卵、孵化，诞生自己的后代。到时候，这些出生自月亮湖湿地的后代，将飞向高空，代替它们的父母大白、小白，向蓝天致以问候，亲吻蓝天的额头。

本书即将结稿时，汪湜发来微信，全国保护母亲河行动领导小组公布了《关于表彰第十一届母亲河奖的决定》，国网池州供电公司"'鸟线和谐·筑梦家园'护线爱鸟志愿服务项目"被评为"绿色项目奖"。

三、鳄归之路

1. 从 2 亿年前走来

7 月 24 日下午，笔者抵达宣城安徽扬子鳄国家级自然保护区管理局（安徽省扬子鳄繁殖研究中心），管理局副局长夏同胜等在大门口。因为时间紧，我们首先就去了扬子鳄博物馆。周一博物馆是闭馆的，馆长彭奇麟为了我们参观特意开了，并亲自讲解。

扬子鳄属爬行纲鳄目鼍科鼍属，古代被称作鼍，民间俗称"土龙"或"猪婆龙",为中国特有,是世界上24种鳄类中最接近濒危的鳄种。它与恐龙同时代,是从2亿年前接力走来的。在扬子鳄身上,至今还可以找到早先恐龙类爬行动物的许多特征。所以,扬子鳄被人们称为"活化石"。1972年,我国政府将扬子鳄列为国家一级重点保护野生动物。1973年,联合国将其列为濒危种和禁运种,世界自然保护联盟(IUCN)将其确认为极危种。

历史上,扬子鳄曾广泛分布于中国东部的黄河、淮河、长江和钱塘江等流域。安徽和县龙潭洞、山东泰安大汶口和兖州王因、上海马桥、浙江余姚河姆渡等遗址都发现过扬子鳄遗骸。

从古文献记载来看,早在殷商的甲骨文中就记载有"鼍"。《诗经》的《大雅·灵台》中,也有"鼍鼓蓬蓬"的诗句。《山海经·中次九经》:"岷山,江水出焉,东北流注于海,其中多良龟,多产鼍。"《礼记·月令》:"季秋之月,伐蛟取鼍。"宋代苏颂的《图经本草》记载鳄鱼数量"今江湖极多"。记录最详细的是李时珍:"鼍穴极深,渔人以篾缆系饵探之,候其吞钩,徐徐引出。性能横飞,不能上腾。其声如鼓,夜鸣应更。谓之鼍鼓,生卵甚多至百,亦自食之。南人珍其肉,以为嫁娶之敬。"

由"鼍"变成扬子鳄这个名字,则迟于近代。1879年,法国博物学家、在华海关工作人员、上海博物馆馆长福威勒(1851—1909)基于从芜湖、镇江和鄱阳湖收集到的4个标本,将扬子鳄鉴定为短吻鳄科短吻鳄属的一个新种,并命名为扬子鳄(Alligator sinensis)。

扬子鳄属小型鳄类,形似大型蜥蜴,一般成年体长在1.50—1.80米,体重为20—40千克,最大个体长约2.40米,初孵雏鳄0.18—0.22米长。其相貌难看,样子凶残,实则温顺而笨拙。它的头部不能转动,只能左右摆动。在陆地上,常缓慢爬行,不会跳跃,在水里却灵活自如。四肢较短,前掌有五趾,趾间无蹼;后掌有四趾,趾间有蹼。这些结构特点适于它既可在水中生活,也可在陆地生活。

扬子鳄皮肤上有大小、形状不相同的鳞甲,它们质地坚硬,相互连接,构成一幅网格覆盖于体表,就像"铠甲",保护着身体。它的皮肤有很好的导热性,因为鳞甲的供血十分充足,可在鳄晒太阳时将热量传导进体内,这有利于体温调节。同时也有良好的导水性,只要在水里,它不用喝水就能保持体内水分充足。然而,由于皮肤渗水,它不能长久处于陆地或保持干燥,这样易引起鳄体失水过多而造成对鳄体的伤害。

与其他两栖动物不同,扬子鳄的眼睛具有夜视能力,夜里在灯光照射下能够反光,被人看成"宝石"似的眼睛。寻找扬子鳄,夜间用手电筒照射水面,就容易发现。它的牙齿,保持了鳄类的特点,圆锥形牙齿锋利常外露,且终生更换。鳄吻具有强大的咬合力,能够咬碎龟甲,咬合力达800千克,约是人类咬合力的20倍。

扬子鳄的身体组织结构特点和生理变化规律与生活习性及生活环境相适应。如发达的嗅觉、视觉和听觉与陆上捕食、营巢等行为相适应,特殊的肺小腔结构及味蕾构造又具有适应水生生活的特点,血糖浓度的季节变化与扬子鳄的冬眠期、活动期或繁殖期的周期性交替相适应。成年扬子鳄具有高超的挖洞打穴的本领,头、尾和锐利的趾爪都是它的打洞打穴工具。它的洞穴常有几个洞口,有的在岸边滩地芦苇、竹林丛生之处,有的在池沼底部,地面有出入口、通气口,还有适应各种水位高度的侧洞口。洞穴内曲径通幽、纵横交错,恰似一座地下迷宫。也许正是这种地下迷宫帮助它们度过了严寒的大冰期和寒冷的冬天,同时也帮助它们逃避了敌害而幸存下来。

作为历经劫难而生存下来的物种,扬子鳄喜静,白天常隐居在洞穴中,夜间外出觅食。不过它有时也在白天出来活动,尤其喜欢在洞穴附近的岸边、沙滩上晒太阳。它常紧闭双眼,爬伏不动,处于半睡眠状态,给人们以行动迟钝的假象。可是,它一旦遇到敌害或发现食物时,就会立即将粗大的尾巴用力左右甩动,迅速沉入水底躲避敌害或追捕食物。

扬子鳄的食物非常丰富,包括小鱼小虾、田螺青蛙、兽类、鸟类、爬行类、两栖类和甲壳类等动物。在人工饲养扬子鳄时,可以喂食鱼类、猪肉、牛肉及动物内脏等"高级食材"。扬子鳄的食量很大,能把吸收的营养物质大量地贮存在体内。它有很强的耐饥能力,可以度过漫长的冬眠期,因此扬子鳄可长时间不吃东西。

与其他会主动攻击人类的鳄鱼不同,扬子鳄的性情较温顺,一般不会主动攻击人。不过,在繁殖期,脾气暴躁时它也会有攻击倾向,但这种攻击通常并不会对人形成实质性的伤害。

扬子鳄一般6月上旬在水中交配,体内受精。到了7月初左右,雌鳄开始用杂草、枯枝和泥土在合适的地方建筑圆形的巢穴供产卵,每巢产卵10—30枚。卵为灰白色,比鸡蛋略大。卵产于草丛中,上面覆盖着厚草,母鳄则守护在一旁。此时已是夏季最炎热的时候了,很快,部分巢材和厚草在炎热的阳光照射下腐烂发酵,并散发出热量,鳄卵正是利用这种热量和阳光的热能来进行孵化。孵化期约为60天,幼鳄9月出壳。母鳄在巢边听到仔鳄的叫声后,会马上扒开盖在仔鳄身体上面的覆草等,帮助仔鳄爬出巢穴,并把它们引到水池内。仔鳄体表有橘红色的横纹,色泽非常鲜艳,与成鳄体色有明显的不同。

扬子鳄是变温动物,其体温和代谢率随环境温度而改变,因而对环境温度的依赖甚为明显,一般对高温适应性较强,对低温适应性较差。温度是影响扬子鳄季节和昼夜周期性活动的最主要因素之一。扬子鳄具有两栖性、食肉性、卵生性和冬眠性。它的生活史分为冬眠期和活动期两个阶段:气温在16℃以下,即在每年的10月下旬至次年3月下旬为冬眠期,气温在16℃以上,即在每年的4月上旬至10月中旬进入活动期。扬子鳄生活周期中的繁育、出生、成长、冬眠对应一年四季中的春、夏、秋、冬。

作为亚热带湿阔叶林带中常绿林区的动物,扬子鳄对自然栖息地具有一定的选择性。选择的生态因子主要有食物、水域面积、水位、水质、土质、岸线坡度、植被类型和群落结构。水源和土壤类型是其首要的生态因子,因为扬子鳄是水陆两栖动物,它离不开水,同时又需要陆地构建洞穴,用于越冬时冬眠和躲避敌害,而营建洞穴需要适宜的土壤。水体为中性或偏微酸性的淡水,存于池塘与水库,水面面积占其栖息地面积60%以上,水深不超过4米,其捕食的水区水深不超过50厘米。扬子鳄栖息的陆地及水边要有丰富的植被,植被类型在垂直层次上由上至下依次为乔木层、灌木层、层间植物、草本层。其中,灌木层在群落中占主导地位,乔木层呈零星分布状态,草本层和层间植物种类及数量较多。枯枝落叶和杂草,供鳄营建蛋巢。

  古往今来,人们曾把扬子鳄作为猎物而食之,也曾认作神灵而加以崇拜。随着人口数量的增加、农业生产的扩大和农药、化肥的广泛使用,扬子鳄的自然栖息地被严重破坏,逐渐收缩至长江下游流域,呈现片段化、岛屿化,其野生种群数量锐减,濒临灭绝。20世纪70年代后期,安徽省林业厅(今安徽省林业局)组织中美专家对野外扬子鳄联合考察后认为,我国扬子鳄仅零星分布于南陵、泾县、宣州、郎溪、广德等县(市、区),数量为300—500条。

  为了拯救扬子鳄,加强对野生扬子鳄种群及其栖息地的保护,中国政府自1979年起采取系列保护措施,设立安徽省扬子鳄繁殖研究中心,占地约100公顷,进行扬子鳄人工繁育。1982年建立省级扬子鳄自然保护区,1986年晋升为国家级保护区。安徽扬子鳄国家级自然保护区位于皖南低山丘陵区与长江下游平原的接合部,地跨宣城市的广德市、郎溪县、宣州区、泾县以及芜湖市的南陵县,总面积18565公顷,由8个片区构成,分别为朱村片、高井庙片、杨林片、红星片、夏渡片、双坑片、中桥片、长乐片。其中核心区面积为5188公顷,占保护区总面积的27.94%;缓冲区面积为2506公顷,占保护区总面积的13.50%;实验区面积为10871公顷,占保护区总面积的58.56%。保护区的建立,使野生扬子鳄种群得到有效保护。种群数量下降的趋势得以遏制,根据最新的野外调查数据显示,呈现出稳中有升的态势。

  40多年来,安徽省扬子鳄繁殖研究中心建立了一整套成熟的扬子鳄人工繁育技术,中心养殖设施设备完善、先进,环境优美,目前已拥有接近2万条人工养殖扬子鳄。中心已成为世界最大的扬子鳄人工繁育基地,作为科普教育基地对外开放,每年接待参观人数逾13万人次。

2. 野外放归

由于时间关系,博物馆的参观只能走马观花,但也大致了解了扬子鳄的历史渊源、生活习性和扬子鳄保护区的基本情况。

其后,夏同胜副局长陪同我们来到扬子鳄人工繁育基地精养池边。精养池数量很多,用道路分割,其实就是一口口池塘。尽管我们小心翼翼地靠近,在岸边休憩的扬子鳄还是有所察觉,纷纷摆动尾巴,逃入池中。水面上波浪拍岸,不一会,它们纷纷在池中间探出头来,看着我们。

"今年首窝扬子鳄鳄卵是 6 月 27 日发现的,就在对面的岛上,共计 17 枚。这意味着,保护区 2023 年鳄卵孵化工作正式开始了。现在,应该有雌鳄在那里守着。"我想上岛去看看,但考虑到会打搅鳄的孵化,就没有提。

"扬子鳄的寿命和人差不多,根据个体差异不同,一般在 8—10 岁性成熟,最佳的繁殖期大概 10 年左右。扬子鳄一年只产一次卵,每次几枚到几十枚不等。发现扬子鳄卵之后,我们工作人员通常会带回孵化室孵化。这样能够保持适宜的温度和湿度,也不会有被其他野生动物偷食的风险,整体的成活率会比野外孵化高很多。当然,前期发现的卵,也会保留一些在野外,让它们自然孵化,作比对。"

刚孵出的小鳄鱼腹内还有剩余卵黄,通常要等半个月左右,待卵黄被吸收后才能开始喂食。正式喂食前,工作人员还会用工具吊起小肉条、小鱼条,诱导幼鳄进行主动"捕食"。

"小鳄鱼的食物以黑鱼、鲤鱼等鱼类为主,还会添加兔肉、牛肉、鸡肉、鸭肉、田螺、河蚌等辅食。"夏同胜说,这些食物可不能直接投喂,鱼类要去头、去尾、去骨,只留下鱼肉,再与其他的辅食、微量元素等进行配比、混合、打成泥。幼鳄的成长需要充足的营养,一般一周只停喂一天。成年扬子鳄,三天左右喂食一次,每次吃饱即可。"以一条 1.8 米长的扬子鳄为例,一次喂 2—3 斤重的鱼就能吃得很饱了。"扬子鳄的成长很有意思:身长 1 米时,体重可能只有几斤,但之后每长长一些,体重就呈几倍的增长,一般身长 2

米的扬子鳄,体重能达到100斤左右。

走过几个鱼池,看到了很多鳄鱼。夏同胜说:"整个保护区,人工饲养的扬子鳄现有1.7万多条,放养后自然生产的有1000多条。扬子鳄虽然食肉,但不攻击人,人鳄可以和谐相处。现在,其他县的自然放养条件都很好,周边的村民为此做出了很大的奉献。形成今天的这种人工繁殖模式和局面,保护区进行了几十年的探索。"

扬子鳄的人工繁殖始于1979年至1982年,当时保护区科研人员从野外捕获212条扬子鳄,开展人工饲养、繁殖探索试验。开始遇到不少难题:成鳄人工饲养需要什么样的饲养环境?扬子鳄如何安全过冬?性腺正常发育和产出对营养和环境条件有什么要求?鳄卵人工孵化要求什么条件?如何提高幼鳄成活率?这些问题的解决与否是人工繁殖成败的关键。通过对野生扬子鳄的栖息地、生活习性、行为的调查与研究,科研人员摸清了野生扬子鳄的生活环境、栖息地特点、生活习性及需求的生活条件等,建成模拟野生扬子鳄所需的自然环境的人工繁殖区,掌握鳄卵的适宜孵化温度和湿度,设计适合幼鳄生活生长的饲养箱,查明适宜成鳄、幼鳄越冬的温湿度。终于在1982年成功地繁育出第一批扬子鳄,实现了人工繁殖扬子鳄零的突破,解决了扬子鳄在人工饲养条件下正常交配、产卵等繁殖问题,并使雏鳄在饲养箱内生长。

1983年至1986年,经过深入而全面的探索和试验,提高了鳄蛋孵化技术,攻克了幼鳄饲养和越冬的难关,摸清了扬子鳄养殖的关键技术,如繁殖所需环境条件、越冬要求及提高产卵率和受精率的营养因素、鳄卵的孵化所需的最佳条件、幼鳄保温饲养的管理措施、特别强调幼鳄的饲养是扬子鳄养殖能否成功的重要环节等,使各项饲养技术得到较大提高,孵化率和成活率提高到85%以上,逐步形成扬子鳄的人工养殖技术,达到世界鳄类养殖的先进水平。1986年该技术通过原林业部鉴定,认定"已经达到国际水平",此后,获得原林业部科技进步二等奖和安徽省重大科技奖。

1987年后至今,扬子鳄人工养殖技术日臻成熟。人工种群数量不断提高,出现了子二代、子三代以及子四代;通过续建、扩建和改建,养殖设施、设备不断得到更新和升级,从而建成具有一定规模的世界一流鳄类养殖基地。1988年人工繁殖的仔一代鳄性成熟,开始产卵并孵出幼鳄,首次实现人工饲养繁殖条件下扬子鳄由"鳄—卵—鳄"的生命周期循环。1988年止,人工繁育扬子鳄总数已超过2000条,提前两年完成原林业部下达的生产任务。

1986年至2018年底,人工繁育扬子鳄总数43289条,实有存栏量16294条(含对外出租鳄及高井庙野化鳄),年繁殖能力逾2000条。

为规避扬子鳄人工繁育局限于一处带来的病疫风险,中心开展了扬子鳄人工养殖的异地保护措施,扩大扬子鳄人工种群数量,如在南京、芜湖两地引进大量扬子鳄种鳄,进行人工繁育。

在保护区刚建立时,由于保护区面广人多,时常发生农民击杀扬子鳄,毁巢砸卵的现象。因为农民的保护意识淡薄,他们一直认为扬子鳄吃家禽,破坏农田设施,是有害的动物。40多年来,保护区通过向公众宣传、悬牌警示、社区会议等多种方法和手段,开展护鳄爱鳄的宣传教育,强调建立保护区的重要性和扬子鳄的保护价值。通过这些宣传教育活动,既提高了扬子鳄的知名度,又大大增强了社会公众保护扬子鳄的自觉性和意识。

在野生扬子鳄种群保护方面,保护区采取了有针对性的保护对策,选择一些生态环境好,野生数量较多的地点设立小范围的保护区域——核心保护点进行重点保护,并在当地聘请护鳄员加强巡护管理。起初,保护区内共设立了13个核心保护点,分别是:宣州区的红星、杨林保护点,郎溪县的章村、黄墅岗、王家门保护点,广德县的朱村、加谷保护点,泾县的中桥、双坑、岩潭保护点,南陵县的长乐、楂林、西峰保护点。从多年来的实际作用看,保护点上的保护效果明显,保护了大多数的野生扬子鳄,野生鳄的繁殖也都出现在保护点上。

随着科研的深入和管理水平的提高,野生鳄的保护措施有了改进。2005年开始,实行对野生幼鳄、鳄卵及其孵化的保护。针对野生幼鳄成活率低的情况,采取人工辅助救护措施,在当地建起了抚育池,让鳄在围网的池中自行捕食昆虫及鱼苗等食物,冬天进入人工洞穴中越冬。两年后,待幼鳄身体强壮,再放回出生地的自然环境中,这样提高了幼鳄的成活率。

2012年完成了保护区标桩立界工作,结束了长期以来保护区无地面标识、界定模糊、管理困难的被动局面。2013年开发了扬子鳄野外巡检工作软件,通过GPS定位对日常巡护工作进行管理,坐实对保护区的巡视检查工作,发现和制止在保护区中的非法建设以及对栖息地的破坏活动。

2001年,国家林业局在合肥召开了"扬子鳄保护与野放工程研讨会"。会议期间,专家们实地考察了扬子鳄保护区内扬子鳄的栖息地状况,继而提出,在加大保护的情形下,要使野生种群不致灭绝,最好的办法是尽快实施人工养殖的扬子鳄野外放归,以补充和复壮野生种群。这一年的11月,经原国家林业局批准启动了"扬子鳄保护与放归自然工程",通过将人工繁育的扬子鳄放归到野外的方式,逐步复壮野外扬子鳄种群。该工程为国家15个野生动植物重点拯救项目之一。

野外放归可采取两种形式,一种是在现有的扬子鳄栖息地上释放鳄,另一种是在重新恢复的扬子鳄栖息地上释放鳄。2003年,由保护区管理局与华东师范大学合作,在宣州区红星保护点首次放归3条扬子鳄,这是在现有的扬子鳄栖息地上的放归试验。自2002年起,扬子鳄保护区在对区域内的扬子鳄栖息地全面调查的基础上,进行了充分的论证,经省林业厅同意,决定把国有郎溪高井庙林场作为重新恢复的扬子鳄栖息地放归地,开展扬子鳄栖息地的恢复重建工作,实施扬子鳄的再引入。2006—2019年,连续14次在郎溪高井庙实施扬子鳄野外放归自然活动,共放归225条人工繁育扬子鳄。

野外放归的人工扬子鳄需要经过筛选、安装电子装置等流程才能被确定。首先,要经过体况挑选,选出身体健康、无残缺的成年鳄;其次,经过一段时间的野外适应性训练;再次,经过基因测序分析,挑选出亲缘关系远的配对雌雄鳄;最后,作为正式的野放鳄还要被植入电子芯片作为身份标识,部分野放鳄另被安装无线电跟踪器或卫星追踪器,用于放归后的跟踪监测。

目前,这些放归的扬子鳄均已适应当地生活环境,并开始繁育后代。自

2008年发现放归鳄开始产卵繁育,截至2018年底,累计发现产卵14窝,共计238枚,自然孵出幼鳄112条,扬子鳄野外放归取得阶段性成果,野放区被称为"扬子鳄的乐园"。

此外,在上海崇明岛东滩也开展了扬子鳄放归活动。上海是扬子鳄的历史分布区,而东滩湿地是长江流域最大的自然河川湿地,环境条件基本符合扬子鳄生存繁衍的需要。2007年6月,在东滩湿地放归了6条成年扬子鳄,实施了长期的扬子鳄野外放归遥测跟踪实验。次年监测表明,扬子鳄在崇明东滩地区可以完成冬眠、发情、交配、产卵、孵化、幼体成长等关键生活史,项目取得突破性进展。8年后,于2015年6月再次引入6条扬子鳄,这6条扬子鳄均系来自安徽扬子鳄保护区的人工养殖鳄。

林长制全面启动后,扬子鳄的野外放归工作力度也空前加大。2019年,在系统总结前期实验性放归经验的基础上,启动5年1500条的规模化放归计划。

2019年6月3日上午,扬子鳄野外放归活动在安徽扬子鳄国家级自然保护区郎溪县高井庙野放区举行。本次野外放归的人工繁育扬子鳄,雄性30条、雌性90条,共计120条,活动范围300公顷,相当于370个足球场,分别放入46个塘口。其中,有18条安装了卫星追踪器,用于放归后开展监测。

本次野外放归前,安徽省扬子鳄繁殖研究中心制定了放归活动技术方案,120条放归扬子鳄都是通过遴选确定的。依照相关技术标准,在繁育中心和野化训练区选取260多条人工繁育的扬子鳄作为放归活动的候选鳄,逐一通过鳞片采样进行DNA遗传背景分析,从中遴选120条体格健壮、亲缘关系较远的扬子鳄。为进一步优化野放环境,放归前提升了300公顷的野外放归区,人工恢复建设扬子鳄栖息地水塘49个。在野外放归塘口投放鱼苗、螺蛳等饵料,培育扬子鳄食物链,合理补植水生植物,修复生态环境。另外,还兴建了2处野化训练区,总面积8.7公顷,塘口16个,专门用于人工繁育鳄的野化训练,为野外放归活动提供种源。

2020年的野外放归是在5月20日进行的。这个日子是被年轻人寓意为"我爱你"的特殊日子。当年轻人在秀恩爱时,这一年扬子鳄野外放归活动采取了"多点放归,视频连线"模式,在泾县双坑片区刘冲大塘、南陵县长乐片区潘湾村和广德市朱村片区沟连凼水库分别举行。泾县双坑片区刘冲大塘为主场,主场与另外两个分场视频连线,同步放归32条扬子鳄。

按照方案,2020年野外放归扬子鳄总数为280条,是历年来放归规模最大的一次。除了在活动仪式现场放归的32条外,剩余248条放归鳄在后期由扬子鳄保护区管理局按放归方案实施放归。本次放归活动的三个点都是第一次野外放归扬子鳄,其中30条扬子鳄被安装卫星追踪器,科研人员将实时跟踪监测放归鳄在新的栖息环境中的适应性。

2021年扬子鳄野外放归活动启动仪式依然在泾县双坑片区举行。5月13日上午,国家自然资源督察南京局、生态环境部华东督察局、国家林业和草原局驻合肥专员办,安徽省生态环境厅、安徽省林业局,宣城市、泾县有关单位和部门负责同志和部分业内专家参加启动仪式。2021年共计放归人工繁育扬子鳄530条,放归数量远超上一年,放归地点涉及宣城市、芜湖市的5个县(市、区)内的红星、杨林、高井庙、朱村、双坑、中桥、长乐等7个片区30处放归点。

这次野外放归鳄是从6000多条人工繁育的扬子鳄中先挑选最健康的974条,再对挑选出来的鳄进行健康体检后,通过DNA遗传背景分析,从中遴选530条体格健壮、亲缘关系较远的扬子鳄。

所有放归鳄均植入电子芯片,以便识别个体身份信息,110条安装了卫星追踪器,便于科研监测放归后鳄鱼的活动状况。放归后,扬子鳄后期的系列繁殖行为,如求偶、筑巢、洞穴营造等监测,都将同时开展,以加深对扬子鳄野外生态行为的了解。依托粪便DNA、卵壳膜DNA技术的遗传信息分析及疫病监测工作亦将同步开展。

2022年的扬子鳄野外放归启动仪式是在郎溪县高井庙片区实施的。这一年,共放归了370条扬子鳄,是从人工繁育的600条适龄"候选鳄"中,通过DNA遗传背景分析筛选出来的。扬子鳄自然保护区的5个片区全部放归,于6月10日前完成。

5年1500条的规模化放归计划中的最后200条,是2023年完成的。6月1日上午,2023年扬子鳄野外放归活动启动仪式在自然保护区泾县双坑片区主会场举行。宣城市宣州区、郎溪县、广德市和芜湖市南陵县等4个分会场通过视频连线的方式同时展开。在启动仪式现场,20条安装了卫星追踪器的扬子鳄重回大自然。6月上旬,200条扬子鳄放归全部完成。

"据监测,扬子鳄野外种群数量逐年增长,分布范围逐渐扩大,结构日趋合理,绝大多数放归鳄已适应野外环境,并实现自然繁育。2021年,野外调查实见扬子鳄395条,这里不含当年放归鳄。发现野外鳄鱼产卵14窝320枚,孵出幼鳄137条。2022年,野外调查实见扬子鳄698条,也不含当年放归鳄。发现野外鳄鱼产卵26窝602枚,孵出幼鳄372条。据最新调查统计,截至2023年5月,扬子鳄野外种群数量1200条左右,扬子鳄野外放归成效显著。"说到这,夏同胜有些自豪。

扬子鳄的人工养殖和野外保护的过程就是对扬子鳄不断进行科学研究的过程。扬子鳄人工养殖获得巨大成功以及野外放归、野生扬子鳄得到有效的保护,研究工作发挥了重要的作用。通过科学研究,成功地解决了扬子鳄养殖过程中的一道道难关,弄清了野生扬子鳄种群数量急剧减少的原因;通过科学研究,人们对扬子鳄有了较全面的认识,填补了自1879年把它命名为Alligator sinensis后至20世纪70年代以来100多年间的研究空白。

自成立以来,安徽扬子鳄国家级自然保护区与世界自然保护联盟鳄类专家组(IUCN SSC CSG)、国际野生生物保护协会(WCS)、世界自然基金会(WWF)、安徽师范大学、河海大学等国内外研究机构开展长期合作,进行学术交流,取得了众多科研成果,获得了大量的国际、国家和省级荣誉。

3. 三代人接力

离开扬子鳄人工繁育基地精养池,来到安徽扬子鳄国家级自然保护区管理局的办公室,时任局长何少伟接待了我们。他对于扬子鳄保护事业、放归自然等有很深刻的思考。他认为,扬子鳄的保护最重要的在于人。扬子鳄之所以濒临灭绝,绝大多数是人为因素。要想管理好自然保护区,最终让扬子鳄回归自然,必须做到人鳄和谐共生。

自然保护区建立以来,自觉地保护扬子鳄、与扬子鳄和谐共生,发生过很多感人的故事。

宣州区周王镇的红星水库修建于1958年,安徽省扬子鳄自然保护区成立时,这里成为八个片区之一的红星片区。住在水库边的佘世珍对扬子鳄最初的记忆可以追溯到1958年。那年,正值修红星水库,村民们挖出一条"土龙",大家纷纷躲避。当时没有人叫它"扬子鳄"。

据佘世珍回忆,1982年她的孩子们在水库游泳时在岛上发现一个大窝,窝里全是奇怪的蛋,就带回家给老伴张绪宏看。张绪宏是个老党员,估摸着是"土龙蛋"。此时,安徽省扬子鳄繁殖研究中心已经设立,经常发布保护扬子鳄的宣传。张绪宏将这些蛋送到研究中心请专家鉴定。果然,是扬子鳄的蛋。

这一年保护区成立,红星水库周边就被确定为红星片扬子鳄保护点。专家们告诉张绪宏夫妇:"扬子鳄是活化石,非常珍贵,要保护好。"就这样,住在离水库不远的张绪宏两口子成了护鳄员。从1982年开始,佘世珍一家信守承诺,四十一年如一日,接力守护野生扬子鳄。张绪宏1982年开始每天记录扬子鳄的活动情况,哪怕是扬子鳄冬眠期间也从未间断,直到2005年去世。

这23年间,张绪宏记下了23本扬子鳄保护日记。他去世后,佘世珍将其中22本无偿捐赠给扬子鳄国家级自然保护区作为档案收藏,自己只留了1本作为纪念。

翻开日记本,每一页都被细细划分成格,从活动时间、发现鳄数,到天气情况、鸣叫情况一应俱全。这些密密麻麻的文字,是无声的记录,更是他们和扬子鳄相互诉说衷情的每时每刻。

回忆那些年,佘世珍说,每天晚上睡觉前,张绪宏总在灯下认真记录扬子鳄的活动情况,而他们谈论最多的也是扬子鳄。2003年,因为考虑到岛上有白鹭捕食刚孵化的小扬子鳄,致使小鳄鱼野生成活率十分低,两口子决定,每当小鳄鱼孵化后就带回来人工饲养,提高成活率,这一干,就是8年。

已升级为国家级扬子鳄保护基地的研究中心,特地在他们家门口挖了水塘,安上灯泡,方便喂食小扬子鳄。待小扬子鳄长大一点,再送往基地进一步保护饲养。

这一本本记录本,也让张绪宏和佘世珍成了名副其实的"土专家"。"七月十三、十四老鳄一定要生蛋,过了十五就不生了。""小扬子鳄孵化后就开始叫唤,老扬子鳄就来扒窝了。""鳄鱼蛋拿到灯光下一照,有带状的就能孵出小鳄鱼。""它要是哼哼地叫,那肯定要下雨了。"……这些,都是佘世珍一年又一年悉心观察后,了解到的扬子鳄的习性,也给研究中心的专家们提供了参考。

张绪宏去世后,佘世珍老人独自承担起了护鳄员的全部工作。她坚持每天早、中、晚绕水库巡护一圈,每一圈都要步行2.5千米,从60多岁走到80多岁。佘世珍有4个儿子,都在城里买了房,可老人家还是执拗地要住在农村,住在红星水库边上。她说几天不在水库边上转转,她心里就发慌。

她至今都记得1989年底水库快干涸的时候,周边一些村民前来电鱼、捕鱼的场景。由于怕扬子鳄受到伤害,她和老伴整宿整宿地睡不好,盯着水库,制止了村民捕鱼。前几年龙虾的行情上涨,又有人趁机在水库里下地笼捕龙虾,佘世珍怕地笼会卡住小扬子鳄,每天都会巡视几遍。即便是这样,保护区的工作人员还是没收了近60个地笼。看到那些地笼,佘世珍常常气得浑身发抖。扬子鳄产卵的小岛离岸边不过20米,但老伴去世后,这20米对于佘世珍来说成了"天堑"——她实在划不动船了。

有段时间里,佘世珍的几个孙子轮流划船载着她去小岛上查看,后来孙子们都外出求学了,她就让在市里上班的大儿子张宏华在5月和7月各回来一次去岛上除草,好让雌鳄筑巢。等扬子鳄产下卵后,佘世珍又掐着日子喊张宏华回来,给扬子鳄巢穴洒水。

2018年,63岁的张宏华接下了护鳄员的工作,他陪伴83岁的母亲一起承担起守护的责任。张宏华在市区建筑工地上做临时工,每隔三五天他就回到村里,探望母亲,看看扬子鳄。每次回去他都会搀扶着母亲沿着堤坝慢慢走,母子二人回忆着张绪宏生前是如何测量温度、风向,如何一动不动地站在水边观察扬子鳄……张宏华觉得,保护扬子鳄不仅仅是一份责任和义务,也是张家人亲情交融的纽带。

保护区每年会象征性地给护鳄员一定的经济补助,不过,补助的金额很少。佘世珍觉得,"41年了,对扬子鳄感情太深。每天都喜欢看着水库,希望听到它们的声音,看见它们露出头的憨相。这些,不是钱能带来的。"的确,这份感情是来自对扬子鳄这种濒危动物的珍视,是为了构筑扬子鳄的回归之路,更是表达人类对大自然的敬畏与眷念。

经过张绪宏和佘世珍这些年的保护,红星水库的野生扬子鳄目前有20多条,最大的一条将近2米长。为了改善扬子鳄繁殖环境,保护区在水库里又建起2座新的人工岛,如今岛上已经郁郁葱葱。

40多年的风雨兼程,野生扬子鳄已然成为佘世珍的"家生子"。佘世珍老人也因此先后获得中国野生动物保护协会颁发的"生态保护奖"和国家文明办授予的"中国好人"等荣誉。

泾县扬子鳄保护区涉及4个乡镇13个行政村,共500余户1400余人。自20世纪80年代起,在村一级聘请护鳄员,并通过有偿流转的形式,对重点水面和林地分别实行禁捕、禁伐。1982年初,做养殖业的黄志国在养殖塘里发现了扬子鳄,随后报告给县林业局。黄志国随即被指定为中桥点的护鳄员。

黄志国年纪大了,就把这个岗位传给儿子黄学兵,并一再交代他,一定要把保护扬子鳄的事一代一代地传下去。今年中桥点发现首窝扬子鳄蛋,共22枚。黄学兵守护了两个多月,终于迎来破壳,小鳄很快就可以下水了。后面的日子,黄学兵的任务更重,要防鸟、防蛇,防止一切伤害小鳄的事情,他和家属轮流值班,一天24小时巡护。

第五章 归去来

今年扬子鳄保护区的护鳄员们在野外共发现了16窝369枚鳄蛋,中桥村就占了4窝96枚蛋,说明中桥的生态越来越好了。8月底,黄学兵的儿子从部队退伍回来了,就时常和他一起巡护。黄学兵鼓励儿子,让他也要做一名保护扬子鳄的传承人。

三代人接力守护扬子鳄的,南陵县籍山镇长乐村的张金银一家更具有传奇性。

长乐村是扬子鳄自然保护区南陵县核心片区。1983年夏天,村民张金银在自家的杨树塘里养了20多只麻鸭。有一天,突然一只鸭子"嘎嘎"一阵惨叫,水塘里探出一个黑炭头一样的怪物,张开大嘴瞬间吞下了鸭子。"一定是土龙造的孽!"张金银当时气得发誓要打死它。

半个月后的一天中午,张金银捉了几条鱼,让妻子红烧后,做了下酒菜。饭后他去丢鱼骨头时,突然发现洗菜的长石板上,齐刷刷地趴着两大三小5条土龙。本来,张金银想拿棍子报仇,可此刻他看到鳄鱼们那无助的眼神,不禁由恨生怜。他转身盛了一盆饭折回,却见鳄鱼全都警惕地跳入水中。张金银把饭放在石板上,只见鳄鱼们浮在水面上却无动于衷。"它们可能是想吃荤的!"张金银把水桶里的5条大鲫鱼摆在石板上,在美食的诱惑下,鳄鱼们小心翼翼爬上岸,警惕地观察了好一会才敢放心享用。而那条大公鳄却一条鱼也没舍得吃,它把应该是自己享用的鲫鱼叼给了母鳄。情浓于水,亲情融融,张金银被震撼了。此后,只要看到别人不要的动物内脏,张金银都收集起来,搁在石板上,给捕不到食的鳄鱼充饥。

鳄鱼家族此后不再伤害家禽,张金银和它们的感情越发近了,常常和它们絮叨。絮叨中,鳄鱼们都有了名字:大公鳄叫张龙,母鳄叫龙娘,它们的孩子按个头大小依次取名为张大龙、张二龙、张三龙。每次下地,张金银总设法捉点鱼虾鳅鳝、螺蚌蛙蟹等,回来剁碎放到屋后石板上,他深情地唤着:"张龙哎,张龙哎,快带伢们来吃啰!"老伴韩秀英也用菜刀使劲敲着砧板伴奏。渐渐地,一听到张金银熟悉的声音,大小鳄鱼就会游过来觅食。人与鳄在水塘边欢娱嬉闹的场面,成了长乐村一道动人的风景。

1985年，南陵片区扬子鳄长乐保护点正式立碑确定。张金银自然而然成为护鳄员。他在堂屋墙上挂上大幅《野生动物保护法摘要》和《鳄类辨识图》，门口用红漆写上"驯养野生国宝，供观活宝张龙"的奇特对联。

夏日晚上扬子鳄活动频繁，为了防止"国宝"被不法分子偷盗，张金银和老伴轮流睡觉。杨树塘地势低洼，四周全是农田，村民们喷洒农药时，夫妻俩便把塘周围的涵洞都堵得严严实实，避免农药渗入。张金银还在扬子鳄活动区的3个池塘里，放养了数千条草鱼、鲢鱼、鳊花，供扬子鳄猎食。

在张金银精心照料下，扬子鳄数量稳步增加。"头鳄"张龙食欲旺盛，一次得吃6块鸡架肉。当时保护区给张金银的报酬一年才几百元，而他家一年农业收入加上兼职的一份养路工收入不足800元。这些钱都喂扬子鳄了还不够。4个儿女怕他受困，都孝敬他一些，大部分也都让他喂鳄鱼了。

这群扬子鳄成了张金银的家庭成员。每天外出干活，看不到鳄鱼，张金银就在夜晚来到塘边，听它们鸣叫，然后用电筒照亮水面，看它们黑黑的脑袋，红红的眼睛。"我一天不见张龙心里就空落落的。我也不知道为什么。"为什么呢？是因为人与鳄和谐共生了。

1995年，为优化野生扬子鳄种群结构，防止野生扬子鳄近亲繁殖，保护区管理局决定将长乐保护点2米多长的张龙，送到100多里外的楂岭扬子鳄保护站放养。当年6月的一天，在工作人员配合下，张金银将张龙引上岸用渔网罩住，然后小心翼翼地抬上机动三轮车。

"张龙啊，我们在一起10多年了，我哪舍得你走啊。可那边有个新家非常需要你，今天我陪你去新家，以后我会经常去看你的。"张金银不舍地轻轻拍着它的头，上了三轮车。

到达群山环绕的楂岭扬子鳄保护站大望塘的那天傍晚，张龙先被抬上案台烫了火印标记，然后大家才把它抬到塘边放进水里。可张龙怎么也不肯往深水里游去，张金银望着它深情地说："去吧，这新家里有你很多的兄弟姐妹。"说完，他对张龙又是拍又是抚摸。这时，张龙好像完成了告别仪式一样，才往远处深水中游去。

第五章 归去来

1999年的一个夏夜,张金银和老伴韩秀英正在看电视,突然听到厨房门一阵响,他们以为风刮的没在意。可后来张金银站起来倒水喝时,眼前的一幕让他惊呆了:一条大鳄鱼趴在地上昂着头也在看电视呢!

张金银仔细端详一番,兴奋地对妻子说:"我的天啊,出大事了!老太婆快来看,我们家的张龙回来了!""你老眼昏花说瞎话吧!4年多了,又距离100多里路,它怎么能回来呢?""不会错!肯定是它,尾巴上火印很清晰呢!"张金银激动得热泪盈眶,一边不停地抚摸张龙,一边心疼地说:"张龙,你是怎么回来的?这一路,你游水可以,难道你还会翻山吗?还有田埂、树林,你都是怎么过来的?"张龙好像听懂了张金银的话,骄傲地摇头摆尾,似乎说:"我有我的办法。"

第二天,张金银给楂岭保护站李站长打电话,告诉他张龙回来了。尽管李站长不太相信,但他还是急忙赶了过来。张金银对着水面高喊:"张龙!张龙!"不一会儿,张龙果真浮出水面,尾巴处的印记清晰可见。

李站长几乎不敢相信自己的眼睛,惊叹道:"乖乖,神了,真神了!"

4年爬行100多里回故地,野生扬子鳄难道有特异功能?宣城扬子鳄繁殖中心的专家解释说,野生扬子鳄对栖息生存环境要求比较高,所以它对故地非常留恋。这条鳄可能不太适应楂岭的深水生存环境,因此几年间一路觅食寻找故地,终于回到了杨树塘。

后来,为了配合管理局实施野生放养计划,张金银夫妇再次忍痛将张龙又送回楂岭扬子鳄保护站。

3年后,春天的一个深夜,张金银的小儿子带着一个人火急火燎地敲开家门:"爸,葛林乡的一个朋友说,在秧田里发现一条大鳄鱼,会不会是我们家养的偷跑了!"张金银赶到现场后,用水冲掉鳄鱼尾巴上的泥巴,一看火印清晰,又是张龙回来了!张金银手摸着印记,感叹道:"张龙啊张龙,你真是条神鳄啊!"

为了野生扬子鳄保护事业的可持续发展,张金银不得不再次忍痛割爱,挥泪将张龙送回楂岭保护站。

两年后的2004年夏天,一个清晨,天刚放亮,"空!空!空!"一阵洪亮的公鳄叫声将张金银从睡梦中惊醒。老人披衣来到塘边,只见洗衣石板上,一条鳄鱼摇头摆尾在向他打招呼呢。太不可思议了,张龙又回来了!

一条扬子鳄9年间三送三回,在当地成了奇闻佳话。最终,保护区管理局决定把张龙送到120里外防护更加严密的宣城扬子鳄保护中心。

第四次送走张龙后,它至今没再回来过,张金银夫妇一直在想念着它!

2009年5月28日,张金银在杨树塘小岛上清理枯树枝时,发现了一窝鳄蛋。20多年来,这是他头一次见到鳄蛋,令他惊喜异常。为了防止扬子鳄不小心碰坏了正在孵化的鳄鱼蛋,老人在蛋窝上盖上草,并在周边打好几根木桩,用铁丝围起来。

几个月后,张金银发现还有些蛋没孵化,便小心翼翼地捡起来,放进一个竹篮里。消息传开后,有两个商人找到张家,提出以每枚1000元收购鳄蛋,当即遭到张金银回绝:"黑心钱我不能要!"次日,张金银把这些鳄蛋全部交给了保护区管理局。

深秋时节,夜雨绵绵,有几个探头探脑的人来到张金银的小屋。有一个人伸出一个巴掌摇了摇,说:"500块一寸,2条。"张金银明白,他们是要买扬子鳄。他坚定地摇了摇头。对方以为张金银嫌价格低,开价一次比一次高,最后涨到了1200元一寸。按照这个价格计算,一条2米长的扬子鳄60寸,价值7万多元,够诱惑人的。然而,张金银并没有见钱眼开,他说:"你们到别处发财去吧。扬子鳄是国宝,买卖它是犯法的事儿。你们快走吧,否则,我要报警了!"对方一看张金银油盐不进,骂骂咧咧地走了。

张金银的做法深深地影响了他的儿子张厚福。张厚福从小跟着父亲照看这些扬子鳄,张金银夫妇去世后,张厚福接过接力棒,当起了护鳄员。如今,张厚福的侄子张晟也回到家乡,做起了专职的巡护员,每天与大伯张厚福一起照看这些张家的伙伴。爷爷张金银的故事一直在村中传扬,爷爷的情怀则融进了张晟的血液中。11月9日,细雨霏霏。在张龙的守护房里,说到爷爷,他一往情深。对于爷爷和扬子鳄张龙的传奇,充满自豪。

4. 人鳄和谐共生

为了保护扬子鳄,张金银一家投入很多。为了保护扬子鳄,长乐村的每一户村民都投入很多。这种投入是为了保护环境而牺牲的投入,很多时候是看不见的。

长乐村近八成面积位于野生扬子鳄保护区范围内,是 13 个此类保护区中唯一的水源达标一类区。这里栖息着 150 余条野生扬子鳄,是国内野生扬子鳄栖息密度最大的保护区。因保护区几乎苛刻的产业"落户"条件,多年来,任何可能对生态环境造成影响的项目工程均不得上马,长乐村与所有发展机遇擦肩而过。得天独厚的自然资源在经济发展过程中得不到有效利用,反而制约了村集体经济发展。2014 年,长乐村因集体经济收入几乎为零,被识别为国家级建档立卡贫困村。

"越保护,发展越受制约,我们也越穷。国家花那么大力气保护扬子鳄,跟我们生活好起来有什么关系?"长乐村第一书记邢毅至今还记得 2017 年刚驻村时被村民堵在路边的锥心一问。那时候,他也是长乐村扶贫工作队队长。

一边是严苛的环保"红线",一边是百姓对日益增长的美好生活的需求。如何兼顾二者,更好地走出一条适合村情的乡村振兴发展之路?这是保护地地方党委、政府在脱贫攻坚中思考的问题,也是安徽省扬子鳄国家级自然保护区管理局在日常管理中经常思索的问题。芜湖市政法委的邢毅就是在这种情况下被派到长乐村担任第一书记的。林长制改革实施后,按照组织构架,他也成为长乐村村级林长,保护好扬子鳄,更加义不容辞。

经过反复调查论证,邢毅和村"两委"同志很快达成共识:长乐的唯一出路,就是首先保护好扬子鳄,坚定不移走生态绿色发展之路。为此,村里及时关停了一些村民的粮食加工厂、养猪场、家禽养殖场和家庭农场。同时,积极引进环保产业项目,并与安徽省扬子鳄国家级自然保护区管理局协调,争取项目在保护区"绝对红线"外落地。

"那个短暂的'忍痛割爱'阶段,我们的压力很大,一夜间仿佛成了阻碍他们发展的罪人。很多老百姓认为自己好不容易找到的一些发展路子,还被堵死了,上面来的村书记也未必顶用。"11月19日我专程去采访他时,回忆当时情景,邢毅依然还能感到压力沉沉。

通过走访,邢毅认识到,长乐村最为迫切的问题是干群关系问题,群众认为村干部处理事情不公平,对村干部不信任,在一起谈事情动不动就吵架。有些人因为吃低保等问题长年上访,上访时间最长的是一位老民办教师,时间长达27年。邢毅将全村的低保档案全部梳理一遍,共233户。对照相关条件,分三个批次,去掉了76户。老民师等人成为低保对象。并且,低保户的确定成为一种动态工作,根据家庭收入、人员变化等情况,一年一核准。到后来,有些暂时有困难的农户,享受低保后,一两年困难解决,竟然主动提出,退出享受低保待遇。那位多年上访的老教师,竟然提交了入党申请书:"我要求入党的心愿已久,因为生活所迫期间中断了,这几年,我在村里所见所闻,特别是驻村工作队的工作成效,深深地触动了自己,渐渐地又燃起来入党的希望之火,不管自己入党的条件够不够,我都愿意决心试一下!"2021年,67岁的他,光荣加入了中国共产党,还成了村里智能水表的管理员,常常主动帮助村"两委"化解矛盾。

使用智能水表是村里自来水管网改造的结果。原先村里的自来水由私人经营的小水厂提供,水质浑浊,跑冒滴漏严重,价钱高。邢毅了解情况后,设法筹集资金147万,将原水厂买断撤出,引进县自来水公司的水源,对村里老网管进行改造,家家户户用上干净清洁的自来水。为了群众方便用水,每一户人家都装上和县城居民一样的智能水表,买卡后往表上一靠,就通水了。收水费也不用人抄表了,大家充值在手机上就可以操作。

矛盾化解了,基础设施提升了,人际关系和谐了,对于保护区的生态保护,群众的认识很快提高了,人鳄和谐也就顺理成章了。

令邢毅欣慰的是,在各方的共同努力下,珍稀食用菌项目很快顺利落户长乐。他们赚到了发展的"第一桶金",村集体经济当年就实现大突破。截至

2022年底,该村集体经济纯收入已达53.51万元,今年能够达到65万元。

针对扬子鳄保护区要发展产业只能走绿色环保之路这一特点,长乐村党组织成立了南陵鼍乡生态农业专业合作社,开展"稻鳄共生"品牌粮生态种植,并与安徽省扬子鳄自然保护区管理局协调,生产鳄鱼补充饲料。为此,长乐村申请注册了"长乐鳄"牌地理商标性质的"稻米、食品、饲料、玩具(扬子鳄)、饰品(皮革)、休闲(民宿)"六大类商标,以"稻鳄共生"理念为引领,不断增强"长乐鳄"牌优质、安全、绿色大米为主打产品的系列农副产品核心竞争力。

生态种植普遍增加了农业生产成本,给村民一定程度上造成了经济压力。面对这一实情,长乐村抓住贫困村要求发展"一村一品"这一契机,打造"长乐鳄"品牌,为"长乐鳄"优质大米注入"灵魂",说好人鳄和谐故事,让外界认识到,这种在扬子鳄自然保护区生产出来的大米,一定是高端生态大米。"长乐鳄"牌大米面世以来,在2019、2020年两届全市农展会展销上取得销售冠军的佳绩,"粒粒安全——原国家级建档立卡贫困村的庄严承诺""国家级野生扬子鳄保护区对人类的珍贵馈赠""碧水蓝天、悠悠清香,有机栽培、品质优良,稻鳄共生、引领健康,香糯松爽、回味绵长"等诠释出长乐大米不一样的品质,这一理念渐入人心,被世人所接受。长乐百姓从中尝到了保护扬子鳄与生态种植的"甜头",信心倍增,主动保护野生扬子鳄与参与生态种植的百姓与日俱增。目前,鼍乡生态农业专业合作社与扬子鳄保护区管理局敲定首期合作养殖100亩水面,合作社年收益1.5万元以上、农户经营性年收入27万以上。与湖州绿腾生态农业有限公司合作流转土地520亩用于"长乐鳄"品牌粮种植,经营性年收入可达140万元,合作社获管理等费用合计10.4万元,农户获土地流转等费用26万元,同时,可带动村民290余人次务工就业。

围绕强村富民奋斗目标,长乐村充分挖掘野生扬子鳄价值,筹建的国内首个村级扬子鳄科普馆的相关工作正如期有序推进。配套的扬子鳄野外驯化基地已开始勘察论证工作。村里将扬子鳄元素"联姻"芜湖本土特有的工艺铁画，与市文典铁画企业积极对接，着手设计开发一批具有扬子鳄元素的文旅产品；同时，已开发制作出"长乐鳄"牌扬子鳄铜挂件、铜摆件、塑胶鳄玩具等首批样品。与安徽商贸职业技术学院艺术系合作，首部系列动画片《人鳄振兴情》第一集制作完成。村"两委"还积极参与了《清风鼍乡》廉洁教育阵地建设工作的收集、走访、撰写等筹备工作。

扬子鳄的保护是系统的、高标准的生态工程，邢毅清楚地认识到，长乐村要做好这项工作，必须要寻求智力支持。他们积极与河海大学公共管理学院、安徽扬子鳄国家级自然保护区管理局接触、交流、磨合、商议，在三方签订的合作协议的基础上，于2022年11月24日，在长乐村联合成立"长乐生态文明实践基地"。

河海大学公共管理学院社会学系10余名师生组成的粮食、环境、教育三个组作为"实践基地"迎来的首批客人，在长乐开展了为期一周的走访问卷暑期田野调查活动。与此同时，该校环境社会学博士生吴迪的《扬子鳄保护区及周边农村的生态秩序变迁研究》课题正式开题。

秉持着正确处理人与自然关系的理念，立足扬子鳄保护区实际，深度挖掘保护区内的自然、生态、人文、扬子鳄文化等多元价值，利益主体与外来客体基于各自的职责、优势和需求，长乐村、河海大学、安徽扬子鳄国家级自然保护区管理局、湖州绿腾联合构建"四方合作"治理模式，对协调生态保护与社区发展、生态价值转化、社区治理等方面进行了有效的探索与实践，是在人口稠密地区高效开展野生动物保护，推动人与自然和谐发展的典型案例。《保护区人鳄和谐共生"四方合作"治理模式实践与探索》这个课题已经通过了安徽省林业学会组织召开的成果评价会。

说完这些，外面路灯已经亮起。何少伟局长送给我一本书——《花开的声音——一位扶贫队长的手记》，作者是邢毅。这里面说的都是他在长乐村的故事。这本书会让人明白，怎样才能创造一个村庄的和谐，鳄归之路要靠人与鳄的和谐共生来筑就。

第六章
群芳谱

石头山上能长树吗？淮北"愚公"给了你答案。走过八里是五里，你就从淮北走进了江南。砀山酥梨是有密码的。为什么"蓝"以忘"怀"？因为怀宁蓝莓。心灵美，外表也美的石榴王，才是真正的石榴王。广德毛竹做成的"明德折扇"畅销日本；六代传承的"王氏制扇技艺"成功入选第五批国家级非物质文化遗产名录。

第六章 群芳谱

一、雕山绣水

1. 石质山上的镌刻

从安徽兴起到影响全国的林长制改革,形成了一系列制度措施和政策架构,有力地促进了山水林田湖草沙的综合治理,生态环境全面提升,安徽的林业发展进入快速高效优质时期。如果问什么是林长制,该怎么回答呢?

林长制就是上下联动,齐抓同创,形成高位推动抓落实、部门联动聚合力、延伸链条明责任的工作态势,让国土绿化由过去林业部门一家的"独角戏"变成全社会联动的"大合唱"。这种"大合唱",在安徽各地都有很好的演绎,而具体到每个市、县,则又都有自己独特的注解。

"七步造林法"是淮北市林业人在石质山造林中创造的七个乐章,这七个乐章的高亢合奏,让淮北市20万亩石质山披上绿装,让淮北市获得"安徽省石质山造林绿化突出贡献奖",被全国绿化委员会授予"国土绿化突出贡献单位"称号,获得"全国绿化模范城市"和"国家森林城市"称号。

"这是2002年第一批栽下的树,当时只有齐腰高,现已成参天大树。"10月26日,我们在位于淮北市相山山脉的凤凰山隧道附近看到,阳光下满山挺拔的侧柏郁郁葱葱,灰白色的岩石已被茂密的森林植被所覆盖。很难想象,20多年前,这里全是石灰岩质岛状剥蚀残丘,岩石裸露,缺土无水,一遇大风天,沙随风走,生态环境恶劣。陪同的淮北市林业局办公室主任徐驰一路走,一路介绍。"石头山植被恢复管护很关键,通过封山育林,小树苗长成参天大树,荒山变成林海。现在巡护最大的任务是防火,保护造林成果。"

相山被誉为淮北的"母亲山",是最早探索"七步造林法"实施石质山绿化的山场。这里连续实施9期石质山绿化工程,栽植200多万株苗木,苗木平均成活率和保存率在97%以上,实现了相山绿化突破性进展。2019年2月,相山林区内森林覆盖率最高、风景资源质量最优的1.52万亩林地被国家林业和草原局正式授牌"国家森林公园",成为皖北一张亮丽的国家级生态名片。

因为石质山的生态恶化超过自身恢复阈值,按照树木自然立地条件要求,若仅靠自然力,根本无法在淮北市的荒山秃岭上形成森林。因而,从2002年开始,淮北市持续开展荒山绿化攻关。石质山造林绿化难度大、成本高、植被恢复慢,除了要有"栽活一棵不愁一坡"的坚定信念,还必须创新造林绿化理念,更高标准、更高质量、更高投入地推动科学造林。市林业局组织技术人员现场踏查,制订实施方案。徐驰说:"有一年7月,我也参加踏查。正值酷暑,走在岩石裸露的山脊上,感到一片荒凉。完成一个区域的踏查后,回来就制订方案,计算工程量,确定标段,进行招标。"经过7年攻关,淮北市摸索出包括炸穴挖坑、客土回填、壮苗栽植、多级提水、培大土堆、覆盖地膜、修鱼鳞坑等七个步骤的一整套石质山造林经验,在种植模式、树种选择、整地标准、抚育技术等方面形成独具特色的专门标准和成型技术。

山上石头连绵、坚硬,坑穴用炸药炸、钢钎凿,这仅仅是开始。坑穴开多大能保证树木生长旺盛?石质山怎样做到适地适树?引水上山怎样更节水增效?……每个步骤和标准的制定都经过反复试验和论证。几年里淮北市林业人踏遍了全市200多座山头。经过实践,最后把坑穴面积定在了0.6米×0.6米,坑深不小于0.6米。坑中先用挖穴时从石缝中抠出的零星土垫底,待栽树时再用山下运来的土培填。培填多高?"像馒头一样突出。"宋继承说,"你说行业标准,老百姓不好理解。像馒头一样突出,大家都懂。"他现在是烈山镇塔仙石榴专业合作联社社长,见证了石质山的绿化。客土从山下运到山上，没有路，且怪石嶙峋，只能靠人抬肩挑。为了提高施工效率，施工单位通过网上查找，还专门从广西请来一个马帮，承担全市2017年度东部石质山场森林多目标经营绿化提升工程的回填土和苗木运输任务。

马帮，就是按民间约定俗成的方式组织起来的一群赶马人及其骡马队的称呼，它是大西南山区特有的一种交通运输方式。这个马帮来自广西百色市隆林县隆或乡，共有5人，两姐妹与各自的丈夫，带着一个2岁多的娃，还有14匹骡马。马帮里的每匹骡马在劳作时都背着一个用钢筋焊成的两只连体大筐，专门用于装运回填土和苗木等货物。一匹骡马每次能负重三四百斤的回填土，这相当于至少10名工人的工作量，既经济又高效，大大提升了工程进度。这两年，技术又进步了，一些地方开始用无人机往山上运土，效率空前提高。

不仅挖坑、填土难度非常大，选壮苗栽下后，浇水也是个复杂的"大工程"。最多的时候采用六级提水，一年浇水五六次。为了保持水土，林业技术人员在树苗周围修建外高内低的鱼鳞坑。为确保栽得下、管得好、存得住，淮北市在造林绿化中采取招标制，按项目化管理、工程化运作，由专业队伍承包造林、保成活。

"七步造林法"使淮北石质山造林成活率空前提高，石质山造林面积也由每年1000多亩提高到1万亩，全市岩石裸露60%以上、土层厚度平均不到10厘米的近20万亩石质山披上绿装。由淮北市编制完成的《石质山造林技术规程》已成为安徽省的地方标准，并在全国推广。

为进一步巩固荒山绿化成果，提升东部山场绿化、美化、彩化档次，淮北市林业局以提升森林质量和森林生态服务功能为目标，加强抚育提升森林整体质量和综合服务功能，编制了《淮北市石质山场森林多目标经营规划（2016—2025）》，通过了专家论证和市政府常务会研究，于2016年度开始实施，并依据规划，由市林业局组织相关技术人员编制了《淮北市石质山场2016—2020年度森林多目标经营实施方案》。2017年以来，淮北市全面推行林长制，森林多目标经营投资3000万元，栽植美国红栌、青檀、黄栌、紫薇、女贞、红叶石楠、扶芳藤等乔灌藤本苗木,绿化覆盖面积4.6万亩。全市累计营造林40多万亩,营造林实绩多年为全省优秀,共创建3个省级森林城市、18个省级森林城镇、198个省级森林村庄,农田林网控制率达到85%。

2. 愚公情怀

愚公移山精神是中华民族改造自然、成就自然的不朽精神。在重整山河、绿化荒山的事业中,这种精神弥足珍贵。

石宗宏是一位教师,先是教小学,后来教中学。2001年他退休了,回到位于杜集区矿山集镇北山村的老家。一下子从繁忙的教学中解放出来,他整天闲在家里,觉得浑身难受。以前整日教学,石宗宏既不喜欢打牌,也不喜欢出去钓鱼、旅游,现在退休了,还是不喜欢这些。"有一天,我在村里闲逛,走到北山这一带,看到山上光秃秃的。我就回家拿来了铁锹、锄头、水桶,又从别处找来几棵树苗,拣松软的地方把树苗栽了下去。原本荒芜的北山因为这几棵小树似乎一下子有了生机。"10月25日,我见到鹤发童颜的石宗宏,他依然思维敏捷。从那以后,他就经常来栽树,越栽就觉得越有趣。刚开始,树苗是从别的地方要来的,后来就干脆自己去买。

石宗宏之所以会去栽树,是因为栽树曾经给他带来过快乐。

那是许多年前,石宗宏还很年轻,在北山小学当老师。学校没有操场,农村孩子也没啥体育活动,他就把孩子们组织起来在学校周边栽树,把劳动当作体育锻炼。渐渐地,栽的树长起来了,学校周边变绿了。10年后,小树长成了参天大树,学校就拿这批木材重新翻修了教室。大树锯了,小树又栽上,校园四周始终绿意葱茏。这么一片小小的绿荫装点着北山,让这座荒山显示出顽强的生机。这生机常带给石宗宏感动。此后,栽树就成了北山小学和后来的北山中学的一项教学传承。

退休后的栽树,一开始纯粹是打发时间。随着时间的推移,栽的树一天天多起来,石宗宏的想法也就多起来。相山那边,市里号召绿化石质山,北山这边,也应该绿化啊。寒冬里,他穿上长长的军大衣,走上老妈山。这是绵延的北山山峦中的一座山,石宗宏小时候常常在山上放羊。几十年下来了,这里荒凉依旧,走着走着,就有风刮起,沙尘飞扬,逼得他不得不停下,转过身,用围巾捂住口鼻。这山上要是长满树,就不会有这么大的风沙了。市里提出绿化石质山,太必要了。北山绿化,就从老妈山开始吧。自己虽然退休了,但身体硬朗,再栽几年树,应该没有问题。他来到北山村村部,向村里要求承包老妈山的一面坡,面积400来亩。

老妈山有100多米高,斜斜地走到山顶,有一两千米路程,要花上将近1小时时间。石宗宏找到一些从林校毕业的学生,向他们请教在这样的山上如何栽树。学生考虑到他的身体和年纪,告诉他要在山腰以上种松树。山腰以上石头多,浇水困难,松树相对容易成活。山腰以下种植石榴、杏、核桃等杂果树,这样方便照看,容易浇水,除了能绿化荒山外,果树还可以带来一定的经济收益。

说干就干。

刚开始,石宗宏每天要做的第一件事是铲除杂草,然后再用锤凿、用镢挖,把石块刨出来,层层垒起将土层固定住,最后再把树苗栽下。长期抡动10多斤大锤凿穴,甩出一锨又一锨沙石,其艰辛可想而知。寒风割裂双手、脸庞,乱石磕破小腿、脚掌,小伤口抓把泥土抹一抹,长伤口贴上胶布继续干。一年到头流了多少汗水,手上磨了多少血泡,用坏多少镢头,贴过多少胶布,他已经记不清楚。"现在回想当时,我真不知道怎么能砌出这么多梯田,栽上这么多树的。"带着我们在果林中穿行,83岁的石老感慨不已。

另一个难题是浇水。村里的水源在离老妈山四五里远的地方。没有办法,石宗宏就一担担地往山上挑水。这么多年来,他已记不清用坏了多少扁担。时间长了,教训多了,石宗宏也摸索出了种树的经验。"刨开石头,如果下面有土,就可以种上松树,土薄的地方就不能种。借着连阴天种下的松树,不用浇水也能活。"后来,石宗宏建了一个蓄水池,通过二级提水的方式灌溉树木,方便了许多。

一棵树长出一片林。渐渐地,仅有零星杂草的老妈山有了点点绿色。

石宗宏在山上栽下第一棵石榴树时,村民们都把他当成了疯子。这样的山地里不要说种不活树,就是种活了也会被羊吃掉。家人也埋怨他:每个月几千元的退休工资拿着,放着清闲日子不过,偏要跑到山上种树,日晒雨淋的,受那份罪干吗?可他像一头犟牛,就是要在石头缝里抠出树。他独自买苗、挖坑、挑水、栽植、管养。老人的执着,首先感染了家人,家人对他植树的态度也由反对渐渐变成了支持。节假日的时候,几个孩子会从市里赶回老家和他一起上山干活,老伴也全力做好后勤保障。20多年来,他挖了近2万个树穴,栽下近2万棵树,绿化荒山400余亩,成为名副其实的当代愚公。

在石宗宏的感染下,北东及紧邻的北西、南山、下圩等村庄的许多村民也对荒山植树有了兴趣,纷纷向他讨教。不到两年,北山村的植树大户就已发展到20多户,形成了一定的规模。为了把愿意"开荒"的村民集中起来,一方面方便学习交流,一方面提高果树种植的经济效益,2004年,石宗宏发起成立了北山村杂果协会,大家伙在一起交流经验、联系销路,还不定期外出学习"取经",使得荒山植树的成活率和经济效益越来越高,石宗宏也成为村民的致富带头人。

按照石宗宏模式绿化的北山,层次井然。山顶上覆盖着墨绿色的松树,映衬着蓝天。山腰间5000余株石榴、杏、柿子、核桃等杂果树长势喜人,其中不少已经进入盛果期,采摘下的果实成了当地知名的土特产。树林间,石宗宏还专门圈出一块地放养山鸡,不少人专门驱车过来买。

"当时能靠着果树一年挣好几万呢。"采访中,我们一边采摘石榴,石老一边笑着说,"我原先就不是为了挣钱,没想到就挣了。所以,就算果树挣不了钱也不会损失,种树还是为了开心,开心最重要。"

最让石老高兴的是,淮北市开始实施林长制后,每一棵树、每一片林都有了"保护伞"。在林长制的发力下、政府部门的支持下,北山上先后修起了9个水池,还铺设了1千米长的水管,方便他和村民们"层层提水"。

从去年起,石老给自己订了个"近景规划":要用三年时间把所有的果树"改造"一遍,全部嫁接上优质品种。为了这个规划,他还专门买了专业书籍,去听专家讲课,老教师成为"老专家"了。

近年来,石老先后获得"安徽省荒山绿化示范户""中国好人""全国最美志愿者"等 10 多项荣誉称号。初心不改植树造林,让荒山换新颜,石老的韧劲与坚持也成为子女们前进的力量。如今,老石家的 4 个孩子生活美满。大女儿石玉英最为聪慧,当年考取了浙江大学,现在是一名工程师。大孙女现在美国留学,另外两个孙子也分别考上了大学和研究生。说起这些,多年从事教育的石老说:"十年树木,百年树人。其实,10 年时间,一个人会从小学读到大学,从小学生变成大学生,就成才了。而树木要成林,要成大材,没有几十年,甚至上百年都不行,就像我们淮北的古石榴园。"

3. 明清石榴园

石宗宏说的古石榴园,是指淮北的明清石榴园。今年 10 月,全国绿化委员会办公室、国家林业和草原局公布全国"双百"古树推选活动结果,共推选出 100 株最美古树、100 个最美古树群。淮北明清石榴园古树群入选"最美古树群"。

明清石榴园位于淮北市烈山区烈山镇榴园社区。这里共有明清时期栽种的石榴树 2520 棵,这些石榴树平均树龄 150 岁,300 岁以上的有 350 余棵。其中,"镇园之宝"有 3 棵,都已经 600 岁了。淮北市烈山区种植石榴历史悠久,在《烈山区志》中就有"清代以珍奇果品进贡朝廷"的记载。2019 年,"榴园村石榴园及乡土建筑"被列入安徽省文物保护单位。

榴园社区是 2023 年度和美乡村精品示范村,支柱产业就是石榴。9 月 27 日,淮北市第十四届石榴文化旅游节开幕式在榴园社区四季榴园景区举行,修缮一新的明清石榴园于当天开园。观光客走在明清石榴园内,只见古朴苍劲的树干、鲜绿的石榴叶、红色的大石榴,仿佛让人穿越时空,回到明清悠长而迟缓的时光中。

古老的石榴树见证了这里的巨变。

过去,因地处群山之中,交通不便,榴园经济发展十分缓慢。林长制改革启动以来,针对村级林长管辖林地面积大、古树名木管护难度高等问题,在夯实市、县(区)、镇(街道)、村(社区)四级林长基础上,淮北市将护林组织体系进一步延伸到"神经末梢",在全省率先自村级林长以下,再设立"民间林长",优先从老党员、老村干、老教师和建档立卡贫困户中选聘责任心强的人担任山场绿化管护段段长、古树园园长、古树名木保护树树长,实现网格化管理。目前,在全市共设立市、县(区)、镇(街道)、村(社区)级林长和民间林长1214人,实现了林业生态资源保护网络的全覆盖。明清石榴园的保护和发展,自然按下了"加速键"。

"皖北川藏线"是淮北市新打造的旅游风景廊道,又被当地人称为"淮北川藏线"或"小川藏线"。该风景廊道北起淮北市杜集区梧桐村,南至烈山区黄营村,全长89千米,沿途旅游资源富集、文化内涵丰富,配套建设有观景平台、观景亭、生态停车场、旅游驿站等旅游服务设施,满足游客多元化需求。结合这条线的打造,明清古石榴园保留原有民居风格,创新性打造具有淮北特色的民居模式。对村内古桥、古井、小巷等进行修复,打造榴花溪、四眼井纪念馆等景观;建设榴园幼儿园,改建榴园小学,改造升级卫生室、休闲广场等一批公共设施;加强村庄绿化养护,确保环境清洁……榴园在打造美丽乡村过程中,不搞大拆大建,注重保留皖北民居特色,尤其是注意保护好村内既有的石榴树,留住乡愁。

走在榴园社区内,遍布村庄的石榴树或立于道路两侧,或居于小河之畔,或处于农家小院内,给我留下了深刻的印象。石榴树是榴园社区最大特色。该社区建起石榴博物馆,打造"石榴红了"美食与文创街区,更把村头的明清石榴古树单独列出来加以保护,形成"明清石榴园"。石榴产业带动美食与文创,2022年榴园社区居民人均纯收入达2.3万元。

自2023年4月起,张后龙成为明清石榴园园长,负责石榴园剪枝、除草、疏果等工作。作为榴园社区居民,今年59岁的他,一辈子都在和石榴打交道。

"家家户户都卖石榴,品种包括青皮甜、大红软籽、塔仙红、青皮软籽等。"张后龙告诉我，他家也有10亩石榴，主要品种是青皮甜，果子酸甜可口。

"一棵石榴树能产石榴五六十斤，一亩地产量大概有3000斤。"以前张后龙总为石榴销售问题而发愁，现在这种情况发生了改变。烈山区已经建成保鲜贮藏冷库120座，年贮藏石榴约800吨。

"榴园环境美了，名气越来越大，来村里采摘石榴的游客越来越多。同时，通过冷藏保鲜，延长了石榴上市时间，实现错季销售，让石榴卖出了高价。"张后龙说。

宋继承是淮北市烈山镇土生土长的农民，担任过多年的村书记。他创办的"塔仙"石榴专业合作社在发展中一步步成长壮大，合作社原来的规模比较小，只有几十个人，现在已经发展到300多人。石榴种植面积由原来的几百亩发展到10多万亩，榴园村的道路由原来的泥石路变成了水泥路和柏油路，榴园村的住房由原来的茅草房变成了小洋楼、小别墅。经过10多年的发展，宋继承在自己创办的塔仙石榴专业合作社基础上，又吸纳了2家专业合作社和1家果品销售协会——塔仙石榴合作联社。宋继承为石榴注册商标、申报绿色农产品，免费为周边果农培训技术，扩展种植面积，发展农民经纪人，开发石榴深加工项目，逐渐形成产供销一条龙服务。

除了把自己的石榴产业搞好以外，宋继承还把自己学到的技术，包括打药、施肥、修剪全方位的技术，以及管理技术传授给果农。以榴园社区为中心，石榴种植不断向周边辐射。许多果农在宋继承的带动下，掌握了种植石榴的技术，塔仙石榴的质量上去了，销售价格也有了相应的提高。

淮北市委、市政府及烈山区委、区政府抓住这一契机，高度重视石榴产业发展，把提升石榴品质和品牌影响力，作为乡村振兴、产业兴旺的重点工程，不断给予政策倾斜和资金投入。

首先，实行全域化布局特色产业。出台《淮北市扶持石榴产业发展办法》等惠民政策，按照全域布局、集中打造、连片开发的理念，重点打造10万亩石榴、1.9万亩葡萄、1.1万亩苹果、1万亩灵枣、0.5万亩黄桃产业带，促进优势产业集群发展。目前,全市已建成特色经果林16.1万亩,年产值超30亿元,果农人均年收入达1.3万元。

其次,实行品牌化引领市场营销。与中国林科院签订战略合作协议,成功培育"塔山石榴""段园葡萄""黄里笆斗杏"国家地理标志产品及"黄营灵枣""和村苹果"等国家地理标志证明商标产品,产品知名度迅速扩大。延长产业链,开发果汁、果酒、果醋等深加工产品,销往上海、南京等50多个城市。

最后,多样化经营做活业态。扎实推进国家全域旅游示范区建设,融资20亿元建设石榴特色小镇、南山景区、龙脊山景区、廻龙山景区等,连续多年举办石榴文化旅游节、段园葡萄采摘节、黄里杏花节、七彩和村梨花节等活动,年迎接国内外游客40余万人次,旅游收入10多亿元。

据陪同采访的徐驰介绍,目前,淮北市已经成为全国六大石榴基地之一,建成了1座石榴汁加工厂,有国家级石榴合作社1家、省级龙头企业1家、市级合作社3家。淮北以石榴为代表的林业产业在林长制的促进下不断发展壮大,连绵的石质山,硬是被林业人镌刻出五彩斑斓的生态花。

4. 走过八里是五里

走进八里河,恰巧是重阳节。碧蓝的天空下,八里河湖面波光粼粼,荡漾着淮上水乡雄浑而不失温婉的独特风韵。陪同的胡昊经理对我说,八里河属淮河流域颍河支流,因原河流下游积水成湖,又称八里湖,所以八里河名为河,实际上是内陆湖泊。它位于颍上县南5千米,湖水西纳柳河和柳沟来水,原南经垂岗集入淮河,面积最大达13.2平方千米。20世纪60年代,颍上县于湖东新辟渠道改入颍河。芦苇、柳树和这些年陆续移植的榉树、朴树、香樟等构成八里河颇具特色的自然风光,水鸟成为这里别样的风景。

与安徽其他湿地自然保护区相同的是,冬春季节,这里候鸟众多。不同的是,八里河自然保护区鸟类保护滩涂湿地,盛夏也是万鸟翔集,有的鸟儿搭窝筑巢,有的鸟儿从水面捕食,还有的鸟儿在浅滩梳理羽毛……无疑,是这里优质的水源、良好的生态为鸟类提供了栖息地和丰富的食物,让成千上万的鸟把这里当成家园,在此栖息和繁衍。据统计,保护区内有鸬鹚、苍鹭、白鹭等各种鸟16目47科143种,总数有5万多只。其中,国家一级重点保护动物3种,国家二级重点保护动物19种。这些珍稀的鸟在此安家落户,让整个生态系统更加健康和完整。

行走在辽阔的湖畔,深秋的阳光明亮而温馨。主园区内,"世界风光"将西方著名建筑微缩,展示世界风情;"锦绣中华园"集中华建筑文化之大成;"碧波游览"占地3000亩,湖光水色,浑然天成,4000棵垂柳环湖而立,柳丝随风舞动,秋韵不减春情,在湖水间依然婀娜妩媚。奇特的是"鸟语林",里面树木假山、曲径水池,有鸟近百种,是人鸟共乐的天然场所,与湿地观鸟相比别有一番趣味。

今天的八里河,已经成为淮北平原上的生态明珠,皖北、豫东的休闲嘉盛处,仅今年国庆节,就有20多万人前来观光、旅游,门票收入600多万元,实现了生态效益和经济效益的双赢。

地处淮北平原深处的颍上,位于淮河、颍河交汇处,低湖洼地众多,曾饱受水涝灾害。这些年来,颍上"变对抗为适应,变水害为水利",从实施平原绿化,改造自然生态环境入手,不间断地开展植树造林、修沟筑渠、疏通水系,改善生态环境,让水随着生态建设流淌,让河流牵手绿地,湖水拥抱森林,形成美轮美奂的生态颍上。

成长为安徽省省级自然保护区的八里河,是改革的产物。20世纪90年代,当地农民将这一低洼区建成著名的八里河风景区,被称为"天下第一农民公园"。随着生态建设的提升,这里一年更比一年好。1993年5月初,八里河收到来自联合国环境规划署的电文,被授予"生态环保全球500佳"称号。2001年4月,安徽省人民政府批准成立安徽八里河省级自然保护区。2013年10月2日,八里河省级自然保护区成为首家中华环保基金会青少年宣教基地。

2013年10月11日,八里河省级自然保护区被国家旅游局授予"国家

AAAAA级风景区"称号。

"没想到,在皖北还能看到如此精致的庭院。"王东亮老家在蚌埠市固镇县,退休后和孩子一起去了上海。国庆节期间他回到老家,参加一个晚辈的婚礼。闲暇之余,王东亮在朋友的陪同下来到颍上县尤家花园游玩,这座典型的江南园林风格花园,让他大为震撼。

尤家花园坐落在颍上县城西五里湖畔,始建于清末,原为豪绅尤荫轩的私家花园。整体布局小巧玲珑,前花园、后宅院,移步换景,驻足于亭台轩榭下,行走在绿荫叠嶂间,穿梭在曲径通幽处,不禁让人产生一种"此处是江南"的错觉。

尤家花园被誉为"皖北豫园",是五里湖生态湿地建设的一个缩影。

深秋时节,湛蓝的淮河水与金色的湿地林地交相辉映,五里湖湿地独有的炫美秋色与八里河绚烂秋色相连,形成了环绕颍上的碧水清波的大美景观。

五里湖位于颍上县城区西侧,北起三岔沟,南至八里河马砖桥。颍上县林业局的马进副局长告诉我,这里原先就是一个小河沟,汇集着污水,很窄,雨水稍微大一些,就会出现内涝。2017年,这里成为林长制改革示范区先行区。县里以林长制为抓手,大力开展生态保护修复,不断优化区域生态系统,将这里建设成集休闲、娱乐、观光、健身于一体的开放式的城市公园,并以尤家花园及故居为核心,以五里湖水系生态景观为基础,建成集人文景观与生态自然景观为一体的综合景区。

按照省、市林长制改革要求,县级林长适时召开了先行区建设专题会议,并及时编制了林长制改革示范区先行区建设实施方案。五里湖先行区建设的领衔林长为县委常委、常务副县长、县级副总林长,配合县级林长会议成员单位有县城管局、县财政局。领衔林长对五里湖先行区建设提出了明确的要求,并要求县直单位及相关乡镇按照方案协同推进建设。

五里湖生态湿地建设由北段城市森林、中段印象水乡、南段湿地天堂三大部分和六大景观节点构成。项目从北至南,依次为城市森林公园、迎宾公园、尤家花园及故居、民俗展览馆、文化馆、体育场区、低碳接待中心及湿地鸟岛等景观节点。规划景区总长度为9.8千米,规划面积6平方千米,预算总投资12亿元人民币。

项目实施分为三期。

一期北段"城市森林"。沿着县城北外环老102省道,全长1.5万米。工程内容包括休闲会所、滨水木栈道、园林石径、高大景观树阵、低矮景观植物、景观石、景观灯、草坪灯、亲水平台等。主要树木有银杏、香樟、朴树、皂角树、重阳木、雪松、竹子、水杉等。春有玉兰、樱花次第绽放;夏有荷花飘香;秋有山楂、柿子挂果,桂香弥漫;冬有蜡梅傲雪,青松挺拔。重点是再现颍上古八景之一的"莲池月夜":夏季荷花迎月开放,清风徐来,水波不兴,水面烟雾朦胧,宛若莲花仙境,让人流连忘返。此段景区林幽曲径、繁花似锦、水清石秀,廊亭、小桥、竹园巧妙布局,别具自然生态特点,在充分保护现状湿地的同时注入功能模块,丰富滨水城市界面,使之成为颍城西侧边界的蓝色湿地链,贯穿城市边界的绿色风景带。

二期工程"湿地天堂"。本段充分利用五里湖旧堤与新堤之间的低洼地,将水系重新整合,因地制宜,构成大小不一、形状不同的多个岛屿。建成后,既具有城市防洪功能,又具有缓解城内交通压力、扩大城市园林景观等功能,也夯实了旅游强县的坚实基础。

三期工程为"印象家乡"部分。重点地段为湿地天堂片区。

三期项目完成后,形成新的森林功能区。县里探索新型护林模式,由政府购买第三方护林服务及专业合作社协作模式,让以政府为主体的护林巡林组织逐步转变为社会化运作,切实增强森林资源保护力度。县林业局与县慎和园林建设股份有限公司签订古树名木养护责任书,由慎和园林公司负责日常管护工作,严格落实尤家花园内22棵三级古树的养护责任。

慎和园林建设股份有限公司在管护森林绿化的基础上,也对五里湖生态湿地公园的景观道路及配套基础设施进行维护和管理,同时在社会上招募保安人员进行全天候游客安全、植被管理、禁渔护渔巡逻,维持五里湖生态湿地的健康、良好、可持续发展。

"现在五里湖生态湿地项目,已经把八里河风景区与颍上县城区连为一体,成为颍上县沿省道102中轴中心区主要旅游、观光、休闲场区,并积极申报创建了国家AAAA级旅游景区。五里湖生态湿地充分保护现状湿地的同时注入功能模块,丰富滨水城市界面,成为颍城西侧边界的绿色湿地链,贯穿城市边界的绿色风光带,成为颍上继八里河AAAAA风景区、迪沟生态湿地公园、世界环保五百佳小张庄、百年苏式园林尤家花园、管仲广场(管鲍祠)、新城区M水系园林、甘罗墓、竹林七贤墓、双集茶文化等旅游景点之后的主要旅游景点之一,成为广大市民休闲娱乐、观光旅游的新场所。"顾学军每天都对五里湖生态湿地进行巡查,他是慎和园林建设股份有限公司巡查组负责人,手下管着8个小组,几十号人。这些人,搭起了五里湖湿地网格化管理的构架。

五里湖生态湿地总面积355.76公顷,水面面积104.25公顷,在生态环境保护方面,起到了很好的涵养水土的功效,巨大的绿化总量成为颍城的天然氧吧,发挥了很好的生态效益。五里湖生态湿地作为城市绿道和开放型休闲公园,为附近居民提供了绝佳的休闲娱乐场所。

五里湖生态湿地邻近高速出口、高铁北站,是外来游客进入颍上的第一站,每年都吸引大量游客,取得良好的经济效益。颍上县政府及相关部门在保护五里湖生态湿地的基础上,因地制宜,设计、建设实施夜游景观亮化等工程,使它成为颍上的主要旅游景点之一,成为广大市民休闲娱乐、观光旅游的新场所,吸引更多游客,带动旅游经济发展。

如今的颍上县,拥有八里河公园和小张庄公园两个"全球生态环保500佳",国家AAAAA级旅游景区1家(八里河),国家AAAA级风景区3家(迪沟、尤家花园·五里湖生态湿地、明清苑景区),国家AAA级风景区4家(小张庄、管仲酒业工业旅游区、望和啤酒工业旅游区、淮罗庄台文化旅游区)。迪沟煤矿塌陷区被评为国家湿地公园,新建、修复改建的管仲老街、明清苑·滨河景区、花园小镇、颍上县游客集散服务中心和保丰河等景观成为颍上县一道亮丽的风景线。"颍上旅游"品牌知名度和影响力不断扩大,正逐渐成为立足皖北、辐射周边、全国闻名的"管子故里、休闲天堂、皖北水乡、生态颍上"。除此之外,明清苑、河州书院、管仲老街等一批历史遗迹逐步恢复,填补了颍上千年古县城"只闻其声、不见其形"的空白。

城中有景,城景相融。

湖泊纵横,碧波浩渺,曼妙多姿的花鼓灯、响彻云霄的淮河锣鼓、屹立于湖畔的九合塔、古色古香的管仲广场,见证着千年古邑的华美嬗变,不断展现着皖风徽韵的风华绝代。颍淮之滨的颍上,穿越千年的历史云烟,在新时代新征程中正迎接新生。

实施林长制的 5 年来,颍上生态旅游经济主要指标持续快速增长,旅游总收入年均增长 19.3%,构建了观光游、度假游、生态游、乡村游和文化游"五位一体"的旅游产品体系。据了解,颍上已建成八里河省级研学教育基地 1 家,淮罗市级研学教育基地 1 家,旅行社 15 家,三星、四星级农家乐 28 家,省级精品民宿 2 家,旅游重点扶贫村 9 个,A 级乡村旅游示范村 5 个,省级乡村旅游示范村 1 个,省级特色旅游街区 1 家,省级特色美食村 1 个,省级特色旅游小镇 1 个。

在颍上百里水乡风景道自驾,到八里河渔民社区鱼塘的垂柳间垂钓,在五里湖风景道漫步,走过八里是五里,一路风景这边独好。

二、智慧密码

1. 砀梨的"123458"

9 月 16 日上午 9 时,砀山县程庄镇衡楼村村民张关义走向梨树王,摘下了 2023 年成熟的第一颗砀山酥梨。梨树王位于砀山县良梨镇郭庄村东南处,隶属砀山园艺场六分场,树下有一碑,碑上有"梨树王"三字,为时任全国人大环境保护委员会副主任、致公党常务副主席杨继珂先生题写。梨树王是这片古梨树园中最大的一棵,年逾 300 高龄,树径近 2 米,树高 7 米余,树冠盖地 0.5 亩，年产酥梨 2000 多千克。围绕着这棵古树，这里已经建成了梨树王风景区，繁花遮天蔽日的 4 月，观花人不断；硕果金珠坠地的 9 月，前来观光采摘的人更是络绎不绝。所以，这里也就成了 2023 年第 28 届"中国·砀山采梨节"开幕式分会场，也就有了张关义的第一采。

1958 年，砀山县的张成兰老先生首次将砀山酥梨送给毛主席。1998 年，砀山县委、县政府为纪念张成兰送梨，在程庄镇袁刘庄老梨园立"向毛主席献梨四十周年纪念碑"。而住在离纪念碑不远的张关义便是张成兰老先生的孙子。第 28 届"中国·砀山采梨节"开幕式是在砀山县梨花广场举行的，通过大屏幕和电视台及网络直播，无数关注砀山酥梨的食客都见证了张关义的第一采。

砀山县位于安徽省最北端，地处皖、苏、鲁、豫四省七县交界处，历史悠久、资源富集，自秦置下邑县，至今已有 2200 余年建城史。由于处在黄河故道上，这里有大片的沙化土地。黄河故道又称咸丰故道，自金世宗大定八年（1168）六月，黄河从李固渡（今河南省滑县西南沙店集南 3 里）决口流经砀山县，至清咸丰五年（1855）六月十九日，黄河从兰阴铜瓦厢三堡下无工堤段溃决改道北徙，不再流经砀山县，砀山境内原黄河成为废河（即黄河故道）。

黄河故道自砀山县西北部下河陈庄村西入境，经姜庵、张楼、后岳庄、果园场、大徐庄、穆李庄、汤庄、蒋屯、蒲屯、园艺场、杨李庄，至高寨村入大沙河，出境达南四湖。县境内河道长 46.60 千米，流域面积 277.80 平方千米。晚清至民国近百年时间，这里水患频仍，土地沙化严重，"风起漫天沙，张嘴沙打牙"是当时沙化情形的真实写照。新中国成立后，党和政府开始治沙。治沙的办法首推栽树。砀山人栽培酥梨已经有 2500 年历史，栽树首选梨树。几年下来，人们发现，栽梨树不但能够治沙，还有经济效益。20 世纪 50 年代末，砀山县先后在黄河故道两岸建起了园艺场和果园场。自此，酥梨在砀山落地生根并扩散开来。到了六七十年代，生态效益和经济效益都能兼顾的酥梨，在当地得到了快速发展，每个行政村又建大队农场，光是梨树种植,最高峰的时候就有50多万亩。现如今,砀山县拥有近百万亩连片果园,年产酥梨91万吨,砀山酥梨品牌价值达190.64亿元,全产业链产值达110.35亿元,创全国乃至世界之最。此前,上海大世界吉尼斯总部授予砀山县"中国种植梨树面积最大的县"称号,砀山享有"世界梨都""中国酥梨之乡"美名,成为酥梨生产国家农业标准化示范区、国家梨产业技术体系"一县一业"示范样板县。砀山酥梨也成为国家地理标志产品,获国家农产品地理标志登记保护,是安徽省林业产业快速健康发展的一张亮丽名片。

在今年的第28届"中国·砀山采梨节"开幕式上,砀山县政府发布酥梨产业"123458"专项内容,从砀山酥梨市场标准、品牌推广、销售渠道、农文旅融合等多个角度凸显了砀山县酥梨产业集群建设的辉煌,让更多人了解砀山酥梨,让砀山酥梨走进千家万户,进一步叫响砀山酥梨品牌,擦亮"世界梨都"金字招牌。

10月26日已经是酥梨采收节的末期了,我们来到梨树王景区,仍见往来的游客川流不息,一颗颗黄澄澄的酥梨沉甸甸地挂满枝头,连空气中都弥漫着淡淡的果香。田间地头,依然有梨农们忙碌的身影。在梨树王旁边的樊庆功家,樊庆功和妻子正在熬制梨膏,对面的梨树下,有两个游客正在采摘酥梨。

樊庆功是土生土长的砀山县良梨镇良梨村人,打小吃着酥梨长大,也和梨树打了40多年的交道。他自己有10亩的梨园,又从园艺场租了6亩,帮着管理。园艺场的6亩靠近梨树王景区,前来采摘的人很多。老樊告诉我,今年的酥梨外发均价1.5元一斤,而前来梨园采摘的3元一斤,价格翻一番。许多游客要的就是采摘体验。很多人还要拍照、录像、发抖音、朋友圈。所以,尽管已经到10月末了,老樊家的酥梨树上依然保留着许多果实,就是留给需要采摘的游客的。

良梨镇是砀山酥梨的发源地,如今良梨村90%的土地都用来种植酥梨。采梨节"123458"专项内容中的"1",就是一个品牌"原产地"。在市场推广方面,由砀郡梨业集团着力打造"砀"优质酥梨品牌,全县建立农产品生产主体承诺制度、食用农产品合格证制度,全县 296 家生产经营主体入驻国家、省农产品质量安全追溯平台,出具合格证 1.9 万余张,生成追溯码 15 万余条,实现农产品"带证上网、带码上线、带标上市",在酥梨包装上实现产品全过程溯源,保证消费者买到原产地正宗的砀山酥梨。

由于梨花节、采梨节等一系列旅游活动的推动助力,酥梨的价格较往年升高。今年,樊庆功一家,酥梨销售收入就可以达到 10 万元。

樊庆功家的酥梨产业发展,是砀山县酥梨产业集群建设的一斑。按照林长制改革部署要求,砀山县积极推进林长制改革示范区先行区建设,坚持生态优先、绿色发展,创新林业保护发展机制,全面提升林业生态、经济和社会效益,使酥梨产业集群建设工作取得了积极成效。

在工作推进上,砀山县聚焦"标准化",打造标准果、标准园、标准企业,最大限度延长产业链条。全县以"振兴计划"为抓手,发力提升酥梨品质。印发《砀山酥梨产业振兴三年行动计划》,制定《砀山酥梨现代化改造技术方案》,建立砀山酥梨种质资源档案,推行"一树一档、一树一牌、一地一册",强化与科研院所合作,成立国家梨产业技术体系砀山综合试验站,目前已研发出皖梨 1—7 号砀山梨新品种,把保护砀山酥梨优质品种作为打造"世界梨都"的第一要务。为了进一步规范砀山酥梨产业优质化发展,安徽省市场监督管理局官方市场标准正式推出,围绕砀山酥梨"优级果""一级果""二级果"在内的酥梨果品三大等级,从多个维度制定了砀山酥梨详细规范,以供市场需求方采购销售参考,同时也为砀山果农培育种植酥梨提供了生产标准。三大等级"优果品",是采梨节"123458"专项内容中的"3"。

全县紧紧围绕"强龙头、补链条、聚集群"的发展思路,采用"公司+合作社+基地+农户"的管理运行机制,不断促进全环节提质、全链条增值、全产业融合,全面提升砀山县梨品牌核心竞争力和市场影响力。一产方面,2022 年砀山梨产值 21.96 亿元,占一产总产值的 22.68%。二产方面,全县 136 家规上工业企业中,以梨等果蔬产品为原料的加工企业及其产业链企业达 59 家。此外,历史性引进药食同源企业,开辟了"药食同源"新路子,实现了从果品到药品的零突破。三产方面,2023年3月15日—4月15日梨花节期间,吸引来砀游客达209万人次,实现旅游综合收入4.82亿元。而采梨节期间,砀山县规划推荐四条旅游体验线路,包含砀山县名胜古迹、自然景区、城市地标、优选梨园、主题园区等,每条生态旅游线路都引导游客一览砀山美景,展示"世界梨都"的非凡魅力。其中,首条精品线路为310国道文家河游客服务中心、葛花滩拓展基地、魏寨民宿、梨树王风景区、崔庄美丽乡村(船闸)、鳌头观海、黄河故道休闲运动中心、梨小萌欢乐果园、梨花广场(四馆一中心)、砀山古城景区等。四条线路"游梨都"是采梨节"123458"专项内容中的"4"。

打造酥梨产业集群,只有把砀山酥梨卖出好价钱,才能更好地促进酥梨种植的高质量。县委、县政府出台的三年振兴计划,就是要把注重酥梨生产转向产、加、销一体化发展上来。在龙润堂种植基地,砀山县林业局副局长郭遵守介绍:如今,砀山县已建立了生产、储藏、罐头加工、冷链物流、销售、服务等水果全产业链体系。全县投资了4.32亿元打造安徽酥梨产业集群,其中新建标准化厂房17183平方米,改造厂房5300平方米,购置安装生产线10条,提升完善改造生产线3条,新建水果保鲜冷库14.75万立方米,硬件的不断升级让砀山酥梨产业链得到了有效延伸。

值得一提的是,规划占地面积2316.33亩、库容体量达118万立方米的宿州国家骨干冷链物流基地落户砀山,为进一步拓展冷链增值业务,贯通一、二、三产业的冷链物流产业体系,解决酥梨产品上行,带动乡村振兴和农民持续增收发挥了重要作用。得益于这些产业提升计划,砀山成为全国水果加工第一大县。2022年,该县仅梨膏的产值就高达6.3亿元。目前,砀山县年产果蔬罐头及果汁饮料45万余吨,产品出口日本、美国、加拿大及欧盟等国家和地区,年销售收入30多亿元;生产的浓缩梨清汁、梨浆汁大量出口到雀巢、百事可乐等大型跨国食品公司,占全球约20%的市场份额,实现年出口创汇5000万美元。

2022年9月23日,第19届亚洲运动会在浙江杭州开幕。"'酥梨出山'砀山酥梨城市品牌巡礼"活动走进首站杭州市,这也标志着此项活动正式启动。在亚运会盛大举办之际,砀山酥梨牵手亚运会,以"世界梨都"之名,通过崭新的视角,向世界展示砀山酥梨品牌形象。接下来,"'酥梨出山'砀山酥梨城市品牌巡礼"活动,还将走进上海、合肥、北京、深圳等城市,通过设置砀山酥梨品牌小站,推广优质精品砀山酥梨及梨膏等主打产品,进一步提升砀山酥梨的品牌形象和影响力。这是采梨节"123458"专项内容中的"5":"酥梨出山"巡五城。

聚焦"品牌化",搭平台、做电商、创文旅,促进梨产业价值不断攀升,是砀山打造梨产业集群的又一抓手。全县推行酥梨产品标准准入制度,相关检验检测指标达标后,方可纳入溯源监管平台;制定示范引导机制,每年动态考核,认定一批示范果园、示范加工企业和示范电商企业;制定砀山酥梨地理标志省级标准,建立健全地理标志标准体系,推进从生产到流通全过程标准化管理,运用质量管控追溯体系,提升砀山酥梨品牌价值。

做直播、电商销售,如今很多农民都在进行。行走在硕果累累的梨园中,我们遇到了几拨做直播销售的人。郭遵守介绍,近年来,砀山县抢抓"互联网+"的机遇,依托资源优势,探索出了一条政府积极作为、草根踊跃创业、企业自愿转型的农产品上行电商之路。现在砀山县拥有电商企业3100多家、网店和微商6万多家,全县15万多人从事电商物流等相关产业,特别是在直播经济、电商营销、供应链服务和数字农业等领域,高质量发展的新模式新业态逐渐成形。电商的强大,打造了互联网销售平台,拓宽了砀山酥梨的销售渠道。今年梨花节、采梨节期间,央媒、省媒扎堆报道,全方位、多元化宣传展示砀山优势产业和旅游资源,砀山的知名度、美誉度不断提升,酥梨产业在砀山经济发展中的贡献度越来越大。砀山县不仅成为安徽省电子商务示范标杆县,也获评国家电子商务进农村示范县。采梨节"123458"专项内容中的"2",是指两家电商"旗舰店"——淘宝和抖音"慕农人生鲜"电商旗舰店,具有示范引领意义。通过线上线下联合销售模式,逐步提高砀山酥梨的国内市场地位,实现全县梨产业链条更长、成色更足、效率更高、价值更大的目标。

聚焦"数字化",节本增效,建设现代化、科技化数字酥梨产业,是砀山酥梨产业集群发展的又一助推剂。一是实施"数字果园"工程。建设数字化应用场景16个,对果园的土壤、光照、病虫害情况等参数,实时采集、记录分析,借助数字物联感知设备采集梨园生长全周期信息,打造标准果、标准园,实现智能化生产耕作、数字化管理运营。完成智能灌溉、低温预警、田间水肥管理等智慧管控模型,果园"天空地"一体化数据采集与监测工程有效运行,实现自动化控制、规范化作业、精细化生产,目前建成数字农业示范基地53个,覆盖面积30余万亩。二是开发"数字场景"平台。整合现有产业基础及数据资源,打造集仓储物流、产品加工、智能分拣、市场交易、平台结算、品牌打造、社会化服务等各环节于一体的梨产业互联网平台,实现酥梨全产业链数字化管理。三是突出绿色防控。推广有机肥替代化肥、病虫害绿色防控、蜂机协同授粉等新技术,推行宽行窄株省力化栽培、起垄覆草等新模式,投入各类有机肥30万吨、可降解诱虫板20万张、杀虫灯4000余盏,绿色防控覆盖率达80%。

"一年一度秋风劲,不是春光,胜似春光。"春赏梨花秋采梨,砀山的春天娇媚温馨,砀山的秋天"果"光溢彩。为引导广大游客自采优质酥梨,2023年采梨节期间,砀山全县范围内优选八大梨园供游客采摘,它们分别是砀山酥梨第一园、壹号梨园玄庙镇基地、龙润堂酥梨数字化种植基地、壹号梨园园艺场基地、三联果蔬专业合作社基地、梨树王风景区古梨树群、程庄镇袁刘庄老梨园和乾隆御植园等。八大梨园"采摘乐"是采梨节"123458"专项内容中的"8",白露、秋分、寒露、霜降,采梨节前后走过四个节气,我去采的时候,是霜降第三天,是节之末了,但还是赶上了采摘。古老梨树王上的累累硕果,不就是砀山酥梨产业的集群吗?

2. 智慧蓝莓

怀宁县地处北纬30°附近,属低山丘陵地貌,气候湿润,土壤有机质高,丘陵土壤90%以上为红壤、黄棕壤,呈酸性至微酸性,是蓝莓种植的天然基地,经资源调查全县共有10.5万亩的面积适宜种植蓝莓。怀宁县充分发挥这些资源禀赋,积极调整优化农业产业结构,大力整合零散土地资源,提升低效山地利用率,实施土地"回"集体、芭茅山改造行动,发展林业规模化经营。由政府牵头、村集体参与,统一租金、统一合同,将土地从村民手中流转到村,再由村里交给专业种植企业经营。土地的规模化、集约化利用,为蓝莓产业发展奠定了坚实基础。目前,全县200余家种植企业发展集中连片种植,千亩以上种植企业7家;打造十佳蓝莓示范基地和精品示范园11个,新建水肥一体化设备及冷库110座。全县蓝莓种植面积已经达到8.5万亩,2023年蓝莓鲜果产量达到2.5万多吨,成为长三角地区最大的县级蓝莓种植区。

陪同采访的怀宁县林业局林长办关天宝股长介绍:"龙头企业+基地+农户"是怀宁县蓝莓发展的主打模式,全县采取土地入股、合作发展、务工就业、生产托管、开办农家乐等有效举措,带动了农村一、二、三产业融合发展,实现了"一地生五金":土地流转"获租金",资金入股"变股金",基地务工"挣薪金",订单种植"得售金",生态旅游"赢现金"。全县95%的乡镇发展蓝莓产业,78%的行政村将蓝莓作为村级经济发展的主导产业,村均蓝莓收益超15万元,年增加用工2.1万余人次,促进农业增效、农民增收、农村繁荣。"怀宁蓝莓"已成功获批国家地理标志证明商标,被纳入全国名特优新农产品名录,成功创建国家林业产业示范园区、国家农村产业融合发展示范园。在2023年中国品牌日活动上,"怀宁蓝莓"作为安徽省唯一区域品牌入选"点赞2023我喜爱的中国品牌",已成为怀宁最具辨识度的"名片产业"。

为避免农户分散种植蓝莓带来的品种不统一、设施投入不足、抗风险能力弱等问题,怀宁县制定了《蓝莓生产技术规程》《蓝莓鲜果分级标准》《蓝莓鲜果储藏保鲜技术规程》等技术标准,指导蓝莓企业标准化生产。强化"双招双引",撬动社会资本约10亿元,形成集良种繁育、规模种植、食品加工、休闲采摘于一体的产业链条。2016年,在上海经商的陈拥军回乡投资3000万元创办裕丰蓝莓公司,采取现代企业管理模式,现种植面积1300余亩。

作为怀宁县蓝莓协会会长,陈拥军对我讲述了很多,我特别感兴趣的是"智慧蓝莓"。

所谓"智慧蓝莓",就是把物联网、5G、大数据等现代信息技术,运用到蓝莓产业发展全过程,为这一特色产业增添"科技范儿",再赋新动能。怀宁县与中国联通合作,投入6800万元,推广运用"5G+物联网"技术,逐步建立蓝莓质量安全追溯体系,实现"智慧蓝莓"全过程管理。

陈拥军的裕丰蓝莓基地共有1300亩,今年又有1200多亩挂果丰产。5月到7月的这段采摘时间,本该是陈拥军最忙的时候,他却很少到蓝莓基地,改为在手机上查看蓝莓园土壤温度、湿度、pH值、电导率、氮磷钾含量等多种数据和监控视频。在陈拥军办公室,他打开手机,一边点着,一边让我看视频,上面的蓝莓园角角落落都清清楚楚。"我以前要整天泡在蓝莓园里,查看一遍苗情、墒情和虫害,要两三天时间。现在有了全域智慧农业系统平台,即使在外地出差,也能随时通过看画面和数据,搞种植管理,精准又方便。"

看了一会视频,陈拥军又调出一些图片让我看。为提升蓝莓产量和品质,陈拥军在手机上连线了蓝莓专家,经常咨询如何管护蓝莓基地。按照专家提出的充分供水、适量浇施高钾型水溶肥的建议,通过手机,远程打开自动化滴灌设备。"有远程控制自动化滴灌设备,肥水就能按指定标准进行滴灌。由于每一株蓝莓都能均匀获取养分,长得好、结果多,还有效解决了蓝莓施肥不均匀、肥料浪费、人力消耗大的问题。往年我们需要6到7名工人,如今只需1名工人往施肥管里加肥,启动机器就可以了,能节省60%—70%的人力,节水节肥30%左右,科学精细管理还提升了蓝莓的品质,一亩地可节本增效1000元以上。"

说到这里,关天宝补充道:"县里在智慧蓝莓平台上开发了专家智慧服务板块，建立起蓝莓技术专家库，种植户可通过视频连线、发送图片、留言等形式，'点餐式'邀请专家在线上提供远程指导和'会诊'。当传感器采集的数据超过设定的阈值后，系统会启动报警功能，通过发信息的形式通知种植户采取措施，这一功能很贴心，很实用。"

"这些专家库是资源共享的，陈老板可以用，关老板也可以用。"

听了我的调侃，陈拥军忙说："就是这样，要不然就不是智慧了。"

怀宁县马庙镇曹坦村"5G 蓝莓"基地是全省首个运用 5G 物联网技术的智慧蓝莓基地。曹坦村党支部书记程齐焰说："蓝莓是我们的首位产业，通过一系列的考察，我们镇招商引资引入了这个项目，5G 种植蓝莓在全省都是先试先行，也正因如此，一期只建了 20 亩，共投入 600 万元。"说到这里，他停下来，摇着手，"平均下来一亩要投入 30 万元，而普通的蓝莓种植一亩只需投入 1.6 万元。"

走进基地就知道投入贵在哪些地方了：平整的基地上，9000 多株蓝莓一棵一棵栽种在盆中，依次排开，每株蓝莓的长势都能以具体的数据呈现。盆内不是土，而是氮、磷、钾等各类营养物质精确配比的全基质。盆与盆之间由细细的塑料管连接，可随时输入水及液态肥料。四五米高的大棚，防雨、防冻、防晒各类硬件一应俱全，温度、湿度实时监控并可调节。在这里负责的只有李长华一人。利用 5G 物联网技术，他一人便可轻松照料这一园的蓝莓。

李长华带着我们来到控制室，点开操作界面，浇灌、施肥、降温、外部条件触发等程序立即显现。以浇灌为例，选择浇水时长后点击"确定"，联网的 9000 多株蓝莓便开始接受均匀灌溉。"如果是传统的基地，20 亩至少需要 10 个人 2 天才能完成浇水工作。而运用 5G 物联网技术后，我们只要点击'确认'，20 亩一般 3 至 5 分钟便能浇完，而且还能根据含水量控制每次浇水的时长。"李长华说，"这些都可以在手机上操作，而且是从种苗繁育到栽培全过程的智慧化。"

虽然初期投入成本比普通蓝莓种植成本高，但利用 5G 技术开启智慧化、精细化种植,不仅节省人工,而且种植出来的蓝莓,品质好、产量高,在采摘上能打个时间差,价格更高,成本回收快。"比如传统种植每亩大概 200 株,要 3 年才能挂果,第 4 年进入丰产期,进入丰产期亩产鲜果大约 1000 斤。我们 1 年就能挂果,第 2 年就能进入丰产期,同时因为密度高、营养足,像今年,我们亩产就达到了 3000 斤。"村书记程齐焰说,"另外在价格上,传统种植的蓝莓要在 5 月 20 日至 6 月 20 日左右上市,这里的蓝莓在 4 月上旬就能上市,价格还能翻一番,每斤能超过 100 元。"

从 5G 大棚里出来,程齐焰指着周边的空地说:"二期这 200 亩的土地我们已经平整好了,要继续推广 5G 种植。另外我们还要发展 1000 亩的露天种植,带动更多老百姓致富。"

在怀宁县林业局副局长孙正祥看来,数字化、智能化也为开拓市场赋能,解决了产销消息不对称、鲜果市场开拓慢等问题,能让怀宁蓝莓更好更快地"走出去"。承担智慧蓝莓物联网项目建设的联通公司,在网络平台上还设立数字展馆,通过大数据采集分析,集成全县蓝莓种植用户、面积、产量、视频数据和周边市场价格等内容,制作蓝莓电子地图,让种植户了解更多市场信息,整合优化资源配置,拓展销售市场。怀宁县联通公司政企中心客户经理汪婷婷说,"每一次蓝莓种植、除草、施肥、采摘、分拣过程,被汇集制作成电子档案,上传到溯源系统,消费者扫码后,不仅可以查看蓝莓基地的相关情况介绍,还能对购买的蓝莓产品批次号及蓝莓的生长环境、查验记录等进行全方位的了解,通过可视化和数据化的手段,买得安心,吃得放心。"陈拥军的蓝莓销售是和上海煜歘公司、鹏升公司签订长期供货合同的,他的蓝莓第一天下午采摘、包装,夜里运抵上海,进入上述公司的物流仓库。到天亮前,就分发到各大超市、果品销售店,上海市民早晨就可以吃到新鲜脆嫩的怀宁蓝莓了。以前的验货、检测比较烦琐,而现在对方只要扫码,各种信息都清楚了。

3. "蓝"以忘"怀"

为发展好蓝莓产业，怀宁县聚焦服务社会化，也出了很多实招。县里设立蓝莓产业发展中心，具体谋划协调蓝莓产业发展。成立蓝莓协会、组建蓝莓发展联合体，依托公益性和社会化技术服务体系，实行培育种苗统一、肥料采购统一、技术指导统一，做到与蓝莓种植企业深层次对接；搭建信息交流咨询平台，指导帮助企业解决蓝莓灰霉病、根腐病、丰产栽培、农药安全使用等30余项生产技术难题，培育科技示范户、致富带头人209人，举办各类培训班115期，把科技渗透到千家万户。为推动蓝莓产业提质增效，县里鼓励企业机械化发展，仅独秀山蓝莓公司就建成投产5条国内技术先进的灌装生产线。蓝莓机械采摘机、蓝莓自动分选机等一批设备的投入应用，有效缓解蓝莓集中上市导致的"采摘难"问题，减少人力成本，提高工作效率与经济效益。

市场的占有，是产业化的生命。怀宁县紧盯全国蓝莓销售市场梯次上市的档期，及时调整早熟、质优、价高的蓝莓种植品种"莱克西""蜜斯提"等10余个，抢占市场份额，从种植端开始提高蓝莓经济效益。推广种植产量较普通蓝莓高两倍的"蓝美1号"品种，为深加工企业提供充足的原材料。坚持以抓工业的理念发展现代农业产业，做好"农头工尾"增值文章，投资3亿元建成集冷链、仓储、分拣、深加工、交易为一体的蓝莓产业园，引进培育蓝莓深加工企业10家。将蓝莓与大健康产业深度融合，推动蓝莓花青素在药品、化妆品、保健品、功能食品上的应用。2022年，蓝莓深加工年处理能力达5万吨，综合产值达50亿元。

怀宁县政府与安徽农业大学合作共建皖西南综合试验站、怀宁蓝莓研究院，建成1个院士工作站、1个博士后工作站，为蓝莓育种、种植、保鲜、加工、科学研究提供支撑。与中国农科院、安徽农科院农产品加工所、哈工大等科研院所开展蓝莓冻干果、蓝莓花青素等加工工艺合作。聘请农业农村部小浆果首席专家李亚东教授、中科院植物研究院於虹主任为发展顾问，为蓝莓产业高质量发展提供智力支持。

为推动蓝莓产品品牌化,提升产业知名度。怀宁县成功创建"怀宁蓝莓"国家地理标志证明商标,建成3.5万亩全国绿色食品原料(蓝莓)标准化生产基地。引入国内知名水果销售商共建蓝莓综合供应链服务体系,构建国有控股的怀宁蓝乡供应链管理公司,作为政府指定销售平台,通过"统一品牌、统一分拣、统一包装、统一定价、统一销售"的"五统一"模式,加强品牌管理,加大知识产权保护力度,提高蓝莓品牌溢价能力,打造最具地方特色的名片产业。每年以"游独秀故里、品怀宁蓝莓"为主题,举办蓝莓节庆活动。2023年5月20日上午,第六届中国怀宁蓝莓文化旅游节在独秀乡村振兴示范区蓝莓广场盛大开幕。该次活动以"独秀故里·'蓝'以忘'怀'"为主题,为期4个月,开展"蓝莓之乡"半程马拉松赛、蓝莓产业发展高峰论坛等八大系列、22项重大活动,扩大了"怀宁蓝莓"品牌知名度和影响力。

怀宁县蓝莓产业坚持农文旅融合、县内外协同,发挥三次产业融合的乘数效应,推动蓝莓产业"接二连三"发展。依托蓝莓基地、蓝莓精品园、蓝莓深加工企业和独秀山等自然人文景点,整合6个乡镇要素资源,总体规划面积14.5万亩,投资近13亿元集中打造以蓝莓为特色产业的独秀乡村振兴示范区,联动建设长三角知名的游客集散地。建成集农产品种植基地、农业综合展示场馆、马拉松生态廊道、特色商业街区于一体的独秀山农文旅融合景区,自2021年5月对外营业以来,接待游客近60万人次。

自2004年以来,先后4届怀宁县委、县政府坚持把蓝莓产业作为特色农业,按照"选准一个特色产业,稳定一套增收机制,带动一方百姓致富"的思路,一任接着一任干,一棒接着一棒跑,制定蓝莓产业发展扶持政策,创新财政和金融协同支农机制,整合国家、省、市项目资金,累计兑现奖补资金5000多万元支持蓝莓产业发展。与省农业信贷担保有限公司搭建"政银担企"四方合作平台,获得授信5.7亿元,前三年县财政予以贴息保障。目前县内所有银行均对蓝莓企业进行无抵押授信贷款,蓝莓产业贷款总规模达到2亿元,有效解决蓝莓持续规模化种植、产业化发展的资金需求问题。

采访快结束时,我们遇到了70多岁的陈家安,近几年他一直在秀山乡西涧村陈拥军的蓝莓基地务工,从事采摘和基地管理工作,他是发展蓝莓产业最直接的受益者。"每天来基地上班,为家庭增加了不少收入,每年都有1万多块钱。给孩子们也减轻了负担,还照顾了家庭。蓝莓产业对我们农民和周边的群众来说是最大的收入来源,好处也最大。"陈家安指着陈拥军说,"陈老板是最讲信用的,说哪天发钱,就哪一天,还主动送上门。我们都喜欢给他干活。"

目送陈家安离去,陈拥军说:"这些六七十岁的老人,在我这里打工,我每年分三次给他们发钱。每次都送上门,他们对我感恩戴德,我同样也对他们感恩戴德。能让他们活得快乐,觉得人生有尊严,不也是我的人生价值吗?你前面问我林长制有什么意义,我觉得,种好蓝莓这个小果子,让老百姓都有钱赚,就是林长制的意义。"

三、同是修复

1. 岭上都是白云

曾去卖花渔村,
鸡犬之声相闻。
花深不知归路,
岭上都是白云。

这首小诗出自著名的老树画画。

卖花渔村本名洪岭村,隶属雄村镇,位于歙县城东南7千米,新安江南岸沟谷腹地,网络上称其为"中国徽派盆景第一村",是新安江百里画廊林长制改革示范先行区特色村落。

唐乾符六年（879），洪氏迁徙此地聚族而居，以姓定名曰洪川，曾称梧村。因为村头尖尖状如鱼嘴，村腰渐宽如鱼肚，村脚房屋向两翼展开似鱼尾，故叫鱼村。而村人姓洪，喻水汹涌，鱼得水则生机盎然，故在鱼字边加三点水，为渔村。村居深山，无鱼可渔，却家家卖花，民间即称卖花渔村。

其实，卖花渔村所卖的花，更确切地说，是以梅花和蜡梅为代表的盆景，是徽派盆景的典范。

徽派盆景是以古徽州命名的盆景艺术流派。它以卖花渔村为代表，包括绩溪、黟县、休宁等地民间制作的盆景，以古朴、奇特、遒劲、凝重、浑厚为其特色，开创一派独特的传统艺术风格，已有800多年的历史，以游龙梅桩驰名海内盆苑，并于清乾隆年间在绩溪仁里等地形成了每12年一举、规模宏大的徽派盆景展览。1972年2月，周恩来总理陪同美国总统尼克松夫妇观赏了陈列在上海人民公园内的徽梅盆景。尼克松总统夫妇对充满装饰类美感、具有浓郁徽派特色的游龙梅桩的英姿雄态赞不绝口。徽派盆景的产生和发展，与卖花渔村有着千丝万缕的联系，洪氏先人为徽派盆景的创始人。在洪氏的辗转徙居过程中，由洪氏祖先将盆景这种特殊的艺术带到徽州，并在绩溪、歙县等地进行再创作，发扬光大。

徽派盆景寓意于形。如游龙式为中华民族的象征，三台式则寓有蓬莱仙境或天、地、人之内涵，迎客式则为恭候嘉宾。游龙式梅桩、扭旋式罗汉松、三台式圆柏等，高大、雄伟、粗犷、古朴，充满着神秘的装饰美感，与古典徽派建筑交相辉映，意蕴深长；黄山松、罗汉松等造型，以黄山古松为典范，充满朝气蓬勃、奋发向上的徽州人文精神。

由卖花渔村培育的梅桩盆景，在全国举办的历届"二梅"展览中，几乎囊括了近二分之一的金奖、银奖和铜奖，足见其实力之雄厚。徽派盆景中的植物种类较多。它以徽梅、徽柏、黄山松、罗汉松为主，其他如翠柏、紫薇、南天竹、榔榆等也比较常见。通过徽州花农和盆景艺人数百年的精心培育，现已选育出一大批出类拔萃的梅花品种，如徽州骨里红、徽州檀香、徽州台阁玉蝶、徽州宫粉、洪岭二红等，甚至连园艺界公认已绝迹数百年的黄香梅，也奇迹般地再现于古徽梅苑。这些品种的形成是经过花农长期选优、人工嫁接、压条存异等方式培育而成;颜色从紫红、朱红、粉红到粉白、素白、淡绿、浅黄等,无一不具备;花型有单瓣、复瓣、重瓣、台阁等,千姿百态,绚丽多彩。

徽派盆景造型手法独特。花农对幼小的梅条就用棕榈叶片进行定胚造型,每两年重新调整一次,较大的枝干改用棕绳蟠扎;待主干大致定型后再加工侧枝,对小枝则只做修剪不做蟠扎,形成了"粗扎粗剪、剪扎结合"的造型艺术手法;徽派盆景多地栽造型,成形后再选盆配座,在卖花渔村数十公顷的山坡上,培育各种大小梅桩和树桩造型有数十万株之多,可谓海内栽花卖花"第一村";在繁殖上,采用压条与养桩并举的方法,在国内也颇为罕见。

8月28日上午,细雨霏霏,我们走进卖花渔村。潺潺流水声中,满眼皆是苍翠。苍翠之下,全部都是树桩。有的硕大雄浑,有的小巧玲珑;有的盘根错节,有的枝干欹曲;有的已经栽在盆中,尽显微观景致风范,有的栽在地下,身上被捆扎、缠绕,在艰难中塑形,正在通往成为风范的路上。

与一般乡村不同的是,这里看不到菜园,没有一块种菜地。洪定勇是省级非遗徽派盆景技艺代表性传承人,安徽省盆景协会副会长、歙县徽派盆景协会会长。他2005年起担任村书记,直到现在就专门培育盆景了。2016年、2018年在第十五届、第十七届中国梅花蜡梅展览会中,作品《古徽遗风》《傲骨梅香》分别获得金奖;2021年在江苏如皋"2021年全国精品盆景展"中,《游龙梅》荣获传统佳作奖;2022年中国合肥苗交会"安徽省首届盆景艺术获奖作品展"中,《只把春来报》获得金奖。在他家,我问到菜园,他笑着说:"你的眼睛很厉害,的确没有。我们这里,真正是寸土寸金,种菜划不来,大家都是买菜吃。"

陪同我们的歙县林业局主任汪则纯说:"说这里寸土寸金,还表现在土地的流转费上。流转一亩地你知道多少钱吗?"

其他地方流转费用高的,一年七八百块一亩。这里能有多少?

"1000?"

汪主任说:"你太不敢想了,再加一个零!"

"1万?"我真的不敢想了。

洪定勇笑着说:"他还没有说清楚。这里的流转,一次性必须给流转户经营20年。一年1万,20年就是20万,一次性付清。"

"应该是青山常在,永续流转了。"我更不敢想了。

雨小了些,我们来到院子里。洪定勇给我介绍,在卖花渔村,家家栽种花木,户户盘扎盆景,屈干、修剪、摘芯、去芽、定型、移植,这些工序不像完成一季庄稼那么简单,它是一个长期、反复性的过程。面朝盆景背朝天,一代又一代花农的艰苦付出,才成就了"凝固的诗、立体的画"。论起来,几乎每家每户都有一位盆景技艺大师。村中形态各异的盆景处处可见,庭院内、房前屋后、山洼溪边,各种各样高低错落的树桩将庭院装扮得犹如花园一般,天井里、窗台上、阳台上到处都是树桩盆景,就像一个巨大的盆景公园。

"我这个院子里的盆景,保守地说,也能值100万。当然,这里面的很多盆景,现在是不会卖的,还要让它们继续长。盆景是爷爷种花孙子卖,越老的盆景越值钱。我手上的盆景,50年生以上的还有30多盆。40年以上的就多了,有2万多盆。这些盆景除了小部分装盆,大部分都要栽在地里。在卖花渔村,每家40年以上的盆景都超过1万盆,所以土地特别紧张。邻村的一些土地,都被我们村流转来了。"

走出洪定勇家的院子,来到村中。雨还在下,依然有不少游客开车前来观光。

"2006年以前,村里只有一条土路通到外面。但这条路走不了车,村民们想要往外卖盆景,只能步行挑着担子到县城去卖,一根扁担挑不了几盆。大盆景需要几个人合力往外抬,销量极为有限。那时候,卖盆景整个就是受罪。"正说着,一个穿着浅红色黑花上衣的女同志迎面过来。洪定勇给我介绍,是村妇女主任洪吉会。

说到路,洪吉会永远记得1997年的那个夏天,有人向她订购了40盆盆景,支付6000元,这在当时来说是笔不小的数目。时值6月梅雨季节,卖花渔村那条唯一外通的山路变得更加泥泞难走,为了把盆景运出去,他们全家都出动了,还请了两个亲戚,一行人在大雨中淋了一整天,才把所有盆景运出去。

当选村干部后,洪吉会积极为修路奔走筹划,她倡议大家捐款。倡议一发出,就得到了大家的响应。一个身患重病的村民,让妻子把钱拿到村委会,并转告说,他家两口人,加上外地的女儿,这个钱必须要捐。"即使我不在世了,我老婆今后还是要走的。"村民们少则几十元,多则上万元。全村户户参与,短短时间就筹集到了启动资金 92825 元。

启动资金有了,但这点钱想要开通公路,根本不现实。2005 年走马上任的洪定勇积极到镇里、县里争取,最后,县、镇筹集了近百万元资金,对道路进行规划。道路施工的钱,县、镇承担,而修路占地补偿,则由村里负责解决。绝大部分村民都支持,对于一些被占地多的农户,村两委亲自出面,进行土地微调,最终大家都同意施工。

挖掘机进场的那一天,虽然下着小雨,但是村民们云涌而来,燃放鞭炮,像过节一样热闹。那时南源口大桥还没建成,挖掘机是通过两条连接起来的蹦蹦船运过来的,当时岸边的泥土又软又烂,挖掘机开不上来,村民们在洪定勇的带领下,齐心协力用一根绳子边拖边拽,使挖掘机成功上岸。"人心齐,泰山移,小小的挖掘机又算什么呢?"回忆当时的场景,洪定勇充满自豪。

2006 年,卖花渔村终于通上了公路,新路也打开了村民们的心路。客商们可以直接把货车开进深山,一株株盆景随着通达的公路销售到全国各地。2016 年,这条路又进行了拓宽改造,不仅会车没问题,大货车也能直接开进村。2018 年是洪定勇担任书记的最后一年,他又协调相关方面规划了循环路。2019 年,循环路通车,卖花渔村的交通问题得以彻底解决。

雨停了,我们来到了洪培养家。洪培养身材高大,院子里栽培的多是高大的黄山松、罗汉松、五针松等。"他的都是大手笔,院子里的这些大桩子,没有低于 1 万一盆的,比我那院子值钱。"洪培养谦逊地笑着:"书记过奖了,我还是跟你学习的。"

"你不要谦虚。培植盆景讲究悟性,要有眼光,会取材,还要善于造型。这些,你都不输于我。"

令洪培养骄傲的是,他的儿子洪玉屏已经走出去了,在徽州区流转了200亩土地,栽种盆景,红火得很。

洪玉屏的这种走出,是资本和技术的走出,和一般年轻人外出打工有本质的不同。卖花渔村土地总面积3800亩,其中培育盆景苗木的山场2000余亩,每年成型可供销售的盆景突破6万钵。目前全村共236户,外出务工人数仅有47人,村民人均纯收入超3万元。"对村民来说,在家门口就能增收致富,一年四季都是丰收。"

2022年,卖花渔村徽派盆景产值达到2600万元,村集体经济经营性收入突破100万元。2023年1月24日—3月8日是卖花渔村第11个"梅花节",节日期间,村集体经济经营性收入近177万元,赏花观景游客达16万人次,带动旅游经济收入达600余万元,实现全村群众在家门口就业致富。

2019年12月31日,卖花渔村入选第二批国家森林乡村名单。在此前后,卖花渔村还荣获全国生态文化村、全省绿色村庄示范试点、全国美丽乡村示范村、安徽省乡村旅游示范村、全国"一村一品"示范村镇等,走出了一条"绿色+富民+兴旅"的绿色发展之路,实现了生态、经济和社会效益"三赢",成为新安江百里画廊林长制改革示范先行区的典范。

隐居山间,时到人前。
做梦一世,卖花千年。

这是老树题在卖花渔村一面墙上的,已成为一处新景。很多人在此留影,我们也来了一张。

2. 茨淮榴花

茨淮新河是20世纪治理淮河期间新辟的一条大型人工河道，工程于1971年开工，1985年竣工通航。河道从颍河左岸茨河铺开始，向东至怀远县荆山南入淮河，全长134.2千米，怀远县境内44千米。

怀远在淮河北岸，涡水入淮口，古人的表述是"荆涂二山对峙，涡淮二水环绕"。荆山和涂山都很有名，荆山是因为春秋时期楚国价值连城的"和氏璧"，涂山是因为大禹治水，于此劈山导淮，都是中国悠久历史中闪闪发光的地名。我第一次知道怀远这个名字，不是因为两位古人，而是因为石榴。《安徽大辞典》"怀远石榴"条曰："安徽著名特产，产于荆涂二山。汉时代已有种植……"汉代种植的文字已不可考，《禹王宫庙史》云："唐天授三年，禹王宫道长李慎羽（又）从京城长安引进石榴，植于象岭（涂山）。"唐天授三年是公元692年，距今也有1000多年了。禹王宫也叫禹王庙，在涂山上，据说始建于汉高祖十二年，即公元前195年，但无考。从汉代开始，涂山禹王宫历任道长不知凡几，唯有这位名叫李慎羽的道长，因为从长安引进石榴，把名字留下来了。

有一年去怀远，听白乳泉风景区的符布刚主任说："历史上怀远石榴，集中种植于荆山的白乳泉而不是古称'象岭'的涂山一带。2020年，县里组织专家普查和测量，发现在白乳泉下的老石榴园中，百年以上的古石榴树有577棵，其中200年以上的有400余棵，300年以上的有10余棵。说怀远石榴的历史，荆山和白乳泉是无论如何也绕不开的。"

白乳泉背依荆山，面临淮河，东与涂山禹王庙隔河相望，泉侧有望淮楼，景色颇为壮阔。秋风过后，这里的石榴红硕，令景色更加艳丽。

怀远地处北亚热带至暖温带的过渡带上，兼有南北方气候特点，属暖温带半湿润季风气候区，四季分明，雨量适中，土壤类型为麻石棕壤、麻石棕土和棕壤性麻石土，非常适宜石榴的生长。怀远石榴皮薄、粒大、味甘甜，单果重量平均1斤，最大达2斤半，百粒重、可食率和含糖量均突出。怀远最好的石榴当数玉石籽、玛瑙籽和大笨籽,籽粒晶莹,如珍珠玉石,肉肥核细,汁多味甘,口味醇厚。每年农历五月,满山遍野的石榴花灼灼盛开,所谓"五月榴花红似火",真的如火一样。明嘉靖年间,时任巡按御史的河南上蔡人张惟恕,游怀远时有《九日登山》诗:"泉水细润玻璃碧,榴子新披玛瑙红。落日半山弦管发,百年此会信难逢。"不用说,他登的是荆山。到了清代,怀远石榴已是蜚声南北,清嘉庆年《怀远县志·土产卷》中载:"榴,邑中以此果为最,曹州贡榴所不及也。红花红实,白花白实,玉籽榴尤佳。"据说当时荆山、涂山、大洪山、平阿山一带,榴园遍布,面积在5000亩以上。20世纪80年代,怀远石榴飞速发展,达到2万亩。

然而,有着千年历史的怀远石榴,在前些年,却面临着产业弱、发展动力不足的困局。

"尤其是在区划调整过后,怀远石榴主产区之一的涂山,并入蚌埠市禹会区,怀远石榴种植面积大幅度减少,只有2000亩左右。在全国六大石榴产地中,怀远的种植面积是最少的,导致怀远石榴名气大、效益小的局面。"10月27日,陪同采访的蚌埠农业科技园管委会农技资产部负责人吕群龙说,"这样下去,肯定是不行的。"于是,林长制改革启动后,怀远县以创建茨淮新河林长制改革示范区先行区为契机,积极创新特色林业产业集群发展模式,把着力点放在名头最响的"怀远石榴"上,陆续出台了《关于建立怀远县石榴示范区的意见》《关于加强怀远石榴产业化发展的几点建议》《关于促进怀远石榴产销优惠政策的通知》等一系列扶持政策,为产业高质量发展提供政策支撑。

有效的资金投入,是产业发展的保障。县财政每年从土地出让金提取土地开发资金中预算列支1000万元作为石榴发展专项资金。具体扶持政策主要有:前5年土地租金800元/亩全额给予补贴,嫁接600元/亩、管护房300元/平方米、护栏60元/米补贴。这为在石榴基地从事石榴产业的公司和大户提供了强有力的保障,解决了他们的后顾之忧。

县里成立了怀远县石榴协会、石榴研究所,建设石榴育苗基地,与安徽农业大学、安徽农业科学院建立了广泛联系与合作,以强化科技支撑,完善服务体系。全县先后取得部级科技成果1项,选育、认定新品种6个,制定省级地方标准2个。2018年,县政府还与中国农科院郑州果树研究所签订了战略合作协议。2019年以来,已完成《怀远石榴建园技术规程》《怀远石榴育苗技术规程》《怀远石榴施肥技术规程》《怀远石榴果树修剪技术规程》《怀远石榴病虫草害防治技术规程》等5个怀远县石榴协会团体标准,为怀远石榴产业发展提供了技术支持。依托高校和科研院所的力量,大力开展技术培训,对石榴专业技术人员、栽植承包者及从事石榴管理的工人进行全方位培训,全面提高石榴种植技术水平。2021年,县政府申报并通过省级认定"荆涂红"石榴新品种。

为助推特色林业产业集群发展,怀远县扩大种植规模,重点打造茨淮新河林长制改革示范区先行区万亩石榴基地。根据规划,将茨淮新河大堤国有土地1.5万亩全部流转出来,用于栽植石榴,进一步扩大石榴基地规模。怀远县茨淮新河石榴基地为安徽省首批特色农产品优势区,也是省级标准化示范区及"旅游+百业"示范基地。这里距城区5.5千米,总面积1.5万亩,预计单产500千克,总产150万千克。白花玉石籽、红花玉石籽、红玛瑙三个优质品种根据其成熟期(早、中、晚)按照3∶3∶4比例科学配置,优良品种目前占整个基地的100%。基地在茨淮新河两岸东西狭长各50里,为全国独一无二的"百里石榴长廊"。园区共入驻大户、企业等经营主体38家,栽培面积超过1000亩的3家,分别为安徽天兆石榴开发有限公司4500亩、安徽安泽农业科技有限公司2000亩、安徽唐宫牡丹农业科技有限公司1350亩。

9月23日上午,以"庆丰收 促和美"为主题的2023年中国农民丰收节暨中国·怀远第九届石榴文化旅游节在怀远县大禹广场正式开幕,现场观众享受着视觉和味觉的双重大餐。开幕式上,首先是"石榴王"评选结果的揭晓。前期,专家评委从果重、色泽、果形、口味等方面进行综合打分,分别评选出三个石榴品种的"石榴王"。其中,"白花玉石籽"王重1207.2克、

"红玛瑙"王重1021.6克、"红花玉石籽"王重785.2克,均比上一任"石榴王"重了不少。随后,主办方将三位获奖种植户代表请上舞台,颁发"石榴王"奖。

三个"石榴王"中,"白花玉石籽"王就是天兆公司种植出来的。天兆石榴基地副总经理范春生退休前是怀远石榴研究所所长,高级工程师,和石榴打了一辈子交道,如今受聘在天兆公司,专门负责石榴种植。他说:"我们基地上还有更大的,因为品相稍微差些,我们没有摘。明年我们争取培育更大的。"

货卖一张皮。传统上,怀远石榴多为露天栽培,阳光炙烤之下,裸露的鲜果皮色褐红,并伴有麻点,就算套袋,也不能完全避免。虽然果肉品质不受影响,但"颜值"制约了商品价值的提升。"外观不好看,再好的商品可能都无人问津。"在天兆基地的石榴园,看着那些套袋的石榴,范春生说,"石榴本质上是一种水果,传承美味的同时,现在也要打磨它的'颜值'。因为货发到外面,买家是要比较的。就像找对象,心里美的自然很好,但心灵美,外表也美的不是更好吗?"

"你这比喻是太恰当了。"我不由得赞道。

吕群龙说:"我们在2018年就开始策划做这个事情,通过这几年努力,达到了预期目标。"

在怀远县一号榴园避雨设施栽培大棚里,吕群龙等种植的石榴个个皮色白皙光滑,由于大棚隔绝了阳光和雨水,外表几乎没有斑点。科研团队收集了十几个石榴品种在这里栽种实验,效果都不错。而有的种植户给石榴搭建了遮阳网,也取得了一定效果。

石榴品质永远是产品的核心竞争力。据范春生介绍,怀远地处南北交界,石榴味道相较于北方石榴的酸涩多一分甘甜,比南方石榴的甘甜多一分微酸,其丰富口感,多一分则肥,少一分则瘦,达到了绝佳的平衡,暗合中国的中庸之道。好味道不仅要传承,更要不断推陈出新,以满足人们不断挑剔的味蕾。

为推进林业可持续经营发展，怀远县建立石榴产业链发展机制，通过集体林地流转，政府扶持，全县培育新型林业生产主体26家。大力支持从事石榴产品研发、加工、销售等企业发展，重点扶持石榴深加工龙头企业提升林业第二产业，开发森林景观资源，加大发展休闲林业为主的森林旅游第三产业，推进一、二、三产业融合发展，切实保障产业可持续健康发展。

建立利益共享机制，助力乡村振兴，帮助贫困户稳定脱贫。政府与企业（栽植、深加工）之间、协会与石榴企业之间、石榴企业与农户之间已建立起利益共享的机制：石榴企业吸纳当地农民到加工厂、石榴园里就业，农民以劳务获取报酬；各石榴企业与村民签订合同，当地村民栽植的石榴由石榴企业上门收购，贫困户获得林产品收入，县林业部门按照1150元/亩的标准对石榴栽植户进行补助；石榴企业承包流转贫困户的土地用于石榴产业发展，贫困户获得土地承包费用。

近年来，企业认真贯彻国家扶贫政策，大量用工来自当地贫困户，贫困户年人均获取报酬5000元以上。目前以天兆为代表的石榴企业流转的约10138亩土地均用于石榴产业发展，这些公司通过流转贫困户的土地、引导贫困户到企业务工，或采取鼓励贫困户入股等方式带动周边约200户贫困户就业，涉及两个贫困村。每年为石榴基地周边的十几个村带来约50万元的集体收入，帮助贫困户稳定脱贫，助力乡村振兴。深加工企业年上缴税收3000余万元，栽植户通过与协会抱团发展，果品每斤增收0.5—0.8元。

如今，怀远石榴栽培面积达到3.5万亩，远远超过了历史上最高峰时期，年平均总产7000万斤，产值3.5亿元。新发展的石榴园重点分布在茨淮新河大堤、平阿山、荆山石榴栽植基地，形成"两点一线"布局，并逐步向怀洪新河大堤、沿河岗坡地等延伸。其中，茨淮新河两岸的石榴产业带最为壮观，成为省级标准化示范区及"旅游+百业"示范基地。

3. 洪山异彩

淮河南岸原本就有石榴种植，加之茨淮新河基地的强力辐射，使得大洪山林场废弃矿山也种起了石榴。

大洪山林场原为国营怀远县大洪山林场,始建于1965年,由原安徽省林业厅批准成立,后经社办林场转建而成。全场共有47个山头,为照顾当时群众放牧,把张家大山等17个山头划为牧山,其余蚂蚁山、馒头山等30个山头归属林场经营,经营总面积1.58万亩。

"哪里都没路,哪里也都是路。"这是当时林场艰苦环境的真实写照。建场初期,林场人探山寻路、挖坎种树,斗志满满。"种树的地块大都在深山没路的地方,天刚蒙蒙亮就要出发,扛着树苗徒步到每个树穴,饿了就吃干粮,渴了就喝山泉水。但大家热情不减,誓要把荒山变青山。"2023年10月27日下午,在老场长焦华勇家,回忆当年的情景,他充满怀念。

耕耘终有所获。凭着为国造林、甘于奉献、不怕艰险的精神,几代林场人植新绿、斗山火、治虫害、护安全,走过艰辛创业的峥嵘岁月,为大洪山林场披上绿色盛装。焦勇华现在还记得,那时候的大洪山多被侧柏等植被覆盖,一年四季山涧溪水常流,真是山绿水清、花香鸟鸣。

20世纪80年代,乡镇企业异军突起,迅猛发展。不少工矿企业因垂涎大洪山内遍布的石灰岩建筑材料,便在此疯狂非法盗采长达数十年,导致矿产和森林资源被严重破坏,满目青翠的山体林群变为遍地伤疤的废矿秃岭,周边群众怨声载道,生产生活深受其害。

恰好这一时期,钢材、塑料等工业品产量剧增,而建筑木材需求量急剧萎缩,导致木材价格大幅下降,林场的经济效益急剧下滑。到20世纪90年代中后期,随着上级拨款变得微乎其微,林场的发展举步维艰。"没有办法,当时的林场变成企业。那些年,大家仅靠着场里分的每人5亩山地勉强度日。职工也要吃饭,不让开采,就没有饭吃。好几年,我都不敢上山,眼见着亲手栽下的树又被破坏了,除了无奈更多的是心痛。"生态破坏是致命的,采石场每掘进一寸,意味着更多的矿山资源和森林植被遭吞噬。一座又一座山头在隆隆炮声中消失不见,大白山、面山、大峰山、小峰山、蜈蚣山……这些山头永远停留在了林场职工的记忆里,这是焦华勇最伤心的痛。

在近40年的漫长岁月里,林业部门虽多次开展清理整治,但都因各种问题导致反弹。林场渐无林,天空终失色,每一名林场职工都在伤痛和贫困中苦苦挣扎。

改变始于2017年。这一年,林长制改革试点和国有林场改革同步实施。蚌埠市委常委、政法委书记作为市级林长,禹会区分管副区长作为区级林长,两级林长挂帅出征,成立大洪山建设管理委员会和矿山整治工作领导小组,实行林长统一调度指挥,相关部门各司其职,强力推进废弃矿山植绿复绿环境整治。同时,统筹谋划大洪山国有林场生态保护与产业发展,科学划定林木花草种植、中草药和果树产业、健身康养、文化旅游、动植物生态园、科技研发和科普教育等功能布局,坚持走"生态受保护、林场有发展、企业共参与、群众能致富"的绿色发展道路。2020年5月,禹会区被确定为"全省林长制改革示范区先行区",省公安厅负责定点联系指导,大洪山国有林场不断创新废弃矿山林长领衔整治模式和市场化生态保护修复机制。

统筹林长制改革和国有林场改革,健全机构机制,创新管理体制。一是转变发展观念。全面完成国有林场改革,大洪山国有林场界定为公益一类事业单位,与蚌埠市大洪山建设管理委员会办公室一个机构两块牌子,职能定位为保护和培育森林资源、发挥森林资源多种效益,经营管理方式发生重大转变。二是健全工作机制。发挥林长牵头抓总、协调各方优势,明确各级部门整治矿山和植绿复绿的职责任务、配合机制以及责任追究办法,着力解决跨部门协作体系不健全、林业部门"小马拉大车"等深层次问题。三是加强督导协调。省公安厅认真履行定点联系职责,负责同志多次深入一线调研,现场督导工作。在环境整治关键时期,市区两级林长带领工作专班和林场全体职工,积极开展矿山巡查、采种整地、播种植树、病虫害防治、森林防火等行动。

凭借"人防+技防+严打"的雷霆手段,大洪山生态环境清理整治攻坚战终于打响。一是人防到位。在环境整治关键时期,市级林长每周督查一次,每天安排一个市直部门巡山值班。区级林长坐镇指挥组织开展全天候的矿山巡查。二是技防威慑。投资490余万元,在大洪山重点区域安装了42个"国土云眼",实行24小时不间断监控,形成对盗采山石的违法犯罪行为的强力威慑。三是扫黑除恶。2018年1月23日,蚌埠市打响全省扫黑除恶"第一枪"。共对100人涉山涉矿嫌疑人采取强制措施,刑拘67人,移送审查起诉65人,查封、冻结、扣押涉黑资产15.6亿元。在"重拳出击、露头就打"的严打高压态势下,以"刘氏兄弟"为首的涉黑犯罪团伙及其他涉矿犯罪分子悉数覆灭。累计拆除非法石料厂200多家,查扣盗采机械160多台次,全面杜绝了非法开采矿产资源的行为。

彻底遏制大洪山林场盗采山石乱象之后,蚌埠市迅速采取多种举措,实施矿山生态环境植绿复绿工程。一是财政保障给力。在积极争取矿山整治项目资金、省市石质山造林补贴和市环境整治资金的基础上,市区两级财政每年安排5000余万元支持大洪山植绿复绿和基础设施建设,已累计投入约2亿元。二是完善基础助力。先后把大洪山林区道路、饮水安全、电网改造、通信工程、引水上山和业务用房等基础设施建设纳入重点项目,完成林区硬化道路18.3千米,新建250千伏特安培变压器3台,高压线路3000米。三是政策支撑用力。充分利用废弃矿山剩余价值,将修复工程新产生及原地遗留的土石料,优先无偿用于大洪山生态修复工程,剩余土石料由区政府纳入公共资源交易平台,销售收益全部用于大洪山生态修复。

按照"谁修复、谁受益"的原则,加强招商引资,吸引多方参与,加快推进废弃矿山生态修复和生态资源合理利用。一是创新运作模式。2020年,禹会区政府通过招商引资,引进安徽国裕生态环境科技发展有限公司,投资550万元,开展矿山整治复绿,现已完成复绿面积430亩。二是发展富民产业。林场集中流转大洪山周边农民坡耕地,发展经果林,种植中药材,并与外地客商签订技术服务和收购合同,实行订单化种植,农民发展林业的积极性被调动起来,侵占林地开垦种地的现象大大减少。三是发展合作经营。大洪山国有林场与国裕公司开展合作,由公司负责基地建设和经营管理,国有林场负责提供资源和政策支持,合力打造国家级森林康养小镇,形成"公司+基地+农户"的发展模式。

目前,大洪山国有林场已完成整治废弃矿山、植树造林6100亩,种花1200亩,种草420亩,森林覆盖率达67.6%,负氧离子含量5000个/立方厘米以上,年接待游客30万人次。通过场企合作,大洪山国有林场完成林下种植石斛200亩、芍药650亩、杜鹃30亩、月季30亩,流转土地种植冬枣200亩,种植石榴50亩。石榴、冬枣都已经挂果,今年就提供游客上山采摘服务。去年,这些合作取得年经济收入1500万元,利润230万元。

国有林场改革后,如何激发国有林场发展潜力,有效盘活国有森林资源和闲置资产,真正实现高质量发展,是一个迫切需要研究的问题。大洪山国有林场从改革前的满目疮痍变成改革后的绿水青山,再到现阶段的生机盎然,转变的不仅仅是生态环境,还有发展观念和工作思路,满足了市场主体对于投资生态产业的迫切需求,正确地运用市场的逻辑和资本的力量,以合作共赢的方式,实现了推进自身高质量发展的阶段性目标。这也是《蚌埠市林长制改革示范区先行区工作实施方案》的又一重要意义所在。

4. 毛竹插天青

毛竹为禾本科、刚竹属单轴散生型常绿乔木状竹类植物,是中国栽培悠久、面积最广、经济价值最重要的竹种。其竿型粗大,竿高可达20米,直径可达20厘米,宜供建筑用,如梁柱、棚架、脚手架等。篾性优良,供编织各种粗细的用具及工艺品,枝梢做扫帚,嫩竹及竿箨做造纸原料。笋味美,鲜食或加工制成玉兰片、笋干、笋衣等。在194.9万亩林地面积中,广德市的竹林面积为88万亩,其中毛竹占地面积为73万亩,小径竹占地面积为15万亩。广德市的立竹株数位于安徽省首位,多达2.4亿株,素有"中国竹子之乡"的美誉。近些年,竹材价格持续低迷,林农、林企管护培育竹林资源的积极性受到很大影响。并且伴随生产成本的上涨,竹农所能获得的经营利润不断降低,导致其种竹育竹兴竹积极性不高,对竹林资源培育管理重视程度不够,甚至还存在"靠天收"的传统观念,仍停留在粗放经营、低水平重复落后阶段,导致竹林生长逐渐衰退直至衰败。

林长制改革实施以来,县、乡、村三级林长认真履职尽责,针对新型经营主体培育、竹林资源提质、竹林基地道路设施修建、竹加工企业品牌建设等方面的不足,积极谋划项目和政策,落实资金和技术等扶持措施。县级林长牵头抓总,组织相关责任单位深入一线,开展专题调研,聚焦突出问题,推动出台加快竹产业发展实施细则,采取财政奖补、国有林场和企业示范、种植大户辐射带动等综合措施,提升竹产业一、二、三产融合发展水平,培育出"一竹三笋(竹材、冬笋、春笋、鞭笋),四季产出"、竹药复合经营等竹经济新业态。2022年,全市竹业总产值达145亿元。具体落实中,实行林长任务清单化管理,落实乡村林长履职公开公示制度,设立乡、村两级林长制工作专干,打通林长履职最后一千米。东亭乡林长统筹协调,指导高峰村采取"党组织+合作社+农户"模式,引导林农将6900亩竹林流转给高峰竹产业专业合作社统一经营管护,其中作价入股1200亩、经营权委托5700亩,有效促进农民和企业在合作中实现共赢。

高峰竹产业专业合作社是由省级农业产业化龙头企业明德竹木有限公司等30家竹产品加工企业及加工大户发起成立的。合作社主要以生产工艺折扇为主,产品远销欧美、日韩、中东等国家和地区。合作社坚持"诚信合作为民,服务产业兴社"的经营理念,采取"企业(大户)投资入股,农户参股入社,合作生产经营,风险利益共享,大户加工在家,生产服务在社"的合作模式,初步形成了"统一生产计划、统一原材料供应、统一技术标准、统一生产品牌、统一指导服务、统一加工销售"的"六统一"合作社生产经营服务管理模式,初步探索了竹产业化经营组织形式和合作社利益联结机制,为广德市竹产业发展提供了经营组织支撑,推动全市竹产业的发展。

由于近年来竹产业发展缓慢、下滑,竹农收入锐减,合作社企业经研究探索,利用当地得天独厚的竹子资源,就近取材,将山上的枯死竹、竹下脚料肢解成竹屑,制作出环保模压托盘,充分利用了废旧竹子资源,竹子利用率达到95%。产品绿色、环保、可降解、可堆肥、循环使用,不仅可以带动竹农创收致富，同时很大程度上可以减少实木托盘的供给，保护森林环境。在这款新研发的产品上合作社充分发挥特色党支部战斗堡垒作用，开展多形式、多渠道的培训，通过推广提高产品的销量，年生产各种模压环保托盘达 50 万个，实现总产值 3000 多万元。目前高峰竹加工企业已发展到 40 余家，"高峰扇业""明德扇业""志云笋业"等成为省级林业产业化龙头企业，"顺隆扇业"成为市级农业产业化龙头企业；品牌影响也得到不断增强，"王氏竹扇"获评中国驰名商标，"王氏制扇技艺"成功入选第五批国家级非遗名录，"高峰唐氏竹编"入列安徽省第五批省级非物质文化遗产名录，大溪坞牌水煮笋等产品获绿色食品认证。竹产业产值已达 1.3 亿元，带动村集体年收入达 32 万元、村民人均纯收入达 3.3 万元。合作社所在的高峰村村集体先后获得"省级旅游示范村""全国一村一品示范村""中国美丽休闲乡村""国家森林村庄"等荣誉称号。

在高峰村采访时，"王氏制扇技艺"第五代传承人王宏彬带我们参观了安徽明德竹木工艺制品有限公司。公司占地 8000 平方米，员工 170 余人，业务技术骨干 32 名，注册资本 1100 万元人民币，是安徽省最大的传统工艺竹扇生产的民营出口企业，产品主要销往日、韩以及欧美、东南亚等国家和地区。

王氏制扇技艺源于浙江省黄岩的王氏家族，据《黄岩县志》记载："纸扇俗称纸壳扇，元时在黄岩县城西街'王做扇者'制作，明中叶以小南门纸扇名盛……"同治六年（1867），由于战乱，王氏制扇业在当地难以谋生，王氏家族的主要成员王树罗携部分家人举家移民至广德县东亭乡定居，并依托当地产的毛竹、木材的资源优势继续以制扇为业，开始了广德境内的第一代王氏制扇技艺的传承。

民国时期，王氏家族的制扇业一直是家庭作坊式生产，家族成员 30 余人都从事制扇业。折扇除部分在本县销售外，绝大部分都通过接壤的浙江长兴县泗安镇连接京杭大运河的水路码头，运往上海、杭州、苏州、扬州等地销售。这一时期是王氏折扇发展较快的阶段。此时王氏制扇技艺与制扇作坊的管理已传承到王树罗大儿子(第二代传承人)王大仕的手中,王氏折扇在周边城市已小有名气。

新中国成立后,王氏家族的制扇业及其技艺传承至王大仕的儿子(第三代传承人)王正顺手中。后期,因政策变化,家庭作坊的制扇规模日渐萎缩,折扇的生产也时断时续。

改革开放后,王正顺的儿子王明德(第四代传承人)创办了安徽明德竹木工艺制品有限公司,开始大规模从事折扇的生产,王氏折扇很快赢得了日、韩、新加坡及中国台湾等国家和地区的市场。王氏制扇技艺也随着员工的流动扩散开来,但完整的工艺绝活还是在王氏家族后裔及所办的明德竹木工艺制品公司内部传承。如今,已传承至第五代、第六代了,王氏制扇技艺的传承呈现出日渐兴旺的态势。

王氏制扇技艺分为扇骨制作23道工序与扇面制作7道工序,技艺复杂,需多年的实践才能熟练掌握。其中扇骨处理有两大绝活,一是以独有配方制成的浸泡液处理扇骨,再经过施以天然碗蜡(蜂蜡加独有配方制成)上蜡的处理,折扇的扇骨便具有了不生虫、不变色的特点。另一绝活是扇骨贴里技术,经过以薄竹青贴里的扇骨,具有不变形的特点,彻底解决了折扇扇骨易变形的难题。王氏折扇扇面内容多为花鸟鱼虫、山水诗词、人物故事等,当地很多作画者都参与到王氏折扇扇面的创作中,在不足盈尺的扇面上巧运匠心,精心布局,表现出美的神韵,形成了画师供稿、艺人制扇、精品频出的局面。而扇骨与扇面制作的关键工艺都由王氏家族传承人及骨干员工掌握,公司的一般员工则分别从事扇骨制作与扇面的粗加工,从事扇骨制作的员工又分为负责原材料处理与扇骨成形两部分。大多数员工在王氏折扇生产过程中都学习并掌握了2项以上的制扇工序。

目前,该技艺的第四代传承人王明德先生是唯一完整掌握着王氏折扇扇骨原材料选择、材料处理配方、关键加工工艺和扇面处理的关键工艺等一整套制扇技艺的省级代表性传承人。其家族的其他成员第五代传承人王宏义,第六代传承人王亚凌,均为县级传承人,也都能熟练掌握扇骨材料处理及配方、扇骨制作工艺与扇面处理工艺等关键环节的绝活。其中,王亚凌设计制作的折扇,在一些大型博览会上连获好评。

林长制改革实施以来,王氏折扇的出口量连年递增,生产规模越来越大,家族成员的工作压力也越来越大,工作量已经不堪重负。为了解决关键技艺不外传而影响生产规模扩大的矛盾,代表性传承人王明德先生也开始把一些制扇环节的工艺绝活传授给对公司有归属感并愿意为公司发展做贡献的5名骨干员工,从而在明德公司内形成了王氏制扇技艺的一个传承群体。这个群体的人员分别掌握着王氏折扇扇骨制作与扇面制作的关键工艺,是王氏折扇生产制作的中坚力量。

王氏折扇对扇骨、扇面材料的选择都有很高的韧性标准。由于广德市的土壤、气候、降水等条件优越,出产的特有竹种——孟宗竹具有纤维细长、韧性好的特点,是制作扇骨的上乘原料。扇面则多选取本地的丝绸或泾县产的柔韧度好的宣纸,再经过多层裱糊处理,满足了折扇韧性的标准。因此,王氏折扇柔韧性好,十分耐用。

随着生产实践的增多,王氏制扇技艺也日臻完善,工艺流程更加合理。本地及周边的宣州区、安吉的一些制扇企业通过技术交流,也普遍采用了王氏制扇技艺的工艺生产折扇。这样,王氏制扇技艺就带动了当地及周边县市大批人员从事折扇的生产、销售工作,对促进当地的就业与增加收入发挥了有益的作用。明德竹木制品有限公司为了更好地掌握日本市场,已安排第五代传承人王宏义在日本成立了"旭王株式会社",计划派遣一部分技术骨干去日本分公司,还准备在当地招募部分员工从事折扇的生产、销售工作。

"老王"牌折扇先后获得中国驰名商标、安徽省名牌产品、中国安徽旅游必购商品等荣誉称号。安徽明德竹木工艺制品有限公司先后被评为首届安徽省文化出口重点企业、中华老字号、国家文化产业示范基地等,作品的制作设计先后获得中国第六届国际农产品交易会金奖、中国首届农业创意产品大赛金奖和中国义乌国际森林产品博览会金奖及69项国家外观设计专利发明。2018年与安徽省博物院联合开展的新安画派系列10款文化创意产品——徽扇子,首次亮相深圳文博会,深受消费者喜爱。在2016德国·中国安徽文化周、2018泰国·中国安徽文化周、日本东京礼品展等活动中,王氏折扇均展现了中国传统文化的独特魅力。

一节竹筒要经过明德人60多道工序的手工磨制,才能造就一把精美小巧的折扇。为了更多人了解扇子的制作,让这一古老的民族艺术不断发扬光大,更好地传承发展下去,明德公司于2019年3月在东亭小学开设非遗制作技艺特色课程。根据东亭乡发展总体规划要求,配套旅游业发展,在高峰工业集中区新购土地18亩,打造集安徽"老王"工艺竹扇制作技艺展示、工艺竹扇非遗馆、旅游小商品及农村土特产品现场交易电子商务交易、徽扇子传习基地、徽扇子研学体验馆、弘扬中国传统书画交流等高端商务活动于一体的工艺竹扇主题文化产业园,一次可接待600人。

"天地有此山,植此毛竹久。我本山中人,清风振千古。"为了下好毛竹这盘悠远而苍翠的大棋,广德结合林长制改革,形成了众多部门靠前服务强产业的格局。

一是做好技术指导。深入推进"一林一技"科技服务制度,落实科技专家21名,扎实开展"112"等科技服务活动,常态化开展技术指导,主动为林企、林农送政策、技术、信息。二是强化科技支撑。与南京林业大学、中国林科院、国际竹藤中心、省林科院等科研院校合作,推动竹种质资源库等国家重点优质竹资源科技研发项目在广德落地见效,推广应用竹子高生长调控技术研究等优质竹子科研项目成果。依托五龙山国有林场及安徽润华生态林业有限公司,开展高效笋材两用林和竹林覆盖示范基地建设,大幅提升竹林亩产效益,从根本上解决了竹林培育和管护问题。芦塘林业专业合作社开展毛竹林下大球盖菇种植试验,每亩可增收5000元以上,全面提升竹林经营质效。三是赋能竹乡旅游。紧扣"长三角(广德)康养基地"建设,依托广德丰富的竹林景观及美丽乡村建设行动,将林区基础设施建设与运动、休闲、旅游产业发展有机结合,开发特色竹旅游休闲、康养项目,着力打造以

"笄山竹海—卢湖山水—甘溪长寿谷—动感东亭"为主线的竹业观光旅游线路,打响"山水竹乡·品味广德"品牌,彰显竹乡魅力。四是大力招商引资。遴选一批竹产业骨干企业,"一企一策"精准施策,破解企业发展瓶颈。抢抓"以竹代塑"发展机遇,招引竹类头部企业浙江双枪科技集团有限公司、强龙家具等一批精深加工企业,带动竹加工由建筑模板、桥梁模板等传统粗加工向竹塑环保新型材料、竹家具、竹生活用品、重组竹板材等精深加工转变。2023年,广德市以森泰集团、安徽尧龙为代表的竹加工新兴产业实现出口创汇6亿元。

2017年以来,广德市先后设立竹产业发展专项资金、林业改革发展专项资金,为竹产业的发展提供政策支持和资金保障。截至目前,总计投入市级财政5500万元,支持竹资源培育、经营主体壮大、企业品牌推广、基础设施建设等,共修筑完成竹林道路200余千米。全市统筹林业、农业、水利、文旅等涉农涉林项目,重点支持龙头企业、专业合作社、专业大户等新型林业经营主体,强化龙头示范引领作用。全市"依竹生产"的企业300余家,国家级林业产业化龙头企业3家、省级林业产业化龙头企业35家、国家农民合作社示范社3家、省级农民林业专业合作社示范社10家及家庭林场3家,评选"三星级竹林人家"20家,培育竹林示范基地2800余亩,认定竹下经济示范园(点)22个。广德还将本市竹加工企业优秀产品纳入政府采购平台,在市政建设、办公用品等方面优先采购。鼓励涉林企业参加合肥苗交会、义乌森博会等年度重点展会,推荐本市优渥的生态资源和竹产品,安徽明德、安徽尧龙、安徽润华等企业及产品多次荣获展会金奖。围绕竹扇制作工艺、竹刻、竹编,通过深挖竹文化内涵,培育国家级非遗项目1个、省级非遗项目2个,提高竹加工企业的社会认可度、行业自信度。尧龙竹木、平江竹业被新认定为安徽省著名商标。

结合林长制改革示范区先行区建设,广德市在10个行政村开展"净林地流转""林地股份制经营""经营主体托管经营""多种方式复合集约"等四种林地集约模式试点,并建立改革联系点遴选、管理、激励、退出四项制度,有序推进承包林地"三权分置"和林业"三变"改革。2023年共办理林权类不动产流转登记154宗,登记面积1704亩。金鸡笼村依托专业合作社,实现全村8900亩林地经营权股份制经营,2023年金鸡笼村村委会分红130万元,促进就业岗位400个。通过优化林权流转、抵押、评估、担保、收储等服务流程,持续推进林权抵押、林权收储担保、公益林补偿收益权质押、五绿兴林·劝耕贷等贷款服务,拓展了产权权能。广德市林权收储有限公司的成立,使得林权收储担保资本金由200万元提高到1000万元。2023年,全市新增"五绿兴林·劝耕贷"17笔,贷款555万元;林权抵押贷款25笔,贷款8370.6万元;"林权抵押+公益林补偿收益权质押"贷款1笔,贷款27万元。广德市还创新森林险种,签下全省竹林商业性森林综合保险第一单,为高峰竹产业专业合作社6921亩林木提供了政策性、商业性双重保险,深化国元保险合作,在全省率先研发"毛竹目标价格"保险产品,累计投保面积1万余亩。

"挥扇云生岫,开窗月傍棂。"在广德,林长制改革的探索,是"众里寻他千百度"后的"明朝一回首,毛竹插天青"。

第七章
林英荟

本章荟萃了山水林田湖草沙战线上的众多英模，突出了长江这条母亲河的生态环境综合治理。一个在长江边长大的孩子，从薛家洼去凹山采场，开电铲，让广大渔民愿意上岸、上得了岸，上岸后能够稳得住、能致富。聚焦一棵杨树。雄杨树不飞絮，那就只种雄杨树。八公山下，矿坑连连，作家余秋雨坐不住了。林疯子也好，林痴子也罢，他们都是林业英雄。

第七章　林英荟

一、大江流日夜

1. 从薛家洼到凹山

"从薛家洼到凹山/接我的山风/走了一程又一程/一个在长江边长大的孩子/去凹山采场,开电铲。"这是马鞍山诗人薛小平组诗《我与薛家洼》中的句子。一段时间,薛家洼和凹山,曾经是马鞍山市的生态"疮疤",经过整治,尤其是经过林长制改革后的"五绿"建设和深化改革的"五大森林行动",如今的薛家洼和凹山,成了充满诗意的生态打卡点。2020年8月19日,习近平总书记来到薛家洼生态园考察调研,详细了解马鞍山市长江岸线综合整治和生态环境保护修复、长江十年禁渔等工作落实情况,并走到江边察看长江水势和岸线生态环境。总书记说,要增强爱护长江、保护长江的意识,实现"人民保护长江、长江造福人民"的良性循环,早日重现"一江碧水向东流"的胜景。

薛家洼地处马鞍山市长江东岸,位于马钢厂区和两个中心城区交会处,占地986亩,原有非法码头3家,散乱污企业7家,固废堆场1处,规模化畜禽养殖场2个,危旧民居96户,停靠渔民作业船、住家船223条。

"晴天尘土飞扬,雨天污水横流。"经营着马鞍山市三姑娘劳务服务有限公司的陈兰香回忆当时的情景说,"现在感觉,那时薛家洼就是贫民窟。"她的感觉是曾经薛家洼的真实写照,环境脏乱差,生态问题非常突出,也直接影响长江生态环境安全。

陈兰香是薛家洼的一名上岸渔民,因为在家排行老三,她户口本和身份证上的名字从小就阴差阳错被登记成了"三姑娘"。1995年结婚后,她和丈夫一起过了20多年渔民生活。2019年,当地政府启动长江干流和重要支流渔民退捕转产工作,包括三姑娘一家在内的1万多名渔民退捕上岸。上岸后,三姑娘有了新名字,当地政府帮助她将身份证和户口本上的姓名正式更改为陈兰香。

10月16日,在马鞍山市三姑娘劳务服务有限公司,陈兰香说:"薛家洼与'千古一秀'的采石矶为邻,一度是长江干流马鞍山段渔民、渔船最集中的地段,光渔船就有200多艘,乌泱泱停一排。前面是住家船,后面除了渔船,还有小船。因为上岸买菜、送孩子上学等,你不可能开大船。所以,渔民家一般都有几艘船,大小不一。我家连住家船一起有5艘。水上漂着的生活很苦的。渔船只有三四十平方米,而且还很危险。我儿子小时候有一次脚踩空了,就掉到水里去了,幸亏穿着救生衣。

"当时大家都很随意,没有环保意识,抬手就把生活垃圾扔进长江,江面上白色垃圾一层,污染太严重。还有过度捕捞。我记得刚刚结婚的时候,一天最多的时候能捕到一百斤鱼。到后来鱼越来越少,个头也越来越小,一天只能捕一二十斤鱼了。后来,为扭转长江生态环境持续恶化的趋势,党中央、国务院做出一项重大决策——长江禁渔十年。2019年,马鞍山在全国率先实施了禁捕退捕。开始我们不想上岸。我连大名都没有,认识不了几个字,又没有什么特长,一直都靠打鱼为生,不打鱼能干什么?国家禁渔了,这是为了长江好,我们没有选择。上岸的时候,5艘船被拆了,政府给了我们24万元补偿款,也给我们买了养老保险,我们拿这钱买了100多平方米的安置房,生活一下子稳定下来。"

刚上岸时,陈兰香时常发愁,不知道以后靠什么生活。参加了政府组织的就业培训后,陈兰香联合其他8户上岸渔民,合伙开办了马鞍山市三姑娘劳务服务有限公司,主营保洁、绿化养护等服务。此外,她的丈夫张周华也加入了护渔队,同时还在滨江文化公园找到一份水上保洁工作,一家人的生活有了保障。

"我哪里会开公司呢?多亏了雨山区相关部门安排专人来帮扶,耐心上门解读政策,手把手带着我办理手续,公司这才步入正轨。2021年,公司拿出来14万元给股东分红,去年增长到16万元。今年刚开年就谈成了两笔新业务,年底分红至少有18万元。一年比一年好。"

在渔船上生活了几十年,三姑娘见到江水就亲切。这些年政府下大力推进长江岸线综合整治,岸绿了,水清了,鱼多了,长江美了,游客也越来越多了,她心里觉得渔民上岸特别值。"这个夏天水不是涨了嘛,一直漫到杨树林,那些鱼都跑到杨树林里面。前一阵子,我带着我们公司的人,把杨树里面的鱼捕捞出来,放到芦苇江岸或者放到采石河。因为等水退了,这些鱼都出不去,不捕捞上来会死的,会污染环境。听见大家夸我们马鞍山23千米的长江东岸美得像一幅画,我心里就和分红一样高兴。现在,我早晨经常会到江边,沿着栈道走一走,一直走到采石矶。太阳照在江面上,各种鱼在跳,还有江猪会冒头,都是以前不敢想的。"说到这里,三姑娘突然提高了嗓门,"你以前去过采石矶吗?现在风景区变大了,非常值得一看。"

我20世纪80年代前期在马鞍山上大学,学生时代和毕业后,去过几次采石矶。这一次是故地重游,却有很多全新的体验。

陪同采访的马鞍山市林长办甘婵婵说,采石矶景区周边环境一度也较差,非法码头、"散乱污"企业环绕。后来,通过对长江东岸原非法码头、"散乱污"企业、露天固废堆场等进行集中整治,实施沿江驳岸、栈道、栈桥、游道、绿道、观景平台、绿化美化等工程,如今旅游区天更蓝、水更清、山更绿、景更秀,形成了一道生态自然、开合有度、文韵深厚的滨江绿色风景线。杨柳依依,芳草萋萋,优美的环境瞬间将旅游档次拉高。采石矶景区现在是国家AAAAA级旅游景区。景区游览区域从原核心景区0.97平方千米扩展到3.92平方千米,包含采石矶观光区、荷包山战争遗存区、望夫山文化旅游区、滨江湿地旅游区、采石古镇休闲体验区5大功能区。马鞍山长江大保护已成为长江文化生态旅游的一张夺目的名片。

马鞍山长江沿线的生态保护,打的是一套组合拳,处处亮点闪烁。

长江中下游地区少有的通江湖泊之一的石臼湖,地处皖苏交界处,总面积32万亩,被马鞍山市博望区、当涂县以及江苏省南京市溧水区、高淳区四县区环绕,属于两省三区一县共管水域。

如今的保护区内,碧波荡漾,葱茏的水草生机勃发,成群结队的鸟儿在水面上追逐嬉戏、潜泳争渡,一副生机盎然的惬意模样。

"参差荇菜,左右采之。窈窕淑女,琴瑟友之。"从古老《诗经》里走出来的荇菜布满水面,大片大片地在阳光下招摇,黄色的小花在油绿的叶上娉婷,精巧迷人,呈现出"一湖碧水半湖荇"的美丽画卷。

"生态环保整治以后,这里发生了很大变化。"博望区石臼湖自然保护区管理站站长王俊望着满湖黄花说,"像这个荇菜花很久之前倒是有过一些,如此大面积开花并延续至今,我是第一次看到。研究表明,这和水质变好密不可分。"

整个湖区环境的改变,也令丹顶鹤、东方白鹳、黑脸琵鹭、白琵鹭、小天鹅等珍稀鸟类流连忘返。"几十年未见的'国宝'丹顶鹤飞到此栖息,从2019年至今一共有4只。同时,还有两三百只东方白鹳以及上千只天鹅、大雁等。"最新的《安徽石臼湖省级自然保护区综合考察报告》显示:保护区内分布有高等植物284种,国家重点保护的珍稀植物有7种;记录脊椎动物291种,国家一级保护动物3种、国家二级保护动物20种、省级保护动物46种。

上述一切改变,都得益于2017年石臼湖整治行动的开展。从那时开始,博望区紧紧围绕"统筹好、保护好、宣传好、利用好"的总体思路,加大石臼湖保护与管理。

统筹好。2名区级林长坐镇指挥,配备"一林一技""一林一员"等11人,2022年以来区级林长协调解决湿地管理、鸟类保护等问题7件。成立石臼湖自然保护区管理站,统筹处理石臼湖湿地管理、生态环境、渔政执法、鸟类保护等相关工作,已受市林业、渔政委托,负责辖区行政执法职能。去年以来,石臼湖管理站累计巡湖2000余次,会同公安、农水局等多部门和单位联合执法25次,多部门夜间巡查187次,立案处罚5起。

保护好。编制《石臼湖省级自然保护区总体规划博望区域实施规划》,争取中央、省级湿地修复资金729万元,着重做好石臼湖湿地自然保护区及周边生态保护与修复,相继完成入湖道路景观提升、石臼湖北岸堤防生态修复等工程,开展湿地动态资源监测评价、数字视频监测等项目。拆除区域内围网40万米,顺利完成419艘渔民住家船、1504艘生产及辅助船拆解,实施常年禁捕。博望与溧水、高淳人大常委会开展常态化石臼湖专题互访交流,三区一县建立跨区域石臼湖检察联盟,签订《长江禁捕共建共管协议书》,实现共建共管。

宣传好。每年开展"湿地日"宣教活动,2021年承办全省湿地日活动分会场,在石臼湖省级自然保护区野风港段举办以"湿地与碳汇"为主题的安徽湿地日观鸟赛活动,积极宣传湿地与生态。联合区教育局开展以"保护湿地 关爱鸟类"为主题的美丽石臼湖作品评选表彰会活动,增强社会公众爱鸟护鸟意识。拟建设石臼湖湿地宣教中心、监测站,配备科普、观鸟设施,全面做好湿地及鸟类保护工作宣传。

利用好。在全省率先探索研究湿地碳汇,分季度对石臼湖自然保护区内的水体碳含量、湿地植物生物量、土壤碳含量进行初步测定,为后期碳汇研究打下基础。石臼湖自然生态得到持续提升,吸引国家一级保护动物丹顶鹤等更多的珍稀物种前来栖息,引来大批游客观光旅游;同时,利用石臼湖天然湖景,在博望镇东湖村开展文旅项目招引。

水清河畅、岸绿景美的背后,离不开周边群众的支持。

傍晚,在当涂县林业局原高级工程师王德富和湖阳镇农办主任孙晓晖的陪同下,我们一行来到西湖社区和陶村港社区。这两个社区的居民原先都是渔民,现在退捕上岸,有的转行养殖业了。

"刚上岸时,坐不惯软沙发,觉得蹲在板凳上更舒坦,吃不惯从超市里买的鱼,总觉得湖里的鱼更新鲜。"湖阳镇西湖社区渔民向春保至今还记得第一次在岸上过年时,一家人高兴、激动,又不自在的情景。为适应岸上的生活,一家人花了不少时间去磨合。

向春保一家居住的是一套75平方米的新房子,吊顶白墙取代了渔船的漏风顶棚和桐油木板,铝合金门窗替代了渔船上的透气小窗……这给向春保拮据的生活带来了新的希望。

"渔民风里来雨里去,其中的甘苦,说不完,道不尽。挣三四年也抵不上一年亏的,靠天吃饭,没有保障。"向春保皮肤黝黑,有些幽默,"以前在湖里生活,就像是摇船,摇摇晃晃!"说着,他站起身,身体左右摇摆。

"真要感谢党和政府的好政策,不光是搬进新房子,有困难只要找社区的孙主任他们这些人,都会帮我们解决,这日子一下子就安稳下来了。"向春保指着孙晓晖说。孙晓晖忙谦虚道:"这都是我们应该做的。"湖阳镇政府为像他这样的渔民建造安置房,设立公益性岗位,争取相关政策帮扶。借这次退捕上岸的机会,如向春保一般的老渔民都开始了新生活。

在渔民马五一家,他告诉我:"虽然和水、和鱼打了一辈子交道,但上岸养鱼养蟹还是头一遭,对养殖方面的技术了解还真不多,经过孙主任他们提供的专家指导,才慢慢上了路子。"年近五十的马五一家祖祖辈辈都是渔民,对他们来说,脱下打鱼的"蓑衣",穿上养殖的"水裤",是一种全新的尝试。2020年马五一夫妻俩上岸后,住进了安置房,又在"捕转养"基地承包了25亩水面养鱼蟹。几年来,夫妻二人通过这小面积的养殖将日子过得红红火火。

马五一上岗前就参加了县、镇免费举办的养殖技术培训班,初步掌握了鱼蟹养殖技术。上岗后,"捕转养"基地还有工作专班,配合社区的党员工作小队,给每户退捕渔民安排一名技术人员,在塘口消毒、苗花选择、饲料喂养、病害防治等方面手把手地给予技术指导,不收一分钱服务费,马五一的养殖技术得以逐步提高。

"过去起早贪黑,到处漂泊,风险也大。我们连鄱阳湖都去过,日子过得提心吊胆。现在有了一份小产业,虽然辛苦,但收入稳定,水塘里养了虾、白鲢、鳜鱼、螃蟹,一年到头都有的卖,日子很有奔头!这要感谢党的好政策,在最初'捕转养'阶段我们还申请到了10万元创业免息贷款,每亩水面还补贴了600元,水塘周边的基础设施也都建得很好。这还有什么说的?现在,遍地都是钱,只要你肯干,就穷不了。"马五一的话,代表了上岸的众多勤劳渔民的心声。

57岁的向小红在湖上"漂"了几十年。如今,他已开始了新的生活——身着工作服,再次登船,昔日"捕鱼人"成为"护渔员"。

向小红是湖阳镇西湖社区地地道道的渔民,从小长在湖上,活在江中,捕鱼是他唯一的技艺。"捕鱼讲究两头'摸黑',过去几十年,几乎每天凌晨4点起床,6点放渔网,中午就在船上做饭吃……"靠着打鱼,向小红维持了一家人的生活,大多数时间都在船上。"运气好点,一年下来一家人卖鱼能收入六七万元,但太苦太累。"回忆过去的生活,向小红有不少辛酸与无奈。

现在,与向小红一样,湖阳镇"靠水吃水"的人们都从事着新的营生,不再当渔民。向小红也没离开运粮河,他与西湖社区签订了相关协议,成为一名护渔员。2021年以来,他每天在岸上徒步巡查,不定时随渔政执法人员一起巡湖,一旦接到违规捕捞的举报,即使是在晚上,他也会到湖上去配合相关部门执法。

有行船经验,又熟悉石臼湖水域航道,向小红说:"很幸运变了一个身份,还是可以和石臼湖这个老朋友打交道。这么多年,从湖里拿走了一些,现在我要多还一些。"

凹山矿所在的向山地区是马鞍山市有名的铁矿集聚区,曾为马鞍山城市建设乃至我国钢铁工业发展提供了源源不断的"钢铁食粮"。作为百年矿区,自1917年开矿以来,这里遍布着量多面广、类型复杂的"生态伤疤"。新中国成立后,主要由安徽马钢矿业资源集团南山矿业有限公司、原化工部向山硫铁矿两大国有企业开采。石炮一响,黄金万两,"凹山大会战"不到三年,实现600万吨的年生产能力。20世纪90年代,部分民营企业也加入开采行列。2000年,向山硫铁矿破产。2017年,民营采矿企业基本关停。国有企业几十年的粗放型开采与民营企业的无序开发,导致向山地区的生态环境基础极为薄弱,生态环境恶劣,山体裸露、固废堆积、空气污染和水体黑臭等环境问题异常突出。2021年,中央环保督察来到这里,"早期矿山粗放开采致使山体裸露,未及时开展治理""尾矿库和排土场未完成生态治理""矿区酸性废水对长江水生态安全造成威胁",这三大问题如同三座警钟,唤醒了马鞍山人"美化环境,造福后代"的意识,坚决围绕打造全国矿区生态修复示范区和长江支流源头水环境综合整治示范区目标,大力推进向山地区生态环境综合治理,着力解决向山地区的生态失衡、环境污染问题。

凹山矿华丽转身为凹山湖,是向山地区生态环境综合治理的一个缩影。站在凹山湖崭新的观景平台上眺望,蓝天、白云与湖水相映成趣。而湖泊西侧曾经脏乱差的选矿厂已不见踪影,取而代之的是郁郁葱葱的草坪和漫山遍野的苗木。

凹山矿曾经是一座海拔184米的山,经过百年开采,被挖成长1100多米、宽880多米、深254米的巨大矿坑。采场闭坑后,逐渐形成了"人工天池"。近几年,马鞍山市通过招商引资,引入中国化学工程集团"三棵树"项目,推进"矿山治理+特种经济林一二三产融合"的模式,发展以"元宝枫、杜仲、山桐子"为主的一产种植业,利用中国化学工程集团自有的CO_2超临界萃取核心技术[①],建设生物科技产业园,结合地方区域发展规划,全力打造有生活、有文化、有旅游、有灵魂的文旅康养项目。

如今这里已成为新的网红打卡地。

观景平台有200多平方米,西侧的景观区种植苗木、铺设草坪,并对边

[①] 在超临界状态下,将超临界流体与待分离的物质接触,使其有选择性地把极性大小、沸点高低和分子量大小的成分依次萃取出来。当然,对应各压力范围所得到的萃取物不可能是单一的,但可以控制条件得到最佳比例的混合成分,然后运用减压、升温的方法使超临界流体变成普通气体,被萃取物质则完全或基本析出,从而达到分离提纯的目的,所以超临界CO_2流体萃取过程是由萃取和分离过程组合而成的。

坡进行修复治理。据了解,凹山湖西侧的景观区栽种的苗木主要有3种——元宝枫、山桐子、杜仲,因此这一景观区被称为"三棵树"。

"三棵树"景区的元宝枫、山桐子、杜仲3种苗木共3400棵,既能进行生态修复,提升区域颜值,后期也能创造经济价值,体现了向山地区进行生态环境综合治理的一个思路。

"以前矿坑附近灰尘漫天,噪音大,周边道路路况也不好。整治以后,这些问题解决了,景观也好看了,我们有时候也会到'三棵树'散散步。"家离凹山湖不远的杜塘村村民徐漫,对周边环境巨变感受颇深。

如今,"三棵树"景观区已经安装了滴灌设施,整个项目进入养护阶段。据了解,今后,在推动向山地区生态环境综合治理方面,马鞍山市将统筹开展向山地区生态环境修复、人居环境改善、基础设施配套提升及产业导入升级等一系列工作,全力修复"生态伤疤"。

向山地区生态环境修复,是马鞍山市整体生态建设的缩影。该市积极出台《马鞍山市长江"建新绿"工作方案和技术方案》,印发《沿江适生植物建议名录》,绘制长江"建新绿"任务图,大片区统筹推进岸线绿化任务,重点实施"四退四还一带"工程,实行腾地建绿、应绿尽绿,打造最美长江生态廊道。2018年以来,全市在长江1000米范围内完成造林1.62万亩、还湿0.99万亩。

为进一步厚植绿色发展基底,马鞍山市科学开展国土绿化行动,深入推进林业增绿增效行动、长江生态廊道工程、"四旁四边"国土绿化提升行动,加快城乡绿化一体化发展,努力提升人民群众的获得感和幸福感。5年来,全市累计完成人工造林8.11万亩,退化林修复5.80万亩,森林抚育37.18万亩、封山育林9.32万亩。在全省开通首个"互联网+全民义务植树"网站,推动义务植树线上线下融合。2021年6月,马鞍山市入选国家首批海绵城市示范市。2022年,马鞍山市林业局获评"全国绿化先进集体"。

目前,全市林业新型经营主体发展到297家,国家级林业重点龙头企业1家,省级林业产业化龙头企业2家,省级现代林业示范区1个,省级林业专业合作社示范社 4 家和家庭林场 3 家。

此外，该市探索推进"马上融+林企"工作，鼓励工商银行等 11 家银行出台"益林贷""果林贷""苗圃贷"等专属涉林金融产品，缓解企业"融资难、融资贵"问题，近两年筹办林业领域"四送一服"专项活动和银企对接会 12 场次。认真执行《推深做实林长制加快林业产业发展的奖补政策》，积极争取"五绿兴林·劝耕贷"财政贴息政策，2022 年成功为金弹子园艺、润泽林业、万森园林等企业申请贷款近 3000 万元。

"当凹山，真的变成一座湖/在这汗水与雨水汇集的河流里/我也像一尾小鱼苗，找回自己的家园"，从薛家洼到凹山，马鞍山已经建起了一条生态之河，薛小平已经游走其间。

2. 小格里的坚守

秀丽群峰映滟波，树林荫翳响吴歌。

吴歌幽远说春谷，锦绣江南数小格。

这首《小格里初秋》是我行走在小格里的青山碧水间的口占，时间为 2022 年 8 月 8 日，安徽省报告文学家协会成立大会召开后不久。会议期间住在小格里养心谷的民宿里，早晚在山林间散步，我真切地感受到被称为"安徽的香格里拉""江南九寨沟"的小格里森林的美好与曼妙。

小格里森林公园位于南陵县烟墩镇霭里村，山场树木葱茏，参天大树遮天蔽日，是不可多得的原生态景区和天然氧吧。说起这些，就要说说小格里林场场长、基层林长陈义平。正是他多年履职尽责，一直守护着这片绿水青山，才成就了"安徽的香格里拉""江南九寨沟"。

陈义平生于 1963 年 2 月，我这一次见到他时，他已退休，却又被返聘，继续任场长。他不愿意接受采访，但南陵县林业局领导亲自安排了，他自然不好再拒绝。

牯牛降国家自然保护区

绿美乡镇——安徽省淮北市杜集区南山村

苗木产业——红叶石楠

天马国家级自然保护区——马宗岭天然林

岳西明堂山

第七章 林英荟

"我是1981年10月份入伍,1985年10月份退伍的。2002年之前,我一直在烟墩镇任村镇规划助理员,后来镇党委就把我派来小格里林场,担任林场场长兼党支部书记。其实就是一名护林员,和树木打交道。一晃20多年了,要说这些年呢,我就是围绕几个'一'做事:一双雨靴、一根棍子、一个信念,坚定地做一名守山人。"

小格里林场是镇办企业,早年是镇政府的一大财政来源,很多大树被砍伐。20世纪初,伐木创收的日子成为历史,林场日常运营陷入危机。陈义平是"奉命于危难之间",肩上担子千斤重。有人劝陈义平在任期内应付了事即可,他却坚定表态:"组织上派我来,就是要我保护好这片山林,就是要让小格里重现青山绿水。"

上任之初,陈义平通过与职工谈心、走访群众、调研市场等途径,了解到林场地理条件优越,生态基础好,又毗邻九华山风景区,具备发展生态旅游的优质条件。陈义平很快理清了思路:虽然培育生态旅游目的地的时间长,但只要凭着"功成不必在我"的良好心态持之以恒做下去,一定能做好。为此,他大胆进行改革,摒弃了砍伐树木换取一时经济利益的抵债模式,向组织申请将有限资金全部用于自身发展,同时要抢抓国家重视生态建设机遇,盘活林场。在陈义平的带领下,林场职工攻坚克难,将小格里林场3627亩山场申报界定为国家公益林,全面开展生态修复,积极推进林场资源提质扩面,缓解了森林抚育等绿化方面资金来源问题,并建成小格里森林公园,使小格里林场林木存活率和积蓄量有了极大的提升。

陈义平认识到,要想真正摆脱困境,更需要自力更生、艰苦奋斗。2004年底小格里森林公园刚成立,旅游景点缺乏基础设施建设资金。陈义平带领职工买来水泥、石材等原料,自己动手浇筑石椅、石桌,找来旧木板拼制、书写防火标牌、景区标识。陈义平自己写得一手好字,常练书法,书写标牌的事情,他驾轻就熟。山上的毛竹很多,陈义平就地取材,和工人们一起设计制作一个个与自然环境相协调的生态型垃圾屋。平时场内除大型维修外,一般诸如电路检修、房屋补漏、道路维护、日常保洁等,都是他带领职工自己干，每年能为林场节省资金近3万元。

陈义平视小格里林场一草一木为珍宝。附近有些喜爱树桩盆景的人，免不了要从小格里山场"挖宝"。他只要知道了，就上门追回，批评教育，让其保证"没有第二次了"，不然就要报警。面对偷捕猎者他也寸步不让，巡山搜查，和他们斗智斗勇。寻常日子，一有机会他就宣传《野生动物保护法》。他让护林员多养狗，让狗帮着寻找盗猎者。更多时候，陈义平以场为家。"吃住我基本都在场里面，场里其他的护林员都是晚上回家，晚上只有我一个人在这里。尤其是节日，比如除夕，我一般都让他们回去过年团聚，我一个人在这里。但是，如果除夕是晴天，那森林防火有需要，有上坟的人，我们就全部在这里。到了晚上，我还是让他们都回去和家人团聚。我在小格里待了20多个年头，没有在家里吃过一次安稳的年夜饭。"2008年春节前，暴雪封住山门，内外交通阻断，陈义平独自坚守到正月初八。"我一个人坚守在这个地方，其他的护林员进不来，里面的人也不得出去，就我一个人坚守在这里。那时候没有手机，孤独的时候我就写写字。书法能让我静下来，传统文化和自然山水有很多共通之处，能涵养人的毅力。"2009年1月，他因胃出血住进医院，临近年关，还未完全康复的他还是坚持提前出院。同事们都知道，"在他心里，这片森林，就跟自己的孩子一样"。

回忆起自己和小格里的往事，陈义平告诉我，这些年里他曾有数次机会离开小格里，但最终还是选择了留下。20多年的时间，陈义平每一年都要给小格里带来一些变化。他带领着同事们修整旅游步道、编制发展规划、创建国家AA级景区、偿还原始债务、自制景区设施……一步步将这片"养于深闺"的原生态山林打造成声名远播的旅游胜地——2004年12月，小格里森林公园批复成立，2006年被批准为国家AA级旅游景区；2017年与霭里美丽乡村旅游资源整合升为国家AAA级景区。能与霭里美丽乡村旅游资源整合提升景区品位，陈义平坦言，这是林长制的功劳。

自从林长制改革全面推行以来，陈义平在小格里林场的守护工作"更上了一个台阶"。"作为一名基层林长，作为一名在这里工作近20年的人，我的感觉很直观,林长制改革带来的变化真的很大。"陈义平说。在过去,林场树木保护、森林防火等诸多事项涉及的部门多,单靠一两个部门很难推动,更让他头疼的是,拖拉和相互推诿的情况时有发生,让他常常感觉"心有余而力不足"。

"但林长制改革推行以来的这几年,我最大的感触是,我们不再是'单兵作战',而是'并肩作战',每一级林长的责任明晰,各方面工作都能更好地开展。"在陈义平看来,林长制是一个党委领导、党政同责、属地负责、部门协同、全域覆盖的长效责任体系,为保护发展林草资源提供强大的制度保障。"特别是在重点难点工作上,林长制改革推行后,现在我遇到任何问题,都可以逐级上报处理,实现了发现问题到处理问题的'一键通',形成强大合力,从根本上解决了过去保护力度不够、责任不实等问题。"林长制改革以来发生的一系列改变,让对这片山林爱得深沉的陈义平打心底感到高兴。

小格里林场地理条件优越,生态基础好,山清水秀,又毗邻九华山风景区,具备打造生态旅游的优质条件。陈义平把握这一资源,利用林长制带来的"并肩作战"机制,大力推进森林旅游开发。随着小格里的森林植被渐渐恢复生机,"天然氧吧"声名鹊起,游客逐年增多,来此谈旅游的开发商络绎不绝。作为小格里林场的看家人,他积极参与小格里森林公园总体规划设计,把脉森林资源合理开发。在他的坚守下,众多开发商皆因不符合规划要求而未获得开发权。2020年,上海沪碟餐饮集团从众多开发商中脱颖而出,获得小格里开发权并正式营业。营业后的小格里,绿色经济效益逐步凸显,已成为当地经济发展的领头雁,并形成了"森林康养+农业""森林康养+体育""森林康养+非遗""森林康养+文旅"等运营模式深度融合。如今该地已接待全国各地游客突破百万人次,生态休闲旅游创收金额达4200万元,林农产品销售超过1000万元,带动群众就业3000余人次。以往通过采伐、出售原始木材制品获得微薄经济收益的传统林业生产模式,已被民宿、电商、农家乐等森林康养和其他新型林业经营业态产业所取代。2022年,通过林场景区带动,当地人均年收入已达 24960 元。林业生态发展,目前已成为该地乡村振兴发展最强劲的动能。

20 多年来,在陈义平的坚守下,大山变了,变得更苍翠了;林子变了,树木更加挺拔、蓊郁了;声音变了,砍伐树木的斧锯声消失了,兽吼鸟鸣声喧闹起来了。唯一没变的,是陈义平心中对大自然的那份热爱,对绿色难以割舍的那份真情。他坚持每日巡林护林,发挥基层哨口作用,实现了小格里林场森林 20 年来无盗伐、乱砍滥伐行为,无一起森林火灾。"随着小格里的名气越来越响,游客也越来越多,森林公园这一块,现在的游客每年有 5 万多人,使我们森林防火的压力越来越大。我们有防火预案,有防火规划,特别是在天气晴朗的时候,是火险的高险期,那时候我们是十分紧张的。昨天我还在跟游客说:'你要是在山上烧纸,我会跟你拼命的,这可不是开玩笑的,我宁可让你打一顿。'"

因为不懈的追求、不断的奉献,陈义平先后获得全国优秀护林员、"中国好人"、安徽省全省林业系统先进工作者、全国林业系统劳动模范、安徽省最美生态护林员、芜湖市森林防火先进个人、芜湖市优秀共产党员等荣誉称号。

陈义平陪着我们走进林间。山坳里散布着一些不大的湖泊,三三两两,有的是蓄水塘坝,有的是滚水坝,被诗意地命名为"五连池"、大小"天池"。它们宛如碧天里的星星,在林间熠熠生辉。这些水利设施,都是陈义平带着林场职工陆续建起来的。它们让苗木灌溉有了水,护林防火有了水,游客游览有了水。在一处幽蓝的碧水边,我看到了一片彼岸花,红白相间,绚烂耀眼。彼岸花长于夏日,却在秋天开花,花后发叶,拥有极强的生命力和耐性。即使在极端环境下也能生长,并且能在寒冷和荒芜的冬天绽放出美丽的花朵。这与其所代表的毅力和信念不谋而合。当我们面临困境时,可以想象自己像彼岸花一样,坚守信念,迎难而上。犹如修佛成正果,即"般若波罗蜜",意思:智慧到彼岸。后来人们在佛经梵语中,给彼岸花取了两个非常好听的名字:白色彼岸花被称为曼陀罗华,红色彼岸花被称为曼珠沙华。无论是白还是红,它们都是智慧的象征。

这一夜,住在小格里,我很久不能入睡,口占一首《邂逅彼岸花》:

此岸遥遥思彼岸,为何彼岸逾遥遥?
红颜有限情无限,格里秋窗忆洞箫。

也许,小格里的无边落木声,让我想多了。

3. 人类的兄弟

在南陵,我们还采访了盛学锋。他是南陵县许镇镇奎湖村村民,20世纪80年代初,盛学锋在奎湖乡开了第一家照相馆。2016年4月,他偶然听到一位政协委员说到全县电捕鱼现象屡禁不止,经咨询专家,得知电捕鱼不仅对渔业资源造成很大破坏,还直接影响水生态的持续改善和总体水环境的生态修复。盛学锋的内心感到十分沉重,他决心用行动来保护野生动物,守护南陵生态家园。

2016年5月,盛学锋联系县农、林、渔、环保等部门,对全县野生动物的种群、分布情况进行了解,同时发动身边的朋友跟他一起行动,原计划用3个月时间对全县范围内野生动物的种群、分布、数量、栖息环境进行一次全面摸底。开始实地调查后,他才深深体会到这项工作的长期性与艰巨性。8月的一天,他听说何湾镇张家山村一带常有赤狐出没,为了留下第一手影像资料,他自带干粮一连蹲守数日,始终没有看到赤狐的踪迹。他并不气馁,以后的岁月里依然坚持,无论走到哪里,他都随身携带相机,随时准备着途中与野生动物的美丽相遇。7年多时间,他的镜头记录了国家一级、二级、"三有"野生保护动物91个种类。

林长制改革开始后,盛学锋牵头成立南陵县野生动物保护协会,至今已成功救助、放生国家一级重点保护野生动物10多只(条),有穿山甲、中华鲟、鹰嘴龟、扬子鳄等;国家二级保护野生动物107只(条)以及大量的国家

"三有"野生保护动物。拆除捕鸟网476张8732米,拆毁各种捕兽夹、捕兽套207个。

为了让更多的人一起加入保护野生动物的行列,盛学锋和协会志愿者先后走进山区和圩区12万户群众家中,利用镇村宣传车、车载小广播走村串户播放野生动物宣传保护音频,野生动物保护协会越来越为基层群众所熟知。2018年,盛学锋自筹资金组建公益性"野生动物救助中心",聘请专业的兽医待诊。被他的行为所感动,兽医也成了一名志愿者,并自费为中心配备了专业的兽用手术台、手术和医疗设备。从那时起,他成功救治野生动物57条(只)。

对于没能及时救治的动物,盛学锋和同事们联系皖南标本制作厂家,先后制作包括扬子鳄、小天鹅、赤狐在内的鸟、兽、禽、蛇、龟、昆虫等80多个种群的139件标本,加上盛学锋常年留存的影像资料,2022年5月,南陵县在安徽省建成首个生物多样性体验馆。

11月8日,在南陵县生物多样性体验馆,对着照片和标本,盛学锋给我们讲述了很多救助野生动物的故事。

2020年7月30日清晨7点多钟,籍山镇柏林村村民周金保在去往苗圃的路上,发现一只长相奇特的怪鸟一动不动地卧倒在路旁的草丛里。"这只怪鸟看上去好像病得很严重,我觉得这只鸟和之前见过的所有鸟儿都不一样,就决定将它带回家中照料。"周金保觉得这只鸟可能是国家保护动物,随后就拨打了110报警,希望将它救活。

不久,南陵县自然资源和规划局(林业局)的工作人员和森林公安民警来到了周金保的家,经过确认,这只鸟是国家二级保护野生动物"猴面鹰",又叫"草鸮",头大而圆,面盘扁平,呈心脏形,似猴脸,鹰身鹰爪。猴面鹰对防控鼠害有积极作用,是益鸟。随后这只猴面鹰被送往南陵县野生动物保护协会救治中心进行治疗。

盛学锋告诉我:"这是一只成年的猴面鹰,翼展有86厘米,这么大的鸟很少见,无论花多少钱一定要救活它!"由于严重的腹泻导致脱水,猴面鹰十分消瘦,已经奄奄一息,体重也只有310克。负责治疗的宠物医生陈志辉凭借多年的经验迅速判断了病因,给猴面鹰喂食了止泻药和营养液。随后他又买来了新鲜牛肉,剁成小条给猴面鹰喂食。后面的几天里,随着猴面鹰身体的一步步好转,陈志辉又给猴面鹰找来了它爱吃的活小鸡、活鸽子。经过7天的调理,猴面鹰的腹泻已经完全被治愈,体重也增加到了440克,达到能健康放飞的标准。

8月4日下午4点多,南陵县自然资源和规划局(林业局)、森林公安和南陵县野生动物保护协会救治中心的工作人员一起来到了放飞点,猴面鹰精神抖擞,羽翼丰满,两只犀利而敏锐的眼睛警觉地盯着在场的每一个人。工作人员刚一起放手,猴面鹰立刻挥动着它的双翼向远方的树林飞去,只留下了矫健的身影。

为了感谢周金保保护野生动物的善举,呼吁更多的群众参与到保护野生动物的行列中来,8月4日下午,南陵县野生动物保护协会向周金保颁发了荣誉证书和奖金。但是周金保只留下了荣誉证书,没有要数百元的奖金。"我做了应该做的,我每个月都能拿到社保,自己还打工挣钱,不缺钱花。"60多岁的周金保面对盛学锋,语言十分质朴。

中华鬣羚是偶蹄目牛科中华鬣羚属的哺乳动物。在体型上类似于山羊或羚羊,头后、颈背有长的鬣毛,俗称"四不像",在2016年被《中国脊椎动物红色名录》列为易危物种,是国家二级保护动物。在安徽有分布,主要活动于针阔混交林、针叶林或多岩石的杂灌林中。

2022年5月23日中午,在芜湖市南陵县一家幼儿园,人们发现一头野兽。

"当天12时20分许,我接到城东派出所所长的电话,说是南陵县籍山镇梅园新村幼儿园闯入了一只大型野兽。"盛学锋回忆说,通过对方传来的照片,看到这只野兽正躲在堆放幼儿玩具的角落。根据野兽特征,他判断这是一只中华鬣羚,国家二级保护动物。

"这在芜湖市近几十年来都十分罕见,而且这只中华鬣羚十分漂亮。只听说过历史上在南陵县何湾镇一带曾经出现过。它的角像鹿而不是鹿,蹄像牛而不是牛,头像羊而不是羊,耳朵像驴而不是驴,所以也称其为'四不像'。"盛学锋表示,像这样的大型兽类,栖息地不固定,喜欢两地跑,但大多时间还是喜欢待在山区。这次出现在南陵县,可能是迷路了。

十几分钟后,盛学锋驱车来到幼儿园。在现场,经过专家的观察判断,确定这确实是中华鬣羚。"它看上去非常强壮,高约 1.3 米,体重超过 250 斤,警惕性也非常强。毕竟是大型野兽,一旦受到惊吓激起兽性,很难控制。为了安全起见,我们疏散了幼儿园的师生和围观群众。"

接下来,经过警方、消防、动物园以及南陵县野生动物保护协会等多部门共同商讨,请示芜湖市自然资源和规划局(林业局)后,计划由南陵县野生动物收容救护机构专业人员利用吹管麻醉针的方式麻醉转移中华鬣羚,放归大自然。"但是这只中华鬣羚体型比较大,皮糙肉厚,三次使用吹管发射麻醉针都没扎进去,都被弹落到地上。"盛学锋说。

随后,专业人员更换细一点的麻醉针,终于将中华鬣羚成功麻醉。紧接着,就用布将它的眼睛蒙上,防止出现应激反应。捆好中华鬣羚的腿后,他们立即给中华鬣羚注射了麻醉苏醒针,防止发生危险。经过检查,发现它是一只雄性中华鬣羚,未发现受伤痕迹,毛皮棕黑发亮,十分健康。大家认为这只中华鬣羚具备野外生存能力,适宜放归自然。

将中华鬣羚抬到车上后,南陵县野生动物保护协会和县林业局的工作人员一路小心驾驶,来到了 40 多千米外的南陵县小格里省级森林公园。此时,中华鬣羚早已苏醒,将它腿上的绳子一解开,中华鬣羚立即活蹦乱跳起来,一溜烟跑进森林深处。

2023 年 2 月,盛学锋和他的伙伴们救助了一只国家二级保护动物鵟(kuáng),成功放飞。

2023 年 10 月 18 日,南陵县戴工山林场巡护员发现一只独特而美丽的鸟,它有长长的尾羽,脖颈上戴着一圈白色的"围脖"。经专家辨认,这是国家一级保护动物——白颈长尾雉。

白颈长尾雉是我们中国特有的鸟类,已被列入世界濒危鸟类名录和国家重点保护野生动物名录,属国家一级保护鸟类,数量稀少。主要栖息于海拔 1000 米以下的低山丘陵地区的阔叶林、混交林、针叶林、竹林和林缘灌丛地带,其中以阔叶林和混交林最为主要,冬季有时可下到海拔 500 米左右的疏林灌丛地带活动。

19 日,盛学锋和他的伙伴们给这只美丽的大鸟投食后,放归自然。对着照片,盛学锋对我说:"南陵的生态环境明显向好,所以这些珍稀动物的活动也变得频繁,能经常出现在大家眼前。白颈长尾雉是国家一级保护野生动物,如果非法猎杀猎捕,会涉嫌犯罪触犯刑法。现在群众的生态环保意识都提高了,平常发现受伤的野生动物,都会第一时间与当地林业部门或野生动物保护协会联系,我们也及时开展救助。"

在南陵,这样的故事很多,很长。人类属于地球,地球不仅仅属于人类。动物和人类,都是地球的孩子。保护动物,就是保护人类的兄弟。

4. 浪花中的微笑

铜陵淡水豚国家级自然保护区位于安徽省铜陵、无为等县市的长江江段内,在东经 117°39′30″—117°55′25″,北纬 30°46′20″—31°05′25″ 之间,包括长江大堤以内(含滩涂、江心洲等陆地)以及与长江相连通的河口水域和陆地区域。其范围上至枞阳县老洲,下至义安区金牛渡,全长 58 千米,总面积 31518 公顷,其中核心区面积 9534 公顷,缓冲区面积 6360 公顷,实验区面积 15624 公顷。

后来担任铜陵淡水豚国家级自然保护区管理局局长的郑邦友,1985 年毕业于安徽大学生物系。这一年秋,21 岁的郑邦友被分配到铜陵白鱀豚养护场。这个养护场就是铜陵淡水豚国家级自然保护区的前身,由原国家环保局批准在这一年建立,目的是为保护国家一级保护动物——白鱀豚。机构有了,但建设的路是漫长的。安徽省铜陵白鱀豚养护场工程于 1987 年底正式动工兴建,1992年通过预验收,1993年1月通过了专家评审,1993年5月各单项工程全部建成。2000年12月22日,安徽省人民政府批准成立了铜陵淡水豚类省级自然保护区,2003年6月,原国家环保总局批准在安徽省铜陵白鱀豚养护场基础上建立国家环境保护长江重点水生野生动物保护中心(简称保护中心)。2004年4月,安徽省编委同意将安徽省铜陵白鱀豚养护场更名为国家(铜陵)环境保护长江重点水生野生动物保护中心。2006年2月,国务院正式批准铜陵淡水豚省级自然保护区晋升为国家级自然保护区。2008年7月,铜陵淡水豚国家级自然保护区管理局成立,与保护中心实行一个机构两块牌子。

郑邦友至今清楚记得,第一天上班,在搭乘机帆船轮渡长江支江,到位于江心洲上的单位报到途中,当船行驶到江面开阔处时,盯着江面的郑邦友突然发现前方300米处有6头并列劈波斩浪嬉戏追逐的白鱀豚,只见它们时而把圆滚滚的灰白身子露出江面,时而潜入水中,长长的尖嘴在朝阳照耀下折射出诱人的光泽,场面相当壮观。"'长江女神'果然名不虚传,它们太美了,只可惜没有相机留住这美好的瞬间!"回忆当初的情形,郑邦友依然有些遗憾。

白鱀豚亦称白鳍豚,也叫白旗,素有"长江女神"之称。哺乳纲,鲸目,白鱀豚科。体长可达2.5米,雌性大于雄性。嘴长约30厘米,上下颌共有130多枚圆锥形的同型齿。头圆有短颈。有背鳍。体背面淡蓝灰色,腹面白色,鳍白色。以鱼类为食。栖息中国长江中下游一带,洞庭湖、鄱阳湖及钱塘江也有发现。冬季常三五只成群,能发超声波,有回声定位能力,是中国特有的一种淡水鲸。因为濒临绝灭,当年就被定为国家一级保护动物。

历史上,西起宜昌西陵峡,东至上海长江口,全长约1700千米的长江江段都有白鱀豚出没,包括洞庭湖、鄱阳湖等毗连长江干流的大小湖泊及河港,甚至还曾在富春江出现过。在蒲松龄的《聊斋志异》中有这样一个故事——《白秋练》,描述了少年书生慕蟾宫,与心地善良的白鱼精白秋练相爱的故事,而其中的白秋练便是白鱀豚所化。可见,至少是清代,白鱀豚还是很普遍的。到了20世纪中叶,受上游建坝等人类活动的影响,白鱀豚的分布区域逐渐缩减,1990年以后在洞庭湖和鄱阳湖绝迹,在长江干流的分布上限也移至宜昌葛洲坝下游170千米处的荆州附近,下限缩减更为严重,到南京附近便已踪迹罕至。1997—1999年国家农业部组织的三次大规模考察中,南京下游临近江阴以下就再未有发现。2000—2004年的几次观测中,其分布主要限于长江洪湖段、九江段和铜陵段三个区域。最后一次发现白鱀豚的确凿记录,是2004年8月在南京江段搁浅的一具白鱀豚尸体。

从1986年开始,包括铜陵白鱀豚养护场,长江流域先后建立起5个原地自然保护区。保护区内河谷开阔,河道迂口曲折,江心发育有大量的沙洲,有多条河流与长江连通,是白鱀豚生存的理想自然环境。保护区管理处修建了暂养池和治疗池,用于抢救受伤、冲滩的白鱀豚个体。由于长江流域内人类经济活动迅速增长的趋势在短期内无法逆转,并且白鱀豚的种群数量在20世纪70—80年代已呈极度锐减之势,因此,中国科学院水生生物研究所等科研单位经过深入研究,决定对白鱀豚实施迁地保护。所谓迁地保护,是指采用无伤害技术,按一定的性别比例、年龄结构,活捕20—25头健康的白鱀豚个体,迁移至另一个更加适合其生存的环境(半自然保护区),实施人工养护,并开展繁殖研究,从而建立白鱀豚人工饲养种群作为复壮或重建野生种群的储备。1989年,中国先后建立了2个半自然保护区——湖北石首天鹅洲故道白鱀豚保护区和安徽铜陵白鱀豚保护区,并组织捕捉、迁移活动,开展饲养下繁殖等研究。1995年12月19日,人们成功捕获一头体长为229厘米的雌性白鱀豚,并将其安全移入天鹅洲保护区,这也是半自然保护区内的第一头白鱀豚。但在1996年6月,长江洪水暴发,这头白鱀豚钻进防逃洞里,因身体被防逃网缠住,无法摆脱而溺亡。此后,尽管中国科学家多次开展长江捕豚活动,希望能够找到白鱀豚以进行迁地保护,但都因未追寻到白鱀豚的踪迹而告终。

上班第一天的美丽邂逅,让郑邦友领略了"长江女神"之美,坚定了这个21岁的天之骄子立志投身淡水豚保护事业的信心。遗憾的是,郑邦友和同事们随后20余年未能捕获一头白鳘豚进行人工驯养。这成了他的终身憾事。2006年11月,郑邦友参加了为期6周的长江淡水豚类国际联合考察,12月4日结束时,未发现一头白鳘豚。科学家们在2007年8月8日出版的《皇家协会生物信笺》期刊内发表报告,无奈地正式公布白鳘豚绝种。

2007年中外科学家公布白鳘豚绝种是指其"功能性灭绝"。"所谓功能性灭绝,就是数量非常稀少,以致自然条件下失去了繁殖能力,并不表示这个物种在地球上没有了。"长期关注长江生态的中国科学院院士曹文宣曾表示,在长江流域,不排除白鳘豚还有个体存活,尤其是在长江口宽阔的江域里,是有可能有白鳘豚的。宣布一个物种灭绝是一个复杂的科学过程。"一般而言,功能性灭绝后50年里自然界没有再发现存活个体,才能鉴定为灭绝。"

因此,在世界自然保护联盟濒危物种红色名录中,白鳘豚仍然被列为"极危"(CR)。在"极危"之上,还有野外灭绝(EW)、绝灭(EX)。

近年来,长江中下游时不时传出白鳘豚身影再现的传闻。我真诚地希望大自然再现它的神奇,传闻传着传着就成真的了。让我们的长江十年禁渔产生奇迹,让白鳘豚回归。

白鳘豚数量的逐年减少,主要有其自身繁殖能力较差和长江流域人类活动较多两方面的原因。白鳘豚所属的鲸目水生多数早在数万年前迁入海洋的咸水中生存去了,停留在地球各地的淡水流域中生存的鲸目淡水豚类种群数均小,其中剩余的5种淡水豚均是濒危物种。此外,根据遗传学的研究发现,白鳘豚的遗传多样性很低,这也加剧了灭绝的速度。

当然,人类的干预是造成白鳘豚灭绝的根本原因。长江之上过度繁忙的水上运输、河水的严重污染以及大量水利工程的建设,都在威胁着白鳘豚的生存环境,尤其是各种人类活动造成的噪音污染,对依靠声呐系统进行辨别定位的白鳘豚更是有很大的影响,许多白鳘豚就是葬身于轮船的螺旋桨下。长江是中国各水道中最重要的一条,年均运船量数不可计,装备螺旋桨的船只也是成千上万,很容易导致白鳘豚触撞螺旋桨产生意外伤亡。

修筑拦水坝等阻隔了鱼类在江湖间洄游,不良土地使用方法,围湖造田减少了湖泊面积并造成的泥沙淤积和污染,以及长江水污染的加剧等原因,长江里许多供白鱀豚食取的鱼类严重不足,破坏了白鱀豚的生存空间,对其种群生存产生了严重威胁。长江流域的渔民的过度捕鱼也导致了白鱀豚的死亡。白鱀豚身躯大,入了渔民为捕捞江中小鱼而设下的渔网,会不断地挣扎,使渔网乱杂,很难及时从渔网中救出。还有不少渔民为了增加捕获量而采用违法式的捕鱼方法,如迷魂阵、电打鱼,对白鱀豚种群有着更直接的伤害。

　　白鱀豚逐浪嬉行美丽的身姿成为郑邦友记忆的定格。2000年,省级保护区建立后,江豚保护成了郑邦友工作的核心。

　　长江江豚俗称江猪,哺乳纲,鲸目,鼠海豚科,与白鱀豚是"堂姊妹"关系。体长一般在1.2米左右,最长的可达1.9米,貌似海豚,体型较小,头部钝圆,额部隆起稍向前凸起;吻部短而阔,上下颌几乎一样长。全身铅灰色或灰白色,寿命约20年。曾经是窄脊江豚的指名亚种,2018年4月11日被升级为独立物种。它们通常栖于咸淡水交界的海域,也能在大小河川的淡水中生活,喜单独活动,有时也三五成群,最多的有过87头在一起的记录。长江江豚性情活泼,常在水中上游下蹿,食物包括青鳞鱼、玉筋鱼、鳗鱼、鲈鱼、鲚鱼、大银鱼等鱼类和虾、乌贼等。分布在长江中下游一带,以洞庭湖、鄱阳湖以及长江干流为主。同样的生活区域,使长江江豚也面临着与白鳍豚同样的威胁,野外数量急剧下降,已经少于大熊猫。2018年7月24日,农业农村部就长江江豚科学考察及长江珍稀物种拯救行动实施情况举行发布会,农业农村部副部长于康震介绍,本次科学考察估算长江江豚数量约为1012头,其中,干流约为445头,洞庭湖约为110头,鄱阳湖约为457头。

　　2000年夏天,郑邦友出任保护区科研室主任。为尽早实现人工繁育江豚这一世界性科学难题,他夏天战高温斗酷暑,晚上忍受蚊虫叮咬,吃住在小渔船上,在小船上工作长达1年,观察江豚的生活习惯,并拍摄了许多珍贵的第一手野外资料。

2001年4月8日，在他的指挥下，保护区从老洲镇江边成功捕获两雌三雄5头江豚，体重最重为40千克，体重最轻为30千克左右，放入保护区基地夹江中驯养。这个水域面积大约400亩，呈狭长带状，长1.6千米，宽220米。夹江江面窄，水温比主江面水温高。为防止江豚不适应新环境，郑邦友至今还记得："我带领大家连夜抽江水注入夹江，降低夹江表层水温。不仅如此，当天我还在饵料鱼肚内，塞上提升免疫力的药物，喂给江豚吃。几天后，保护区又往夹江里投放了2500千克鲢、鲤、鲫鱼苗，以改善、丰富夹江鱼类品种结构，净化水质，提高江豚适应封闭水体的能力。那些鱼苗还可供江豚追逐捕食，用来提高运动量，增强江豚体质。"

经过20多天的夹江适应性圈养后，江豚已能与饲养员密切配合，每当有鲤、鲫鱼饵料投入水中，江豚便迅速飞驰至岸边抢食，而且身体频频露出水面，十分活跃。经过初步驯化后，这几头江豚已适应半自然状态下的人工喂养环境。为了便于跟踪了解江豚的情况，郑邦友为每个江豚都取了名字。一个月后，他和同事们还对江豚逐个进行了体检。

2002年11月初，郑邦友对江豚进行人工喂食时发现，雌豚姗姗摄食时转游弧度增大，腹部逐渐膨胀，妊娠迹象明显。郑邦友高兴坏了，当即决定给姗姗开小灶增加营养，每天特意为它准备几条肥硕鲜嫩的鳜鱼和鸡腿鱼。受到精心呵护的姗姗，生命体征在此后大半年里一直保持良好状态。2003年6月19日下午，郑邦友喂食时发现姗姗独自徘徊在浅水层，没表现出丁点儿食欲。他知道，这是姗姗分娩的前兆。江豚与人类一样十月怀胎，且一胎一只，成活率极低。那时国内还没有成功人工繁殖出江豚，如果姗姗能平安生出豚宝宝，将是件改写长江生态保护的空前大事！郑邦友越想越激动，心快提到嗓子眼儿。"分娩前夜的江豚妈妈是痛苦的，我能为它分担点什么呢？"郑邦友为了放松自己的情绪，不由得习惯性吹起了口哨。这一吹不要紧，郑邦友突然发现浮在面前浅水区的姗姗缓缓漂移接近喂食小船，最后定格在自己面前一动不动。受到启发的郑邦友立即掏出手机让同事拿来一个口琴，他决定给姗姗来个"水中无痛音乐分娩"！从下午6点吹到夜里

12点多,郑邦友搜肠刮肚,把他会吹的歌曲全吹遍了,两边的嘴唇都烂了。清脆悠扬的口琴曲伴着清凉夏风和许多不知名虫儿的嘶鸣,形成一首首独特的优美旋律,传递到水面处姗姗的耳中,让它忘记了阵痛,徜徉在人与自然友好和谐的至美境界中……夜里12点半,借着月光,郑邦友发现姗姗轻摆尾鳍,带着人类的无限关爱潜入深水消失了。郑邦友好不容易直起身才发现,腿迈不开了,全麻了,身子一晃,掉进了水里。6月的江水很凉,一刺激,他抽筋了。幸亏抓住了旁边的竹篙,人才没有沉下去。可惜,口袋里的口琴却掉入江中,成为一个遗憾。

次日清晨,郑邦友再次急切地来到水边喂食时,他的眼前不由得一亮,姗姗的身旁已多了一条一尺多长的小豚。"姗姗产下幼豚了!"郑邦友飞奔上岸大喊,同事们都激动万分来看望这对母子。只见小江豚活泼可爱,时而伏在母豚的背上,时而紧贴着母豚一起畅游。母豚背子嬉戏的感人场面令郑邦友和同事们禁不住拥抱成一团,喜极而泣:"我们终于成功了!"很快,世界首例在淡水半自然水域人工繁殖成功江豚的消息传遍世界各地,在动物保护界引起巨大轰动!保护区经过为期3个月的行为学观察,确认母、幼豚健康状况良好,因为豚宝宝已能自行少量顺利摄食了。

两年后的2005年5月18日,生活在良好生态夹江水域中的姗姗,再次成功地分娩出一头幼豚。从长江江豚再次繁殖成功,至第二条小江豚自行觅食,充分表明了保护区半自然夹江水域已完全适合长江江豚的生长和繁衍。自此,在夹江里,许多慕名前来观赏的各界人士,都可以看到7头江豚在水里欢快游动嬉戏的动人场景。当年底,从优化种群结构考虑,郑邦友将一只年老体衰的江豚放进保护区江水中,夹江中还剩6条江豚快乐地生活着。

2005年,44岁的郑邦友开始全面负责保护区工作。那年夏天,保护区的科研楼进入紧锣密鼓的施工阶段,由于江心洲上人烟稀少,为了抢工期,有一天他一个人卸下了5吨水泥材料,累得身子发飘,双腿发软,几近中暑。忙到天擦黑,他突然想起职工们都在江对岸押运建材,江豚还没喂。"它们一定饿坏了。"郑邦友连忙跑到渔民老夏家中。还好,渔网里还剩10多斤鲜鱼,郑邦友提着鱼篓小跑到夹江岸边的小船上,用一支竹竿击打水面三下,6头江豚一齐游了过来。江豚不吃漂在水面上的半死鱼,爱吃活鱼。抛洒的鱼儿挣扎着在空中划出优美曲线,这些江豚与陪伴他们好几年的老伙计郑邦友感情特深,吃食时爱撒娇,它们故意要让主人欣赏下它们的本领和身姿,喜欢腾空张嘴接鱼,好在主人面前表现一番。喂完江豚,郑邦友因劳累,眼前一黑,栽到了江中。正当他要沉入水下,一头大江豚钻到他的身下,托起了他,其他江豚也围过来。它们把郑邦友送到了岸边。这就是流传在保护区内江豚救主的故事。

2006年7月,"功勋母亲"姗姗又成功地繁殖出一头小江豚。2009年5月4日和6月5日,江豚扬扬和小雌也分别产下一头小江豚。铜陵淡水豚国家级自然保护区在半自然夹江水域中拥有9头江豚,是中国最大的江豚人工繁殖种群,已成为保护江豚的重要基地。此后的10多年,保护区内又陆续有3头小江豚出生,中国最大的江豚人工繁殖种群变得更大了。

5. 江豚爸爸

饲养员张八斤家住在长江里的和悦洲上,以前他是干船运的。从2005年当上江豚饲养员算起,到今年已经18年了。他告诉我,他有三个绰号:第一个绰号是"江豚爸爸",第二个绰号是"江豚医生",第三个绰号是"江豚卫士"。

说他是"江豚爸爸",是因为无论春夏秋冬、雨雪霜冻,张八斤都会在凌晨4点起床,忙活着给江豚准备当天要吃的饵料鱼。"江豚的饭量标准是体重的十分之一,一天要准备近百斤新鲜饵料鱼。这些鱼不能太大,太大了鱼刺硬,可能会卡住江豚咽喉;也不能太小,太小了江豚不爱吃。所以每条鱼的重量要控制在三两左右。我每天都一条一条地挑选,还要在每条鱼的嘴里塞一粒维生素。我认识每一条江豚,能叫出它们的名字,看上一眼,就能估算出它们的体重。江豚也认得我,能分辨出我的脚步声。听到我用竹竿拍打江水发出的喂食信号,它们就会自动过来,就像我的孩子一样。"

说他是"江豚医生",是因为他无师自通地摸索出一套类似中医的"望闻问切"为江豚看病的诊法。"我观察了江豚这些年,每一头江豚的皮肤颜色、饮食习惯和生活习性我都知道,哪头江豚稍有异样,我都能看出来,这是'望'。我能听出每一头江豚发出的独特声音,知晓这些声音传递出的江豚的喜怒哀乐,这是'闻'。我也会问候江豚,和它们说话,它们会摇头摆尾告诉我快乐不快乐。发现江豚生病了,不能轻易用药,要先从江豚近期的进食情况和天气变化综合考虑,准确找到病因,这算是'问'吧。病因找到了,药也准备好了,我把生病的江豚从偌大的夹江里找出来,引到用围堰围成的'江豚医院'里,把药裹在鱼腹里定点定量投喂,直到江豚病愈再放归夹江。"

说他是"江豚卫士",是因为5年前初冬的早晨,正给江豚喂食的张八斤发现有一头江豚被丢弃在夹江里的绳索缠住了。不知所措的江豚激烈挣扎,江面浪花飞溅。江豚发出哀伤的叫声。张八斤立刻跳进冰冷的江水中,一阵自由泳快速游到被缚的江豚旁边,先用自己的衣服裹住江豚,不让它的皮肤因暴露于空气而受伤,再小心地把它从绳索中解救出来。"我那年57了,上来后得了一场重感冒。这次意外事件让我意识到,随着游客增多,这类偶然事件可能随时会出现。从那时起,我每天有事没事就沿着江堤四处转,一旦发现丢弃的绳索、塑料袋、矿泉水瓶和枯断树枝之类就立刻清理,把一切危险因素消灭在萌芽状态。但愿这就是一次偶然事件,以后再也不要发生,这个外号再也没有人叫。"

张八斤今年61岁了,但是"江豚爸爸"这份工作,他还想继续做下去。他最大的愿望,就是每年都能看见保护区里新添江豚宝宝。

2021年1月1日起,长江流域重点水域开始实行"十年禁捕"。之后《中华人民共和国长江保护法》正式施行,长江里的鱼类资源逐渐得到恢复,江豚的生存环境也明显改善。郑邦友告诉我:"最近长江多段都发现了江豚。江豚的数量多了,说明长江的水质肯定改善了。保护江豚是保护长江生态环境的切入点,也是关键点。"

为了避免江豚因近亲繁殖导致种质资源退化,2021年4月和12月,铜陵淡水豚国家级自然保护区的江豚跟湖北长江天鹅洲白鱀豚国家级自然保护区的江豚做了两次异地交换。这两次江豚迁移,郑邦友、张八斤都参与了。

2023年2月28日,农业农村部公布2022年长江江豚科学考察结果,长江江豚种群数量为1249头。这是有监测记录以来,长江江豚种群数量首次实现止跌回升。

7月18—26日,2023年全国大学生江豚保护夏令营顺利举办,来自江苏科技大学、华中农业大学等全国十余所高校的大学生从江苏镇江出发,沿长江逆流而上,跨越江苏、安徽、湖北三省,共同开启长江江豚保护新的征程。7月23日,营员们来到铜陵淡水豚国家级自然保护区,在郑邦友、章贤、张明浩三位长江豚类保护专家的带领下,深入了解铜陵的白鱀豚和长江江豚保护历史,近距离观察长江江豚迁地保护群体。保护区夹江里,十多头江豚频频出水,引来营员们一阵阵惊呼。营员几乎都是第一次如此近距离地观察到长江江豚的呼吸、游泳、捕食。该迁地保护群体每年都有小江豚出生,母豚携带着幼豚一起在水中游弋的温馨场面给营员留下了深刻的印象。

营员们还参观了铜陵淡水豚国家级自然保护区内的安徽省首座水族馆、标本馆、珍稀水生野生动物、和悦老街、九华山头天门——大士阁、潜洲沙滩、2.67平方千米生态蔬菜基地等,对保护区内长江文化的发掘传承留下了深刻印象。

铜陵淡水豚国家级自然保护区,是八百里皖江生态建设的缩影。10月12日下午,习总书记在江西省南昌市主持召开进一步推动长江经济带高质量发展座谈会并发表重要讲话。他强调,要完整、准确、全面贯彻新发展理念,坚持共抓大保护、不搞大开发,坚持生态优先、绿色发展,以科技创新为引领,统筹推进生态环境保护和经济社会发展,加强政策协同和工作协同,谋长远之势,行长久之策,建久安之基,进一步推动长江经济带高质量发展,更好支撑和服务中国式现代化。八百里皖江，时不我待。

二、天光云影

1. 无絮的天空

在亳州，陪同我们采访的是亳州市自然资源和规划局（林业局）二级调研员高帆，他介绍说，亳州市林拥城林长制改革示范先行区是安徽省30个林长制改革示范区先行区之一，现已打造成为城市生态屏障、休闲旅游胜地、森林康养基地，融合发展旅游、科普、生态、体验、互动等五位一体新业态，实现了生态保护与生态价值互促共赢。

"林拥城林长制改革示范先行区位于亳州北外环、古井大道、亳芜大道外侧，全长约40.4千米，总规划面积约2万亩，呈环状拥抱整个亳州市区，意为'林在城中、城在林中、林城辉映'。"走在如画的生态景观带，高帆说。在项目实施过程中，亳州市强化林长制管理模式，实行区域化、网络化管理，确保各项措施落实到位。目前，林拥城先行区已建设为一条环抱全市的林拥城林带及林拥城药都林海景区、林拥城华佗百草园景区等"一带两区"生态景观。

在林拥城林带项目建设过程中，亳州市坚持以科技兴林为重点，以现代林业新技术、新品种引进和推广为基础，建立以景观生态树种和乡土树种为主的技术体系，形成了以林业促观光、以观光促林业的良性循环。经过实施造林工程，沿着该示范先行区已建成了一圈闭合林带，并以该林带为坐标，基于城市公园、绿道游园、道路林网、河流林网、村庄林网建设及"四旁四边四创"等绿化工程，形成了"带内向心发展、带外辐射发展"的同心圆式发展模式，成为城市生态屏障保护修复的亳州样板。

林拥城药都林海景区总占地面积约6700亩，规划了自然科普区、游乐区、园林景观区、综合服务区等板块。其中自然科普区建设了森林书屋、科普栈道等科普项目，游乐区建设了蜗牛庄园游乐场、水上乐园、恐龙乐园、萌宠乐园等游乐项目，园林景观区建设了欧风园、雕塑园、梅花园、樱花园等主题景观园区，综合服务区建设了综合游客服务中心、大型停车场等游客服务设施。林拥城药都林海景区2018年7月通过国家AAAA级景区景观质量评定，2020年7月正式被授予国家级AAAA级旅游景区称号，年均接待游客220余万人次。

华佗百草园景区是基于"世界中医药之都"发展蓝图，立足亳州中医药产业优势，坚持一、二、三产业融合发展理念，于2020年2月启动，总占地面积约2020亩。景区依托中华药都的优势，以观赏药材花卉为核心，创新凸显了华佗中医药文化的内涵传承，具备特色观光、康体养生、休闲度假等多种功能。一期工程于2020年5月建成开放，打造了核心区鹿鸣山、青囊湖、花千谷、桃花岛、阳光草坪、休闲沙滩等景观和多个网红打卡体验区，2023年接待游客200余万人次，进一步凸显了林拥城综合效益。

亳州的行程很短暂，但蒙城的杨树却让我记忆悠长。

杨树的生长速度较快，年生长高度可达1.5米，在数年内就能长成高大的树木。其木材质地轻、柔软且耐腐蚀，在家具制造、包装材料、造纸工业、室内装修、建筑工程中得到广泛应用，这使得杨树成为林业经济价值很高的树种之一。

此外，杨树的树皮富含草酸，可以用于生产草酸纤维、脱漆剂和染料等化工产品。在生态系统方面，杨树有助于土壤保持和水源保护。杨树的根系发达，能够牢固地固定土壤，防止水土流失和滑坡。杨树还具有较强的吸水能力，可以降低地下水位，起到调节水文循环和保护水源的作用。另外，杨树的茂密树冠为鸟类和其他野生动物提供了栖息地和食物来源。

杨树还有许多变种和杂交品种，适应性强，可以在不同的气候和土壤条件下生长。例如，黑杨可以耐受干旱和贫瘠的土壤，常被用于绿化和防护林的种植。同时，杨树还具有修美的外观和丰富的文化意义，"白杨何萧萧，松柏夹广路"是汉代人的诗句，茅盾的《白杨礼赞》礼赞的就是杨树。

20世纪80年代以来，蒙城县把杨树作为主要栽培树种，到2017年栽植面积达到46万亩。围绕杨树，蒙城县发展了一批林产品加工企业，杨树产业已发展成为林业产业的重要组成部分。

安徽上元农林科技集团有限公司是蒙城县一家以林业产业为主的集种植、生产、销售、研发为一体的生态化产业集团，涵盖安徽上元绿能科技有限公司、安徽上元家居材料股份有限公司等产业链上9家法人单位，集团公司董事长吴佳奇1985年出生，早年只身来到浙江安吉从事物流行业。靠着一位长期合作的老板借给的15万元，他买了一辆小货车，自己接业务跑运输。有了一些积蓄，吴佳奇决定自己创业。受安吉竹产业发展的影响，吴佳奇想起了自己家乡蒙城，遍布田间地头的杨树，是加工板材再好不过的原料。

因为做物流，吴佳奇发现，安吉有很多沙发厂和椅子厂，产品远销国内外。各地的展销会，吴佳奇也常帮工厂将产品运送过去。这些坐具行业，需要大量的坐具板材。"坐具板材看似是个很小的细分行业，但却有很强的专业性，国外有企业把一颗螺丝钉都做成了百年老店，我们为什么不能呢？"2010年10月，他带着自己多年来攒下的积蓄，回到家乡蒙城，成立安徽上元家居材料股份有限公司，生产坐具板材。

作为一家生产板材的企业，上游对接种植户，下游对接座椅企业，利润空间有限，是一个薄利行业。如何找到大利润空间又能具备竞争力呢？吴佳奇认为，唯一的解决之道就是通过技术创新来控制中间成本。

杨树在加工成板材前必须经过烘干，为此需要从电厂额外购买高温蒸汽项目，一吨要花费近200元。此外，加工过程中产生的大量树枝、树皮、锯末等"边角料"，处理起来也是难事。

都说垃圾是放错地方的资源，可如何才能让垃圾变成资源呢？吴佳奇带着问题，拜访了原中国林科院林产化学工业研究所所长蒋剑春院士。"在蒋院士的指导下，上元家居成立了生物质气炭联产项目攻关小组，成功实现将树木废料转化成生物质炭和生物质气。生物质气用来烧锅炉，产生的热源用于烘干板材，帮助企业将用能成本降低了40%，未来甚至可以完全满足用能需要。生物质炭可以进一步加工成碳肥、活性炭、烧烤炭，因为热效能高、无烟等特性,广受市场欢迎。通过气炭联产技术,真正实现了对一棵树的资源'吃干榨尽',做到高效利用。"向我介绍这些,公司副总李辉颇有些骄傲。

解决了生产端的问题,正准备放手大干一场的吴佳奇又面临了一个意想不到的难题。

不少村庄的杨树被砍伐之后,当地老百姓却不再愿意补种,这让板材生产遭遇资源不足的危机。原来,随着杨树种植面积的扩大,杨树生长年限的增多,每年春天杨树都会出现大量飞絮,对环境和人们的生产、生活造成极大困扰,很多人只好放弃多年来在房前屋后种植杨树的习惯。

杨树分雌雄异株两种。一般情况下,树龄 6 年以上的雌株授粉后开始结实飘絮。雄株不结实,不飘絮。每年 5 月起从杨树上飘落的白色絮状物就是杨树雌株产生的种子,通常被人们称为杨树飘絮。杨树飘絮为杨树自然生理现象,自身无毒无害。但因漫天飞舞,污染环境,影响人们出行,对过敏人群会造成身体不适。飘絮干燥、油脂含量高,也会引发火灾。一般情况下,树龄越大,产生的飞絮越多。

上元的发展,很大程度上得益于原材料资源获得的便利性。如果杨树种植面积日渐萎缩,未来更进一步的发展将无从谈起。

杨树飘絮问题是淮北平原杨树栽培中所面临的普遍问题。亳州市、蒙城县的林业部门都高度重视。蒙城县林业局高工谢广军告诉我,为解决杨树飘絮问题,林业部门邀请著名杨树育种专家韩一凡教授来到蒙城,针对淮北平原特点,韩教授团队培育出适合皖北地区土壤的无絮速生杨品种。这种杨树只在育苗基地中种植产生杨絮的雌株,而大面积种植的则是不产生杨絮的雄株,杜绝了杨絮问题。

蒙城县积极构建政府投入引导、社会主体参与的市场化多元化投入机制,由乡镇组织企业参与绿化,企业与镇村签订利润分配协议,充分调动社会主体造林绿化的积极性。经县级验收合格的,县乡道路、大中沟两侧每栽植一棵无絮杨一次性奖补 5 元,村庄绿化每亩一次性奖补 500 元。2021 年,政府兑现奖补资金40万元。

这场波折也启发了吴佳奇,杨树资源端一定要牢牢把握好,这是企业赖以生存的根本。2018年,上元集团正式成立亚恩林业公司,与地方政府合作,大面积推广种植无絮杨树。

他决心打造万亩杨树种植基地,锁定资源端优势。

上元集团与政府签订《工业项目合同》,以工业理念发展林业,建设200亩育苗基地,集中连片形成无絮速生杨育苗基地,依靠林业部门为主牵头落实林长制联动机制,企业合作在道路、河沟两边种植,进而培养成全国杨树种植基地。目前主要有三种合作模式,一是与乡镇村集体合作,上元集团负责免费提供树苗和技术,乡镇负责种植、管护,最终收益100%归村集体,同时碳交易开放,公司获得收益奖励村集体50%。二是与合作社合作。上元集团提供树苗、技术,与合作社签订保底收购合同,最终收益5∶5分成。三是上元集团免费提供树苗、技术,签订保底收购合同,最终收益按权属分红。

为了确立种植示范样板,上元集团与试点村合作社签订协议,由公司提供无絮品种树苗,并负责日常的管护,村民和村集体只需提供田垄、沟渠附近的土地,收入对半分成。无絮杨一经试种,很快取得成功,参与种植的村庄越来越多。李辉算了一笔账:"一棵杨树所需的土地大约3平方米,相距2米的位置就可以种植。一个村利用道路、沟渠两边的空地,可以种植数万棵无絮杨树。一棵树五六年成材,可以卖240元,村民和村集体按五五分成,可得120元,这样村民和村集体都有动力,是带动村民增收、乡村振兴的重要途径。"

与此同时,上元集团积极申报国际FSC森林林场认证,获得在全球市场销售的通行证。

"聚焦一棵杨树,发展一个产业,带动一方经济,富裕一方百姓"是上元集团的企业愿景。"农林业领域的创业,没有兼济天下的情怀,是很难做成功的。"吴佳奇是个有情怀的人,他对于皖北农村再熟悉不过,相比较东部沿海发达地区,这里的经济发展和群众生活水平还有很大差距。林长制改革形成林业产业发展的助力,让吴佳奇深感振奋,也让他更加坚定将产业做大做强的信心。

2022年,上元集团的销售额突破3.4亿,坐上了全国坐具板材领域的头把交椅。无絮杨撑起了蒙城林业的绚烂天空。那么上元的模式能否复制?吴佳奇说:"你看万达广场,全国各地都有。不管开在哪个城市,都拥有一流的运营管理水平,其成功的关键,就在于打造了一套标准化模式。"

上元集团也有自己的模式。参观集团打造的一棵树博物馆,李辉向我陈述了上元集团"五端联动"模式:一是资源端,广泛建立无絮杨培育栽种基地,保障了资源有效供应。二是生产端,通过加大设备研制和改造升级投入,实现了生产高度自动化。三是综合利用端,生物质气炭联产取得良好开端,未来扩大使用范围,进一步降低企业总体用能成本。四是技术端,通过加强与高校科研院所产学研合作,为企业发展赋能。五是市场端,成立品牌推广部,一对一服务下游大客户,做到需求对接更精准。与此同时,大力发展电商销售。通过采购下游客户产品形成更紧密的连接,即"成为客户的客户",推动板材销售,取得良好效果。

五端布局打造了循环经济产业链,即"杨木培育种植——杨木资源产业化利用——高端木质产品——生物质气炭联产综合利用",构建了一个闭环。当前,上元集团正围绕五端布局,将农林界"万达集团"的设想付诸实践。所做的第一步,就是建设作为示范样板的上元农林循环科技产业园。目前,该项目已动工建设,总投资约3.5亿元,规划用地约250亩,将建设200亩无絮速生抗虫杨育苗和2万亩种植基地,以及年产1万吨生物质碳项目、年产30万立方米生态坐具板材项目、年产50万立方米杨木板材烘干项目。产业园将杨树板材整条产业链整合在一起,实现总成本最优。未来,上元计划通过提供设备技术、市场渠道和服务保障,实现产业园的异地复制,为更多乡村地区提供林业振兴的"上元方案"。

在上元集团的规划中,上元要成为全世界最受欢迎的坐具板材企业,建设全世界最好的杨树种植基地,将杨树产业打造成地方经济发展的重要支柱产业,让蒙城杨树的价值得到最大限度的彰显。这是吴佳奇的自信。

在林长制的引领下,政府、企业和农户形成了无絮杨改造的持续合力,2021年,蒙城县栽植无絮杨12.8万株。王集、立仓、漆园、楚村、坛城、三义、马集等7个乡镇(街道采用供苗供地合作模式)栽植无絮杨7.3万株。篱笆、小涧2个乡镇采用低价售苗高价回收合作模式栽植无絮杨1.1万株。双涧、小辛集、板桥集、乐土、小涧等5个乡镇供苗包保存率合作模式栽植无絮杨4.4万株。自2022年起,全县每年更新15%的现有杨树品种,无絮杨替代有絮杨,实现镇村集体经济和林农稳定增收,上元集团等企业可持续发展。

匆匆结束在上元集团的采访,我们又赶到白杨林场,了解蒙城县杜仲种植发展情况。

杜仲是落叶乔木,可高达20米,为中国的特有树种。杜仲"全身是宝",被称为"活化石植物""中国神树"。杜仲产业涉及橡胶、航空航天、国防、船舶、化工、交通、通讯、电力、水利、医疗、体育、农林、食品、畜牧水产养殖、生态建设等领域。

新型良种杜仲是国家大力发展和重点扶持的天然橡胶和木本油料树种,杜仲产业是我国集群式战略性新兴产业和新增长极。目前蒙城县杜仲育苗基地为全国最大的新型良种杜仲繁育基地。这个基地分为两块:一是双涧镇白杨林场,面积5255亩;二是许疃镇和板桥集镇,面积7115.96亩。这是九九慢城杜仲产业(蒙城)有限公司流转土地12370.96亩建设的,嫁接繁育国审"华仲5—14号"良种杜仲种苗约4000万株,完成投资约2亿元。

"杜仲综合利用价值高。农民种植杜仲,将会获得高于经营其他经济林或农作物的收入,如盛果期每亩杜仲亚麻酸油产量15—20千克,每亩年产值1500—2000元;杜仲橡胶年产量达30—40千克,每亩年产值3000—5500元;杜仲雄花茶盛产期每亩年鲜花产量达200—300千克,每亩平均净收益达2500—5000元。杜仲叶盛产期每亩产叶量800—1000千克,每亩年产值2000—3200元。算起来,盛产期的杜仲每亩创造的价值能达1万元,是经济价值极高的树种。"

九九慢城杜仲产业(蒙城)有限公司在蒙城发展杜仲产业,无疑有利于优化林业产业结构和推动新的增长极。

2. 八公山下

以前去淮南,都是走马观花。这一次,因为调查林长制改革,要围着山林转,才知道八公山原称北山,因其所属诸山位于今寿县城北而得名,其主峰位于谢家集区唐山、山王两乡境内。因淮南王刘安与八公学仙、炼丹于此,故后人又称北山为八公山。又有人以八公山单指肥陵山(又名五株山,地处寿县城北四里)。也就是说,八公山有狭义与广义之别,狭义专指肥陵山,广义泛指城北诸山。据光绪《凤台县志》记载,八公诸山"错峙一隅,周围百余里",南北绵延约25千米,东西约5千米,三面濒淮,一面濒淝。八公山中,以肥陵山、紫金山、硖石山最为有名。

肥陵山上原建有淮南王刘安庙,其东南麓有刘安墓,清同治年间,吴坤修曾在墓前立一碑碣,阴刻"淮南王刘安墓"六字。西南麓有战国时赵国名将廉颇墓。8月1日下午,我拜谒了廉颇墓。

而硖石山却为凤台县所辖,位于县城西南约5千米处。为长淮第一硖,被称作长淮津要的东、西两硖石各高60米。陡如斧削,隔淮河对峙,相距500多米,扼制着淮河上、下游的水上交通。硖山口因地势险要,历来为兵家必争之地。三国时魏、蜀在此争战。南北朝时,东晋与秦军大战,这里是重要的军事津要。硖石山古有四城,一在东硖石,一在西硖石西微平处,俗名城子,山西北隅尚有遗址,一在禹王山腰,一在长山北麓,四座古城,相距不及5里。现今古城堡久废,只西硖石顶尚剩下一座清代建的四角凉亭,名为"慰农亭"。古朴典雅,亭额上有"慰农亭"三字,亭两旁的石柱上刻着一副清光绪年间凤台知县颜海飓手书对联:"选胜值公余,看淮水安澜,硖山拱秀;系怀在民隐,愿春耕恒足,秋稼丰登。"亭前行数步即为硖石陡壁,陡壁西侧悬崖上有摩崖石刻《筑城记》。

第七章　林英荟

　　八公山历史悠久，人文厚重，值得说道的太多了。2009年6月9日，余秋雨与妻子马兰专程到寿县八公山公墓祭拜马兰的祖父、祖母。6月17日，他在博客上以《八公山下》为题，发表了一篇博文。在该博文里，余秋雨除了赞扬寿县交通环境得到很大改善之外，重点提到每年都遇到的大遗憾："一家民营水泥厂把八公山的山体挖得满目疮痍、狰狞可怕……连一处历史文化遗迹珍珠泉也变成了'泥灰泉'……"余秋雨在博文里称他想告诉当地官员：这座被挖得满目疮痍的八公山，是中国历史上的一座名山，成语就有"八公山下，草木皆兵"，可见这座山已经进入"公共语汇系统"。他说，中国历史那么长，能够进入"公共语汇系统"的山水很少，只有"泰山北斗""不识庐山真面目"等寥寥几处，而八公山是汉代淮南王刘安的主要活动地，博大精深的《淮南子》也是在这里诞生的，与八公山连在一起的寿县，当时叫寿春，与中国历史上很多重大事件紧紧连在一起。因此，八公山必须受到保护。除此之外，余教授还笔锋犀利地指出，八公山又是中国豆腐的发源地，这里都有理由成为中国的"素食圣地"，但"一个水泥厂，仅仅一个民营水泥厂，把这一切都毁了"。因此在他看来，不能因小（水泥厂每年上缴的一点税收）失大，因眼前实利，对不起历史文化。最后，余秋雨说出了自己的建议：立即关闭或搬迁这家水泥厂，并且邀集专家们出主意，用什么方式来修补已经被挖得乱七八糟、狰狞可怕的八公山山体。

　　八公山的山体毁坏，何止一个民营水泥厂所为呢？淮南地区自改革开放以来，随着城镇建设的迅速发展，尤其是房地产和道路工程基础设施建设步伐的加快，石料资源的需求量与日俱增，寿县八公山区域其便利的地理地质条件、质地良好的石料资源的开采利用，从而导致了寿县八公山景区内采石场遍地开花。加之当时政府和采矿业主的生态环境意识淡薄及利益的驱使，使得放牛山一带的采石场矿山在生态环境保护方面存在诸多问题。

　　放牛山是八公山区域众多山峰之一，距古城北约1千米，行政区划隶属于寿县八公山乡管辖，它与架子山采矿区、打石山采矿区接壤。民国年间，放牛山采石矿山就已开采，开采深度10—30米不等，平均开采深度15米，平均开采宽度 100 米,在测区内开采长度近 800 米,最低开采标高 80 米,最高开采标高 140 米。

据统计,寿县八公山区域高峰时有矿山企业 161 家,均为小型矿山。仅放牛山区域采石宕口就有 87 个,年采矿石 149.7 万吨,矿业产值达 10634 万元。采矿业主为了追求利益的最大化,大大小小的采石场多以主干道为轴心追求运输半径最小化,导致八公山景区大部分采石矿山分布在合阜公路干线路边、风景区附近和城乡接合部。

放牛山大多数采石场的排土场几乎没有拦沙坝、挡土墙等防止水土流失的措施,也未进行复垦绿化,给八公山景区造成了严重的水土流失、滑坡、道路堵塞等生态环境问题。由于从事采石活动年代久远,开采深度和跨度又都相对较大,往往使流经矿区含带泥沙的地表径流冲蚀下游农田,严重影响地势低矮的农田土地生产力,使农田泥沙淤积,土壤退化,增加了农业成本投入。同时,部分采石宕口经常要抽出大量的积水,使周边农田遭受一定程度的污染。

林长制改革启动后,寿县积极践行"绿水青山就是金山银山"的绿色发展理念,加强了对八公山风景区及周边环境的整治,采取停、关、封等强有力的措施,关闭了石灰窑、采石场、石料加工及水泥厂,从根本上遏制了采石行为,并稳步实施八公山矿区矿山地质环境治理项目。

为打造生态八公山,实现绿色发展,寿县县委县政府高度重视,启动了八公山风景区及周边环境的整治,风景区的环境得到一定程度的改善。但采石废弃地裸露,植被稀少,自然恢复效果差,整体环境恶劣,水土流失严重,极易发生地质灾害。为消除矿山地质灾害隐患,彻底改善八公山风景区生态环境,构筑"南工北旅生态县",寿县县委、县政府实施了寿县八公山矿区矿山地质环境治理项目,有效治理了八公山自然保护地矿山地质环境,全面恢复矿区地质环境治理区域的森林植被。

废弃矿山立地条件差,植绿复绿施工难度大,苗木成活率低,管护时间长,经济效益低,施工中需要投入大量的资金,没有社会资金愿意介入。实施此项工程,必须争取国家矿山治理建设资金和各级财政石质山造林补助资金。寿县积极争取到国土资源部的寿县八公山矿区等五个国家重点矿山地质环境治理项目立项的项目建设补助资金2580万元,县财政配套植被恢复资金878万元,用于开展矿山地质环境治理和植绿复绿,完成废弃矿山植绿复绿任务516.7亩。

矿山植被恢复难度大、技术要求高,寿县积极探索应用先进技术,科学选择造林模式,坚持适地适树,推动石质山造林取得突破性进展。废弃矿区启动治理初期,寿县国土资源局委托安徽省林业科学研究院林业调查规划设计所对该工程进行规划设计。省林科院根据八公山具体情形,提出的树种选择黄连木、元宝枫、侧柏、爬墙虎、枫杨、乌桕等营造混交林进行方式,为废弃矿山的植被恢复打好了坚实的基础。

矿山植绿复绿工程通过公开招投标,确定了施工单位和监理单位,并严格按照设计的技术方案要求完成造林任务。做到了科学设计、专业施工、过程监理、工程造林。在施工的每一个节点,现场都有监理人员进行旁站检验质量,质量不合格不能进入下一道工序。寿县林长办业务负责人戴应喜说:"施工时,包括打穴质量,我们都要求每一个穴达到80厘米见方。苗木质量要求良种壮苗,无检疫性病虫害,带土球栽培。栽植质量要求浇透水、填客土踩实、修建挡土墙等。每年至少抚育管护3次,及时除草、浇水、扶正、死苗补植、病虫害防治和冬季防火。"

植绿复绿工程完成后,由施工单位专业养护三年,成林经验收合格后才能交付属地管理,并保证苗木的保存率95%以上。对栽植的经果林,由矿山管理所统一承包给个人进行管理。对其他造林,由矿山管理所统一管理,并确定了专人看管,开展了施肥、灌溉、除草和病虫害防治等抚育管理,确保林木健康生长。

县国土、财政、林业部门在植被恢复过程中定期检查和督查,成果通过省、市和县三级林业主管部门验收后才能评定合格。"我们已经连续5年委托第三方对各项造林成果进行验收和考核。且第三方的验收成果经安徽省林业局秋季核查、正式下达验收数据后才能兑现奖补资金,让每一项奖补政策都落实到位。"陪同的寿县林业局分管领导戈善学说。

经过持续整治,取得了明显成效,治理和绿化矿区总面积 2158 亩。完成矿区治理 1400 亩,完成材料恢复造林 516.7 亩,栽植树木 4.6 万余棵,其中,放牛山治理区:绿化 169.5 亩,栽植乌桕、五角枫等树木 1.1 万余棵;里涧山治理区:绿化 50 亩,栽植侧柏、爬墙虎等 1.8 万余棵;解郢山治理区:绿化 154.9 亩,栽种葡萄、乌桕、五角枫、构树、葛藤等 5200 余棵;打石山治理区:绿化 142.3 亩,栽植乌桕、五角枫、构树、葛藤、爬墙虎等 1.19 万余棵。这些树木有力地促进了八公山风景区生态环境的恢复,保护了八公山地质公园核心区的植被绿化。在促进林农增收、实现乡村振兴和脱贫攻坚中正在发挥着越来越重要的作用,当地群众也给予了高度赞誉。

3. 中山杉基地

与寿县隔淮河相望的凤台县,古称州来,是中国深井采煤第一大县,拥有中国民间艺术花鼓灯之乡、国家园林城市、全国文明城市等荣誉称号,被誉为"淮上明珠""皖北江南"。

淮河是凤台县的母亲河,凤台段上接毛集,下连潘集、八公山。淮河大堤左堤东至潘集区界西至毛集试验区界,全长 12.3 千米,林带面积 1433 亩,主要树种为柳树和中山杉;右堤东至八公山区界,西至凤台淮河大桥,全长 6.08 千米,林带面积 200 亩,主要树种为杨树。近年来,凤台县大力推进淮河生态廊道工程建设,植树增绿,收效明显。

凤台县明确了县长为淮河岸线生态廊道林长,为淮河廊道建设明确了责任人,紧扣建设省级森林城市的战略定位,以加强森林、湿地和草原自然生态系统保护与修复为主线,全面拆除淮河岸线码头堆场,以沿淮绿化和景观提升为抓手,实施淮河岸线环境整治和生态廊道工程。淮北大堤凤凰镇段 427 亩杨树、436 亩柳树林相整齐,郁郁葱葱。城关镇段投资 1.2 亿元,在淮北大堤外侧建设了面积 150 亩的利民河湿地公园,成为周边居民科普、康养、休闲场所。12.3千米的生态廊道让水患之地奇迹般变成了绿色海洋，杨树、柳树、中山杉，一棵棵挺拔的林木守护着母亲河。

凤台县森林苗圃精准施策，对无法复垦的土地进行植树绿化、涵养水源，建设耐湿树种林草种质资源库。资源库建于2018年3月，总面积2000亩，其中核心区面积200亩。他们认真落实《造林技术规程》，从资源库的规划设计、苗木调运到施工作业全程高标准技术管理，加大引进乡土树种和珍贵树种，组织技术力量全程跟踪管理，多方位提供优质高效的专业服务。

苗圃工人克服煤矸石垫层立地条件极差、水分流失快、造林成活困难等不利因素，采用客土整地，使用容器苗、ABT生根粉灌根等技术手段，栽植中山杉、水杉、池杉、落羽杉等耐湿树种9万余株。项目建设为耐湿树种良种培育提供了种质资源的收集与保存，推动了产业生态化，使城关镇、刘集镇淮河岸线码头、堆场等废弃地植被得以恢复，同时也为广大市民提供了休闲康养场所。项目于2022年通过省林业局核查验收，命名为省级林草种质资源库。

在建设耐湿树种林草种质资源库的同时，县森林苗圃以种质资源的良种培育为抓手，推动生态产业化。围绕县委县政府建设"安徽最大、全国一流"中山杉育苗基地的决策部署，启动中山杉良种基地建设项目。一是良种繁育，年繁育中山杉200万株。建设中山杉扦插苗床5000平方米，标准化炼苗场2万平方米，利用全光照喷雾扦插育苗技术，繁育中山杉小苗成活率可达90%，居全国领先水平，年扦插繁育中山杉种苗200万株以上。二是扩大良种培育面积。在凤台国家农业科技园区、凤凰镇小新集、济祁高速回填取土坑等地建成中山杉培育1200亩。三是中山杉林苗两用林基地建设，总面积6010亩。

陪同我采访的淮南市林业局副局长常国辉曾任凤台县副县长，他告诉我："凤台县中山杉良种培育实现了集约化、规模化、产业化，中山杉成品苗木远销重庆、河南及本省合肥等地区，创造了良好的经济效益、生态效益和社会效益，为国内多个地区沿海、沿江、沿淮及低洼地、湿地造林提供了良种壮苗，为淮河生态廊道建设、林长制改革和省级森林城市建设做出了一定贡献。"

2023年7月7日至9日，"第三届全国中山杉研究和推广应用技术交流会"在凤台召开。此次会议由江苏省中国科学院植物研究所、江苏省植物学会主办，安徽省林业科技推广总站协办，淮南市林业局、凤台县人民政府承办。来自国家林业和草原局、安徽省林业局及各市县林木种苗管理站和推广中心、江苏省中国科学院植物研究所、南京林业大学、中南林业科技大学、安徽农业大学、江西省林业科学院、重庆万州区林科所、苏州植物园以及浙江、江苏、安徽、河南、山东、湖北、重庆的中山杉种苗繁殖和推广应用单位的专家学者和企业代表参加了会议。

会议广泛交流讨论中山杉良种选育、种苗繁育、造林推广和开发利用等方面的研究成果和先进经验。会议期间，与会代表观摩了凤台县森林苗圃中山杉育苗基地、济祁高速凤台段中山杉森林长廊、凤台县中山杉省级耐湿树种林草种质资源库及公路绿化和中山杉高标准农田林网示范点。与会专家充分肯定了凤台县在中山杉研究、推广和开发应用上取得的丰硕成果，将促进中山杉在长江、黄河、淮河流域及采煤沉陷区、低洼地等进行生态保护和修复中的应用，进一步全面推动中山杉产业的发展。

全国中山杉研究和推广应用技术交流会的中山杉高标准农田林网示范点在桂集镇大王村。8月2日，我随着淮南市林业局林长办刘家付科长来到这里。大王村村域面积6.4平方千米，共有8个自然村14个村民小组3418人。这里田成方，林成网，共有用材林和果园80余亩，村片林400多亩，村庄建成区绿化率达到56%，村域范围内道路、河渠绿化率达到90%，农田林网树木近2万株。这些都是全体村民努力的结果，也是大王村书记、村级林长吴广宏的心血结晶。

吴广宏1963年7月生，1995年7月起任凤台县桂集镇大王村党支部书记至今，他于2018年以来连续担任该村村级林长，先后获得安徽省"皖美村支书"、淮南市优秀共产党员、淮南市劳动模范等荣誉称号，2023年10月获评全省"十佳基层林长"。

自2018年担任桂集镇大王村林长以来,他团结带领村级林长和护林员,实行定期集中巡林和日常不定期巡林相结合,使巡林工作常态化、长效化,全村森林资源保护工作扎实成效,切实守护了本村生态环境的"绿水青山"。他积极学习"林掌App"手机移动端巡林,一年来累计使用手机巡林140多次,位列全县第一。针对午收、秋收农忙季林木看护的重要时段和新栽幼树重点区域,他坚持早、中、晚各巡林一次,平时结合治安巡逻多次深夜巡林,保障了林木安全。近年来他所管护的责任区树木生长茂盛,有效地维护了林长责任区的"一方平安",带头履行了一个基层林长的职责。他积极落实国家和省市集体林权制度改革部署,结合村域实际,在多方征求群众意见的基础上,采取拍卖树穴公开发包、树木采伐后村集体与承包方四六分成的方式,将大王村集体沟路渠公开发包栽植杨树,拍卖树穴为村集体增收3万元。2021年树木更新出售价41万元,村集体分成16.4万元,承包户分成24.6万元,实现了群众增收、集体增效、政府得绿。

为做好采伐后更新造林,解决杨树飞絮扰民和林网树木遮阳影响粮食产量这一难题,他积极与县、乡林长汇报,多次和县林业部门协商,多方征求群众意见,在县、乡政府的支持下选用县苗圃培育的中山杉作为农田林网造林树种。2022年在全村14条生产路和沟渠上栽植优良品种中山杉1.2万株,林网折算面积200亩,覆盖农田5000亩。这些树木由县苗圃专业技术人员负责栽植,养护一年后再移交村里管理,保证了成活率,兼顾了生态效益,得到群众的真心拥护。农田林网建设不仅为粮食生产筑牢生态屏障,同时也改善了人居环境,增加了村集体的积累。

乡村振兴,生态宜居是关键。凤台县以乡村振兴为抓手,切实抓好淮河两岸15千米森林城镇、森林村庄建设。在森林城镇创建的过程中,大力推进国土绿化向纵深发展,开展乡道村道等廊道绿化、农家庭院绿化美化、村域周边围村林建设。据统计,沿淮经济开发区及凤凰镇、刘集镇、李冲回族乡等已经建成森林城镇;已建成森林村庄15个。通过森林城镇、森林村庄创建,改善了农村人居环境,促进了地方经济发展,增加了农民收入,提升了人民群众的幸福感,让人们望得见青山,看得见绿水,记得住乡愁。

三、谁解痴与疯

1. 树根对绿叶的情义

树越高,根越深;林越大,根越密。因为树根无限痴情,才有了"处处青丝柳,今岁又开头。山山换新绿,从容度春秋"的永泉农庄。

铜陵永泉农庄有限责任公司位于铜陵市义安区钟鸣镇,与铜都省级森林公园叶山景区毗连。从20世纪60年代开始,区域内成为铁矿和建筑石材开采区,留有大大小小的矿坑30多个,山体受毁、植被受损、粉尘噪声污染、水土流失、地质灾害等问题突出,导致周边村民无法正常生产生活。锦绣江南变得满目疮痍。

2004年开始,铜陵永泉农庄有限责任公司在当地政府引导下,积极开展生态修复治理,先后投资15亿元,持续开展矿坑生态修复和旅游景区建设,探索生态修复、产业发展与生态产品价值实现"一体规划、一体实施、一体见效"。公司始终把优良的自然生态环境作为最大的本钱,坚持在保护中发展、在发展中保护,全面实施山水林田湖草沙系统治理,通过连续20年不懈努力和精心培育,建成总面积9000亩的永泉旅游度假区,目前已成为国家AAAA级旅游景区、安徽省省级旅游度假区。永泉忆江南森林康养基地被认定为安徽省第一批省级森林康养基地。

铜陵永泉农庄有限责任公司的法人叫杨树根,南陵县丫山镇人。1981年,19岁的杨树根以7分之差高考失利。在兄妹七人中,杨树根是唯一读到高中的,考虑到家庭实际困难,杨树根放弃了学业。虽然没有读大学,思维活跃的杨树根却一心要改变面朝黄土背朝天的命运。丫山镇是一个盛产竹子的地方,农闲时间,他组织乡亲们搞竹编。经过十几年的打拼,他的竹制品发展到100多个品种,成立了几个公司,资本从几百元积累到几千

第七章 林英荟

万元。

生于皖南、长于皖南的杨树根,血液里流淌着皖南皖风徽韵的汁水。在他的资本积累时期,也是国家快速发展时期,到处都是大拆大建。许多熟悉的老建筑,一夜之间被拆了。辛苦打拼赚到第一桶金后,杨树根决定收集老建筑物件,特别是老砖、老瓦、老构件。他觉得,它们是皖风徽韵的生命机体,生命不应该这么终止。多年的走南闯北,杨树根打磨出了长远而独到的眼光。他预感到文化旅游将是一种发展趋势,那些休眠的老物件,一定能继续绽放皖风徽韵的风采。

随着塑料制品铺天盖地地涌向市场,竹制品市场开始萎缩。杨树根根据社会发展和市场行情,决定把自己的几千万元资本进一步转化成社会财富。2004年,正逢铜陵市掀起招商引资热潮,杨树根经过考察,果断决定在叶山脚下投资兴建永泉农庄。这里当时还是一座地貌和植被被严重破坏的废弃矿区。杨树根以地形重塑、覆土复绿对矿坑进行修复,并聘请乡村老木匠、泥瓦匠,用收集来的老砖小瓦、木梁门托,按照他记忆里江南的样子复建,终于建成一个永泉生态小镇,打造出极具江南特色的永泉景区。第一期工程完工,杨树根投资了8000多万元。占地650亩的江南特色景区中,建起了餐饮、客房、会场、垂钓园、网球场和大型私家园林。很快,这里成了周边群众旅游的首选地。

如何能长久留住游客?杨树根为永泉农庄打造了"独门秘籍"。

11月7日,杨树根告诉我:"因为我对农民农业这一块很熟悉,我觉得原材料最重要。所以我们就用老的品种、老的加工方法,挖掘乡村的美味,创建永泉的味道,而且大受欢迎。"

为保证景区内餐饮食材健康,提升景区品质,通过以农业支持旅游,以旅游带动农业,公司精心挑选在小镇周边30千米内的村落建设面积达500亩的绿色农业生产基地和种植基地,提供当地农户种植,由永泉农庄提供老品种的种子、生态肥料,全程视频监控。农作物收获后,用高于市场平均水平的价格定点收购,产出多少合格蔬菜就收购多少,对于因不可预估的自然天气造成的颗粒无收,永泉农庄对于种植农户进行补贴。几个村落种植蔬菜品种40多种,种植农户约150户,蔬菜年产量达30吨,水稻年产量20万千克,菜籽油、麻油年产量3.5万千克,养殖家禽家畜品种共计7种,每年定向收购费用达2000万元。

接下来,杨树根又用5年时间投资2亿建起忆江南十二景:在独特的喀斯特地貌上,一座座仿明清古建筑抱崖耸立,分布于参天古树、溪水流淌的山林里。石板院落、白墙青瓦、天井木雕、农家灶台,将江南意境展现得淋漓尽致。建设中不仅没有破坏原有的生态环境,同时还营造了大面积观赏性果木、园林。

景区内江南味道、农家小院均配以种植基地的生态食材秉承古法制作,以传统工艺保持本质原味。由此,皖南农家院子里,"一户一桌一厨娘"传承的农家锅灶厨艺;江南味道美食街,百余种特色小吃店萦绕的"舌尖上的乡愁"等特色体验不断推出。这里还建起了民俗体验街,以铜币进行商品交易,展示了特色文化的趣味性。民宿还提供专属一对一管家服务、免费接送站服务等。每年组织举办灯光音乐节、四季兰花展、剧目演出等活动,使景区品质进一步提升,成为铜陵最理想的旅游目的地。

钟鸣镇现有林地面积126234亩,森林覆盖率为51.1%,公益林面积67313亩。2018年实施林长制改革后,2名镇级林长联系铜陵永泉农庄有限责任公司。说到林长制,杨树根说:"林长制让我找领导反映问题更方便了。来义安投资已经很多年了,在这个地方发展得很顺利很好,义安的党委政府一直很重视永泉。实行林长制后,又专门成立了一个村企发展联合党委,1名镇级副林长担任永泉村企发展联合党委书记。镇、村林长多次深入公司协调相关征地、修路、办证等问题,积极为我们发展排忧解难,帮助我们解决了很多难题。在这个地方我们觉得只要我们想做事,把事情做好,只管做好就可以了,其他的难题交给林长们,没有什么解决不了的。具体的内容,你可以向罗经理了解。"

罗经理叫罗贤昌,跟随杨树根打拼多年了。他陪着我们来到忆江南十二景景区。这里树木参天,泉水潺潺,林间用石块铺就的道路曲折通向山顶。"修建这些道路时,为了不破坏山体,杨总特地组织了毛驴运输队,上上下下,保持了森林的原风貌。联合党委成立后,我们和叶山林场合作,参与山上的林相改造。种了近10万棵的杜鹃、天竺、茶花等,丰富了森林内涵。防火是森林的头等大事,我们在林间很多地方种下了麦冬草。这种草四季常绿,生长稠密,既能美化林间空地,又能很好地防火。"罗贤昌边走边介绍。永泉村企发展联合党委成立于2018年5月18日,是全省第一家村企发展联合党委,由1家企业党支部即永泉旅游度假区党支部,与金桥村、清泉村、水龙村、金山村这4家村级党组织联合成立。联合党委以永泉旅游度假区为依托,把资金、技术和商机引入4个联建村,实现融合共赢。金桥村老仓组民宿和羊形山水库租金及分红,清泉村储备景区合作利润,水龙村种养合作社分红,金山村永泉辅景区合作利润,帮助所在村均获得5万元集体经济经营性收入,直接带动群众就业600人,间接带动种养户1806户,人均可支配收入2.69万元。

联合党委成立以来,破解了企业发展的很多困境。这几年共征地188亩、拆迁6户,完成叶永路、水镜路道路征迁协调,并在2020年12月通过依法强制手段,将17年以来未迁的三棺坟顺利迁移。永泉小镇原先仅有一条从高速桥进入景区的道路,严重制约了景区的经营与发展,叶永路、水镜路征迁完成后,被纳入省级国有林场道路项目,使永泉小镇对外通道变成了三条,跟景区的建设顺利衔接。

为节约企业发展成本,由联合党委出面,与供电、燃气、交通等部门协调,从助力民营经济发展角度对企业予以支持。途经景区的3.5万伏高压杆线既影响景区经营活动安全,又对景区景观效果不利,经联合党委协调顺利下地。这项工程的迁移费预算490万元,经优化方案,降至240万元。其中供电部门对上争取项目资金80万元,区政府扶持80万元,企业仅自筹80万元。而叶永路、水镜路被纳入省级国有林场道路项目后,企业承担费用由390万元降至67万元。协调港华燃气公司解决天然气管网建设,小镇分支管项目费用由88万元降至22万元;改变景区餐饮燃料由油料加电力渐变成环保清洁的天然气能源,为企业节约资金476万元。结合美丽乡村市级特色自然村建设,完成美丽乡村老仓组民宿区装饰协助工程,节约资金395万元。

2023年,联合党委又协调供水部门,解决永泉小镇供水流量和水压低难题,将供水管径从直径100毫米协调改造成直径300毫米。协调调整钟鸣镇城乡建设总体规划,为永泉小镇增加建设用地指标196亩。在批次用地的报批、建设方案审批及温泉探矿权审批、叶山森林公园合作等行政审批事项上助力,大大节约了工作时间和相关费用。联合党委还牵头为永泉景区申报省级特色小镇,目前永泉忆江南休闲小镇成功进入安徽省省级特色小镇创建名单,可获省市专项奖励资金。贷款难是许多民营企业的共性问题,联合党委牵头联系市银保监局及相关金融机构,为永泉小镇扩大发展注入资金活力。

在联合党委的牵头下,中央党校经济教研室主任、博士生导师董艳玲教授,中国人民大学公共政策研究院执行院长、中国政府创新研究中心主任毛寿龙教授等一批专家学者以及省内外多位领导进行专题调研、推介,帮助永泉小镇树立了品牌,打造了良好的对外形象。永泉小镇获评"安徽省旅游服务质量标杆单位""安徽省放心消费示范单位""安徽省职工疗休养基地""铜陵第七届市长质量奖",并入列"铜陵市委党校干部实践教育基地"。

深秋了,林间已经有不少落叶,大树下的杜鹃却依然青翠。"铜陵四月天,永泉看杜鹃"应该是忆江南景致的别样延伸。

今年年初,作为董事长的杨树根在公司年会上发表了关于慢、稳、优的讲话:

> 为什么要做慢?我们要培养出更多的人才,我们要研发出更好的产品,我们这20年也是很慢的,所以要慢,如果快了,肯定对企业就是一种风险。

为什么要做稳？如果我们企业不稳，这3年我们能扛过去吗？……我们在上海开了第一个店，反应还不错，但是我们没有再开第二个，我们也看了一二十处的地方，都没有做，这也是稳的体现。

为什么要做优？我们要做优质的产品，培养优质的人才，寻找优质的客户，这样我们就可以把一个店当作3个店或者5个店来做。

……

随着社会的发展，人们生活水平提高了，医疗进步了，还出现了人口老龄化问题，这也是一个企业发展的机遇。中国几千年的历史也没有出现老龄化问题。现在生活水平提高了，医疗进步了，大量的公职人员退休了，他们需要养生养老。随着旅游的升级，休闲度假也越来越常态化，这是行业发展的方向和趋势。我们已为此准备了、奋斗了20年，我们要一直做下去，因为这是一个永久的行业……我们就要坚定地做下去！一辈子，一件事！

"一辈子，一件事"，岂不是一种痴？这种痴，是对青山和绿叶的情愫。慢、稳、优，是一种工匠精神，这种精神反映了杨树根敬业的态度、工作的方法，是树根对绿叶的情义。这也是林长制内涵的补充。今年，铜陵永泉农庄有限责任公司业务收入将突破8000万，慢、稳、优，慢是状态，稳是方法，优是成效。

"无风亦落叶，自是秋熟时。但听脚步声，处处摘果人。"这是杨树根的《秋意图》，是他打造的永泉小镇酒意渐浓的意境。

2. 无人机飞手

树根对绿叶的情义是铜陵务林人的一种情怀。

梁超是铜陵市铜都森林公园管理处（国有林场）的林业工程师，自2003年参加工作起就一直奋战在铜陵市铜都森林公园管理处一线，他与青山为友，绿水为伴，认真践行着"绿水青山就是金山银山"的理念。他目前主要从事森林资源保护和管理、森林防火工作。工作中,他以保护森林资源为己任,用心做好每件事,出色地完成了自己承担的各项工作任务,赢得了领导和同事们的肯定和好评,多次年终考核被评为优秀。

从参加工作起至今已 20 个年头,这期间,为了做好林业工作,担负起工作职责,梁超自费去林业高等学府继续深造学习林业专业知识,还通过努力,考取了林业行政执法资格证,工作中逐渐熟悉了林业政策,拓展了林业专业知识。他利用自己在计算机专业知识方面的特长,为更好地开展和服务于林业工作,他还自学了 ArcGIS 软件、林业调查 App、无人机操作等技术,利用现代化的技术手段改变了原有较为落后的业务管理工作方法,使得现在的业务工作方法更科学、高效、便捷。

作为专业技术人员,梁超在工作中勇于探索和实践,虚心向前辈请教经验,也更愿意将自己的经验和方法分享给大家。他曾先后参与了铜都国有林场的《铜矿区困难立地生态修复及铜草花高效培育技术研究》《矿山遗迹地生态修复与景观林营建》《泡桐基因库修复与保护》等项目、课题的研究工作,2022 年林场的泡桐种质资源库成功入列安徽省第一批林草种质资源库。为保证项目库的建设,他和同事一起不畏艰苦,踏遍了几十公顷的林地,对上千棵泡桐树进行编号、拍照、调查建档。并且,通过自己的摸索,找到了一种制作和长期保存泡桐花、叶标本的方法,为后续该项目的顺利实施奠定了基础。

2021 年 8 月,梁超被铜陵市林业局抽调,作为安徽省林草生态综合监测评价工作铜陵市外业调查队的主要成员,全程参与了对铜陵市的 24 个样地的现场调查、核实(一类调查)以及验收工作。酷暑时节,他同其他队员一起不畏艰难,翻山越岭,汗水湿透厚厚的迷彩服。为了能按期完成调查任务,有一天上午攀爬了 2 个多小时的陡坡,才到达山顶的样地。有些山场偏远,他为了节约时间,用榨菜和馒头解决吃饭问题。荆棘刮烂了衣服,蚊虫叮得浑身是包,他一天都没有停步,与其他队员一起连续奋战一个半月,在全省率先完成了所承担的全部调查任务。

第七章　林英荟

森林防火工作一直以来是林场工作的重中之重。梁超在森林防火宣传、防火码推广、森林火灾风险普查等基础工作中做出了重要贡献。2022年,林场森林消防专业队被省林业局批准在原队伍基础上组建铜陵市森林专业防扑火机动队,作为专业队伍不但要执行铜陵市辖区的防灭火任务,还要随时接受调遣参加跨区域增援灭火行动。作为现代化的队伍,利用无人机侦察火情、火势,能第一时间为前线灭火指挥作战提供依据,为火场扑救方案提供科学研判,从而在快速、有效地扑灭森林火灾等方面发挥着无可比拟的优势。但在建队之初,队员都很年轻,也没有掌握无人机操作技能的队员,梁超自告奋勇承担起了无人机操作员的职责。他经常带着无人机,在山场上练习飞翔。

11月6日下午,在铜都林场的大铜官山,梁超为我们现场演示了无人机巡山。

这里原先是一处废弃矿山山坳,面积达140亩,属于铜官山营林地13号小班,曾经长期作为铜矿矿渣堆积地,平均堆积厚度150米。许多年下来,造成土壤重金属含量严重超标,酸性强。场地上无活立木,无杂灌,芭茅蔓延。这种草本植物极易燃烧,是火灾隐患。因为土壤含重金属多,酸性强,植树不易成活。铜都森林公园管理处主任张平选告诉我,林长制改革以来,铜陵市林业局组织专门力量,对13号小班进行生态修复。在这个地块上先是开沟滤水,通过雨水渗漏,进行降酸。废水流进山下的黑水河污水处理厂,处理过后,达标排放。同时从山下拉来新土,覆盖原土,进行土壤改良。自2019年开始试验,摸索适宜栽培树种。经过3年试验,发现银杏、冬青、泡桐适宜改造后的土壤。2023年春,管理处申请中央财政林业科技示范推广示范资助项目资金75万元,地方配套20万元,单位自筹5万元,在这片废弃矿山上铲除芭茅,栽植了银杏、冬青和泡桐。同时在树下栽植铜钱草,防止水土流失。

今年雨水多,13号小班上的树木长势良好。每个星期,梁超都会来巡山。他用无人机飞一遍,不单单是查看是否有火情,还通过无人机查看树木的长势、病虫害等。在山坡上,他让无人机在140亩的树林上空飞翔,一一指给我看林间的情况,连林下的铜钱草都看得清清楚楚。

为了教会同事们使用无人机,梁超同队员们一起食宿。随着时间的推移,他将自己的无人机操作技能和经验毫无保留地传授给了4名专职队员,带出了一支无人机专业飞手队伍,提升了队伍的作战效能和技能水平。为了防扑火机动队的发展,他积极申报建设项目、采购先进装备,为队伍的建设提出了切实高效的意见。

2023年是铜陵市林长制综合管理平台上线启用的第一年,为了扎实做好本单位的林长制工作,梁超被委派参加林长制综合管理平台的学习、管理工作。他帮助本单位林长和护林人员下载、学习林掌App的使用,单位的一些护林人员多是老职工,对手机应用的操作并不熟悉,他总是不厌其烦、耐心地教他们,直到熟练使用为止,为铜陵推动新一轮林长制改革工作机制和发展林业信息化做出了特殊的贡献,使得铜都国有林场林长和护林员林掌APP的开通和使用率达到100%。由于业务水平过硬,梁超被选为铜陵市应急管理第一批火灾防治专家组成员。不久前,他代表铜陵市参加2023年安徽省林业系统森林防火技能竞赛,获得无人机航空巡护科目第一名。

铜陵市铜都森林公园管理处(国有林场)现管护的范围包括市区的大铜官山、笔架山、螺蛳山、天鹅抱蛋山、跃进山、青石山和铜都大道穿越其中的棋盘山、枝子山、白鹤山等山场。现有经营面积6999多亩,全部为林业用地,其中国家级公益林4179亩,省级公益林1999.5亩,生态公益林占总经营面积的99.56%,现有活立木总蓄积量1.8万立方米,森林覆盖率88.30%,林木绿化率98.25%,是古老的铜都最美的生态屏障。

杨树根和梁超,都是铜陵沃土中执着生长的根,饱含了对绿叶的情义。这情义融化成了无边的江南烟雨,让山川泛着轻绿的光泽,花蕊盛满滴露,绿叶托着晶莹,灰瓦青砖马头墙在绿意里浸润,春光永远不老。

3. 林疯子

2019年,由夏至秋,宣城市宣州区连续114天滴雨未下,峄山林场区域的很多塘坝都快要见底了。这时候,安徽省峄山森林有限公司老总赵平借着旱情,开始对峄山林场区域的一些塘坝清淤,用石块对堤岸进行加固。峄山湖是一口面积十六七亩的当家塘,底部还有些水。赵平一边安排人架机械把底水全部抽上山坡苗圃园灌苗,一边与工人一起和水泥砂浆砌石。上午10点多,忙得浑身湿透的赵平搬起一块石头往坝上放,突然脚下一滑,摔倒了,石头从坡上滚落,顶在胸前。他觉得一阵疼痛,忍了忍,又站立起来。旁边施工的人忙过来问:"摔坏了吧?"

赵平伸了伸手:"没关系。"忍着疼痛,他继续指挥工人砌石。到上午收工,他才赶到医院,往X光机上一站,医生说:"肋骨断了。"

"几根?"

"一、二、三……七根。"

这一年,赵平已经56周岁。医生给他腋下缠上绷带,让他休息。他回到家里,感觉身体还可以,三天后又返回林场,继续指挥清淤、护坡。

2020年7月6日,夏雨徘徊,一只树蛙爬到了林场办公室外面的玻璃窗上。赵平见了,感觉树蛙的形象异常别致,忙拿起相机,用雨衣罩着,在雨中移动着,小心聚焦树蛙。大概是太专注,脚下没有站稳,身子冲到前面,他本能地保护相机,结果身子撞到墙角上,把锁骨撞断了。这一次,他一天也没有休息。医生缠上绷带后,他又开始工作了。

2021年1月,峄山林场的一些香樟莫名死亡。3月6日,春雨蒙蒙,赵平请来南京林业大学陈凤毛教授,给这些树把脉问诊。因为下雨,他就没有让林场工人过来。来到树林中,见到一棵高大的香樟是从树梢开始枯死的。宋教授需要从树上取下一段树木进行检查。赵平平时常和工人们一起干活,就搬来梯子,系上保险带,拿着锯子,攀上树杈,自己动手锯。

这棵香樟树的树头很大,赵平锯断的木截面有25平方厘米,虽说树冠已经枯死,但锯下来的枝节也有几百斤重。可能是缺乏经验,没有判断好枝节倾倒的方向,枝节掉落时,砸到了赵平的腿,他的腿断了。这一下,不愿意休息的赵平只好躺在了病床上。等到医生确定他可以挂拐下地时,他又来到山上。

三年,三次骨折。为了树,简直就不要命了,疯子一般。

"宣城有个林疯子!为林疯狂!"说的就是赵平。

7月25日,在峄山林场,我和赵平面对面,他说:"还有人叫我树痴呢。林疯子也好,树痴也好,人们这么叫我,都没有什么贬义,充其量是不够理解。但我喜欢这些绰号。我后半辈子,只想做好种树这一件事情,不痴不疯能行吗?"

小时候,赵平兄弟姐妹多,常吃不饱肚子。为了不再受穷,从部队退伍回来后,赵平和妻子白手起家,卖过汽车配件,干过修理工,随后进军餐饮行业,把一家小饭馆做成了当地生意最红火的大酒店,20世纪末就已经积累起数千万产业。

"40岁之前,我总是想着如何赚钱。开始很简单,如果能天天吃肉,就是最幸福的事。"随着钱赚得越来越多,赵平反而越来越不快乐。

"这真不是矫情。新华社记者来采访时,我都这么说。"60岁的赵平忽然严肃起来,脸上增添了诸多的沧桑感,"我们经历过从物质极为匮乏到丰衣足食的年代,吃过苦的人才更能体会快乐的真谛。我要做一些既能愉悦自己,又让他人受益的事。"

2003年,中共中央国务院出台《关于加快林业发展的决定》,鼓励全社会办林业,全民搞绿化。"宣州区林业局高级工程师朱永林是我的铁哥们,他知道我喜爱摆弄盆景,就撺掇我搞一块地造林,既是爱好,也响应国家政策。这是既能愉悦自己,又让他人受益的事,我同意了。我们在周边看了一些地方,最终在宣州区黄渡乡的峄山五七林场流转了249亩林地。"

当时赵平接手的峄山,由于乱砍滥伐,已经千疮百孔。山坡荒芜,散布着一些杂灌,即便有几棵"漏网之树",林相也残败不堪。开始并没有想做

第七章 林英荟

多大,249亩种完了,赵平停不下来了。2004—2007年,他又先后流转承包林地2000余亩,同时注册了世纪生态林业旅游有限公司。从此,他的重心逐渐转移到林业。

2008年,赵平说服妻子周猷琴,把多年打拼积累的财富都投入绿化这片荒山上,为子孙后代做点有意义的事。为此,他卖掉了所有酒店,将资金全部投入峄山造林。

出了办公室,穿行在山峦之间,朴树、榉树、含笑、合欢、江南杜鹃、宣木瓜、重阳木、四照花等乡土树种众多,各种林木郁郁葱葱。特别是站在有着数百年树龄的胡颓子、油茶树等珍稀古树面前,更平添了一份对绿的情深、对岁月的感悟。我们来到山顶,站在林场的瞭望台上向四周远眺,曾经的荒山已变成绵延起伏的林海,盛夏的阳光下,满目皆是绿意盎然。树多了,动物也来了,生态系统不断恢复。苍鹰在头顶盘旋,松鼠、野兔在地上乱窜,甚至白鹇都来了。看着乱窜的松鼠,我们真切体会到,峄山已经是一个动物的乐园。

树木越种越多,森林越来越美。赵平对种树的情怀从最初的兴趣变成内心的坚守和坚持,对事业的追求、对人生的认识也不断提升。

林场越来越大,管理也越来越难。清晨5点,赵平就自己开车巡山,开始一天的工作。他告诉我们,林场有专门的巡山员,但他们只能防火情、防盗伐,没办法根据山情林情来指挥和安排工作,所以必须亲力亲为。

每天来得最早,走得最晚,赵平几乎整天泡在林场里。妻子周猷琴调侃说:"员工、林农好歹还有周末和节假日,唯独老赵没有。他似乎不需要休息。"赵平最佩服袁隆平,90多岁的时候,还在培植高产水稻。袁隆平有禾下乘凉梦,自己也有峄山森林梦。

赵平的峄山森林梦是要建一个能够留存后世的真正的森林公园。要体现对自然的尊重、对生态的厚爱,实现高质量绿色产品的增加,让更多的人通过这座森林公园看到植树造林、保护生态这件事很有意义、很有价值,也很有乐趣。

吴业宣 15 年前就来到峄山林场,是林场的技术总监,负责苗木的修剪和抚育。说到赵平,他说:"我一直都不明白,我们都是上山吃苦赚钱,盼着下山过上好日子,他是山下赚了大钱,放着好日子不过,跑到山上来吃苦。"

只栽树,不卖树。买古树、大树,要投入很多的钱。除了卖酒店筹资,赵平又贷款数千万元,累计投入 9000 多万元,对占地 1650 余亩的峄山核心区域进行重点打造,一年年不断完善,使一大批难得一见的珍稀树种在这里得到有效保护。2014 年 5 月,被誉为安徽省"最袖珍型森林公园"的峄山省级森林公园终于成功获批。

宣城市林业局二级调研员洪岩说:"峄山森林公园,不仅为宣城增添了一座省级森林公园,更难能可贵的是填补了安徽省的一个空白,其生态、经济、社会综合效益不言而喻。不过,这也意味着峄山价值最高的一批珍稀林木变成了公益性质,永远不得砍伐和交易,赵总相当于把自己苦心经营多年的绿色产业'捐'给了社会。"

赵平笑着说:"我本来就只栽树,不砍树,最终目标就是把这近万亩的林场建成真正留存后世的国家级森林公园。一开始,一些亲友,包括吴业宣总监都不理解:为什么要拿自个儿的钱,往这个公益性的森林公园里掼?我就推心置腹地解释:只有成为森林公园,森林资源才能得到更好的保存与保护,将来不管林场经营权如何变迁,这些树木都不用担心遭到砍伐或毁坏。再说,我们建设保护美丽的森林、丰富的物种、良好的生态,应该是属于社会共享的财富。在我的影响下,大家都逐渐理解,纷纷支持我把种树当作终生的事业。"

行走间,我们遇到了一对老夫妇。赵平忙上前问候他们。原来,两位老人是黄渡乡峄山村余村村民组村民,大半辈子都生活在峄山脚下。10 年前,被儿子接到城里居住,前两年回来,看见峄山的变化,赞叹不已。

"很多年前,这里就是一片荒山,到处都是光秃秃的。现在这里全是郁郁葱葱的树木,简直太美了。"

一段时间,赵平也曾经有些迷茫。他给我们算了一笔账:每年林场包括人工、油料在内的维护费用约700万元,森林公园提标改造的基础设施投入费用超过2000万元,支付银行贷款利息约800万元,而1650亩的森林公园是不能碰的红线,还有近万亩是现代林业产业示范区,也不能随便动。贷款要和银行"斗智斗勇",有人竟然说他建森林公园是想骗国家的钱。"每年赚的钱几乎都投进去了,但依然入不敷出,这压力有多大,只有我自己清楚。"

2017年林长制改革开始后,赵平多了一个全新的身份——峄山省级森林公园的民间林长。

林长是个什么"长",为什么要设这样一个职务?最初,赵平也是一知半解,他只知道这明确了管护林地的责任,但几年来实实在在的变化,让赵平深切感受到"林长制把原来停留在口头上和纸面上的,落到了政策和实践中,大大提振了林业人的信心"。

公园道路是个大难题,不是他不愿意修,而是私人修路,未来管护困难重重。林长制实施后,政府通过申请项目注入部分资金,双向四车道的柏油马路顺利通车,对峄山来说,路权的明晰意义非凡。"政府注资修路,我作为林长,配合政府部门参与管护的底气更足了。"

说到林长制,赵平觉得自己赶上了林业发展的大好时候,峄山森林梦越发清晰,他描绘出未来峄山森林公园的蓝图:面积扩大超过万亩,苗圃依序留下精品,卖掉普通苗,给优质苗木留下合理的生长空间,直至形成优美的森林景观,全域申报为国家级森林公园。

连续20年的不断投入,如今林场面积已达1.35万余亩,其中他自己种植了6500亩,他牵头的合作社综合体种植了7000亩。目前他的承包林场范围内,建立了植物园、千亩茶花园、萌宠动物园、亲子园、种植园等亲子研学功能区,填补了宣城市亲子研学泛营地的综合体项目的空白。公司获得了"全国科普教育基地""安徽省林业产业化龙头企业""安徽省体育产业公园""宣城市劳动研学实践基地"等荣誉。

10月17日，我又联系赵平。他在电话中说："今年总体有起色，苗木收入和林下种植收益约3000万元。另外文旅康养这一块今年到年底差不多收益1000万元。收支应该会略有盈余吧。这一越来越好的变化，确实得益于林长制改革。"

在宣城为林疯狂的，可不止赵平一个。

何志刚曾经是北京卫戍区的一名战士，1994年转业后，被安置在绩溪县镇头林场工作。刚进林场，一切都是那么陌生，业务技能和工作经验明显不足，一切都要重新开始。整地育林、伐木检尺、护林防火……他整天跟着同事们翻山越岭，遇到问题不懂就问，虚心请教，将"战士"精神挥洒在青山绿水间，终于练就了过硬的业务本领，受到全场上下的一致好评。

2000年后，国有林场的发展陷入困境，林场鼓励职工内部下岗自主创业。2007年，年轻的何志刚积极响应林场号召，通过竞标等方式，先后承包流转了长安镇大谷村万萝山的800多亩集体山场和周边农户的2000多亩山场，开始了他艰苦的创业生涯。万萝山，山高路远，交通不便，灌木杂草丛生，蛇蝎横行，到处一片荒芜。何志刚多方筹集资金200多万元，开通林区道路，接入高压电线，建造管护用房，铺设自来水管道，组织造林绿化，硬是一步一个脚印将一片荒山建设成了一个高质量林业示范基地。2012年，何志刚成立了绩溪县万萝山农业生态开发有限公司，大力发展生态循环经济。2013年，县政府大力发展油茶产业，他带领周边农户共同发展油茶种植产业，种植总面积2000余亩。同时在油茶林下套种黄精、菊花等中草药，套养鸡、鸭、牛、羊，形成养殖、种植循环发展，促进林业可持续性发展，让万萝山的土地发挥更大的经济和生态效益。2015年，绩溪县万萝山农业生态开发有限公司荣获"安徽省林业产业化龙头企业"荣誉称号。

秉持"促进林业经济发展、促进周边林农增收"的理念，为带领周边群众共同致富，2015年，他又成立了绩溪县长安万萝山种植专业合作社，吸收社员169人。为了更好地发展林业产业，他实行了"公司+合作社+基地+农户"的经营模式，主动为周边农户创造"家门口"就业机会，为周边农民开创一条致富的"绿色通道"。经过多年发展，万萝山经营规模大大提升，现有山场面积3000余亩，资产价值2000万元，其中良种丰产油茶林基地2300亩，山核桃丰产基地300亩，林下黄精基地600亩，竹林生产基地200亩，茶叶生产基地100余亩，良种猕猴桃、桃李等水果林基地100亩，实现了林果茶药多业并举，每年雇佣近5000人次，支付工资50多万，先后助力20余户贫困户脱贫，为助力脱贫攻坚与乡村振兴有效衔接做出了突出贡献。

实施林长制改革以来，万萝山被列入绩溪县重点生态功能区，林业产业得以更迅猛的态势发展。2018年，公司申报实施了中央财政科技推广项目——林下富硒黄精种植推广示范400亩。2019年4月，省人大原主任孟富林等领导亲临万罗山考察调研，对基地的发展模式给予充分肯定。2020年，合作社实施绩溪县长安油茶省级现代示范区建设项目5120亩。2021年，合作社黄精示范基地被认定为第五批国家林下经济示范基地；2022年，合作社黄精示范基地荣获第四届"十大皖药"产业化示范基地；2023年，合作社获评国家农民合作社示范社称号。何志刚也先后获得"宣城市森林城市增长工程建设和国家森林城市创建先进个人"、全省优秀退役军人等荣誉称号。

4. 皆为林痴

像赵平那样因造林被称为"疯子"的还有何理文。

大别山深处安徽与湖北交界的金寨县长岭乡，有一处4000亩的摸云山林场。摸云山原来叫摩云山，最高峰海拔近1200米。因为白云缭绕，上到山巅，常常能够抚摸白云的面庞，所以，场长何理文就把它称作摸云山了。

来到摸云山，正值深秋时节，山上五彩斑斓。一眼望不到边的葱郁杉木林，高大挺拔的松针树、红彤彤的五角枫，让人感到山的深沉与博大。落满树叶的树林中，偶尔点缀着几朵正在开放的映山红——这是不按季节开放的另类，因为一般映山红都是春末夏初开放的。这些零星的花儿和林中交织的鸟儿欢快的叫声、潺潺的流水声，让人感觉到森林的静谧幽美。

1952年出生的何理文在20世纪70年代初期是一位伐木工人，那时的他常常为成片的森林被砍伐而感到惋惜。40年前，他从上任场长手里接过管理摸云山林场的接力棒，提出了"只栽不砍"的管理模式，把管林、护林、育林作为第一责任。作为村集体林场，保护林木的生长，不砍伐树木获利固然是好事，而场里工人的工资常常没有着落。为此，林场进行了改制，工人们都离开另谋生路，只有何理文留了下来。

摸云山林区地势偏远，交通不便，何理文却在这里扎根了大半辈子，独自管护着4000多亩林地。为了更好地看护林场，他常常一个人坚守在山顶的工棚里，有时甚至半个月都不回一次家。为了守护森林他到了疯狂、痴迷的程度，老伴给他起了个外号叫"何疯子"。由于长期生活在林区，长时间不能与家人团聚，不能尽到"为人子、为人夫、为人父"的责任，他常愧疚道："我最对不起的就是我已过世的老父亲，还有老婆和儿女，我这辈子欠他们得太多。"

摸云山的每一棵树都凝聚着何理文的心血和汗水，他常对女儿何琼说："我最大的功劳除了管护好了3000多亩的杉树林，把那500多亩天然映山红林子也保护下来了，这是我们红色革命老区的醉美'红景'之一。"林长制改革后，相关配套政策出台，结合乡村振兴，通往林场的道路得以维修提升。如今，一到暮春时节，摸云山上映山红盛开，游人流连忘返。"人间四月天，摸云看杜鹃"成为金寨的一道保留风景。

树木一天天长大，摸云山越发青翠茁壮，何理文却从当年意气风发的少年变成了一位佝偻的护林老人。很多年了，他总感到腹部不适，以为是累的，歇歇就好了。2022年3月，在子女的一再劝说下才挤出时间到医院检查。报告出来了，肺癌晚期。在南京空军四五四医院长达120多天的放化疗治疗过程中，他强忍着痛苦，经常唠叨着林场的事：哪里的树没抚育，哪里的路要修了，映山红要去剪枝了。打电话回家问得最多、最关心的也是林场的事。出院第二天，他就住进了林场，用他的话说，在林场看着这片山，心里才踏实。2023年3月，何理文被评为六安市第三届"最美务林人"。颁奖典

第七章 林英荟

礼结束的第二天,何理文突然病情加重了。临终前,让他依依不舍的还是林场,一再嘱咐女婿余飞要把林场管理好,守住那片映山红,让更多的人来摸云山看杜鹃。

7月25日下午我赶到郎溪县凌笪镇方里林场时,刘傲柱正在等着车去南京。几天前,他查出了癌症,也是肺癌。

方里林场是村集体林场,始建于20世纪60年代末,山场总面积2400多亩。由于位置偏僻,远离村庄,生活不便,再加上漫山遍野荒山秃岭,乡、村先后多次委派场长,但他们最长不到两年,最短不到半年均辞职回家了。1984年,时年30岁的刘傲柱接下林场场长的担子。为了早日消灭荒山头,刘傲柱带领职工在山上搭起草棚,垒起锅灶,吃住在山上。他们起早摸黑上山砍荆棘、挖树宕,2400亩荒山除了丛生的荆棘,还有700多亩全是石头,在这样的山上种树,艰难可想而知。一次在陡坡上打宕时,刘傲柱不慎跌下山崖,险些丧命,幸好被枯藤挡住才化险为夷。身体恢复,刘傲柱不久又挥镐打宕,突然,铁镐被硬石崩断,落在他的脚上,顿时鲜血直流。历经四个春秋,刘傲柱和伙伴们终于把荒山开垦出来。1988年春,刘傲柱买来了杉树和松树苗种植,在砍荆棘时,砍刀不慎砍断他的左手食指。

伤痕累累不怨人,精疲力竭仍奋蹄。刘傲柱和伙伴们终于在荒山上种满了杉树、松树等苗木。树木种下后,刘傲柱就像呵护婴儿一样细心抚育一片片山林,他每天要把整个山林跑一遍,查看树苗长势。到了防火季,刘傲柱和工人们两人一班,每天夜里进山巡逻,平时还告诫进山的村民不要携带火种。因为防火工作做得扎实,40年来,林场没有发生一起火灾。

10多年后,方里林场杉树耸天,毛竹成海,松林涌涛,村林场开始赢利了。刘傲柱用赚来的钱为村里修路、建小学,除了给村民分红外,还为全村60岁以上的老人购买人身保险。目前林场累计资产达到3000万元,投入村级公益事业150余万元。

植绿、护绿、爱绿,还要让绿色带来更多的经济效益。改造低产林,发展经济林,又成了刘傲柱追求的目标。2009年开始,刘傲柱根据市场行情,对山林进行更新改造，先后种植了150余亩红果冬青、30亩榉树、60亩香樟。在他的带动下，全村兴起了植树造林的热潮，村民们纷纷在山坡、路边和房前屋后栽上榉树、红果冬青等经济林，附近村民的林木种植面积有3000多亩。林场会计余有钱看到林场种经济林，家里也跟着种了5亩的榉树，现在平均一棵能卖到1000元，一亩地40棵，能卖4万元。采访中，他说："种树省事又挣钱，还能美化环境，真是好事。"

2019年，刘傲柱经过考察，发现乌饭树有较高的经济价值，便与江苏宜兴的客商合作，种植了130亩乌饭树苗。2021年春天又种植了70亩。陪同采访的宣城市林业局林长办的哈达说："乌饭树药用价值很高，根、茎、叶都可以入药，还可以提取色素。乌饭树叶浸泡糯米制作的乌米饭，是我们这一带的传统美食，很受消费者欢迎。乌饭树三年见效，去年乌饭树鲜叶市场零售价在12元1斤，批发也要8元钱1斤，一般3年苗1亩地能产鲜叶1000斤，发展很有前景。"

送刘傲柱去南京的医院的车已经来了，乐观高大的刘傲柱握着我的手说："林长制好啊。我现在也是林长。我们原计划在林场附近建一个乌饭树叶加工厂，形成产业链，这样不仅能给附近的村民提供就业岗位，还能带动当地乌饭树产业发展，让村民有事做，有钱赚，实现真正意义上的'靠山吃山'。"他叹息一声，"这个计划，不知道还能不能实现。"

我安慰他说："一定能实现。你好好治疗，现在医学进步很多，你一定能早日康复的。"

2024年5月22日下午，去年7月陪同我采访的郎溪县林业局潘均微信告诉我："方山林场老场长，昨天走了。为林业奋斗了一生！"临终前，刘傲柱告诉家人，要把自己葬在林场，他要永远守护着山场。得到这个消息，本书即将付印，我和责编汪爱武、张磊两位老师及时沟通，将此信息纳入书中，以表示我们的哀悼，以告慰刘傲柱场长在天之灵。这个闲不住的务林人，在辽阔的苍穹，也许依然在种树呢！

第七章 林英荟

10月20日,高质量建设全国林长制改革示范区研讨会在合肥举办,会上公布"十佳基层林长"名单,杨江勤等10人获安徽省"十佳基层林长"称号。这是安徽省林长制改革以来,首次进行"基层林长"评选。

安庆市宜秀区五横乡杨亭村林长杨江勤,20世纪90年代跟村里很多人一样,背上行囊外出务工,在过节回家时,他看出家乡的巨大变化,萌生了返乡参与家乡建设的念头。2014年,他回到了故土当上了村主任,后来又担任村书记。

2017年担任村林长后,杨江勤认为,林长制改革管好资源是根本。在村"两委"会议上,他提议建立村组林长制网格化管理机制。"一正三副"4名村级林长担任网格片长,33个村民组队长担任各组网格长,另设5处护林卡点、7处视频管控点,与12名护林员一起形成林业资源管护网,细化任务,明确分工,谁包保谁负责。在基层管理中,村规民约也是一项有力约束。杨江勤引导村民严格执行"四个严禁、四个一律":严禁乱采滥伐,严禁开山挖山,严禁私埋乱葬,严禁携带明火上山;古树、名木、大树、珍稀树种一律挂牌保护,所有山场一律封山育林,携带明火上山一律处罚,村干包保失职一律问责。

林长制让山更绿了。杨江勤开始琢磨怎样让绿水青山转变成金山银山,将杨亭村的生态优势转变为经济优势。

求稳易,求变难。

杨亭村集体林场山场面积2700亩,松林过去曾因松材线虫病进行过更新改造,但林分质量不高。经过考察学习、请教专家、征求群众意见,村委会做出了开展生态治理的决定。山顶"戴帽",加大公益林管护抚育力度,实行封山补植,提高森林质量;山腰"系带",根据适地适树原则,大力发展常绿经果林、观光林及林下经济;山脚"穿靴",沿山脚主干道两侧、自然村庄栽种了银杏、红枫、红梅、桂花、樱花、红叶石楠、广玉兰等观赏树种。

天道酬勤。经过补植提质、增绿增量,杨亭村的山场资源被盘活,村集体林场的林下茶园从不足30亩扩建到1000亩,产值从几千元提高到上百万元,当年不足万元的集体林场资产现在已突破亿元。

"林长制改革助力乡村振兴,发展林业经济是重头戏。"采访中,杨江勤对我说。

实施林长制改革6年来,在杨江勤的带领下,村"两委"大力招商引资,先后有6家农林企业进驻,累计流转山场面积3600余亩。老百姓通过林地流转、入股分红和劳务收入等获得多重收益,林农正逐步实现"资源变资产、资金变股金、农民变股东"这一质的变化。山绿了,景美了,杨亭村充分利用资源优势,连续举办郁金香花展、杨梅采摘节,并结合民俗年味,举办采茶踏青、美食文化、书画展览等节庆活动,把"文旅""茶旅""果旅""康旅"有机结合,真正实现了生态美与百姓富的有机统一。全村每年累计接待游客超过20万人次,旅游经济收益突破500万元,特色采摘收入突破400万元,带动留守人员就业,劳务用工收入突破200万元。

"环境就是民生,青山就是美丽,蓝天也是幸福。"陪着我在山上转,杨江勤指着山坡上的茶园说,"我们将推深做实新一轮林长制改革,让村民分享改革红利,为乡村振兴增光添彩。"

杨亭村位于大龙山国家森林公园北麓,林长制改革的实施,使全村的生态环境更加优美,如今已有"国家森林乡村""中国最美休闲乡村""中国美丽宜居示范村庄"和"中国生态文化村"等多块"国"字招牌。随着林长制工作的进一步扎实推进,生态优势转变为经济优势。目前,一条贯穿着中国秀园、花溪茶谷景区等特色生态旅游线路已建成,"生态旅游+"的强村富民画卷渐渐在人们面前展现出来。杨亭村充分利用闲置农房发展农家乐,现建有农家乐10多家,累计年收入110万元,并带动了当地茶叶、土鸡蛋、馄饨、米饼等农产品的销售。值得一提的是杨亭村的馄饨,独具特色,好吃不贵。来到这里的人,谁都要尝一碗的。

作为村级林长,全省的典型非常多。在宿州,陪同我采访的市林业局副局长王晓飞,2020年4月曾经用笔名"林缘",为朱志刚写过文章,发表在

第七章 林英荟

《中国林业报》上。

地处安徽省"北大门"的宿州市萧县，石质山面积居全省、全市之最。该县庄里乡陶墟村的石山面积，又居全县、全乡之最。在村级林长朱志刚带领下，陶墟村累计完成石质山造林 5000 亩以上，全村 7000 多亩集体石山，林木绿化率在 70% 以上。陶墟村的石山，立地条件极差。2013 年，安徽启动"千万亩"森林增长工程。当年秋末冬初，朱志刚与村里签订绿化石山的承包协议后，便远赴山东莒南等地购买耐旱耐瘠薄的侧柏树苗，带着家人上山植树。在林业技术员的指导下，朱志刚抓住春季、雨季、秋季造林的时机，仅用两年时间，就完成 600 亩承包石山的绿化任务。

无水井、无水管，全靠用塑料桶拎水上山，朱志刚植树的成活率在 90% 以上。面对取水难题，朱志刚摸索出了看天等雨栽植的石山绿化良法。每逢云层厚重、光照稀少、水分蒸发量小的雨前或雨后，朱志刚便喊上家人、花钱请村民上山植树"打突击"。

朱志刚承包的石山绿了，栽植的桃子也挂了果、卖了钱，亩均年收入 3000 元。帮他务工的村民纷纷向村里提出承包申请。技术有了，经验来了，朱志刚继续绿化村里未承包出去的石山，开展公益植树。不少村民承包荒山后，也请他指导或者代为绿化、代为管护长达 6 年。为节约投资，2016 年起，他自己在山脚下繁育侧柏营养钵苗。

2020 年春季，新冠肺炎疫情也没能阻挡朱志刚绿化山林的脚步。疫情风险刚一降低，他就戴上口罩，在老伴、儿子的陪伴下，用电动三轮车拉水上山植树了。

不计抚育、管护、补植等后期费用，仅苗木和栽植成本，每亩按 600 元计算，朱志刚在陶墟村 5000 亩石山上投入至少 300 万元。

三分栽植，七分管护。成活的树木必须管好。植树初期，村民不理解、不支持，还有不少村民上山放羊，任由羊吃树苗。朱志刚自掏腰包，聘请多名责任心强的村民上山巡林护林。不光他自己承包的山林，全村已绿化的山林，全部纳入他的公益护林范围。

冬季天干物燥、野草干枯，极易引发山火。朱志刚就曾吃过这个亏。遇到节假日特别是清明节，上山祭祖或游玩的群众增多，山林防火压力更大。近几年来，在中央扶贫政策支持下，陶墟村有了18名建档立卡贫困户生态护林员，2020年起每人每年享受8000元的劳务报酬，全部由上级财政资金承担。这为朱志刚减轻了很大的护林压力，解决了他的后顾之忧。朱志刚把这18名生态护林员和其他热心村民组成护林小队，不光巡护陶墟的山林，连周边乡村、林场出现火情，也及时增援扑救。

2019年，在驻村扶贫工作队的支持下，朱志刚在山脚坡地新植600亩的榛子和薄壳山核桃。10月26日采访中，他对我说："都是上好的干果，有发展前景，我有信心利用它带领村民致富。"

类似于朱志刚这样的林长，还有天长市的张成俊。张成俊是釜山林场场长，同时也是一名村级林长。

天长市汊涧镇釜山林场是全市境内为数不多的面积较大的乡村林场。走近釜山林场，成片高耸的树木映入眼帘，沿路环绕，连绵不绝，形似卧伞。这里一到春夏季便是苏皖两地的人们踏青游玩拍照、休闲娱乐避暑的好去处。

每一年，只要季节合适，张成俊都要忙着栽树。林子里有一些老树桩，周边的一些不法分子总是想搞出去，做盆景出售。张成俊日夜守护，有几次不法分子盗挖后装车时被他拦住，当面恐吓威胁，但是他从不畏惧。

作为一名村级林长，面对3000多亩的林地，即使工作再忙，他总要到林场内转一遍。他常对一起巡山的护林人员说："护林工作不可轻视，一点星火就可能酿成一场灾难，危及整片山林，我们要时刻谨记身上责任，不能有一丝疏忽。"

早出伴晨风，暮归伴晚霞。他默默坚守在釜山林场，以场为家，与林为伴。在他和同事们的努力下，如今山上群众借助林场生态条件，在林下养起了山鸡，同时开设了生态农舍旅游，林业成为当地经济发展的重要来源。

第七章　林英荟

2019年8月,绩溪县雄路苗圃高级工程师丁满萍成为安徽师范大学生命科学学院硕士研究生校外指导专家,时间从2019年9月1日至2024年8月31日。在此期间,她负责与安徽师范大学生命科学学院导师联合培养林业专业硕士学位研究生,为研究生开展专业实践、项目设计或实验等进行指导和服务。

丁满萍1998年毕业于安徽农业大学林学专业,同年分配至绩溪县雄路苗圃工作,20多年来主要从事林木良种选育、种苗创新培育、林业科技推广培训指导等工作。2011年取得林业高级工程师资格,主持开展多项课题研究。林长制改革以来共获得6项省级林业科技成果,发表论文5篇,是安徽省省级林业科技特派员,获宣城市第三届政府特殊津贴。

致力于林木良种选育、种苗创新培育研究,历经十几年,她选育出山核桃、青钱柳等5个林木良种,取得1项青钱柳高效栽培技术鉴定成果,其中5项成果入选国家林业科技推广成果库系统。主持开展的科研课题"林木良种选育及种质资源收集建立"获安徽省创新驱动助力工程协同奖补。主持实施的叶用青钱柳良种培育及高效栽培技术推广示范项目获安徽省林学会第二届"科技强林奖"二等奖。

作为省级林业科技特派员,丁满萍积极履职,发挥自身专业特长,服务林企林农。以当地林业龙头企业、专业合作社、家庭农场和种植大户为载体,积极转化推广林业实用科技成果。指导建立山核桃良种培育、青钱柳种植栽培示范基地300多亩,培育山核桃、青钱柳、光皮桦等良种苗木50多万株,培训推广苗木嫁接、栽培管理等林业技术100多人次。利用"企业+基地",通过吸纳农村留守妇女劳务用工、租赁土地、流转山场等形式,带动当地林业产业发展,促进林农增收、林企增效,助力乡村振兴。

采访中,丁满萍告诉我,作为基层一线林业人,在外业调查过程中遇蚂蟥叮咬、蛇虫惊吓、日晒雨淋等都是很平常不过的事。她对我说了两个小故事:

有几年的夏天，因为每天要亲自到苗圃地去管理查看选育的关键性材料是无性系苗木，所以我人晒得特别黑。我老公就开玩笑和我儿子说："你妈妈现在掉到煤堆里找都找不出来。"因为我本身皮肤就黑，天天太阳晒就更加黑。儿子说："能找出来。她的牙白！"

我原来特别怕蛇，就是看到书本或电视里的蛇，头都会晕，不敢看。为了帮我克服这种恐惧感，老公和儿子特意去买了条玩具蛇放家里，并时不时地拿出来吓吓我。儿子小时候常常特意拿画有蛇的页面给我看。渐渐地，在野外遇到蛇，我也没那么恐惧了。

陈淮安是林业高级工程师，自1994年7月从安徽农业大学园艺系果树专业毕业后，在基层乡镇工作了20多年，2016年调到东至县森防检疫站工作。近30年来，他参与了全县所有大型林业项目建设、各类林业调查、森林病虫防治、集体林权制度改革、政策宣传等工作。对于业务工作，一旦涉入，他就会痴迷。

林木食叶害虫种类多，分布广，危害大，为害严重时可将叶片全部吃光，对森林资源造成不可估量的损失，因而被称为"不冒烟的森林火灾"。对于虫害，要"早预防、早发现、早除害"，才能有效地保护好林木资源和国土安全。从事森林病虫防治的陈淮安，根据自己20多年的工作经验，将实际工作中接触到的对160种主要林木食叶害虫的识别与防治技术编写成《林木食叶害虫野外识别手册》，2021年9月出版发行。

这本书最显著的特点，是采用了大量浅显通俗、易懂易记、短小精悍、朗朗上口的口诀文字，使阅读者很容易理解、记忆。

"青凤蝶，啃樟叶；幼虫时，体绿色；后胸上，两肉楔；有黄线，相连接。淡绿蛹，化为蝶；黑翅膀，好识别；青蓝斑，排一列；后翅斑，似新月。"这是青凤蝶的识别口诀。

"遇见幼虫，随手解决；产卵叶尖，用手摘捏。冬季管理，蛹多检阅；防止产卵，成虫捕绝。主枝之下，幼枝萌蘖；虫爱寄生，剪去直接。保护天敌，益螨鸟雀。虫口较多,熏烟喷液;灭幼脲类,生长制约;连续两次,十天间隔;避开雨天,莫要松懈。"这则是青凤蝶的防治口诀。

除极少数虫种外,这本书所拍摄的昆虫均在东至县境内天然分布,这对于了解该县森林动物资源,掌握这些昆虫的分布范围、生活习性具有一定的参考价值。这本书可供广大农林技术人员、生产经营者、教学科研人员、爱好者及农林院校师生、昆虫爱好者、大自然爱好者阅读使用。书中的560余张昆虫摄影照片,是陈淮安从自己10年拍摄积累的5万余张照片中精选的。360余首助记口诀是他15年中一首一首编写的。而相关的昆虫知识,则是他从上大学时起,前后30年的知识和从业积累。

一本书30年,岂不是痴?"都云作者痴,谁解其中味?"解味自有有识者。2022年5月,该书被安徽省科学技术厅评为"2021年度安徽省优秀科普作品(三等奖)"。由国家林草局、广东省人民政府指导,中国林学会、自然资源部宣传教育中心、广东省林业局联合主办的"2023中国自然教育大会"近期在广州召开。大会举行了丰富多彩的活动,公布了新一批共64本自然教育优质图书读本,《林木食叶害虫野外识别手册》赫然在列。

第八章
新安源

生态保护补偿制度改革的"新安江模式",是绿水青山就是金山银山的"皖"美答卷,新安江百里画廊生态建设是全省 30 个林长制改革示范先行区之一。从六股尖的瀑布,到新安源村的水口古树群,到梅惟徽梅香,到青山之魂,到守护黄山冷线的守山人;从瓦上护林员洪晓春,到天湖管护区护林员宗仙旺,他们都是生态保护补偿制度改革的注解,都是青山黛脊梁。

一、新安源

1. 六股尖下

这部稿子正在紧张地写作之时,2023年安徽省"十佳基层林长"名单和主要事迹公布了。这次"十佳基层林长"评选活动,是省林长制办公室组织开展的,经地方推荐、省级初审、网络投票和专家评审,公示后确定。其中的凤台县桂集镇大王村党支部书记吴广宏,安庆市宜秀区五横乡杨亭村党委书记、村委会主任杨江勤,休宁县鹤城乡新安源村党总支书记、村委会主任李发权3人,我在七八月间分别采访过。

一江碧水出新安,百转千回下钱塘。新安江是我省仅次于长江、淮河的第三大水系,也是浙江最大河流钱塘江的源头之一,安徽段每年平均出境水量占下游浙江千岛湖入库水量近70%,而这条江的源头就位于休宁县鹤城乡新安源村。

新安源村由原冯村、四门两个村于2008年合并而成,开始叫冯四村,担任村书记的李发权建议改作新安源村。这个名字恰如其分。村后的六股尖,海拔1629米,雾岚氤氲,山高林密。高山密林之中,一处数十米高的瀑布从悬崖处倾泻而下,落在百十平方米的龙井潭中。潭水顺山势流下为冯源河,至鹤城乡棣甸村附近与梅溪源汇合形成大源河。大源河至流口镇与小源河汇合便成率水河，成为新安江的主源。到屯溪的三江口，与横江汇成新安江，向钱塘江东流而去。千百年来，新安江以美闻名，滋养皖浙。但逢工业化、城镇化快速发展，21世纪初，上游的一些污水和垃圾也曾肆意进江入湖，导致水质恶化，出现流域性污染。

李发权小时候家境贫寒，初中毕业后辍学，1987年经亲戚介绍在休宁县公路站流口道班当上养路工。公路养护工作虽然辛苦，但收入有保障，比务农好很多。

20世纪八九十年代，农民收入来源单一，新安源地处偏僻，交通不便，出产的茶叶虽好但苦于没有销路，只能贱卖给外地茶商。长此以往，越来越多的农民只好先是砍树贴补家用，后来又外出打工。村子逐渐成为有名的市级贫困村，村民收入没有保障。

"每次回乡看到山头越来越秃，村民越来越少，日子越发清贫，就觉得痛心。"8月30日下午说到这些，李发权心中似乎还充满苦涩。也许就是这种苦涩的煎熬，1998年底，李发权不顾家人反对，辞去了公路养护的工作，怀揣一腔热血回到村里发展。

山还是那些山，水还是那些水，发展谈何容易？家人不理解，村民也不看好。他对大家说不砍树。靠山吃山，不卖树岂不是要饿死？

1999年，村"两委"换届，因为年轻、有在外面工作的见识，又想在家乡发展，李发权成功通过选举进入村"两委"工作，任文书一职。他安下心来，一边和村"两委"班子一起勤奋工作，一边调查了解情况，寻找发展路径。他的敬业和执着，赢得了同人和村民的信任。2002年，他当选为四门村村支部书记。

几年的调查研究，李发权确定家乡的茶叶应该是村民致富的"金叶"，只是没有卖上好价钱。如何让好茶叶卖上好价钱？2004年，李发权创办四门茶厂，收购村民手中的鲜叶，统一加工后销售。李发权注重从源头把好品质关，积极推广不打农药、施有机肥等举措，明确"不使用农药化肥的茶叶每斤鲜叶加价2毛钱"。就这"2毛钱"的小小杠杆，直接推动该村茶叶生产模式逐渐由打除草剂变为人工除草,从使用化肥变为施有机肥,极大提升了茶叶品质。

与此同时,为保障村民收益,李发权一面潜心学习,取得高级茶叶加工工资格,一面起早贪黑奔赴省外进行推介。为打开中低档茶叶销路,李发权带领村"两委"辗转全国各省份,成功引进小罐茶资源公司以及武夷山一家红茶公司。

付出终于有了回报。因茶叶品质极佳,市场逐渐打开,村民人均茶叶收入也由原来的300元增长到4000元。

村名改为新安源后,李发权开始打"新安源"牌,大力推进有机名优茶发展,与黄山新安源有机茶开发有限公司合作,在全村建设有机无公害茶园2400余亩,通过实施茶园绿色防控,将全村茶园禁用除草剂和有害农药纳入村规民约,促进茶叶提质升级,逐步叫响"新安源"茶叶品牌。"现在,我们的有机无公害茶,明前鲜叶子每斤都卖到200元了。这都得益于森林资源的扩大,生态环境的优化。"

作为新安江源头第一村,李发权认为,这里是清水之源,也是良好的生态之源。他带领村两委全力保护生态环境,通过开展无职党员设岗定责,专门设立了环境保护监督岗和环境建设宣传岗,同时成立护村队,开展护林防火、封河禁渔、村庄保洁、拆违控违、茶叶质保等工作,村民的生态保护意识明显提高。林长制改革开始后,新安源村再也没有砍伐过一棵树,森林覆盖率达97%。

在去观看六股尖瀑布的路上,只见两边青山苍翠,万木萧萧。走在山脚下,能看见山坡上的茶园里都插着黄色黏虫板。一些村民家的房前屋后,有不少水池,四周青石工工整整垒砌成岸坝,一级级延伸到水边。有的半亩见方,有的只有乒乓球桌大小。池子上方有的还搭起了木架,有些木架上郁郁葱葱,挂着丝瓜等。在李发权的示意下,我们走到池边才发现,池水清澈,倒映着天光云影,里面的鱼游来游去。"这就是泉水鱼。"李发权指点着。我们才发现,这些水池,都与溪涧上游泉流相连,利用落差让溪流徐徐注入池内,出水口也有若干孔洞外通山溪。如此,池水时刻处于源源不断的流入流出状态,是地地道道的一池活水。"这种泉水鱼,不投饵料,长得很慢,每斤可以卖到60元。这也是新安源村的一大特色。"

随着乡村振兴战略的提出,李发权的发展思路越来越宽,"新安源的绿水青山就是金山银山、老百姓的幸福靠山"。茶产业持续健康发展的同时,在李发权的带领下,村子产业发展触角逐步延伸:依托良好的水资源,做起"水文章",通过党组织系统的"双培双带"先锋工程,积极支持本村青年汪国成创办新安源六股尖山泉水厂。同时大力发展泉水鱼产业,科学选择鱼种,形成高端产品。

龙井潭峡谷口外有一所小型水电站,院子门口有座碑,是为2011年皖浙青年手拉手共护母亲河环保宣教活动所立。抚摸着碑身,李发权说:"关于新安源的保护,我们在源头上,一直是努力着的。保护绿水青山,也是徽州人的文化传统。"

从六股尖下来,李发权带我们去古林公园。

路边有不少香榧树,上面果实累累。鹤城乡林业站站长刘红祥告诉我,前些年,李发权还牵头组建了休宁县新安源香榧农民专业合作社,开始有105户农民参与。李发权自掏腰包出资流转了500亩土地建设香榧基地,并在香榧林下套种黄精,以短养长,增加林地附加值,现如今该合作社已入选国家级示范社。李发权自己也建起了香榧苗圃基地。林长制改革后,李发权将两米高的香榧苗给合作社社员和脱贫户每家免费发放,第二年又给其他的农户发放。"全村430户人家,我免费发放了6000棵,保证每户人家都种香榧。将来,新安源能长出更大的香榧林。"

"他的这些香榧苗,市场价40元1棵。6000棵,可不是小数目。"刘红祥语气里充满佩服。

为了充分发挥新安源的生态效益,李发权发起成立新安源村旅游合作社,立足新安江源头六股尖瀑布景观、纯朴的乡风民俗、如诗如画的水口风情等,让全村吃"生态旅游饭",全村发展农家乐达12家。同时支持本地

"土专家""田秀才"等一批能人,发展茶厂6家、油茶厂2家,形成一批产业人才队伍的同时,解决了村民就业问题,实现"三千米"就业。生在农村,长在农村,李发权深知乡村振兴要从娃娃抓起。从2012年起,他连续11年每年向鹤城实验学校捐款4000元,支持山区教育事业发展。

走近古林公园,远远就听到汩汩流淌的溪水声音。天已向晚,夕阳洒进林中,能见度却很好。路边醒目处立一石,近了才看见上面刻了字,原是一碑,为新安源古林公园记:"三江源头,六股尖下,新安源村,千年古园冠华东。占地百余亩,古树近千株,名贵树种逾二十,徽之拔头筹;国宝一级百余株,皖之十之一;五十六株红豆杉,鹤龄过五百;姊妹枫香树,相守廿甲子。徽之园林奇观,休闲养生绝处。饮水思源,宁静致远。是以记之。辛卯年六月。"

碑有些韵味,但内容不够明晰。新安源古林公园内现有香榧、枫香、南方红豆杉等17个树种,203株古树,其中二级保护古树7株,三级保护古树196株。古树群平均高16米,平均胸围1.64米,最高36米,最大胸围3.9米。众多的古树中,香榧占了很大部分,多达45棵,有不少依然果实累累。它们和枫香、南方红豆杉、麻栎混交,高低层次、光线明暗、四季色彩富于变化。而众多的香榧则干直立挺拔,根盘横错节,尽显苍古姿态。

李发权说:"加强古树林保护,林长制为我们提供了契机。结合村级林长制建立,我们首先组建了黄山市第一支护村队,聘任5名村民担任队员,负责古林公园和古树保护。其次是结合无职党员设岗定责,组织在村年富力强的党员主动认领全域环境整治责任区和管护区,方传保等18名无职党员共认领了21个责任区,承担古林公园园内保洁、清除杂草和古树管护。"

早在2011年,古林公园百余株名木古树就已经挂牌保护。县、乡、村各级陆续投入200余万元,对古林公园进行保护提升,筑河坝、砌护岸、修小路、引水渠、建亭台。2021年为推进黄山市林长制改革示范区建设,将古林公园纳入古树名木示范主题公园,对古树群进行修复养护,设立树长制公示牌,并对全部203株古树牌进行完善,公示牌除原有信息外,新增二维码,通过手机扫一扫,立刻可见古树的详细介绍,包括形态特征、生长习性、栽培技术及植物文化等详细的科普知识一目了然。

古林公园历史上是这个村的水口林。徽州的古村落往往临水而建,水流进或流出村庄的口子称"水口",栽植于水口的树林就叫"水口林"。水口林是衡量一个古村历史的重要的标志。

水口林又名"风水林",它必须符合"得水""藏风""聚气"的要求,目的是追求理想的居住和安息场所。徽州人视水为"财",水是不停流淌着的,所以他们认为,在水口种上树,也就锁住了财气,守住了村落的运势。当然,水口林的功能远不止于此:它能涵养水土,净化空气,改善村居环境。也能挡住村外的视线,起到遮蔽迂回的效果。每逢狂风大作、雷电交加之时,它又有阻风和避雷的作用。

古徽州地区现存水口林多以银杏、槠树、枫树、杉树、樟树为风水树,以樟树最为普遍。而拥有众多香榧的水口林,新安源这里是唯一的。这些树木经历千百年风霜,根深枝繁,形成一道道绿色屏障,呵护着村庄的一代代后人。它们不仅是村庄的守护者,更是独特的风景线。

有人云:如果说村庄是肌肉,那古树就是筋骨。筋骨在,徽州的传承就在,徽州人的精神就在。的确,村庄也许会慢慢老去,岁月也许会渐行渐远,但那些屹立千年的水口林,那些壮硕无比的水口树,依然屹立天地间。因为青山不老,绿水长流。它们是青山的纪念碑,是人类文明进程的活见证。

2. 谁守一河清水

李发权于2011年获诚实守信"中国好人"称号,2017年获评"安徽省劳动模范",2023年当选为第十四届全国人大代表。2023年3月,在北京出席十四届全国人大第一次会议期间,李发权提交了《关于深化新安江生态保护与补偿机制的建议》方案。

从2012年开始,在国家有关部门协调推动下,上游安徽、下游浙江以3年为一轮,连续完成了3轮生态补偿机制试点,如今已进入第4轮。这是党的十八大把生态文明建设纳入中国特色社会主义"五位一体"总体布局后,我国开启的全球最大规模生态治理行动的一次系统性、整体性、协同性探索。10多年时间,新安江流域成为习近平生态文明思想的重要实践地和生态保护补偿的先行探索地,试点工作入选2015年全国十大改革案例,写入党中央、国务院《生态文明体制改革总体方案》,纳入《长江三角洲区域一体化发展规划纲要》,其制度成果和实践经验在全国13个流域、18个省份复制推广。

新安江生态保护补偿机制第一轮试点的3年,自2012年起。起步之际,即采用了简约而大胆的"对赌"方式——中央财政每年拨付给安徽3亿元,同时皖、浙各拿出1亿元,考核河流断面水质。上下游商定以高锰酸盐、氨氮、总磷、总氮四项污染物指标和水质稳定系数、指标权重系数构成补偿标准体系P值。年度水质达到考核标准($P \leqslant 1$),浙江这1亿元给安徽;若不达标,安徽这1亿元给浙江。在后两轮试点中,突出资金补偿标准和水质稳定系数"双提高",水质考核标准更加严格,补偿资金使用范围有所拓展,市场化导向更为明晰。经过艰苦努力,新安江跨省界断面水质持续稳定在Ⅱ类水,千岛湖水质明显改善。

试点以来,皖、浙两省积极沟通协商,联合编制规划,强化精准保护,完善联合监测、汛期联合打捞、联合执法、应急联动等工作机制,构建起防范有力、指挥有序、快速高效和统一协调的应急处置体系。同时,上下游在生态环境共治、交通互联互通、旅游资源合作、产业联动协作、公共服务共享领域等方面不断深化区域协同发展。

10多年间,黄山市强化源头治理和水源涵养,实施千万亩森林增长工程和林业增绿增效行动,累计建成生态公益林535万亩,退耕还林107万亩,全市森林面积达1200万亩,森林覆盖率由77.4%提高到82.9%,实现以"万亩林海"涵养"一江清水",空气优良天数比例常年保持在95%以上。强化工业点源污染治理,建立水资源、水环境承载能力监测评价体系,累计关停淘汰污染企业220多家,整体搬迁工业企业90多家,拒绝污染项目192

个,优化升级项目510多个。

农业面源污染是新安江保护最大的难点。黄山市在全省率先推行农药集中配送,推广应用"黏虫黄板+生物农药+生态农艺"绿色防控模式,建立有机肥替代化肥减量示范区,在新安江干流及水质敏感区域全面实现网箱退养、退捕上岸和沿江108米水位线以下低洼地退耕还湿还林。与试点实施前相比,黄山市化肥使用量下降20%,农药使用量下降31.3%,高效低残留和生物农药使用率提高至90%。

2012年以来,中央及皖、浙两省累计拨付补偿资金57亿元,但黄山市累计投入206.95亿元,实施新安江综合治理和生态保护项目325个。全市建成城镇污水主干管网320千米,建成农村污水处理PPP项目站点96个,完成农村改水改厕23万户,实现城乡生活垃圾无害化处理率100%。其中,由乡村基层自发创新设立"生态美超市"发展到345家,覆盖了新安江上游沿江所有行政村(社区)。

在六股尖下的水质自动监测站,李发权说:"据了解,目前,黄山市建成国控、省控和市控水质自动监测站点42个,形成覆盖新安江流域主要河段及重要节点的自动监测网络体系,实现流域水质连续动态监测和远程监控。从2012年到现在,新安江上游自然生态景观在流域占比达85%,跨省界断面水质连续10年达到皖浙两省协定的生态保护补偿考核要求,每年向千岛湖输送近70亿立方米干净水,带动了千岛湖水质同步改善。"

谈到十四届全国人大一次会议上提出的议案,李发权说:"我的建议有两个方面,一是加大生态环境治理的国家投入。实施新安江全流域综合治理项目建设,开展河道疏浚、护岸整治、生态修复和水土流失治理,进一步改善流域两岸生态环境,把新安江流域打造成生态宜人、环境优美、人水和谐、经济繁荣的可持续发展区域。"停了一下,他又说:"这些年,作为重点生态功能区,皖南很多地方,尤其是休宁县不可避免地牺牲了一些发展机会,虽然生态环境绝佳,但产业发展相对落后,基础设施和公共服务供给不足,需要在政策扶持、资金支持上予以重点关注。所以我的建议第二个方面是建立多元化生态补偿机制。设立新安江生态补偿基金,制定产业转移政策,提高国家公益林补偿标准,实施产业帮扶制度。生态受益地区要与生态功能区建立义务性产业转移帮扶机制,每年为上游引进适合当地发展的产业和项目,推动全流域产业分布合理化,增加上游欠发达地区的财政收入,实现新安江全流域协同创新发展,建设共同富裕示范区。绿水青山成为金山银山了,水才能永远绿,山才能永远青。"

"的确,保护好优质生态,让各方都得利,老百姓都有实惠,形成长久不衰的利益链体系,绿水青山才能永远。"陪同我采访的滁州市林业局二级调研员张培由衷地说。

"所以,我在建议中也提出,要制定相关的生态补偿法,出台流域生态补偿标准核算技术标准,建设流域生态补偿标准核算数据平台。通过立法等方式,实现生态补偿机制的法治化、标准化、常态化,在全社会营造受益者付费、保护者得到合理补偿的政策环境,让保护者不吃亏。"

作为从基层农村走出来的全国人大代表,李发权无疑是最接地气的,语言也是最实在的。

3. 对面便是光明顶

　　山脊上移动的两个人影
　　互为镜子
　　照见的是鹅掌楸、五针松
　　是山核桃树林　更多的是杉树
　　作为林下经济的黄精和香榧
　　那是瓦蓝天空下的神来之笔
　　七千多亩山林方圆之间以脚步来丈量
　　从唛坞到老尖十几千米的防火道
　　远近抑或高低

  三百多双穿坏的解放鞋

  给出了无比精准的答案

  这是歙县女诗人方长英的诗作《巡山》中的一段,诗中互为镜子,在"山脊上移动的两个人影"是洪晓春和他的妻子黄淑萍。在黄山市"奋进新征程,建功新时代"林业诗歌征集活动中,《巡山》获得了一等奖,洪晓春、黄淑萍夫妇,被定格在林业人建功新时代的诗歌画廊中。

  洪晓春是林场工人的儿子,1986年在原许村林场参加工作,1991年调到原水竹坑林场上班,1992年,22岁的他主动请缨前往全县最偏远、条件最艰苦的瓦上管护站。当时的洪晓春血气方刚,大有"独上高楼,望尽天涯路"的豪迈,甘愿让山风磨砺自己,与青山共成长。挑着简单的行李,十几里羊肠小道,他一口气就冲了上来。

  老场长见了,问洪晓春:"小伙子,你这么年轻,可能耐得住寂寞?你确定自己能守护好这片山林?"

  洪晓春满怀信心:"能!一定能!"洪晓春没想到,为了兑现这一句简单的承诺,他已经用去了30多年的时间。

  当时的瓦上管护站,属典型的"三不通"管护站。不通电,晚上只能点煤油灯照明。不通公路,粮食及生活用品全靠肩扛背驮地运上山来。不通电话,山里山外通讯只能带"口信",巡山信息就基本靠"吼"了。一张窄小的床、一个柴火炉子、一口铁锅和一个旧暖水壶,就是全部家当。

  由于这里的海拔较高,一年有大半年是没有菜吃的,要走到十几里外的山下才能买到菜。有时半个月,有时一个月才能去一次,采购必需的粮油、蔬菜及基本的生活用品。2008年,南方大范围的雨雪灾害也席卷到了这里,大雪封山导致交通中断一个多月,山上的人下不来,山下的物资又运不上去,米面所剩无几,蔬菜干货吃光了,连油盐酱醋也快用完了。万般无奈之下,只能化雪水解渴,一日三餐都是山芋粥当饭,酱油当菜。洪晓春硬是熬过了那段万分艰难的日子。

第八章 新安源

艰苦的环境最能考验人的意志,管护站不断有人调走或主动辞职,管护站的人数从20世纪90年代初的13人,减少到7人、4人……洪晓春夫妇也有过几次机会离开瓦上调到离城区较近的地方,但他们都主动放弃了调动的机会。

瓦上管护站有7000多亩山林,山场涉及安徽、浙江2个省,与5个乡镇交界,周边共14个村庄3000多人口。政策宣传,巡山护林,日复一日,长年累月,虽然机械而单调,但管护任务艰巨,责任重大,洪晓春和同事们对工作丝毫都不敢松懈。

只要不是雨雪天,就要巡山。夫妻俩经常是鸡鸣出门,沿着崎岖山路巡护,7000多亩山场一个来回就是十几千米,天黑才能走到家。前一天晚上黄淑萍炕的干面饼,加上一壶茶水,就是他们的午餐。30多年他们走过的巡山路累计12万千米,夫妇俩穿坏的解放鞋就有300多双。

多年来,在守护山林的同时,洪晓春还一直想着壮大森林资源,发展林业经济。他与同事们一道,培育了近万株珍稀树种——马褂木(鹅掌楸),发展山核桃经济林500多亩、香榧林120亩、油茶林100亩,发展林下经济套种黄精100亩,建设了生物防火林带总长度达6千米,并通过封山育林、森林培育等措施加强森林资源保护和提升森林质量。瓦上管护站的山更绿了,水更清了,林相更美丽了。黑麂、白鹇、棘胸蛙等珍稀动植物也逐渐多了起来,野生杜鹃花也开得愈加繁茂。如今,这里已成为花草树木的乐土、野生动物的乐园。

2018年9月初,正值山核桃采收季节,洪晓春得了急性肾功能衰竭,病倒在工作岗位上。住院期间,洪晓春始终牵挂着自己的工作,病情稍有稳定,他就要求出院,一出院就回到管护站投入山核桃的采收、加工工作中,带病坚守在工作岗位上。2019年3月,洪晓春左手肩关节严重积液,十分疼痛,但3月份刚好是林场植树造林的黄金时节,他硬是忍痛战斗在植树造林的最前线,直至栽完最后一批苗木,他才请假去医院诊治。

付出就会有回报,当年种下的近万株马褂木现已成林,平均胸径超过

0.2米，种植的500多亩山核桃有近300亩已经挂果，森林覆盖率也从33年前的62.5%增加到现今的94.8%。近两年，洪晓春和同事们共完成油茶采收1.2万千克，产值达4万元；完成山核桃采收2.4万千克，产值达21万元。洪晓春用实实在在的行动践行习近平生态文明思想，期待着朝夕相处的这片"绿水青山"快速地转变为"金山银山"。

2020年，瓦上管护站实施"瓦上山核桃基地新建仓储管护房和林区道路维修工程"项目，洪晓春主动担负起了协助工程质量管理的工作。他一边坚持巡山护林，一边参与项目建设，经常累得腰酸背痛，站里安排他休息几天，他说只要项目在施工，工地需要我，我就不能休息。在项目建设的3个月里，他除了每月下山一次到英坑采购生活用品，其他时间全部都在瓦上管护站，连住在英坑家里年逾八十的父母都很少有空去看望一下。

近年来，洪晓春相继获得"黄山市优秀护林员""黄山市五一劳动奖章""安徽好人""中国好人""第二届绿色生态最美职工"等荣誉称号。2022年光荣当选为黄山市第八届人大代表。

8月28日采访，洪晓春带着我们在山林中穿行，不少地方有人在林下张网。他告诉我："这是我们雇用的林农，他们张网，是为了采收山核桃。现在的环境和生产条件都有了很大改变，尤其是林长制改革实施以后，周边14个村的书记都成为林长了，他们都自觉地承担起了护林的责任，林场有什么事情，都好协调了。我的孩子也已经工作了。现在，我觉得是我和老婆最快乐的晚年时光。"

一座山，两个人，一辈子，青山耸翠，满目葱茏，是彼此最美的馈赠和奖赏。

女诗人方长英是黄淑萍的同学，她对他们夫妇最为理解了。

一座山，两个人，一辈子，相看三不厌。这不但是洪晓春、黄淑萍夫妇，还是宗仙旺、谭宝强夫妇的写照。

黄山区黄山林场天湖管护区位于黄山的东南面，海拔850多米，隔着一条山沟,对面便是光明顶。9月2日天气晴朗,站在管护区的平房前,瞭望光明顶,黛色山石和苍松翠柏美若油画。

见到宗仙旺,是在他巡山回来的路上。他的大号电动车后绑着一只大塑料筐,上面插着红旗,旗子上写着"护林防火,人人有责"8个大字。除了红旗,电瓶车上还有一只喇叭,喇叭不时地播报一下:"黄山是我家,守护靠大家""护林防火,人人有责""满山青翠送金银,一江碧水下钱塘"……跟随着电动车跑的,还有一条大黄狗。

"红旗、喇叭、大黄狗,是老宗巡山的标配。"黄山林场副场长吴启德为我们彼此做了引见。

宗仙旺已经59岁,初中毕业。他的父母兄姐都是在林场系统工作的,是标准的"林二代"。1987年2月,他招工到黄山林场工作。在刚走上工作岗位的那段日子,由于缺乏林业专业知识,他在工作中走了不少弯路。但凭着坚定的信念和勤奋好学,他很快就掌握了林业政策法规、基础知识和林业工作的基本规律,成了林场一名优秀的护林员。

2004年8月,黄山林场进行体制改革,实行"竞争上岗、择优录用"的用人机制。在经过笔试、考核、民主测评等一系列激烈竞争后,他脱颖而出,成为黄山林场天湖管护区主任兼护林员。天湖管护区管护山场面积1.58万亩,所以管护区主任这一职,虽然不是什么官,但责任不小。上任伊始,为了熟悉新林区情况,他和管护区的护林员一起深入周边林农群众家中,认真细致地调查了解山情、林情和村情。他每天巡山查林,跑遍了辖区的每一条山岗、每一道山沟、每一片林地,对每个林班、每个小班的地理位置、面积、林木种类等都熟记于心。

为确保森林资源安全,宗仙旺从宣传入手,组织人员采取张贴标语、竖立标牌、发放公约、走村串户等多种形式,对周边林农群众进行林业政策和法律法规的宣传,使广大林农群众逐步提高爱林护林和保护生态的意识,为林场护林工作的顺利开展奠定了坚实的群众基础。前几年,随着林业工程项目的实施,林区林木茂密,可燃物载量大,火险等级高。每到森林防火期,他严格落实用火审批制度、入山登记制度和各项防范措施,确保了辖区安全。同时,他坚持每天值班,巡山查林,遇到风雨天气,常常不能及时赶回,不能按时吃饭。

天湖管护区有一排平房,现在只有宗仙旺夫妇守护。2005年宗仙旺刚到这里时,没有电。2007年,电力部门人员前来架电,需要人做饭。匆忙间找不到人手,宗仙旺就让自己的妻子谭宝强来做饭。谭宝强勤快、麻利,一手好厨艺,让大家吃了难忘。就这样,她成为管护区临时聘用人员,专门负责烧饭。那些年,山上常常有砍伐任务,这里工人多,有时候很热闹。国有林场改革后,尤其是实施林长制以来,黄山周边树木基本上都是公益林,一棵树也不准砍了,只要有人巡护就行。山林归于寂寥。

黄山美丽多姿,而跳出黄山再看光明顶,光明顶又传达着一种宁静的美。守护这份美,宗仙旺就留恋这份美了。别人都走了,只有他和妻子留下来。每天看着光明顶,他觉得自己的眼睛越来越亮,光明顶上多一只松鼠、少一缕白云,他都能够看清。宗仙旺的女儿以前在太平(黄山区城区)读中小学,一到假期,就会来到山上,和父母一起巡山。现在,她早已大学毕业,为人妻为人母了,却初心不改,暑假时还会和老公、孩子一起上山来住。今年暑假,住了20多天才走。

日子久了,宗仙旺夫妇与清风明月、艳阳白云、苍松翠柏、山鸟松鼠都成了朋友,但野猪他们不喜欢。好不容易种了一点菜,野猪会在一晚上将其通通报销,骂它们没用,打它们犯法。从2005年到现在,18个年头,与宗仙旺关系最铁的是狗。

每日巡山中,都是狗走在前面。遇到异常情况,狗就会发出警惕的叫声,提醒宗仙旺有危险。很多蛇都是狗先发现的。宗仙旺打开手机,里面有各式各样蛇的照片。五步蛇、银环蛇、竹叶青、黄山烙铁头,还有蚂蟥、野猪等,以及山洪暴发时冲毁的路段、滚落的石头,五花八门,千奇百怪。"竹叶青这种蛇,现在入秋了还在活动。它们通常是挂在树枝上,若不小心触碰到,就有可能被它们咬伤。多多每天走在路上,特别灵敏,树枝上的竹叶青

第八章 新安源

挂得很高,它也能发现。停下来,望着树枝叫,我一找,准能找到蛇。"

多多是黄狗的名字。它宽脸大眼,有些许憨态。宗仙旺说:"多多是我在这里 18 年间养的第三条狗,跟我已经 10 年,是一条老狗了。它是最具有灵性的一个。以前,有个叫陈国良的老板想用 5 万块钱买走它,我坚决不答应。"

"你前面的两条狗呢?"我突然觉得,宗仙旺的三条狗,应该是我今天的着墨点。

"第一条狗叫花豹,是我在山下养的。2005 年跟我上山,伶俐能干。开始我对山上不很熟悉,它晚上常常外出,查看地形地物。等到白天我巡山时,它走在前面,从来不会带错路。两年后的一个夜晚,它消失了。我把附近能找的地方都找了,没有找到。那时候,这山上还有云豹,也许,它被云豹给捕去了。"

宗仙旺微微叹息一声,喝了一口茶——他家的茶是山上的野茶,我特地把杯子里的潮州岩茶换掉,新泡了野茶,香幽而味醇。

"第二条狗叫花脸,是我到山下一个朋友家挑的,是条猎犬。它跟了我 6 年,后来也是在一天晚上跑出去,就没有回来了。也许中毒了,也许被别人偷走了,弄不清。所以,现在的多多,我每天晚上都把它拴起来,不让它乱跑。"

说着,宗仙旺抚摸了一下多多的脑袋:"你的确是有些老了,不过,战斗力没减。"宗仙旺转向我,"昨天夜里,一头大野猪带着三头小野猪要拱菜园里的红薯,被拴着的多多急得乱叫。我听到后起床,将它脖子上的链子解开,它一下子冲了出去。大野猪想扑倒多多,但多多迅速跳到它侧面,对着它的肚皮就咬一口,母野猪疼得嚎叫,很快跑了。"

"再物色一条,做多多的接班狗。"我开着玩笑说。

"不用了,我明年就退休了,多多再陪我年把时间是没有问题的。"

"你赶紧打住。"半天没有说话的吴启德场长说,"你这岗位,后面没有人能接,我们继续聘你。你要有继续'革命'的准备。"

谭宝强已经做好了午饭。我看了一下手机,12点多了,的确到吃饭时间了。

山肴野蔌,杂然前陈,加上早晨上山时吴场长他们带来的猪肉、豆腐等,午餐丰盛异常。宗仙旺拧开里面条桌上的大玻璃缸的笼头,倒了一壶棕红色的酒:"喝点吧。今天是周六,你们放弃休息来宣传我,我确实很感动。"

大家都没有说话。

"我这个酒,是用马蜂窝泡的。每年霜降后,马蜂消失了,我在老林里拣大的摘下来,剪成小块,用60度的原酒泡。马蜂窝中,有许多蜂卵,用酒泡后,可以治疗风湿性关节炎。我们常年在山上,湿度大,喝这个酒,可以舒筋活络,预防风湿病。"

盛情难却。除了司机,我们都端杯了。

"跟你们说实话,这些年,很多人找我要过马蜂窝,都是治风湿关节痛的。有好几个人给我反馈,说是治好了。我想,这也是绿水青山的功劳,没有这些绿水青山,可能就没有马蜂,没有马蜂,哪来马蜂窝?干!"

吃过午饭,天变了。一片片白云从山谷里飘来,光明顶若隐若现,景色如仙如幻。因为急着要赶回滁州,我们和宗仙旺夫妇握别,但他们坚持要送我们到停车的地方。

车子驶出了,宗仙旺夫妇还在向我们挥手。拐过一个山头,他们消失了。峰回路转,雾散了,光明顶又映入眼帘,越发明丽。一座山,两个人,当然,还有黄狗多多,一年又一年,相看四不厌。李白要是来,一定会和我有同样的感觉。

二、徽魂

1. 梅惟徽梅香

在卖花渔村,洪定勇还对我说起了金炳铨。20世纪六七十年代,卖花渔村的盆景种植一度很衰败,养育花木盆景被视为"封资修",盆景种植业遭受摧残。种植盆景如同犯罪一般，没有人敢声张。十几年过去了，以至于外界几乎把卖花渔村遗忘，没有人知道它的盆景别具一格。是金炳铨使这个藏在深闺的地方一下子脱颖而出，光耀全国。

1991年，"第二届中国梅花、蜡梅展览"在杭州植物园举办。定于2月10日布景，14日预展，20日举行开幕式，展出时间为一个月。

1990年12月上旬，黄山市政府领导批示，要市建委牵头组织参展。市建委安排时任建委副主任的金炳铨具体负责办理。2003年8月29日采访时，回忆当时的情景，已经85岁的金炳铨记忆犹新："黄山市参展的歙县、屯溪茶校、屯溪园林处三个单位，原来都是自己报名的，我牵头组织一下就行了。但是，我觉得，杭州离屯溪较近，又是全国著名的旅游胜地，这项工作虽不是我分管，但领导叫我去办，我就要发挥自己的作用，利用这次极佳的机会，达到不仅突显徽派梅花盆景的优势，还要扩大黄山市对外的知名度，更要弘扬徽文化。我想，三个单位分散参展，效果肯定不佳，也失去我牵头组织参展的意义。既然牵了头，就得以黄山市的名义，形成一个拳头，集中参展，扩大效果，把歙县卖花渔村梅花桩景推向全国，打开销路，把这'炮'打得响响的。"

此时离布景仅20天，时间紧迫，金炳铨与屯溪茶校洪吉兆老师、屯溪园林处技术员毕丰年一起，直奔杭州植物园联系展出有关事宜。找到组委会安排歙县、屯溪茶校、屯溪园林处三处展出地点。发现三个展点东一个西一个的，位置很不理想。金炳铨认为，要使"徽梅"在杭州展出达到理想效果，展位非常重要。他把杭州植物园转了一遍，经比较，"玉泉观鱼池"是最大的展厅。找到杭州植物园负责展览的李副园长，金炳铨讲了调换展位的想法，李副园长一口回绝。金炳铨尴尬地站在那里，呆呆地望着他离去。刹那间，他意识到，李副园长这一走，就难再找到了，要抓紧说服他，一定把"玉泉观鱼池"展位要到手。金炳铨又追了上去。

本来木已成舟，要想改变，临场发挥很重要，金炳铨说："李园长，请你等一等，还是想与你商量一下展位的事。本来，我市是由三家单位各自展出的。市政府已拨了 5000 元给茶校,歙县由县政府组织,屯溪园林局参展资金还未落实,能否来还未最后确定。但是,市政府领导要我们市建委牵头,杭州离我们黄山近,既然我牵头来参展,就要为这次展览尽心尽力。我觉得,你们原来安排的展位发挥不了我们展出的最佳效果,只有'玉泉观鱼池'能满足我们的展出要求。请你考虑考虑调换一下吧!"

李副园长有些不耐烦了,说:"全国 32 个参展单位的展位安排早已书面通知了,你看有的都来布展了。据我了解,这次来参展的,领导都很重视,所以,现在调整展位确有困难,请你谅解我们的难处……"

金炳铨赖着不走,继续道:"李园长,你知道的,全国梅花盆景数我们歙县卖花渔村最好,如果能让我们集中在'玉泉观鱼池'展出,挑选一批精美的梅桩盆景,让杭州人民一饱眼福,展览的效果一定会更好。请你向领导汇报一下,慎重考虑一下我的意见。"金炳铨坚持不懈的态度,对李副园长有了触动,他趁热打铁,"第一届梅展在北京只有屯溪茶校一家去,这次市建委也没有这个任务,但市政府领导重视,说服了歙县,将三家集中一块展出,一定会给这届梅展增加光彩。"说着,他把市委书记、市长的批示给李副园长看了。

这样,李副园长完全了解了金炳铨要"玉泉观鱼池"展厅的用意,叫他等一等。

一会儿,李副园长答复:局领导同意把"玉泉观鱼池"展厅让给黄山市。金炳铨无比高兴,握住他的手,说:"不好意思,第一次见面就这样打扰你,真对不起,抱歉了,请你谅解。"

很快,金炳铨拿出了展出方案。

展厅正面墙宽 18 米,高 4.5 米,他构思画一幅 16 米×4 米的大幅宣传画,再现黄山奇观和徽州重要景点,画面中间是一棵大迎客松,远景是太平湖,请黄山市京剧团美工师汪志诚老师用 10 天时间赶制完成。左边是观鱼池,有五根方柱,每根柱之间挂上四盏徽州古灯笼,四只灯笼的四个大字"敬贺新喜",还署名"黄山市建设委员会"。

第八章　新安源

展厅入口处3米宽,有1.5米制成的工艺梅图案,体现徽州工艺。横匾书:"安徽省黄山市展厅",四周用跳灯布置引人注目。门口正面墙上镶嵌"徽梅"两个刚健有力的大字,典雅别致的根雕几架,托起一盆遒劲磅礴的"九龙戏珠",先声夺人,大厅内"玉龙探海""铁骨丹心""回头一笑"等56盆梅桩依次摆开,骨里红、绿萼梅、素摆台阁、清香玉蝶等十多个品种,气宇轩昂,千姿百态,有的似蛟龙探海,有的若老龙腾空,一朵朵梅花绽放,争芳斗艳。入口处的右壁,挂了黄山市风光、旅游景点彩照。该处摆了张小长桌,桌上放有宣纸和题字簿以及一块大古砚,选了最好的徽墨,供作画、题诗、题字用。三根柱的上方,挂了一条红布横幅:"热烈欢迎到黄山旅游观光"。展厅布置得喜庆、热烈,气势恢宏,洋溢着浓厚的节日气氛。

布展那天,来观赏的游客络绎不绝,拍照迎客松的闪光灯闪烁不停。从2月14日预展开始,每天就有千人光顾。20日开幕后,日逾万众。

2月24日仅售门票就达2.7万张,创杭州植物园历史最高纪录。北京林业大学教授陈俊愉会长在3月21日闭幕式上,极其兴奋地宣布:"这届'两梅'展览,我在开幕式上说是国内规模最大、内容最丰富的一次,现在加上一句,也是最成功的一次。第一届北京展览,参观者仅1万多人次。这届事先预计20万人次,实际中外观众达到44万人次,超过该园同期的40%。仅星期日一天就超过4万人次。"

游客们十有八九是冲着徽梅而来。有杭州市、浙江省其他地市以及来自全国各地的领导干部、书画家、作家、教授、记者、教师、工人和学生等。开展第一天,仅港、澳、台同胞及华侨就来了百人之多。一位离休老干部伸出大拇指说:"我昨天来过,今天忍不住又来了,黄山的梅花看了还想看。"浙江文史研究馆、参事室,组织100多位老同志观看徽梅,最大的年龄达103岁。他们纷纷说:"这真是给我们饱尝了眼福。"有位老人激动地说:"我是宣城人,在杭州工作这么多年,没见过这般好的梅花。"浙江林学院原院长,在黄山展厅里反复看了一个上午。有位来自大洋彼岸的美国游客,对"玉龙探海"一见钟情,当场要求高价买下,因为展览刚刚开始,被婉言谢绝后,他还依依不舍。

徽梅,引起杭州新闻界的极大兴趣。记者们争先恐后从各个角度摄下一个个特写镜头,报刊、电台的记者们边观赏边吟哦,构思着各自的文章。试图摘取摄影大奖赛奖牌的摄影师和业余摄影爱好者们,不停地按动快门。更多的观众则争先恐后地在"迎客松"前拍照。上海人民美术出版社4人,经反复选择,选择了11盆梅花拍摄,用以制作出版挂历,黄山徽梅被选了8盆。国家、浙江省、杭州市新闻媒体报道140余次。浙江省政府办公厅的黄曙林,拍的一组(10幅)徽州梅花盆景新闻照片,由中新社发往欧美24个国家。中央电视台还播放了黄山市电视台选送的《徽派盆景》新闻专题片。整个是一片"暗香熏得游人醉,直把杭州当徽州"的景象。

名人雅士在盛赞徽梅之余,题词、作画、赋诗,留下了不少墨宝。原浙江省委书记铁瑛,参加开幕式后来到黄山厅观看徽梅,第一个在留言簿上签名。著名国画大师于希宁先生书赠"名峰奇葩"四个大字。杭州84岁著名书画家陆抑非先生由人搀扶着,第一天看了,第二天又来了,他挥笔书赞"铁枝霜"。书法家潘洋挥笔题了"中华瑰宝"四个大字。灵隐寺高僧根源法师题了"暗香魁"。杭州一位游客在留言簿上写了"国魂"。湖州书法名士王绍华题写:"山独黄山秀,梅惟徽梅香"。王亚梅老先生,专门画了一幅梅花中轴"为中国第二届梅花、蜡梅展览所见,为黄山展厅而作"赠送给金炳铨。

70岁的王京甫老先生赠对联一副"老树已成铁,逢春又著花"十个篆字,并称:"辛未元月应邀赏二届梅花展黄山厅,篆此十字赞之谢之同行者,浙杭艺坛同好亦一盛事也,此联仓促报命工拙不计耳,蛟川外史铁翁王京甫年七十。"浙江省政协8位知名人士参观后也在展厅一一签名。

随着中央、省、市新闻媒体的广泛传播,徽梅在杭州独领风骚。

大会组委会对来自全国16个省市的32个参展单位、近千盆展品进行了评奖,决出金、银、铜奖86个(一盆为一个),黄山市参展的58盆中获得奖杯30个,占奖杯总数的34.88%。其中"九龙戏珠""回头一笑""玉龙探海"

"古徽之魄"等 7 盆获得金奖,占金奖总数的 43.75%;银奖 13 个,占银奖总数的 46.43%;铜奖 10 个,占铜类总数的 23.8%。

黄山市建委也因此获得本届梅展"优秀组织奖"。

徽州梅花在本届杭州梅展中大放异彩后,"卖花渔村"这个小山村的名字突然间红火起来,风靡全国。当即上海、天津、武汉、山西、山东等许多客商纷纷跋山涉水来考察、采购梅桩。安徽省安庆市人大领导带队到该村考察,全国各地不少干部群众写信到黄山市建委咨询购买梅桩事宜。景德镇一家个体户,一次到卖花渔村购买了 3000 多元的梅桩。山东潍坊市农业技术开发公司董事长朱长森,看了中央电视台的专题新闻后,专程到屯溪茶校与洪吉兆老师商谈基地联营事宜。

一个月时间,卖花渔村就销售了 10 多万元的梅桩盆景。

卖花渔村就这么火了。

2. 青山之魂

卖花渔村人为制作盆景,常常外出寻找古树桩。民国《歙县志·舆地志·山川》记载,直到晚清至民国期间,卖花渔村的盆景艺人,还屡赴白石岩(今清凉峰自然保护区一带)深山,从南北两坡攀登清凉峰,挖掘黄山松、珍珠黄杨、梅花、蜡梅、徽州栀子(山栀子)、映山红、南天竹、黄杨、对青竹、凤尾竹、三友柏(桧柏)、景天、万年柏(九死还魂草)等百年古桩,速成制作自然式盆景。毫不夸张地讲,苏、沪、杭一带的许多黄山松古桩,大多出自徽州艺人之手。

出生于 1938 年的金炳铨,一辈子在黄山市工作,对卖花渔村人的审美情趣和盆景制作非常了解。他觉得,这种寓天地山川自然之美于方寸之间的审美形式,在黄山应该无限延伸。退休后,他还被组织上要求继续担任黄山市城建开发有限公司总经理,为黄山城建继续发光发热。这为他心中审美形式的延伸提供了机遇。

"我退休之后,又用了 6 年多时间,为屯溪中心城区城市公园绿化移栽了几十棵古树桩,成为黄山市城市绿化一绝。"

1999年间,全国古树价格疯涨,江浙一带及本地的树贩在黄山市乡村串行,导致古罗汉松等古树外流了一大批。金炳铨认为,黄山市要建成国际旅游城市,屯溪中心城区的城市公园园林绿化必须具有自己的特色,徽州广大山区农村千百年遗留下来的奇特怪状的古树桩,正是徽州文明历史象征之一。这些古树桩生长在山区小溪田地旁,农民为了田边种的稻子有充足的阳光,年年砍掉古树枝丫,年年再发新枝,枝丫受每年砍伐的影响,这些树桩不高,树干变粗形成各式各样的怪状,年复一年,经过几十年上百年的再砍再长,形成独一无二具有地方特色的古树桩,这样的树多为榆树和三角枫,还有紫薇。金炳铨想,把分散在广大山区山沟田埂东一棵西一棵的古树桩集中于屯溪城市公园,便可形成黄山市城市公园园林绿化一绝。

2000年下半年,金炳铨决定筹资,移栽一批古树桩到屯溪中心城区来。事情得到市建委主要领导,休宁、黟县、祁门县分管领导以及有关人员支持,工作得以顺利开展。

移栽古树桩,是一件非常非常苦的差事,公司只有3名干部,其中1人与这件事不沾边,仅金炳铨和副经理汪文敏2人,他们购买了一辆面包车,聘请了驾驶员,从寻找、选树、议价、开挖、起吊、装车、运输到选土、栽培、养护,一抓到底。

两年中有四五个月时间,金炳铨、汪文敏经常是早起晚归,每天坐车一两百千米,还得跑几十里,到处寻找。有时顺着小溪一次跑一二十里路不见一棵,有时跑了三四天空手而归。那些古树桩一棵有的数百千克,有的重达几吨重,少数重达七八吨、十余吨,最重的一棵古银杏桩起吊时达13吨。挖运时困难很多,由于金炳铨对它产生了浓厚的兴趣,什么困难都不在话下,每一个树桩都必须挖出来,绝不半途而废。

移栽古树桩是经市、县政府和林业部门批准,有合法手续的。休宁县江潭乡党委书记却找金炳铨谈话:"金主任,对不起你了,本来你们搞些树桩为了屯溪园林建设,我们乡党委应该支持。可是,现在我们乡财政吃紧,要收管理费。"金炳铨问:"收多少呢?"书记说:"以前的算了,现在的 4 棵,每棵收 1000 元,计 4000 元。"

汪副经理拉金炳铨走出乡政府说:"他们没有权利收费,我们有手续的,走我们的。"金炳铨想了想说:"乡党委既然公开要钱,可能真困难,给他们吧。我们要的是古树桩,它比钱更值钱,4000 元一分不少给他。"

2000 年和 2001 年的冬春期间,古树、古树桩接连进入屯溪中心城区的树桩园。当初,有人讥笑金炳铨,说这个老头退休无聊了,干这种孬事。然而,没有一个月时间,便形成了全国热。

开始,公司雇人养护,聘请了几个技工都不愿承担责任,金炳铨只有自己干。起先他与副经理汪文敏两个人干,2002 年,汪文敏的工作调动后,仅他一个人干。

树桩园在新安江畔,距金炳铨家 5 千米,他买了一辆电动车,几乎每天去一次。夏天酷暑,一天去两次。此时他已经 67 岁,除了浇水,还经常爬到树上造型修枝。新安江碧水悠悠,日夜不息。他知道这些古树、古桩都是徽州青山之魂,因为它们的存在,才有江水的清澈碧绿,源远流长。

前一两年,树桩园里杂草丛生,除得快长得快。金炳铨想了一个办法,饲养土鸡。头一年养了 30 只小鸡,长大了公鸡杀了吃,母鸡生蛋。后来几年,每年养二三十只母鸡,成了个小养鸡场。多则一天能拾 10 多个蛋,少则一天也有几个蛋。鸡把草吃得干干净净。养鸡不仅除草,而且鸡粪是肥料,树桩也长得很茂盛。

这批古树桩移栽还未成活,就受到许多人青睐。他们出价很高,二三十万元一棵的都有,对外运输还由他们自己负责。但不管条件多优惠,均一一被金炳铨拒绝。2001 年的一天,无锡市城建局一领导兼任投资公司总经理,看到古树桩园后,要金炳铨全部卖给他,多少钱叫他开个价。金炳铨说:"这是徽州之宝,我要让它们成为屯溪中心城区一个亮点;它是徽州的魂,也是我魂。我能卖吗?"无锡人说:"我们有个千余亩的大广场,你什么时候想卖,随时给我打电话。"说完,给了金炳铨一张名片。景德镇一家园林绿化公司的老板多次要与金炳铨合作,联合开发,也被他拒绝。

2005年,屯溪中心城区迎来了前所未有的绿地大建设。金炳铨以成本价,把古树桩转让给市城市投资建设集团,分别移栽在黄山市政府大院和南滨江景观带。古树桩总计70棵。其中银杏16棵、罗汉松3棵、榆树24棵、三角枫13棵、紫薇6棵、桂花7棵、樟树1棵。市政府大院绿地栽了17棵,南滨江景观带栽了53棵。移栽一年后验收全部成活,这些树桩成为那时段屯溪中心城区唯一的园林奇葩。市委主要领导经常带人去南滨江景观带参观,古树桩受到参观者的大赞。

采访金炳铨,不仅仅因为树桩盆景,更因为古树名木。金炳铨曾长期在城建等部门工作,因为城乡园林绿化的关系,对古树名木的保护利用不但熟悉,而且与之血脉相连,气息相通。

一棵古树就是一段历史的承载,一棵名木就是一处文化的记忆。古树名木是岁月沉淀的沧桑风骨,是新安江对青山记忆的延伸,更是黄山故园故土"记得住的乡愁"。

3. 为什么是黄山

相关统计数字显示,安徽全省共有古树名木35154棵,其中古树35006棵,名木148棵。在古树中,500年以上一级古树834棵,300—500年二级古树4314棵,100—300年三级古树29858棵。这些古树名木具有丰富的历史、文化内涵和重要的经济、社会、生态、科研价值。

一级古树和名木树种中,最多的是银杏树,计有238棵,香榧计有85棵,圆柏计有80棵,樟树计有76棵。名木中以黄山松最多,计有46棵。黄山世界文化和自然遗产名录中,古树名木类共54项,其中黄山松有36棵。

全省最粗大的古树,首推黄山市歙县徽城镇南源口村王村茂组的巨型樟树,胸围11.25米,树高30米,树龄近千年,挺立于徽杭公路和G56高速路旁。

树龄最老的古树也在黄山市。徽州区潜口镇唐模村的银杏树,为唐太宗贞观六年(632),汪思立由绩溪迁徙建村时为选择村址所植,树高22米,胸围7.91米,目前这棵树已有1391岁了。

为什么黄山会有如此众多的古树名木?金炳铨应该就是答案。

古树是古徽州村落生态的一大特色,是优美环境的重要组成部分,也是先祖留给黄山人的宝贵财富。一树一木组成的古树群,千姿百态,历经千百年沧桑,成为人文景观中极为珍贵的特种资源。无论是生长在村庄还是田野,每一棵古树都是一部活的自然史诗。金炳铨阅读过不少有关徽州的书,却没见到一本反映古树的作品。因此,他萌发了拍摄古树出版留世的念头。

不幸的是,2004年2月,他的妻子程素金患了肠癌,大肠全部切除了。为此,他全力照顾大病的妻子。10多年里,妻子先后动了七次手术,肚上左一刀右一刀,横一刀竖一刀,常让他揪心泪目。

直到2015年夏,妻子程素金身体虽然还是虚弱,但生活已经能自理了,他告诉她,自己想拍摄古树出专集,她立即表示支持。做这件事,需要购买相机、汽车、汽油,还要印刷,雇驾驶员,各种费用加起来,不是一笔小数目。

"你支持要'放血'的呀!"

"要多少?"

金炳铨伸出双手,表示至少20万。

"要这么多呀?"妻子有些惊讶,但还是同意了。

2015年10月15日,金炳铨出发了。此后在大半年的时间里,他没有休息日,早出晚归,每天行程几百千米,全身心拍摄。

祁门县闪里镇林业站老方告诉金炳铨,西峰寺高山上柴林窝里有株大紫薇树,说着他还做了个合抱手势:"是株紫薇王!"

金炳铨知道,紫薇树是生长很慢的树种,能长到合抱粗,一定有几百年的树龄了。跟着老方,攀上海拔600多米的西峰山,见到了那株特大的紫薇树。"真是我市一棵宝树,恐怕全省都没有。"

芦溪乡林业站老谢,知道过铁路大桥的山顶有株大甜槠树,不过山顶没有路,问金炳铨去不去,"当然去!"金炳铨很坚决。上到山顶,找来找去未找到。日薄西山时,只好遗憾下山。老谢连说:"对不起,我记得不准确。"金炳铨说:"没关系。明天我再来!"第二天,金炳铨又去芦溪,老谢找了一个同事一起去,换了个山头,老远就见到了,雷还劈断了粗丫枝。这竟然是黄山市最粗最大的一株甜槠树。金炳铨极为兴奋,多角度地拍摄了它。

经过两个多月的连续跋涉,金炳铨跑完了黟县、祁门、休宁和黄山区三县一区的全部乡镇。

这期间,金炳铨在歙县金川忙得不可开交时,口袋里手机响了,是他儿子的急促声:"爸!不好了,妈跌倒骨折了。"他心情顿时沉重起来。随行的老方看他脸色突变,问:"出了什么事?"当他知道原委后,劝金炳铨赶紧回屯溪,"治疗要紧,拍古树迟几天没问题。"金炳铨想,骨折不是一时能够解决的事,既然来了,一定要把这个乡跑结束。后来他才知道,老方的母亲也在乡卫生院吊水。他心中有些歉疚,埋怨老方早不说实话。老方说:"你老这么大年纪了,还自费为我们办事,是我学习的榜样,我当然要尽力支持。"听了他的话,金炳铨自责起来,早晓得他母亲有病,今天就该换个乡!

下午5点赶往屯溪。金炳铨思前想后:妻子那虚弱的身体是经受不了这般折磨的,问题太大了,我一定得去照顾好。然而,他又觉得拍摄古树同样重要,因为从黟、祁、休、黄山区的情况来看,古树保护存在问题很多,人为糟蹋古树现象非常普遍,许多古树的管理没有到位,现在歙县28个乡镇他只跑完了许村和金川2个乡镇,连同徽州区、屯溪区还有40个乡镇没去。必须完成对三区四县古树的拍摄,才能真实地全面地反映这一独特的面貌和存在的问题,才能全面如实向市政府汇报,挽救一批古树和加强对古树的保护。

市医院骨科18床,妻子的右腿包扎着石膏,小腿上横穿着一根3毫米粗的钢筋,拉直吊在床尾架上,她连连发出痛苦的呻吟。金炳铨潸然泪下:"我不应该出去的。"妻子忙说:"是我自己不注意碰到烤火桶的电线跌倒的,你去拍古树我是同意的,还是怪我自己不小心。"

妻子不但没有怨丈夫,还责备自己,金炳铨心中更痛。是的,当他萌发

第八章　新安源

要做这件事的想法与她商量时,她知道,以他的性格和这件事的分量,她只能表示同意。除了叮嘱他安全第一,别的什么都不会说。

医生把妻子股骨折的严重性告诉金炳铨,他自然知道这很要紧。她手术时,他停了两天没有外出拍摄古树。

冬季白天时间短,他经常下午六七点钟才回到屯溪。老天先后下了一个多月的雨,金炳铨只停了一天,其他雨雪天,他未曾间断,许多照片是雨雪中拍的。退休后,他原先每天午饭后午睡,但午后这段时间是最好的拍照时间,于是他自然就不睡了。他太痴迷了,越干劲头越大,好像自己不是快到80岁的老人,而是正值壮年。跋山涉水间,他有时跌倒了,爬起来,继续拍。

就是这样,金炳铨始终不忘初心,面对各种曲折,追寻着古树梦想。他历时5个多月,跑遍黄山市三区四县的所有乡镇,行程3万多里,走进与路过近千个村庄,终于完成了绝大多数的古树名木拍摄。经统计,金炳铨拍摄的古树,占黄山市现存古树总数的60%—70%。"只要是有人愿带我去的地方,不管路途多远多难,我都去了。还有些不知道的地方,只能是遗憾了!"

古树生命力很顽强,有的仅剩一半了还立在那,顶部枝叶茂盛。有的树心没了,外表还很完整。有的树根几乎全裸露着,却还活着。金炳铨说这些树让他感触颇多,《徽魂》书名由此而来。

虽然快80岁了,金炳铨的思维还非常敏捷,接受新事物很快。上网、发微信、QQ聊天样样精通,网上处理照片也很熟练。他从拍摄的1.5万多张古树照片中,精选了6000多张。其中,很多古树形态优美、奇特,有的像人,有的像乌龟,还有的酷似鹿角、象鼻等。很多古树要几个成年人才能合抱,有些古树枯而不朽、死而复生,看起来很让人震撼。有些古树成片成林,蔚为壮观。

他将采集拍摄的照片分成三部专集:(一)《徽州古村落水口林》、(二)《徽魂——徽州古树写真(上、下册)》、(三)《古树保护,任重道远——黄山市市域内古树保护存在问题及对策建议》。按照原计划,金炳铨是要完整拍摄古徽州一府六县并屯溪、黄山、徽州三区的乡镇及黄山、齐云山、牯牛

401

降、清凉峰"四座名山"的古树,由于妻子腿受伤,他只能尽力跑完黄山市三区四县域内的乡镇。为此,这套专集一、二、三集封面均注明"黄山市三区四县篇"。

2016年春节前,金炳铨的三部书相继出版,厚厚的,足足10斤重。书中不仅精选了黄山市城乡及深山的古树名木,且大量介绍了黄山市的徽州人文历史及乡土风情,如古建筑、古村、古桥、古塔及民俗等,可欣赏也耐读。

"做这件事我吃了很多苦,花了巨大的经济代价,因为拍摄和出书都是自费。可是,晚年还能见到黄山市的大部分山川河流,目睹许多古村落的优美环境,把古树名木记录下来,我非常自豪,也觉得非常值得。"

金炳铨的辛苦也得到官方和民间的充分认可,黄山市政协原副主席程永宁为《徽魂》写序,称赞"这是徽州古树之'集大成',为徽州文化填补了一项空白"。金炳铨称,在这项工作中,程永宁以及黄山市林业、城建等诸多部门给予了很多帮助。

"林业部门对古树保护做了大量工作,很多古树挂牌,有些濒危古树也有了保护措施。"金炳铨称,黄山区三口镇为了保护河道中的古树,做了块石保护圈;祁门县连枫村村民为要倒的红豆杉砌护塝;黄山区兴村路边有棵要死的苦槠树被村里救活了。类似保护古树的事例,到处都有。然而,黄山市的古树上万棵,面广而散,保护难度非常大。为数不少的古树,受到不同程度的人为和自然灾害侵害,如蚁害、树心腐烂、藤害、雷击等,很多古树被房屋厕所、猪圈围墙、道路、水泥块等侵袭。有很多水口林生长茂盛,原范围已不能满足参天大树的生长需求。他建议把古树申报为文物来保护,要有相应的资金和政策支持,要根据每棵树的品种、长势和地理位置,设置保护范围,保护好根系等。

古树保护要和旅游开发、美丽乡村建设结合。如黟县老政府院子的大部分住户已迁出,有棵古圆柏很出名,但四周被房屋围得密不透风。那里还有几棵广玉兰和其他树,有老县衙古建,如果改造成园林文化公园,就非常好。

很多乡村的古树资源极其丰富,如果像休宁县新安源村那样规划好村落,建成村心公园,就是旅游景点和美丽乡村了。

采访到这里,金炳铨老人拿出了一本大16开的新书,"这是今年5月份新出的。"

我双手接过,是《徽魂——徽州古树写真》。

"原《徽魂》画册虽社会影响大,但缺了古徽州的婺源与绩溪两个地方的古树,我仍觉遗憾,心魂不安。既然是徽州的古树,因为有个'古'字,就应包括老徽州的一府六县,也就是还要有婺源和绩溪,否则就不能完整地表现历史的全貌。徽州地域创造了中华三大地域文化之一的徽文化,是一府六县的历史功绩。徽州古树是徽文化的一项重要内容,而且是难得的活历史;千百年来,斗转星移,历史变迁,但古树依然长存,蓬勃生长,成为推动和发展乡村休闲旅游事业难得的资源,更是建设美丽乡村不可多得的风景。

"我在构思时,就是按古徽州计划的。前面我说了,拍摄中,原本多病的妻子跌倒招致严重坐骨骨折,又做了两处手术,这是她第八次手术。痛苦万分之下,我不得不调整计划,不去婺源和绩溪了。《徽魂》画册缺少婺源和绩溪两地,成了我的心病。我觉得,因为已经有了我市三区四县的基础,再努力一下,便水到渠成。当我立志再编古徽州一府六县新版《徽魂——徽州古树写真》画册之后,却感到心有余而力不足了:一是贤妻程素金于2018年10月5日离去,我非常悲恸,她的身影在脑海里挥之不去,使我精神失去了支撑;二是5年过去了,我已是83岁的高龄,体力显著下降,不像5年前那样精力旺盛了,加上身患冠心病、糖尿病、房颤等多种疾病,病情一年比一年加重;三是出版一本古徽州一府六县古树的写真,是一件较难的事,加之婺源、绩溪人地生疏,困难重重。但是,经过反复思考后,我认为,出版一本徽州一府六县古树的《徽魂——徽州古树写真》留世,填补这项空白,是新时代新形势的需要,也是历史的必须。我只有一不做二不休,再振精神,鼓起劲头,迎难而上,善始善终。2021年,我又踏上了前往绩溪、婺源的路,去拜谒那些古树名木。好在林长制改革启动后,古树名木的保护更加受重视;加之黄山市三区四县篇《徽魂》出版后,我也给绩溪、婺源赠送过,他们都赞叹这本书,也为这本书感到遗憾,见我又来进行弥补,都给予了极大的支持。一个多月时间,拍摄就完成了。"

新版《徽魂——徽州古树写真》画册于2023年5月由湖北美术出版社出版,包括了老徽州婺源、绩溪在内的一府六县古徽州的古树。编排上不再按行政区域排列,而是按古树所喻示的人文类别,划作十个单元。中国黄宾虹研究会会员、国家一级美术师、中国美术家协会会员、黄山市美术家协会名誉主席、黄山市书法家协会名誉主席叶森槐先生为该书题写了书名。安徽省林业科学研究院退休高工、知名古树保护专家胡一民先生对该书的图片和文字进行了认真仔细的考证、核实,并指出若干错误和疏漏,使该书资料更加准确翔实。

6月1日,黄山市林业局举办《徽魂——徽州古树写真》捐赠仪式。市林业局党组书记、局长方蓉艳出席仪式并致辞,市住建局党组成员、副局长张四新,上饶市林业局二级调研员周健,宣城市林业局二级调研员洪岩,婺源县、绩溪县以及黄山市各区县林业局的分管负责同志参加。仪式上,金炳铨老先生将170余本《徽魂——徽州古树写真》无偿捐赠给黄山市、上饶市、宣城市以及婺源县、绩溪县林业主管部门和乡镇林业站,激励大家继续做好徽州古树名木保护事业。

采访告一段落,金老先生和我们一起下楼。他住的是五楼,没有电梯。我要扶他,他说:"不用。我每天都是一个人上下。"看着他健硕爽朗的样子,我觉得他能活100多岁。上了车,我们一起来到黄山市政府大楼旁边的绿地,这里,金炳铨移栽的那些古树桩生机勃勃,正在续写一江清水出新安的新故事。

三、为此青绿

1. 飞崖走壁

在黄山期间,我们也去采访了李培生和胡晓春。

9月1日,天很蓝,白云在黄山顶上缭绕。尽管我们到玉屏楼很早,但已经游人如织了。在李培生工作室,我们促膝而谈。我问他:"现在和以前比,是不是更忙了?"

"肯定的。"李培生脸上洋溢着喜悦,"今年,是黄山旅游最火爆的一年。到8月21日,游客突破300万了,比预计的提前60天。估计,今年全年突破400万,没有问题。客流量加大,山上的工作人员没有增加,肯定比以前更忙。"

李培生1974年2月生,中共党员,黄山旅游发展股份有限公司园林开发分公司放绳工。他1997年到黄山工作,最初从事检票工作,后来做路段保洁。他和胡晓春原先在一起,两人住上下铺,也是好朋友。1999年6月,李培生转岗到了放绳队,成为黄山风景区玉屏环卫所的一名放绳工。放绳工是特殊工种,要在悬崖峭壁间上下穿梭,捡拾垃圾。这项工作辛苦又危险,李培生说:"胆识、技术、体能,缺一不可。"

至今,李培生已放绳24年,放绳高度累计约1800千米,先后获评"中国好人""安徽省五一劳动奖章""安徽省劳动模范"等荣誉称号。

黄山的美,美在奇松、怪石、云海、温泉,但这一切,都要建立在干净整洁的基础上。这份洁净,是近200人的环卫队伍日夜辛劳换来的,李培生就是其中的典型代表。李培生自己统计,他平均每天要放绳四五次。

"我是安徽无为人,从小在水边长大,敢下长江游泳,胆子不小,但第一次放绳,我仍感到很害怕。悬崖垂直落差有十几层楼高,开始身体直打哆嗦。"现在已能娴熟地在黄山之巅"飞崖走壁"的他,说到当时的情景还有些忐忑。

玉屏环卫所,位于黄山风景区的精华地段,有天下闻名的迎客松,有以险绝而受游客喜爱的天都峰,这都是游客的主要游览区,环卫保洁工作尤为重要。

李培生的主要工作是放绳作业,捡拾丢弃或吹落在山体间的垃圾,作业难度大。工作时两人一组,上下呼应,一个人在路面上观察绳索的变化,同时提醒游客地上有绳索,以免游客关注景点被绳索绊倒。另一人则放绳而下。李培生就是那个放绳而下的人。他每天在悬崖放绳,有需要就下去,24余年间放绳高度相当于攀爬了200多座珠穆朗玛峰。

来到玉屏峰的一处悬崖边,李培生指着下面一处沟谷说:"玉屏峰、天都峰、莲花峰等都非常陡峭,崖壁几乎垂直。每次放绳都是对体力和心理素质的双重考验。"外围放绳的作业环境不是悬崖峭壁,就是荆棘丛林,有时一脚踩空,会悬在半空中晃荡好半天。碰上大风,还会刮来一些小砂石,擦破皮是司空见惯。他撸起袖子,露出左手小臂,上面还能看到一块疤痕。阴雨天气时,因崖壁附着苔藓,脚踩在上面时常会打滑,没有受力点,崖上作业难度和危险系数还会增大。好在李培生胆大心细,认真完成每一次外围放绳作业,保持零事故。

越是节假日,黄山人越多,环卫工作越繁重,李培生和家人聚少离多已成常态。他说,飞崖走壁换来黄山洁净如洗,每天供几万人游观,成就感满满的。

李培生的父母住在芜湖,他很少能抽出时间回芜湖。黄山有名,在黄山悬崖放绳捡垃圾的李培生经常被媒体报道,也很出名,父母也是看电视才知道他从事的工作。面对父母的担心,李培生解释,会定期接受专业登山队培训,能胜任这份工作。

山大人多,什么事情都可能发生。李培生经常要延伸服务职能,协助有需要的游客安全下山,利用放绳工作帮游客拾捡掉落在悬崖上的手机、钱包等,经常为游客提供咨询服务,为游客拍摄照片,从细节之处展现黄山文明;他还兼任技术维修工,从小电器到水电工程的维修都驾轻就熟……

"既然选择了这份职业,我们就要勇往直前,因为我们的心中都有一样的担当、一样的信念。黄山是我的第二个家,我们要把家建设好,维护好,发展好!"说到2022年8月13日收到总书记的回信,李培生依然还有些激动,脸上洋溢着幸福感。"总书记多忙?还能给我们回信,我们怎么能不感动?无论怎么样,我们也要维护好黄山的美。总书记说过,'绿水青山就是金山银山',黄山不就是吗?每一天都在流淌真金白银。在黄山从事环卫工作25年,我一年比一年感触深,人民富裕了,游客多了,山上的垃圾反而少了,环境更好了。今后工作中,我将时刻牢记总书记回信嘱托,扎根黄山,服务黄山,和大家一起把黄山建设得更加美好,以实际行动回报党和人民的关怀。"

"像你这样的放绳工,有几位?"

"18位。"李培生笑着说,"他们中有的是我师傅,有的是我徒弟,人人都有一手绝活。肩挎绳索,穿行在陡峭悬崖间,在青山白云间为悬崖做美容,就是为了保持黄山的干净整洁。"

此时,有人发现悬崖下面有一个塑料袋,两个放绳工走过来。不一会,一个人穿戴好绳索下去了,一阵风来,他和悬崖上的青松一起摇摆。定了定身子,他安全下到沟底,把塑料袋捡起,回身上崖。他和青松一起迎风,这本身就是一道独特的风景。

2. 无异常

告别李培生,我来到胡晓春工作室。胡晓春工作室就在迎客松边上,一张简易床、一副桌椅、一台监控电脑和一些监测工具,是工作室的"全部装备"。我先走到栏杆旁,认真审视一番迎客松,先感受一下它的雍容大度,谦和美好。

黄山迎客松依在1670米的绝壁边,破石而出,已逾1300岁。树高10.2米,树干中间,两侧枝丫向外斜出,如同伸出手臂广迎四海宾客,其得名由此。它系全国唯一配有"警卫"的树木,自1980年,迎客松守松人传承至今已历19任。作为第19代守松人的胡晓春,守护迎客松已经13个年头,并且写下140多万字的《迎客松日记》。"无异常",是他在日记中最喜欢的3个字。

"迎客松不单单是一棵树,更代表一种信念和一种文化传承,是黄山的窗口,是中国的名片。"胡晓春很健谈,对于黄山的文化,也有广泛的认识。他和历代守松人一样,一丝不苟。

"现在依然是黄山迎客松松针最好看的时候,翠绿遒劲,精神饱满,斗志昂扬。我当班,每天早上6点左右,在游客来到黄山景区之前,就要完成一遍巡检。其他时间每隔2小时巡护迎客松一次,测量枝叶长度、枝干倾斜度,查看树皮健康程度、土壤干湿情况及支撑杆的支撑情况,记录各项数据。如遇到恶劣天气,我就会每隔半个小时进行一次巡护。每一处细节都来不得半点马虎。"

1980年7月,胡晓春出生在黄山市黄山区中墩村,距离黄山东大门大约20千米。19岁时,他离家参军。由于眷恋着老家的美丽,2006年,胡晓春来到黄山风景区,成了一名护林防火队员。2010年,胡晓春成为守松人徐东明的徒弟,接过师傅手中的望远镜、放大镜等守松装备,胡晓春正式成为守松人,担任起迎客松守松人B岗,协助师傅完成迎客松的日常巡护监测工作。说到岗位,胡晓春说:"现在又增加了一个C岗,一是传帮带,二是防止A、B岗同时另有任务,好有人顶上。"

成为守松人并不是一件容易的事情。胡晓春说:"要经过严格的选拔,首先是热爱这份工作,要有责任感,要守得住初心。"

"刚开始徐师傅若是不说,我真不知道守护一棵松树会这么难,里面有这么多门道。"

胡晓春拿出望远镜和放大镜,视如珍宝一般仔细擦拭。擦拭完,他举起望远镜,观察迎客松。观察完毕,他说:"望远镜,主要是用于瞭望迎客松的整个冠幅、枝丫、枝条;放大镜,则用来察看迎客松的纹理、线路、松针、色泽等情况。"

监测，是守松人最基本的工作，也是对迎客松最基本的保障。胡晓春每天要监测迎客松6—8次，每次耗时15分钟左右。要是遇到恶劣天气，监测时间会随时增加。

晚上，同样不能放松警惕。红外线防侵入报警系统启动，若有人或动物进入迎客松隔离保护区，胡晓春放在枕边的手机会收到报警，他要随时起床查看情况。

每一代守松人，都有不同的方法，但是目标都是一致的。胡晓春也在被师傅"领进门"以后，逐渐摸索出一套新的工作方法。

《迎客松日记》中记录了迎客松的春夏秋冬。胡晓春说，这里面有迎客松的生存法则。"春天，迎客松生出新梢头；夏天，松花开放；秋天，松针发黄；冬季，颜色褪去，待春天萌发。"

此外，迎客松每个季节的养护方式也各有不同。胡晓春说："守松人必须要知道每个季节的工作，心里要有一本账。盛夏时节，最担心的就是雷电天气。景区管理中心会进行雷电检查，要有异常情况，会及时防护。当然，尊重自然规律，让它自然生长，我们给迎客松加力，而不是完全干预。遇到大风天气，要防止枝条摆动幅度过大，导致枝条扭断；但是枝条摆动会锻炼树枝韧性，关键摆动要适度。"

守护迎客松，首先要守住自己，守住自己的初心。

在山上，白天人山人海，晚上夜深人静，胡晓春最初很难以适应这种巨大的心理落差，难以消解的寂寥感萦绕心间。

如今，胡晓春乐在其中。讲起迎客松，他就像在描述自己的朋友。"我是迎客松的警卫，是保姆，还是伙伴和亲人。我们希望迎客松延年益寿，以优美的姿态展现给游客。说白了，就是你和它在一起干活，浑身是劲。"他拿出手机，给我展示他拍的不同时节的迎客松，眼中透露着自豪。晨起山间，云雾缭绕，迎客松亭亭如盖，阳光从枝叶穿过，散落下来。傍晚霞光万道，迎客松面带微笑，金碧辉煌。

一年365天，胡晓春要在山上待300多天。山上的一树一石，他越来越熟悉，而对于家人，有些时候却感到越来越陌生。为人子，为人夫，为人父，在一些重要时刻，他本应该在前，却常常缺席。最紧急的一次是2012年的8月份，当时强台风海葵登陆，黄山遭遇大风和强降雨。胡晓春记得当时平均风力达到7到8级，阵风达到11到12级。那一次，迎客松的枝条摆幅很大。胡晓春和同事在腰上捆上了安全绳，为迎客松做紧急加固处理，顶着强风雨成功为迎客松拉上钢丝纤绳。做完这一切之后，胡晓春也没敢松懈，不时去检查迎客松的安全情况。

就是在那会，出生不到30天的女儿因高烧引发肺炎，胡晓春却无法抽身。直到台风过境，确保迎客松最终万无一失，守了两天三夜没有合眼的胡晓春才下山回家。

2016年，胡晓春被授予"全国旅游系统劳动模范"。2019年，他获得"全国五一劳动奖章"。2020年11月，他被评为"全国劳动模范"。2021年，他又当选"中国好人"。今年，胡晓春当选为第十四届全国人大代表。

首次当选全国人大代表的胡晓春，提出的第一个代表建议，就是关于黄山自然保护地生态资源安全保护工作的。

防火、防虫、力量配备，是胡晓春在建议中关注的三件事。

关于防火，胡晓春建议，在黄山开展山岳型景区"以水灭火"示范点建设，重点以黄山现有高山防火水网、林火自动监测预警系统为基础，建设森林防火指挥中心、集训中心、实训基地、队伍营房和直升机灭火基站等项目，续建第二轮高山防火水网和林火远程自动视频监控点，探索总结山岳型景区以水灭火经验和模式，试点成熟后向全国同类地区推广。

关于防虫，胡晓春希望由国家林草局牵头开展松材线虫病防控技术攻关，并对黄山风景区等重点区域给予项目、资金倾斜，支持解决染病潜伏期松树诊断、常年注干施药技术应用、染病初期的紧急救治等问题，确保重点风景名胜区古松名松绝对安全。

关于力量配备，胡晓春提出，要加大指导重点生态功能区统筹配置林业行政处罚职能和执法资源，规范设置林业执法机构，整合执法队伍，明确执法、管理职责,推动行政执法重心下移,解决森林公安转隶后林业部门执法人员分散、执法效率不高等问题。

在我采访将要结束的时候,胡晓春接到一个电话,是一个小学校长打来的。对方要请胡晓春去给小学生们上一课,让他讲述他和黄山迎客松的故事,讲他对绿水青山的守护。

告别李培生和胡晓春,我们又马不停蹄前往西黄山,采访园林局三溪口防火小队队长左龙飞。

3. 冷线热心

三溪口位于西海大峡谷腹地,海拔986米,是黄山风景区园林局最偏远的基层站点。这里因九龙溪、白云溪、排云溪三溪交汇而得名,上距地轨缆车下站2千米,下距景区西大门出口4千米,工作和生活极为不便。防火小队的各种工作器械和日常生活物资运输全靠队员们肩挑、手提,往返一趟一般需要4个小时。队员休假归来,都要带上够吃半个月的米、面等物资。

左龙飞今年30多岁,原是某部队一名退伍老兵,现为三溪口防火小队队长,在园林局担任防火队队员迄今已经10个年头。虽然条件艰苦,但是他和他的队友们从不说苦,从不道累,他们用青春守护青山,用忠诚书写使命。

9月1日这一天,左龙飞下山来迎接我们,上山时还背了一个大包,里面是20斤大米。一路攀登,我们气喘吁吁,左龙飞却如履平地。说到身上背着的大米,左龙飞说:"这算什么?8月15号,我休完月假回山时,从钓桥庵开始,背了80多斤的生活物资呢。"陪同我们的黄山风景区园林局邵为平说:"这里到他们的驻地有长达4千米的台阶路,一步一步往上爬,一般人上去都会累得不行,何况还背80多斤东西呢。"

三溪口小队有4名防火队员,承担着防火和巡林的工作。登山休息的时候,左龙飞给我们讲述了他和队员们的故事。

黄山之美始于松。黄山七十二峰,峰峰石骨峰峰松,奇松名列"黄山五绝"之首。从小我就对千姿百态的黄山奇松情有独钟,工作后又来到黄山守护黄山松,可谓是与黄山松结下了不解之缘。可近几年来,黄山松正遭受被称为"松树癌症"的松材线虫病的严重威胁。这种病致病性强、蔓延迅速,防治却极其困难。其中,枯死松树的日常监测排查是首要环节。160.6平方千米范围内,无尽的沟壑峡谷、险峰绝壁,哪棵松树枯死或者开始变黄了,都要及时排查出来。

每天,我们三两人一队,迎着清晨第一缕阳光,从各自的驻点出发,一身迷彩服、一双解放鞋,外加装着20多斤各类工具、干粮的背包,一出门就是一整天,路途遥远时还要背上帐篷,防止天黑无法下山做临时住宿之用。夏天,头顶烈日,却要穿着长褂、长裤在林间穿行,衣服湿了干、干了又湿,一天下来浑身发臭。深秋和冬季,气温低下,攀爬一段路就会出一身汗,里面衣服透湿,刺骨的山风一吹,浑身冰凉,就像突然间掉入冰窖一样。

上至海拔1800余米的高山之巅,下至陡峭、幽深的峡谷沟壑,哪里都有我们监测排查人员的身影。让我印象深刻的是2020年12月的一天,我和往常一样与同事们从三溪口到九龙峰纵深区域开展监测排查作业,回来时天色已晚,我不由得加快了步伐,结果脚下没踩稳,一不小心就滚落到4米的深沟之中,我奋力拽着身旁小树以减缓下滑速度,但当脚着地的一瞬间还是感到一阵撕心裂肺的痛,同事判断我是小腿骨折了,由于没有信号联系不到其他人,只能简单帮我固定包扎好搀扶着我慢慢下山,最后在领导和同事的帮助下,几经周折才到达医院进行治疗。其实,在林间野外作业远不止摔伤、划伤、刺伤,我们都有被马蜂、山蚂蟥叮过,被毒蛇咬过,迎面遭遇野猪等各种危险经历。

为了保障我们一线排查作业人员的人身安全,管委会、园林局等上级领导为我们配备了GPS数据采集器、无人机等先进设备、安全防护装备以及急救药品药具等,最大限度保障我们野外作业的人身安全。

每天坚守在大山里,远离家人朋友,干着如此辛苦危险的工作,刚来这里时,我曾一度陷入了彷徨,心想这样的工作还要持续多久?我能坚持得下来吗?我们所长看出了我的心思,他指着这片山语重心长地对我说:"知道吗?这一棵棵松树是黄山自然景观的重要组成部分,监测排查就是我们的使命,我们肩负着黄山森林资源健康安全的重任。守护好这片绿水青山,是我们每一名共产党员的神圣职责。"听到所长这番话,想想他平时任劳任怨地工作,我碰到这点困难就想退缩,怎么能对得起辛勤付出的前辈和胸前的党员徽章?甩掉了思想包袱,我逐渐适应这里的工作环境,再也不觉得苦和累,全身心投入松材线虫病防控工作中。

去年 8 月 13 日,习近平总书记给李培生、胡晓春回信,赞扬他们用心用情守护黄山的敬业奉献精神。我同他们一样也备受鼓舞,我一定要以他们为榜样,认真践行一名共产党员、一名退役军人的初心和使命,在平凡的岗位上用心用情守护好这一片绿水青山。"热爱黄山、感恩黄山、敬畏黄山、奉献黄山"的理念现在已经融入我的血脉之中,我决不能愧对黄山。

黄山风景区迎客松紧急救援队成立于 2017 年 3 月,现有专业的紧急救援队员 42 人,在山上山下常态化开展日巡夜查,开展紧急救援、救助,筑起了一道游客生命安全的保护屏障。左云飞和三溪口防火小队其他队员也是这支队伍中的成员。三溪口防火小队是景区各片点承担任务最多的基层站点,他们除了履行西大门繁重的生态资源保护工作任务外,还担任勤务员、劝导员和安全员等工作,一身多职,是维持秩序和服务游客不可替代的中坚力量。三溪口地处西海大峡谷至西大门出口中部位置,而这里也是景区旅游的冷线。时常有游客因病,或体力不支,需要紧急救援。

西海大峡谷是黄山风景区内 24 条大峡谷之一。峡谷幽深,悬崖耸立,沟壑蔓延，充满魔幻般的景致。因谷中有白云溪，又称"白云谷"。从谷口看，此谷是由近旁的石柱峰、石床峰、右前方的薄刀峰、飞来石，对面的排云亭、丹霞峰、松林峰和左前方的九龙峰、云外峰等奇峰怪石所围成的空间。自钓桥庵至排云亭下，全长约 15 千米。

峡谷入口处是狭窄的蛟龙滩，长 1 千米，宽只有 15 米，两岸峡壁陡峭，左为伏牛岭脚断崖，右为云门峰麓断崖，各高近百米，幽深骇人，名"夔门峡"。夔，神兽名。《山海经·大荒东经》云："东海中有流波山，入海七千里。其上有兽，状如牛，苍身而无角，一足，出入水则必风雨，其光如日月，其声如雷，其名曰夔。黄帝得之，以其皮为鼓，橛以雷兽之骨，声闻五百里，以威天下。"以夔名峡，足见峡之神秘险骇。

过峡入谷内，植物繁茂，奇石嶙峋，山洞幽邃，石林密集，溪水清澈，壁峭如劈，有人称其为"魔鬼世界"，是黄山风景区中的一块尚未开垦的处女地。

为了揭开这个峭险奇特、神秘莫测的峡谷之谜，1983 年，黄山园林部门曾组织一支 6 人探险队，由西海山脚下的老药农陈笃水、李长发带路，攀悬崖，冒艰险，对西海深谷进行了全面的考察，终于初识了这个神秘的世界。在谷中放眼四顾，但见山靠山、山套山，壁立千仞，云蒸霞蔚，清泉瀑布，壮阔奇特，令人叹为观止，绝非黄山已开发的景区可媲美。有人说该处集黄山之锦绣，故被誉为"锦绣坞"。

如今西海大峡谷已经开发，北起西海排云亭，南至步仙桥，中部横贯西海大峡谷，全长约 3640 米，相对垂直高差约 340 米。但大峡谷谷地至三溪口，基本上还是原生态状，相对于黄山的很多热线景点，这里是冷线。这些年，由于驴友的增多，常常有一些人要到这里探险、穿越，很多人准备不足，遇到狂风暴雨常常发生危险。所以紧急救援也成了左云飞小队承担的任务。有时要连夜外出寻找走失的儿童和老人，有时还要救助有轻生倾向的群众。

2023 年 6 月 16 日下午，三溪口执勤队员接到景区公安局的排查信息，有轻生倾向的游客在西海大溪谷附近活动。收到信息后，三溪口的队员立即在辖区范围内开展全面搜寻。傍晚 6 时 40 分,在步仙桥路段发现了一名神色惊恍的游客,经过信息比对,确定就是搜救对象。随后三溪口队员们为他进行心理疏导,并护送至钓桥庵,转交给前来救援的景区公安民警。

暑假期间,往往是驴友们活动的高峰期。8 月 2 日下午,松谷片迎客松紧急救援队获悉,有两名游客在游玩西海大峡谷后欲从三溪口步行前往光明顶,但由于没有携带饮用水和干粮正处于饥渴状态。收到消息后,三溪口小队队员在左云飞带领下,立即从三溪口驻点一路往步仙桥方向寻找求助游客。半小时后,终于在步仙桥附近找到游客。为避免意外发生,左龙飞和同事将两名游客缓慢搀扶到三溪口驻点休息,为他们提供热水和能量棒。询问清楚游客的身体状况后,耐心劝导两名游客改从西大门下山。

待游客补充体力后,钓桥小队队员已赶到三溪口路段接应,一路搀扶下山,护送两名游客上车,直至安全离开景区。临别时,两名游客由表示:"在这游人稀少的地方,能遇到你们真是太好了,谢谢你们帮我们解困。黄山风景区很美,你们更美!下次我会带亲友再来黄山。"

左云飞告诉我,自 2020 年到现在,三溪口小队共参与冷线救援 19 起,救助 42 人次。

采访结束,已经是傍晚了。从三溪口下行,但见苍山如海,一片蔚蓝。山崖上,落日吐着金光,迟迟不肯离去。一阵白云飘来,停留在青松的青枝绿叶间。山风过处,松涛阵阵。远处的新安江隐若游线,蓝光闪闪,似乎是江水在呼应松涛,感谢青绿对碧蓝的守护。

4. 青山的脊梁

歙县新安江百里画廊生态建设是全省 30 个林长制改革示范先行区之一,这其中,安徽清凉峰国家级自然保护区是其中的重要一环。清凉峰,旧称郭峰、郭山、大郭山,1954 年改为今名。保护区总面积 7811.2 平方千米,其中核心区 2543 平方千米,素以"奇松、怪石、云海、天池"四胜著称,享有"郭山叠翠"之美誉。

清凉峰保护区位于安徽省东南部的歙县与绩溪县交界处,东面和北面与浙江清凉峰国家级自然保护区接壤。区内地层古老,遍布峰壑,自然条件优越,天然植被保存较好,生物资源丰富,构成了以乔木为主体,与无机环境、动物、微生物相结合的森林生态系统。该系统组成复杂,结构完整,能量流和物质循环活跃,生物量大,生产力高。系统内生物与生物之间、生物与环境之间关系协调、和谐有序,处于动态平衡和良性循环之中。这样一个庞大而又相对稳定的生态系统,对于维系生物多样性、群落多样性、生态平衡、生态安全等起到了重要的作用。特别是组成森林生态系统的各种植被覆盖率高达90%,不仅是皖、浙两省农业、林业生产的生态屏障,而且能够有效地涵养水源、保持水土、净化大气和水体,保障了新安江水系的部分河流水源和水利工程的安全,为清凉峰保护区周边和新安江流域东北部的广大居民创造了一个良好的生活环境。

处于皖南—浙西丘陵山地生物多样性优先保护区域的清凉峰保护区,目前已知各类生物3106种,占安徽省生物物种总数11687种(不包括藻类)的26.58%。这些生物中野生珍稀濒危物种多,已列入国家Ⅰ级重点保护的野生植物有5种,动物有5种;国家Ⅱ级重点保护的野生植物有21种,动物有41种(含昆虫4种);安徽省重点保护的珍稀树种有25种,重点保护的动物有59种。

清凉峰保护区属新安江流域。境内水系发达,溪涧众多,呈树枝状分布。主要水系有逍遥河、大障河、沧浪水、昌源。逍遥河,发源于长坪尖,西经黄茅培于虹溪桥接登源河汇入练江,流入新安江,流经清凉峰保护区12千米。大鄣河,源出清凉峰下的雪堂岭,流经班肩坞、蛇墓坑、黄泥口塔、岭脚,于百丈岩接昌溪水至深渡流入新安江—钱塘江,流经清凉峰保护区8千米。沧浪水,源自清凉峰北野猪塘,北流至永来(岭脚下)折向东流,经阴山至银垄坞纳南来的清凉溪水(源出清凉峰顶),至栈岭纳南来的栈岭水注天目溪,流入新安江,流经清凉峰保护区11千米。这三条水系的主要支流有雪堂溪、下凹溪、石板湾溪、恩溪河、大南坑溪、炮坑溪、平坑河、永来河、大坦河、栈岭河等,同时还有很多流程短的小溪山涧。昌源,发源于清凉峰与搁船尖之间的山峰,流经老竹铺、三阳、杞梓里、苏村、唐里等乡,至石潭汇入华源,后入新安江,从清凉峰到石潭全长 50 千米。大的支流有小溪、大溪源、大源河和芝源河,流经清凉峰保护区 10.20 千米。

清凉峰保护区水资源丰富,既有地表水,又有地下水。地表水季节变化大,丰水期于 3 月下旬开始,7 月达到高峰;枯水期于 11 月中旬开始,次年 2 月结束。非暴雨洪水期间,河水清澈,含沙量几乎为零。枯水期,山溪有时断流或干涸。地下水主要为基岩裂隙水,主要分布于清凉峰旋转构造部位的侏罗系劳村组、黄尖组和中元古界、青白口系、震旦系等地层中。此外,清凉峰顶北东向海拔 1600 米处的山顶平台有一块沼泽地,周围山体出露红色流纹岩,其产状向四周外倾,常年积水,时有泉水潺潺流出,古人称此为天池,列为清凉峰保护区四大胜景之一。东、西龙池山地也有类似小型沼泽地。

出自清凉峰保护区的这些水源,为新安江注入了源源不断的清水,对新安江百里画廊生态建设有着根本性的意义。保护好清凉峰的生态,就是保护新安江的生态。

1970 年 8 月出生的王山青,现任安徽省歙县清凉峰自然保护区管理站站长。

第一次走进清凉峰保护区,王山青 15 岁。他的父亲是保护区的守山工人,他带着几分好奇,随同父亲进山。在山间,他摔了跟头,磨破脚皮,还被野蜂蛰了一口。一路上,少年山青不停地问:"爸爸,山顶还有多远?我想站在上面拍照。"父亲说:"远着呢。拍照可以,不过,你要记住,爸爸常站在山顶上,不是为了摆显拍照,而是为了守护这满眼的绿色。"

18 岁那一年,守了大半辈子山的父亲,累出一身病痛,提前病退了。王山青顶替父亲成了务林人,来到了清凉峰自然保护区,从父亲手上接过了守护清凉峰的重任。"知道爸爸为什么给你取名叫山青吗?就是希望你能像爸爸一样守护清凉峰,让这座大山永远水秀山清。"王山青郑重地点了点头。

当时的老站长姓吕,大家叫他老吕。王山青矮了一辈,喊一声吕叔。第二天清晨6点未到,迷迷糊糊中,王山青就听到老站长在叫:"山青子,起床了。"

"来了,来了。"王山青昨天晚上已经做好了准备,但还是比老站长迟了一些。

老站长要带着王山青巡山。每一个入职者的第一课,都是老站长自己亲自上。保护区有规矩,6点起床。王山青入职时,领了一堆工作用品,也领到了规矩。

王山青答应着走了出来。吕站长一看王山青的装束,脸沉了下来:"你以为巡山是走亲戚?你这样上山,你就是蚂蟥的亲戚了。"

看了吕站长的一身武装,再看看自己:短袖衫、喇叭裤、男士高跟皮鞋——这是20世纪80年代末年轻人最流行的装扮,王山青脸红了。"发给你的工作服呢?5分钟,像我一样穿好!"王山青忙走回宿舍,很快就出来了。迷彩服、迷彩帽、解放鞋、水壶、腰带、砍柴刀……一样未落。"这才像个'林二代'的样子!"吕站长满意地点点头。

王山青开始巡山了。

老站长亲力亲为的入职第一课,一直让王山青不能忘怀。这一天下来,腿软了,脚底磨破了,人散架了不说,还必须做个有心人,眼看到的,心里就要记下。回来之后,等不及你去放平自己,就进入了"测试",除掉你看到的要记住,老站长讲述的清凉峰概况和相关的林业知识,你能答出吗?好在王山青看得细,听得也认真,都答出来了。

"小伙子可教!"

作为一个在自然保护区工作的务林人,读懂每一棵树,分解每一条溪,光靠勤奋不行,光靠热情也不行,还得有足够的专业知识。1994年至1996年的三年里,王山青进入合肥林业学校脱产学习,迎来了人生的"蜕变"。他非常珍惜这难得的学习时光,取得了优异的成绩。结合理论知识,王山青眼中的清凉峰突然间成了知行合一的载体。

第八章　新安源

　　此时的清凉峰,没通电,没通车,没有移动信号,山里的工棚只是几幢土坯房,一到夜里陪伴王山青的除了林涛的鸣唱,就是不时传来的几声鸟啼,夹杂着动物的低吼,自然陪伴他的还有一盏煤油灯。每天晚上,他的身影都被灯光投射在毛糙的墙体上。写好工作日记,计划好明天的工作,就开始读书学习。8月28日的采访中,他告诉我,很多书都是那些夜晚读的。

　　清凉峰的奇异诡谲,多彩姿态,在王山青日复一日的行走中,逐步清朗明晰起来。随着心和保护区的融合,王青山认为,能够守护这样一座大山,无疑是一个务林人的骄傲,这也更加坚定了王山青守山的信心和决心。为此,王山青放弃了好几次调出山外的机会,因为他的父母支持他,妻子也支持他。

　　"一开始想出山出不去,到了可以出山了,却是真的舍不得了。"王山青说,"王山青,离掉山,你还青什么？这辈子,我只能干一件事,做一辈子守山人。这就是命！"

　　2005年,35岁的王山青成了保护区管理站副站长；5年后,他又挑起了站长的重任。如果说,走上管理岗位之前的王山青,注重的是自己的分内工作,那么作为当家人的他,更注重的是梯队的建设、人才的培养。他对我说:"一座山的守护,不能光靠一个人,也不能只靠一代人,而是需要一批又一批有理想有抱负的新鲜血液不停地注入。我始终记得吕站长给我上的第一课。这十多年来,每一名新员工加入,我都会亲自带着他进一次山,跟他讲清凉峰的故事、保护区的历史。告诉他,清凉峰的一滴水,经过溪流不舍昼夜,就会进入新安江。保护一江碧水,我们安徽省和浙江省可是'对赌'的！"

　　"新安江百里画廊生态建设,要靠一代又一代人的传承。"

　　"是的。能保护好清凉峰,首先要喜欢清凉峰。年轻人来了,吃喝拉撒,我们都在一起。怎么去喜欢保护区呢？要引导,要让他们了解什么叫保护区,我们现在干的是一件什么样的工作,这项工作的意义何在。"

　　因为是遥远的深山,保护区工作人员自然更替频繁,有的3年,有的5

年,有的仅仅几个月……王山青留了下来,一待就是35年。留下来的员工,有不少是省外招入的,他们一开始仅仅是为了获取一份工作,后来都在保护区成了家。而他们的站长王山青,虽说是本地人,却天天进山巡山,妻子远在百余千米的外县工作,数月难见一面。王山青的实际行动感染了一大批人。以身作则就是榜样,榜样的力量是无穷的。我再说一遍,这句话很俗,但就是真理。现在保护区工作人员,人人耐得住寂寞,大家对保护区的一树一木、一花一草、一石一水都充满敬畏。

35年来,王山青的汗水洒遍了清凉峰保护区,他的脚步踏遍所有的护林路,他的内心镌刻着每一座山峰、铭记着每一条沟壑。35年来,清凉峰从未发生过一起森林火灾,大山无恙,碧水无瑕!在王山青的带领下,新发现了清凉峰分布的国家Ⅰ级保护植物野生银杏树3个小群落、1个野生红豆杉种群,国家Ⅱ级保护植物华东黄杉、长序榆等种群分布情况;成功育苗国家Ⅱ级保护植物长序榆450株,建立了两个长序榆种苗基地,填补了省内长序榆育苗成功的空白。建立了安徽清凉峰国家级自然保护区生物多样性科技馆;开展野生动物监测,监测到保护性野生动物57种,2021年CCTV-1《秘境之眼》栏目播放五期清凉峰自然保护区野生动物监测视频。他带领同人起草了《安徽歙县清凉峰国家级自然保护区管理办法》,努力将清凉峰从省级自然保护区顺利晋升为国家级自然保护区,推动清凉峰迈向新的发展阶段。

为了保护清凉峰保护区内野生动植物资源,王山青带领同人开展野生动植物宣传活动和打击偷盗野生动植物违法行为。由于地处皖、浙两省三市交界,盗采盗猎现象时有发生,他走街串巷,不厌其烦地宣传,乡亲们不理解,觉得他"小题大做"。经过多年努力,清凉峰保护区周边地区取消了狩猎许可行为。清凉峰保护区内的生态环境日益变好,野生动植物资源越来越多,连续17年没有发生一起盗挖植物和偷猎动物的案件。

清凉峰的主峰海拔1787.4米,是安徽第二高峰,也是众多驴友理想的登山之地。慕名前来的驴友数不胜数,给清凉峰的管理带来极大压力。为此,王山青经常放弃节假日、周末休息时间,带领同事守住进山路口开展劝阻工作。阻止驴友时,常会和驴友发生矛盾,受气挨骂成了家常便饭。由于清凉峰地形复杂,沟谷纵横,驴友进山极易迷失在深山里出不来。于是,他赶紧组织护林员一起进山去找人,有时找到后半夜,甚至是第二天。近10年来,他劝返驴友1000多人,带领人员成功搜救失踪驴友20余次。2019年10月31日,清凉峰保护区接到三阳派出所通报,两名浙江驴友在保护区内求救,其中一人受伤。经过几个小时的搜救,在"通天湾"找到,受伤的驴友系左腿摔伤,骨折流血,骨头露出,伤情严重。搜救队员进行了简单的包扎,用担架绑住驴友,沿着山路抬下山,到了傍晚6点左右,终于来到山下,受伤驴友得到及时救治。

在此之前的几天,上海、浙江等地的7名驴友擅自闯入清凉峰保护区核心区,说在"鸡头颈"处迷路,报警救援。王山青组织人力,直到深夜11点,才在"里外汰"找到他们。这里海拔1270米,周围都是悬崖。救援指挥部考虑到夜间救援的危险性和复杂性,决定让疲惫的第一梯队撤回,另派第二梯队接替。经过救援队的问候、安抚,7名被困驴友心里得到安慰,耐心等待救援。第二天早晨7点38分,第二梯队接近驴友,给他们补充了水和食物,救援下山。

依据《中华人民共和国自然保护区条例》,这一次,清凉峰保护区对擅自进入保护区核心区游玩造成迷路的7名驴友,每人处罚1000元,这是安徽省首例对擅自进入保护区核心区的驴友做出处罚。以后,再遇到这种情况,救援后,也都将根据此条例进行处罚。这一来,驴友擅自闯入保护区核心区的情形才得以控制,清凉峰的山山水水才得以宁静。

由于其突出的工作成绩,2016年王山青被评为全国自然保护区先进个人,2017年获黄山市先进工作者,2022年获安徽省先进工作者,2022年获中国生态文明奖先进个人。

"所有的溪都听见了历史的呼喊,所有的河都知晓了现在的期盼。这条江,挺起脊梁,背起未来。以无畏决绝的奔赴,沿着美丽中国的轨迹,东进,东进。"这是黄山一位诗人的诗作《水出新安》中的句子。一江清水出新安,靠的是王山青们,因为他们挺起了青山的脊梁,让自己成为中流砥柱,才使得六股尖深处的那股清泉,一路清澈,澎湃欢歌。

皖山苍茫,皖水浩瀚,林业人脚步豪迈,纵横江淮,装点绿水,不负青山,捧出了座座金山银山。

后记

青山余韵

2023年3月1日,安徽文艺出版社孙立总编辑微信联系我,问最近可有空当写报告文学。内容是安徽省作协许春樵主席以前跟我提过的关于安徽省林长制改革的。这个选题,我以前答应过春樵兄,心里有所准备。只要省里和滁州这边的相关部门沟通好,是可以的。孙总4月份来到滁州,和市委宣传部于晓波副部长、市文联张毅主席进行了对接,为我的采访和创作提供了时间上的许可。

5月份到省林业局林长处和余建安处长、王冠副处长对接后,即开始阅读林长处和责任编辑汪爱武主任提供的文字资料。报告文学七分采访,三分写作。以林长处提供的典型事迹为线索,7月9日下午,我开始了采访。采访的第一个人物是桐城市林业局高工钱侯春。

采访之所以从桐城开始,是因为7月7日至9日,我在桐城出席2018—2020年度《安徽文学》奖颁奖典礼,上午典礼结束,下午空闲。桐城文脉深厚,文艺名家辈出,从桐城出发,会让我沐浴着桐城的文华之光,将安徽的青山绿水描绘得更加绚烂。一个人从桐城到怀宁,而后至潜山。12日傍晚,滁州市林业局二级调研员张培到达岳西,晚上我们在岳西国际大酒店会合。

张培是省局林长处专门与滁州市林业局协调,抽出来陪同我采访,做业务指导和对接、协调工作的。他1986年毕业于安徽农学院林学系,几十年来一直在滁州市林业局工作,曾经担任局党组成员、总工程师,业务精湛,对全省林业工作情况基本熟悉。为了让张培能够专心做好此项工作,滁州市林业局局长李继宏同志专门召开党组会，听取相关汇报，明确张培的任务。这以后，与各地的对接、协调工作，都是由张培同志出面联系，使得采访能够快速、准确地进行。在全面了解、突出重点的基础上，前后90多天的时间，我们访遍了全省16个地市。因为写作需要，还对合肥、宣城等地又进行了补充采访。采访中，省林业局和全省林业系统的同志们给予了极大的支持。

我在滁州市南谯区工作多年，还曾经担任过镇党委书记，自己觉得对于基层林业并不陌生。但随着采访的深入，我发现，自己原先对林业的了解只是九牛一毛，连皮都没有接触到。林长制改革以来，山水林田湖草沙综合治理呈现出的发展态势，生态建设中的务林案例、奉献经典我都知之甚少。比如，对于长江十年禁渔这一重大战略的实施，我以前的认识是模糊的，对其迫切性和必要性没有直观感受。在铜陵淡水豚国家级自然保护区采访后，面对白鱀豚种群"功能性灭绝"，我对这一战略实施的意义充分领略。对于习总书记提出长江经济带要完整、准确、全面贯彻新发展理念，坚持共抓大保护、不搞大开发，坚持生态优先、绿色发展，以科技创新为引领，统筹推进生态环境保护和经济社会发展，有了更深切的感受。安徽林长制改革是对安徽林业人传统奋斗精神的再造，是"绿水青山就是金山银山"的创新实践。

采访中，我力争接触更多的基层一线林长，他们有的是守护深山几十年的务林人，有的是青山绿水间的创业者，还有的是山水林田湖草沙间的志愿者。他们用自己的行动，践行林长制改革的具体实践，诠释了林长制改革的社会意义。讲好他们的故事，就是林长制改革的新时代报告。基层一线的很多同志甘于奉献，很多人对于宣传自己不感兴趣，比如合肥的鸟类生态摄影师夏家振老师，几次拒绝采访。我采用"迂回战略"，先采访他的学生徐蕾。在徐蕾老师的联系下，得以约定在第二天早晨在十八联圩湿地的观鸟现场会面。早上5点，合肥市林园局林长处的张延高就到我们住的酒店，一起向十八联圩出发。考虑到我们早晨无法吃早饭，张延高在家中已经热好了3份牛奶和点心，让我们在车中吃。6点多，我们到达十八联圩，夏老师也赶到了。此时,天刚放亮。夏老师带我们来到他常常使用的观鸟点,在水面上观察。和夏老师沟通很投机,他架好相机,拍摄后,让我通过镜头看水面上的那些小天鹅。太阳跃出地平线后,小天鹅展翅飞翔,画面壮观而美丽。

采访中,像张延高这样尽心尽责的林长办(处)林业干部有很多,他们的引领,让我走进了生机无限的绿水青山中。

写作中,我本着高站位、小切口的原则,设计全书文本结构。引子部分的《青山作证》,是从宏观上简述安徽林长制改革的发源、制度设计、实践经过、理论创新过程,让读者明了林长制改革的推动进程和理论意义。正文部分《一湖清》《三核桃》《三棵树》《三株草》等都是通过以小见大,反映生态建设、林业经济发展的。《归去来》则是写东方白鹳、扬子鳄保护的故事,彰显了安徽人和自然的和谐共生。《群芳谱》《林英荟》荟萃了山水林田湖草沙战线上的经典案例和众多英模。生态保护补偿制度改革上的"新安江模式",是绿水青山就是金山银山的"皖"美答卷,新安江百里画廊生态建设是全省30个林长制改革示范先行区之一,《新安源》告诉了读者,为什么"一江清水出新安"。

青山高峻,林英豪迈。一本小书,万难穷尽。采访中还有许多精彩故事,因为时间仓促,了解不够细致,没有诉说。还有一些内容,比如古树名木保护的故事,资源丰富,历史源远流长,文化意蕴厚重,本身就是一本大书。在本书里,只能浅尝辄止,留下遗憾,以待方家。

本书初稿杀青,相关领导和文坛大咖进行了审读,提出了很多修改意见,尤其是许春樵、潘小平、余同友三位主席和余建安处长、王冠副处长以及孙立总编辑、汪爱武主任都提出了建设性意见,为本书的最后修改提供了指导。在此,谨对他们和为本书写作提供帮助的所有人表示感谢!

    2023 年 11 月 12 日夜一稿于滁州天逸华府
    2023 年 12 月 11 日晨二稿于滁州小和尚庄